SARAH HARVEY

Die Hochzeit meiner besten Freundin

Eine Braut zu viel

Die Hochzeit meiner besten Freundin

Belle reist von weither nach London an, um die Hochzeit ihrer besten Freundin Nicky zu begehen. Doch bevor Nicky ihrem Angebeteten das Ja-Wort geben kann, schickt sie Belle als Spionin aus, um herauszufinden, warum sich ihr Verlobter in letzter Zeit so merkwürdig benimmt. Und siehe da: Belle ertappt ihn in flagranti mit einer langbeinigen Brünetten. Nach dem ersten Schock ist Nicky mehr als dankbar, dass ihre beste Freundin sie vor dieser Ehe bewahrt hat. Belle macht aus ihrem Talent ein Geschäft und bespitzelt auch im Auftrag anderer Frauen deren Männer – bis sie sich an die Fersen des attraktiven Eddie Farrar heftet. Zwischen den beiden funkt es augenblicklich, und Belle gerät in eine haarsträubende Zwickmühle …

Eine Braut zu viel

Wie viele Bräute braucht man für eine Hochzeit? Felicity Blakeney wünschte, sie hätte in Mathe besser aufgepasst: Erst braucht sie ewig lang, um ihren Verlobten Richard loszuwerden, und dann heiratet der plötzlich ihre Schwester. Hinzu kommen Richards Exfreundin Kat, die ihn um jeden Preis zurück will, und Kats Ehemann Alex, der Felicity verteufelt gut gefällt. Wie man dieses Durcheinander in den Griff bekommen soll, weiß Felicity allerdings auch nicht …

Autorin

Sarah Harvey ist Anfang dreißig und lebt in Leicester. Sie arbeitete als Journalistin, bis sie mit ihrem ersten Roman »Wachgeküsst« ihren Durchbruch als Autorin feierte. Seither wurden alle ihre frech-romantischen Bücher internationale Erfolge.

Von Sarah Harvey außerdem bei Goldmann lieferbar:

Absolut unwiderstehlich. Roman (54213)
Drei Frauen und ein Bräutigam. Roman (45670)
Rendezvous zu dritt. Roman (54202)
Wachgeküsst. Roman (54171)

Sarah Harvey

Die Hochzeit meiner besten Freundin

Eine Braut zu viel

Zwei Romane
in einem Band

Aus dem Englischen
von Susanne Engelhardt

GOLDMANN

Die englische Originalausgabe von »Die Hochzeit meiner besten Freundin«
erschien 2000 unter dem Titel »Fly-fishing«
bei Headline Publishing, London.

Die englische Originalausgabe von »Eine Braut zu viel«
erschien 2001 unter dem Titel »Long Division«
bei Headline Publishing, London.

Umwelthinweis:
Alle bedruckten Materialien dieses Taschenbuches
sind chlorfrei und umweltschonend.

Einmalige Sonderausgabe Juli 2005

Umschlaggestaltung: Design Team München
Umschlagfoto: Photonica/Nasuko
Druck: GGP Media GmbH, Pößneck
Made in Germany · Titelnummer: 13371

ISBN 3-442-13371-8
www.goldmann-verlag.de

Die Hochzeit meiner besten Freundin

Für Terry, immer

Kapitel 1

Wären Männer und Frauen wirklich füreinander geschaffen, dürften sie nicht so verdammt verschieden sein, oder? Es stimmt schon, körperlich gesehen klappt alles bestens, aber in Sachen Gefühle... da gleicht das Ganze eher dem Mixen von Chemikalien in einem Schullabor: Zwei kleine, anonyme Fläschchen mit Flüssigkeit, ziemlich harmlos, solange sie getrennt bleiben, doch kaum kippt man sie zusammen, macht es *bumm!* Die Folge ist ein Super-GAU.

Doch die Menschen sind verdammt sturköpfig, und die Dinge, die schlecht für uns sind, sind gleichzeitig die Dinge, ohne die wir nicht leben können. Neben Schokolade, Alkohol, Geld, Klamotten, Autos, der Karriere und anderen Statussymbolen kommen Sex und Sexpartner ziemlich weit oben auf der Liste mit dem Titel »Das will ich und zwar sofort!«. Und das ungeachtet des Schadens, den sie der zarten feinen Struktur zufügen können, die das »Wesen« in einem menschlichen Wesen ausmacht.

Daher auch der angeborene Trieb, nach der verwandten Seele zu suchen, diesem sagenumwobenen Geschöpf, das unserem unerfüllten Leben die Erfüllung bringen soll. Wenn aber die Vorstellung, sich zu binden, überholt ist, warum sehnen sich dann immer noch so viele Menschen danach, »den Richtigen« zu finden? Nicht nur ihn zu finden, sondern auch, mit ihm auszugehen, in die Kiste zu hüpfen und vor den Altar zu treten (zugegeben, die zwei letzten sollten nicht unbedingt in dieser Reihenfolge stattfinden, aber schließlich leben wir im einundzwanzigsten Jahrhundert), um dann einen glücklichen Lebensabend in einer Inkontinenzwindel zu verbringen, die Platz für zwei bietet?

Ich kann mich noch gut daran erinnern, wie ich den blassblauen Luftpostbrief öffnete – Nummer neunundsiebzig, wenn ich mich recht erinnere –, in dem stand, dass meine beste Freundin heiraten würde. Nicky hatte mir einmal pro Woche geschrieben, seit ich England vor fast zwei Jahren verlassen hatte, und sie hatte jeden Umschlag fein säuberlich nummeriert, so dass ich wusste, in welcher Reihenfolge ich sie zu öffnen hatte, wenn sie mich endlich einholten, nachdem sie mir und meinem Rucksack quer durch Thailand und Australien gefolgt waren.

»Liebe Belle – stell dir vor: Ich heirate!«

Zwei schicksalhafte Worte. Groß, fett und quer über eine ganze DIN-A-4-Seite gekritzelt.

In ihnen schwang eine solche Menge an Träumen und Erwartungen mit, dass sie quasi auf einer Welle der Erregung über den Ozean zu mir herüberschwappten. Nicky hätte sich die Briefmarken sparen und mir die Nachricht mit einem Luftkuss schicken, sie in ihrer Ekstase bis zu mir pusten können.

Was für eine Schande, dass diese Seligkeit nur von kurzer Dauer sein und sich schnell wieder in Luft auflösen sollte – wie eine Luftblase, die von einer frechen kleinen Rotznase vorzeitig zum Platzen gebracht wird.

Kula Shaker dröhnt in meinen Ohren.

Kevin Costner tanzt vor meinen Augen, zeitweilig unbewolft, dafür aber um so reizvoller, weil nahezu unbekleidet. Sein gebräunter, gestählter Körper wird nur von einem Lendenschurz bedeckt, der netterweise nicht allzu windfest zu sein scheint.

Ein großer Wodka-Cola in der Rechten.

Den letzten Jilly Cooper und einen extragroßen Riegel bester Cadbury-Schokolade auf dem kleinen, weißen Plastiktablett vor mir.

Ein überaus knuspriger Typ sitzt im Sessel auf der anderen Seite des Ganges, der meine langen, braunen Beine mit schmeichelhafter Regelmäßigkeit betrachtet.

Wer behauptet, Langstreckenflüge seien die Hölle? Das hier kommt meiner Vorstellung von totaler Glückseligkeit ziemlich nahe. Ich habe alle Dinge, die ich liebe: Musik, Filme, Männer, Alk, Bücher und Schokolade, alle zusammen, alle auf einmal und alle am selben Ort.

Ich seufze glücklich, breche mir noch vier Ecken von meinem Schokoriegel ab und lasse sie im Mund zergehen.

Die einzigen Dinge, die fehlen, sind ein schönes, weiches Sofa zum Kuscheln anstelle des genormten Flugzeugsitzes, der viel zu wenig Raum für die Beine bietet und dem armen Tropf hinter mir in den Magen drückt, wenn ich mich zurücklehne, eine nette, knautschige Bettdecke zum Zudecken und meine beste Freundin Nicky, mit der ich diesen Moment teilen möchte.

Aber wer wird sich schon beklagen? Ich sicher nicht.

Die süße Nix, meine beste Kameradin auf der ganzen, weiten Welt, meine Freundin seit nunmehr fast fünfzehn Jahren, meine Partnerin bei einer ganzen Menge Kinderstreiche und einer der wenigen Menschen, bei denen es mir Leid tat, sie zu verlassen, als ich mich aufgemacht habe zur anderen Seite der Welt – jetzt erwartet sie mich wer weiß wie viele Meter weiter unten. Schon seltsam. Ich habe sie seit fast zwei Jahren nicht gesehen, und jetzt werde ich sie in genau … ich blicke auf die Uhr … zwanzig Minuten wiedertreffen, wenn der Zoll und die Gepäckausgabe mitspielen. Über mein gegenwärtiges Transportmittel kann ich wahrhaftig nicht klagen. Nach einigen der Orte, an denen ich mich in letzter Zeit aufgehalten habe, ist dieses Flugzeug das Hilton.

Ins Hilton würde ich allerdings so nicht kommen, mit diesen abgeschnittenen, ausgefransten und von der Sonne völlig ausgebleichten Jeans, den total zerfetzten Turnschuhen und dem verblichenen, taschentuchgroßen Stück Stoff, das vorgibt, ein Top zu sein.

Nach dem empörten Gesichtsausdruck der Stewardessen zu schließen muss ich froh sein, dass man mich überhaupt an Bord gelassen hat. Aber was erwarten die denn von jemandem, der zwanzig Monate lang quer durch Thailand, Neuseeland und Australien getourt ist, und das mit nichts als dem Notwendigsten des Notwendigen im Rucksack?

Dabei kann ich gar nicht so schlecht aussehen. Der Typ auf der anderen Gangseite mit dem ansprechenden Profil und den noch ansprechenderen Beinen lässt seinen Blick schon wieder herüberschweifen.

Wir bewundern wohl gegenseitig unsere Beine.

Klammheimlich werfe ich einen Blick zurück.

Er ist viel dreister als ich. Er ertappt mich, sieht mir in die Augen und zwinkert mir auffällig zu. Sein Gesicht sieht von vorn sogar noch besser aus als von der Seite. Männlich, sonnengebräunt, mit einem angedeuteten Bartschatten, der ihm gut steht und mehr an einen süßen Macho erinnert als an einen protzigen, angeberischen Popstar.

Wie er wohl heißt?

Ich finde, er muss einen markanten Namen haben, der zu dem markanten Gesicht passt, etwas Kurzes, aber Freches wie Sam – nein, das klingt bisexuell. Rex? Nein, das ist ein Hundename. Adam? Genau, Adam passt zu ihm; sehr urtümlich. Adam, der erste Mann. Nun, das wäre er nicht so ganz, soweit es mich betrifft... obwohl es mir gelungen ist, den Fernen Osten ohne Zusammenstöße der heißen Art mit Angehörigen des anderen Geschlechts zu bereisen. One-Night-Stands sind nicht mein Ding, und wenn man reist, dann ist eine Langzeitbeziehung auch nicht gerade günstig. Und ehrlich gesagt will ich auch gar keine Langzeitbeziehung.

Aber so ein Flirt ist nett.

Ich drehe die Lautstärke meines Kopfhörers herunter und wende mich wieder den sexy Knien zu, willens, eine nette Runde Augen-Pingpong zu spielen.

Dummerweise versperrt mir etwas die Sicht und wirft seinen höchst grazilen Schatten und eine ganz eigene Form des sauren Regens auf mich. Aufreizend klimpert sie mit den Augendeckeln. Frustriert muss ich mit ansehen, dass die umwerfende, wie aus dem Ei gepellte Stewardess, die mich beim Einsteigen so angegiftet hat, weil ich wie ein Flüchtling vom Bondi Beach aussehe, meinen attraktiven Fremdling kokett anlächelt und sich viel tiefer als nötig vorbeugt, um ihm ein Glas Champagner einzuschenken. Seine verwaschenen Shorts haben sie bestimmt nicht so angeekelt betrachtet, als er an Bord kam.

Wären wir jetzt in einem Film, dann würde sie mir den Champagner einschenken – in seinem Auftrag, mit den besten Komplimenten, mit unendlicher Hingabe und mit seiner Telefonnummer in petto. Stattdessen ist er in den Anblick ihrer stahlblauen Augen vertieft und lächelt idiotisch, als wären gerade all seine Hirnzellen betäubt und schmachtend in Ohnmacht gefallen, die kleinen Hirnzellenhändchen auf die kleinen Hirnzellenherzchen gepresst.

Ich bin eine vergessene Nummer, ein fünfzig Sekunden währender Traum, ein vergangener Flirt.

Und da wird behauptet, Frauen seien wankelmütig!

Nicky und ich haben bereits vor langer Zeit festgesetzt, dass der beste Freund des Mannes der Hund ist, weil beide auf der gleichen emotionalen Stufe stehen. Im Grunde führen Hunde das Leben, das Männer sich immer wünschen. Sie essen, schlafen, furzen laut und ungehemmt – meist, ohne ausgeschimpft zu werden –, und als Krönung bumsen sie wahllos und ohne den Zwang, ein Kondom zu tragen, über Nacht zu bleiben oder sich danach noch mal zu melden.

Überflüssig das ermüdende Ritual, uns zum Essen auszuführen, zu schmausen, zu trinken, zu flirten und so zu tun, als wären sie ernsthaft an unserem Intellekt interessiert, bevor sie zum »Nachtisch« übergehen. Wenn ein Mann damit davonkommen würde, herumzustreifen, seine Nase in unseren Schritt zu stecken und uns dann zu bespringen, dann würde er es tun, da bin ich mir sicher.

Nicky und ich haben unsere eigene Männerskala. Die ähnelt einem Rechenschieber; die meisten Männer, die wir treffen, werden gleich rausgekickt – wie die Spielsteine beim Mensch-ärgere-dich-nicht. Mein wankelmütiger Nachbar ist gerade aus der Kategorie der »potenziellen Lustobjekte« abgerutscht in die der »typischen Platzverschwender«. Das bedeutet, dass er immer noch ziemlich weit oben steht. Die Skala reicht so weit nach unten wie der jeweilige Mann. Ein Fass ohne Boden.

Verstehen Sie mich nicht falsch. Mir gefallen Männer – sogar sehr. Mir gefällt nur nicht, was manchmal aus ihnen wird, wenn sie (a) zu viel getrunken haben und in Gruppen unterwegs oder (b) der Meinung sind, sie hätten unsereins mal wieder mit ihrem Charme, ihrem Geist und ihrem rundum tollen Aussehen eingewickelt, weshalb jede weitere Anstrengung, uns glücklich zu machen, pure Energieverschwendung ist. Und diese Energie nutzen sie lieber dazu, Biergläser zu stemmen und andere Frauen aufzureißen, um sich davon zu überzeugen, dass sie es noch immer drauf haben.

Jetzt muss ich nur noch begreifen, dass meine beste Freundin Nicky, eine normalerweise vernünftige und durch und durch gescheite Frau, beschlossen hat, das Äußerste zu riskieren. Sich in den gefühlsgeladenen Abgrund des Lebens zu stürzen. Sich als Sklavin der Gefühle und der dreckigen Socken zu verdingen. Im Gegenzug erwartet sie ein gemeinsames Bankkonto und regelmäßiger Sex.

Sie heiratet.

In Gedanken wiederholte ich diesen Satz, um ihn endlich zu kapieren.

Nicky heiratet.

Sorry, ich befürchte, die Bedeutung ist mir noch nicht wirklich klar. Verstehen Sie – wir hatten uns geschworen, es nie zu tun, aber in weniger als vier Wochen wird sie sich diesen Opferkranz aufstülpen und sich von einem Mann an den anderen übergeben lassen.

Doch Nicky ist von der ganzen Sache so hin und weg, dass ich selbst auf der stetig steigenden Flutwelle mitgetragen werde, der die Hochzeit meiner besten Freundin gleicht. Ich will sagen, dass ich mich von ihr habe breitschlagen lassen, in ein pfirsichfarbenes Etwas – welch ein Horror! – zu schlüpfen und hinter ihr Richtung Kirche zu schweben. Ich habe sogar meine Reise abgekürzt, um nach London zurückzukehren und mich mit ihr zu freuen. Der einzige Grund, warum ich das sonnige-relaxte Aussie-Land verlasse, die letzte Etappe meiner großen Reise – eine Etappe, die den Namen kaum verdient, weil ich dort nur knapp einen Monat verbracht habe –, der einzige Grund ist der, Nicky bei den letzten Vorbereitungen für ihren großen Tag zu helfen, und zwar in meiner offiziellen Rolle als Brautjungfer. Tja, das und die Tatsache, dass ich ziemlich abgebrannt bin.

Die Frage war: Soll ich mein Flugticket eintauschen und mit dem so gewonnenen Geld bleiben, um dann so lange zu arbeiten, bis ich mir den Rückflug – wenn überhaupt – wieder leisten kann, oder soll ich gleich fliegen und mich in etwas Seidiges, Segelartiges hüllen, um Nickys Brautjungfer zu werden? Unsere enge Freundschaft und meine traurigen Finanzen gaben den Ausschlag, und so sagte ich der Sonne, dem Faulenzen und einer überwältigenden Landschaft auf Wiedersehen und sprang in die nächste Maschine nach London.

Der Kapitän kündigt den Anflug an, und als sich das Flugzeug zur Seite neigt, blicke ich über die zwei dösenden Passagiere neben mir und sehe unten die Lichter von London funkeln. Ich fühle, wie mich eine Woge der Erregung durchfährt. Halloooo, Baby! Zivilisation, komm zu Mama! Willkommen in der guten, alten, hedonistischen und total selbstverliebten Realität der modernen Welt, wo Schokolade bequem aus dem Automaten kommt und wo öffentliche Toiletten etwas mehr Komfort bieten als mit Fliegen verseuchte Löcher im Boden.

Ganz egal, wie atemberaubend einige der Orte auch waren, an denen ich gewesen bin, London ist immer noch meine Heimat.

Eine spannende, aufregende Metropole, die mir umso attraktiver erscheint, weil ich weiß, dass ich nicht die halbe Nacht damit verbringen muss, mein Gepäck durch die Straßen zu schleppen – auf der Suche nach einem Quartier, das meinem Budget angemessen ist (zehn australische Dollar, ein Taschenmesser und ein Päckchen chinesischer Kaugummi), und dass mein Heil nur Minuten entfernt ist, wenn ich mich nach einem Mars, einer Pizza oder einer Packung Tampons sehne.

Das Erste, was mir auffällt, als ich mit weichen Knien aus dem Flugzeug stolpere, nachdem ich über vierundzwanzig Stunden im Sitz ausgeharrt habe, ist die Tatsache, wie unangebracht meine Strandklamotten doch für den ziemlich unfreundlichen englischen Frühling sind.

Nieselregen. Ich hatte ganz vergessen, was das ist. Nicht zu vergleichen mit den dampfenden Straßen Bangkoks, wo ein kurzer Regenguss wie eine Dusche unter einem heißen Wasserfall ist. Irgendwie gelingt es mir, ohne großes Aufsehen durch die Passkontrolle zu kommen, meinen Rucksack und meinen alten, zerlumpten Seesack vom Rollband zu fischen, um mir dann einen Weg zwischen den vollgepackten Gepäckwagen der anderen Passagiere zu bahnen. Schließlich gelange ich hinaus in die Ankunftshalle und durchforsche das Meer erwartungsvoller Blicke nach einem bekannten Gesicht.

Ich bin mir meines Körpers immer besonders bewusst, wenn ich durch den Zoll in die Ankunftshalle komme, wo alle stehen und einen anstarren, wo Taxifahrer mit Namensschildern winken und aufgeregte Familien auf ankommende Verwandte warten. Fühlen sich so Fußballspieler, wenn sie aus dem Tunnelgang auf das Spielfeld treten? Alle Augen sind auf einen gerichtet, voller Hoffnungen und Erwartungen.

Mein Flugzeugnachbar mit den sexy Knien schiebt an mir vorbei, auf seinem Gepäckwagen stapelt sich teures Ledergepäck neben einem schwarzen Laptop und Duty-Free-Taschen, aus denen Schnaps, Kippen und Parfüm quellen. Im nächsten Moment geht er fast zu Boden, als eine umwerfende Blondine in einem schlicht und ergreifend noch umwerfenderen Designerkostüm sich ihm in die Arme wirft. Ihre Beine reichen bis zu ihren tarantellangen Wimpern.

»Tristan, Liebling, ich habe dich ja so vermisst!«

Tristan? Da lag ich aber ganz schön daneben. Überhaupt lag ich in jeder Hinsicht daneben, soweit er betroffen war, dieser wankelmütige Wollüstling.

»Hast du mich vermisst?«, säuselt sie, und ihre langen Wimpern flattern wie Motten vor einem Fenster.

»Ich habe jeden einzelnen Moment an dich gedacht«, gurrt er.

Lügner! Tristan sackt rasant auf meiner Männerskala auf die Ebene der »miesen kleinen Ratten« ab, die gerade noch eine Stufe über dem »Bodensatz der Schleimscheißer« und zwei Stufen über dem derzeit abgrundtief Niedrigsten stehen, der »stinkenden Ausgeburt eines leibhaftigen Teufels«.

Seltsam, die meisten Männer, die ich unterwegs getroffen habe, erhielten dieselben Einordnungen, entweder in der Kategorie »gerade genug Hirn, um auf Sport, weiche Drogen und harten Schnaps zu stehen«, oder in der Kategorie »würde auch ein Schaf bumsen, wenn es ihm die Zigarette danach anzündet«. Ich muss mich wohl in den falschen Kreisen bewegt haben. Ich stehe da und starre gut sechzig Sekunden lang durch Nicky hindurch, bevor die Tatsache, dass sie auf- und abhüpft und mit lauter Stimme meinen Namen ruft, sich schließlich einen Weg in mein übermüdetes Hirn bahnt.

»Annabelle! Belle! Da bist du ja … endlich! O mein Gott, wie toll du aussiehst! O mein Gott, ich kann gar nicht glauben, dass du es bist!«, quiekt sie, stürzt herbei und wirft die Arme um mich.

Ich atme Nickys vertrauten Geruch ein – Kokosnussshampoo, Fairy-Waschpulver und den schwachen Duft nach Trésor vom Abend zuvor –, bevor sie mich loslässt, mich auf Armeslänge von sich hält und von oben bis unten mustert. Ihre Augen glitzern vor Aufregung und Freude.

»Lass dich ansehen! Wie schlank und braun du bist. Mein Gott, und dein Haar ist mindestens einen halben Meter gewachsen. Du siehst glänzend aus, einfach glänzend …«

Ich starre auf das, was Nicky sein muss. Anstelle eines offenen Lächelns habe ich ein schockiertes, unechtes Grinsen aufgesetzt und wünschte wirklich, ich könnte das Kompliment erwidern, aber dann müsste ich lügen. Und man belügt doch seine beste Freundin nicht, oder?

»Du auch.« Ich zwinge mich, mein Grinsen zu einem hoffentlich etwas natürlicherem Lächeln zu erweitern. Ein kleiner Schwindel, zugegeben, aber ich wollte ihre Gefühle nicht verletzen, und dann zählt es doch nicht, oder? Außerdem sieht sie in meinen Augen großartig aus, ich habe sie schließlich so sehr vermisst, aber …

Nicky zieht eine Schnute.

»Quatsch«, entgegnete sie und lächelt schwach, »ich sehe schrecklich aus, und wir beide wissen es.«

Nix war schon immer unglaublich hübsch, ohne es zu wissen. Ihre Augen sind so grünblau gesprenkelt wie eine reife Birne, sie hat ein spitzes kleines Kinn und eine niedliche, kleine Stupsnase, die sie hasst, weil sie denkt, dass sie damit wie ein Wichtel aussieht, die aber jeder, der sie trifft, unglaublich süß findet.

Jetzt sieht ihr dunkelblondes Haar, das normalerweise zu einem gepflegten Pagenkopf frisiert ist, aus, als hätte jemand dilettantisch drauflos gesäbelt. Es steht in alle Richtungen ab und ist so trocken wie ein Kamel, das acht Tage ohne den Anblick einer Oase auskommen musste.

Sie hat einen dicken, roten Pickel auf dem Kinn. Sie wissen schon, einer von der Sorte, die so fett sind, dass man beinahe meint, sie aufleuchten zu sehen wie ein Warnblinker. Dabei hat sie sechs Schichten Tönungscreme aufgetragen.

Und sie muss mindestens zwölf Pfund zugelegt haben, seit wir uns das letzte Mal gesehen haben.

»Kummerspeck«, erklärt sie und lacht trocken, als sie mich dabei ertappt, wie ich erstaunt auf die zusätzlichen Kurven blicke, die ihr einst so schlanker Körper jetzt aufweist.

»Schon seltsam, was? Wenn man frisst wie ein Schwein, sieht man irgendwann auch aus wie eins. Genau genommen müsste ich aussehen wie ein Schokokeks…« Achselzuckend lacht sie. »Aber egal, wir sollten hier nicht rumstehen und quatschen, du musst ja total erschöpft sein. Dann wollen wir dich mal nach Hause bringen – also zu mir, um genau zu sein. Ich hoffe, es ist dir recht, erst mal bei mir zu wohnen. Es sei denn, du willst zurück zu deiner Mutter, was eher unwahrscheinlich ist, wenn man bedenkt, dass du fünf Monate lang nicht mit ihr gesprochen hast. Und dann musst du mir auch erst mal genau erzählen, wie es war. Ich will jedes verdammte Detail und jede klitzekleine Einzelheit wissen…« Sie bricht ab und umarmt mich erneut. Plötzlich sieht sie sehr traurig aus. »Ach, Belle, es tut so gut, dich wieder hier zu haben! Du weißt ja gar nicht, wie sehr ich dich vermisst habe.«

»Ich habe dich auch vermisst, Baby«, erwidere ich und drücke erstaunt ihre neuen, schwabbeligen Kurven.

Kummerspeck? Warum sollte Nicky Kummerspeck ansetzen? Eine vorhochzeitliche Nervenkrise vielleicht? Sie schnappt sich meinen Seesack, packt mich mit eisernem Griff am Arm und zerrt mich aus dem Terminal zu einem nahe gelegenen Parkhaus, wobei sie die ganze Zeit albern weiterplappert und sich an mich klammert, als würde sie mich nie wieder fort lassen wollen. Trotzdem ist sie immer noch eigenartig distanziert.

Wir haben uns seit fast zwei Jahren nicht gesehen, aber das ist es nicht. Nicky und ich sind die ganze Zeit über in Kontakt geblieben – mit Briefen, Anrufen und ausreichend Postkarten, um eine kleine Sammlung anzulegen.

Es ist eindeutig: Etwas stimmt nicht mit ihr.

Auf Ebene zwei des mehrstöckigen Parkhauses macht sie vor einem metallic-grünen schnieken Sportwagen Halt.

»Das ist deiner?«, frage ich ungläubig. »Was ist mit Arnold passiert?«

Arnold ist – oder vielleicht: war – Nickys erste Liebe. Ein klappriger alter Austin Allegro, der mehr Allüren hatte als eine Hollywood-Diva. Doch Nicky war vernarrt in ihn.

»Er ist seit achtzehn Monaten auf einen Stellplatz in der Nähe der Wohnung verbannt«, erklärt sie mir. »Ich hab's nicht übers Herz gebracht, mich ganz von ihm zu trennen, aber er hat nicht zum neuen Image gepasst. Aber das tue ich auch nicht, was?«

Und wieder dieses jämmerliche Lachen.

Ich fange an, mir ernsthaft Sorgen zu machen.

Das ist nicht die Nicky, die ich kenne und schätze. Dieses mitreißend fröhliche, heitere, lustige Mädchen, das Nicola Louise Chase in den letzten fünfundzwanzig Jahren immer war.

Und sie hat die Hochzeit noch nicht einmal erwähnt, was nach den letzten paar Monaten, in denen es um kaum etwas anderes ging, ziemlich verdächtig ist.

Nicky drückt auf den Infrarotknopf an ihrem Schlüsselbund, die Scheinwerfer blinken zweimal und die Zentralverriegelung geht auf. Sie hilft mir, mein schäbiges Gepäck in den Kofferraum zu laden, wobei sie die ganze Zeit über meinem Blick ausweicht, und dann steigen wir beide ein.

Ich beschließe, mich vorsichtig anzupirschen.

»Jetzt sag mir nicht, dass wir sofort zum Schneider fahren, damit mir ein schreckliches, pfirsichfarbenes Etwas mit grässlichen Rüschen auf den Leib geschneidert wird?«, frage ich, als sie den Motor aufheulen lässt.

Mir wird klar, dass ich beim ersten Versuch ins Schwarze getroffen habe, denn Nickys Gesicht gleicht jetzt einer Coladose, über die ein Autoreifen gefahren ist.

»Alles in Ordnung, Nicky?«

»Ja, alles … nein, nichts!« Plötzlich lässt sie den Tränen freien Lauf und bricht schluchzend und wie ein Häufchen Elend über dem ledernen Lenkrad zusammen. »Nichts … gar nichts ist in Ordnung. Es ist alles so hoffnungslos und absolut falsch gelaufen, Belle.«

Sie lehnt sich zurück und angelt nach ihrer Handtasche. Vorsichtig strecke ich die Hand aus und drehe den Zündschlüssel, so dass der Motor erstirbt.

Nicky zieht ein Taschentuch heraus und wischt sich krampfhaft die Tränen von den Wangen. Ganz offensichtlich kam das Tuch heute bereits mehrfach zum Einsatz; auf dem weißen Leinen sind Flecken dunkelbrauner Wimperntusche und Spuren von Lippenstift.

»Ach, Belle, ich weiß nicht, was ich machen soll. Ich konnte mit niemandem darüber reden. Ich hab ja versucht, mit meiner Mutter zu reden, aber sie fand es total verrückt, so was auch nur zu denken. Und ich wollte mit dir reden, aber du warst so weit weg, und ich wollte dich nicht beunruhigen, für den Fall, dass gar nichts ist …«

Sie umklammert meine Hand. Ihre ist ganz kalt, die Nägel sind stumpf und abgekaut. Ich drücke sie ganz fest.

»Was ist denn los, Nix?«, frage ich sachte.

Nicky hört auf, in ihr Taschentuch zu schluchzen, und sieht mich an. Ihre großen Augen sind feucht und bekümmert. »Richard …«, keucht sie, »… hat eine andere.«

Richard. Der Zukünftige. Mr. Perfekt, Nickys Briefen zufolge. Ein Mann, zu gut, um wahr zu sein.

»Was hat er? Bist du dir sicher?«

»Ja … Nein … Ach, ich weiß doch auch nicht. Ich blicke einfach nicht mehr durch.«

Wieder sieht sie mich an; Tränen und Wimperntusche strömen über ihre Wangen.

»Na, etwas muss doch vorgefallen sein, wenn du so etwas denkst. Hat er was gesagt? Sich irgendwie verändert?«

Sie schnäuzt sich heftig in das bereits durchgeweichte Taschentuch und nickt.

»Er fing irgendwann an, mir auszuweichen. Du weißt schon – hat Verabredungen abgesagt, ist ohne Erklärungen ausgegangen, war mit ›Freunden‹ was trinken, ohne je einen Namen zu nennen, hat bis spät nachts gearbeitet, ist aber nie ans Telefon gegangen, wenn ich versucht habe anzurufen. Ich weiß auch nicht, vielleicht bin ich voreilig, aber früher war er ganz anders. Ich weiß nicht, was ich tun soll, Belle. Vielleicht übertreibe ich. Die Aufregung vor der Hochzeit und so. Ich hoffe wirklich, dass nicht mehr dahinter steckt. Das hat zumindest meine Mutter behauptet …«

»Keine Sorge, Nix«, erwidere ich und drücke sie an mich. »Deine Mutter hat bestimmt Recht. Heiraten ist neben Umzügen und Scheidungen anscheinend eine der Hauptursachen für Stress. Ach ja, und Todesfälle. Natürlich die anderer Leute, denn es ist zu spät, nach dem eigenen gestresst zu sein, nicht wahr? Obwohl der Tod natürlich in diesem Fall Stress abbauen könnte. Will heißen, ich würde mich glücklich schätzen, Richard für dich umzubringen, wenn du meinst, das würde helfen …«

Ich werde mit dem Ansatz eines Lächelns belohnt.

»… doch was auch immer es ist, Nix, wir werden es klären, das verspreche ich dir. Irgendwie schaffen wir es.«

Nicky beugt sich herüber und umarmt mich tränenüberströmt.

»Danke, Belle. Ich wusste, dass mit deiner Hilfe gleich alles besser aussieht. Du glaubst ja nicht, wie froh ich bin, dass du wieder da bist.«

Liebevoll drücke ich sie an mich. Der Mutterinstinkt wallt in mir auf wie bei einem Krallenaffen, der ein heranpirschendes Raubtier gesichtet hat. Sie mag froh sein, dass ich wieder da bin, aber eines ist sicher: Wenn Richard sie wirklich an der Nase herum und geradewegs ins Dornengestrüpp des Verrats führt, statt vor den Altar und anschließend in ein süß duftendes Bett aus Rosenblüten, dann wird er sich wünschen, ich wäre weiter als nur einen Kontinent weg. Wenn ich herausfinde, dass er diese Frau wirklich betrügt, die wahrscheinlich einer der entzückendsten, nettesten Menschen in unserem Universum ist, dann werde ich ihn nicht einfach nur umbringen – ich werde ihn langsam, brutal und sehr schmerzhaft zu Tode quälen.

Kapitel 2

Nicky fährt mich zu ihrer Wohnung im Stadtteil Limehouse, wo sie seit zwei Monaten lebt. Das Apartment liegt in einem riesigen, alten Lagerhaus am Hafen, in dem nach einem Umbau drei Stockwerke Luxus pur entstanden sind – mit versetzten Wohnebenen, massiven Pfeilern, riesigen Fenstern und Ziegelsteinwänden. Das Gebäude liegt in einem Bezirk, der gerade weit genug auf der falschen Seite des Szeneviertels ist, um noch bezahlbar zu sein.

Nickys Wohnung befindet sich im zweiten Stock, in den man über eine steile Steintreppe oder mit dem schnieken, neuen Lift gelangt. Wir quetschen uns hinein; meine Schuhe und mein Rucksack hinterlassen kleine Sandhäufchen auf dem polierten Boden.

Obwohl sie erregt ist, öffnet Nicky die Wohnungstür doch mit einem berechtigten Anflug von Stolz.

Zu ihrem neuen Image gehört nicht nur der Sportwagen, sondern auch eine Wohnung, für die man sterben könnte. Ich trete durch die Tür in eine Art Empfangsraum, von dem aus eine weitere Tür nach rechts zum Garderobenraum abzweigt. Über drei Stufen gelangt man in den zentralen Teil des Apartments, ein riesiges Wohnzimmer auf zwei Ebenen, mit Parkettboden und Ziegelsteinwänden.

Die gegenüberliegende Wand ist fast ganz aus Glas und führt nach draußen, wo sich nicht gerade ein Dachgarten, aber doch etwas weitaus Besseres als ein Balkon befindet. Darauf stehen einige prächtige Pflanzen in fetten Terrakottakübeln, ein Holztisch samt Stühlen, eine passende Sonnenliege und sogar ein Grill, der an der rechten Wand aufgestellt ist.

Man hat den Eindruck, dass sich draußen mehr Möbel als drinnen befinden, obwohl die wenigen Dinge, die Nicky in ihrem Wohnzimmer hat, sehr geschmackvoll sind.

Nicky hat immer schon zu den Leuten gehört, die auf Qualität statt auf Quantität achten. Wenn man uns beide mit je einhundert Pfund zum Einkaufen schicken würde, käme sie mit einer einzigen Hose zurück, die traumhaft sitzen und Jahre halten würde, während ich Taschen voller Billigteile anschleppen würde, die gerade einmal zwei Wäschen überständen, bevor sie ausbeulen, durchscheuern, verbleichen und wie alte Putzlumpen aussehen würden.

Die Mitte des Raumes nimmt ein prächtiger türkischer Teppich ein, den Nicky aus dem Esszimmer ihrer Eltern entwendet haben muss. Darauf thronen im rechten Winkel zueinander zwei knautschige, cremefarbene Sofas, dazwischen steht ein kurvenreicher Couchtisch von Conran.

An der Wand zur Rechten neben der Tür zur Küche steht ein teures Regalsystem. Eines von diesen hochmodischen High-Tech-Teilen aus Buchenholz und Plexiglas, auf dem sich einige erlesene Kunstobjekte, eine teure Stereoanlage und ein kleiner Fernseher verlieren.

Genau die Art Wohnung, die in Lifestyle-Zeitschriften vorgestellt werden und die immer einem aufstrebenden jungen Starlet gehören. Alles sieht einfach nur teuer aus. Gott sei Dank habe ich mein Didgeridoo nicht mitgebracht. Abgesehen von dem Problem, es um den halben Erdkreis zu transportieren, hätte es auch nicht wirklich zum Ambiente gepasst; und obwohl die folkloristischen, geschnitzten Fruchtbarkeitssymbole, für die ich mich entschieden hatte, viel besser zum Dekor passen würden, scheinen sie mir im Moment nicht besonders angemessen.

Aber vielleicht sollte ich nicht so negativ denken.

Wie sie selbst sagte, hat Nicky ja nur eine kleine, vorhochzeitliche Nervenkrise, einen Panikanfall, verursacht durch ihre eigene Angst, eventuell nicht das Richtige zu tun. Wenn also

Richard eine andere hätte, wäre das wirklich die einzige Entschuldigung, die sie finden könnte, um ihren Kopf zu diesem späten Zeitpunkt noch aus der Schlinge zu ziehen. Wie nennt man so was doch gleich? Eine Projektion, so heißt das wohl, genau. Sie projektiert ihre eigenen Ängste auf jemand anderes.

Vielleicht ist Nicky wie ich noch nicht bereit, die äußeren Symbole des Erwachsenseins zu ertragen: masochistische Ehe, Mutterschaft und Megahypotheken. Und das eine können Sie mir glauben: Hinter dieser Wohnung steckt eine Megahypothek.

»Nix, ich weiß ja, dass du ganz gut verdienst, aber wie um Himmels willen kannst du dir so eine Wohnung leisten?«, frage ich und sehe mich ungläubig um.

»Kann ich gar nicht«, gesteht sie. »Dazu bedurfte es leider jeder Menge Unterstützung und einer beträchtlichen Hypothek. Die Anzahlung war ein enormes Hochzeitsgeschenk von Mum und Dad. Ich glaube, sie waren einfach nur verblüffend erfreut, mich los zu sein – na ja, sagen wir mal, sie waren verblüfft –, so dass es ein Leichtes war, sie zu überreden. Außerdem sind sie beide ganz vernarrt in Richard. Er ist der Sohn, den sie immer wollten, aber nie hatten.«

»Was ist mit Toby?«, werfe ich ein und erinnere damit an Nickys grässlichen kleinen Bruder.

»Eben. Richard ist der Sohn, den sie immer wollten, aber nie hatten. Du weißt schon: der gehorcht, statt rumzumotzen, regelmäßig duscht, seinen Lebensunterhalt verdient …«

»Also ist Toby immer noch ein totaler Versager?«

»Das ist noch viel zu höflich ausgedrückt. Er ist immer noch ein totales Arschloch.«

Ein kurzer Korridor führt zur Küche; von ihm gehen drei Türen ab. Nicky führt mich hinein und öffnet die erste Tür rechts.

»Das ist dein Zimmer«, verkündet sie und wirft meinen Seesack aufs Bett.

Es gibt kein Fenster, aber über dem breiten Doppelbett ist ein großes, rundes Dachfenster.

Nicky folgt meinem Blick. »Tut mir Leid, dass du keinen Ausblick hast, aber dafür kannst du dir im Liegen die Sterne ansehen.« Sie lächelt. »Beruhigt vielleicht den Wandertrieb, hab ich mir gedacht. Ohne eine Landschaft und nur mit dem Nachthimmel über dir könntest du absolut überall auf der Welt sein. Zu deinem Badezimmer geht's hier entlang.« Sie deutet auf etwas, das ich für einen Wandschrank gehalten habe.

»Soll das heißen, ich bekomme ein eigenes Badezimmer?«

»Klar.« Sie grinst schief. »Du weißt doch noch, was das ist, ein Badezimmer, oder?«

»Na ja, ich bin so daran gewöhnt, auf den Boden oder hinter Büsche zu pinkeln, dass du mich wahrscheinlich morgens dabei erwischst, wie ich hinter einer Topfpflanze auf dem Balkon hocke«, scherze ich, öffne die Tür und spähe hinein. Das ist das wohl untadeligste Badezimmer, das ich seit mehr als achtzehn Monaten gesehen habe. Kein sehr großer Raum, aber sehr geschickt geteilt; die Wanne ist hinter einer Trennwand versteckt, die Duschkabine befindet sich gleich neben der Tür, und ein WC sowie ein Waschbecken füllen den Platz dazwischen aus. Alles ganz in Weiß gehalten und mit verchromten Armaturen – das erste Bad, in dem ich seit längerem mal wieder nicht den Atem anhalten muss, während ich Pipi mache, aus Angst davor, den stechenden Geruch von sehr viel Schlimmerem als scharfem Desinfektionsmittel einzuatmen.

»Was denn, kein Bidet?«, spotte ich und blicke ehrfürchtig um mich. »Diese Wohnung ist eine Wucht! Ein Hochzeitsgeschenk! Ich dachte immer, wenn man heiratet, bekommt man Handtücher und ein Teeservice und fünfmal den gleichen Toaster …«

Mir ginge es so. Meine Mutter würde mir Geld geben. Sie gibt mir immer Geld – zum Geburtstag, zu Weihnachten, wann Sie nur wollen. Nicht mal eine Karte, nur einen kleinen, braunen Briefumschlag mit dem Scheck darin. Normalerweise auch in anständiger Höhe, aber nie und nimmer könnte man davon eine Wohnung kaufen. Und was meinen Vater betrifft, diesen Weltenbummler … wenn ich Glück habe, bekomme ich zum Geburtstag eine Postkarte von einem exotischen Flecken dieser Erde, die mindestens zwei Wochen zu spät kommt und Nachporto kostet.

»Wenn du nicht heiratest, musst du es dann zurückgeben?« Warum ist mein Humor bloß immer so subtil? Nach diesem Patzer folge ich Nicky zurück ins Wohnzimmer, wo eine Flasche Wein und zwei Gläser auf dem Couchtisch warten.

»Wenn ich nicht heirate, dann gebe ich gar nichts zurück.«

»Das ist eine gute Idee. Behalte alles, als eine Art Trostpflaster. Weg mit dem Mann, her mit den Geschenken.«

»Warum sollte meine Wohnung genau so leer sein wie mein Leben?« Nicky lässt sich aufs Sofa fallen, ihre Unterlippe zittert wie die eines verängstigten Hundes. »Und es ist mir auch egal, ob ich jede Stunde meines Lebens arbeiten muss, ich werde diese Wohnung mit oder ohne Richard behalten.«

»So weit wird es schon nicht kommen.«

Ich setze mich neben sie und tätschele ihre Hand, wie ein Kindermädchen, das einen Dreikäsehoch zu trösten versucht.

»Ich bin sicher, alles löst sich in Wohlgefallen auf. Das muss es auch«, witzele ich, »denn auf keinen Fall ziehe ich wieder zu meiner Mutter, selbst wenn sie mich nimmt.«

»Wir enden vielleicht beide auf ihrer Türschwelle und betteln um ein Zimmer für eine Nacht.« Nicky lacht bitter.

»Das wäre wirklich der allerletzte Ausweg. Lieber schlafe ich im Freien.«

»Ach wirklich?« Nicky zieht die Augenbrauen hoch. »Ich weiß ja, dass du dich zu deiner Zeit gerne mal unters gemeine Volk gemischt hast. Ich sehe uns beide schon unter einer Brücke in einem leeren Geschenkkarton übernachten.«

»Zumindest wäre es ein schicker Karton«, scherze ich.

In einer Ecke des Zimmers stapeln sich die bereits geöffneten Geschenke. Von Harrods, Harvey Nichols, Conran, Selfridges … die lieben Verwandten haben sich nicht lumpen lassen.

»Solltest du die Geschenke nicht erst nach der Hochzeit öffnen?«

Nicky zuckt die Achseln und grinst schief.

»Du kennst mich doch.«

Sie hat immer zu den Kindern gehört, die schon vor dem Weihnachtstag verbissen nach ihren Geschenken suchen, obwohl sie dann im entscheidenden Moment keine Überraschungen mehr erleben. Selbst wenn man sie im Garten vergrub, schaffte Nicky es, sie auszubuddeln, wie ein Schwein auf Trüffelsuche.

»Außerdem«, fährt Nicky fort, »kann ich dann die Danksagungen vorher drucken lassen und mich einfach entspannen und meine Flitterwochen genießen.«

Plötzlich sieht sie betroffen aus.

»Das heißt, wenn es überhaupt zu Flitterwochen kommt.«

»Wenn Richard nicht will, kann ich dann mitkommen?« Huch, schon wieder bin ich in ein großes Fettnäpfchen getreten.

Glücklicherweise lacht Nicky.

»Man sollte meinen, dass du genug Urlaub hattest!«

»Du hörst dich an wie meine Mutter. Außerdem war das kein Urlaub, das war eine Lebenserfahrung«, spotte ich.

Auf den Regalen steht eine ganze Sammlung gerahmter Fotografien. Einige davon zeigen Nicky und mich: beim Schulabschluss, auf Partys und beim Ponyreiten in Wales, als wir ungefähr zwölf Jahre alt waren. Auf einem ist ihr jüngerer Bruder Toby in einem grünen Rugby-Shirt zu sehen; in seinen braunen Locken hängen Schlammspritzer, er grinst übers ganze Gesicht und hält ein Bierglas in der Rechten. Auf einem anderen sind Nickys Eltern abgebildet, die sehr förmlich wirken und neben dem riesigen, steinernen Kamin im Salon ihres Hauses in Kent posieren. Den Mittelpunkt der Sammlung aber nimmt das in Buchenholz gerahmte Bild eines gut aussehenden blonden Mannes ein, der sich entspannt auf einer Sonnenliege aus solidem Holz rekelt, die neben einem blass-blau glitzernden Pool steht.

Er hat seine Rayban für das Foto nicht abgenommen, weshalb ich die Augen nicht sehen kann, aber sein Kinn ist eckig und sehr markant geschnitten, und sein Mund ist zu einem, wie mir scheint, ziemlich arroganten Lächeln verzogen.

»Ist er das?«

Nicky nickt.

»Genau. Das ist Richard.«

»Er sieht wirklich gut aus.«

»Nicht wahr?«, fragt sie zustimmend, und in ihrer Stimme schwingt ein Hauch Verbitterung mit.

»Wenn man auf so etwas steht«, füge ich vorsichtig hinzu.

»Ich wusste, dass du das sagst.« Auf Nickys Gesicht breitet sich ein zaghaftes Lächeln aus. »Er ist dir zu perfekt, stimmt's? Ihm fehlt dieses gewisse raubeinige Etwas, auf das du normalerweise stehst.«

»Das hört sich an, als würde ich üblicherweise auf staubbedeckte Maurer abfahren, die weniger Hirnzellen haben als Smarties in einer Familienpackung sind!«

»Keine Sorge, ich weiß schon, dass du anspruchsvoller bist ... ein bisschen zumindest.«

»Prost, Nick. Wann wurde es aufgenommen?«

»Vor etwa zehn Monaten, einige Zeit, nachdem wir uns kennen gelernt haben. Wir waren auf einem Empfang in Henley ...«

»Oh, wie es aussieht, geht es nach oben mit uns, hm? Nein, entschuldige, ich vergaß, du bist ja schon oben. Da sind Empfänge in Henley nur ein kleiner Schritt zur Seite, was? Wohingegen sie für mich so unerreichbar sind wie eine Party im Buckingham Palace.«

»Idiotin!« entgegnet sie zärtlich.

Ich schiebe meinen reisemüden Allerwertesten vom Sofa und gehe zum Regal, um mir das Foto näher anzusehen.

Sicher bin ich voreingenommen, weil es meiner besten Freundin so schlecht geht, aber ich glaube nicht, dass mir dieser Typ gefällt.

Er sieht allzu arrogant und selbstzufrieden aus.

Alles, was ich vorher von ihm gesehen hatte, war ein verwackelter Schnappschuss, der so viele Male von so vielen Postboten geknickt wurde, dass es schwierig war, überhaupt etwas darauf zu erkennen außer der Tatsache, dass dort Nicky mit einem großen Hut auf einer Gartenparty abgebildet war und dass sie Hand in Hand mit einem Mann mit blonden Haaren und einer großen Falte quer über dem Gesicht stand.

Ich glaube fast, mit der Falte im Gesicht gefällt er mir besser. Er sieht bei weitem nicht so eingebildet aus. Als wäre diese Überlegung das Stichwort, klingelt das Telefon.

Nicky stürzt sich auf den Hörer wie ein hungriger Vogel, dem man ein Stück Brot hingeworfen hat.

»Hallo?«

Ihre Stimme wird weicher und leiser.

»Oh – du bist es, hi.«

Aus dem schmeichlerischen Tonfall und der Tatsache, dass ihre Schultern sich sofort ein wenig entkrampfen, schließe ich, dass es sich bei dem Anrufer um Richard handelt.

Sechzig Sekunden später jedoch verschwindet der sanfte, schmeichlerische Tonfall, und Nickys Stimme klingt wieder erregt, enttäuscht und ganz heiser vor weiteren, drohenden Tränen, und ihre Schultermuskeln verknoten sich wieder wie Brezeln.

»Oh … muss das denn unbedingt sein?… Wenn es so wichtig ist, wie du sagst …«

Eine Pause tritt ein, und sie versucht, die Fassung wieder zu erlangen.

»Ich liebe dich«, sagt sie sanft, doch selbst ich kann den leisen Summton hören, der anzeigt, dass Richard längst aufgelegt hat.

Sie sieht zu mir herüber, ihre Augen sind düster und traurig. Niedergeschlagen schüttelt sie den Kopf.

»Er sollte eigentlich heute Abend vorbeikommen, aber er hat gerade abgesagt.« Sie seufzt tief und schüttelt erneut den Kopf, als wolle sie versuchen, die Atmosphäre des Trübsinns abzuschütteln, die sich spürbar ausgebreitet hat. »Das ist schon das zweite Mal diese Woche. Angeblich muss er ein paar Kunden zum Essen einladen… ganz kurzfristig, du weißt ja, wie das ist, tut mir schrecklich Leid, Nicola«, äfft sie ihn nach. Sie kämpft gegen die aufsteigende Enttäuschung – gegen dieses Gefühl, das jeder erlebt, der ein Bonbon verschluckt und den Eindruck hat, es bleibt im Hals stecken, oder das einen überfällt, wenn man einen Augen und Herz erweichenden Kummer unterdrücken will.

Nicky vergräbt das Gesicht in den Händen, kann aber nicht verhindern, dass dicke salzige Tränen über ihre Finger kullern. »Das treibt mich noch komplett in den Wahnsinn. Ich brauche einfach Klarheit, Belle. Ganz egal, wie schlimm die Wahrheit auch ist, schlimmer als das kann sie nicht sein.«

»Dann müssen wir eben die Wahrheit herausfinden«, sage ich entschlossen, setze mich zu ihr und schenke ihr ein großes Glas gekühlten Wein ein.

»Was meinst du damit?« Nicky späht hinter ihren gespreizten Fingern hervor zu mir auf.

»Weiß Richard, wie ich aussehe?«

»Na ja, er hat Fotos von dir gesehen, aber ich bezweifle, dass er dich wieder erkennt«, entgegnet sie, und der traurige Ausdruck auf ihrem Gesicht weicht einem verwirrten.

»Das ist gut. Hast du irgendwelche warmen Klamotten, die du mir leihen kannst?«

»Sicher, aber…«

»Nichts Gutes, einfach etwas Kuscheligeres als die drei Shorts und die zwei Bikinis, die im Moment meine einzigen materiellen Besitztümer darstellen.«

Zu medizinischen Zwecken kippe ich einige Schlucke Wein in Nickys Kehle, ziehe sie dann vom Sofa hoch und dirigiere sie in Richtung Schlafzimmer, wo wir nach einigem Wühlen in ihren Designerkleidern ein enges T-Shirt, einen klobigen Pulli und eine Jeans zu Tage fördern.

»Die kannst du gleich behalten, ich bin vor vierzehn Pfund aus den Sachen rausgewachsen. Bin zu gut gepolsterten Rippenshirts übergegangen«, scherzt sie traurig. »Vielleicht sollte ich auch mal auf Reisen gehen?« Nicky sieht leicht grünlich aus, als ich ohne Probleme in ihre seit langem aussortierte Jeans, Größe achtunddreißig, schlüpfe.

»O ja, es ist erstaunlich, was Armut und der nahe Hungertod für die Figur leisten können.«

Sie reißt die tränenfeuchten Augen auf.

»War es so schlimm?«

»Schlimm? Es war unglaublich.«

»Warum bist du dann wiedergekommen?«

»Warum wohl, du dumme Nuss?«, entgegne ich und umarme sie. »Okay, jetzt brauche ich die Schlüssel für dein Auto.«

Beim Anblick von Nickys entsetztem Gesichtsausdruck muss ich lachen.

»Nicht für das neue, du Dummkopf. Ich würde es mir selbst nicht anvertrauen, ganz zu schweigen von dir! Ich meinte Arnold. Ist er noch gemeldet?«

»Gerade so eben. Ich glaube, er hat noch zwei Monate TÜV und schafft noch etwa zweihundert Meilen.«

»Also, ich brauche die Schlüssel für Arnold und eine Wegbeschreibung zu Richards Wohnung.«

»Aber warum?«, wiederholt sie. Ihr blasses Gesicht sieht immer noch verwirrt aus. »Was hast du vor, Belle?«

»Wenn du wirklich die Wahrheit wissen willst«, entgegne ich, während ich mir meine staubigen Stiefel und eine Goretex-Jacke von Nicky anziehe und schnell zur Tür gehe, bevor mich dieses einladende, weiche Gästebett voll in seinen Bann zieht, »dann werde ich dafür sorgen, dass ich sie für dich herausfinde.«

Vor gerade mal zwei Tagen war ich um diese Zeit am Strand, habe mich wie eine Katze in der Sonne gerekelt, den azurblauen Wellen gelauscht, die auf den Strand krachten, hatte ein gutes Buch in der Rechten, ein kaltes Bier in der Linken und eine bunte Menge muskulöser Männer vor mir, die in der Brandung umhersprangen und deren bloße Oberkörper von der Gischt glitzerten.

Der Himmel auf Erden.

Und den habe ich aufgegeben im Austausch für das hier?

Ich verbringe eine Nacht draußen vor einem Haus in Chelsea, eingepfercht in einen rostigen Austin Allegro ohne Radio; eine zerbrochene Sprungfeder drückt mir in den Hintern und ich schlürfe schnell kälter werdenden Kaffee aus einer Thermoskanne, um den Jetlag einzudämmen. Während all dieser Zeit trommelt der Regen rhythmisch aufs Dach und dringt durch die undichten Fenster, um die bereits verrotteten, stinkenden Fußmatten zu durchweichen. Klasse. Und wozu das alles?

Um zu erleben, wie der Verlobte meiner besten Freundin ganz spät, aber auch ganz allein nach Hause kommt.

So viel zu meiner bisherigen Schnüfflerkarriere.

Ich habe geschlagene fünf Stunden hier ausgeharrt, und alles, was ich zu sehen bekomme, ist »Richard, der Unfehlbare«, der das Taxi bezahlt und mit der Aktentasche über dem Kopf zur Eingangstür sprintet, um seine perfekte Föhnfrisur vor dem strömenden Regen zu schützen.

Ich ziehe Nickys Handy aus meiner Handtasche und tippe ihre Nummer ein.

»Hallo?«, lässt sich eine verschlafene Stimme vernehmen.

»Der Kuckuck ist gelandet.«

»Hä?«

»Ich sagte, der verdammte Kuckuck ist gelandet!«

»Wer ist denn da?«

Oh, Mist. ›Verwählt.‹ Hastig unterbreche ich die Verbindung, unterdrücke ein recht unangebrachtes Kichern und wähle erneut.

»Hallo?«

Diese Stimme klingt vertrauter.

»Nicky? Bist du das?«

»Natürlich!«, wispert sie angespannt. »Was ist los?«

»Der potenzielle Verräter ist zurück.«

»Und?«

»Und er ist allein. Kein wollüstiges Weib, das an seinem Arm hängt oder in seiner Unterhose Versteck spielt.«

»Und?«, wiederholt sie. Ihr Tonfall verrät, dass das Verlangen nach der Wahrheit gerade einen guten alten Faustkampf austrägt mit der Alternative, wie ein Strauß den Kopf in den Sand zu stecken.

»Und nichts. Er ist vor etwa zwanzig Sekunden in einem Taxi angekommen, hat bezahlt und ist ins Haus gerannt. Kann ich jetzt nach Hause kommen?«

»Solltest du nicht warten? Vielleicht taucht sie noch auf?«

»Nicky! Es ist zwei Uhr früh, ich hatte in den letzten vierundzwanzig Stunden gerade einmal zwei Stunden Schlaf, und außerdem wissen wir doch gar nicht, ob es eine solche Sie überhaupt gibt, oder? Ich könnte hier vor seinem Haus sitzen, bis er morgen zur Arbeit geht, und sehe vielleicht nichts Auffälligeres als den Milchmann, der Vollmilch und Cremejoghurt statt H-Milch und Obstsaft ausliefert.«

»Aber Belle!«, jammert sie. »Du hast doch selbst gesagt, es ist zwei Uhr. Wo zum Teufel war er so lange?«

»Keine Ahnung, Nix. Ich weiß nicht, wie ich es herausfinden könnte, es sei denn, ich falle über den Taxifahrer her. Sieh mal, heute Nacht kann ich nichts mehr ausrichten. Dieses Auto ist so feucht, dass mein ganzer Körper schon so schrumpelig ist wie eine alte Dörrpflaume. Setz den Teekessel auf, in zwanzig Minuten bin ich da.«

»Wenn du bleibst, erwischst du ihn vielleicht in flagranti.«

»Vertrau mir, Nicky, wenn ich bleibe, dann werde ich selber erwischt – von einer Lungenentzündung.«

Ich stapfe durch die Sicherheitstür in Nickys Haus und schleppe mich mit letzter Kraft und zufallenden Augen in den Aufzug. Nicky erwartet mich bereits, als der Lift mich weich in den zweiten Stock hinaufbefördert. Sie lehnt im Türrahmen und hält nach mir Ausschau. Ihr Gesicht ist blass vor Sorge und Angst, ihr Haar ist zu einem Pferdeschwanz zusammengerafft, ihre Nägel sind völlig abgeknabbert und am Ende wie ihre Nerven.

»Belle! Gott sei Dank bist du wieder da!« Sie zerrt mich nach drinnen. »Erzähl mir alles … was hast du gesehen?«

»Wie ich bereits sagte – er kam nach Hause, kurz bevor ich dich anrief, und er war eindeutig allein.«

»Was hatte er an?«

»Kleidung«, murmele ich erschöpft, kicke meine Stiefel von den Füßen, ohne sie vorher aufzumachen.

»Was für Kleidung?«, heult sie.

»Äh … Berufskleidung, denke ich. Hosen … ist ja klar … irgend einen Anzug? Ich weiß nicht mehr, Nix. Tut mir Leid, aber es war ziemlich dunkel.«

»Wenn es so dunkel war, dann ist dir vielleicht etwas Wichtiges entgangen?«

»Ich konnte vielleicht nicht genau erkennen, wer seinen Anzug geschneidert hat, aber ich konnte deutlich sehen, dass er allein war, glaub mir. Ach ja, er hatte immer noch seine Aktentasche dabei, also würde ich sagen, dass das heutige Arbeitsessen wirklich eins war. Es sei denn, er ist in einer Disco um sie herumgetanzt.«

Ich gehe ins Wohnzimmer und ziehe die geliehenen Handschuhe aus, um zu versuchen, meine blau gefrorenen Hände durch etwas Reibung wieder zu beleben.

Nicky folgt mir. Als sie meine eisigen, steifen Finger sieht, überschattet sich ihr ohnehin schon düsteres Gesicht noch mehr.

»Du frierst ja!«

»Ach, sag bloß.«

Sie bedeckt meine kalten Hände mit ihren warmen und fängt abwesend an, sie zu rubbeln.

»Sorry, Belle.« Sie entschuldigt sich zwar, aber in Gedanken ist sie weit fort und höchst beschäftigt. »Vielleicht hat das Essen ja länger gedauert als geplant«, stellt sie fest, und ihre Lippen sind fest aufeinander gepresst. Sie ist entschlossen, einen kühlen Kopf zu bewahren.

»Vielleicht.«

»Vielleicht ist er im Anschluss auch noch zu seinen Eltern gefahren, um die Hochzeit oder sonst etwas zu besprechen.«

»Gut möglich.« Ermutigend nicke ich. »Es gibt sicher eine ganz logische Erklärung, warum er so spät nach Hause kam.«

»Ich halte es nicht aus, Belle!«, jammert Nix, die meine Hände loslässt und auf das Sofa sackt, den Kopf in den Händen vergraben. »Ich werde noch paranoid. Zieh mir eine große Unterhose mit einem fetten P vorne darauf über meine Jeans, und schon hast du mich. Ich überprüfe nicht nur seine Hemdkrägen auf Lippenstift und Parfüm – weißt du, was ich noch anstelle? Weißt du eigentlich, wie tief ich gesunken bin?«

Ich weiß es nicht, aber sie wird es mir gleich sagen.

»Ich schnüffele an seinen Unterhosen«, gesteht sie und verdreht vor Scham die Augen hinter den Fingern.

Ich lächele ganz zaghaft und hoffe, dass es freundlich-ironisch aussieht und nicht wie der Beginn eines hysterischen Lachkrampfes.

»Na ja … ist doch nicht so schlimm. Manche Leute stehen auf so etwas, du brauchst dich nicht zu schämen. Immer noch besser als einen Ritus daraus zu machen, deinen abendlichen Kakao aus seiner Kricket-Box zu schlürfen oder so.«

»Nein!« kreischt sie. »Doch nicht zum Vergnügen … sondern wegen der Beweise.«

»Welche Art Beweise?«

»Du weißt schon …« Sie runzelt die Stirn.

»Ja?«

»Stell dich nicht so dumm, Belle, natürlich weißt du, wovon ich rede. Vom … vom Geruch einer Frau, davon.«

»Wirklich?«

»Wirklich«, versichert sie mir traurig. »Ich fahre zu seinem Haus, sobald er fort ist, gehe hinein und durchwühle seine Unterwäsche.«

Ich versuche krampfhaft, das Grinsen zu unterdrücken, das sich hartnäckig zu schallendem Gelächter steigern will.

»Das ist nicht komisch«, murmelt Nicky schmollend, »das ist total traurig. Schlimmer noch: Einmal hat er mich sogar erwischt.«

»Hat er nicht!«

»Hat er wohl.« Bei dem Gedanken daran wird sie feuerrot. »Auf frischer Tat, mit dem Gesicht im Wäschekorb, Boxershorts in der einen Hand, Slip in der anderen und die Nase in seinem Lieblingsschlüpfer von Calvin Klein.«

Sie greift nach dem Weinglas, das so groß wie ein Goldfischbehälter ist, und nimmt einen ordentlichen Schluck Frascati. Dann schüttelt sie den Kopf.

»Wie hast du reagiert?«

»Abgesehen von dem Herzanfall, als er hereinkam? Ich habe ihm erklärt, es wäre doch eine nette Überraschung, wenn ich seine Wäsche mache, wo er doch in letzter Zeit so viel Arbeit hat.«

»Die Feinripp-Fee«, sage ich kichernd. »Morgens vor der Arbeit stehen da Körbe voller Dreckwäsche, und wenn man nach Hause kommt, ist eine kleine Nymphe durchgebraust und alles ist sauber. Äh … hat er gefragt, warum du mit deiner Zunge eine Vorwäsche machst, also sozusagen die Bremsspuren einweichst?«

»Belle!« Nicky zuckt zusammen.

»Also, hast du ihn gefunden?«

»Wen?«

»Den Beweis. Du weißt schon: lange, blonde Haare, den latenten Geruch nach frittierten Scampi?«

»Annabelle!« Schockiert verzieht Nicky das Gesicht. »Ich weiß wirklich nicht, ob zwanzig Monate in der Wildnis dir gut getan haben.«

»Jetzt hörst du dich wie meine Mutter an«, sage ich seufzend. »Wenn du also nichts Schlüpfriges an den Schlüpfern gefunden hast, warum glaubst du dann, er hat eine andere?«

»Ach, ich weiß doch auch nicht.« Sie runzelt die Stirn. »Außer den abgesagten Treffen habe ich eben das dumpfe Gefühl, dass etwas nicht stimmt.«

»Das sind ja knallharte Fakten«, entgegne ich sarkastisch.

»Eher knallharte Intuition. Ich habe erlebt, wie die Jungs an der Arbeit lügen, wenn sie fremdgehen: von wegen bis spät arbeiten und so. In Wirklichkeit vergnügen sie sich gerade mit einer der Tippsen aus dem dritten Stock und genießen einen Abend zügelloser Leidenschaft auf der Arbeitsplatte in der Kaffeeküche.«

»Sex, Lügen und Stempelkissen – Lüsternes aus dem Aktenschrank, was?«, scherze ich.

Nicky lacht matt.

»Mach dich bitte nicht über mich lustig, Belle. Ich weiß auch, dass ich mich wie ein Supermodel kurz vor der Modenschau benehme, aber ich muss unbedingt die Wahrheit erfahren. Denn auch wenn ich mir das Ganze nur einbilde, werde ich die Beziehung kaputtmachen, weil ich so verdammt paranoid bin.«

Wieder vergräbt sie das Gesicht in den Händen, und ich kann sehen, wie ihr die Tränen erneut über die Finger rinnen.

»Ich glaube, ich werde verrückt, Belle«, schluchzt sie. »Du musst mir helfen.«

Nicky war immer die Glänzende, Zielstrebige gewesen, die wusste, wo sie steht und wo sie hin will.

Ich war die Träumerin, mir stand der Sinn nach Sonne und Faulenzen, ich folge immer dem Herzen statt dem Verstand.

Jetzt kauert sie hier mit tiefen violetten Schatten unter den grünen, traurigen Augen auf ihrem schicken Sofa in ihrer schicken Wohnung, umgeben von den zahlreichen Beweisstücken ihres überwältigend erfolgreichen Lebens, völlig aus den Angeln gehoben von einem Angehörigen des anderen Geschlechts.

Sie sieht auf und greift nach der Flasche Wein auf dem Couchtisch – eine andere als die, die noch da stand, als ich die Wohnung verlassen habe –, und will sich einschenken.

Doch es kommt nur ein spärliches Rinnsal.

»Huch! Leer.« Sie ringt sich ein gekünsteltes Lächeln ab, steht schwankend auf und marschiert in Richtung der Spirituosen, die auf dem Regal stehen.

»Dann eben die harten Sachen.«

Das kann doch nicht die sprühende, selbstbewusste und beherrschte Nicola Chase sein – bleich, mitgenommen, mit Tränen in den Augen und kurz davor, sich um drei Uhr morgens einen Brandy einzuschenken.

Zum ersten Mal muss ich die Starke von uns beiden sein und die Kontrolle übernehmen. Ich packe Nicky an den Schultern und dirigiere sie weg von den Spirituosen und zurück zum Sofa.

Bis zur Hochzeit sind es noch etwas mehr als vier Wochen.

In vier Wochen kann man eine Menge erreichen.

Ich hocke mich ihr gegenüber auf die Ecke des Couchtischs, ergreife ihre zitternden Hände und zwinge sie, mich anzusehen.

»Hör mal, Nix, ich bin deine beste Freundin, oder? Immer hast du auf mich Acht gegeben, jetzt ist es Zeit, dass ich auf dich Acht gebe. Ich habe zwar heute Abend nichts entdeckt, aber wenn da etwas läuft, dann werde ich es für dich herausbekommen, glaub mir. In den nächsten drei Wochen werde ich Richard Ackerman beim Essen, Schlafen und Atmen beschatten. Was auch notwendig ist und wohin ich ihm auch folgen muss – auch wenn ich wahrscheinlich vor dem Männerklo Halt machen werde –, ich werde die Wahrheit für dich herausfinden, das verspreche ich dir.«

»Ach, Belle.« Aus riesigen Augen sieht sie mich hoffnungsvoll an. »Das würdest du für mich tun?«

Entschlossen nicke ich.

»Ich könnte der neue James Bond werden«, scherze ich.

»Aber ich kann nicht Blofeld sein«, sagt Nicky schniefend und lächelt tatsächlich, »ich bin allergisch gegen Katzen.«

Ich schüttele den Kopf. »Das ist doch der Bösewicht. Unser Bösewicht ist Richard.«

»Ich dachte, der heißt Oddjob?«

»Der war für die Dreckarbeit zuständig.«

»Na, das trifft doch genau auf Richard zu.« Nicky kichert hinter ihrem riesigen Taschentuch.

Sie hört auf, unter Tränen zu lachen, und drückt meine Hand.

»Danke, Belle.«

»Nichts zu danken, meine Liebe«, entgegne ich. »Außerdem freue ich mich schon darauf, Richards ganz persönlicher Cato zu werden, sein zweiter Schatten. Mich in Eingängen zu verstecken und ihm auf den Fersen zu bleiben, wo auch immer er hingeht. Könnte ganz schön aufregend werden …«

Was ist dieser Richard doch für ein Langweiler!

Mittags isst er immer in ein und demselben Restaurant, außer Mittwochs, wo er aus einem unerklärlichen Grund nie aus dem Gebäude kommt, bis es Zeit zum Heimgehen ist. Bis auf die erste Nacht, in der ich vor seinem Miethäuschen Wache gehalten habe, verlässt er das Büro immer um Punkt sieben und kommt ungefähr vierzig Minuten später mit dem Taxi zu Hause an, je nach Verkehrslage.

Er trägt an jedem Wochentag einen anderen Anzug, doch nach fast zwei Wochen der Beschattung fällt mir auf, dass er dieselben Anzüge an denselben Wochentagen trägt, so als hätte er einen Montagsanzug, einen Dienstagsanzug und so weiter. Und aus irgendeinem Grund ist Freitag immer Armani-Tag.

Richard sieht in der Tat sehr gut aus, auch wenn er eindeutig nicht mein Typ ist. Aber Nicky und ich standen nie auf den gleichen Typ Mann, was auch besser ist, denke ich.

Genau genommen weicht er aber von Nickys üblichen Vorlieben ab. Als wir studierten, hatte sie eine Schwäche für dürre, junge Bohemiens mit langen Haaren und lockeren Moralvorstellungen. Es machte ihr Spaß, sie am Wochenende mit nach Hause zu nehmen, um ihren überaus konservativen Eltern einen Schrecken einzujagen. Sie müssen Richard ja einfach wundervoll finden. Er hat einen guten Job und großartige Zukunftsaussichten, und er sieht blitzblank und geschniegelt aus – weiches, blondes Haar, sauber und glänzend, Designerbrille, Designeranzüge, kantiges Kinn. Genau dieser Typ. Eindeutig nicht mein Typ. Er sieht aus wie eine Mischung aus John Boy Walton und Clark Kent.

Hat er ein geheimes Alter Ego? Schlüpft er als Mr. Nice Guy mit strahlend weißer Calvin-Klein-Unterhose in Telefonhäuschen, um mit dreckigen Altherrenschlüpfern, Strumpfhaltern und Regenmantel herauszukommen, einen Stapel Visitenkarten mit dem Motto »Ruf an für eine heiße Nummer« umklammernd?

Und was dem geheimen Alter Ego noch mehr entspräche: Hat er insgeheim eine Geliebte, die er irgendwo versteckt?

Die Tatsache, dass er Nicky höchstens zweimal pro Woche sieht, könnte dafür sprechen, dass er ziemlich beschäftigt ist, doch was macht er mit dem Rest seiner Freizeit? Er scheint viel zu langweilig zu sein, als dass er irgendwie interessant sein könnte.

Ich weiß nicht, warum ich annahm, Richard auszuspionieren wäre aufregend. Da war es spannender, die letzten dreißig Meilen von Kelang nach Singapur im strömenden Regen zu laufen, nachdem der Bus eine Panne hatte, weil sein vierzig Jahre alter Rasenmähermotor den Geist aufgegeben hatte.

In den letzten zwölf Tagen habe ich in Nickys alter Karre gesessen und alle Frauenmagazine gelesen, die es gibt, von *Cosmopolitan* bis zur dümmsten, billigsten Zeitschrift für Klatsch und Tratsch. Ich habe Nickys Handyrechnung in die Höhe getrieben, indem ich bei sämtlichen Gewinnspielen mitgemacht und ihr regelmäßig das Aktuellste über Richard berichtet habe, was sich üblicherweise auf ein »ist gerade zur Arbeit gefahren« oder ein »ist gerade nach Hause gefahren« beschränkte.

Ich habe an der beschlagenen Scheibe rumgeschmiert, Solitär gespielt, vor dem Rückspiegel nach den neuesten Falten gesucht (und eine beunruhigend hohe Zahl entdeckt, fürchte ich) und mich wieder mit sämtlichen Schokoladensorten vertraut gemacht, die es nur in Europa gibt – ein wundervoller Zeitvertreib … aber ich verrate Ihnen besser nicht, in welch unanständig kurzer Zeit ich das geschafft habe.

Ich habe chronisch blaue Flecken an der rechten Pobacke von dieser blöden Sprungfeder, und mein ganzer Hintern weicht durch vom vielen Rumsitzen.

Ich bin so gelangweilt, dass ich sogar eine Spinne beobachte, die zwischen Rückspiegel und Windschutzscheibe ihr kompliziertes Netz webt. Die langen Beine schwingen hin und her wie ein Dirigent, der sein Orchester durch ein diffiziles, heikles Musikstück führt.

Die Spinne braucht fast zwei Stunden, bis sie die zarten Fäden fertig gesponnen hat – und dann fällt der Rückspiegel ab.

Könnte das eine Analogie auf das Leben sein? Möglich, aber ich glaube, ich werde depressiv, wenn ich weiter darüber nachdenke.

Aus meinen bisherigen Beobachtungen schließe ich, dass der Kerl aus dem Gebäude neben Richards, in dem eine Firma für Baugutachten untergebracht ist, eine Affäre mit seiner Sekretärin hat; dass die hübsche, junge, italienisch aussehende Frau, die in der Kneipe zwei Häuser weiter hinter der Theke arbeitet, zwei Beziehungen nebeneinander hat; und dass der Seniorpartner von Richards Firma eine Frau, eine Ex-Frau und zwei Mätressen in sein durchorganisiertes, Viagra-getriebenes Leben gepresst hat. Richard dagegen scheint bisher nichts zu tun, außer zu arbeiten, zu schlafen und dieselben langweiligen Abläufe durchzuziehen, aus denen seine langweilige, kleine Welt besteht.

Wir haben es geschafft, ein Treffen zwischen ihm und mir zu vermeiden, indem wir behaupten, dass ich meinen Flug verschoben habe und erst in zwei Wochen komme. Was mir nur zu lieb ist, weil es bedeutet, dass ich den Pflichtanruf bei meiner Mutter noch um mindestens zwei Wochen aufschieben kann.

Es war nicht allzu schwer, ihm aus dem Weg zu gehen, da er in den letzten Wochen nur zweimal bei Nicky aufgetaucht ist und ich mich in dieser Zeit auf ihre Bitte hin unsichtbar gemacht habe. Ich glaube, dahinter steckt eher ihre Befürchtung, ich könnte Richard beim ersten Aufeinandertreffen umbringen, als die Tatsache, dass er in mir die durchgeknallte Frau erkennen könnte, die ständig vor seinem Büro in einem faulenden Auto hockt.

Um Viertel nach sechs am Freitagabend in der zweiten Woche parke ich an der üblichen Stelle vor Richards Büro. Arnold der Ausgelassene rostet munter um mich herum. Etwas lustlos blättere ich in einer alten Ausgabe von *Company* und wünsche mir, ich wäre wieder am Bondi Beach, ein eiskaltes Bier in der Hand und einen Knackarsch im Blick.

Ich harre der unwesentlichen Abwechslung, Richard um Punkt sieben Uhr nach Hause zu folgen und dann vor seinem Haus zu hocken, bis das Licht in seinem Schlafzimmer ausgeht. Da kommt plötzlich und unerwartet Bewegung ins Geschehen.

Richard geht früher.

Er kommt durch die schwarze, glänzende Eingangstür von Sherman, Davis & Ackerman, Rechtsanwälte, den Kaschmirmantel lässig über den rechten Arm geworfen, und ruft ein Taxi herbei. Ich hätte wissen sollen, dass etwas Aufregendes passieren würde, weil er heute Morgen nicht im üblichen Freitags-Armani gekommen ist, sondern in einem funkelnagelneuen, marineblauen Hugo-Boss-Anzug.

Richard in Marineblau. Wie fortschrittlich für den Mann im standardgrauen Anzug!

»Folgen Sie dem Taxi!«, sage ich glucksend zu mir selbst, als Richard auf dem Rücksitz Platz nimmt und dem Fahrer Anweisungen gibt. Oho, meine erste Verfolgungsjagd!

Jetzt, wo es endlich ein bisschen Action gibt, fange ich beinahe an, das Ganze zu genießen. Genau das sollten Geheimagenten doch erleben, oder? Verfolgungsjagden und so.

Allerdings hätte ich mir nie träumen lassen, dass die Verfolgung zwischen einem schwarzen Taxi und einem abgewrackten alten Austin Allegro stattfindet. Eigentlich müsste ich in etwas Schnittig-Sportlichem à la James Bond sitzen, mit Hebeln für Torpedos, Rauchwerfern und Schleudersitzen. Die einzigen Hebel, die ich in Arnold betätigen kann, sind die für den Scheibenwischer und den Blinker, und nichts davon funktioniert richtig! Ich werde wohl als die einzige Geheimagentin in die Geschichte eingehen, die mitten in einer Verfolgungsjagd von der Polizei angehalten wird, weil sie ein nicht fahrtüchtiges Auto hat.

Arnold hat noch ein Problem: Von Null auf Hundert braucht er fünfzehn – fünfzehn Minuten, nicht Sekunden, wohlbemerkt. Zu dem Zeitpunkt, als ich genug Umdrehungen habe, um in den zweiten Gang schalten zu können, hat Richards Taxi bereits flott einige kirschgrüne Ampeln überfahren und mich abgehängt.

Mist! Ich kann nicht glauben, dass ich ihn verloren habe. Das erste Mal in zwei Wochen, dass er die Monotonie seiner üblichen Routine unterbrochen hat, und ich verliere ihn! Frustriert hämmere ich mit den Fäusten gegen Arnolds Armaturenbrett, und zum Dank säuft der Motor endgültig ab.

Als es mir schließlich gelingt, Arnold aus dem Koma zu erwecken und loszufahren, beschließe ich, dass es das einzig Vernünftige ist, zu Richards Haus zu fahren und zu warten … und zu warten … und zu warten. Um halb zwölf hält ein Taxi vor dem dreigeschossigen, viktorianischen Haus; das Pochen und Rattern des Dieselmotors weckt mich aus meiner Betäubung, in die ich halb erfroren gesunken bin.

Ich klappe den Kragen hoch und lasse mich tiefer in meinen Sitz gleiten. Auf dem Rücksitz des Taxis kann ich zwei Gestalten erkennen. Eine beugt sich vor, um zu zahlen, und Richards gemeißeltes Profil wird kurz vom Licht der Deckenleuchte erfasst. Beide steigen aus dem Taxi, und mein Herz sinkt bis zu meinen kalten, blauen Zehen.

Er ist in Begleitung einer Frau.

In ihrem perfekt geschnittenen Nadelstreifenkostüm von Jil Sander und den eleganten Pumps sieht sie aus wie der Inbegriff der Ehrbarkeit. In der einen Hand trägt sie einen flachen Aktenkoffer aus Leder, in der anderen eine etwas größere Aktentasche. Ihr Gesicht ist adrett, attraktiv und sehr symmetrisch, ihr dunkles Haar ist hinten zu einem eleganten Knoten hochgesteckt, der von einer silbernen Spange gehalten wird, die im Licht der Laternen glitzert.

Sie sagen nichts, als Richard über die Treppe vorangeht zur Haustür, den Schlüssel ins Schloss steckt und sie hineinführt.

Ich bin irgendwie enttäuscht. Zwei Wochen lang habe ich hier jede Nacht gesessen und nichts gesehen. Ich stand dreieinhalb Stunden davor, meine beste Freundin davon in Kenntnis zu setzen, dass ihr kein schlimmeres Schicksal als der Tod durch Langeweile bevorsteht, wenn sie Richard heiratet, und jetzt kommt er anspaziert und widerlegt meine Meinung, indem er etwas tut, das man als unerlaubt einschätzen könnte.

Obwohl das noch nicht entschieden ist.

Ich will sagen, ich werde nicht vor Nicky »Schleimscheißer« schreien, wenn sie nur im Haus verschwunden sind, um einen Kaffee zu trinken oder ein bisschen Papierkram zu erledigen. Obwohl das zu dieser nachtschlafenden Zeit ungefähr so wahrscheinlich ist wie die Tatsache, dass ich beschließe, meine Mutter fortan als Vorbild und Inspiration anzusehen.

Es bleibt nur eines. Ich werde auf eigenen Antrieb herausfinden müssen, was genau sie da machen.

Ich habe Nickys Schlüssel zu Richards Haus in der Hosentasche, aber ich kann wohl schlecht zur Haustür hereinspazieren, oder?

Als ich steif aus Arnold klettere, zögere ich einen Moment und sprinte dann bis zum Ende der Straße, schlittere mit meinen abgetragenen, flachen Leinenschuhen über den feuchten Teer an der Ecke und laufe über den engen Trampelpfad, der sich hinter den Häusern an Garagen und Gartentoren vorbeischlängelt. Überall lauern unheimliche Schatten in der Dunkelheit, und mein eigener, keuchender Atem hallt laut in meinen Ohren wider.

Dabei zähle ich die Häuser und halte vor dem, das meiner Berechnung nach Richards ist. Leider stehe ich vor einem sorgfältig verriegelten Tor.

Zum Glück ist mein Adrenalinpegel gewaltig gestiegen. Ich gehe ein paar Schritte zurück und stürze dann vorwärts wie Linford Christie in heiliger Mission.

Einen halben Meter vor dem Tor setze ich zum Sprung an und schaffe es, meinen Oberkörper darüber zu wuchten, wobei ich mir die Kante in den Magen ramme. Einen Moment lang hänge ich dort wie eine Socke, die über dem Rand eines Wäschekorbs baumelt, dann aber gelingt es mir, eine Pobacke ein Stück weiter zu schieben, und indem ich meinen Hintern als Ballast benutze, vertraue ich einfach auf die Schwerkraft, die mich auf die andere Seite zieht. Schnaufend kauere ich dann einige Sekunden lang in der Dunkelheit und bin fest davon überzeugt, dass das Geräusch splitternden, knarrenden Holzes auf meine illegale Anwesenheit aufmerksam gemacht hat, doch im Haus tut sich nichts. Keine Gardine bewegt sich, und keine Lampe geht an, um mich zu erfassen wie die Suchlichter einen Sträfling beim Gefängnisausbruch.

Ich schleiche mich am Gartenrand entlang Richtung Haus und halte mich dabei im Schatten der Mauer, die Richards Grundstück von dem seines Nachbarn zur Rechten trennt. Jetzt komme ich mir vor wie ein Fassadenkletterer – ein sehr unfähiger allerdings.

Diesen Eindruck hat anscheinend auch der Yorkshire-Terrier im Garten nebenan, obwohl er eine wesentlich höhere Meinung von meinem Können zu haben scheint als ich. So, wie der kleine Mistkerl reagiert, könnte man meinen, ich wäre gerade aus einem Hochsicherheitsgefängnis ausgebrochen und würde nun mit einem Hackbeil, einem verrückten Grinsen und der teuflischen Absicht zu morden und zu verstümmeln durch Chelsea laufen.

Gerade hüpft er auf der anderen Seite der Mauer entlang, als würde er Pogo tanzen und als hätte er die eigene kleine Vierpfotenmission, die Bewohner von Langham Terrace vor der Wahnsinnigen zu retten, die sich gerade wie ein Sack Kartoffeln über die Gartenpforte katapultiert hat. Es sieht aus, als würde jemand den kleinen Hund in die Luft werfen, ihn auffangen und dann wieder hochschleudern. Und jedes Mal, wenn er über der Mauerkante auftaucht, kläfft er mich an.

Hüpf, wau. Hüpf, wau. Hüpf, wau.

Ich zische ihm zu, die Klappe zu halten, was seinen Eifer nur noch verdoppelt.

Das ist wohl der Punkt, an dem erfahrene Agenten ein präpariertes Kotelett aus der Tasche ziehen, doch ich habe in meiner nichts außer einer halben Rolle Fruchtbonbons und einem zerknülltem Taschentuch.

Ich würde ihm ja ein Bonbon anbieten, aber das nächste ist ein schwarzes. Also stopfe ich es lieber in meinen eigenen Mund, strecke dem kleinen Kläffer die Zunge raus und versuche, den Laden etwas genauer unter die Lupe zu nehmen. Das Licht in Richards Wohnzimmer brennt. Von Nicky weiß ich, dass es über die ganze Breite im ersten Stock geht.

In der Hoffnung, etwas zu finden, worauf ich steigen kann, um die eineinhalb Meter zu überwinden, die mich von dem Fenster trennen, lasse ich meinen Blick durch den Garten schweifen.

Nichts. Richards Garten ist so sauber und aufgeräumt wie Richard selbst. Der akkurat gemähte Rasen geht von Mauer zu Mauer und wird nur von einem Weg durchschnitten, der sich von einer kleinen Terrasse zu der hinteren Gartenpforte windet.

Es bleibt nichts anderes übrig: Ich werde versuchen müssen, flugs die Regenrinne hinaufzuklettern. Ich war immer als Erste oben beim Seilklettern in der Schule, es dürfte also nicht allzu schwer sein. Hoffe ich. Also gut, ich denke mir die Musik zu *Mission: Impossible*, ziehe im Geiste meine Steigeisen an und fange an zu klettern.

Meine Kletterei ist tatsächlich relativ einfach, stößt aber leider bei dem blöden Viech hinter der Mauer auf wenig Gegenliebe.

Der Hund beschließt, dass ich wirklich ein entflohener, durchgeknallter Einbrecher bin, kratzt an der trennenden Mauer, bis er einen bröckeligen Spalt findet und es schafft, sich hoch zu stemmen und seinen mageren kleinen Arsch über die Krone in Richards Garten zu hieven.

Hüpfend gelingt es ihm, seine gefletschten Zähne in meinen Knöchel zu graben. Die aufgerissene Schnauze ist zwar höchstens so groß wie eine kleine Münze, der Schmerz ist dafür aber um so größer.

Au!!!

Ich unterdrücke einen Schrei und schüttele mein Bein in dem nutzlosen Versuch, den Köter abzuschütteln. Eher wird man eine Schlange mit Maulsperre los.

Das ist doch lächerlich. Ich habe einen Schlüssel, und trotzdem versuche ich, eine feuchte Regenrinne hinaufzuklettern, während sich ein blöder Terrier mit einem Dobermann-Komplex wie ein Piranha an meinen Knöchel klammert. Wenigstens hat das Miststück aufgehört zu kläffen. Wenn das doch nur nicht daran liegen würde, dass er seine Zähne in das zarte Fleisch meines Beins gegraben hat! Und nebenbei knurrt er immer noch ziemlich laut.

Wenn es mir gelingt, ein wenig höher zu klettern, kann ich meinen Fuß in die Regentonne stecken und die Töle ertränken. Den Quatsch mit der Tierliebe können Sie vergessen. Hier geht es ums Überleben – meines oder seines.

Ich erreiche den oberen Rand der Regentonne und zögere. Ich kann seine Zähne spüren, die immer noch wie Nadeln in meinem Knöchel stecken. Der Hund – des Menschen bester Freund. Was soll's, morgen spende ich dem Tierheim in Battersea einen Zehner.

Ich atme tief ein, als wäre ich diejenige, die untergetaucht wird, und stecke meinen Fuß in die dunklen, trüben Tiefen der Regentonne. Der Terror-Terrier verdient zehn von zehn Punkten für seine Hartnäckigkeit. Er hält noch mindestens acht Sekunden durch, bevor er mich endlich loslässt, taucht dann auf und paddelt wie besessen im Kreis wie ein vom Wind getriebenes Spielzeug. Es ist ihm viel wichtiger, sich zahntechnisch wieder an mir zu vergreifen, als seinen Arsch aus der Tonne zu hieven.

Nach all dem bin ich nicht sicher, ob ich erleichtert oder enttäuscht sein soll, als ich schließlich das Wohnzimmerfenster erreiche – Jeans und linker Knöchel von rasiermesserscharfen Hundezähnen zerfetzt, Fingerknöchel abgeschürft, Haare und Augen voller abblätternder Farbe von der Regenrinne –, und Richard und seine Begleiterin brav Seite an Seite auf einem ziemlich abgefahrenen grünen Sofa sitzen sehe, ganz vertieft in irgendwelche Papiere, die auf dem Couchtisch ausgebreitet sind.

Es dauert einige Zeit, bis mir auffällt, was an dieser netten, kleinen Szene geschäftlicher Betriebsamkeit nicht stimmt.

Es ist nicht die Tatsache, das Richard der Graue solch einen tollen Geschmack in Sachen Einrichtung hat. Es sind auch nicht die zwei Weingläser, die neben den Unterlagen auf dem Couchtisch stehen. Auch nicht die halb leere Flasche Pouilly Fumé daneben. Selbst die dezente Musik oder die Tatsache, dass die beiden recht eng nebeneinander auf dem bereits erwähnten abgefahrenen grünen Sofa sitzen, ist es nicht. Es ist die Tatsache, dass unter diesem Couchtisch und auf diesen eleganten Pumps ein zarter, lila Spitzenschlüpfer von La Perla baumelt. Der ihr die Knöchel warm hält, um es mal so auszudrücken.

Wenn nicht der Gummibund ohne ihr Wissen den Geist aufgegeben hat, dann geht hier doch etwas nicht ganz Koscheres vor sich, sollte man meinen. Außerdem wühlt Richards linke Hand irgendwo unter dem Tisch herum.

Als Nächstes erlebe ich, wie er den Mont-Blanc-Füller aus der rechten Hand fallen lässt, wie sie ihre Schuhe und gleichzeitig den La-Perla-Schlüpfer abstreift und wie sie sich leidenschaftlich umarmen und küssen und an ihren Klamotten herumzerren wie wütende Tiere.

In diesem Moment, während ich noch mit entrüstet aufgerissenem Mund durch das Fenster starre, hievt sich der Terror-Terrier aus der Regentonne, schwankt einige Sekunden lang unsicher auf dem schmalen, hölzernen Rand und schnellt dann wie aus der Pistole geschossen gegen mein Hinterteil, wo er nach erfolgreicher Kontaktaufnahme seine Zähne in das Fleisch meines Gluteus maximus gräbt und dort wie ein wild entschlossener Blutegel hängen bleibt. Ich stoße einen schrillen Schrei der Überraschung und des Schmerzes aus, lasse die Regenrinne fahren und stürze ab.

Als mein Kopf mit dumpfem Aufschlag den harten Boden berührt, wird das Fenster von Richards Wohnzimmer aufgerissen, und durch einen Nebel aus silbern funkelnden Sternen entdecke ich zwei halb Nackte, die mit aufgerissenem Mund zu mir herunterstarren, bevor mir die Sicht durch das Erscheinen eines gruseligen, haarigen, zornigen, knurrenden, rachsüchtigen Hurensohns mit Mundgeruch verstellt wird.

Bevor das Geräusch heulender Martinshörner meine Ohren ausfüllt, fällt mir noch auf, dass der Terror-Terrier eine kleine rosa Schleife trägt, die sorgfältig auf seinem Kopf befestigt ist. Als würde man plötzlich dem Terminator Aug in Auge gegenüberstehen und feststellen, dass er Lippenstift, Rouge und falsche Wimpern trägt.

Gott sei Dank ist Nicky Rechtsanwältin. Es bedarf schon einer gewissen Redegewandtheit, um mich aus diesem Schlamassel herauszuholen.

Die Polizei will mich gerade wegen versuchten Einbruchs abtransportieren, als Nicky in der Hoffnung auftaucht, mir und meiner verdammt zweifelhaften Erklärung dafür, warum ich um Mitternacht in Richards Garten und in einer Verkleidung wie Cato aus *Der rosarote Panter* geschnappt werde, den Rücken stärken zu können.

Statt klarzustellen, dass ich nicht für die letzte Einbruchsserie im Viertel verantwortlich bin, stürzt sie dann aber leider an mir und den zwei lachenden Polizisten vorbei und attackiert Richard mit der zusammengerollten Ausgabe von *Vanity Fair*, die sie vom Beifahrersitz geschnappt hat.

Klasse. Ich komme wegen eines Einbruchs hinter Gitter, bei dem einzig Teile von mir selbst zu Bruch gegangen sind: mein Kopf, mein Stolz und der überdehnte Gummibund meines Schlüpfers, der (zusammen mit mehreren Wirbeln) in den Schlüpferhimmel entschwunden ist, als ich auf dem Boden aufschlug – und Nicky wird wegen bewaffneten Überfalls eingelocht.

Nichtsdestotrotz ist es höchst befriedigend zuzusehen, wie sie Richard mit einer bekannten Zeitschrift den Schädel einschlägt.

Nachdem man Nicky gewaltsam von einem sich duckenden Richard weggezerrt und mich verwarnt hat, weil ich Nicky wie eine blutrünstige Oma bei einem Faustkampf angefeuert habe, sowie uns beiden mit Handschellen gedroht hat, gelingt es schließlich Richard, die Polizisten davon zu überzeugen, dass es sich um eine Privatsache handelt. Wir werden mit einem mündlichen Verweis, uns in Zukunft zu benehmen, entlassen.

Die Polizisten spüren, dass es klüger ist, uns beide zu Nickys Wohnung zu eskortieren. Sie sind eher um Richard als um uns besorgt.

Ich kann sie gerade noch davon abzuhalten, mir einen Strafzettel zu verpassen, weil ich es wage, mit einem Wrack durch ein Wohngebiet zu fahren. Danach brauche ich eine ganze Stunde, um Nicky davon abzuhalten, nicht wieder zu Richards Wohnung zu fahren, wo sie ihren Angriff auf seine Person – dieses Mal auf einen ganz bestimmten Teil seines Körpers, den sie noch mehr als den Rest hasst – fortzusetzen gedenkt. Und zwar mit einer australischen Schnitzerei, in der Hoffnung, dass diese eine ganz andere Wirkung auf seine Fruchtbarkeit haben möge als die ursprünglich vorgesehene.

Nix und ich verschanzen uns während des Wochenendes in ihrer Wohnung, mit einer großen Flasche Wodka und zwei Familienpackungen Kleenex.

Sie verbringt den ganzen Samstag in einem Wechsel aus Tränen, Ungläubigkeit, Zorn, mehr Tränen, Wodka, Schweigen, Schreien, mehr Wodka, tapferer Resignation, verzweifeltem Selbstmitleid und noch mehr Wodka, bis sie schließlich bewusstlos zwischen lauter zerknüllten Taschentüchern auf dem Sofa zusammenbricht. Es gelingt mir, sie weit genug wachzurütteln, um sie noch halb im Koma in ihr Schlafzimmer zu zerren, wo sie mit dem Gesicht nach unten aufs Bett fällt und prompt wieder bewusstlos wird.

O süßes Vergessen, einziges Labsal für verwundete Herzen!

Sonntagmorgen. Gegen zehn Uhr rappele ich mich langsam hoch. Ich habe nicht bei jedem Glas mit Nicky mitgehalten, aber mein Kopf erinnert mich daran, dass ich vergangene Nacht viel zu viel Alkohol getrunken habe und jetzt das Gleichgewicht wieder herstellen sollte, indem ich mindestens zwei Eimer Wasser hinterhergieße.

Ich werfe meinen Morgenmantel über und mache mich auf die Suche nach Nicky.

Erstaunlicherweise ist sie auf.

In der Küche kauert sie auf einem Stuhl, den Rücken gegen die Anrichte gelehnt. Sie trägt noch immer denselben Morgenmantel, den sie den ganzen gestrigen Tag über anhatte; der letzte Rest Wodka aus der Flasche ist jetzt in ihrem Glas und schon halb getrunken. Mit zitternden Händen zündet sie sich gerade eine Marlboro an.

»Seit wann rauchst du denn?« Ich fülle den Wasserkocher und lehne mich dann ihr gegenüber an die Anrichte.

»Seit… äh… zwei Minuten.« Achselzuckend inhaliert sie vorsichtig und verfällt prompt in ein ungesundes Husten. »Mein Vater muss die hier bei seinem letzten Besuch dagelassen haben.«

»Darf ich fragen, warum du angefangen hast zu rauchen?«

»Weil es angeblich gut für die Nerven ist?«, schlägt sie zerstreut vor und fährt sich mit der freien Hand über die geröteten Augen. »Damit meine Hände beschäftigt sind, so dass ich sie nicht um den Hals dieses Schweins legen kann…«

»Es wäre wohl gesünder, Richard zu erwürgen. Willst du ein bisschen Toastbrot zu deinem Wodka?«

Nicky schüttelt den Kopf, stöhnt aufgrund dieser Anstrengung und nimmt einen weiteren Schluck von »Smirnoffs Bestem«.

»Kann ich dich wenigstens davon überzeugen, ein wenig Cola hinzuzufügen?«, frage ich sarkastisch.

»Einmal Wodka, immer Wodka.« Trotzig sieht sie mich eine Weile an, dann verzieht sich ihr Gesicht. »Oh, Belle, es überrascht mich nicht, dass er mich nicht will – ich habe sowieso nie verstanden, warum er mich wollte. Sieh mich doch an. Eine lächerliche, fette, blöde Kuh…«

Ihre Augen, die bereits zwei roten, geschwollenen Schlitzen gleichen, füllen sich erneut mit Tränen, die ihr in einem weiteren Anfall von Herzschmerz über die Wangen kullern.

»Ich verstehe nicht, wieso jemand wie er überhaupt mit jemandem wie mir ausgehen wollte«, beharrt sie, »von einer Heirat ganz zu schweigen... aber es hat sich ja herausgestellt, dass er mich nicht wirklich heiraten wollte, stimmt's? Er wollte wahrscheinlich sogar erwischt werden. Das war der leichteste Weg, mich loszuwerden.« Sie verstummt für einen Augenblick, ihr Gesicht ist vor Schmerz verzogen.

»Sah sie sehr gut aus?«, flüstert sie, hin- und hergerissen zwischen Angst und Interesse.

»Nein«, lüge ich mit Nachdruck und bin dankbar dafür, dass Miss La Perla die Eingebung hatte, beim ersten Ertönen des Martinshorns abzudampfen und so einem Skandal aus dem Weg zu gehen. »Außerdem ist Schönheit nicht nur äußerlich, das weißt du doch. Du bist lieb, nett, aufmerksam, schlau, treu, wunderbar...«

»Und als Nächstes erzählst du mir, dass er nicht gut genug für mich war«, unterbricht Nicky mich. »Dass ich einen Besseren finden werde, der mich wirklich verdient.«

»Ja, stimmt. Aber ich werde versuchen, die Platitüden zu vermeiden, wenn du willst.«

»Du kannst genauso gut die Erste sein, die damit anfängt«, sagt Nix seufzend und zieht ein weiteres Mal behutsam an ihrer Zigarette. Dann fährt sie sich mit dem Handrücken über ihr Gesicht, um die Tränen fortzuwischen. »Warte nur, bis es herauskommt...« Bei dem Gedanken verdreht sie entsetzt die Augen. »Ich brauch noch einen Drink.« Sie greift nach der Wodkaflasche, stellt sie aber gleich wieder ab. »Nein, brauche ich nicht, ich brauche Richard...«

»Ich weiß, was du brauchst. Weder Richard noch das da.« Ich bringe ihr Glas an mich, bevor sie danach greifen kann.

»Aber du selbst hast ihn gekauft«, jammert Nix, als ich das Glas über dem Spülbecken ausleere.

»Schon, aber nicht zum Frühstück.«

Ich schalte den Wasserkocher ein und hole zwei Tassen aus

dem Schrank, wobei ich hastig die mit *Richard* darauf gegen eine etwas Neutralere austausche.

»Okay, lass uns eine goldene Regel aufstellen«, sage ich zu ihr, als der nur zu einem Viertel gefüllte Wasserkocher bereits zu dampfen anfängt. »Man bekommt viel ab im Leben, klar? Manche Brocken sind wie kleine, ärgerlicher Spritzer auf den Schultern deiner Lieblingsjacke. Andere gleichen fetten, großen, stinkenden Kuhfladen, die dir mitten auf den Kopf klatschen.«

»Das hier gehört entschieden in die Kuhfladen-Kategorie«, bemerkt Nicky schnüffelnd und blickt niedergeschlagen auf den Tee, den ich ihr reiche. Offensichtlich hätte sie gern etwas Stärkeres dazu als nur Magermilch und zwei Würfel Zucker.

»Ich weiß, aber wir sollten uns darauf einigen, dass wir den Mist nicht mit Wodka zum Frühstück runterspülen, okay?«

»Du brauchst dir keine Sorgen zu machen«, sagt sie seufzend, »ich werde schon nicht zur Säuferin, Belle.«

»Warum einigen wir uns nicht für alle Fälle darauf, dass wir einen glorreichen Abend lang in Selbstmitleid baden, an dem du so viel trinken kannst, wie du willst, und die Sache dann abhaken? Was hältst du davon?«

»War dieser glorreiche Abend etwa gestern schon?«

»Äh-hmm.« Ich nicke.

»Also, für eine Vorankündigung wäre ich dir dankbar gewesen. Wenn ich gewusst hätte, dass das meine einzige Chance war, dann hätte ich noch eine Packung Kleenex und eine Flasche Brandy verbraucht.«

»Sehe ich da etwa den Ansatz eines Lächelns?«

»Nein.« Nickys Unterlippe fängt wieder an zu zittern und verkündet so die Ankunft weiterer Tränen.

»Ach, Belle, ich komme mir so… so… nutzlos, so… überflüssig vor. Ich meine, kannst du dir vorstellen, dass er noch nicht einmal angerufen hat oder vorbeigekommen ist? Versucht hat, mit mir Kontakt aufzunehmen?«

»Das ist pure Feigheit. Was soll er dir auch sagen?«

»›Entschuldigung‹ wäre für den Anfang nicht schlecht«, platzt Nicky heraus.

»Meinst du, er kennt dieses Wort?«

Die Türklingel hallt in dem hohen Wohnzimmer wider und lässt uns beide zusammenzucken.

Wir sehen uns an. Keine bewegt sich.

Wieder klingelt es, dieses Mal länger und hartnäckiger.

»Wenn das dieses verdammte Schwein ist, dann will ich ihn nicht sehen«, kreischt Nicky, schnappt sich eine Packung Tempos und eine halb geleerte Tüte Malteser aus der Obstschale auf dem Tisch und verlässt fluchtartig den Raum.

Doch es ist gar nicht dieses verdammte Schwein.

Als ich zaghaft die Wohnungstür aufmache, bereit, sie sofort wieder zuzuknallen, sehe ich statt des erwarteten verdammten Schweins eine verdammt liebe Person.

Wuscheliges, goldbraunes Haar, das sich aufgrund der Länge lockt, verschwommene blaue Augen, unter denen durch ständigen Schlafmangel dunkle Ringe liegen – eine engelsgleiche Schönheit, die nur von einer beim Rugby gebrochenen Nase gestört wird. Er sieht aus wie ein Cherub, der mehrmals am Wegesrand hingefallen ist, und das in der Regel im Zustand der Trunkenheit.

»Jamie!«, quietsche ich und werfe mich dem Neuankömmling mit dem Enthusiasmus eines Olympiatauchers entgegen, der die Goldmedaille im Blick hat und sich vom Zehnmeterbrett stürzt.

Neben Nix ist mein Stiefbruder Jamie einer meiner besten Freunde auf der ganzen Welt. Er ist der Sohn des vierten Ehemanns meiner Mutter. Es ist ihnen gelungen, mindestens fünf Jahre zusammen zu bleiben, weshalb wir eine Zeit lang gemeinsam aufgewachsen sind. Als die Ehe auseinander ging, haben Jamie und ich es irgendwie geschafft, in Kontakt zu bleiben. Stabilität in einer Welt heiratswütiger Eltern. Schon komisch, aber ich stehe ihm näher als meinem Halbbruder Adrian, der genau betrachtet von meinem eigenen Fleisch und Blut ist. Aber Jamie und ich sind gleich alt und haben viel gemein – dazu gehören auch völlig gestörte Familien –, während Adrian zehn Jahre älter als ich und in meinen Augen ein totaler und absoluter Schwachkopf ist.

Blut ist ganz sicher nicht dicker als Wasser. Dafür ist Adrian dicker als Jamie, der gerade seinen Facharzt macht, obwohl er entzückend schusselig aussieht.

Ohne Umstände schließt er mich in seine bärenstarken Arme, anschließend kommt die übliche lautstarke Begrüßungszeremonie.

»Wie braun du bist!«

»Wie groß du bist.«

»Du hast abgenommen.«

»Und du hast zugenommen!«

»Hast du mich vermisst?«

»Nein.«

»Du hättest öfter anrufen können, altes Haus.«

»Du hättest ja öfter schreiben können!«

Als wir schließlich aufhören, uns gegenseitig zu erdrücken und mit zärtlichen Vorwürfen zu betexten, erkundigt sich Jamie nach Nicky.

»Wie geht's der Patientin?«

Wie sie es vorhergesagt hat, wurden die Buschtrommeln anscheinend bereits laut und ausdauernd geschlagen.

»Hast du es schon gehört?«

Er nickt.

»In demselben Gespräch, in dem ich darüber aufgeklärt wurde, dass du endlich wieder zu Hause bist. Warum hast du mich nicht angerufen, Belly?«

»Tut mir Leid, aber ich glaube, die Antwort darauf kennst du schon. Ich war beschäftigt.«

Jamie grinst mitfühlend.

»Also, wie geht's ihr?«

»Da hilft nur noch Morphium.«

»Das hab ich mir schon gedacht.« Er zieht eine in Papier gewickelte Flasche aus den Falten seiner Jacke.

»Nachschub«, sagt er und reicht mir eine Flasche Wodka.

Eilig verstecke ich sie in einer großen Bodenvase, die neben der Tür steht, wie ein Alkoholiker, der Vorräte bunkert.

»So schlimm?«, fragt Jamie.

»Sagen wir einfach, sie hatte bereits mehr als genug«, erkläre ich ihm, während ich ihn endlich hereinlasse und die Tür schließe.

»Die Arme«, murmelt er und schüttelt den Kopf. »Um ganz offen zu sein, Belly, das überrascht mich nicht besonders. Ich habe ihn ein paarmal getroffen, und er sah mir wirklich nach einem arroganten Arsch aus. Wo ist sie?«

»Hat sich in ihrem Zimmer verkrochen. Dachte, du bist vielleicht der arrogante Arsch.«

»Soll ich zu ihr gehen, oder kommt sie raus?«

»Weder noch. Sie will im Moment niemanden sehen.«

»Aber ich könnte ihr vielleicht helfen«, entgegnet er verletzt.

»Nicht wirklich. Du weißt doch, wie das ist. Wir sind in dem Stadium, in dem alle Männer Schweine sind.«

»Dazu gehöre doch wohl nicht ich, oder?«, fragt Jamie ungläubig.

»Na ja, wenn du meinst, dass du mit den Fragen fertig wirst.«

»Fragen?«

»Du bist ein Kerl, Jamie. Der Feind. Wenn du bereit bist für eine Untersuchung darüber, warum Männer sich derart verhalten, dann geh hinein und sprich mit ihr. Aber sie wird von dir als einem Mitglied derselben Subspezies erwarten, dass du ihr genau erklärst, warum Richard das getan hat.«

»Ah, verstehe.« Jamie kaut auf seiner Unterlippe. »Wie wäre es, wenn ich stattdessen einen auf Mädchen mache? Es macht mir nichts aus, in diese Hexenhymne, in dieses »alle Männer sind gleich« mit einzustimmen. Ihr könntet mir ein Kleid leihen. Zum Teufel, ich würde sogar Frauenwäsche anziehen, wenn es was bringt.«

»He, du bist hier, um Nicky zu helfen, nicht, um die Sau rauszulassen«, tadele ich ihn. »Wie wär's, wenn wir uns was zu trinken holen und warten? Mal sehen, ob sie von selbst auftaucht. Man weiß ja nie«, witzele ich säuerlich, »wenn wir eine Flasche Wein aufmachen, riecht sie vielleicht den Alkohol und kommt angerannt.«

»Um ihren Kummer zu ertränken?«

»Um ihn unter Wasser zu halten, bis er aufhört zu zappeln.«

»Apropos.« Jamie folgt mir in die Küche, wo ich nach einer kalten Flasche Weißwein suche. »Deine Mutter wünscht dich zu sehen.«

Diese zwei gefürchteten Wörter, »deine Mutter«.

»Das kann sie gar nicht«, entgegne ich entsetzt und verharre mit dem Korkenzieher in der Hand. Ein Ausdruck der Angst breitet sich auf meinem Gesicht aus. »Sie weiß nicht, dass ich wieder da bin.«

»Doch.« Jamie besitzt noch nicht einmal den Anstand, sich zu schämen.

Ich kann diese Frauen, die behaupten, ihre Mutter sei ihre beste Freundin, einfach nicht verstehen. Meine Mutter ist mein schlimmster Albtraum. Mein liebster Feind. Ich mache meine Mutter für all meine Unsicherheiten, meine Misserfolge und meine sonstigen Probleme verantwortlich. Ich hatte vor, sie im Zustand glückseliger Ignoranz darüber zu belassen, dass ich jetzt wieder im selben Land wie sie weile, solange es nur irgend ging.

»Du hast ihr doch nicht erzählt, dass ich wieder da bin… Jamie, wie konntest du? Ich habe dich doch auch nie verpfiffen.«

»Früher oder später hätte sie es sowieso herausgefunden. Und je später, desto größer wären die Vorwürfe dir gegenüber gewesen. Ich hab dir einen Gefallen getan, Belle. Ruf sie an und bring es hinter dich.«

»Muss das sein?«

»Ärztliche Anweisung.« Er legt einen Arm um meine Schultern. »Keine Sorge. Was kann sie denn schon Schlimmes anstellen? Du bist doch kein Kind mehr, sie kann dich nicht einsperren oder dir das Taschengeld entziehen.«

»Nein, aber sie kann mir das Herz herausschneiden und mich auf dem Altar für Kommerz und Konformität opfern.«

»Schon, aber es wäre doch viel schlimmer, wenn sie deine wöchentliche Schokoladenration konfiszieren würde.«

Nicky taucht am nächsten Tag aus ihrem Zimmer auf, um schnellstens wieder darin zu verschwinden, als ihre Mutter Kate in einer Wolke aus Arpège und Angst auf der Türschwelle auftaucht.

Ich biete ihr an, mich um die Absage der Hochzeit zu kümmern – die Gäste zu informieren, das Essen abzubestellen, Geschenke zurückzuschicken und Richard ohne Betäubung zu kastrieren –, aber Kate beginnt am Montagmorgen, das selbst zu erledigen. Als hinge ihr Leben davon ab. Sie verwendet genauso viel Energie darauf, die Hochzeit abzusagen, wie darauf, sie vorzubereiten. Ich vermute, sie muss sich beschäftigen, um zu vermeiden, dass sie wegen der ganzen Sache einen hysterischen Anfall bekommt. Nickys Vater musste mehr oder weniger in seinem Arbeitszimmer eingeschlossen werden, um zu verhindern, dass er den Gewehrschrank plündert und mit den kläffenden Hunden hinten im Range Rover von Kent nach Chelsea fährt, wo er einen prompten und blutigen Rachezug starten würde, der Richards Hinterteil und eine ganze Menge Schrotkugeln umfassen würde.

Nachdem die erste Entrüstung vorbei war, galt es in einem zweiten Schritt, einen Besen von der Größe einer Kehrmaschine zu besorgen und die ganze Angelegenheit unter den Perser zu kehren.

Nickys Eltern gehören nämlich zu der Sorte mit der hochgezogenen Oberlippe.

Es gibt einige Dinge, über die man nicht spricht, insbesondere wenn die Nachbarn Wind davon bekommen.

Nickys Mutter sah es als eine Herausforderung an, sämtliche Beweise dafür, dass es überhaupt je eine Hochzeit geben sollte, zu vernichten. Dann könnte jeder weiterleben und so tun, als wäre nichts passiert, in der Hoffnung, dass sich so wenig Verwandte und Freunde wie möglich nach zwölf Monaten noch an »diesen bedauerlichen Vorfall« erinnerten oder darüber sprachen.

Allen Protesten zum Trotz mussten die Hochzeitsgeschenke zurückgeschickt werden, das Kleid wurde eingemottet, und die lächerlich keusche Unterwäsche wurde aus Nickys Kleiderschrank entfernt, bevor sie sie wieder entdecken und erneut in Tränen ausbrechen konnte.

Die einzige Sache, auf der eine matte Nicky mit verheultem Gesicht bestand, war die Hochzeitstorte. Sie beharrte darauf, dass ihre geplante Frustfresserei einer spektakulären Vorspeise bedürfe. Es war wirklich schwer, aber irgendwie ist es mir gelungen, sie daran zu hindern, sich mit Früchten und Marzipan voll zu stopfen. In dem Gedanken, dass Liebe angeblich dem Hass nahe ist und dass Hass im Gegensatz zu unerwiderter und enttäuschter Liebe viel leichter zu ertragen ist, indem man ihm freien Lauf lässt, beschloss ich, Nicky über ihr gebrochenes Herz hinwegzuhelfen.

Die Tatsache, dass ich Nicky nur einen Abend gelassen habe, um ihre armen, durchgerüttelten grauen Zellen unter den Tisch zu trinken, hängt mir noch nach, und trotz diverser Einwände hat Jamies Flasche guten russischen Wodkas es geschafft, einen Weg aus der Vase und in zwei Gläser zu finden.

Der beste Weg, Nicky dabei zu helfen, wieder auf den bockigen Bronco namens Männlichkeit zu steigen, ist meiner Meinung nach der, mit ihr auszugehen und einen drauf zu machen. Sie verkündet, dass sie mit den Männern abgeschlossen hat. Ich nehme diese Ankündigung mit einem Augenzwinkern zur Kenntnis, genau wie ihre Behauptung, dass sie in Wirklichkeit nur noch zwei Möglichkeiten hat: entweder Nonne zu werden oder Lesbe.

Die dritte Bar des Abends. Die letzte Bestellung. Nachdem wir erst Rotwein und dann Cocktails hatten, haben wir unser Leben in die Hand genommen, ein paar Runden Tequila bestellt und auf ex gekippt, um den Abend abzurunden – um uns abzufüllen würde es eher treffen.

Wir sind beide betrunken.

Na ja, meine Wenigkeit mit dem Asbestmagen, den ich mir in zwei Jahren konzentrierten Trink-Trainings im Ausland angeeignet habe, ist nur leicht benebelt, Nicky dagegen befindet sich in dem Stadium fortgeschrittener Alkoholisierung, wo nichts mehr zählt.

»Weißt du, es ging gar nicht um die Untreue«, nuschelt sie, leert ihren Drink und greift, ohne recht zu merken, was sie tut, nach meinem, um ihn hinterherzukippen. »Will sagen, jeder hat das Recht, seine Meinung zu ändern, sich zu entlieben – falls er jemals verliebt war, meine ich. Nein, es geht um seine Unaufrichtigkeit. Wenn ich doch nicht das war, was er wirklich wollte, warum hat er es dann so erniedrigend weit kommen lassen?«

»Jeder trifft irgendwann auf ein Arschloch.« Ich lege den Arm um ihre Schultern, und wir schwanken beide gefährlich auf unseren Barhockern. »Du solltest froh sein, dass du dieses hier rechtzeitig los geworden bist, bevor du dich auf immer gebunden hättest.«

»Na, davon gibt es noch 'ne Menge mehr, wenn man sich hier umsieht.« Nicky deutet mit einer weit ausholenden Armbewegung auf den männlichen Teil der Barbesucher und verteilt dabei eine großzügige Dosis Tequila aus meinem Glas, das sie immer noch umklammert, auf die Näherstehenden. »Gibt es eine Begrenzung für die Zahl der Arschlöcher im Liebesleben einer

Frau? Krieg ich nur das eine ab, oder muss ich knietief durch Scheißkerle waten, bis ich einen richtigen Mann finde?«

»Na ja, du kennst doch den Spruch: Man muss eine Menge Frösche küssen…«

»… bevor man den Prinzen findet«, beendet Nicky den Satz. »Vielleicht sollte ich ein, zwei Frösche abknutschen.«

»Wie du es mit Richard getan hast, hm?«

»Ja«, erwidert Nicky und sieht mich feierlich an. Dann schleicht sich ein betrunkenes Grinsen auf ihr Gesicht. »Ja… Oh, ja… oooooh, ja!«

»Oh nein, sie macht einen auf Meg Ryan!«, schreie ich und verstecke mein Gesicht in einer Pfütze aus verschüttetem Bier.

Nickys gespielte Leidenschaft zieht die Aufmerksamkeit einer Gruppe Männer an, die neben uns an der Bar sitzt und fast genauso betrunken ist wie wir. Sie haben lärmend den Frauen hinterhergegafft und von jeder, die ihre bierselige Anmache abgelehnt hat, behauptet, es handele sich um eine Lesbe, weil sie sich nicht sofort die Kleider vom Leib gerissen und sich ihnen in zügelloser Lust an den Hals geworfen hat.

Der Typ auf dem am nächsten stehenden Barhocker ist schon ziemlich knuffig, das muss ich zugeben. Voller Bewunderung dreht er sich mit aufgerissenem Mund zu Nicky um, die so tut, als würde es ihr gerade kommen.

»O Mann, du bist echt heiß!«, entfährt es ihm, und er verdreht die Augen, als er in trunkener Ehrfurcht auf ihr beeindruckendes Dekolleté starrt.

»Leck mich am Arsch«, nuschelt sie.

Statt sich beleidigt umzudrehen wie die meisten der Typen, die sie diesen Abend an der Angel hatte, fängt dieser schallend an zu lachen.

»Ich habe eine bessere Idee – du leckst meinen!« Er rutscht vom Hocker, dreht sich um und knöpft schnell seine Hose auf, um sie dann bis zu den Knien herunterzuziehen und einen ziemlich knackigen Hintern zu enthüllen.

Schockiert und lachend drehe ich mich zu Nicky um. Ich bin gespannt auf ihre Reaktion. Zu meinem Erstaunen lächelt sie.

»Ich mag Männer, die über beide Backen grinsen«, sagt sie, holt einen Stift aus ihrer Handtasche und schreibt ihre Telefonnummer auf seine linke Pobacke.

Nicky und ich haben zwar den größten Teil der letzten zwei Jahre getrennt voneinander verbracht, doch wir haben locker zu der tiefen Freundschaft zurückgefunden, die uns verbindet, seit wir magere, kichernde Elfjährige waren. Jetzt sind wir nicht mehr ganz so mager, und das Gelächter ist nicht mehr ganz so laut, was in Anbetracht der Umstände auch verständlich ist. Aber die Bindung zwischen uns ist nach wie vor unzerbrechlich, und anscheinend besitzen wir immer noch diesen sechsten Sinn, der es uns ermöglicht, so oft gegenseitig unsere Sätze zu vollenden.

Wir haben uns beide in den vergangenen zwei Jahren verändert, sind erwachsen geworden, haben einige Erfahrungen mehr im Leben gemacht. Doch obwohl Nicky nach außen ein mutiges Gesicht zeigt, kenne ich sie gut genug, um die wahren Gefühle zu spüren, die schmerzlich unter der kühlen Oberfläche lauern.

Den Rest der Woche zermartere ich mir den Kopf und zerknabbere meine Fingernägel, weil ich mir Sorgen darüber mache, wie Nicky mit dem Tag, an dem eigentlich die Hochzeit stattfinden sollte, fertig werden wird. Als der besagte Tag wie ein Freitag, der Dreizehnte, Unheil verkündend vor der Tür steht und es das Beste wäre, ihn bei geschlossenen Vorhängen im Bett zu verbringen, erfahre ich, dass sie für den Abend ein Date hat.

Der Kerl aus der Kneipe hat getan, was er angedroht hat, nachdem sie ihre Nummer auf seinem Po hinterlassen hatte: Er hat sich lange genug nicht gewaschen, um die Nummer mit Hilfe eines Taschenspiegels in sein Adressbuch übertragen zu können.

Es überrascht mich wirklich, dass Nicky eingewilligt hat. Ich hatte erwartet, dass sie den ganzen Tag über in ihr Kissen schluchzen würde, und hatte bereits unseren Vorrat an Kleenex, Wodka und Schokolade aufgefüllt. Ich bin mir nicht sicher, wer wegen des Treffens mit dem Knackarsch heute Abend nervöser ist, sie oder ich.

Wenigstens lenkt es sie von der Tatsache ab, dass sie in diesem Moment eigentlich Mrs. Richard Ackerman sein und auf die Tanzfläche zusteuern sollte, um den Brautwalzer zu eröffnen, während ich mich neben ihr wiege wie pfirsichfarbener Wackelpeter auf einem Teller.

»Als würde man eine Vestalin für das rituelle Opfer vorbereiten«, scherze ich, während sie sich schrubbt, rasiert, enthaart, parfümiert und anmalt und dann verzweifelt ihre Garderobe auf der Suche nach passendem Outfit durchwühlt.

»Wie fühlst du dich?«

Nicky hält für eine Sekunde mit dem Wühlen inne und denkt nach.

»Wie betäubt«, antwortet sie schließlich. »Seltsam. Ich hab wirklich geglaubt, das alles müsste ich nie wieder mitmachen, dieses Auftakeln für eine Verabredung. Vor allem nicht heute.« Ihre Stimme bricht, doch dann atmet sie tief durch und fährt fort. »Hilf mir, Belle. Was soll ich machen? Was soll ich dem Kerl erzählen?«

»Ähm … rede mit ihm, finde etwas über ihn heraus, flirte ein bisschen – das Übliche eben.«

»Eben, was ist das Übliche? Ich glaube, ich hab vergessen, wie man flirtet.« Sie zieht eine Grimasse und wirft die weite, geblümte Bluse zur Seite, die sie gerade über ihr kleines Schwarzes gezogen hatte, um die Speckrollen zu kaschieren.

»Keine Sorge, das ist wie Fahrradfahren.«

Schmollend blickt sie mich an.

»Unter diesen Umständen ist das nicht gerade der beste Vergleich, Belle!« Sie verzieht das Gesicht, ändert ihre Meinung und zieht das geblümte Teil wieder über ihr ziemlich fesches, aber auch ziemlich enges schwarzes Kleid.

»Wie sehe ich aus?« Sie dreht und wendet sich vor dem Spiegel und fährt sich mit den Händen wiederholt über die Hüften, als würde sie damit die bergigen Folgen ihrer Mars-Mampferei glatt bügeln.

»Offen gesagt?«

»Offen gesagt«, entgegnet sie fest.

»Wie eine verwirrte Laura Ashley. Dieses Kleid ist ein bisschen zu sexy für so eine Bluse.

»Warum mache ich das bloß, Belle?«, heult Nicky, reißt sich die Bluse vom Leib, wirft sie auf den schnell wachsenden Haufen aussortierter Klamotten in der Ecke und durchforstet frenetisch ihre restliche Garderobe auf der Suche nach etwas Passendem.

»Du musst ja nicht gehen.«

»Genau daran liegt es.« Sie hört auf zu wühlen und blickt mich an. »Ich bilde mir ein, dass ich muss.«

»Du musst nichts und niemandem etwas beweisen, Nicky.«

»Nur mir selbst. Ich muss mir beweisen, dass das Leben nach Richard weitergeht. Dass er nicht der einzige Mann auf diesem Planeten ist.«

»Glaub mir, das ist er nicht.« Ich schneide eine Grimasse. »Vor allem, weil Richard nicht wirklich als Mann zählt, stimmt's?«

»Ein Wurm«, stellt Nicky fest.

Ich schüttele den Kopf.

»Eine Beleidigung für jeden Wurm.«

»Ein Drecksack.«

»Viel zu freundlich.«

»Wohlmeinend, aber missverstanden …«

»Ooh, wenn das kein Sarkasmus ist. Jetzt weiß ich, dass es dir besser geht.«

»Wie wär's mit ›das letzte, hartnäckige Stück Hundekacke,

das in den Absatzrillen der alten, ausgelatschten, müffelnden Stiefeln der Menschheit klebt‹?«, bietet sie an.

»Also, das ist wirklich eine Kategorie, die wir noch nicht hatten.« Ich nicke anerkennend.

Ich gleiche einer besorgten Mutter, die auf dem Teppich auf und ab marschiert, bis Nicky nach Hause kommt. Ich schaffe es, aus purer Angst eine ganze Tüte Chips in mich reinzustopfen und mich anschließend durch eine Doppelpackung Jaffa-Kekse zu arbeiten. Das führt dazu, dass ich mich schließlich krank, fett und besorgt fühle.

Wir haben uns entschlossen, unten an unsere Männerskala noch eine Klasse anzuhängen, die sogar noch unter dem bisher Schlimmsten, der »stinkenden Ausgeburt eines leibhaftigen Teufels«, kommt. Wir nennen sie kurz und knapp »ein Richard«.

Nicky kommt schließlich kurz nach Mitternacht zurück.

Ich höre das viel sagende, kratzende Geräusch, als sie versucht, den Schlüssel ins Schloss zu stecken und kläglich versagt. Von Mitleid überwältigt, öffne ich ihr die Tür.

»Belle, meine Süße!« Nicky stützt sich mit einer Hand am Rahmen ab und fällt mit der Tür nach innen.

»Wie ist es gelaufen?«

»Ich bin eine äußerst begehrenswerte Frau«, schmettert sie und stolpert die Stufen hinunter ins Wohnzimmer.

»Oh, wie schön.« Ich lache nervös.

Nicky ist betrunken.

Ich dachte, Samstagnacht sei sie betrunken gewesen. Ich habe mich geirrt.

Sie war höchstens halb betrunken im Vergleich zu der abgefüllten, taumelnden, mega-besoffenen Nicky, die ich jetzt vor mir habe.

Sie torkelt und plumpst breit grinsend aufs Sofa.

»Ich bin eine äußerst begehrenswerte Frau«, wiederholt sie,

wobei sie das »äußerst« besonders betont und wie eine Verrückte kichert. »Was für eine Schande, dass er kein äußerst begehrenswerter Mann war.« Sie schnappt sich mein fast leeres Weinglas und kippt den Bodensatz hinunter. Ihre trockenen Lippen sind burgunderrot.

»Hatte immerhin einen netten Arsch. Bei so einem Arsch kann man die Persönlichkeit vernachlässigen.«

»Solange du dich gut amüsiert hast, ist ja alles in Ordnung.« Ich höre mich an wie Nickys Mutter, aber ich bin einfach erleichtert, dass sie unversehrt nach Hause gekommen ist, sowohl in körperlicher als auch in seelischer Hinsicht, obwohl ihre Tränen jetzt sicher fünfzehnprozentig wären, wenn sie anfangen würde zu weinen.

»Du hast bestimmt Recht«, brabbelt Nicky, zieht die Pumps aus und massiert ihre Zehen. »Findest du, ich hätte mit ihm ins Bett gehen sollen?«

»Wieso, wolltest du denn?«

»Na ja, nicht wirklich, aber er hat das Essen bezahlt.«

»Hättest du erwartet, dass er mit dir ins Bett geht, wenn du bezahlt hättest?«, knurre ich sarkastisch und ziehe die Augenbrauen in die Höhe.

»Aber sicher doch«, scherzt Nicky, die die Pointe sofort verstanden hat, obwohl bei der Menge Alkohol, die sie offensichtlich intus hat, mindestens die Hälfte ihrer grauen Zellen abgetötet worden sein muss. »Insbesondere, wenn er zwei Flaschen Champagner, geräucherten Lachs als Vorspeise, Hummer als Hauptgang und Pudding zum Kaffee bekommen hätte.«

»Schwein!«

Glücklich grinst sie mich an, wie eine fette Katze, die gerade einen gestohlenen Truthahn verschlungen hat und jetzt nur noch in der Sonne liegen, schnurren und ihren prall gefüllten Magen genießen will.

»Ich habe beschlossen, so mit Männern umzugehen wie sie mit dem Essen«, verkündet sie.

»Und das bedeutet? Sie dir in den Schlund zu stecken und zu schlucken, bevor du sie schmecken kannst?«

»Neiiin!« Sie prustet kichernd. »So viel ich will, und so oft ich will.«

»Nach dem Motto: Die Würze liegt in der Abwechslung?«

»Genau. Und sobald sie das Verfallsdatum überschritten haben…«

»Ab in den Müll?«, schlage ich vor.

»Ab in den Müll!«, wiederholt sie begeistert. »Der Mann. Ein Wegwerfartikel. Sollten alle einen Stempel mit Verfallsdatum tragen, oder besser noch einen Kilometerzähler, damit man gleich sieht, wie oft sie schon auf der Piste waren! Einen Fickzähler, der jedes Mal um eins rauf geht, wenn sie ihren Schniedel bei einer neuen Frau reinstecken, so dass man gleich erkennt, wie viele es gab und vor allem wann. Aber diese gerissenen Kerle würden das Gerät wahrscheinlich manipulieren und so ein paar hundert Weiber unterschlagen. ›Ehrlich, Liebling, ich bin so gut wie jungfräulich‹«, spottet sie.

Trotz der Tatsache, dass sich ihr zum Bersten voller Bauch deutlich über dem Bund der rot gestreiften Leggings wölbt, für die sie sich letztlich entschieden hatte, wirft sie einen hoffnungsvollen Blick in die leere Jaffa-Packung.

»Huch! Alle alle! Ich hätte die blöde Torte behalten sollen.«

»Torte?«

»Die blöde Hochzeitstorte. Könnte jetzt ein ordentlich fettes Stück vertragen.« Bei dem Gedanken leckt sie sich die Lippen.

»Aber ich dachte, du hast sie behalten?«

Das Kichern, das in Nickys Kehle aufsteigt, kommt in Form einen lauten Rülpsens heraus.

»Na ja, du erinnerst dich doch noch daran, dass ich dich um ein paar Briefmarken gebeten habe?«, nuschelt sie und verdreht besoffen die Augen.

»Oh, Nicky«, japse ich, entsetzt und bewundernd zugleich. »Sag mir, dass das nicht wahr ist!«

»Müsste heute Morgen angekommen sein.« Nix nickt langsam, ihre Augen schließen sich, während sie gegen den übermächtigen Drang ihres Körpers ankämpft, dem Alkohol Tribut zu zollen und ohnmächtig zu werden. »Per Kurier nach Chelsea. In zweiundzwanzig…«, sie gähnt heftig, »… gepolsterten… Umschlägen.«

Verschlafen sehe ich auf meinen Wecker. In dem schwachen Licht kann ich gerade erkennen, dass es fast vier Uhr früh ist. Der Himmel über mir verändert sich, als hätte jemand Wasser in dunkelgraue Farbe gegossen, sie verdünnt und aufgehellt. Die Dämmerung kündigt sich an. Mein Gedächtnis, das noch immer halb schläft, sucht für den Bruchteil einer Sekunde verwirrt nach der Ursache, warum ich aus dem schönen Traum über nicht enden wollende Vorräte fettfreier Schokolade aufgewacht bin, doch meine Ohren, die wacher sind als der Rest von mir, hören nichts. Erst als ich im freien Fall in den Tiefschlaf zurücksinke, nehme ich das leise Schluchzen im Zimmer nebenan wahr.

Kapitel 3

Ist Ihnen jemals eines Morgens beim Aufwachen klar geworden, dass Sie absolut nichts zu tun haben? Ich rede nicht von den üblichen Sonntagmorgen: nichts im Fernsehen, draußen regnet es, Sie haben jedes Buch, das Sie besitzen, zweimal gelesen, und Ihr Hirn fühlt sich an, als hätten Sie zwei Stunden lang der waschenden Waschmaschine zugesehen; nein, ich rede von dem Gefühl, dass man für den Rest seines Lebens absolut nichts zu tun hat.

Das macht einen fertig, so viel dürfen Sie mir glauben. Genau das geschieht mir am Montag nach dem Sonntag, der von Rechts wegen Nickys Hochzeitstag hätte sein sollen, etwa einen Monat nachdem mein Flieger auf der abgenutzten Landebahn von Heathrow aufgesetzt hat. Als Nicky sich auf den Weg zur Arbeit macht, weckt mich die zuschlagende Tür aus einem bizarren Traum über Regenrinnen und Yorkshire-Terrier, die rosa Lippenstift und Schlüpfer von La Perla tragen.

Ich kraxele aus dem Bett, bereite mir eine Kanne Tee und einige Scheiben Toastbrot zu, versacke für einige gedankenbetäubende Stunden vor der Glotze, ziehe mich schließlich doch an und frage mich dann, warum ich mir eigentlich diese Mühe gemacht habe.

Richard zu beschatten mag so manches Mal gedanken- (und po-)betäubend gewesen sein, doch wenigstens hatte ich ein Ziel.

Es gab jede Menge Sachen, die ich nach meiner Rückkehr nach England vor hatte.

Alte Freunde und alte Lieblingskneipen besuchen, meine Bräune vorführen.

Und ganz sicher hatte ich vor, einem Familientreffen so lange wie möglich aus dem Weg zu gehen, aber Jamie hat mich reingeritten.

Meine Mutter und ich haben ein ziemlich gespanntes Verhältnis zueinander.

Meine Mutter ist eine Wonder-Woman, wohingegen ich ganz nach meinem Vater komme – ich bin eine Wander-Woman. Ich lasse mich vom Leben treiben, da ich noch nicht entschieden habe, wo ich eigentlich hin will.

Das habe ich an Nicky immer bewundert – sie ist zielstrebig und weiß immer ganz genau, was sie mit ihrem Leben anstellen will. Sie wollte Anwältin werden, seit sie dreizehn ist. Zu diesem Zeitpunkt hatte ich gerade die Primaballerina und die Tierärztin hinter mir gelassen und wollte Pop-/Filmstar werden. Nicky träumte von Kanzleien und Gerichtssälen, während ich vor dem Spiegel herumtänzelte und mit der Bürste in der Hand *Top of the Pops* nachahmte oder Filmszenen nachspielte.

In Thailand oder Australien ist es irgendwie in Ordnung, keine Ziele zu haben. Der Strand, der blaue Himmel, das lässige Leben und das allgemeine Verlangen nach Spaß und Lebensfreude schienen mir eine Entschuldigung dafür zu sein, nur dann zu arbeiten, wenn ich das Geld wirklich benötigte.

Man sollte meinen, dass es in einer so quirligen und aufregenden Metropole wie London in Ordnung wäre, wenn ich mich einfach mal zurücklehne und die Vielfalt auf mich wirken lasse. Aber vielleicht liegt es daran, dass jeder sonst eine Aufgabe, ein Ziel, eine Beschäftigung oder eine Verabredung zu haben scheint, dass ich mir so unausgelastet vorkomme.

Es nützt nichts. Ich werde schließlich doch die eine Sache in Angriff nehmen müssen, die ich mein Leben lang verzweifelt vermieden habe.

Ich werde mir einen Job suchen müssen.

Jobs.

Nennen Sie es, wie Sie wollen, Murphys Gesetz, Ironie, was auch immer, aber jetzt, da ich mich endlich dazu durchgerungen habe zu arbeiten, will ich verdammt sein, wenn ich einen von diesen Jobs bekomme. Das ist wie ein Klamottenkauf. Wenn man gerade mal ein bisschen Bares auf der Hand hat, findet man garantiert nichts. Ist man aber derart in den Miesen, dass der Geldautomat in schallendes Gelächter ausbricht, wenn man seine Karte einschiebt, entdeckt man plötzlich jede Menge schnuckeliger Outfits, die man unbedingt haben muss.

Ich war bereits auf sämtlichen Arbeitsämtern der Stadt und habe mehr Bewerbungsbögen ausgefüllt als der Computer einer Partnervermittlung, habe geschleimt, gebettelt und gelogen, dass sich die Balken biegen, ja, ich habe sogar aus meiner mittelmäßigen Abschlussnote eine glatte Eins gemacht. Und trotzdem gelingt es mir nicht, einen Deppen zu finden, der mich einstellen will.

Ich habe keine Berufserfahrung. Klar, ich habe einen Uniabschluss, aber meine gesamte Berufserfahrung beläuft sich auf insgesamt fünf Monate Kellnern. Ich kann nicht mal tippen.

Und Lebenserfahrung zählt anscheinend nicht.

Nach dem Abendessen brüte ich mit Nix über den Kleinanzeigen.

»Wie wär's mit Telefonverkauf?«, schlägt sie vor.

»Einen wunderschönen guten Abend, Madam, kann ich Sie für ein Jahresabonnement der Zeitschrift *Der Schweinezüchter* begeistern? Nein danke. Ich denke, ich könnte es auf jeden Fall noch mal mit Kellnern probieren.«

»Kellnern!« Nicky kreischt, als hätte ich gerade verkündet, dass ich vorhabe, in einer schmierigen Spelunke in Soho für einen Job als Stripperin vorzutanzen.

»Immer noch besser als dieser blöde Telefonverkauf, und außerdem habe ich darin Erfahrung«, nuschele ich, den Mund voller Kekse.

»Und du hast schließlich Wirtschaft studiert«, ergänzt Nix patzig.

Sie fährt mit dem Stift über die Spalten, fängt dann plötzlich an, breit zu grinsen, kreist eine Anzeige mehrmals ein und dreht die Zeitung zu mir um.

»Was mir im Moment ungefähr so viel nützt wie einem Eunuch Viagra«, murmele ich und greife nach einem weiteren Schokonusskeks.

»Na gut, wie ist es dann hiermit?« Triumphierend sieht sie mich an und klopft mit dem Stift auf die rot eingekreiste Anzeige. »›Barmanager gesucht.‹ Hört sich nach dem idealen Job für dich an. Du hast einen Abschluss in Wirtschaft, Erfahrung in Kneipenarbeit und genug Verstand, um dich durchzuboxen.«

»Da könntest du Recht haben«, erwidere ich und überfliege die Anzeige.

»Na los, ruf an«, ermutigt sie mich. »Du hast nichts zu verlieren.«

»Nur meine Würde«, entgegne ich. »Und ich glaube, den letzten Rest davon habe ich in einer kleinen Kneipe in der Khao San Road vor etwa acht Monaten und vor achthundert Litern Alkohol verloren.«

Ich zupfe am Saum meines geliehenen Kostümröckchens.

Nix ist locker fünf Zentimeter kleiner als ich, und was an ihr ein höchst anständiger Minirock war, droht an mir zu einem enthüllenden Albtraum zu werden.

Ich habe den ganzen Weg über am Saum gezupft und bin mit X-Beinen gelaufen, in dem Versuch, wenigstens einen Teil meiner Oberschenkel zu bedecken. Ein Pfeifkonzert begleitet mich – zwei Maurertrupps, ein Taxifahrer, zwei Zwölfjährige auf Mountainbikes – was meinem Ego wahrhaftig nicht gut getan hat, das dürfen Sie mir glauben –, und eine Gruppe kahl geschorener Fußballfans in einem waghalsig gefederten XR3i, die dreimal um den Block gefahren sind, um noch einen Blick auf die

Frau in dem erstaunlich rutschfreudigen Rock zu erhaschen. Das steht ganz entschieden dem geschäftstüchtigen und souveränen Image entgegen, das ich beabsichtigt hatte. Ich glaube, ich hätte bessere Chancen, wenn ich als Stripperin in der schmierigen Spelunke in Soho anfangen wollte.

Al Fresco's ist ein megaschickes Weinlokal gleich hinter der Sloane Street. Es ist Mittag. In der Kneipe drängeln sich Geschäftsmänner und -frauen, die einem langen, lachenden, lärmenden und lustvollen Lunch frönen. Die Atmosphäre ist kosmopolitisch, das raue, unverständliche Stimmengewirr vieler verschiedener Sprachen hallt zwischen den poppig violetten Wänden wider, als die Angestellten einer nahe gelegenen ausländischen Botschaft die Gräuel der Weltpolitik gegen die Freuden von Pouilly Fuissé und Räucherlachs eintauschen.

Der appetitliche Geruch nach frischem Brot und Knoblauch hängt schwer in der Luft und erinnert meinen Magen daran, dass ich zu nervös war, um zu frühstücken. Er beschließt umgehend, dass deswegen eine Beschwerde fällig ist, und fängt an zu knurren wie ein Zwischenrufer auf den hinteren Rängen.

Nigel Palmer trägt einen Dreiteiler mit Nadelstreifen, der besser in eine Bank als in eine Szenekneipe passt. Sein schulterlanges schwarzes Haar ist mit einer dicken Schicht Styling-Gel zurückgekämmt. Dabei dachte ich, das sei in den Achtzigern ausgestorben. Sein breites Gesicht mit den wulstigen Lippen ist von einer leicht unregelmäßigen und unechten Bräune überzogen.

Er lungert an der Theke herum, den breiten Hintern halb auf und halb neben einem Barhocker aus dunkler Eiche geparkt, das Handy mit der einen Hand ans Ohr gepresst, ein großes Glas Scotch fest mit der anderen umschlossen. Seine gestärkten weißen Manschetten werden von Manschettenknöpfen in der Form alter Zapfhähne zusammengehalten; schwere, goldene Armbänder umschließen beide Handgelenke wie vierundzwanzigkarätige Handschellen.

Ich werde von einem der Ober zu ihm geführt, dessen weiße,

um die Taille geschlungene Schürze so schnell durchscheuert wie seine Geduld, da mehrere Anzugträger am nächstgelegenen Tisch ihn mit einem arroganten Schnipsen ihrer fetten Finger herbeizitieren wollen.

Nigel Palmer lässt mich zehn Minuten warten, bis er sein Telefongespräch beendet hat, bevor er sich überhaupt herablässt, mich wahrzunehmen. Seine Stimme ist laut und selbstgefällig, während er jemanden, der »Piers, du alter Sack« heißt, wegen einer Schiffsladung ausländischen Biers zutextet.

Nervös stehe ich neben ihm, fühle mich unwohl in dem unglaublichen Schrumpfrock und hüpfe von einem Fuß auf den anderen wie eine aufgeregte Schülerin, die vor dem Büro der tyrannischen und Furcht einflößenden Schulleiterin wartet, bis Nigel Palmer endlich auf die Ende-Taste seines Ericssons drückt und geruht, mich wahrzunehmen.

Aber was heißt schon wahrnehmen. Genau genommen nimmt er erst einmal nur meine Beine wahr.

»Äh… Annebelle Lewis«, stammele ich, weil meine Nervosität zunimmt unter dem Laserblick, mit dem er über meine Feinstrumpfhose fährt. »Wir waren um zwölf Uhr dreißig verabredet… es geht um den Job als Barmanager.«

Seine Hand ist beim Händedruck zur Begrüßung feucht. Als er »Hallo« sagt, richtet er sich mehr an mein Dekolleté als an mein Gesicht. Außerdem lässt er die Hand, mit der er mich gerade begrüßt hat, in seinen Hemdausschnitt gleiten und kratzt sich nachdenklich an seiner linken Brustwarze, was ich ziemlich abstoßend finde. Währenddessen gleiten seine Augen langsam an meinem Körper auf und ab wie ein Scanner, der ein kompliziertes Dokument abtastet. Trotz ernsthafter Zweifel an der Richtigkeit meines Handelns folge ich ihm zu einem ruhigeren Tisch im rückwärtigen Teil des Lokals. Er setzt sich und bedeutet mir, es ihm gleich zu tun.

»Sie waren also zwei Jahre im Ausland?«, lautet seine erste Frage.

»Fast, ja«, erwidere ich und versuche, nicht zu zappeln vor Nervosität.

»Sie sind schön braun.«

Er wirft einen kurzen Blick auf den Lebenslauf, den Nicky für mich auf ihrem PC gebastelt hat, blickt auf meine Beine, blickt wieder auf den Lebenslauf, blickt auf mein Dekolleté, blickt wieder auf den Lebenslauf, und sieht mir schließlich in die Augen.

»Ich habe eigentlich nach jemandem mit mehr Erfahrung gesucht.«

Die alte Leier. Alles klar, du Schleimbeutel. Ich greife nach meiner Tasche und stehe auf.

»Ja, also dann, danke für Ihre Zeit.«

»Aber ich bin mir sicher, wir könnten etwas arrangieren...«

Ich stelle die Tasche wieder ab.

»Wollen Sie damit sagen, Sie könnten mich in den Bereichen einarbeiten, wo es mir Ihrer Meinung nach an Erfahrung mangelt?«, platze ich heraus, als er sich erneut in Schweigen hüllt und sein Blick wieder zu meinem Rocksaum wandert.

»So etwas in der Art.« Er lächelt, doch er sieht mich immer noch nicht an.

»Jaaa?«, ermutige ich ihn.

»Sie sind wirklich sehr attraktiv, Annabelle«, sagt er, wobei er sich einmal mehr an den Schatten wendet, den die Polster in meinem Wonderbra von Marks & Spencer bilden.

Ich bin mir nicht sicher, ob mir sein Tonfall gefällt.

»Den Gästen gefällt es, wenn sie hier ein hübsches Gesicht sehen. Sie wären gut fürs Geschäft, und alles, was gut fürs Geschäft ist, ist auch gut für mich.«

Ich würde zwar lieber aufgrund meiner Qualifikationen als aufgrund der Tiefe meines Dekolletés einen Job finden, aber was soll's? Ich habe keine Wahl. Sollen meine Titten mir doch den Weg ebnen, anschließend kann ich den Kerl immer noch mit meinem Fachwissen beeindrucken.

Das ist wahrscheinlich nicht gerade p.c., aber wer fragt schon danach, wenn man obdachlos und pleite ist? Und wenn die einzigen Klamotten, die man in der neuen europäischen Modemetropole besitzt, von der Sonne gebleichte Fetzen aus den Siebzigern sind, die vielleicht ausreichen, um mit einem bärig braunen Bruce in Burke Town ein Bierchen zu trinken, aber nicht gerade das Passende für einen eiskalten Soave in einem Weinlokal im tiefsten Knightsbridge sind? Ich bin es leid, so zu tun, als würde ich nicht nur einen Steinwurf vom Konsumtempel Harvey Nichols entfernt wohnen, bin es leid, mir einzureden, Selfridges sei nur ein Elektromarkt und der Schlussverkauf nichts als ein Phantom, das durch meine couture-freie Fantasie geistert. Nigel Palmer mag ja ein lüsterner, sexbesessener kleiner Schleimscheißer sein, aber in diesem Moment ist er mein Pass zum Paradies, das in diesem Fall aus Kreditkarten, Kochkunst, Kultur und Couture besteht sowie all den anderen grundlegenden Dingen, die zu einem anständigen Leben in London gehören.

»Also erwägen Sie, mich einzustellen?«

»Ja, ich erwäge, Sie einzustellen«, äffte er mich nach, wobei er die letzten Worte unnatürlich betont. »Ich glaube, wir könnten gut miteinander auskommen, Annabelle. Sie verstehen schon, Sie sind nett zu mir, und ich bin nett zu Ihnen.«

»Wie bitte?«

»Na – eine Hand wäscht die andere«, erklärt er und wackelt mit den Augenbrauen.

Ich mag es nicht, wenn Männer mit den Augenbrauen wackeln. Ich habe da so eine Theorie, dass die Augenbrauen eines Mannes irgendwie mit seiner Leistengegend verbunden sind. Dass sie ein kleiner Anhang, ein Ableger, ein Vorsprung seiner Schamhaare sind, und wenn die Augenbrauen wackeln, dann will die Leiste in der Regel mit von der Partie sein.

Auch die Vorstellung, Nigels Hand zu waschen, gefällt mir ganz und gar nicht. Tatsache ist, dass der Gedanke daran, was er mit dieser, seiner Hand alles bei mir anzustellen gedenkt, mir einfach zu viel ist.

Mit Anspielungen kann ich fertig werden. Ich habe ein gutes Händchen für gutmütige, lustige Bemerkungen, die meinen Standpunkt in der Regel gut rüberbringen, aber mich beschleicht das Gefühl, dass es bei Nigel eines Holzhammers bedarf, um ihn auch nur ansatzweise abzuschrecken. Und plötzlich weiß ich, dass ich den Sommer nicht hinter einer fünf mal einen Meter großen Theke eingesperrt sein will, während dieser schleimige Nigel versucht, mich mit seinen Schmierfingern zu begrapschen, und dass auch die Aussicht, in schicken Boutiquen einkaufen zu können, es nicht wert ist, solch eine Nacktschnecke bei Laune zu halten.

Ich lege den Rückwärtsgang ein und schabe mit den vier Stuhlbeinen über die polierten Dielen wie mit den Fingernägeln über eine Tafel, so dass Nigels Hand, die gerade mein Knie betatschen wollte, ins Leere greift und ihn aus dem Gleichgewicht bringt.

»Danke für das Angebot«, stoße ich hervor, schnappe meine Handtasche und steuere den Ausgang an, »aber lieber suche ich mir 'nen Job als offizielle Arschputzerin bei einem Männer hassenden, rotarschigen Pavian, als mich dafür bezahlen zu lassen, bei Ihnen auch nur *irgendetwas* zu waschen!«

Auf dem Rückweg zu Nickys Wohnung nimmt Arnold Anstoß daran, dass ich meine schlechte Laune an seiner Kupplung auslasse, und stellt mich vollends bloß, indem er an einer Ampel und an der Spitze einer langen Autoschlange den Geist aufgibt.

Ich sitze wie eine vollkommene Idiotin die längsten fünf Minuten meines Lebens da, bis eine Gruppe Jogger, die für den Londoner Marathon trainieren, sich meiner erbarmt und uns mehr oder weniger von der Straße trägt.

In dem Augenblick, da wir von der Hauptstraße runter und in einer Seitenstraße sind, beschließt Arnold, wieder anzuspringen. Ich versuche noch nicht einmal, den Motor anzulassen, er springt einfach von selbst an und läuft lange genug, damit ich in acht Zügen wenden und mich wieder in den Berufsverkehr einfädeln kann. Sobald wir wieder im Stau stehen, gibt Arnolds Motor ein heiseres, gurgelndes Geräusch von sich, das an ein dämonisches Lachen erinnert, und stirbt prompt eines weiteren Todes.

Im Aufzug entziehe ich mich dem Würgegriff meiner Schuhe und strecke meine armen, geschundenen Füße aus. So viel zum Thema »dressed to kill«. Das einzig Gekillte sind meine kleinen Zehen, die gegenwärtig so taub sind, dass es mir vorkommt, als hätte ich sie auf dem Heimweg in der U-Bahn verloren. Im Geiste sehe ich sie vor mir, wie sie im Fundbüro Seite an Seite mit Beinprothesen, einem einzelnen Sarg und in Plastik abgepackten Proben aus dem Krankenhaus stehen.

Nix sitzt im Wohnzimmer und trinkt mit der jungen Frau aus der Wohnung gegenüber Kaffee. Sie sehen beide auf, als ich mürrisch zur Wohnungstür hereinkomme.

»Wie war's?«

Nicky braucht gar keine Antwort mehr, mein Gesichtsausdruck und meine Haltung sprechen Bände. Ich schleudere die Schuhe aufs Sofa und lasse mich neben sie plumpsen.

»Doch so schön, hm?« Mit spitzen Fingern entfernt sie die Schuhe, bevor sie mir eine Tasse Kaffee anbietet. »Mach dir nichts draus, wir haben vielleicht eine Lösung für dein Jobproblem. Du kennst doch Lucy aus Nummer acht, oder?«

Die hübsche Asiatin lächelt mich an.

In der kurzen Zeit, seit ich hier bin, habe ich Lucy gut genug kennen gelernt, um sie jedes Mal anzulächeln, wenn wir uns begegnen, und sie um ihre Designerklamotten zu beneiden, um die achtzehn Paar Schuhe von Manolo Blahnik – ja, ich habe jedes Paar mit eifersüchtiger Gründlichkeit registriert –, um den langen, schimmernden Vorhang aus schwarzen Haaren, die großen, schräg stehenden braunen Augen, die hohen Wangenknochen und die vollen rosa Lippen. Um dieses mühelose, blendende Aussehen, um genau zu sein.

»Lucy hat dir ein Angebot zu machen«, erklärt Nicky mir, ohne mir in die Augen zu sehen.

Wenn es etwas in der Art ist, was der schleimige Nigel mir angeboten hat, dann will ich es gar nicht wissen. Doch Lucy sieht viel besser als Nigel aus und ist viel anständiger. Nicht, dass ich auf Frauen stehe – auch wenn die Männer, die ich in letzter Zeit getroffen habe, einem wahrhaftig als Entschuldigung dienen könnten.

Lucy blickt auf und lächelt mich an.

»Nicola hat mir erzählt, was du für sie getan hast, Annabelle.«

»Du weißt schon, Richard zu beobachten«, erläutert Nix und hustet, als sie den Rauch einer frisch angezündeten Marlboro Light einatmet.

»Richard« hat sich inzwischen zu einem Schimpfwort entwickelt, das man genauso abschätzig auszusprechen hat wie »Schwein«.

»Wofür hat man schließlich Freunde«, entgegne ich achselzuckend, nehme dankend die elegante Espressotasse an, die Nix mir reicht, und wünsche mir, es wäre ein großer Wodka.

Es entsteht eine Pause, als Nicky Lucys Tasse auffüllt. Lucy nippt an ihrem Espresso und sieht mich dann über den Rand der Tasse hinweg an.

»Kennst du meinen Mann Gordon?«

»Nein, eigentlich nicht«, sage ich überrascht. »Ich habe ihn ab und zu von weitem gesehen, aber wir haben uns nie unterhalten.«

»Das ist gut«, sagt Nicky zu Lucy.

Die nickt zustimmend.

»Warum ist das gut?«

»Weil ich die Scheidung will.«

Was sage ich jetzt? Tut mir Leid? Herzlichen Glückwunsch? Was hat das damit zu tun, dass ich ihn noch nicht aus der Nähe gesehen habe? Will sie sich scheiden lassen, weil er aus der Nähe wie eine Fratze aussieht?

Es gelingt mir nicht, eine passende Antwort zu artikulieren, weshalb ich ein – wie ich hoffe – mitfühlendes Lächeln aufsetze.

Lucy fährt nachdenklich fort, wobei ihre Stimme voller Selbstverachtung ist.

»Gordon und ich sind seit beinahe achtzehn Monaten verheiratet. Es war eine ziemlich überstürzte Romanze. Du kennst doch das Sprichwort: Heirate mit Eile, bereue mit Weile. Das Problem ist, er war so verdammt charmant, als wir uns kennen gelernt haben, und ich bin ihm auf den Leim gegangen.« Sie atmet tief durch. »Tatsache ist, dass sein Charme nicht nur mir gilt. Er war mir von dem Moment an untreu, als wir aus den Flitterwochen zurückgekommen sind.«

»Das ist dein Stichwort«, erklärt Nicky.

Lucy nickt.

»Ich will die Scheidung, aber ich glaube nicht, dass Gordon einwilligt.«

»Aber wie um Himmels willen kann ich dir da helfen?«

»Gordon ist Geschäftsführer in der Firma meines Vaters. So haben wir uns getroffen. Ich brauche Beweise dafür, dass er mich betrügt. Er hätte solchen Schiss davor, dass mein Vater es mitbekommen könnte, dass er einer schnellen und unauffälligen Scheidung zustimmen würde, das weiß ich.«

»Wir haben uns überlegt, dass du Gordon auf frischer Tat ertappen könntest, genau wie Richard.« Nicky lächelt mir nervös zu. »Was hältst du davon, Belle?«

Was ich davon halte? Ich glaube, sie sind verrückt. Das ist doch kein Sonntagsausflug, so eine Beschattung untreuer Männer. Das ist voller böser Überraschungen wie Regenrinnen und launische Hormone.

Einmal reicht wirklich, vielen Dank.

»Ich will nicht...«

»Ich wäre bereit, dich für deine Zeit zu bezahlen«, unterbricht Lucy mich, bevor ich ausgeredet habe.

»Wirklich?«, frage ich sie überrascht.

»Natürlich. Ich erwarte nicht, dass du es umsonst machst.«

Ich werfe einen flüchtigen Blick auf Nicky, die mich hoffnungsvoll ansieht.

»Nix, könnte ich kurz mit dir reden – unter vier Augen?«

»Schon gut.« Lucy wirft Nicky einen Blick zu. »Ich muss gehen, aber denk mal drüber nach. Lass es mich wissen, wenn du dich entschlossen hast. Du weißt ja, wo du mich finden kannst«, sagt sie lachend.

Ich warte, bis Lucy die Eingangstür hinter sich zugezogen hat, und wende mich dann Nicky zu, die auf einem Schokokeks kaut und nicht wagt, mir in die Augen zu sehen.

»Was hast du da hinter meinem Rücken vor, Nicky?«

»Ich weiß nicht.« Sie zuckt die Achseln. »Du brauchst Geld und Lucy braucht Hilfe. Sie tat mir Leid … ich habe das schließlich selber durchgemacht. Gordon hat sich wie ein komplettes Arschloch verhalten. Das hat sie nicht verdient.«

»Aber sie sieht toll aus! Welcher Mann besäße die Frechheit, so jemanden zu betrügen?«

»Gordon, wie es aussieht.«

Ungläubig schüttele ich den Kopf. Habe ich noch Hoffnung, jemals einen treuen Liebhaber zu finden, wenn jemand so Umwerfendes wie Lucy einen so umwerfend durchschnittlichen Kerl wie Gordon nicht zu monogamer Glückseligkeit überreden kann? Ich weiß zwar auch, dass zu einer Partnerschaft mehr als das Aussehen gehört, aber Lucy hat alles. Sie ist intelligent, lustig, schön, sexy, solvent … was will Gordon mehr? Vielleicht liegt es an dem Nervenkitzel, den man bei verbotenem Sex empfindet, am Adrenalinschub, dem Hochgefühl, das man manchmal erlebt, wenn man weiß, dass man etwas Verbotenes tut.

»Na gut, nehmen wir mal an, ich beschließe, ihr zu helfen«, sage ich vorsichtig, »was kann ich denn schon tun?«

Nicky strahlt. Sie denkt, ich gebe nach.

»Du beschattest ihn, wie du Richard beschattet hast«, erklärt sie begeistert. »Beobachte, wohin er geht, was er macht, mit wem er es macht.«

»Aber wie weit muss ich wirklich gehen?«

»Wie Lucy schon sagte, sie braucht knallharte Beweise.«

»Was, etwa ein Foto davon, wie er einen Ständer hat?«

Nicky kichert.

»Ich sagte knallhart, nicht schlaff.«

»Na ja, ich muss schließlich einen Job finden, stimmt's ... und wahrscheinlich ist so was besser als Büroarbeit von neun bis fünf. Wie du ja weißt, eigne ich mich nicht für so was.«

»Wirst du es für sie übernehmen, Belle?«

Die Aussicht, mir während weiterer Nächte in Arnold dem Ausgelassenen die Brustwarzen abzufrieren, ist nicht gerade verlockend, aber immer noch verlockender, als mich von Knightsbridge-Nigel angraben zu lassen, während ich versuche, überteuerte Drinks an überbezahlte Kerle zu verkaufen.

»Ich weiß nicht ...«

Nicky schiebt mir einen Briefumschlag zu.

»Was ist das?« Misstrauisch beäuge ich ihn.

»Bares.«

»Bares?«

»Genau.« Sie grinst. »Ich weiß, dass du lange keins gesehen hast, aber du wirst doch wohl nicht vergessen haben, wie es aussieht.«

»Ich habe vielleicht vergessen, wie es aussieht, aber ich könnte nie den besonderen Geruch von Geld vergessen!«, grinse ich, schnappe mir den Umschlag und tue so, als würde ich das Aroma einatmen, als handele es sich um frisch gebrühten Kaffee und warme Croissants.

»Na los, zähl nach«, drängt Nix.

Zögernd zieh ich das Bündel Zwanzigpfundnoten aus dem Umschlag und blättere es durch.

»Fünfhundert Pfund!«

»Das ist für die erste Woche. Und Lucy hat gesagt, dass sie all deine Ausgaben bezahlt.«

»Ehrlich?«

Nix nickt.

»Und was genau versteht sie unter Ausgaben? Die ganze Schokolade, die ich esse, eine Wärmflasche und einen Regenmantel?«

»Och, weißt du, wenn du die ganze Nacht in einer Bar verbringen musst, wird sie wohl für die Spesen aufkommen, Reisekosten und so was.«

»Reisen?« In diesem Fall vergessen Sie den Regenmantel. »Also, wenn Reisen dabei sind, dann werde ich als erstes einen anderen Wagen mieten!«

»Du willst doch Arnold nicht etwa loswerden?«

»Nein, ich will Arnold nicht loswerden, ich will Arnold auf den Schrottplatz bringen und persönlich dafür sorgen, dass er zertrümmert wird, dass das Metall sich biegt und knirscht, bis alle seine Federn um Gnade winseln.«

Der entsetzte und doch faszinierte Ausdruck auf Nickys Gesicht hält mich davon ab, weitere Tiraden über den schrecklichen Tod, den ich für Arnold vorgesehen habe, von mir zu geben.

»Tut mir Leid, Nix.« Ich grinse kleinlaut. »Ich weiß ja, dass er deine erste Liebe war…«

»Nein.« Nicky schüttelt den Kopf und erstrahlt dann in einem dieser breiten, herzlichen Nix-Lachen, die ich fast zwei Jahre lang nicht zu Gesicht bekommen habe. »Ich habe nur gerade gedacht, dass ich genau das gern mit Richard machen würde.«

Gordon ist zweiundvierzig und hat graue Haare, die in zwei sorgfältigen Wellen über den Schläfen zurückgekämmt sind. Er hat ein zerfurchtes Gesicht, markant und sonnenverbrannt, und wenn man ihm den Zugang zu Nicky Clarke verbieten, ihn von den Gucci-Schuhen, dem Armani-Anzug, der Brille von Pierre Cardin und der Uhr von Patek Philippe befreien würde, dann sähe er wahrscheinlich aus wie ein wettergegerbter Fischer aus Cornwall. Er ist ein Fuchs im Schafspelz, dem es gelungen ist, die Konjunkturflaute zu überstehen, indem er immer zur rechten Zeit am rechten Ort war, und der dann das große Los gezogen hat, indem er die Tochter des Chefs heiratete.

Mein Auftrag ist leicht. Ich muss dasselbe wie bei Richard machen, doch dieses Mal werde ich keine Regenrinnen hinaufklettern oder von ihnen herunterfallen – hoffe ich.

Ich befinde mich auf etwas sichererem Terrain – nicht viel sicherer allerdings, da ich zum zweiten Mal in dieser Woche bei »Al Fresco's« gelandet bin, dem Herrschaftsgebiet von Ekel Nigel und dem gegenwärtigen Aufenthaltsort von Gordon, der mit ein paar Kumpanen einen draufmacht.

Mein Auftrag lautet, in einer nahe gelegenen Ecke zu lauern und ihn zu beobachten.

Sollte er aus der Reihe tanzen – also Zungenküsse verteilen, sich in dunklen Ecken rumdrücken und so was –, muss ich sicherstellen, dass ich ein Beweisfoto davon bekomme, muss die gute, alte Sofortbildkamera hervorzaubern, sein Vergehen festhalten und dann eine Düse machen, bevor er mich entdeckt.

Ganz simpel, wirklich. Bestimmt schleichen tonnenweise durchgeknallte Frauen mit Fotoapparaten um gut besuchte Bars. Niemand wird etwas merken. Von wegen! Wahrscheinlich könnte ich immer noch so tun, als wäre ich ein dämlicher Paparazzo, der Gordon mit einer Berühmtheit verwechselt. Da aber die einzige Persönlichkeit, der er entfernt ähnelt, Keith Floyd ist, könnte das schwer zu schlucken sein.

Und was das Ganze noch schlimmer macht: Ich habe nichts Passendes in meiner mageren Kleidersammlung für eine Nacht in einer Szenebar. Und da Nicky zwei Nummern dicker ist als ich, musste ich mir etwas von Lucy leihen. Normalerweise wäre ich bereit zu töten, um auch nur ein einziges Teil aus ihrer üppigen Sammlung Designerklamotten in die Hand zu bekommen, doch das Hauptproblem liegt darin, dass ich nicht selber wählen darf. Und ihre Vorstellung von unauffälliger Kleidung besteht in etwas Pinkfarbenem, Kurzem und Schimmerndem, das wirklich nach Designer aussieht, aber auch sehr enthüllend ist.

Ein weiteres kleines Problem (die Betonung liegt auf klein) ist, dass Lucy auch die Unterwäsche besorgt hat. Neue, versteht sich. Ich fürchte, ich stehe nicht auf das dubiose Vergnügen, in die Schlüpfer anderer Leute zu schlüpfen. Meine überaus praktischen und bequemen eigenen Schlüpfer sind zwar klasse, wenn man bei achtzehn Meilen Trekking pro Tag nicht den Po durchscheuern will, passen aber nicht gut unter ein Kleid, das wie Frischhaltefolie sitzt. Mein Höschen war darunter so sichtbar, dass man es noch aus dem Weltall zusammen mit der Chinesischen Mauer sehen könnte.

Meine Sorge, Gordon könne das Kleid wieder erkennen, verflüchtigt sich nach einer kurzen Wallfahrt über den Treppenabsatz zu Lucys Wohnung, bei der es um ein knapp geschnittenes Nichts von einem Kleid geht.

Das wäre ungefähr so, als wenn Casanova sich an Gesicht, Name und Beinlänge all seiner Eroberungen erinnern könnte. Nickys Schränke haben mich beeindruckt, aber Lucy hat keinen begehbaren Kleiderschrank, sie hat etwas, das viel eher einem separaten Apartment allein für die Kinder gleicht. Harvey Nichols im Haus, sozusagen.

Funkelnagelneue Klamotten, noch unausgepackt und mit Etiketten, stapelweise süße Designerfummel. Ich hatte nie wirklich das Bedürfnis, Besitztümer anzuhäufen, werde aber bei diesem Anblick deutlich grün vor Neid. Wenn dies das Resultat einer Karriere ist, dann ist meine Vorstellung eines sorgenfreien Antimaterialismus ein wenig überholt, und ich müsste mich auch nicht mehr schuldig fühlen, wenn ich die Schaufenster von Harvey Nichols voll sabbere.

»Ich bin tot und im Modehimmel«, seufzt Nix und starrt voller Ehrfurcht und Begierde auf die Reihen wundervoller Kleider, die uns umgeben.

In Lucys Ankleidezimmer zu sein, bedeutet für einen Modefreund dasselbe wie für einen Chocoholic, in der Cadbury-Welt freigelassen zu werden mit dem Auftrag, »alle Spuren zu vernichten«.

Bald schon habe ich meine drei Jahre alten Schlüpfer von Marks & Spencer gegen einen Hauch von Nichts eingetauscht, der passenderweise von Agent Provocateur ist, die Konsistenz von Zahnseide hat und ungefähr so komfortabel ist wie eine feste Zahnspange auf widerspenstigen Zähnen.

So dass ich mit dem Kleid, den Dessous und der Kriegsbemalung, die Lucy mir verpasst, aussehe wie eine Porno-Barbie.

Ich weigere mich aber, als Nicky meinen Kopf mit Glitter-Spray einnebeln will. Trotzdem sehe ich immer noch aus wie eine bunte Fee.

Eine Stunde später laufe ich dann bei »Al Fresco's« ein – mein Gesicht leuchtet vor Scham so wie mein Kleid.

Ich bin ein bisschen erleichtert, als ich sehe, dass zahlreiche junge Clubber in der Bar sind, die alle Outfits tragen, bei deren Anblick meine Oma sofort einen Herzschlag bekäme, doch ich bin immer noch eine der auffälligsten.

In diesem Kleid sehe ich aus, als wäre ich völlig nackt, abgesehen von etwas geschickt platziertem rosa Chiffon und etwas Glitzerstaub.

Ich bahne mir einen Weg durch die Menge bis zu der langen, hölzernen Theke und platziere meinen Hintern auf einem Hocker, den ich mir erkämpfen muss, um beim Hinsetzen feststellen zu müssen, dass die Würgeschraube, die vorgibt, eine Unterhose zu sein, sich sofort erbarmungslos um meine Pobacken schließt.

Sexy Kleid. Nicht besonders sexy ist es allerdings, wenn man sich verstohlen von unten reinfassen muss, um die Unterwäsche zurechtzuziehen.

Ich bin mir nicht sicher, ob der attraktive junge Barmann mich lachend oder lüstern ansieht, während er mich bedient und dabei diverse andere Kunden übersieht, die länger warten als ich.

In einem solchen Kleid kann man wohl kein Bier bestellen, also bestelle ich einen Gin Sling und bekomme ein puppiges, kleines, gefrostetes Glas, in das ein Scherzkeks eine Cocktailkirsche gesteckt hat.

Ich brauche nicht lange, um Gordon zu entdecken. Er sitzt mit drei Freunden an einem Tisch. Er ist laut, lärmend, rau und rüde, genau wie Lucy ihn beschrieben hat.

Sie haben ihren Tisch ganz eindeutig deshalb ausgesucht, weil sie von dort jede Frau im kurzen Rock begaffen können, die zur Tür hereinkommt – was ziemlich häufig der Fall ist. Sie sollten wirklich mit Bewertungskarten dasitzen. Es ist wie bei einem Schönheitswettbewerb, bei dem keines der Mädchen davon weiß, dass es teilnimmt.

Der Kerl gleich neben der Tür, der anscheinend sturzbetrunken ist, quatscht jedes Mädchen, das ihm zu nahe kommt, mit dem gleichen, geistreichen Spruch an: »Hi, ich bin Evan, komm mit mir ins Paradies.«

Scheint mir eher die Hölle zu sein.

Eine eins achtzig lange, lüsterne, lauernde Portion Testosteron.

Verstehen Sie mich nicht falsch, Testosteron hat einen wichtigen und wertvollen Platz in meinem Leben, aber es ist kein schöner Anblick, wenn es in solch geballter, ungezähmter Menge aus einem betrunkenen, verwirrten Kerl strömt, der auf der falschen Seite der Vierzig steht.

Eigentlich mag ich reife Männer. Nennen Sie mich ruhig zickig, aber ich mag es, wenn diese reiferen Männer *attraktive*, reife Männer sind.

Das Objekt meiner Untersuchung lehnt sich auf seinem Barhocker aus Kiefer und Chrom zurück. Durch die Designerbrille, die auf seiner Nasenspitze sitzt, starrt er kritisch und mit der prüfenden Genauigkeit eines Fachmanns bei einer Antiquitätenausstellung auf jede Frau, die vorbeigeht.

Dummerweise dauert es nicht lange, bis er auch mich entdeckt.

In diesem Kleid kann so ziemlich jeder so ziemlich alles an mir entdecken.

Der Typ auf dem Hocker neben mir lehnt sich so betont zu mir herüber, dass er mit dem Gesicht nach unten in meinen Ausschnitt zu plumpsen droht, falls er sich noch weiter vorbeugt. Dann muss ich nach ihm angeln wie nach einer verlorenen, falschen Wimper. Ausweichend blicke ich zur Seite. Gordon betrachtet meine Beine. Ich lasse ihm einige Minuten Zeit, und als ich wieder hinsehe, haben sich die wanderlustigen Augäpfel hinauf zu meinem Ausschnitt bewegt.

Weitere Minuten vergehen, und als ich erneut hinüberblicke, starrt er mir genau in die Augen. Hastig sehe ich weg.

Als ich mich traue, wieder hinzusehen, schaut er immer noch in meine Richtung, und unsere Blicke treffen sich kurz.

Er lächelt.

Hilfe.

Er hat mich ertappt, wie ich ihn anstarre, und versteht das total falsch.

Er denkt, ich versuche, Augenkontakt herzustellen.

Er denkt, ich stehe auf ihn.

Schnell sehe ich weg.

Zwei Minuten später sehe ich wieder verstohlen hinüber und werde mit einem koketten Lächeln belohnt, bei dem er eine Reihe sehr weißer und sehr künstlicher Zähne enthüllt.

Oh, Scheiße!

Er glaubt wirklich, ich bin interessiert.

Und was zum Teufel mache ich jetzt? Wie soll ich den Kerl bloß beobachten, wenn ich nicht mal wage, mich umzusehen, aus Angst davor, er sieht mich an!

Das alles liegt an diesem verdammten Kleid. Ich sollte unauffällig aussehen, und was machen meine blöden Freundinnen? Schicken mich in so einem Feger los.

Stur sehe ich in die entgegengesetzte Richtung und wage es nicht, noch einmal hinüberzublicken, falls er noch immer mit gebleckten Zähnen und einsatzbereitem Schwanz zu mir starren sollte. Doch mein taktischer Rückzug kommt zu spät.

Erschrocken beobachte ich im Spiegel über der Theke, wie Gordon etwas zu seinen Kumpanen sagt, in meine Richtung nickt und sich dann unter lautstarken Anfeuerungen einen Weg durch die Menge bahnt. Dabei fährt er sich mit der Hand durchs Haar und kratzt sich sogar mit dem Daumennagel eilig über seine Schneidezähne, bevor er hinter mir auftaucht.

»Was macht denn so ein süßes Mädel wie Sie ganz allein hier, hm?«

Sehr originell.

Langsam drehe ich mich zu ihm um, neige den Kopf und ringe mir ein Lächeln ab.

»Äh… Ich warte auf jemanden.« Ebenfalls höchst unoriginell, aber es ist das Einzige, was mir im Moment einfällt.

»Dann sollte ich vielleicht Wache halten, bis dieser Jemand auftaucht. An diesem Ort wimmelt es nur so von Wölfen, die so niedlichen kleinen Dingern wie Ihnen auflauern.« Lüstern zwinkert er mir zu.

»Ach, und Sie gehören also nicht zu denen?«

Er lacht – ein tiefes, heiseres und aufgesetztes Lachen, das sich anhört wie Tom Jones mit Lungenentzündung.

»Ich bin der Anführer.«

Ganz wie Lucy gesagt hat.

»Wie wär's, wenn ich Ihnen noch einen Drink spendiere, während Sie warten?«

Es läuft entschieden nicht nach Plan. Einmal abgesehen davon, dass der Plan auch sehr vage war.

»Vielen Dank, ich sagte ja bereits, dass ich verabredet bin.«

»Also, wenn Ihre Freundin so hübsch wie Sie ist, dann bleibe ich wohl besser gleich hier stehen.«

»Ich erwarte einen Freund, keine Freundin.«

»Dann bin ich aber froh, dass er noch nicht da ist.«

Gordon lässt sich auf den Hocker neben mir gleiten, der endlich von dem überfreundlichen Betrunkenen geräumt wurde, der versucht hat, kopfüber in den Ausschnitt meines Kleides zu tauchen.

»Bitte, lassen Sie mich Ihnen einen Drink spendieren«, bettelt er erneut. »Ich verspreche, ich benehme mich anständig.«

Er stibitzt die Kirsche aus meinem dritten Gin und lutscht und nuckelt in einer Weise daran herum, die zwar aufreizend wirken soll, aber eher abstoßend ist.

»Ihr Glas ist fast leer.«

»So wie Ihre Versprechungen?«, frage ich mit hochgezogenen Brauen.

»Zumindest Ihren Namen könnten Sie mir verraten.«

Könnte ich?!

»Ach, kommen Sie schon, was spricht dagegen?«

Gute Frage. Die Möglichkeit, eine Spur zu hinterlassen.

»Ich mache den ersten Schritt, ja?«, schäkert er. »Hi, ich heiße Gordon.« Er legt den Kopf zur Seite. »Sehen Sie, es war doch gar nicht so schwer, hm?« Er macht einen auf niedlich. Es funktioniert aber nicht. Er ist ungefähr so niedlich wie Chucky, der mit einem Hackbeil in der Hand Amok läuft.

»Äh… Annab–« Es gelingt mir gerade noch zu verhindern, dass ich mit meinem richtigen Namen herausplatze. Es ist ganz sicher keine gute Idee, ihm den zu verraten, und wir haben nie über ein Pseudonym nachgedacht – aus dem einfachen Grund, weil wir nie daran gedacht haben, dass ich eins brauchen könnte!

»Äh… ich meine Annaliese. Ich heiße Annaliese.«

Gott sei Dank hat Gordon schon einiges intus und bemerkt

den Versprecher nicht. Ich spüre, wie eine seiner großen Hände über meinen Po fährt.

»Hättest du nicht Lust, dich auf ein Gläschen zu mir und meinen Freunden zu setzen, Annaliese?«

O Mann, der ist aber beharrlich!

In diesem Moment würde ich nichts lieber tun, als Gordons neugierige Hand mit dem Cocktailstäbchen zu durchbohren, von dem er gerade meine Kirsche gesaugt hat, doch noch überwältigender ist das Bedürfnis, schnellstens von hier zu verschwinden. Aber wie?

»Sicher, Gordy, das wäre toll … aber, äh …« Hektisch blicke ich mich um und entdecke einen reichlich betrunkenen Nigel, der zur Tür hereintaumelt. »Mein Bekannter ist schließlich doch noch aufgetaucht.«

Entschuldigend zucke ich die Achseln und schnappe meine Tasche, die wie ein kleiner, silbriger Pilz neben meinem Hocker steht.

Gordon fällt die Kinnlade herunter.

»Aber wir haben uns doch gerade erst kennen gelernt …«

Achselzuckend gleite ich von meinem Hocker, um mich an ihm vorbeizudrängen. Doch er hat noch nicht aufgegeben. Hastig greift er in die Brusttasche seines Sakkos, umklammert meinen Arm und hält mir eine Visitenkarte hin.

»Meine Nummer – ruf mich an.«

Er nimmt meine Hand in seine, drückt die Karte hinein und schließt meine Finger darum.

»Vielleicht gehen wir mal zusammen essen.«

»Vielleicht«, erwidere ich zögernd.

»Versprich mir, dass du mich anrufst.«

Ich lächele ihn an und hoffe, dass ich dabei eher kokett als erschrocken aussehe.

»Vielleicht«, wiederhole ich und dränge mich an ihm vorbei.

»Nein, nicht vielleicht, sag ja.« Er zwinkert mir zu.

»Ich muss gehen. Mein … äh … Verlobter kann sehr eifersüchtig sein«, stammele ich und bahne mir mit den Ellbogen einen Weg durch die Menge, um schnell wegzukommen.

Als ich mich halbwegs in Sicherheit wähne, drehe ich mich noch einmal um. Er sieht mir noch immer hinterher. Die Brille ist bis auf die Nasenspitze gerutscht, und er schielt über den Rand auf meinen enteilenden Po.

»Mist!«

Ich werde nicht einfach allein hier hinausspazieren können, er wäre mir sofort auf den Fersen. Als ich auf gleicher Höhe mit Nigel bin, der anscheinend unterwegs war, um die Freuden anderer Lokalitäten zu erkunden, bevor er wieder selbst Hof hält, umklammere ich seinen Arm und zerre ihn mit mir Richtung Tür.

»Hallo, Liebling«, rufe ich laut, »ich habe Ewigkeiten auf dich gewartet, wo zum Teufel hast du gesteckt?«

Nigel schaut mich erschüttert an, erkennt mich aber vage wieder.

»Ich kenne Sie, stimmt's?«

»Mach dir nichts draus, Liebling, aber wir beeilen uns besser, wir haben für zehn Uhr reserviert.«

Nigel denkt tatsächlich, das ist seine große Chance, und ein ungläubiges Lächeln breitet sich auf seinen betrunkenen, gummiartigen Zügen aus. Er lässt sich von mir nach draußen und in ein netterweise bereitstehendes Taxi zerren.

Er ist nicht besonders glücklich darüber, dass ich den überraschten Taxifahrer nach gerade einmal hundert Metern bitte anzuhalten und Nigel ohne Umstände hinausbugsiere, bevor ich wieder auf den klebrigen Plastiksitz zurücksinke und den Seufzer ausstoße, der mir in den vergangenen fünfzehn Minuten auf den Lippen lag.

Also, so sollte das ganz sicher nicht ablaufen. Es stimmt schon, dass ich Gordon dabei erwischen sollte, wie er jemanden anbaggert, aber dieser Jemand sollte doch nicht ich sein!

Wie soll ich das bloß Lucy erklären? Sie wird sich saumäßig

darüber aufregen, dass ich schon am ersten Abend mein Inkognito verloren habe.

Lucy und Nicky sitzen Seite an Seite auf dem Sofa, stopfen Tortilla-Chips in sich hinein und sehen Antoine aus *Eurotrash fame* zu, der wie der Teil eines riesigen Salat-Sandwiches gekleidet über die Bühne tanzt – mit einem selleriedürren Model als magerer Füllung.

In dem Moment, als ich zur Tür hereinstolpere, wobei ich einmal mehr und ziemlich taktlos versuche, meinen String aus den verborgensten Winkeln meiner Pobacken zu ziehen, schnappt Nicky die Fernbedienung und schaltet den Ton ab. Beide sehen mich erwartungsvoll und gespannt an.

»Du bist aber früh zurück.«

»Wie war's?«

»Mal abgesehen davon, dass ich mich fühle wie ein Stück Gorgonzola, das einem Käsemesser zu nahe gekommen ist? Wo hast du bloß diese Unterhose her, Lucy? Aus einem SM-Geschäft? Schlitzen und massakrieren! Hört mal, ich ziehe mir nur eben etwas weniger Schmerzhaftes an, dann erzähle ich euch alles.«

Endlich kann ich in meinem Zimmer verschwinden, wo ich mir erleichtert das Folienkleid und den bissigen Schlüpfer vom Leib reiße, um in den schlabberigen, schlampigen, schlotternden, schäbigen und bequemen Bademantel zu schlüpfen, den Nicky mir vermacht hat, als ich heim- und kinderlos in England gelandet bin.

Ich würde gerne duschen, um Gordons Sabberspur abzuspülen, die an meiner Schulter trocknet, doch so lange können die beiden wohl nicht mehr warten.

So kehre ich ins Wohnzimmer zurück, wobei ich sehnsüchtig an meine schöne, saubere, chromblitzende, weiß gekachelte Dusche denke. Sie machen mir Platz auf dem Sofa, Nicky reicht mir ein Glas Weißwein.

Lucys Augen blitzen vor Neugier. Sie hält sich lange genug zurück, um mir die Chipstüte zu reichen.

Beide sehen mich erwartungsvoll an, während sie mir einen Schluck Alkohol und einen Mund voll Chips gönnen.

»Also?«, fragen sie im Chor.

Ich atme tief durch.

»Also«, setzte ich an, »sie waren alle im »Al Fresco's«, wie du es gesagt hast.«

»Alle?«

»Ja, sie waren zu dritt: Gordon, dann einer, dessen Namen ich nicht mitbekommen habe – hat einen dunkelblonden Bürstenschnitt, graue Augen, eine kleine Narbe über der Lippe …«

Lucy schüttelt den Kopf.

»Kommt mir nicht bekannt vor.«

»Na, egal, der auf jeden Fall, dann Gordon und Evan sowieso … ein totaler Arsch.«

Lucy nickt zustimmend.

»Evan Landers, der Marketingleiter.«

»Also, sich selber hat er nicht gerade gut vermarktet.«

»Mies wie immer?« Eine rhetorische Frage, aber ich nicke trotzdem.

»Und«, fragt sie begierig, »hat Gordon auch *wie immer* irgendeine arme, naive Tussi angepeilt und ihr seine diamantenbestückte Rolex ins Gesicht gehalten, in der Hoffnung, sie ist so überwältigt, dass sie sofort ihr Höschen fahren lässt?«

»Tja, ähm, in der Tat, ja.«

Ein strahlendes Lächeln breitet sich auf Lucys Gesicht aus.

»Klasse! Und hat es funktioniert? Hast du belastende Fotos gemacht?«

»Tja, da wurde es schwierig …«

Das Lächeln verschwindet.

»Nein? Wo lag das Problem? Hast du ihn verloren?«

Ob ich ihn verloren habe? Schön wär's!

Ich atme tief durch.

»Nicht ganz, nein. Versteh doch ... also, Tatsache ist ...« Ich sehe von Lucys besorgtem Gesicht auf den Boden, der nicht ganz so ausdrucksstark ist, und ringe nach Worten. »Das Mädchen, dem er seine Uhr vor die Nase gehalten hat ... ähm ... das war ich. Es war nicht mein Fehler! Er muss bemerkt haben, dass ich hinüberstarre, und sich gedacht haben ... na ja, du weißt schon. Weil ich die ganze Zeit zu ihm geschaut habe, muss er gedacht haben, ich wäre interessiert.«

Nervös sehe ich auf und stelle überrascht fest, dass Nickys Grinsen noch breiter ist als zuvor.

»Aber das ist doch großartig!« Sie strahlt.

»Ach ja?«, frage ich überrascht.

»Na klar doch! Das bedeutet, dass wir ihn genau da haben, wo wir ihn haben wollen. Wie ist es ausgegangen? Hast du dich noch mal mit ihm verabredet?«

»Er hat mir seine Karte mit der Handy-Nummer gegeben, aber ich glaube, ich habe sie verloren.«

»Das ist doch gar kein Problem. Ruf ihn an.«

»Was, jetzt?«

»Was du heute kannst besorgen ...«

Nicky reicht Lucy das tragbare Telefon, und die tippt Gordons Mobilfunknummer ein.

»Das ist das erste Mal, dass ich ein Date für meinen eigenen Mann vereinbare«, sagt sie kichernd.

Ich wünschte, ich könnte das auch so lustig finden.

»Huch, schnell, es klingelt!« Sie wirft mir den Hörer förmlich zu, als Gordon bereits abnimmt. Die Hintergrundgeräusche sagen mir, dass er immer noch in einer Kneipe ist. Ich kann die Musik und das Gelächter und den betrunkenen Evan hören, der irgendeinen obszönen Rugby-Song grölt.

»Jo! Gordon Mcclure!«, überbrüllt er das Getöse.

Jo? Gütiger Himmel!

»Hallo, Gordon. Äh ... hier ist Annabuh ... ich meine Annaliese.«

Kichernd zieht Nicky die Augenbrauen in die Höhe und äfft mich nach: *»Annaliese!«*

Mit Blicken bedeute ich ihr, um Himmels willen den Mund zu halten.

»Ja, die Annaliese!«

»Ja, ich habe auch an dich gedacht… Äh-häm, ja, mir war auch klar, dass ich der Versuchung, dich anzurufen, nicht lange widerstehen konnte, du bist ja auch sooo unwiderstehlich!« Ich schneide eine Grimasse. Sein Ego würde es diesem Mann nicht gestatten, sich zu fragen, warum ein Mädchen, das er eine Nanosekunde lang in einer Bar gesehen hat, so begeistert auf seine betrunkene Anmache abfährt, dass es ihn noch am selben Abend anruft.

»Hör mal, ich habe über deine Einladung nachgedacht… ja, genau, ich würde mich sehr freuen, deshalb rufe ich an… Wann? Samstag?« Ich sehe zu Nicky und Lucy hinüber, die begeistert nicken. »Ja, klar, Samstag passt bestens… Tschuldigung, die Verbindung ist so schlecht, hast du gesagt, du willst mich um acht abholen?«

Sofort hören ihre Köpfe auf zu nicken und werden stattdessen nachdrücklich geschüttelt. Lucy fährt sich mit dem Finger über die Gurgel. Ich kann Gordon ja wohl kaum bitten, mich hier abzuholen, die Adresse könnte ihm entfernt vertraut sein.

»Nein, das brauchst du nicht, wirklich, wir treffen uns dort… ja, super, im »Vigaro«, in Little Venice. Ja, das kenne ich… Acht Uhr… Ja, ich freue mich auch, wirklich. Bis dann. Ciao.«

»Ciao!«, säuselt Nicky, als ich ziemlich genervt die Aus-Taste betätige und ihr den Hörer in die Hand drücke.

»Er hat's zuerst gesagt«, verteidige ich mich und wende mich dann an Lucy. »Okay, die Drecksarbeit ist getan, was jetzt?«

Sie streicht sich den Vorhang blauschwarzer Haare aus dem Gesicht.

»Ganz einfach. Ich werde am Wochenende ›verreisen‹, damit

er sturmfreie Bude hat, was wohl bedeutet, dass er dich mit in die Wohnung nimmt …«

»Und was, wenn nicht? Was, wenn er mit mir in eine schäbige Absteige fährt, die Meilen von hier entfernt ist, wo es kein Entkommen gibt, wo keiner meine Hilfeschreie hört?«, fantasiere ich.

Lucy blickt seufzend zur Decke.

»Es ist ganz einfach. Er wird sich an dich ran machen, und dann akzeptierst du einfach sein Angebot, mit ihm in seine Wohnung zu kommen.«

»Bist du sicher, dass er es mir anbietet?«

»Glaub mir«, sie lächelt trocken, »das wird er!«

»Alles klar, er bietet es mir an, und was mache ich, wenn ich mit ihm in der Wohnung bin? Den Fotoapparat zücken und behaupten, ich stehe auf perverse Bilder? Nein, danke! Ich habe nicht vor, auf deinem nackten Gatten einen auf David Bailey zu machen. Außerdem müsste ich ja wohl mit ihm zusammen auf einigen der Schnappschüsse drauf sein, damit sie belastend sind, und ich müsste dabei etwas Bestimmtes tun. Aber auch ich habe meine Grenzen, und Gordon liegt weit, weit davor, das darfst du mir glauben. Nimm's nicht persönlich, Lucy.«

»Keine Sorge, das tue ich nicht. Mich nackt mit Gordon zu vergnügen steht bei mir auch nicht ganz oben auf der Prioritätenliste, das darfst du mir ebenfalls glauben.«

»Nein«, schaltet Nicky sich ein, »wenn du es richtig anstellst, geht dabei höchstens ein bisschen Lippenstift drauf.«

Anscheinend hat sie bereits alles genau geplant.

»Du musst ihn nur mit einem verführerischen, einladenden Lächeln ins Schlafzimmer locken und dazu ermutigen, einige seiner wichtigsten Kleidungsstücke fahren zu lassen und sich quer über dem Bett zu drapieren. In diesem Moment kommt dann Lucy, die hier wartet, hinüber und ertappt euch in einer kompromittierenden Position.«

»Wie kompromittierend?«, frage ich misstrauisch.

»Na ja… ausreichend«, antwortet Nicky ausweichend.

»Und wie kompromittierend wäre ausreichend?«

»Na ja… ziemlich kompromittierend halt.« Sie dreht an einem Ohrring und gibt vor, ihre Hand zu untersuchen.

»Willst du etwa sagen, ich muss wirklich…«

»Himmel, nein!«, kreischt Nix und geruht endlich, mich anzusehen.

»Gott sei Dank!«

»Du solltest schon mit ihm im Bett sein«, fährt sie fort und sieht dabei wieder verlegen aus. Lucy nickt zustimmend.

»Aber du musst nicht wirklich mit ihm… du weißt schon.«

»…schlafen?«, beende ich an ihrer Stelle den Satz.

»Genau, du musst nicht mit ihm schlafen.« Nix lächelt und schenkt erst sich und dann Lucy und mir Wein nach.

»Wie überaus großzügig von euch«, entgegne ich spöttisch.

»Keine Sorge, ich liege ja auf der Lauer, um hereinzuplatzen, bevor irgendetwas passieren kann.« Lucy grinst mich an.

»Ach ja? Und wie willst du das anstellen, etwa an der Tür lauschen? Dein Timing muss auf den Punkt genau sein, sonst komme ich ernsthaft in Schwierigkeiten.«

Nicky schüttelt den Kopf.

»Nichts einfacher als das, meine Liebe.« Sie zieht eine Schachtel unter dem Tisch hervor.

»Du willst, dass ich ein Kind bekomme!«, fahre ich auf, als ich die Abbildung darauf sehe. »Ich weiß ja, dass du knallharte Beweise wolltest, aber geht das nicht ein bisschen weit?«

Nix verdreht die Augen.

»Jetzt mach dir nicht vor Angst in die Hosen!«, spottet sie. »Das ist ein Babyfon. Eins stellen wir in Lucys Schlafzimmer, das andere hier ins Wohnzimmer. Und sobald du das Stichwort gibst, ist Lucy schon durch die Tür.«

»Und wie genau lautet das ›Stichwort‹?«

»Wie wäre es mit ›Besorg's mir, Big Boy‹?«, schlägt Nicky vor und beißt sich auf die Unterlippe, um gegen das Lachen anzukämpfen.

»Oder: ›Nimm mich jetzt, mein lüsterner Liebesgott‹!«, schnaubt Lucy, die sich nicht einmal die Mühe macht, das Lachen zurückzuhalten.

Ich nehme einen Schluck lauwarmen Frascati und versuche, das Kichern zu unterdrücken, das auch in mir aufsteigt.

»Das ist nicht komisch«, protestiere ich matt.

»Ich weiß.« Lucy lächelt traurig und bietet uns erneut Wein an. »Aber wenn es nicht zum Lachen ist …«

»Dann zum Heulen!«, kommt es wie aus einem Mund von Nicky und mir.

Der Samstagabend kommt unerfreulich schnell näher.

Lucy, die seit Freitagabend angeblich verreist ist und auf dem Sofa campiert, und Nicky, die das ganze Drama weit mehr genießt als ich, haben sich daran gemacht, mich in eine Art Glamour-Girl zu verwandeln, das Gordon aus seiner Unterhose und direkt vor den Scheidungsanwalt locken soll.

Sie haben alle Hände voll zu tun.

In den letzten Tagen hat mein Körper einen Kulturschock durchgemacht. Ich bin allerdings nicht mehr ganz so schlank wie zu dem Zeitpunkt, als ich in Heathrow gelandet bin. In Australien war ich gebräunt, gestählt und gesund. Seit meiner Rückkehr habe ich ein paar schwabbelige Pfunde an den verkehrten Stellen zugenommen, mein Haar ist strohig, meine Bräune hat sich anscheinend über Nacht in eine fleckige, dreckige Gelbsucht verwandelt, meine Nägel sind eingerissen und abgebrochen. Und nicht nur das, meine Haut ist so trocken, dass ich erst in einem ganzen Kübel Feuchtigkeitscreme baden müsste, damit ich nicht mehr aussehe wie eine ausgedörrte Erdscholle.

Wie um Himmels willen soll ich verführerisch und zum Vernaschen aussehen, wenn mein ganzer Körper an eine Umweltkatastrophe erinnert?

Doch mit einem ganzen Eimer voll getönter Feuchtigkeitscreme, einem ganzen Sack voll Elizabeth Arden, einer megaheftigen Salbung mit heißem Öl und einigen wohl gewählten Worten des Ansporns gelingt es ihnen, mich in eins von Nickys früheren, knappen, kleinen Kleidchen von DKNY zu zwängen, in ein glitzerndes, beinahe neonweißes, mehr oder weniger durchsichtiges Etwas und in ein Paar schnieker, Knöchel gefährdender Riemchensandalen von Jimmy Choo. Mein Allerwertester schwitzt in einem frevelhaft perversen Höschen von Agent Provocateur. Mein von der Sonne gebleichtes, schulterlanges, braunes Haar ist erbarmungslos nach hinten gekämmt und thront in einem fest gezurrten, federgeschmückten Dutt oben auf meinem Kopf. Der Dutt sitzt so straff, dass ich mir vorkomme, als hätte ich mich liften lassen.

»Was hältst du davon?«, fragt Nix Lucy.

Sie umkreist mich, als wäre sie ein Punktrichter, der einen Spitzenhund bei der jährlichen Hundeschau beurteilen müsste.

»Ich sehe aus wie eine Blondine«, grolle ich.

»Ganz Gordons Typ.« Lucy nickt zufrieden. »Oh, eins noch.« Sie holt einen Zerstäuber aus ihrer Handtasche und nebelt mich mit Parfüm ein.

»Sein Lieblingsduft«, erklärt sie.

»Ekelhaft«, stöhne ich und halte den Atem an, als der schwere, süßliche Blumenduft in meine Nase dringt.

»Ich weiß«, Lucy zuckt entschuldigend die Achseln, »aber ihm gefällt's wohl.«

Ich lege keinen gesteigerten Wert darauf, Gordon »gefällig« zu sein. Genau genommen lege ich überhaupt keinen Wert auf diesen Abend. Zweifel schnüren mir Brust und Hals ab wie eine Boa Constrictor und drohen mich zu ersticken. Entweder das oder dieses Kleid ist zu eng.

Nicky setzt mich in der Nähe des teuren italienischen Restaurants ab, wo ich mich mit Gordon zu treffen habe. Ich habe zwanzig Minuten Verspätung, und er sitzt bereits am Tisch und erwartet mich. Nach der fast leeren Flasche Merlot auf dem Tisch zu urteilen, hat er bereits mehrere große Gläser geleert. Eben baggert er die Bedienung an, die gekommen ist, um die Bestellung einer weiteren Flasche entgegenzunehmen.

Ich bin mir meiner selbst unangenehm bewusst, wie ich da auf hohen Absätzen durch das Restaurant wackele.

Doch meine Aufmachung hat die gewünschte Wirkung auf Gordon. Die Bedienung wird mit beleidigender Eile aus seinem Blickfeld verbannt, als er sieht, wie ich mir auf meinen zehn Zentimeter hohen Absätzen unsicher einen Weg zwischen den Tischen der anderen Gäste bahne.

Ich kann nicht so furchtbar aussehen, wie ich annahm. Zumindest nicht in Gordons Augen. Die Zunge hängt ihm quasi aus dem Mund, wie ein roter Teppich, der für ein Mitglied des Königshauses ausgerollt wird. Wäre er eine Comicfigur, würden jetzt kleine Dollarzeichen in seinen Augen aufblitzen. Er ist offensichtlich der Meinung, heute den Jackpot geknackt zu haben.

Ich bin eine wandelnde weiße Fahne.

Eine zum Geifern einladende Barbiepuppe.

Gordons Traumfrau des Abends.

Mummy, hilf mir!

»Annaliese…« Die letzte Silbe tropft von Gordons Zunge wie Sirup vom Rand einer heißen Waffel, »…du siehst absolut umwerfend aus!« Er schnellt förmlich von seinem Stuhl hoch, ergreift meine Hand und drückt sie an seine Lippen.

Ich schätze diese Geste eigentlich sehr, wenn sie ordentlich durchgeführt wird. Sie kann persönlich, zärtlich und sehr verführerisch sein. Oder vollkommen grässlich und geschmacklos wie dieser angeberische, feuchte und lüsterne Schmatz, den Gordon auf meinen Handrücken platziert.

Insbesondere weil ich dabei sehe, dass an seiner linken Hand die tiefe, dunkle Bräune dort unterbrochen ist, wo bis vor kurzem noch der Ehering saß.

Anschließend besteht er darauf, mir beim Hinsetzen behilflich zu sein und in meinen Ausschnitt zu starren, während er den Stuhl für mich zurechtrückt.

»Ich freue mich so, dass du angerufen hast. Ich war mir sicher, dass du es tun würdest.«

Arroganter Kerl!

Ich empfinde ein schwer zu unterdrückendes Verlangen danach, Gordons kleine, selbstgefällige Luftblase mit einigen wohl gewählten Wahrheiten darüber, wie attraktiv ich ihn wirklich finde, zum Platzen zu bringen, und ihm zu sagen, wie weit unten auf meiner Männerskala er wirklich steht: Gattung »Bodensatz der Schleimscheißer«.

Mit einem protzigen Fingerschnippen zitiert er die Bedienung herbei und bestellt dann für uns beide, auch ohne nur nach meiner Meinung zu fragen. Schließlich könnte ich Vegetarierin sein oder eine Weizenallergie haben oder so etwas. Eine Gordon-Allergie drängt sich auf – ihn selbst finde ich nämlich schwer verdaulich.

Eine Allergie gegen arrogante Kerle.

»Ich finde, wir sollten uns eine Flasche Schampus gönnen, was meinst du, Annaliese?«

Ist es von Bedeutung, was ich meine?

Mir fällt ein, dass ich ja mit dem Kerl flirten soll. Deshalb tausche ich den finsteren Ausdruck auf meinem Gesicht gegen ein albernes Lächeln.

»Das wäre traumhaft.« Ich ringe mir ein hirnloses Kichern ab und werde mit einem eisigen Blick von der Bedienung belohnt. O Mann, ist das erniedrigend.

Lucy und Nix haben mir eingebläut, die Finger vom Alkohol zu lassen und einen klaren Kopf zu bewahren, aber das ist schwer, wenn er mir nach jedem kleinen Schluck wieder nachgießt.

Ich habe den Eindruck, er will mich betrunken machen.

Wenn er nur wüsste, dass er mich todsicher in die Wohnung bekommt, dann müsste er sich nicht so abmühen.

Als die Vorspeise kommt, besteht er darauf, die *crevettes* für mich zu schälen und mich dann zu füttern, was jedermann sonst vielleicht als verführerisch empfinden könnte, für meine Begriffe aber Übelkeit erregend ist. Anscheinend erwartet er von mir, dass ich seine von Butter triefenden Finger in den Mund nehme und sauber lutsche. Brrg! Stattdessen nehme ich das Essen ganz vorsichtig und mit anmutigen Mundbewegungen, wie eine nervöse Perserkatze, die nur die besten Stücke aus ihrem Napf wählt. Sorgfältig gebe ich darauf Acht, dass meine Finger seine Finger nicht berühren.

Als die Steaks, die er bestellt hat, bruzzelnd vor uns stehen, bin ich halb darauf gefasst, dass er sich herüberbeugt und meines in mundgerechte Reiterchen schneidet.

Er bestellt eine Flasche Merlot zum Steak und gießt den größten Teil davon in mein Glas. Glücklicherweise hat er nicht bemerkt, dass ich den Inhalt meines Glases etwa alle zehn Minuten in die üppige Topfpflanze neben meinem Stuhl leere...

Ich wünschte, ich wäre betrunken. Dann könnte ich diesen Abend mit Gordon leichter durchstehen. So, wie er sich bemüht, genug Alkohol in mich zu kippen, um meine Hirnzellen abzutöten, bittet er mich auch ständig, ihm das Salz zu reichen, weil jedes Mal, wenn ich mich vorbeuge, der ohnehin schon tiefe Ausschnitt meines Kleides noch einige Zentimeter nach unten rutscht, um die sanfte Schwellung meiner Brüste zu enthüllen.

Es gelingt mir nicht, sein Hirn mit einem wohl gezielten Tritt in seinen Kopf zurückzukicken, von wo es in die Leistengegend übergesiedelt ist. Stattdessen muss ich dasitzen und ihn süßlich anlächeln, als würde ich seine lächerlichen Komplimente und lüsternen Blicke genießen. Meine Blicke signalisieren »Ich will dich so sehr« statt »Verpiss dich, du lächerlicher, alter Depp«, wie es mir viel lieber wäre.

Dreckiges Arschloch! Ich hoffe nur, dass all das Salz seine Arterien verstopft!

Als er um einen Pudding mit zwei Löffeln bittet, weiß ich, dass ich in Schwierigkeiten bin.

Ich behaupte, keinen Hunger mehr zu haben, lehne mich zurück und nippe nervös an meinem russischen Kaffee, während er mit viel Löffellutschen und langen, sehnsüchtigen Blicken ein Eis verputzt. Seine Augenbrauen hüpfen auf und nieder wie ein aufgeregter Verwandter, der auf Kreuzfahrt geht.

Endlich kommt die Rechnung. Er zieht eine Rolle Geldscheine aus der Tasche und blättert protzig eine, wie mir scheint, exorbitant hohe Zahl an Zwanzigern herunter. Na, wenigstens eine gute Seite hat Gordons Machogehabe: Er erwartet nicht, dass wir getrennt zahlen. Das ist auch gut so, weil ich den Verdacht habe, dass die Kosten für dieses Essen so hoch gewesen wären, dass Nix und ich danach einen Monat lang von billigem rotem Fusel hätten leben müssen.

Ihm ist absolut nicht bewusst, dass die Frage »Zu dir oder zu mir?« sich in unserem Fall erübrigt, und er packt meine willige Wenigkeit in ein wartendes Taxi. Gordon strahlt übers ganze Gesicht; anscheinend kann er immer noch nicht fassen, wie leicht diese spezielle Eroberung doch gelaufen zu sein scheint.

Ich habe Mühe, ihn von mir fern zu halten, bis wir in der Wohnung in Limehouse ankommen.

»So, da wären wir. Trautes Heim, Glück allein.«

Ohne zu wissen, dass ich nur wenige Tage vorher hier war, um Lucys Kleiderschrank zu durchforsten, greift er um mich herum und stößt lässig die schwere, breite Eingangstür zur Wohnung auf.

Ganz offensichtlich erwartet er, dass ich beeindruckt bin.

Bin ich auch, aber ich kenne sie ja schon.

Lucys Wohnung ist doppelt so groß wie Nickys und steht voller traumhafter exotischer Raritäten, die Lucy in der Zeit ihres Jetset-Lebens als Bankerin in Hongkong gesammelt hat, bevor sie sich mit Gordon dem Grapscher in London niederließ.

»Was für eine schöne Wohnung«, murmele ich und lasse

meine Hand verführerisch über die glatten steinernen Kurven der Nachbildung eines Tang-Pferdes gleiten.

»Nicht so schön wie du«, grunzt Gordon heiser und pirscht sich über den Teppich an mich heran.

Kann mir bitte jemand eine Spucktüte reichen!

»Möchtest du einen Kaffee oder vielleicht etwas Stärkeres?«

Er steht dicht hinter mir, sein Whisky-geschwängerter Atem streift über meinen bloßen Nacken, seine großen Hände wandern über meine Hüften.

Hastig entziehe ich mich ihm, indem ich zu den Gleittüren aus Glas hinübergehe, die zum Balkon führen, und vorgebe, den Ausblick zu bewundern.

Auf keinen Fall werde ich mir dieses Spielchen mit dem angeblichen Kaffeetrinken antun, während wir vor dem eigentlichen Akt ein bisschen auf dem Sofa rumfummeln.

Gordon wählt diesen Moment, um etwas verführerische Musik aufzulegen.

Mist! Was zum Teufel wird das hier? Ich glaube, es gibt nur einen Weg, das Ganze durchzuziehen, ohne dass ich meine Lippen auf Gordons pressen muss – oder er seine auf meine, was noch schlimmer wäre. Brrg!

Ich drehe mich zu ihm um und setze ein, wie ich hoffe, kühnes und einladendes Lächeln auf.

»Ich nehme an, hier ist das Schlafzimmer?«, gurre ich und gehe zielstrebig auf die Tür zu, von der ich nur zu genau weiß, dass sie sehr wohl zum Schlafzimmer führt.

Er muss annehmen, ich sei die schnellste Aufreißerin im West End. Er hat mich noch nicht einmal geküsst, und ich bin bereits auf dem Weg in sein Bett.

Ich frage mich, ob es durchgeht, wenn ich in voller Montur ins Bett hüpfe? Wie stelle ich es an, dass Gordon nackt und verwundbar ist, ohne dass ich auch nur einen Knopf aufmache?

Ich löse das Problem, indem ich lange vor ihm das Schlafzimmer betrete.

Als er schnaufend in der Tür steht, habe ich mich bereits wie eine zweite Mae West auf dem Bett drapiert und sausele mit rauchiger Stimme: »Strippst du für mich, Big Boy?«

Glücklicherweise zögert er nur einen Moment, bevor sich sein strahlendes, ungläubiges Grinsen auf seinem kantigen Gesicht ausbreitet. Dann beginnt er mit unanständiger Hast, sich die Kleider vom Leib zu reißen.

»Nein, da drüben, wo ich dich sehen kann.« Ich dirigiere ihn zur anderen Seite des Raumes, so dass er möglichst weit vom Bett entfernt ist.

»Und mach laaangsam«, zirpe ich und hoffe, er denkt, es sei Lust und nicht Panik, die mich das sagen lässt. »Ich will dir zusehen.«

Anscheinend habe ich eine seiner Lieblingsfantasien getroffen. Gordon verlangsamt sofort das Tempo und legt im Rhythmus der Musik einen »Ganz oder gar nicht«-Strip hin. Seinem Gesichtsausdruck nach zu urteilen, genießt er jeden einzelnen Moment. Er kreist mit den Hüften, zieht sein Hemd aus und legt dabei eine stark behaarte Brust frei, lässt es dann über dem Kopf kreisen und schleudert es schließlich auf einen Stuhl in der Ecke.

Dann streift er die Hose über seine knochigen Hüften und wiegt sich dabei zur Musik, so dass sie weiter rutscht, bis er sie dann mit den Füßen wegstrampelt und selbstgefällig in nichts als einer blassblauen Feinrippunterhose vor mir steht.

Eine blassblaue Feinrippunterhose über zwei dürren, haarigen Beinen. Yeah!

Ich glaube, es ist an der Zeit, Verstärkung zu rufen.

»Ich will dich jetzt, Gordon«, rufe ich ihm zu, meine Stimme in Richtung des Nachttischchens ausrichtend, wo Lucy das zweite Babyfon versteckt hat.

Leider alarmiert das nicht nur Lucy, sondern spornt auch Gordon an.

»Oh, Gordon, ich will dich jetzt«, wiederhole ich unseren

Notruf mit steifer, monotoner Stimme, weil Gordon kurz davor ist, seine Unterhose auszuziehen.

Jetzt reißt er sie sich herunter und entblößt einen monstermäßigen Ständer, der auf mich zufliegt wie eine Cruisemissile auf ein vorprogrammiertes Ziel.

»Oh, Gordon, ich will dich jetzt!«, brülle ich.

Zu gegebener Zeit mag es ja lustig gewesen sein – nachdem wir zu dritt ordentlich gelästert und zwei Flaschen ziemlich gehaltvollen australischen Shiraz geleert hatten –, aber es scheint höchst unpassend, »Komm und hol mich, Big Boy« zu rufen, wenn man verzweifelt über eine Möglichkeit nachdenkt, ihn sich vom Leib zu halten, ohne wegen schwerer Körperverletzung angeklagt zu werden.

Da bleiben nur noch kreischende und stammelnde Hilferufe.

Gerade als Gordon aufs Bett und auf mich hüpfen will, und gerade als ich die Frage meiner Ehre oder vielmehr meiner Unehre, ohne auf Lucy zu warten, selbst in die Hand nehmen will – oder vielmehr aus meinem Ausschnitt –, gerade da springt die Tür auf, und Lucy erscheint mit einer Sofortbildkamera.

Tja, sie hat belastende Beweise verlangt.

Könnte es etwas Belastenderes geben als Gordons Mammut-Ständer, der schwer gegen mein Diaphragma drückt, und seine Hände, die an den Knöpfen meines Kleides nesteln?

Lucys Auftritt hat viel eher einen Filmpreis verdient als mein armseliger Pornoauftritt. Sie überhäuft Gordon mit einem deftigen Schwall chinesischer Flüche. Obwohl ich kein Wort dieser Sprache beherrsche, ist doch jedem klar, was sie da von sich gibt.

Wie vereinbart, nehme ich das als Gelegenheit, meine Tasche zu schnappen und wegzulaufen. Ich verharre kurz, weil ich meine Schuhe vergessen habe, doch dann fällt mir ein, dass es sowieso Lucys waren. Gott sei Dank muss ich nur quer über den Korridor sprinten. Aus meiner Geschwindigkeit könnte man schließen, dass ich eine ganze Horde Massenmörder auf den Fersen habe.

Sobald ich Nickys sichere Wohnung erreiche, knalle ich die Tur hinter mir zu, lehne mich dagegen und schnaufe panisch und mit verdrehten Augen wie die verängstigte schwarze Katze, die von einem unverbesserlich liebestollen Pepe Le Pew verfolgt wird.

Nicky ist auf dem Sofa zusammengeklappt, Tränen strömen über ihre Wangen, und sie versucht, einen hysterischen Lachanfall zu unterdrücken.

Das Babyfon ist immer noch da.

Neben meinem eigenen Herzen, das sich wie ein Schlagzeug anhört, meinem Atem, der wie ein Perverser am Telefon klingt, Nicky, die vor Lachen kaum Luft kriegt, japst und knallrot ist, höre ich auch den ohrenbetäubenden Lärm eines soliden Ehestreits von der anderen Seite des Korridors, wo Lucy damit droht, das Tang-Pferd, das ich vorhin bewundert habe, mit dem geschrumpften und selten genutzten Inhalt von Gordons Schädel bekannt zu machen.

Trotz des ruhigen und fast schon klinischen Umgangs mit den Schwächen ihres Mannes schwingt echte Wut in ihrer Stimme mit.

Als Lucy weitere fünf gewalttätige Minuten später aus ihrer Wohnung und in unsere stürmt, rechne ich fest damit, ebenfalls verprügelt zu werden, doch sobald sie die Tür sicher hinter sich geschlossen hat, lehnt sie sich dagegen und bricht in hysterisches Lachen aus. Der harte Gesichtsausdruck fällt von ihr ab wie eine Maske bei einem Kostümfest.

»O Mann, das war gut! Du hättest sein Gesicht sehen sollen!« Sie tanzt zu mir herüber, ergreift meine Hände und wirbelt mich in einer kurzen Polka durch das Zimmer, bevor sie mich loslässt und rückwärts aufs Sofa plumpst, wobei sie noch immer kichert wie eine Verrückte.

»Du hättest sein Gesicht sehen sollen!«, wiederholt sie. »Das entschädigt mich für alles, was er mir angetan hat, alles … Er hat sich beinahe angepisst.«

»Ich auch!«, kreische ich. »Der Himmel weiß, wie ich das durchgestanden habe, ohne lebend verspeist zu werden.«

»Die Improvisationen waren für uns sehr unterhaltsam«, sagt Lucy lachend. »Stripp für mich, Gordon… und tu es langsam«, zwitschert sie spöttisch. »Ich wünschte, wir hätten es auf Video aufgenommen.«

»Oh, Gordon, ich will dich jetzt!«, grölt Nicky. »Vielleicht könnte Belle einen zweiten Durchgang einlegen, den wir dann an *Vorsicht, versteckte Kamera* senden!«

»Nie wieder!«, schreie ich. »Nie wieder! Stattdessen sollte ich eine Gefahrenzulage bekommen.«

Ich versuche, beleidigt auszusehen, doch es gelingt mir nicht. Mein entrüstetes Gesicht verzieht sich, als ich neben ihnen aufs Sofa sinke und mit fast der gleichen Begeisterung in ihr Gelächter einstimme.

Lucy schnappt sich ihr Weinglas vom Tisch und hebt es spöttisch zu einem Trinkspruch.

»Ein guter Abgang für schlechte Ehemänner.«

»Auf Nimmerwiedersehen, ihr treulosen Verlobten!«, stimmt Nicky ein.

»Genau, und ein sofortiges Sayonara an alle in die Pobacken schneidenden Killerhöschen!«, ergänze ich mit Nachdruck und kippe mein Glas in einem Zug hinunter. »Könnt ihr mit dem Feiern noch kurz warten, Mädels? Ich will das nur schnell austauschen, gegen etwas… äh… etwas Bequemeres.« Wieder wird mein Tonfall heiser und tief. »Ihr müsst wissen, ich habe mich den ganzen Abend verzweifelt danach gesehnt, mein Höschen loszuwerden…«

Kapitel 4

Zum Glück verblassen die Schrecken der vergangenen Nacht im Licht eines neuen Tages. Doch jedes Mal, wenn ich die Augen schließe, sehe ich einen halbnackten Gordon vor meinem inneren Auge, der die Hüften kreisen lässt wie ein Abklatsch der Dream Boys. Mehr wie ein Albtraum-Boy als ein Traum-Boy, um ehrlich zu sein. Aber die Dinge erscheinen sowieso in einem ganz anderen Licht, wenn man bedenkt, dass ich heute eine weitaus gefährlichere Mission vor mir habe. Eine, bei der selbst ein James Bond in seinem maßgeschneiderten Smoking erzittern würde.

Ich treffe mich mit meiner Mutter.

Da Jamie so nett war, mich zu verpfeifen und ihr zu erzählen, dass ich wieder im Lande bin, habe ich beschlossen, all meinen Mut zusammenzunehmen und sie anzurufen.

Wir werden gemeinsam zu Mittag essen.

Sie holt mich um zwölf ab. High noon. Baguettes auf zwanzig Schritt Entfernung.

Nicky ist über die Tatsache genauso erfreut wie ich.

»Soll das heißen, sie weiß, wo ich wohne!«, ruft sie und verschwindet prompt in der Küche, um sich hinter dem Inhalt des Kühlschranks zu verschanzen. Ich weiß nicht, warum sie der Meinung ist, ein gekühltes KitKat würde sie beschützen, doch sie würgt es hinunter, als wäre meine Mutter Gift und der Schokoriegel das einzige Gegenmittel.

Nix hatte schon immer eine Heidenangst vor meiner Mutter. Wenn ich darüber nachdenke, dann finde auch ich sie manchmal ziemlich Furcht einflößend.

Besonders jetzt.

Sie ist nicht zufrieden mit mir.

Sie war noch nie zufrieden mit mir, das ist also nichts Neues, aber mir schwant, die Tatsache, dass ich bereits vor fünf Wochen zurückgekommen bin und mich erst jetzt gemeldet habe, könnte ihre Unzufriedenheit noch gesteigert haben.

Um fünf vor zwölf stehe ich vor der Eingangshalle zu Nickys Wohnhaus und bibbere in meinen geborgten Chanelstiefelchen. Das liegt nicht am Wind, der eisig um die Ecken und aufdringlich durch den ebenfalls von Nicky entliehenen Rock pfeift.

Ich glaube, ich habe meiner Mutter seit meinem Abflug insgesamt drei Ansichtskarten – eine Weihnachtskarte und zwei *ziemlich* späte Geburtstagskarten – sowie einen Brief geschickt. Einmal mehr habe ich meine Pflichten als Tochter vernachlässigt!

Ich werde mir die Nörgeleien zweier Jahre alle auf einen Schlag anhören müssen. Ein Handelsdefizit an Nörgeleien, einen Essensberg an Nörgeleien, der sich zweifelsohne in eine langsame, schmerzhafte Nörgellawine verwandeln und dauern wird, bis ich bis zum Hals darin stecke.

Als sie so alt war wie ich, hatte sie bereits den zweiten Ehemann, das erste Kind und ein eben aus der Taufe gehobenes Unternehmen, und auf allen hatte sie den Daumen drauf.

Sie war schon immer verflucht talentiert. Vielleicht komme ich mir deshalb so unzulänglich vor. Alles was ich mache, wird an ihren Leistungen gemessen, und wenn man bedenkt, dass ich bisher noch nicht allzu viel geleistet habe, habe ich schlechte Karten bei dieser Art Vergleich. Dass ich durch halb Asien und Australien gereist und heil zurückgekehrt bin, ist in den Augen meiner Mutter keine Leistung, sondern nur ein verlängerter Urlaub. Meine Mutter glaubt an eine neue Rasse von Superfrauen, denen es gelingt, im Beruf erfolgreich zu sein, während sie gleichzeitig Kinder großziehen, gesellschaftlich im Rampenlicht stehen und trotzdem ihre innere Entwicklung nicht vernachlässigen.

Ich schaffe es noch nicht einmal, mir die Nägel zu lackieren und gleichzeitig fernzusehen.

Und was die Karriere betrifft, habe ich keinen blassen Schimmer. Ich habe keine besondere Begabung, empfinde kein brennendes Verlangen danach, etwas Bestimmtes zu sein… außer glücklich.

Was ich in diesem Moment ganz sicher nicht bin.

Schlag zwölf fährt sie mit quietschenden Reifen vor und nimmt fast den Bordstein und die Spitzen meiner schwarzen Lederstiefel mit.

Man sieht ihr Profil, bevor ich ihr Gesicht sehe: das zu einem kurzen, gepflegten Bob gestutzte Haar, die gerade Nase, die dünnen Lippen, die leuchtend rot angemalt sind.

Ist es nicht befremdlich, dass Eltern immer gleich aussehen, egal wie alt sie sind? Es kommt mir vor, als wäre die Zeit stehen geblieben. Nein, als wäre sie zurückgedreht worden. Ich bin wieder zwölf Jahre alt und werde vor dem Schultor abgeholt, nachdem ich einen Verweis bekommen habe, weil ich Frischhaltefolie über die Kloschüssel in der Privattoilette der Schulleiterin gespannt habe.

Sie steigt aus dem Auto und mustert mich prüfend.

Ich sehe ihr an, dass sie nicht weiß, ob sie mich lächelnd begrüßen und umarmen oder mir damit drohen soll, mich übers Knie zu legen und zu versohlen.

Ich erspare ihr die Entscheidung, indem ich mir ein Lächeln abringe, von dem ich hoffe, das es rüberkommt, als wäre ich noch erfreut, sie zu sehen, ich hauche ihr einen Kuss auf beide Wangen, haste zur Beifahrerseite und steige ein.

Sie lässt sich neben mir nieder, steckt den Schlüssel ins Zündschloss und sieht mich an, während sie den Motor aufheulen lässt.

»Du bist es wirklich. Ich musste erst zweimal hinsehen, um sicherzugehen.«

Auch ihr Sarkasmus ist unverändert.

»Ich dachte, du reist in den Fernen Osten. Stattdessen bist du wohl aus dem Flugzeug geradewegs in die Vergessenheit entschwunden.«

»Bangkok, um genau zu sein, aber du warst nah dran.«

Humor. Ein Selbstverteidigungsmechanismus, der meiner Mutter gegenüber völlig unangebracht ist, da diese spezielle menschliche Fähigkeit ihr absolut fremd ist.

Sie wirft mir einen düsteren Blick zu und setzt den Wagen ziemlich abrupt in Gang. Sie kreuzt die Autos auf der Gegenfahrbahn in dem halsbrecherischen Vertrauen darauf, dass ihr schon alle ausweichen werden, und das, obwohl sie diejenige ist, die die Verkehrsregeln bricht.

Meine Mutter fährt einen funkelnagelneuen Mercedes SL.

Jedes Jahr hat sie einen neuen Wagen; in ihren Augen handelt es sich dabei einfach um ein modisches Accessoire wie eine Handtasche, ein Lippenstift oder etwas in der Art. Entweder die Farbe ist »in« oder das Auto ist »out« und verschwindet aus ihrem Leben.

Obwohl ihr Geschmack dem letzten Schrei von YSL, D&G und den berühmten Doppel-CCs entspricht, ist ihr Fahrstil leider nicht auf der Höhe. Sie gehört einer Zeit an, als noch ein kleiner Mann mit einem großen Hut vor dem Auto her spazierte und eine rote Flagge schwenkte und als man immer und überall ungeachtet des Verkehrs und der Geschwindigkeitsbegrenzungen dreißig Kilometer pro Stunde fuhr.

»Jeder Tölpel meint, Rennen gegen mich veranstalten zu müssen, nur weil ich einen Sportwagen fahre«, jammert sie, nachdem sie sich einen Weg auf die andere Straßenseite gebahnt hat. Dann schleicht sie mit der Geschwindigkeit einer arthritischen Schnecke über die Straße. Eine ganzer Reihe anderer Wagen nutzt ein Verkehrsloch, um auf der Gegenfahrbahn an ihr vorbeizurauschen.

»Ich bin sehr enttäuscht von dir, Annabelle«, lautet ihr nächster Kommentar. »Ich hatte wirklich gehofft, dass dieser

Auslandsaufenthalt dir helfen würde, erwachsen zu werden, aber dem ist ganz offensichtlich nicht so. Ich kann einfach nicht glauben, dass du seit über einem Monat zurück bist und dir nicht einmal die Mühe gemacht hast, mich anzurufen. Weißt du überhaupt, was das für mich heißt, was für Sorgen ich mir gemacht habe? Ich verstehe sowieso nicht, was dich dazu bewogen hat, überhaupt zu verreisen. Schließlich ist es nicht so, als ob du auf eigenen Füßen stündest, du warst doch immer total verantwortungslos ...«

Ich beuge mich vor und drehe die Heizung bis zum Anschlag auf. Ich hatte ganz verdrängt, wie das ist, wenn man eine Gänsehaut bekommt. In den vergangenen zwei Jahren habe ich eine ganze Menge Sachen verdrängt. Eine davon war der Grund, warum ich überhaupt nach Australien gegangen bin. Doch meiner Mutter ist es eine Ehre, mich daran zu erinnern. Ihr zufolge wollte ich der Verantwortung entgehen, mich der Notwendigkeit entziehen, erwachsen zu werden und zu beschließen, was ich mit meinem Leben anfangen will.

Was ist so falsch daran, nicht zu wissen, was ich machen will? Nicht dem gängigen Weg durchs Leben zu folgen, den die meisten Menschen anscheinend ganz selbstverständlich einschlagen?

Ich komme mir vor, als würde ich angeklagt. Es wird erwartet, dass jeder den gleichen Weg geht. Geburt, Schule, Arbeit, Heirat, Kinder, Midlife-Crisis, Rente, Tod. Wenn wir uns selber von weit weg beobachten würden, dann sähen wir bestimmt wie ein Haufen Arbeiterameisen aus, die einem anscheinend sinnlosen Muster folgen und durcheinander wuseln.

Als ich geboren wurde, hat mein Großvater angeblich in seiner eigenen, unnachahmlichen Art in meine Wiege geschaut und behauptet, dass dieses Kind entweder ein Genie oder ein Idiot werden würde. Tja, ich bin todsicher kein Genie, was also bleibt da noch?

Ich sage Ihnen, was bleibt. Fünfundzwanzig, heimatlos, arbeitslos und völlig orientierungslos, das bin ich. Ich habe wohl geglaubt, dass ich ins Ausland gehen und nach meiner Rückkehr schon wissen werde, was ich aus meinem Leben machen will.

Vielleicht bin ich einfach eine Spätzünderin. Das wird es sein. Ich habe keinen BH benötigt, bis ich vierzehn war, ich habe meinen letzten Milchzahn mit fünfzehn verloren, den ersten Zungenkuss mit siebzehn erlebt und meine Jungfräulichkeit verloren, als ich… na ja, belassen wir es dabei, dass ich kurz vor meinem neunzehnten Geburtstag stand. Wer hat einmal gesagt, dass die Jugend bei jungen Leuten eine Verschwendung sei? Ich fürchte, dass zu dem Zeitpunkt, an dem ich endlich entscheide, was ich wirklich machen will mit meinem Leben, der Zug bereits abgefahren ist.

Sollte es wirklich hart auf hart kommen, kann ich immer noch das Stellenangebot meiner Mutter annehmen.

Sie will, dass ich für sie arbeite.

Sie wiederholt dieses Angebot gleich mehrfach auf der Fahrt zum Restaurant, doch es gelingt mir glücklicherweise, jedes Mal einer Antwort aus dem Weg zu gehen, indem ich meine Zuflucht zu Banalitäten nehme, die sie garantiert verwirren. Das ist die einzige Möglichkeit, ihr bei einem bestimmten Gesprächsthema aus dem Weg zu gehen. Man muss sie auf ein anderes lenken, dass sie noch mehr aufbringt.

Dabei weiß ich gar nicht genau, womit sie ihren Lebensunterhalt verdient. Wenn sie gefragt wird, sagt sie immer, sie sei in der Medienbranche. Ich weiß, dass sie Geld wie Heu hat, dass sie zu jeder Menge Partys geht und ziemlich häufig auf einem gewissen Sofa im Frühstücksfernsehen auftaucht, wo sie ihre normalerweise lächerliche Meinung zu aktuellen Themen von sich gibt. Um Ihnen die Wahrheit zu verraten, sie erzählt mir nur zu gern, was sie macht. Das Problem ist nur, sie langweilt mich dermaßen, dass ich dazu neige, nach den ersten drei Silben abzuschalten. Ich werde also nie Bescheid wissen.

Mein Halbbruder Adrian arbeitet bereits für meine Mutter. Er trägt den großartigen, wenn auch recht vagen Titel eines Leiters für künstlerische Beratung. Das bedeutet, dass er in einem Saab Cabrio durch die Gegend fährt, gegen zehn Uhr morgens im Büro auftaucht, ausgedehnt mit seiner überaus attraktiven Sekretärin zu Mittag speist und gegen vier wieder verschwindet.

Könnte der ideale Job für mich sein, so es diesen gibt. Doch der Gedanke, dass ich dann jeden Tag in Gesellschaft meiner Mutter und meines Halbbruders verbringen müsste, ist einfach unerträglich.

»Ich kann einfach nicht glauben, dass du so lange fort bleibst und dich nur alle Jubeljahre einmal meldest. Was soll ich davon halten? Weiß ich denn, ob du nicht in irgendeinem fernen Bordell vergewaltigt, in eine Opiumhöhle verschleppt oder als Sklavin verkauft wurdest …«

»Meine geheimsten sexuellen Fantasien, aber leider ist aus keiner was geworden«, witzele ich.

»Sei nicht frech, Annabelle, das passt nicht zu dir. Ich denke wirklich, dass es am besten ist, du ziehst wieder zu mir. Nicky mag ja ganz nett sein, aber sie hatte noch nie einen guten Einfluss auf dich.«

Arme Nix, ich habe mich schon gefragt, wann sie wohl an der Reihe ist. Trotz ihrer normalerweise einhundertprozentigen Schuldlosigkeit wurde ihr jedes meiner jugendlichen Vergehen angelastet. Das ist nie persönlich gemeint, meine Mutter konnte nur einfach den Gedanken nicht ertragen, ein Kind zu haben, das nicht perfekt ist. Fiel ich bei einer Klausur durch, lag es daran, dass Nicky mich abgelenkt hatte; schwänzte ich die Schule, war es Nickys Idee; wurde ich mit einer verbotenen Zigarette im Kellergeschoss erwischt, hatte Nicky die Kippe aus der Packung gezogen, angezündet und mich gezwungen, sie trotz meiner Proteste zu rauchen.

Nichts entspricht der Wahrheit weniger als das. Denn genau genommen war es Nickys Bodenständigkeit, die mich durch die letzten fünfundzwanzig Jahre gebracht hat.

Ich weiß nicht, warum meine Mutter annimmt, es sei besser für mich, bei ihr zu wohnen. Wenn sie mich nicht zu Tode nörgeln würde, müsste ich wahrscheinlich verhungern. Jedes Mal, wenn ich mit ihr Lebensmittel einkaufe, scheint sie nichts mitzunehmen als eine große Flasche Gin, eine Flasche Tonic und einen Blumenkohl.

Mutter beschwert sich während der nächsten halben Meile über Nicky, bis wir Chelsea erreichen, wo sie ihr Auto im absoluten Halteverbot in der Kings Road zurücklässt.

Ich habe gelernt, meinen Mund zu halten, bis ihr der Dampf ausgeht. Leider sieht es ganz danach aus, als wolle meine Mutter heute mehr Dampf ablassen als ein kochender Teekessel.

Kaum sitzen wir in einem Restaurant, das etwas zu schnieke ist für gefüllte Baguettes und eine Flasche Frascati, beißt sie sich am Thema Männer fest.

»Wenn man einen guten findet, muss man unbedingt an ihm festhalten. Vertrau mir, ich weiß, wovon ich spreche.«

Und das von der Frau, die nie länger als fünf Minuten an einem Mann festhält.

»Du wirst auch nicht jünger, Annabelle.«

»Ich bin gerade erst fünfundzwanzig, das würde ich kaum alt nennen!«

»Zu meiner Zeit wurde man als alte Jungfer abgestempelt, wenn man mit fünfundzwanzig noch unverheiratet war.«

Klar, und die Männer haben einem noch eins über den Schädel gezogen, um ihr Opfer dann in den Keller zu schleppen, wo sie schnell ein bisschen nackte Haut begrabschen wollten.

Ich weiß, worauf sie hinaus will. Ich werde mir mal wieder die Simon-Litanei anhören müssen.

Simon – mein biederer Ex. Der Mann, mit dem ich eine kurze, misslungene und alles andere als erwähnenswerte Affäre hatte, bevor ich abgereist bin. Der Mann, den meine Mutter aus unerfindlichen Gründen für den Inbegriff männlicher Vollkommenheit hält.

Männliche Vollkommenheit. Wenn das kein Widerspruch ist.

Einer der Gründe, warum ich nach Australien gereist bin – ich wollte ihm entkommen!

Ich habe ihn in dem Jahr getroffen, nachdem Nicky und ich zusammengezogen waren, wo sie erste Gehversuche im Berufsleben unternahm, während ich kellnerte, um genug Geld für ein Paar Wanderstiefel, einen Rucksack und ein Rückflugticket nach Bangkok zusammenzukratzen. Nicky hat uns einander vorgestellt, eine Tatsache, die ich ihr erst kürzlich verzeihen konnte.

Ich glaube, meine Mutter hat sich viel mehr in diesen Typen verliebt als ich. Aus irgendeinem Grund hat sie in dem Augenblick, da sie ihn zum ersten Mal gesehen hat, beschlossen, dass er der Richtige für mich ist. Daraufhin hat sie unglaublich viel Energie in den Versuch gesteckt, uns zu verkuppeln.

»Ich verstehe wirklich nicht, warum du mit Simon Schluss gemacht hast…«

Da – das gefürchtete Wort mit »S«.

Normalerweise gefällt es mir, Recht zu haben, aber die Tatsache, dass ich wusste, was kommt, tröstet mich nicht darüber hinweg, dass meine Mutter mich jetzt wieder damit konfrontieren wird, wie absurd es doch ist, solch ein wundervolles männliches Exemplar laufen zu lassen!

Ich weiß auch nicht, wie ich ihn laufen lassen konnte – ich weiß ja noch nicht einmal, wieso ich überhaupt mit Simon zusammen sein konnte.

Er ist acht Jahre älter als ich.

Als ich ihn kennen lernte, wirkte er reif und verantwortungsbewusst. Am meisten hat mich wohl sein Selbstvertrauen beeindruckt. Er hatte einen guten Job, eine hübsche Wohnung, ein teures Auto, war wohlerzogen und, wie ich fand, insgesamt sehr erwachsen.

Alles das, von dem ich meinte, es haben zu müssen und es nicht hatte.

Recht bald wurde mir jedoch klar, dass Simon nur ein Kind war, das so tat, als sei es erwachsen. Ein echtes Gör.

Verwöhnt, arrogant, anstrengend und unglaublich unreif.

»Was für ein charmanter junger Mann«, plappert meine Mutter weiter über diesen alles andere als wundervollen Typen, »ich finde, du solltest dich wirklich mal bei ihm melden, jetzt, wo du zurück bist.«

»Ich wage zu bezweifeln, dass er das möchte«, entgegne ich und lächele dem Ober zu, der mir gerade die Speisekarte reicht.

»Oh, ich bin mir sicher, dass du dich irrst.« Ihre teuren Jacketkronen blitzen. »Er hängt immer noch sehr an dir.«

»Ach ja? Woher willst du das wissen?«

»Ach, wir sind uns in den letzten Jahren einige Male über den Weg gelaufen. Und immer hat er nach dir gefragt... nicht, dass ich ihm viel Neues erzählen konnte, aber er hat sich wenigstens bemüht...«

Eine doppelte Anspielung, ich hatte ganz vergessen, wie meisterhaft sie darin ist.

»Mir scheint, ich habe ihn ab und zu in diesem Restaurant gesehen«, fährt sie fort.

Ich hätte es vorhersehen müssen: das schicke Restaurant, der Tisch für vier Personen, die große Aufmachung... aber ich hätte gedacht, dass sogar meine Mutter vor solch offensichtlicher Kupplerei zurückschrecken würde. Zumindest noch bei diesem ersten Mittagessen.

Doch wie aufs Stichwort schlängelt sich plötzlich eine vertraute Gestalt zwischen den Tischen hindurch auf uns zu, und ich versuche, unter dem Tischtuch abzutauchen und mich zu dem Glas Wein zu gesellen, dass ich vor Schreck habe fallen lassen.

Er hat zugenommen. Während der Bauch sich ausgedehnt hat, ist der Haaransatz zurückgegangen. Und die blassblauen Augen sind von einem Netz feiner Fältchen umgeben.

Es ist fast zwei Jahre her, dass ich ihn zum letzten Mal gesehen habe, doch seinem Aussehen nach zu urteilen könnten es auch zehn sein. Als ich ihn kennen gelernt habe, war er einunddreißig, und ich stand auf ältere Männer: selbstbewusst, souverän, etabliert, eben ein Mann und kein Junge.

Jetzt, da er sich ständig dem gesetzten Alter nähert, sieht er nicht mehr angenehm reif aus, sondern alt.

Und jetzt, da ich selbst älter geworden bin, wird mir klar, dass ich, statt ihn selbstbewusst und souverän zu finden, eher das Selbstgerechte und Arrogante an ihm hätte erkennen müssen.

Meine Mutter springt von ihrem Stuhl auf und bricht in einen Wortschwall aus.

»Ach du lieber Gott, sieh mal, wer da ist! Simon! Wenn man vom Teufel spricht! Gerade haben wir von dir gesprochen, nicht wahr, Annabelle, Liebes? Dir müssen die Ohren geklungen haben, und schon bist du da – in Person! Was für ein netter Zufall!«

Dieser Zufall ist ungefähr so nett wie eine geplatzte Überraschungsparty zum Geburtstag.

Er schauspielert schlechter als meine Mutter.

Simon: »Hh-hm (räuspert sich nervös), ich wollte gerade einen Happen essen.« Er klingt, als würde er im Englischunterricht in der Mittelstufe vor seinen kichernden Mitschülern und einem übertrieben begeisterten Lehrer eine Theaterrolle lesen.

Mutter: »Warum setzt du dich nicht einfach zu uns?« Dawn French, die Baby Jane mimt.

Simon (total hölzern, liest jetzt von seinen Manschetten ab): »Oh, nein, ich will mich doch nicht aufdrängen.«

Mutter (großzügig gestikulierend): »Aber ich bitte dich, es wäre uns ein großes Vergnügen. Setz dich doch.«

Simon (ganz höfliche Unterwürfigkeit): »Wirklich?«

Mutter: »Wir würden uns freuen, wenn du dich zu uns gesellst, nicht wahr, Annabelle, Liebes?«

Lieber würde ich mit einem ganzen Schwarm wütender Bienen und nichts als einer kleinen Honigwabe zwischen uns zu Mittag essen.

»Oh, ich weiß nicht, es wäre wirklich unhöflich, Simon von seinen Bekannten fortzuholen. Er ist doch sicher nicht allein hier, Mutter.«

Ertappt!

Ganz offensichtlich haben sie an keine plausible Erklärung gedacht, warum Simon ausgerechnet in dem Restaurant auftauchen soll, in dem wir gerade essen.

Schlechte Vorbereitung.

Mutter hat geschlampt.

Dabei ist sie normalerweise so gründlich. Aber schließlich hatte sie auch nicht viel Zeit, dieses Treffen zu organisieren. Ich habe sie ja erst gestern Abend angerufen. Sie muss sofort mit Sie-wissen-schon-wem telefoniert haben, um dieses »zufällige« Treffen zu organisieren.

Warum die ganze Mühe?

Anscheinend hat sie einen Auftrag zu erfüllen: Die Zeit vergeht, und ihre Tochter funktioniert noch immer nicht nach Plan.

Ihr sind zwei Jahre Manipulationen entgangen, und jetzt will sie mir im Verlauf eines einzigen Mittagessens einen Mann, ein Heim und eine Karriere verpassen.

Das Erschreckende daran ist, dass sie es auch schaffen wird, so wie ich sie kenne. Mit meiner Einwilligung. Aber wer behauptet hier, ich willige ein? Sie ist doch diejenige, die Simon so wunderbar findet, nicht ich.

Verlorene Liebesmüh. Selbst wenn mir der Kerl gefallen würde – was er nicht tut –, passen wir nach wie vor nicht zusammen. Ich wollte immer ausgehen, mich betrinken und Spaß haben bis zum Umfallen, er dagegen saß im Mantel in der Ecke und war bereit, um zehn nach Hause zu gehen.

Ich habe fünf Monate gebraucht, um zu erkennen, dass Simon und ich das am schlechtesten zueinander passende Paar seit Jekyll und Hyde sind.

Verstehen Sie mich jetzt bitte nicht falsch, er ist kein kompletter Idiot oder so etwas. Er ist nur so … so … ganz anders als ich, das ist wohl die beste und gerechteste Art, es auszudrücken. Er ist wie dieses Kleid, das man einem Impuls folgend im Schlussverkauf findet, das man nicht umtauschen kann und bei dem man dann bedauert, dafür Geld verschwendet zu haben. An einer anderen Person könnte es einfach umwerfend aussehen, doch es ist dazu bestimmt, versteckt ganz hinten im Kleiderschrank dahinzuvegetieren, weil man darin wie eine schlecht gestopfte Nackenrolle aussieht.

Trotz eines peinlichen Moments, in dem krampfhaft nach einer plausiblen Entschuldigung gesucht wurde, wie nach einem verlorenen Mantel bei einer Party, sitzt der »schlecht passende Impulskauf« mir jetzt gegenüber und stochert in einer Riesenportion Lasagne mit reichlich Knoblauch herum.

Mutter entschuldigt sich und verschwindet in Richtung Damenklo. Simon und ich bleiben allein zurück.

Als er bei einem Ober eine weitere Flasche Wein bestellt, schiele ich zu ihm hinüber, mustere die Gesichtszüge, den Körper, versuche mich daran zu erinnern, was genau es bloß war, das mich überhaupt angezogen hat.

Nichts.

Nicht das Geringste.

Beängstigend, wirklich.

Er macht als Erster den Mund auf.

»Du siehst gut aus, Annabelle.«

»Danke«, erwidere ich und wende das Gesicht ab, um dem intensiven Knoblauchdunst zu entgehen.

»Genau genommen siehst du nicht nur gut aus. Du siehst klasse aus.«

»Danke.«

»Es ist wirklich schön, dich wiederzusehen.«

»Danke.«

»Bist du schon lange zurück?«

»Nein.« Wie wär's mit einem kurzen Applaus für ein neues Wort?

»Und, wie war der Ferne Osten?« Er schaufelt eine Gabel voll Essen in seinen weit aufgerissenen Mund.

»Sehr warm.« Oho, zwei Worte, fast schon ein Satz. Annabelle, die letzte der ganz großen Alleinunterhalterinnen.

Gut, dass Simon im Dauerreden seinem Vaterland alle Ehre macht. Er liebt den Klang seiner eigenen Stimme genauso sehr wie ich einen großen Schokoriegel.

Ein Gespräch mit ihm ist in etwa wie Fernsehen. Man muss nur den richtigen Knopf drücken, um ihn anzuschalten, dann kann man sich zurücklehnen und ihm das Reden überlassen.

Als meine Mutter endlich an den Tisch zurückkehrt, nachdem sie ungefähr fünfmal auf Toilette war und ich in dieser Pinkelpause ungefähr zwei Silben gesagt habe, während Simon einen Monolog hielt, beschließe ich, dass nun ich ein Recht darauf habe, mich zwischen den WC-Becken zu verstecken.

»Ich muss nur mal eben… ihr wisst schon… für kleine Mädchen«, verkünde ich, als Mutter sich zurück auf ihren Sitz gleiten lässt, uns wohlwollend zulächelt und zum vierzehnten Mal zwitschert: »Ist das nicht nett?«

»Bin gleich wieder da.«

Von wegen gleich. Ich muss eine Auszeit nehmen, bevor der Druck, den ich in meiner linken Schläfe spüre, explodiert.

Wie lange kann ich mich wohl auf dem Klo verstecken, ohne dass sie denken, ich hätte Verstopfung?

Und wenn schon! Soll Simon doch annehmen, ich hätte die letzte Viertelstunde mit Blähungen gekämpft. Man weiß ja nie, vielleicht lässt er dann von mir ab, was wirklich wundervoll wäre. Ich kann nicht glauben, dass er nach all dieser Zeit und nach meinem Verschwinden ohne den leisesten Blick zurück überhaupt noch an mir interessiert ist.

Ich jedenfalls bin nicht an ihm interessiert.

Und ich bin nicht an der Ruck-Zuck-Lösung interessiert, die

meine Mutter für meinen Single-Status parat hat. Ich bin ganz zufrieden so, wie es ist, danke. Ich habe absolut kein Verlangen danach, mich durch ein Stück Papier und gebrochene Versprechen an einen anderen Menschen zu fesseln.

Ich dachte immer, Bindungsängste wären ein Problem der Männer.

Liegt es an den Umständen oder einfach an der Tatsache, dass die einzigen Bindungen, zu denen ich je Gelegenheit hatte, mich erst recht davon abgebracht haben?

Simon zum Beispiel.

Als er während Mutters sechstem Klogang endlich die Gelegenheit beim Schopf packt, mich für den nächsten Tag zum Mittagessen einzuladen, »um sich wieder näher zu kommen«, lehne ich höflich ab und begründe das mit einer früheren Verabredung. Doch so leicht entkomme ich nicht. Bis das Essen zu Ende ist, hat Mutter uns beide dazu eingeladen, uns kommenden Freitag einem Opernbesuch anzuschließen, nächste Woche wieder um die gleiche Zeit zu Mittag zu essen und zur Premierenparty einer neuen Prime-Time-TV-Show zu kommen, an der sie irgendwie beteiligt ist.

Sorgfältig notiere ich alle diese Termine in einem Notizbuch, das Mutter ganz zufällig dabei hatte und mir geben konnte, da sie es nicht braucht. Mein Dank für dieses Geschenk fällt nur deshalb so echt aus, weil ich jetzt sicherstellen kann, dass ich bei jeder dieser Gelegenheiten außer Landes, unter der Dusche oder mit einer Migräne bzw. einem heißen Liebhaber im Bett sein werde.

»Also wirklich, war das nicht ein wundervoller Zufall, Simon so unerwartet zu treffen?«, zwitschert Mutter glücklich, nachdem das Essen endlich vorbei ist und wir zurück zu Nickys Wohnung fahren. Es war weder wundervoll noch ein Zufall, doch ich denke, es ist besser, den Mund zu halten.

»Und was genau hast du jetzt vor, nachdem du dich herabgelassen hast zurückzukommen?«, fragt sie anschließend und sucht sich damit ein weniger heikles Nörgelthema.

»Och, ich dachte, ich meld mich arbeitslos, hänge ein bisschen rum, besorg mir 'n paar Drogen, gehe hier und da auf einen Rave und solche Sachen.«

Meine Mutter wird vor Entrüstung knallrot und pocht mit ihren perfekt manikürten roten Nägeln vor Erregung gegen das Lenkrad.

»All das Geld, dass ich in deine Ausbildung gesteckt habe! Ich weiß gar nicht, wozu. Mir war schon immer klar, dass aus dir nichts wird«, schnaubt sie wutentbrannt.

Sie sitzt neben mir, die Lippen verärgert aufeinandergepresst.

Warum kann sie sich nicht einfach darüber freuen, dass ich wohlbehalten zurückgekehrt bin, und es dabei belassen?

Den Rest des Weges legen wir schweigend zurück. Wir weigern uns beide, nachzugeben und die unterkühlte Stimmung zu entschärfen, indem eine zuerst den Mund aufmacht.

Ich gebe nach, als wir vor Nickys Wohnung stehen.

»Ich ruf dich an«, murmele ich, beuge mich hinüber und küsse sie flüchtig auf die Wange.

»Ach, du weißt also doch, wie man ein Telefon benutzt?«, schießt sie zurück. »Da du es in den letzten zwei Jahren so oft nicht geschafft hast anzurufen, dachte ich bereits, dass du diese Kenntnisse gar nicht besitzt.«

Ohne auf diese Provokation einzugehen, steige ich aus, überlege es mir dann aber anders und klopfe ans Fenster.

Sie betätigt den elektrischen Fensterheber und sieht mich an, immer noch wütend.

»Eigentlich müsstest du doch mit mir zufrieden sein«, erkläre ich ihr. »Schließlich habe ich dich letzten Endes nicht im Stich gelassen.«

»Ich weiß wirklich nicht, wie du darauf kommst«, entgegnet sie schnippisch.

»Weil du«, sage ich unschuldig lächelnd, »immer von mir erwartet hast, dass ich dich enttäusche, und genau das habe ich getan.«

Das bis dato unerfüllte Liebesleben der Annabelle Lewis

Alter 13: Nicht erwiderte Schwärmerei für Simon Le Bon. Ständig Poster angehimmelt und zu *Top of the Pops* durchs Wohnzimmer getanzt.

Alter 15: Nicht erwiderte Schwärmerei für Jamies besten Freund Callum, die einen ersten bitteren Eindruck ernsthafter sexueller Unsichtbarkeit gegenüber einem Mitglied des anderen Geschlechts nach sich zieht. Tiefe Scham und höchste Qualen durch einen rücksichtslosen, mit Testosteron gefüllten Teenager, der in meiner Schwärmerei für ihn einen ständigen Quell der Erheiterung sieht.

Alter 18: Erste praktische Erfahrung durch einseitige Affäre mit älterem Mann, der sich mit mir trösten will; endet mit Taschentuchsyndrom – benutzt und weggeworfen.

Alter 19–21: Studium – ein einziger Rausch mit Traumtypen; Fun, Flirts und flüchtige Fummeleien, mehr nicht – bis zum Wiedersehen mit Callum beim Uni-Abschlussball, den ich dann aus Rache für zwei Jahre Teenager-Tortur abblitzen lasse.

Alter 22: Simon – mehr sage ich nicht.

Alter 23–24: Fun, Flirts, Freunde und eine dicke, fette Null bei allem, was weiter gegangen wäre.

Zugegeben, bisher habe ich mich nicht mit Ruhm bedeckt in Fragen umwerfender Romanzen, aber mal ehrlich – wen stört das? Ich bin immer noch nicht wirklich davon überzeugt, dass ich umgeworfen werden will. Der Ausdruck an sich setzt einen totalen Mangel an Kontrolle voraus, und wenn einem die Kontrolle entgleitet, dann wird man verletzlich. Sehen Sie sich Nicky an.

Und seien wir doch mal offen: Wie gut sind die Chancen, am Ende der Jugend oder Anfang zwanzig jemanden zu treffen, der so gut zu einem passt, dass man den Rest seines Lebens zusammen verbringen möchte, auch wenn man sich in diesen Jahren doch selbst noch stark verändert?

Das ist so, als würde man für den Rest seines Lebens dieselbe Frisur behalten, nur weil sie einem zufällig in diesem Moment gut steht. Stellen Sie sich das nur mal vor. Jeder, der in den Siebzigern Mitte zwanzig war, würde immer noch mit Farrah Fawcetts Föhnfrisur herumlaufen, und was die Achtziger angeht… na ja, sagen wir einfach, Madonna müsste uns für eine Menge Dinge Rede und Antwort stehen!

Die Versuche meiner Mutter, mich wieder mit Simon zu verkuppeln, sind so, als würde sie immer noch versuchen, mich in Kleider von Laura Ashley zu stecken, obwohl ich viel mehr auf Donna Karan stehe oder vielleicht Nicole Fahri bevorzuge oder ganz verrückt bin nach Moschino.

Ich versuche wohl einfach nur zu erklären, dass ich nicht weiß, was ich will, aber sehr wohl weiß, was ich nicht will. Und das muss erst mal reichen, sowohl für meine Mutter als auch für mich.

Nix ist in der Küche, wo sie mit einem Holzlöffel ziemlich erbost in einer Rührschüssel herumfuhrwerkt und gleichzeitig die Sendung *Junior Masterchef* im Fernsehen verfolgt.

»Wie weit ist es mit mir her, wenn ein Zwölfjähriger innerhalb einer halben Stunde ein perfektes Soufflé hinkriegt und ich nicht mal den Teig für einen einfachen Yorkshire-Pudding schlagen kann«, stöhnt sie.

»Lass mich mal ran. Laut meiner Mutter bin ich immer noch ein Kind, also kann ich das vielleicht besser.«

Ich übernehme Schüssel und Löffel und fange an, die cremige Masse schneller zu rühren, als Nicky es getan hat. Deshalb spricht man auch von schlagen – man haut drauflos, wann immer man schlechter Laune ist.

»Das Essen mit Zsa Zsa war also nett, ja?«, fragt Nicky spöttisch, während ich den Teig über die ganze Arbeitsfläche spritze.

»Oh, einfach wundervoll«, murmele ich zwischen zusammengepressten Zähnen. »Meiner Mutter zufolge sollte ich in diesem Stadium meines Lebens mit einem Mogul verheiratet sein, zwei Komma fünf Kinder haben, das gesellschaftliche Leben eines Starlets führen und eine Karriere vorweisen, mit der ich einem Multimilliardär Konkurrenz machen könnte. Die Tatsache, dass ich nichts davon habe, bedeutet, dass ich als Mensch gesehen eine Katastrophe bin.«

Nicky schenkt mir ein großes Glas aus der Literflasche Wein ein, die sie bis fast zum Grund geleert hat. Dann lässt sie sich am Küchentisch nieder und fängt an, Erbsen zu pulen, die abwechselnd in ihren Mund und in eine Schüssel wandern.

»Und was war sonst noch?«

»Frag lieber nicht.«

»So schlimm?«

»Schlimmer. Sie hat das Essen nur arrangiert, damit Simon absichtlich rein zufällig im Restaurant zu uns stoßen konnte.«

»Simon …? Du meinst doch nicht etwa Simon Rafferty?«

»Genau. Der einzig wahre dämliche Dummkopf. Ich wäre vor Schreck fast gestorben. Die ganze Zeit über hatte ich das Bedürfnis, mich zu kneifen, um sicherzugehen, dass ich nicht schlafe und einen furchtbaren Albtraum habe. Sie ist so plump! Das ist alles Teil ihres uralten, verschlagenen Plans, mich in ein anständiges, normales Wesen zu verwandeln. Zumindest in das, was sie darunter versteht, obwohl es mein Vorstellungsvermögen übersteigt, warum Simon Rafferty anscheinend dazugehört. Ich verstehe einfach nicht, warum sie so hartnäckig daran glaubt, dass er der Richtige für mich ist.«

»Aber er ist begehrenswert, meine Liebe.« Nix macht meine Mutter ziemlich gut nach. »Er hat einen sicheren, anständigen Beruf, ein eigenes Haus in einer netten Gegend, eine achtbare Familie, keine dunklen Punkte, keine Erbkrankheiten, eine private Altersvorsorge, er bügelt sogar seine Unterhosen …«

»Ja, warum hast du das nicht gleich gesagt? Bestell schon mal das Büfett, morgen heirate ich ihn«, fauche ich.

»Soll das heißen, dass du schlechter Laune bist?«

»Wie kommst du darauf?«

»Die Tatsache, dass du gerade den Teig für den Yorkshire-Pudding erschlagen hast, statt ihn nur leicht zu schlagen, spricht Bände.« Sie grinst. »Ich hatte irgendwie gehofft, du bist guter Laune.« Sie beugt sich vor und schenkt mir nach.

Dabei habe ich erst wenige Schlucke genommen.

Wenn ich es nicht besser wüsste, würde ich denken, sie will mich auflockern.

»Wieso, was hast du denn angestellt?«, frage ich, plötzlich misstrauisch geworden.

»Angestellt?« Nicky schürzt die Lippen und fixiert entschlossen die Erbsenschote, die sie gerade hält. »Na ja, ich habe mir Gedanken über deine Karriere gemacht.«

»Meinst du nicht eher meine Anti-Karriere? Meine absolut und überhaupt nicht vorhandene Karriere? Meine nicht existente, nie zu entdeckende Karriere?«

Nicky zieht eine Grimasse, beugt sich über den Tisch und füllt mein Weinglas wieder bis zum Rand.

»Eben dafür hätte ich vielleicht eine Lösung«, sagt sie, als sie sich wieder setzt.

Die Tatsache, dass sie mich immer noch nicht ansieht, ist leicht verwirrend.

»Ja, klar, du hast gehört, dass im hiesigen McDonalds Kassenpersonal gesucht wird, was?« Ich lache halbherzig.

»Äh … nicht ganz.«

»Nicky, was hast du angestellt?«, wiederhole ich besorgt.

»Wer behauptet, ich habe etwas angestellt?«, entgegnet sie ausweichend.

»Dein Aussehen spricht Bände. Es steht dir ins Gesicht geschrieben. Ich spüre immer, wenn du etwas im Schilde führst, das war schon so, als wir noch Elfjährige waren. Normalerweise bist du die Unschuld in Person. In der Sekunde, wo du etwas anstellst, das deiner Meinung nach auch nur ansatzweise verboten sein könnte, stinkst du Meilen gegen den Wind vor Schuldbewusstsein.«

»Zugegeben, ich hätte da vielleicht eine Idee …«

»Eine Idee?«, hake ich nach, als sie wieder verstummt.

»Eine Idee, was du berufsmäßig machen könntest. Du hast mir doch so einen großen Dienst erwiesen, und es gibt so viele Frauen da draußen, die das Gleiche durchmachen. Lucy war mehr als froh darüber, dich für deine Zeit zu bezahlen, und sie hat gut gezahlt. Wenn ich jemanden finde, würdest du es dann wieder tun?«

»Worauf willst du hinaus, Nicky?«

»Ich will damit sagen, du könntest für eine andere Frau tun, was du für mich und Lucy getan hast … du weißt schon, Männer beim Fremdgehen verfolgen, sie dabei erwischen. Was hältst du davon?«, fragt sie und dreht nervös eine leere Schote in den Händen.

»Was ich davon halte?« Ungläubig starre ich sie an. »Du bist wohl völlig durchgeknallt. Meine Mutter hat mir gerade mal wieder erklärt, was für einen schlechten Einfluss du auf mich hast. Vielleicht hatte sie sogar Recht!«

Nicky zuckt die Achseln. »Klar, ich weiß, es klingt verrückt, aber ich glaube nicht, dass es wirklich so schlimm ist, wie es sich anhört.«

»Ach nein?«, frage ich ungläubig.

»Findest du, dass es schlimm war, mich davon abzuhalten, einen Lügner und Betrüger zu heiraten?«

»Neiiin … natürlich nicht.«

»Denk mal drüber nach, Annabelle. In letzter Minute erhältst du einen Anruf, um ein Date abzusagen. Die Entschuldigung mag sich ja glaubwürdig anhören, aber wäre es nicht toll, wenn es einen Weg gäbe herauszufinden, ob er wirklich die Wahrheit sagt?«

»Wie wär's mit Vertrauen, Nicky?«

»In einer vollkommenen Welt schon, aber wir beide wissen«, ihr Blick trübt sich kurzzeitig, und ein kleiner Seufzer entschlüpft ihr, »dass diese Welt alles andere als vollkommen ist. Was, wenn du dir Sorgen darüber machst, dass deine bessere Hälfte der Versuchung erliegen könnte?«

»Was? Und einen Sarah-Lee-Kuchen zu viel essen könnte?«

»Nein.« Nicky lacht. »Er geht vielleicht mit seinen Kumpels aus, trinkt ein bisschen was, trifft ein attraktives Mädchen, das ihm sozusagen in den Schoß fällt, und denkt sich: ›Was soll's? Sie wird es sowieso nie herausfinden.‹ Würdest du nicht auch wissen wollen, ob der Kerl, dem du dein Herz schenken willst, der Richtige oder nur *ein* Richtiger ist?«

»Und wie sollen wir sie deiner Meinung nach auseinander halten?«

»Wir schicken dich vor, um sie anzusprechen. Du weißt schon, sie anmachen, sehen, ob sie darauf eingehen …«

»Na, dann werden sie sowieso alle absolut treu bleiben. Wieso glaubst du eigentlich, dass Männer mit dem Hang zum Fremdgehen mich unwiderstehlich finden werden?«

»Du bist überaus attraktiv, Belle. Gordon ist voll auf dich abgefahren, oder? Er ist vielleicht kein Musterbeispiel, zugegeben, aber wie ich schon sagte, wenn es einem in den Schoß fällt …«

»… dann würde ein Schleimscheißer schon nicht nein sagen?«, beende ich den Satz für sie.

»Genau. Oder du machst es einfach so wie bei Richard. Du verfolgst sie und findest heraus, was sie so treiben, wenn sie nicht wissen, dass sie beobachtet werden.«

»Und du glaubst wirklich, es gibt Frauen, die jemanden für so etwas anheuern würden?«

»Ich glaube es nicht nur, ich weiß es.« Nicky setzt ein nervöses Lächeln auf. »Lucy hat vorhin angerufen.«

»Das ist ja nichts Besonderes. Wie geht's ihr heute?«

»Großartig, aber deshalb hat sie nicht angerufen. Sie hat da eine Freundin, verstehst du. Sie hat ein Männerproblem, und die beiden dachten, du könntest ihr vielleicht helfen … Sie wäre bereit, dich für deinen Aufwand zu bezahlen, genau wie Lucy.«

»Wirklich?«

Nicky bejaht nachdrücklich. »Lucy hat gesagt, sie sei ganz begeistert von der Idee. Nicht nur das, sondern auch, dass sie noch mehr Freundinnen hat, die eventuell daran interessiert wären, dich als eine Art … wie heißt das doch gleich … *agent provocateur* für anscheinend nicht vertrauenswürdige Freunde einzusetzen.«

»Na, wenn eine Frau da nicht zynisch wird!«

»Ich bin's ja schon, Richard sei Dank.« Nix zieht an einer Zigarette und schafft es, ein wenig Rauch zu inhalieren und wieder auszuatmen, ohne zu keuchen.

»Also, was hältst du davon?«

Soll ich mir das wirklich alles noch mal antun? Ich bin überzeugt davon, dass die Geschichte mit Gordon mich ein paar Jahre meines Lebens gekostet hat. Aber was wäre die Alternative?

Ich könnte versuchen, einen normalen Job zu bekommen. Betrachten wir doch einmal meine Qualifikationen. Ich habe meinen Uni-Abschluss, aber der scheint mir so viel zu nützen wie eine abgelaufene Kreditkarte. Außerdem habe ich es bereits versucht und auf der ganzen Linie versagt.

»Ist das nicht ein bisschen unmoralisch?«, frage ich, während Nicky mir wieder nachschenkt.

»Weshalb? Das ist das Gleiche wie ein Qualitätstest bei irgendeinem Produkt. Wenn man kurz davor steht, eine ganze Menge in etwas zu investieren, will man doch sichergehen, dass das, was man bekommt, auch gut ist, nicht wahr? Wenn man sich zum Beispiel einen Gebrauchtwagen kauft, und genau betrachtet haben die meisten Kerle auch schon einige Kilometer auf dem Buckel, dann will man doch auch sicher sein, dass er wirklich verlässlich ist. Dass nicht ständig der Gang rausspringt, weil die Kupplung lose ist.«

»Also willst du allen Ernstes sagen, dass das, was ich da tun würde, *wenn* ich zustimme, so eine Art TÜV für Männer ist?«

»Etwas in der Art, genau. Im Grunde genommen bist du eine Art Mechaniker, ein Emissionstester für Beziehungen anstelle von Autos.«

»Na ja, ich könnte mich ja mit der Frau mal treffen …«, überlege ich laut.

»Oh, toll, ich bin froh, dass du das sagst«, Nicky drückt meine freie Hand, »weil sie nämlich Samstagmorgen vorbeikommt.«

»Du hast schon alles ausgemacht!«

»So ist es.« Triumphierend grinst sie mich an.

»Warum warst du dir so sicher, dass ich es mache?«

»Abenteuer, Intrigen, die schwarzen Schafe bloßstellen.«

»Genau mein Geschmack?«

»Ein geregelter Bürojob ist nichts für dich, Belle, und du hasst es doch, wenn andere Leute dir sagen, was du zu tun hast.«

»Genau das machst du aber!«

»Ja, aber ich will nur das Beste für dich. Außerdem bin ich doch so subtil und charmant …« Sie lacht über sich selbst.

Ich nehme an, dass es eine nützliche Erfahrung ist. Überlegen Sie doch mal, was ich bisher alles gelernt habe, als ich Nix und Lucy half. Wie man mit Männern flirtet, die ich ungefähr so attraktiv finde wie einen getrockneten, dreckverkrusteten Kaugummi, der von einem Penner mit schlechtem Atem ausgespuckt wurde. Wie man Einbrüche macht und lügt, dass sich die

Balken biegen... Ein solides Fundament für einen Posten als Topmanager in der Londoner City.

Freitag verzichtet Nicky auf eine Nacht hemmungslos aneinander gereihter Dates, um den Abend unter Frauen vor der Glotze zu verbringen. Das viele Weggehen hat sie wohl erschöpft, und außerdem will sie sicherstellen, dass ich vor der morgigen »Besprechung« nicht Reißaus nehme.

Ich habe beim Münzwerfen verloren und ziehe los, um Popcorn, Schokolade, Alkohol und anderes Junk-Food zu besorgen.

Eine halbe Stunde später kehre ich mit zwei großen Pizzen, einem großen Becher Eiscreme von Ben & Jerry's, einer Tafel Schokolade und zwei Flaschen Wein zurück.

Als die Fahrstuhltüren aufgehen, höre ich von drinnen Stimmen und lautstarkes Lachen. Hört sich an, als würde gerade eine Party steigen.

Der Fernseher ist an, die Stereoanlage dröhnt, Stimmen schallen... in der Tat sind die Musik und das Gelächter so laut, dass die zwei Personen, aus denen diese spontane, wenn auch eher kleine Party besteht, mich nicht hören, als ich die Wohnung betrete.

Nicky lagert auf einem der Knautschsofas, Nase an Nase mit Jamie.

Er kann Wunder vollbringen. Sie hat das Jammergesicht, dass sie vorhin noch aufgesetzt hatte, abgeworfen und grinst wie eine Besessene. Nickys breites, strahlendes Zahnpastalächeln kommt sonst in der Regel nur des Nachts und nach mehreren Gläsern mit alkoholischem Inhalt zum Vorschein.

Er rekelt sich in zerrissenen Jeans und einem T-Shirt, auf dem »Gynäkologie-Trainee« steht, neben ihr, gestikuliert wild mit den Händen, als würde er in Zeichensprache reden, während er irgendeine Anekdote zum Besten gibt, die Nicky seit Ewigkeiten wieder fröhlich lachen lässt.

Jamie begrüßt mich und die Pizza mit der gleichen Begeisterung.

»Klasse, meine Lieblingsschwester und mein Lieblingsessen!«, ruft er, stürzt zu mir und nimmt mir die warmen, fettigen Pizzaschachteln ab.

»Kaum liegt ein schwacher Hauch von heißem Mozzarella in der Luft, schon bist du da«, scherze ich. »Ich lege nur schnell die Eiscreme ins Gefrierfach, sonst schmilzt sie. Lasst mir wenigstens ein Stück übrig, okay?«

Ich gehe weiter zur Küche, halte aber abrupt inne, als mir ein übler Geruch in die Nase steigt. Gott sei Dank habe ich angehalten; zwei Schritte weiter und meine Füße hätten in etwas Matschigem und extrem Widerwärtigem gestanden.

Protestierend laufe ich ins Wohnzimmer zurück.

»Da liegt ein Haufen stinkender Kacke mitten auf dem Küchenboden!«

»Oh«, erwidert Nicky völlig sorglos, »das muss Elvis sein.«

»Ich weiß schon, dass eine Menge Leute behaupten, Elvis an wirklich schrägen Orten zu sehen, aber du bist die Erste, die behauptet, dass er als ein Haufen stinkender Kacke mitten auf dem Küchenboden wieder geboren wurde.«

»Nein!« Nicky kichert. »Dieser stinkende Haufen ist ein Abfallprodukt von Elvis. Der echte Elvis schläft in meinem Schlafzimmer.«

Jetzt weiß ich, dass es um sie geschehen ist.

»Okay, also Elvis ist in deiner Wohnung. Erst hat er auf den Fußboden geschissen, und jetzt pennt er unter deiner Decke?«

»Sozusagen, ja.« Nix nimmt sich noch einen Keks. »Aber das wird besser, sobald er erst mal stubenrein ist.«

Ist Jamie deshalb hier – als Vorbote der Männer in den weißen Kitteln?

Ich sehe ihn an und signalisiere mit hochgezogenen Brauen: »Hilf mir, sie ist durchgedreht«, doch er fängt auch bloß an zu lachen.

Sie sind beide verrückt geworden, entweder das, oder sie haben getrunken. Aber auf dem Tisch stehen keine verräterischen

Flaschen, nur die schnell leerer werdende Keksdose und zwei Kaffeetassen.

»Ich gehe ihn mal holen. Vermutlich wird er nicht erfreut darüber sein, geweckt zu werden. Er hat sich völlig verausgabt, als er versucht hat, Jamies Fuß zu essen, aber du musst ihn sehen, er ist ja so süüüß!«

Nicky verschwindet in ihrem Schlafzimmer und kommt dann mit einem entrückten Lächeln auf dem Gesicht wieder heraus. In den Armen zappelt ein kleines, fettes und pelziges Etwas.

»Jamie hat ihn mir geschenkt. Ist er nicht goldig?«

»Was ist das?«

»Was soll das heißen, was ist das? Das ist ein Hund, Dummerchen, das sieht man doch.«

Es sieht eher nach einem Robbenbaby mit einer Tolle aus, einem seltsam abstehenden Haarbüschel, das ihm über eins der riesigen schokoladenbraunen Augen fällt. Daher wohl auch der Name.

Er ist über und über schokoladenbraun. Schokoladenbraunes Fell, schokoladenbraune Augen. Wenigstens eine schöne Farbe. Undefinierbare Abstammung. Riesige, feuchte Schnauze. Schlappohren.

»Woher hast du den bloß?«

»Bodger hatte eine Liaison mit dem Pedigree-Labrador von nebenan.« Jamie streckt die Hand aus und krault den schläfrigen Welpen unterm Kinn.

Bodger ist der Straßenköter von Jamies Vater, eine Kreuzung aus Staffordshire mit der Himmel weiß was. Das ist etwa so, als würde ein Bauerntölpel mit Prinzessin Anne durchbrennen.

Und jetzt müssen wir mit dem Resultat leben.

»Der Sohn von Bodger…« Ich seufze. »Ich hoffe, dir ist klar, worauf du dich da einlässt, Nicky?«

»Nun, den Kühlschrank hat er schon entdeckt, an alle Topfpflanzen gepinkelt, und mein Bett beansprucht er auch.« Nicky seufzt, doch sie lächelt noch immer. »Und jetzt kümmere ich mich wohl besser mal um das Aa. Er ist nicht zufällig mit einem Gratispaar Gummihandschuhen angereist, oder?«

Sobald sie in der Küche verschwunden ist, um den anstößigen Haufen anzugehen, wende ich mich vorwurfsvoll an Jamie.

»Warum musstest du Nicky bloß einen Hund schenken?«

Nachdenklich reibt er sich die Nase, eine Angewohnheit, die er wohl an der Fakultät für Medizin aufgeschnappt hat, um sich ein intellektuelles Aussehen zu geben und so zu tun, als würde er seine Antwort überdenken, bevor er den Mund aufmacht.

»Na ja, ich habe mir Sorgen um sie gemacht, sie ist so gar nicht sie selbst. Mit jeder Menge Männer rumzumachen … das ist nicht Nickys Stil.«

»Und da dachtest du, ein Hund würde ihr helfen?«

»Sie braucht etwas, um das Ganze durchzustehen. Sie kommt nicht so gut damit zurecht, wie sie nach außen tut.«

»Hättest du ihr nicht einfach ein Rezept für ein Aufputschmittel ausstellen können, etwas, das sie ein paar Monate lang nehmen kann, bis sie sich besser fühlt? Nicht etwas, mit dem sie leben und um das sie sich kümmern muss, und das die nächsten fünfzehn Jahre?«

»Ich kann nicht glauben, dass du so etwas sagst, Belle.«

»Du weißt genau, dass ich das mit den Tabletten nicht so gemeint habe, aber ein Hund? Also wirklich!«

»Sie braucht etwas, das sie lieben kann.«

»Dafür hat sie ihre Freunde.«

»Ja, klar, und du wirst immer genau dann zur Stelle sein, wenn sie ein bisschen Trost braucht.«

»Ich versuche es zumindest, ja.«

»Das ist nicht dasselbe, Belle.«

»Ich werde sicher nicht auf ihrem Schoß sitzen und ihr durchs Gesicht lecken, wenn sie verärgert ist und sich die Augen aus dem Kopf heult. Aber ich kacke auch nicht auf den Küchenboden oder knabbere die Möbel an. Ich weiß, dass du es gut gemeint hast, Jamie, aber sie hat genug mit sich zu tun. Siehst du denn nicht, wie viel Zeit ein Hund braucht?«

»Eben. Hoffentlich verbringt sie zu viel Zeit mit ihm, als dass sie noch darüber nachdenken könnte, was dieser Kerl ihr angetan hat. Vertrau mir, Belle, er tut ihr mehr Gutes, als dass er ihr schadet.«

»Woran liegt es bloß, dass bei mir jedes Mal die Alarmglocken schellen, wenn du mir sagst, ich soll dir vertrauen?«

Jamie überhört meinen Kommentar und genehmigt sich einen weiteren Keks.

»Sie braucht Zuneigung«, erklärt er mit vollem Mund, »und ich finde, es ist besser, die bekommt sie in Form von Elvis als durch eine Serie selbstzerstörerischer One-Night-Stands, bei denen sie sich nur beweisen will, dass Männer sie immer noch attraktiv finden.«

»Ich dachte, du wärst Allgemeinmediziner und nicht Psychologe.«

»Willst du behaupten, ich irre mich?«

»Zugegeben, nein.« Ich setze mich neben ihn und angele mir den letzten Keks, bevor er ihn sich in den Mund stopfen kann. »Du hast mal wieder Recht. Obwohl ich nicht wusste, dass ein Hund das beste Rezept ist, das du ihr ausstellen kannst.«

»Wenn es nicht funktioniert, nehme ich ihn mit zurück zu Dad, damit er Stiefmutter Nummer drei terrorisieren kann, okay?«

»Ein faires Angebot. Wie geht's dem alten Drachen?«

»Spuckt immer noch Feuer und verspeist Jungfrauen zum Frühstück.«

»Oh, dann ist sie ja richtig abgeklärt.«

Um halb elf klingelt das Telefon. Nicky und ich hören auf, um den letzten Löffel Eiscreme zu kämpfen, und sehen uns an.

»Du gehst ran.« Nicky zieht eine Grimasse.

»Nein, es könnte Simon sein.«

»Aber es könnte auch Richard sein.«

»Das ist doch lächerlich! Wir sind Frauen. Wir sollten eigentlich am Telefon kleben, statt uns davor zu verstecken.«

»Warum gehst du dann nicht?«, schlägt Nicky vor. »Und wenn es wirklich Simon ist, tu so, als wärst du ich.«

»Warum kannst du nicht das Gegenteil machen?«

»Weil Simon dich seit zwei Jahren nicht gesehen hat und es viel unwahrscheinlicher ist, dass er merkt, dass du so tust, als wärst du ich, wohingegen Richard todsicher merken würde, dass ich es bin und so tue, als wäre ich du.«

Dem ist eine gewisse Logik nicht abzusprechen. Eine gewisse, wohlbemerkt. Schließlich fällt uns ein, dass wir im Zeitalter moderner Technologie leben, und so lassen wir den Anrufbeantworter seine Arbeit machen.

Es ist Lucy.

»Hallo, Nix, hallo, Belle! Ich bin's, Luce. Hört mal, ich bin in der Firma. Ich musste wegen einer Euro-Krise ins Büro. Er konnte nicht bis Montag warten. Wie es aussieht, werde ich einige Zeit bleiben müssen, was bedeutet, dass Amanda allein zu euch kommt. Ich weiß, ich habe versprochen, dabei zu sein, um den Weg zu ebnen, aber keine Sorge, Mädels, ihr werdet euch gut mit ihr verstehen, sie ist zum Schießen. Bis bald! Bye-Bye!«

Zum Schießen? Na, klasse. Warum habe ich dann nur das ungute Gefühl, ich sollte mein eigenes Kampfgas, einen Wasserwerfer und einen Schutzschild aus unzerbrechlichem Plastik mitbringen?

Kapitel 5

Er beugt sich näher zu mir, seine Augen blicken voll verhaltener und doch verzehrender Leidenschaft in meine. Er sagt nichts. Sanft streichelt er mit der Hand über meine Wange, zieht mein Gesicht zu sich, unsere Lippen geben nach, als wir uns voller Begehren aneinander drängen. Er ist so nahe, dass ich seinen warmen Atem spüre, der mir sacht übers Gesicht streicht… er riecht nach Pedigree Pal. Einen Moment mal! Der Atem des süßen, sexy Ben Affleck würde doch nicht nach Kaninchen und Leber stinken…

»Belle!«

Er würde meinen Namen auch nicht mit so einer hohen Mädchenstimme kreischen.

»Annabelle!«

Es wäre leise, verführerisch und sexy, ein geflüsterter Kuss, gleich einem warmen, festen Finger, der langsam und neckend über mein Rückgrat gleitet.

»Belle! Wach auf!«

Ben verschwindet wieder in der Welt der Träume, um der schrecklichen Wirklichkeit einer Nicky Platz zu machen, die am Bettende auf und ab hüpft. Elvis liegt auf meiner Brust, seine Schnurrhaare kitzeln sanft mein Kinn, und er schnauft mir heißen Hundeatem ins Gesicht.

Nein! Das ist nicht fair! Zum ersten Mal seit Ewigkeiten habe ich rumgeknutscht, und jetzt ist es vorbei. Oh, ich weiß selbst, dass es nur ein Traum war, aber selbst das ist besser als nichts!

»Nicky, ich mag dich wirklich, aber verpiss dich, ja?«, knurre ich und versuche, die Decke unter Elvis schwerem, kleinem Körper hervor und über mein Gesicht zu ziehen. Wenn ich nur schnell genug wieder einschlafe, wartet Ben vielleicht noch auf mich – mit gespitzten Lippen.

Elvis glaubt, das Ganze sei ein Spiel, packt die Decke mit den Zähnen und beginnt, daran zu ziehen.

»Tut mir Leid, meine Liebe, aber du musst aufstehen. Deine erste Kundin kommt in einer halben Stunde.«

»Was?«

»Ja doch, Lucys Freundin, also steh besser auf, und zieh dich an.«

Endlich gelingt es mir, Elvis zu vertreiben. Ich ziehe die Decke bis zum Kinn hoch und blicke unleidlich zu meiner Freundin auf.

»Was ist es eigentlich dieses Mal? Der treulose Ehemann? Der Freund, der einen eigenen Harem hat?«

»Ich bin mir nicht sicher. Lucy hat gesagt, ihre Freundin würde es uns erklären, wenn sie hier ist.«

»Und wer genau ist diese geheimnisvolle Freundin?«

»Amanda Hartley-Davies«, erwidert Nicky. »Klingt irgendwie schnieke, du solltest also besser anständig aussehen.«

»Wenn du bitte deinen Hund da wegnehmen würdest«, entgegne ich und deute auf Elvis, der wieder auf mein Bett gekrochen ist und jetzt laut schnarchend auf meinen Beinen liegt. »Dann stehe ich auch auf und ziehe ein schniekes Kleid an.«

Amanda Hartley-Davies kommt fünfundzwanzig Minuten zu spät und entschuldigt sich nicht einmal, was mich gewaltig ärgert, weil ich nämlich lange genug hätte weiterschlafen können, um den ersehnten Kuss mit dem bumswürdigen Ben auszutauschen.

Als Nicky die Tür aufmacht, wirft Miss Amanda Doppelname ihr den Mantel zu wie jemand, der an Bedienstete gewöhnt ist. Dann schreitet sie bis zur Raummitte, blickt sich um und taxiert die Wohnung und uns mit misstrauisch zusammengekniffenen

Augen, während ich morgenmuffelig auf dem Sofa kauere und ihren Blick genauso misstrauisch erwidere.

Sie hat eine wilde, blonde Mähne, die einmal für teures Geld mit Strähnchen durchsetzt war, jetzt aber vernachlässigt ist und an den Wurzeln dunkel nachwächst, eine Saugglocke von einem Mund, der bemerkenswert sexy wäre, wenn er nicht zu solch einem Ausdruck des Elends verzogen wäre, und dunkelblaue Augen, die aber von einem Gitter kleiner roter Linien durchzogen sind und tiefe, graue Ringe haben, die noch durch breite, dunkle, zittrige Kajalstriche betont werden.

Sie scheint von Nickys Stiftung der anonymen Frustesser zu kommen. Über ihrem üppigen Busen spannt sich ein durchgeknöpftes Top von Donna Karan, das mindestens zwei Nummern zu klein ist, die untere Hälfte ihres Körpers ist in einer zerrissenen Jeans eingepfercht, und das Fleisch quillt durch die Schlitze wie halb gekochte Würstchen mit aufgeplatzter Haut.

Amanda trägt teure braune Stiefel aus Schlangenleder, die zu ihrer teuren braunen Schlangenledertasche passen, und sie sieht so angespannt aus wie jemand, der eine Diät aus Nerven, Tränen und abgekauten Fingernägeln macht.

Unbeholfen sehen wir uns einen Augenblick lang an, bis Nicky, die den Mantel noch immer wie ein nervöses Dienstmädchen umklammert, ihr bedeutet, sich zu setzen. Amanda betrachtet die Sofas prüfend, beschließt offensichtlich, dass sie gerade eben noch genug Design aufweisen, um der Ehre teilhaftig zu werden, ihren unglaublich drallen Hintern zu beherbergen, und setzt sich.

»Also«, setzt Nicky an, da ich diese Verkörperung der Steifheit immer noch verwundert anstarre, »Lucy sagte, du brauchst Hilfe? Was können wir für dich tun?«

Abschätzend sieht Amanda mich an, bevor sie antwortet.

»Lucy hat mir erzählt, was du für sie in Sachen ihres künftigen Ex-Mannes getan hast, und angedeutet, dass du eventuell in der Lage bist, auch mir zu helfen. Ich brauche dich, um jemanden für mich zu beschatten… Himmel, das hört sich vielleicht lächerlich an, was?« Sie verdreht die Augen und seufzt tief.

»Und?«, ermutigt Nicky sie.

»Er heißt Eddie… Eddie Farrar.«

Sie zieht einen Briefumschlag aus der Tasche und verteilt die darin enthaltenen Fotos auf Nickys Couchtisch.

»Ihm gehören zwei Clubs – einer ist in Soho, das ›Black Betty's‹. Ich weiß nicht, ob ihr es kennt?«

Nicky nickt. »War schon ein paar Mal da, aber so lange gibt es das noch nicht, oder?«

»Früher gehörte es Knight. Eddie hat es vor sechs Monaten gekauft. Im Moment ist es geschlossen, weil er es komplett renovieren lässt, aber in ein paar Wochen soll er wieder öffnen.«

Ich ziehe das Foto eines Mannes, der an einer Theke lehnt, zu mir herüber. Der Eindruck eines Doppelgängers von Peter Stringfellow wird von mehreren anderen Bildern verdrängt, die einen ziemlich attraktiven Mann zeigen.

Er weiß nicht, dass er gerade geknipst wird, und lacht schallend. Den Kopf hat er zurückgeworfen, den Mund zu einem breiten Grinsen verzogen, wobei er eine Reihe kräftiger weißer Zähne entblößt, die bis auf den rechten Eckzahn perfekt sind. Der ist auf liebenswerte Weise gekrümmt. Eddi sieht aus, als wäre er Anfang bis Mitte dreißig, hat kurzes braunes Haar, ein kantiges, männliches Gesicht und dank des Blitzlichts knallrote Augen.

Er ist wirklich sehr attraktiv.

Ich kann erkennen, dass Nicky das Gleiche denkt. Sie hat dieses Glitzern in den Augen, das alle paar Tage auftaucht, wenn sie mal wieder eine neue Eroberung an der Angel hat.

»Stört es euch, wenn ich rauche?« Ohne eine Antwort abzuwarten, zieht Amanda ein Päckchen Marlboro aus der Tasche und zündet sich eine an. So wie sie inhaliert, könnte man meinen, dass ihre Lunge Zigarettenrauch zum Leben braucht und nicht Sauerstoff.

»Wie lange seid ihr denn schon zusammen?«, frage ich sie.

»Ganz so einfach ist das nicht. Wir sind nicht zusammen. Aber wir waren …« Sie bricht ab und zieht wieder an ihrer Zigarette, wobei sie sich eine Locke ihres strohigen blonden Haars aus den Augen streicht.

»Wir waren letztes Jahr einige Zeit zusammen, fast zwei Monate, dann hat er …« Sie spielt mit dem Feuerzeug. »Dann war es aus.«

Sie erklärt nicht, warum. Es bleibt mir überlassen, aus dieser Unterlassung und ihrem Aussehen zu schließen, dass es seine Entscheidung war, nicht ihre.

»Was also soll ich für dich tun?«

»Ich will wissen, ob er eine andere hat. Das ist doch dein Job, oder?«

Schon, aber nur, wenn davor eine Beziehung bestanden hat. Doch das kann ich ihr wohl kaum ins Gesicht sagen. Ich versuche, mir einen höflicheren Weg zu überlegen, das auszudrücken.

»Willst du dein Geld wirklich darauf verschwenden? Ich meine, es ist schließlich vorbei …«

»Ich denke schon«, entgegnet sie kühl und sieht mich unumwunden an.

Das sagt alles.

Ich greife nach einem anderen Foto.

»Kann ich ein paar von denen behalten?«

Sie nickt und inhaliert wieder gierig den Rauch.

»Das hier sind Zweitabzüge.«

Klar, sogar Drittabzüge, wette ich. Bestimmt hat sie die Wände ihres Schlafzimmers damit gepflastert, à la Andy Warhol.

Meine innere Alarmglocke fängt an, ziemlich schrill zu klingeln.

Nicky war gut, als es darum ging, mich von ihrem seltsamen Plan zu überzeugen, aber hier scheint mir etwas nicht zu stimmen. Haben wir es hier mit einer zweiten Kaninchenkillerin zu tun? Der manischen Ex, die sich weigert, loszulassen? Vielleicht sollte ich ihr Simon vorstellen.

Nicky, diplomatisch wie immer, spürt mein Unwohlsein und schaltet um auf Gastgeberin.

»Darf ich dir etwas zu trinken anbieten?«

Sie steht auf und schlägt den Weg zur Küche ein.

»Oh, ja, bitte.« Amanda harkt das blonde Strohbüschel erneut aus den Augen. »Ein großer G & T wäre wundervoll. Ach, vergiss das mit dem T. Gib mir einfach einen großen G.«

Es ist zehn Uhr morgens.

Nicky wirft mir einen Blick zu, dreht aber trotzdem ab und steuert das Tablett mit den Alkoholika statt den Teekessel an.

»Sieh mal, äh … Amanda«, setze ich zögernd an, als sie einen ordentlichen Schluck von dem großen Gin nimmt, den Nicky ihr gerade eingeschenkt hat. »Ich weiß wirklich nicht, ob das eine gute Idee ist.«

»Aber Lucy hat gesagt, dass du einverstanden wärest, das für mich zu tun?«

»Ich war einverstanden, mit dir darüber zu reden, um zu sehen, ob ich dir helfen kann. Aber ich bin mir nicht sicher, ob ich das kann. Als ich Gordon und Richard gefolgt bin, ging es darum, ob es jemanden außer Lucy und Nicky gibt. Wozu soll es denn gut sein, jemanden zu beschatten, von dem du dich vor sechs Monaten getrennt hast?«

Einen Moment lang sieht sie verärgert aus, und sie nimmt noch einen großen Schluck Gin. Doch dann verzieht sich ihr Gesicht in einer unerwarteten Kehrtwendung schmerzlich.

»Nun, ich hatte … ich meine, ich hatte gehofft, dass es vielleicht möglich ist, dass wir wieder zusammenkommen. Aber wenn ich weiß, dass es eine andere gibt, dann hält mich das davon ab, ihm weiter hinterherzulaufen.«

Sie zuckt die Achseln. »Es mag ja eine dumme Idee sein, aber ich muss es einfach wissen. Wir waren so glücklich, verstehst du, ich kann immer noch nicht fassen, dass es vorbei ist. Ich meine, im einen Moment höre ich die Hochzeitsglocken, und im nächsten heißt es Auf Nimmerwiedersehen.« Mit Mühe zieht sie ein Taschentuch aus der Tasche ihrer mehr als engen Jeans und tupft sich über die Augen, in denen plötzlich Tränen stehen.

»Tut mir Leid.« Sie reißt sich sichtlich am Riemen, putzt sich heftig die Nase und stopft dann das Taschentuch in ihre Tasche zurück. »Ist es nicht seltsam, um wie viel leichter es manchmal ist, sein Herz Fremden auszuschütten?«

Die gutherzige Nicky ist sofort an ihrer Seite und bietet saubere Tücher und mehr Gin an, die beide dankbar und in großen Mengen angenommen werden.

»Es tut mir Leid.« Amanda trompetet in ein weiteres Riesentuch. »O Gott, das alles ist mir so peinlich. Aber ich dachte wirklich, er ist der Richtige …«

Beide sehen mich mit bettelnden Hundeaugen an.

»Also, meinst du, dass du das für mich tun kannst?«, schnieft Amanda.

Ich muss mit meiner Antwort sehr vorsichtig sein.

»Vertrau mir, ich bin ein Profi«, könnte missverständlich sein, und ich wage gar nicht, daran zu denken, was die Folgen eines nachhaltigen »Nein« wären.

»Aber natürlich können wir das«, antwortet Nicky und drückt sie an sich. »Du musst uns nur so viele Informationen wie möglich geben, und dann macht sich Belle ganz gezielt an die Arbeit, glaub mir.«

Sobald wir Amanda zur Tür hinauskomplimentiert haben, sehe ich Nicky kopfschüttelnd an.

»Ich weiß wirklich nicht, ob ich da mitmachen möchte, Nick.«

»Da bietet ihr jemand an, sie für die Beschattung eines echt süßen Typen zu bezahlen, und sie ist nicht interessiert!«, stöhnt Nicky und verdreht die Augen.

»Es geht nicht um den Typen, sondern um die potenzielle Kundin. Die macht mir Sorgen.«

»Zugegeben, sie wirkt ein bisschen exzentrisch.«

»Ein bisschen? Das ist, als würde man von Glenn Close sagen, sie hätte eine kleine Obsession. Im einen Moment höre ich die Hochzeitsglocken ... Also wirklich! Was hat sie gesagt, wie lange waren sie zusammen – das eine oder andere Treffen während sechs Wochen? Und als die Sache im Sande verläuft, eines natürlichen Todes stirbt, ist sie völlig am Ende, als hätte sie sich gerade von einem langjährigen Liebhaber getrennt?«

»Wie lange braucht man, um sich zu verlieben?« Nicky zuckt die Achseln. »Manchmal stürzt es einfach auf einen ein, ohne auch nur das kleinste bisschen Rücksicht auf überlieferte Zeitpläne zu nehmen.«

»Du hast ja Recht, aber in diesem Fall beruhte das offensichtlich nicht auf Gegenseitigkeit.«

»Und? Es schadet doch nichts, das nachzuprüfen, oder? Du sollst doch nur herausfinden, ob er eine andere hat.«

»Klar, und was, wenn ja? Sie stürzt sich von der Tower Bridge, oder, schlimmer noch, sie stürzt ihn von der Tower Bridge, oder im schlimmsten Fall sogar uns. Frei nach dem Motto: Wer eine Hiobsbotschaft überbringt, wird erschossen.«

»Ich bin überzeugt davon, dass nichts derart Drastisches passieren wird. Sie war nur ein bisschen aus dem Häuschen, Annabelle. Anscheinend ist sie noch immer bis über beide Ohren in den Typen verknallt. Das muss sie doch, sonst wäre sie wohl überhaupt nicht zu uns gekommen ... Bitte, Belle, ich weiß, wie das ist.«

»Das ist unfair, Nix, so was nennt sich Erpressung.«

»Aber sie braucht unsere Hilfe.«

»Ich weiß nicht, Nicky ...«

»Wenigstens versuchen könntest du es. Lass ihr, sagen wir, zwei Wochen und schau, was dabei herauskommt. Was kann das schon schaden?«

Am nächsten Morgen ist Amanda unverschämt früh zurück. Tatsächlich kommt sie so früh, dass ich einmal mehr unter der gegenwärtigen Liebe meines Lebens hervorgezerrt werden muss – meiner Bettdecke – und Nicky gegenüber bitter über die Unantastbarkeit eines Sonntagmorgens im Bett einklage sowie die Frechheit derer anprangere, die es wagen, diese Unantastbarkeit anzutasten.

Amanda wartet auf mich, sitzt auf dem Sofa und trinkt schwarzen Kaffee. Ihren kurvenreichen Körper hat sie in einen viel zu engen Designerfummel gequetscht. Sie raucht Kette, und eine Dunstglocke aus Zigarettenrauch hängt über ihrem Kopf wie eine verhängnisvolle Wolke.

Sie mustert mich von oben bis unten, als ich in verwaschenen Shorts, einem alten, grauen T-Shirt und Badelatschen aus dem Schlafzimmer schlurfe und auf dem Sofa zusammenklappe. Diese Art Blick ist normalerweise für Stadtstreicherinnen reserviert, die versuchen, sich Zugang zu den heiligen Hallen von Harvey Nichols zu verschaffen. Ganz offensichtlich teilt sie meinen Geschmack in Sachen Kleidung nicht, der im Moment ehrlich gesagt auch eher Second Hand als First Class ist.

Der arme, kleine, sitzen gelassene, liebeskranke, einsame Welpe von gestern ist verschwunden. Amanda führt sich wie eine herrische Lehrerin auf.

»Also gut. Ich habe mir ein paar Gedanken darüber gemacht, was ich von dir will. Ich finde, wir sollten damit anfangen, einen Stundenplan zu machen.«

»Einen Stundenplan?«

Stundenpläne. Da kommen ungute Erinnerungen an meine Schulzeit und unpünktliche Busse in mir hoch.

»Ja, ich glaube, es ist am besten, wir halten uns an einen genauen Zeitplan.«

Zeitplan. Das wird ja immer schlimmer.

»Ich dachte, ich soll ihm einfach nur folgen?«, unterbreche ich sie.

»Schon, aber ganz so einfach ist es nicht.«

»Warum nicht?«, frage ich und denke sehnsüchtig an heißen Kaffee und eine große Schale Cornflakes. Mein Magen bricht in ein Vesuv-ähnliches Grollen aus.

Auf meine Frage weiß sie erst mal keine Antwort. Schließlich sagt sie: »Er ist sehr beschäftigt«, als würde das alles erklären.

»Und ich finde, wir sollten festlegen, wann genau du mir Bericht erstattest…«, fügt sie angesichts meines nicht zu übersehenden Widerwillens hastig hinzu.

Habe ich Lehrerin gesagt? Streichen Sie das und ersetzen Sie es durch Oberfeldwebel oder Befehlshaber.

Es ist mir mit Mühe gelungen, meine Bedenken darüber, ob es ratsam ist, das mitzumachen, zu unterdrücken. Jetzt tauchen sie wieder auf wie eine aufgedunsene, schwarze und durchweichte Wasserleiche.

Ich kann alles vorhersehen. Ich werde vierundzwanzig Stunden am Tag in Arnold den Schrecklichen eingesperrt, kriege Falten und Zellulitis und bin ohne Gnade einem ständig klingelnden Telefon ausgeliefert.

Da mir jetzt bewusst wird, dass Amanda eine Persönlichkeit ist, die man stark nennen kann (um es höflich auszudrücken), muss ich das Ganze sofort abbiegen, oder ich kriege Ärger.

Mein Problem ist, dass ich es manchmal schwierig finde, Nein zu sagen. Natürlich nicht bei protzigen Männern, ich bin ganz gut darin, die abblitzen zu lassen, aber wenn es um eine Bitte oder einen Gefallen geht, ist das anders. Das ist wahrscheinlich ein perverses Überbleibsel aus meiner Kindheit, als ich immer dachte, es sei meine Pflicht, andere glücklich zu machen und Harmonie zu verbreiten, um geliebt zu werden. Verrückt, was? Der Zwang, es jedem Recht machen zu wollen! Bringt das eine oder andere Problem mit sich, das dürfen Sie mir glauben. Insbesondere, wenn es um Dinge geht, die man eigentlich nicht machen will. Das Blöde daran ist, dass man manchmal mehr respektiert wird, wenn man nicht nachgibt. Würde Amanda mich mehr respektieren, wenn ich Nein sage? Ich glaube nicht.

Ich bin mir nicht ganz sicher, wovor sie Respekt hat. Vor Geld, Ansehen und Stärke wahrscheinlich – von denen ich nichts habe, abgesehen von ein bisschen Stärke vielleicht. Die sollte ich jetzt wohl in meinem eigenen Interesse einsetzen.

»Tja«, sage ich so nachdrücklich wie möglich, »so hatte *ich* das aber nicht geplant. Gib mir zwei Wochen, um ihn zu überprüfen, und danach erstatte ich dir Bericht.«

»Aber …«

»Es hat keinen Sinn, kürzere Abstände zu wählen. Wenn er so beschäftigt ist, wie du sagst, dann kann er sehr wohl eine ganze Woche durcharbeiten, und an dem Tag, an dem ich aufhöre, ihn zu beschatten, beschließt er, eine Pause einzulegen und auszugehen.«

Da ich selbst noch nie sehr geduldig war, erweicht mich ihr betroffener Gesichtsausdruck. »Ich ruf dich zwischendurch mal an, um dir zu sagen, wie es so läuft. Von wegen Zusammenarbeit und so«, schlage ich vor.

Da ich gerade Oberwasser habe, lehne ich ihren Vorschlag ab, sein Telefon anzuzapfen oder eine Miniaturkamera in seinem Haus zu installieren, eine Haltung, die netterweise von der entrüsteten Nicky unterstützt wird, die mir darin zustimmt, dass wir damit seine Privatsphäre verletzen würden.

Nachdem ich den größten Teil von Amandas Vorschlägen rundheraus abgelehnt habe, sehe ich mich bei den weiteren Verhandlungen in eine Ecke gedrängt, in der ich lieber nicht wäre. Sie beschwört nicht gerade eine gewisse Szene aus dem *Exorzisten* herauf, doch ich habe das Gefühl, dass der Rauch, der aus ihren Ohren aufsteigt, sich in Blitze verwandelt, die gegen mich gerichtet sind, wenn ich ihr noch eine einzige Sache abschlage. Deshalb lautet mein erster Auftrag, falls ich beschließe, ihn zu übernehmen, zu Eddies Haus zu fahren und dort nach den Spuren einer anderen Frau zu suchen. Nicht, dass ich jetzt noch die Wahl hätte, ob ich es mache oder nicht.

Sie gibt mir einen Schlüssel zu seinem Haus, den sie sich irgendwie besorgt hat, sowie ein Notizbuch, in dem die folgenden Einzelheiten aufgelistet sind:

- Automarke, Fahrzeugtyp, Kennzeichen (Porsche – pompös)
- Name und Adresse seines Clubs in Soho sowie der neuen Bar, die er gerade in den Docklands gekauft hat und die »Lazy Daisy's« heißt
- Geburtsdatum, zweiter Vorname (der zufällig Alexander lautet) und Innenlänge seiner Beine (kleiner Scherz, aber gewundert hätte es mich nicht)
- Name und Adresse seiner Eltern
- Bankverbindung inklusive Kontonummer, Kontoart und Filiale
- Telefon privat, Geschäftshandy und Privathandy

Ich weiß nicht, wozu Amanda mich noch benötigt, mit ihrem umfassenden Wissen über Leben und Tagesablauf von Eddie Farrar könnte sie bei jedem Fernsehquiz mitmachen. Es steht bestimmt in ihrer Macht, solch ein unwichtiges Detail wie die Frage »Hat er eine andere?« selbst zu beantworten.

Eddie Farrar lebt in einer viktorianischen Villa in Hampstead.

Zum ersten Mal, seit ich aus Australien zurück bin, hört es auf zu regnen. Die Sonne dringt sogar durch die grauen Wolkenfetzen, als ich Arnold mehr mit der Kraft meines Willens denn mit der Kraft seines Motors durch den dichten Verkehr dirigiere.

Ich parke einige Straßen entfernt, schlendere so lässig wie möglich zum Haus und verschaffe mir Zutritt.

Zählt das als Einbruch, obwohl ich einen Schlüssel habe?

Falls nicht, dann sollte es das, denn genauso wirkt es auf mich.

Die Tür fällt hinter mir ins Schloss. Das Geräusch des zuschnappenden Riegels hallt im Korridor wider und lässt mich zusammenzucken.

Das Licht fällt in farbigen Flecken durch das Buntglasfenster in der Eingangstür und malt Tupfen auf die auf Hochglanz gewienerten Holzdielen, das wunderschön geschnitzte Treppengeländer und die absolut widerliche rote Velourstapete. Was für eine Kombination – die Eleganz einer Eingangshalle im original viktorianischen Stil neben dem schlechten Geschmack der Siebziger in Reinkultur!

Wer lebt in einem Haus wie diesem?

Ich habe da so eine Theorie, dass man die Ausstattung übersehen und einen Blick in den Kühlschrank werfen sollte, wenn man ein Gefühl für die Persönlichkeit eines Menschen bekommen will.

Also steuere ich auf die Tür am Ende des Korridors zu, in der Annahme, dass es dort zur Küche geht. Falsch. Ein Wandschrank. Ein Wandschrank für Haushaltsgeräte, der einen von diesen Plastikkästen mit einem Griff in der Mitte beherbergt, der Platz bietet für ein erstaunliches Sortiment an Reinigern, Polituren und Staubwedeln, die makelloser als meine Unterwäsche sind. Den Vogel aber schießt ein hochmoderner, stromlinienförmiger, schimmernder Staubsauger ab, der mehr Zubehör besitzt als der teuerste Vibrator in einem Ann-Summers-Katalog. Ein Ferrari unter den Staubsaugern, der an einer roten Ampel mehr neidvolle Blicke auf sich ziehen würde als mein Auto – was aber nichts zu bedeuten hat, wenn man bedenkt, dass man in einem klapprigen, alten Austin Allegro nicht gerade viele neidvolle Blicke abkriegt.

Ich versuche es an der nächsten Tür und finde mich in einer ziemlich geschmackvollen Küche wieder.

Hier brauche ich einige Zeit, bevor ich den Kühlschrank entdecke. Es handelt sich um eine dieser Einbauküchen, in denen jedes Gerät hinter einer Türblende versteckt ist.

Als ich dann endlich den High-Tech-Zanussi entdecke, wird mir bewusst, dass das wohl doch keine gute Idee war. Jetzt geht es nicht mehr nur um illegales Betreten, sondern um konkreten Einbruch.

Er gleicht dem Kühlschrank in Nickys Küche, enthält jedoch keine Schokolade und auch sonst absolut nichts Essbares.

Eher ein Lager für Alkohol statt ein Ort, um Lebensmittel kühl aufzubewahren. Wein, Flaschenbier, noch mehr Wein, zwei Flaschen Champagner und ein Tetrapack Grapefruitsaft machen den ganzen Inhalt aus.

Was würde ich für ein Gläschen geben.

Oh, diese verräterischen Geschmacksknospen!

Ganz entschieden ist das weder der richtige Zeitpunkt noch der richtige Ort, mir ein kühles Bier zu genehmigen und die Füße hochzulegen, ganz egal, welche Sprache mein Mund und mein Magen auch sprechen. Widerwillig lasse ich von den gekühlten Flaschen ab, die mir so einladend und verführerisch entgegenblicken, und kehre in die Diele zurück.

Das ist ganz eindeutig das Haus eines Mannes, und sei es auch nur aufgrund der Tatsache, das es hier nicht den kleinsten Krümel Schokolade gibt.

Durch eine Tür zur Rechten betrete ich das Wohnzimmer. Die Wand zwischen den zwei Zimmern, die sich ursprünglich hier befanden, ist durchbrochen worden, so dass ein riesiger Raum entstanden ist, der sich über die ganze Länge des Hauses erstreckt.

Eine Schiebetür mit Buntglas, das zu dem in der Eingangstür passt, führt auf die Terrasse. Zu Füßen der drei Stufen dahinter erstreckt sich ein sorgfältig gemähter Rasen, der aber an den Rändern wild mit üppig blühendem Flieder und alten Rosen überwuchert ist, die dringend gestutzt werden müssten.

Im Wohnzimmer befinden sich nur wenige Möbelstücke. Ein Sofa, ein Breitbild-Fernseher und eine teure, hochmoderne Stereoanlage von Bang und Olufsen.

Ich mag seinen Musikgeschmack. Er hat alle CDs, die ich mir schon immer kaufen wollte, doch nie leisten konnte. Aber diese Anlage muss mehr gekostet haben als das ganze Haus. Sein Musikgeschmack scheint mir ziemlich breit gefächert, von Meatloaf und Massive Attack über die Kinks und Kula Shaker bis hin zu einer alten Sammlung Elvis-Platten.

Die alten Elvis-Filme habe ich früher abgöttisch geliebt. Als Teenager saß ich wie festgenagelt vor dem Fernseher und zog mir alle Wiederholungen rein.

Ich ermahne mich, dass ich nicht nur hier bin, um Eddie kennen zu lernen, sondern auch, um herauszufinden, ob er eine andere Frau hat. Also suche ich weiter und steige die breite Treppe hinauf, die zum ersten Stock führt.

Ooh, wie süß. Das Badezimmer beheimatet eine lange Reihe blasslila Nymphen, die ätherisch über die Fliesen schweben. Ein Traum in Weiß mit einer großen Eckbadewanne und goldenen Armaturen in Form von Fischen, die Wasser speien – und dazu blasslila Nymphen. Welch entzückende Kombination!

Auch hier im Bad gibt es keine verräterischen Hinweise, keine langen Haare im Abfluss, keine verirrten Kosmetika auf den Ablagen oder in der Hausapotheke, die abgesehen von einer Packung Aspirinbrausetabletten, einer halb vollen Flasche Hustensaft, einer neuen Packung Rasiermesser und einem Aftershave leer ist.

Was habe ich auch erwartet – etwa Handtücher mit Sie und Er darauf?

Er benutzt Aqua Di Gio. Das habe ich schon immer gemocht. Ich schraube den Deckel ab und tupfe mir ein paar Tropfen auf die Handgelenke. Dann wird mir plötzlich klar, dass das wirklich gleichbedeutend mit Diebstahl ist, also schraube ich hastig den Deckel wieder drauf und stelle die Flasche zurück in das Schränkchen.

Ein bemerkenswert sauberes Haus für einen Mann. Ich weiß, es ist ungerecht zu behaupten, dass Männer alle unfähig wären, wenn es um den Haushalt geht. Ich bin überzeugt, dass es irgendwo Männer gibt, die ganz genau wissen, wie man einen Staubsauger lenkt, den Kickstarter einer Dose Möbelpolitur betätigt und ein Bügeleisen anwirft, doch haben Sie jemals einen Junggesellen gekannt, der ein Haarsieb für den Abfluss im Bad benutzt? O ja, man sieht sie vielleicht ab und zu mit einem Scheuertuch das Becken auswischen, aber würden sie je daran denken, besagtes Scheuertuch zu nehmen und damit das Abflussloch zu schrubben? Apropos, würde ich das machen?

Vielleicht hat er einen Putzfimmel. Vielleicht ist er ein verklemmter, Pullunder tragender, Staubtuch schwingender Fanatiker, der auf Gummihandschuhe steht.

Vielleicht hat er Amanda deshalb so schnell vor die Tür gesetzt. Sie scheint mir zu der Art Frauen zu gehören, die ihre tropfnassen Höschen zum Trocknen in seinem Bad aufhängen, bevor er noch fragen kann: »Möchtest du auf einen Kaffee reinkommen?«

Ich verlasse das Badezimmer und mache mich auf die Suche nach dem Schlafzimmer, dass mir hoffentlich ein bisschen mehr verrät.

Das nach vorne hinausgehende Zimmer, das ich für das Schlafzimmer gehalten habe, ist leer.

Ein großer Raum im rückwärtigen Teil, der auf den Garten statt auf die Straße geht, ist das einzige möblierte Zimmer. Daraus schließe ich, das es Eddies Schlafzimmer sein muss. Entweder das, oder er schläft auf dem Boden und vermietet einen Teil seines Hauses an einen schizophrenen Bordellbesitzer der Upperclass.

Das Zimmer hat eine verspiegelte Decke – einen dicken, flauschigen, beigefarbenen Bums-Teppich und eine verspiegelte Decke.

Wie bescheuert kann man eigentlich sein? Die Wände hingegen sind in einem wunderschönen, tiefen Rot gestrichen, das Bettzeug ist schwer, cremefarben, sauber und frisch, und das Bett besteht aus wunderbar verschnörkelten Eisenstäben, genau die Art, die ich wählen würde, wenn ich mir (a) ein Bett und (b) eine Wohnung leisten könnte, um es hineinzustellen.

Dieses Haus ist ein einziger Widerspruch aus wenigen geschmackvollen Möbeln und einer grauenhaften Ausstattung. Vielleicht passt das zu Eddie Farrars widersprüchlicher Persönlichkeit, über die sich Amanda so bitterlich beklagt hat. Von wegen er liebt mich, er liebt mich nicht. Eddie Farrar, der Unvorhersehbare.

Das Schlafzimmer ist genauso wie der Rest des Hauses: keine Fotos, keine Kleidung, keine Damenunterwäsche neben den Unterhosen in der obersten Schublade, keine kleinen Designerkleidchen in seinem Kleiderschrank. Aber das könnte auch nur ein weiterer Hinweis auf seinen Geschmack sein statt auf den Geschmack einer möglichen Freundin.

Das Bett ist nicht gemacht, und eine einzelne Mulde im Kopfkissen zeigt, wo sein Kopf letzte Nacht allein gelegen hat.

Ich ziehe die oberste Schublade einer Kommode auf und finde mich Angesicht in Angesicht mit etwa zwanzig Paaren säuberlich zusammengelegter Socken wieder. Daneben befinden sich ein Stapel weißer Taschentücher und zahlreiche, farblich aufeinander abgestimmte Unterhosen.

Jetzt kann ich ein Kichern nicht unterdrücken, obwohl es wahrscheinlich höchst unangebracht ist. Ein komisches Gefühl. Ich bin im Haus eines fremden Menschen und wühle in seinen persönlichen Sachen herum. Was sagen doch Einbruchopfer immer? Sie fühlen sich vergewaltigt. Ich kann verstehen, warum. Der Gedanke, dass jemand mein Schlafzimmer durchsucht, ohne dass ich vorher Gelegenheit habe auszumisten, ist wirklich furchtbar. Insbesondere bei meiner Wäsche. Also bei den paar ausgebleichten und grauen Teilen in meiner Schublade, die einmal meine Wäsche waren, vor mehreren Jahren und mehreren Kontinenten. Ich bin noch nicht auf Sicherheitsnadelniveau gesunken, aber weit ist es nicht mehr. Mir wird klar, dass ich meine alten, treuen Freunde besser wegwerfen und in etwas investieren sollte, das nicht wie ein recyceltes Tischtuch aussieht. Aber nur weil sie dank einer verirrten Socke beim Waschen eines Tages ein Batikmuster bekommen haben, heißt das noch nicht, dass meine Höschen nicht mehr tragbar sind.

Es ist ja nicht so, als würde ich auf die Straße gehen und von einem Bus überfahren werden oder so etwas. Das Letzte, worüber man sich Gedanken macht, wenn man von Linie 15 halb platt gedrückt wurde, ist die Frage, ob man auch ja seinen weißesten Slip trägt. Der Knöchel ist gebrochen, die Nieren sind zerquetscht und die Lunge ist flacher als ein Pfannkuchen am Faschingsdienstag, aber das macht ja alles nichts, schließlich ist die Unterwäsche absolut jungfräulich!

Eddie Farrar hätte damit allerdings kein Problem. Nicht ein Loch oder ein schäbiges Stück Stoff sind in Sicht. Und nichts in der Wäscheschublade und dem ganzen Schlafzimmer deutet auf eine Frau in seinem Leben hin.

Das Einzige, was sich mit Sicherheit festhalten lässt, ist, dass Eddie Farrar einen Putzfimmel, Velourstapete im Flur und Spiegel an der Schlafzimmerdecke hat.

Diese Beweise müssten bereits ausreichen, um Amanda davon zu überzeugen, dass sie ohne ihn besser dran ist. Aber wahrscheinlich weiß sie bereits Bescheid über sein blitzblankes Bad, den Zustand seiner Unterwäsche und die Aussicht von seinem Bett, und dennoch hechelt sie nach mehr. Er muss also zum Ausgleich ein paar gute Eigenschaften haben. Entweder das, oder sie ist tatsächlich die totale und völlig durchgeknallte Irre, für die ich sie halte.

Über dem Queen-Anne-Stuhl in der Ecke hängt ein Hemd von Ralph Lauren. Ich inspiziere den Kragen auf der Suche nach Spuren von Lippenstift, presse das weiße Leinen dann gegen mein Gesicht und atme tief ein, um verräterische Gerüche zu erschnüffeln.

Das Hemd riecht schwach nach Aftershave. Darunter mischt

sich der aufregende Duft nach sauberer, warmer Männerhaut. Gott, was riecht er gut!

Ich atme noch einmal tief ein, ganz erstaunt und auch beschämt darüber, wie angenehm ich es finde, am zurückgelassenen Hemd eines Mannes zu schnüffeln. Doch plötzlich werde ich auf ziemlich unsanfte Weise von einem Geräusch im Erdgeschoss aus dem Schnüffelhimmel zurückgeholt.

Ein Schlüssel, der in die Eingangstür gesteckt wird.

Kennen Sie den Satz: »Die Zeit stand still.«? Ich höre auf zu atmen, zu blinzeln und zu denken. Ich schwöre, mein Herz setzt für einen Moment aus. Der Grund für den tadellos sauberen Abfluss ist der, dass er eine Putzfrau hat.

Ich gleite hinter die Schlafzimmertür und höre, wie sie den Wandschrank im Korridor öffnet und den Staubsauger herausholt. Ich kann die kleinen Rollen hören, die auf den Dielen quietschen, als sie ins Wohnzimmer geht, dann das Geräusch ihrer Schritte, als sie wieder zum Wandschrank geht und den Kasten mit den Reinigungsmitteln herausnimmt.

Was zum Teufel soll ich tun?

Jede Sekunde kann sie die Treppe heraufkommen und mich in einer Pfütze meines eigenen Pipis dastehen sehen, das Herz in meiner schäbigen Hose und ohne eine vernünftige Erklärung dafür, was zum Teufel ich im Haus dieses Mannes zu suchen habe. Was mache ich bloß? Wahrscheinlich könnte ich immer noch einen Blitzstrip hinlegen, mich aufs Bett werfen und behaupten, ein Überbleibsel der letzten Nacht zu sein.

Glücklicherweise rettet mich der Ferrari unter den Staubsaugern.

Während sie mit zittriger Fistelstimme *If you wanna be my lover* singt, schaltet sie ihn ein und fängt an, den Teppich im Wohnzimmer zu attackieren. Ich mache mir das Getöse zu Nutze, öffne vorsichtig das Schiebefenster im Schlafzimmer und hieve meinen Hintern nach draußen.

Was habe ich doch gleich über Regenrinnen gesagt? Nie wieder. Und da bin ich, im ersten Stock dieses Mal, und hänge schon wieder an einer.

Dieses Mal schaffe ich es auch ohne Hilfe der Schwerkraft, nach unten zu gelangen, und dann spurte ich wie ein Rennhund weg vom Haus.

Wer braucht schon Extremsport für den Adrenalinkick? Wenn Sie mal richtig Herzklopfen haben wollen, lassen Sie sich dabei ertappen, wie Sie im Haus eines Fremden rumschnüffeln. Mein Herz holt auf, was es vor wenigen Minuten versäumt hat, und schlägt jetzt doppelt so schnell und doppelt so laut wie der Bass bei einem ziemlich abgefahrenen Garagen-Sound.

Ich erreiche den sicheren hinteren Gartenteil und lehne mich gegen die kühlen, mit Flechten überwucherten Steine der Gartenmauer, verharre im Schutz der langen Nachmittagsschatten und des dichten Laubdachs eines struppigen Busches, der sich mit der Ausdauer einer Boa Constrictor an der Mauer entlangrankt. Dann stoße ich den Atem aus, den ich während der letzten Minuten angehalten habe.

Das war knapp.

Noch nie im Leben hatte ich solche Angst, nicht einmal, als Gordon die Hosen runtergelassen und sich quer durchs Schlafzimmer auf mich katapultiert hat, den Schwanz dreißig Zentimeter vor sich wie eine Furcht erregende Pommes frites.

Ich zittere wie ein bestrafter Windhund, meine Beine fühlen sich wie Gummi an, und mir bricht der Schweiß aus, obwohl mir eiskalt ist.

Ich wische mir den Schweiß von der Stirn und stelle erschrocken fest, dass das, was ich benutze, um meine fiebrige, gerunzelte Stirn abzutupfen, und was ich mit klauenartigen Händen umklammere, eine hellgrüne Unterhose ist.

Welche Art Mann trägt diese Art Unterhose?

Es ist keine Feinrippunterhose, keine ausgeleierte Boxer-Shorts und auch keiner von diesen schrecklichen Tangas für Herren. Sie wissen schon, diese ekligen, knappen, schimmernden, sackartigen Teile, mit denen manch alter Schwachkopf beharrlich protzen will. Nein, das hier ist einfach eine Unterhose aus Baumwolle, die sich weich anfühlt und angenehm nach Waschpulver riecht.

Vielleicht sollte ich sie wie eine Trophäe an der Wand meines Schlafzimmers aufhängen – sie auf eine Tafel nageln und über meinem Bett platzieren.

Schließlich hänge ich sie in keckem Winkel über eine der metallenen Eckkugeln an meinem verschnörkelten Eisenbett, wie ein Pirat, der die Flagge eines gekaperten Schiffs zur Schau stellt.

Irgendwie gefällt mir die Vorstellung, eine Piratin zu sein. Ich fühle mich ein bisschen als Robin Hood für die Gefühle der Frauen. Das ist viel besser als die Vorstellung, jemand zu sein, der gerade in die Privatsphäre eines anderen Menschen eingedrungen ist – und das »in the name of sisters doing it for themselves«.

Nein, ich bin keine billige Schnüfflerin.

Ich bin eine Freiheitskämpferin.

Eine verstohlene Verlässlichkeitsfördererin für fortschrittliche Frauen.

Eine hilfreiche, hellgrüne Höschen holende Heldin.

Die nächsten zwei Wochen verbringe ich damit, Eddie Farrar wie sein eigener Schatten zu folgen. Ich glaube, der arme, alte Arnold bekommt noch tausend Meilen mehr auf den Buckel, und das mit einem Motor, dessen Tacho bereits einmal voll war und der jetzt jedes Mal damit droht, eines spektakulären Todes zu sterben, wenn ich ihn dazu zwinge, Eddies wie verrückt rasenden Porsche bei einem weiteren Ausflug auf der Autobahn verfolgen zu wollen. Um ehrlich zu sein: Obwohl ich am Anfang immer hinter Eddie bin, verliere ich ihn in der Regel. Doch ich habe herausgefunden, dass er üblicherweise an einem der folgenden drei Orte anzutreffen ist: im »Black Betty's«, im »Lazy Daisy's« oder – zu unchristlich früher Morgenstunde, wenn selbst Dracula sich mit dem Gedanken trägt, in seinen Sarg zurückzukehren –, zu Hause im Bett, allein.

Er hat gar keine Zeit für eine Beziehung. Dieser Mann ist ein Workaholic. Die Tatsache, dass sein Job es mit sich bringt, viel in Bars herumzuhängen, muss es einem leichter machen, die vielen Stunden dranzuhängen, die er opfert, doch er verbringt immer noch mehr Zeit mit Arbeiten als Nicky mit Essen und Ausgehen.

Widerstrebend beschließe ich, dass es an der Zeit ist, Amanda diese Information zukommen zu lassen, und mache den von ihr herbeigesehnten und von mir gefürchteten Anruf, in dem ich sie bitte, für den abschließenden Richterspruch zu uns zu kommen.

Mad Manda, wie Jamie sie in der Zwischenzeit getauft hat, düst auf ihrem Besen mit einer Geschwindigkeit herbei, die der Concorde Konkurrenz machen könnte.

Seit unserem letzten Treffen war sie sichtbar fleißig.

Sie hat sich den Haaransatz färben und die kaputten Spitzen schneiden lassen und trägt jetzt blonde Locken, die ihr über die Schultern fallen.

Außerdem hat sie trainiert, und der etwas kleiner gewordene Hintern steckt in einer knallengen Lederhose, in der sie zusammen mit dem passenden Blazer ein bisschen vulgär und noch etwas beängstigender als sonst aussieht.

Sie raucht immer noch Kette und qualmt wie eine Dampflok. Wegen des Rauches hat sie die dunkelblauen Augen zusammengekniffen, aus denen sie neidische Blicke auf Nicky wirft, die sich gerade durch eine ganze Packung Pringles arbeitet, die sie in Frischkäse dippt.

Glücklicherweise – oder unglücklicherweise, je nach Standpunkt – gibt es für sie Dinge von weitaus größerem Interesse als den Gipfel des Geschmacks in der Röhre, und nachdem sie den Sabber von ihrem Doppelkinn gewischt hat, fixiert sie mich mit den vorab erwähnten blauen Augen, während ich ihr einen Überblick über die letzten zwei Wochen gebe.

»Also?«, fragt sie und sieht mich starr an.

»Nichts«, erwiderte ich unumwunden.

»Du meinst, er hat keine …«

»Nicht die leiseste Spur einer anderen Frau in den vergangenen zwei Wochen. Im Club gibt es zwar eine Menge Mädchen …«

Die blauen Augen ziehen sich zusammen.

»Natürlich redet er mit einer Menge Leute, und eine Menge Leute reden mit ihm …«

Sie sieht aus wie eine Kobra vor dem Angriff.

»Aber niemand, der ihm nahe steht. Ich meine, es gibt keine Freundin. Bisher jedenfalls nicht. Er ist jede Nacht allein nach Hause gekommen. Ich bin ihm zwei Wochen lang wie ein treuer Pudel gefolgt, und er scheint nichts anders zu tun als zu arbeiten. In der Regel folge ich ihm zwischen acht und neun Uhr morgens zum Club, und er kommt fast nie vor zwei Uhr am nächsten Morgen nach Hause, und jedes Mal allein. Er muss total fertig sein. Ich bin's auf jeden Fall.«

Ich lache matt, doch Amanda stimmt nicht ein, obwohl sie sich beinahe zu einem Lächeln durchringt. Es gelingt mir sogar, das Lächeln im Gedanken an meinen abschließenden Scheck zu erwidern – mit Betonung auf dem abschließend, weil das heißt, dass ich nicht mehr für Miss Mad arbeiten muss.

Amanda zieht ein Bündel Geldscheine aus der Gucci-Brieftasche ihrer Gucci-Handtasche und blättert schwerfällig den Betrag, den wir als Lohn vereinbart hatten, auf den Tisch. Doch statt ihn mir zu reichen, hält sie ihn in einiger Entfernung hoch wie ein Kind, das am Strand mit einer Karotte vor einem angenervten Esel herumwedelt, in der Hoffnung, dass er plötzlich mehr Begeisterung für einen kurzen Galopp aufbringt als Red Rum, der beim Grand National auf die Zielgerade einbiegt.

»Bevor wir endgültig den Schlussstrich ziehen«, das Lächeln ist plötzlich zuckersüß und furchterregend, »gibt es noch eine Sache, die du für mich erledigen sollst.«

Früh ins Bett und dann lange ausschlafen.

Welch ein Glück!

Ich liege im Bett, unter die Decke gekuschelt, und sehe mir auf Nickys altem tragbarem Fernseher Zeichentrickfilme an, bis mein Magen anfängt, nach einer großen Schale Cornflakes und einer Scheibe Toast mit Marmelade zu flehen. Obendrein dann ein netter Schokoriegel, um das Ganze abzurunden, mit der Entschuldigung, dass ich nach all der Rennerei in der letzten Zeit den Zucker brauche, um die verbrauchte Energie zu ersetzen. Ich kraxele aus dem Bett, werfe meinen Morgenmantel über und stapfe verschlafen in die Küche, wo ich mich mit Vorräten versehen will, bevor ich an den Trost spendenden Busen meiner geliebten Kuscheldecke zurückkehre.

Nicky steht mit dem Rücken zu mir an der Arbeitsplatte, und Metall klimpert gegen Porzellan, als sie Kaffeepulver in Tassen verteilt.

Wenigstens dachte ich, es sei Nicky.

Ich schiebe die Augenlider ein paar Millimeter höher, um genauer hinzusehen.

Das ist Nickys Morgenmantel, doch darin steckt eindeutig nicht Nicky, es sei denn, sie hat über Nacht eine Geschlechtsumwandlung durchlebt, die breite Schultern, kräftige, behaarte Beine und einen Bürstenhaarschnitt umfasst.

Der Wasserkocher fängt an, Dampf abzulassen.

Das *Geschäft* in Nickys Morgenmantel gießt mit einer Hand heißes Wasser in die Tassen, während es sich mit der anderen am Po kratzt. Dann nimmt es beide Tassen in eine seiner großen Hände und schlurft aus der Küche, wobei es mich aus blutunterlaufenen Augen ansieht und mir ein schroffes »Morgen« zuwirft, das mir auf einer sauren Alkoholfahne ins Gesicht weht.

Ungläubig und angeekelt sehe ich zu, wie er in Nickys Schlafzimmer verschwindet.

Elvis, dessen Nase ebenfalls ganz entschieden gerümpft ist, blickt der entschwindenden Gestalt verächtlich hinterher und entscheidet sich dafür, mit mir in die Koje zu hüpfen, wo wir dann beide trübsinnig nebeneinander unter der Bettdecke hocken, grummeln und uns um die letzte Scheibe Toastbrot streiten, während Nickys Bettfedern eine ganz eigene, quietschende Interpretation eines schneller werdenden Metronoms spielen, als sie und ihr neuester Mitnahmefick ihrerseits zu einem ziemlich hitzigen Crescendo ansetzen.

Ich finde, dass Elvis irgendwie niedlich ist. Es ist schön, neben Nicky und Jamie noch jemanden zu haben, der immer, wenn er mich sieht, ausflippt vor Freude.

Er ist zumindest so lange niedlich, bis er sich in den Kopf setzt, mein einziges anständiges Paar Schuhe aufzufressen, sich weigert, schlafen zu gehen, es sei denn auf meinem einzigen Pulli ohne Löcher, und darauf beharrt, alles Essbare mit mir zu teilen, das ich gerade in den Mund zu stecken versuche.

Und er wächst – täglich und stündlich – und isst, schläft, schmust, scheißt, isst, schläft, schmust, scheißt, stiehlt und wütet.

Dieser Hund ist ein Hooligan. Noch schlimmer aber ist die Tatsache, dass Jamie sich geirrt hat. Sicher, Nickys lange Nächte und zahlreichen Dates werden allmählich weniger, das Telefon wird nicht mehr ständig von männlichen Verehrern belagert, die sie einladen wollen, und die Schlange vor der Tür hört bereits am Lift auf, statt wie vorher unten in der Halle. Doch sie ist in den letzten Wochen immer noch mit mehr Männern ausgegangen als Zsa Zsa Gabor und Elizabeth Taylor zusammen.

Zugegeben, ich übertreibe bei ihren Eroberungen ein bisschen. Aber nur ein bisschen. Sie hat noch keinen zweiten Morgenmantel wie meine Mutter, doch in letzter Zeit habe ich einige komische Typen in ihrem eigenen durch die Küche wandern und Kaffeetassen umklammern sehen.

Man fragt sich, wo eine Frau so viele passende Männer hernimmt. Aber genau das ist es ja. Sie sind nicht so ganz das, was ich als passend bezeichnen würde. Es ist erstaunlich, wie viele Männer man doch in seinem Leben haben kann, wenn man seine Anforderungen herunterschraubt. Ich bin nicht herablassend, ich bin ehrlich. Jede Frau wird zugeben, dass sie einen »Typ« hat. In der Regel gehört dieser »Typ« zu der männlichen Spezies, die nach eigenem Ermessen die persönlichen Parameter von Bedarf oder Anspruch erfüllen. Zu meinen Parametern gehört zum Beispiel Folgendes:

(1) Sinn für Humor (der zu meinem eigenen passt)
(2) Genug graue Zellen, um ein anständiges Gespräch zu führen
(3) Finanzielle Unabhängigkeit (das gilt für beide Seiten)
(4) Nicht zu groß (aus irgendeinem Grund finde ich große Männer nicht attraktiv)
(5) Breite Brust und starke Arme (entschuldigen Sie, dass ich anfange zu geifern)
(6) Ehrlich, aber frech
(7) Aufmerksam, doch unabhängig
(8) Sollte meiner Definition von attraktiv entsprechen (Schönheit ist etwas sehr Subjektives)
(9) Einen Knackarsch, von dem eine Pfundmünze abprallen würde
(10) Geistig, körperlich und emotional treu

Ich bin gar nicht anspruchsvoll, was?

In der Regel erfüllen nicht viele Männer alle Punkte einer solchen Liste (Nummer zehn ist nahezu unmöglich zu erfüllen). Wenn man einen oder zwei weglässt, haben sie vielleicht eine Chance.

Zurzeit scheint Nicky ihre Liste begraben und sich auf eine einzige Bedingung festgelegt zu haben. Ist das ein Mann? Wenn ja, dann lasse ich mich mit ihm ein.

Obwohl Jamies Vorhaben nicht ganz nach Plan gelaufen ist, gibt es auch eine positive Seite. Seit dem plötzlichen Auftauchen von Elvis in Nickys Leben müssen potenzielle Verehrer eine weitere Bedingung erfüllen.

Kann Elvis sie leiden?

Da er einer von diesen großherzigen Hunden ist, die verdammt noch mal einfach jeden auf diesem Planeten mögen, vom Massenmörder bis hin zum Verkehrspolizisten, ist das keine schwere Hürde. Doch nur zu bald stelle ich beglückt fest, dass das auch in umgekehrter Richtung funktionieren muss.

Können die potenziellen Verehrer Elvis leiden?

Bisher ist es ihm gelungen, wiederholt und laut im Schoß eines jugendlichen Anwärters zu furzen, sich auf die Wildlederschuhe eines anderen zu erbrechen, ins Auto eines dritten zu scheißen, die Dauerkarte für Arsenal London eines vierten zu verspeisen und diskret, aber gründlich auf die Armani-Hose des letzten potenziellen Verehrers zu pinkeln.

Warten Sie, bis er groß genug ist, um Beine zu begatten, und der Abschaum ist im Nu in die Flucht geschlagen.

Kapitel 6

Amanda hat Karten für die große Wiedereröffnung vom »Black Betty's«, das nach einem Umbau nun seine Pforten wieder öffnet und in der hektischen Londoner Clubszene von den Nachtschwärmern hoffentlich mit offenen Armen willkommen geheißen wird.

Mad Manda ist ihrer eigenen Logik gemäß darauf verfallen, dass das die Gelegenheit ist herauszufinden, ob er eine andere hat, da er diese »andere«, so sie existiert, zur Wiedereröffnung einladen muss. Deshalb werde ich ein weiteres Mal mit dem Auftrag entsandt, zu beobachten, zu lauschen, zu fotografieren und, falls notwendig, »den Eindringling zu töten«.

Zum zweiten Mal und viel zu schnell nach dem ersten Mal werde ich schreiend und strampelnd in Lucys Kleid gezwängt, in dem ich aussehe, als wäre ich nackt. Sie hat es mir höchst großmütig für meinen armseligen Kleiderbestand gespendet. Ich darf außerdem wählen, ob ich noch einmal die Käsemesserunterwäsche tragen oder meinen Hintern lieber nackt im Wind baumeln lassen will. Ich entscheide mich für Letzteres. Ein bisschen Zugluft ist mir lieber, als meine intimsten Teile der Rückkehr des Schlächter-Schlüpfers auszusetzen.

Jamie ist als mein Begleiter eingesprungen, doch nachdem ich mich nervös über eine halbe Stunde im Eingang der Kunstgalerie dem Club gegenüber herumgedrückt habe, wo wir uns treffen wollten, ist er immer noch nicht aufgetaucht.

Verfluchter Jamie! Ich muss es mal wieder allein durchziehen. Wie gut, dass ich nicht schüchtern und verklemmt bin. Aber wenn ich das wäre, dann würde ich wohl auch in irgendeinem Hinterzimmer eines Büroturms hocken und vertrauliche Papiere durch den Aktenvernichter jagen, um meinen Lebensunterhalt zu verdienen, statt im Auftrag von jemandem mit mehr Vermögen als Verstand auf den Spuren eines Klassekerls durch London zu jagen.

Ich sehe sehr viel selbstsicherer aus, als ich mich fühle, und so schlendere ich über die Straße zur Tür des »Black Betty's«, die von zweien der größten Rausschmeißer flankiert wird, die ich je gesehen habe.

Die Schlange ist länger als die vor dem einzigen Klo bei einer heißen Privatparty, aber ich will verdammt sein, wenn ich auch nur einen Moment länger in nichts als nackter Haut, Chiffon und Body-Glitter draußen bleibe. Zielstrebig marschiere ich an der zitternden Menge vorbei zur Tür, schwenke Amandas Einladung und werde zu meiner Überraschung und Erleichterung ohne Umstände von einem der riesigen Rausschmeißer durchgewunken. Anscheinend gefällt ihm die Tatsache, dass meine Brustwarzen vor Kälte in meinem knappen Kleidchen so steif abstehen wie zwei freundlich grüßende Wachposten, die einen Stock verschluckt haben.

Im »Black Betty's« drängen sich die Leute. Obwohl man nur mit Einladung reinkommt, platzt der Club aus allen Nähten, Stimmen und Gelächter sind kaum zu hören bei dem pulsierenden, hämmernden Beat von *Greece 2000 – Three Drives*.

Das »Betty's« ist im Grunde genommen ein riesiger, hoher, geschwärzter Raum, in dem sich Körper aneinander reiben. Sie werden nur vom Stroboskoplicht beleuchtet, das im Rhythmus der Musik über der schwankenden, tanzenden Menge blitzt. Zwischen den Beinen wallt Trockeneis wie Nebel. Es sind mindestens dreihundert Leute hier drin. Wie zum Teufel soll ich da Eddie Farrar ausfindig machen, einen Mann, den ich bisher nur auf Fotos oder aus der Entfernung durch eine beschlagene Windschutzscheibe gesehen habe?

Nicky würde es hier gefallen. Wenn sie nicht schon wieder ein anderes Date hätte, dann hätte ich heute sie statt meines abtrünnigen Stiefbruders mitgeschleppt. Hier sind genug Männer, um ihren Date-Kalender für die nächsten zwölf Monate auszubuchen.

Und sie alle scheinen allein und verzweifelt zu sein.

Obwohl ich bei meiner ersten Runde durch den Club kein Glück in Sachen Eddie habe, bringe ich es auf acht Einladungen und fünf Freigetränke, und eine kleine Bande der hartnäckigeren Verehrer folgt mir wie Entenküken, die ihrer Mama hinterher watscheln.

Es ist schon erstaunlich, was ein enges Kleid und ein tiefes, sonnengebräuntes Dekolleté leisten können, insbesondere in einem dunklen Raum voller besoffener Kerle.

Ich halte vor dem Pult des DJs an, an dem ich bereits mehrmals vorbeigekommen bin, und versuche, mich zu orientieren.

Ein durchgedrehter DJ mit Kopfhörern, die auf seinen Dreadlocks aussehen wie riesige, schwarze Ohrwärmer, steht hinter dem Mischpult, verschiebt Hebel, dreht Platten und tanzt besessener zu der Musik als sonst jemand in der Menge. Ich frage mich, ob er auf Fragen wie »Können Sie mir sagen, wo zum Teufel ich Eddie Farrar finde?« eingeht.

Ich könnte ein Foto von Eddie aus meiner Tasche ziehen und damit vor meiner kleinen Verehrerschar herumwedeln wie ein verdeckter Ermittler, aber das finde ich ein bisschen auffällig.

Der DJ schaltet einen Gang runter und wechselt vom Hard-Core-Rave zu einer Clubversion von *Staying alive*.

Statt »Willst du was zu trinken?« rufen die Männer jetzt »Willst du tanzen?« Ich kann entweder sauer wie eine Zitrone in der Ecke stehen, den Drink umklammern, den der letzte Anwärter mir spendiert hat, und dabei verloren aussehen, oder ich kann dem Kribbeln in meinen Füßen nachgeben, auf die Tanzfläche marschieren und loslegen. Mich in der herrlich freundlichen Anonymität des Disco-Sounds verlieren. Mich der spontanen Versammlung von Leuten anschließen, die Spaß haben wollen und dafür in Kauf nehmen, wie totale Deppen auszusehen!

Was soll's, es heißt doch immer, dass man jemanden findet, sobald man aufhört, nach ihm zu suchen, und es ist Ewigkeiten her, dass ich so aus mir herausgegangen bin und mich so wohl gefühlt habe – selbst wenn es zu den fröhlichen Bee Gees ist.

Ich leite meine kleine Schar von Charmeuren mit winkenden Händen und abgespreizten Zeigefingern mitten hinein in eine wilde, närrische Version übelster Siebziger-Jahre-Disco.

Seitschritt, Rückschritt, Seitschritt, Rückschritt.

John Travolta würde erblassen vor Neid.

Geben Sie mir ein schwarzes Hemd, einen weißen Anzug und Koteletten und bannen Sie mich auf Zelluloid! Ich fange sogar an, jedes Mal Wauuh! zu rufen, wenn ich den Zeigefinger gen Himmel schleudere, bis ich merke, dass ein Paar Augen mich mit erschreckender Direktheit beobachtet und ich mir selten linkisch vorkomme.

Mir ist klar, dass mich so einige Leute beobachten – und sich dabei wahrscheinlich ordentlich mokieren –, aber dieses Gesicht kommt mir irgendwie bekannt vor.

Ich brauche einige Zeit, um es einzuordnen, doch danach werde ich knallrot.

Eddie Farrar in Person.

Unverkennbar sitzt er da, nur wenige Meter von mir entfernt.

Mit einem amüsierten Lächeln auf den Lippen beobachtet er mich.

Ich spüre, dass mein Gesicht genauso rot ist wie meine Lippen.

Na toll. Kaum beschließe ich, mich wie ein Depp aufzuführen und das auch noch zu genießen, prompt werde ich von dem Mann ertappt, dem gegenüber ich eigentlich unsichtbar sein sollte.

Ich mache einige überstürzte Schritte zur Seite und schaffe es, mich hinter meiner Horde grölender, mit den Ellbogen wackelnder Besoffener in Sicherheit zu bringen. Dort verstecke ich mich, bis wieder Clubmusik läuft, woraufhin ich vergesse, dass ich mich verstecken wollte und zu den Klängen von Moby erneut verzückt loslege.

Ich liebe es zu tanzen. Ich liebe dieses Gefühl totaler Freiheit, wenn man Körper und Geist in der Musik verliert. Als würde man sich von einem Felsvorsprung stürzen und vom Wind treiben lassen. Selbstvergessen gebe ich mich dem Beat hin, das Adrenalin peitscht durch meinen Körper. Alles um mich herum ist wie ausgeblendet.

Und wie gut das doch für die Oberschenkel ist! Vergessen Sie Aerobic, gehen Sie einfach zweimal pro Woche in einen Club, amüsieren Sie sich, und bringen Sie gleichzeitig Ihren schwabbeligen Körper in Form. Wer braucht schon ein Fitnessstudio? Ich schwitze regelmäßig etwa vier Pfund aus, wenn ich Tanzen gehe. Zugegeben, ein Teil davon kommt durch die Dehydrierung, aber man wird ja wohl noch träumen dürfen, oder? Zumindest bis zur ersten Tasse Tee am nächsten Morgen.

Außerdem gelingt es mir so vielleicht, mit meinen wild ausschlagenden Hüften einen Teil der ungewollten männlichen Verehrer wieder loszuwerden. Einmal BUMM nach links, und der gruselige Typ mit dem rötlichen Haar, der mir bei meiner Eddie-Jagd quer durch den Club die erste Flasche Budweiser aufgedrängt hat, landet im Ausschnitt einer anderen Tänzerin. Einmal nach rechts, und der total besoffene Kerl mit Ansatz zur Glatze, der darauf beharrt hat, dass ich ihn glücklich mache, indem ich einen großen Gin-Tonic annehme, befindet sich auf direktem Weg zu den Pissoirs.

Zugegeben, ich fantasiere.

Ich konzentriere mich wieder auf die Wirklichkeit und werfe einen heimlichen Blick auf Amandas Traum.

Etwa einsachtzig groß, breite Schultern, kurzes, braunes Haar, das von vereinzelten grauen Strähnen durchzogen ist und sein spitzbübisches Gesicht distinguierter aussehen lässt, als es normalerweise der Fall wäre. Ich würde sagen, er ist Mitte dreißig.

Die Fotos werden ihm nicht gerecht. Natürlich geben sie das Aussehen wieder, nicht aber das Auftreten.

Selbstsicher. Selbstbewusst.

Er sitzt in einer Gruppe, doch etwas anderes als bloße Geografie lässt ihn distanziert erscheinen. Es sind etwa ein Dutzend Leute in dieser Gruppe. Sie sehen alle ziemlich geschäftsmäßig aus, als wären sie direkt von der Arbeit gekommen, in der Hauptsache Männer in Anzügen, die viel trinken, laut lachen und lüstern um sich blicken, wie betrunkene Kerle das beim gemeinsamen Ausgehen zu tun pflegen.

Eddie sitzt etwas entfernt von der Hauptgruppe und redet mit einem italienisch aussehenden Typen, dessen Anzug genauso schön geschnitten ist wie seine Wangenknochen, und einem Mädchen.

Das Mädchen ist auffallend hübsch: lange, wallende braune Haare, die schimmern wie eine frisch geschälte Kastanie, volle, mit Chanel bemalte Lippen und genau der frische, pfirsichfarbene Teint, der keine Grundierung braucht. Schlank, gebräunt, sportlich und sehr elegant in dem adretten, cremefarbenen, knielangen Rock, dem blassblauen Twinset aus Kaschmirwolle und einem Paar höchst beneidenswerter hochhackiger Schuhe aus Veloursleder, die ganz genau die Balance halten zwischen Business- und Abendmode. Völlig anders als Amanda, die in etwa so dezent wie ein Bustier von Vivienne Westwood ist.

Der italienische Typ neben ihr entpuppt sich bei näherem Hinsehen ebenfalls als höchst appetitanregend. Ihr Glück. Sie gibt selbst einen Augenschmaus ab, und ihrem Lächeln nach zu schließen genießt sie jeden Augenblick.

Könnte das die gefürchtete »sie« sein? Die bis dato gesichtslose Frau, die Amanda empört und rasend vor Eifersucht schäumen lässt, sobald auch nur ansatzweise der kleinste Hinweis auf den winzigsten Hauch der Möglichkeit ihres Daseins laut wird?

Wieder wage ich einen verstohlenen Blick in Eddie Farrars

Richtung und befinde mich einmal mehr in direktem Blickkontakt mit ihm.

Er lächelt mich an.

Kein dreckiges, dreistes Lächeln, sondern die Art halb freundliches Lächeln, das man Leuten schenkt, die man irgendwie zu kennen meint, deren Name einem aber völlig fremd ist. Ich kann entweder vortäuschen, ihn zu übersehen und mich wieder hinter meinen Anhängern verkriechen, oder zurücklächeln.

Ich kann nicht anders. Ich lächele zurück.

Wissen Sie, wie das ist, wenn man etwas macht, was im Moment richtig zu sein scheint, doch kaum ist es getan, erkennt man, dass es ein Fehler war?

Dieses Lächeln war ein Fehler.

Ein böser Fehler.

Er beugt sich vor, sagt etwas zu dem Italiener, steht auf und betritt die Tanzfläche.

Er kommt! Was zum Teufel mache ich jetzt? Es ist zu spät dafür, Richtung Ausgang zu stürzen. Ich könnte so tun, als verstünde ich kein Englisch, aber wie ich mich kenne, würde ich etwas Zusammenhangloses in nutzlosem Schulmädchenfranzösisch stammeln, und er spricht es fließend.

Völlig überrumpelt ziehe ich mich hastig von der Tanzfläche zurück und mische mich in die anonyme Menge, die sich vor der Theke schart.

Ich glaube, ich habe ihn abgeschüttelt.

Indem ich meine Ellbogen vorsichtig, aber gezielt einsetze, gelingt es mir, einen freien Barhocker zu ergattern und den Blick des hageren, muskulösen, farbigen Barkeepers zu erhaschen, der meinen Bereich bedient.

»Budweiser, bitte.«

»Mach zwei draus.«

Meine Flucht war anscheinend nicht ganz so effektiv, wie ich annahm. Ich spüre die sanfte Wärme eines in Cashmere gehüllten Oberschenkels an meinem, als Eddie Farrar sich neben mir an die Theke schiebt.

»Hi.«

Wieder lächelt er mich an.

Sein Lächeln ist wirklich sexy.

Das ist nicht fair.

Einer seiner Mundwinkel geht dabei weiter nach oben als der andere, und um seine müden, aber freundlich blitzenden Augen liegen Lachfältchen.

Der Barkeeper stellt zwei kalte Flaschen auf die Holztheke vor uns.

»Setz sie auf meine Rechnung, Andy, danke.«

Ich schnappe den sich zurückziehenden Barkeeper am Arm und drücke ihm meinen verkrumpelten Zwanziger in die Hand.

»Nein, setz sie auf meine Rechnung, Andy, danke.«

Der Barkeeper grinst mich breit an, und seine strahlend weißen Zähne fluoreszieren dabei fast in dem seltsamen und rauchigen Stroboskoplicht.

»Klar, Lady, ganz wie Sie wünschen.«

Na, wenn das nicht clever war, Belle. Sei immer schön frech zu dem Kerl, warum auch nicht?

Ein gelungener Anfang. Nicht, dass es überhaupt einen Anfang hätte geben sollen. Ich sollte den Kerl nur beobachten, nicht mit ihm plaudern.

Ich habe ja versucht, mich zu verstecken, es hat nicht geklappt.

Also reiße ich mich körperlich und in Gedanken zusammen und drehe mich zu ihm um. Er sieht keineswegs verärgert aus darüber, dass ich gerade seine Einladung ausgeschlagen habe. Stattdessen hat sich sein Lächeln noch vertieft.

Er nimmt seine Flasche von der Theke und prostet mir zu.

»Also du bist der erste Mensch, der mir heute Abend etwas zu trinken spendiert. Prost.«

»Dann hast du wohl bei den falschen Leuten gesessen – ich

hatte mehr Angebote als ein unentdeckter Renoir bei einer Auktion von Sotheby's. Aber schließlich trägst du ja auch kein Kleid, das aus weniger besteht als ein Kinderdrachen zum Selbermachen.«

Er hustet, weil er sich gerade verschluckt hat.

»Nein, nicht wirklich.«

Er scheint eher amüsiert als befremdet zu sein.

Annabelle Lewis' besondere Begabung: die Fähigkeit, völlig blöde Sachen im völlig falschen Moment zu sagen.

Ein ungemütliches Schweigen folgt, weil ich mich frage, ob mein Gehirn wohl mehr Gänge hat als Arnold. Er überbrückt es, indem er sich vorstellt.

»Eddie Farrar.« Er hält mir die Hand hin, die ich zögernd ergreife. »Kennen wir uns nicht von irgendwoher?«

Ich kenne ihn sehr wohl. Zumindest kenne ich Amandas Eddie-Enzyklopädie, aber wieso meint er, mich zu kennen? Es könnte daran liegen, dass ich ihm in den vergangenen zwei Wochen ständig gefolgt bin. Anscheinend bin ich nicht ganz so geschickt, wie ich dachte.

Was soll ich antworten? Ja, ich bin die, die du ständig im Rückspiegel siehst?

»Das kann ich mir nicht vorstellen.«

»Du kommst mir irgendwie bekannt vor, und dann sah ich, wie du herübergesehen hast, und da dachte ich, vielleicht ...«

»Tut mir Leid, ich wollte nicht aufdringlich sein, aber du kamst mir auch irgendwie vertraut vor.«

Gut gemacht, Annabelle. Ein bisschen abgedroschen, aber nicht schlecht in der Eile.

»Also kennen wir uns vielleicht doch?«, erkundigt er sich.

Ich schüttele den Kopf.

»Ich denke nicht, wahrscheinlich erinnerst du mich nur an jemanden.«

»Ach ja? Wer soll das sein?«

An meinen nächsten Lover.

Oh, Mist, habe ich das wirklich nur gedacht?

Dem Himmel sei Dank, dass ich es nicht gesagt habe! Ganz abgesehen von der Tatsache, dass es eine der blödesten Anmachen des Jahrhunderts gewesen wäre, kann ich nicht glauben, dass ich gerade so etwas gedacht habe.

Doch, ja, ich glaube, ich habe so etwas gedacht.

Tut mir Leid, aber man muss blind, betrunken oder dumm sein, um nicht zu erkennen, wie attraktiv dieser Mann ist. Kein Wunder, dass Amanda ihre Verführungskampagne mit der berechnenden Genauigkeit eines hochrangigen Offiziers plant.

Er wartet immer noch auf eine Antwort.

Ich höre auf, ihn albern anzustarren, als wäre er ein großer Schokoriegel, und als wäre ich hungrig, und schenke ihm ein, wie ich hoffe, rätselhaftes Lächeln. Schließlich hat es auch bei Mona Lisa funktioniert, und die war ja nicht gerade eine Schönheit. Denkt man sich das Lächeln weg und setzt ihr eine geschwungene Brille auf, sieht sie Nana Mouskouri zum Verwechseln ähnlich.

»Och, nur jemand, mit dem ich auf der Uni war«, weiche ich gekonnt aus.

»Ein Bekannter oder dein Freund?«

»Weder noch.«

»So?«, hakt er nach.

»Jemand, den ich immer aus der Entfernung angehimmelt habe.« Ich grinse und tue so, als wolle ich ihm schmeicheln.

»Lügnerin«, entgegnet er, doch er lächelt noch immer. »Bist du allein hier?«

»Eigentlich warte ich auf einen Freund«, erwidere ich – meine übliche Ausrede, die diesmal sogar der Wahrheit entspricht. Ich tue so, als würde ich auf die Uhr sehen, und verziehe das Gesicht. »Aber ich glaube, er hat mich versetzt.«

»Wenn das so ist …?«

Er hält inne. Ganz offensichtlich wartet er darauf, dass ich mich vorstelle.

»Annabelle … Annabelle Lewis.«

»Annabelle.« Er lächelt vorsichtig. »Wenn das so ist, Annabelle, versprichst du mir, nicht beleidigt zu sein, wenn ich dir doch noch einen Drink spendiere?«

Ich bin drauf und dran, dankend abzulehnen, ein Automatismus, der durch das jahrelange Ausschlagen unerwünschter Angebote in Pubs, Bars und Clubs in meinem Gehirn programmiert ist, als mir bewusst wird, wer genau mir den Drink spendieren will.

Nachdem mein Inkognito ganz offiziell aufgeflogen ist, werde ich ihm schließlich kaum noch überallhin folgen können, nicht wahr?

Mir bleibt nur die Wahl, mich mit diesem Mann anzufreunden.

Es wäre um vieles leichter, ihn einfach über sein Liebesleben ausfragen zu können, statt ihm durch die ganze Stadt folgen zu müssen und mich mit splitternden Nägeln an Fenstersimse zu krallen.

»Oh, ich denke, die Feministinnen unter den Frauen würden es mir noch verzeihen, was aber ist mit deinen Freunden?« Ich deute auf den Italiener und die hübsche Brünette.

»Ich bin sicher, dass sie nichts dagegen haben, ihren Anstandswauwau loszuwerden.« Er lässt sich auf den Hocker neben mir geleiten.

Anstandswauwau? Damit wäre die Brünette von meiner Liste gestrichen – Amanda *wird* erfreut sein.

»Wenn das so ist, dann hätte ich gerne noch eins davon, danke.«

Er bestellt uns noch zwei Budweiser und wendet sich wieder mir zu.

»Und, was machst du so, Annabelle Lewis?«

Warum ist das immer eine der ersten Fragen, die einem die Leute stellen?

Das kommt wohl daher, weil sie einen dann in eine Schublade in ihrem Kopf stecken können. Es ist unvermeidlich, aber ist es fair, durch den Beruf so festgelegt zu werden? Von außen betrachtet mag ich ja ein Strandhäschen sein, aber tief in mir drinnen könnte ich das Herz eines Gehirnchirurgen haben.

»Im Moment eigentlich nichts. Bin gerade von einem langen Auslandsaufenthalt zurückgekommen und fange erst an mit der Jobsuche…« Nur eine kleine Lüge.

»Ja, mir ist die Bräune aufgefallen«, bemerkt er.

Verstohlen sehe ich ihn an, aber er blickt immer noch auf mein Gesicht und nicht in meinen Ausschnitt, wodurch er augenblicklich auf meiner Männerskala nach oben steigt.

»Irgendwas Interessantes gesehen?«

»Bangkok, Hongkong, die Philippinen, Neu-Guinea, ein kurzer Abstecher nach Fidschi und dann noch ein Weilchen in Australien.«

»Dann bist du aber nicht weit gekommen, hm?«, scherzt er.

»Nein. Aber immer noch besser als ein kurzer Ausflug an die englische Küste.«

»Und wonach suchst du jetzt?«

»Jobmäßig? Keine Ahnung, ehrlich. Ich hatte eigentlich nicht vor, schon jetzt nach Großbritannien zurückzukommen, und die Jobsuche läuft bisher nicht gut, um ehrlich zu sein. Jeder scheint Berufserfahrung zu verlangen, und alles, was ich bisher gemacht habe, waren Gelegenheitsjobs im Studium und während der Reise. Du weißt schon, was ich meine – Regale auffüllen, Thekendienst oder Bedienung, wenn es sein musste.«

»Wirklich?« Er hält einen Moment inne. »Weißt du, ich könnte dir vielleicht weiterhelfen. Ich kenne da einen Club, der gerade umgebaut wird, und, na ja, wenn du Lust auf ein bisschen mehr Thekenarbeit hättest, so zur Überbrückung… Sie suchen noch nach Arbeitskräften.«

Er zieht ein Kärtchen aus der hinteren Hosentasche, kritzelt mit einem Waterman, den er aus der Innentasche seines Sakkos zieht, eine Adresse darauf, und reicht es mir. »Nimm das mit und frag nach Ben, dem Manager. Sag ihm, dass ich dich geschickt habe.«

»Aber wie kannst du mich empfehlen, obwohl du mich nicht kennst? Wer weiß, vielleicht bin ich eine entflohene Irre oder so.«

»Danach zu schließen, wie du vorhin getanzt hast…« Das Lächeln taucht wieder auf. »Nein, ernsthaft, ich bin eigentlich ein ziemlich guter Menschenkenner – ich glaube, meiner Mutter würdest du gefallen. Und wenn du nichts taugst, fliegst du raus«, sagt er unverblümt, »so einfach ist das. Rede einfach mal mit Ben, schau's dir an… natürlich nur, wenn du willst. Die Entscheidung liegt bei dir.«

»Danke. Ich glaube, ich probier's.«

Ich bestehe auf meiner Unabhängigkeit und bestelle uns noch etwas zu trinken. In diesem Augenblick mache ich eine vertraute Gestalt aus, die sich einen Weg durch die Menge bahnt. Seine Augen schweifen nach rechts und links, als er die Gäste nach mir durchkämmt.

Seine Kleidung ist völlig verknittert, sein Haar sieht aus, als hätte er es seit einer Woche nicht gekämmt, unter den müden Augen liegen Schatten, doch er ist so goldig und bewundernswert wie immer.

»Jamie!«

Ich winke und er stolpert erleichtert zu mir herüber. Und fällt mir beinahe um den Hals, so froh ist er, mich zu sehen.

»Belly, Baby. Ich habe verschlafen, entschuldige. Ich hatte Bereitschaft und bin erst mittags nach einer Dreizehnstundenschicht nach Hause gekommen. Bin vor einer Stunde aufgewacht und habe gerade eine halbe Stunde damit verbracht, mich hier auf der Suche nach dir durchzudrängeln. Himmel, ist das voll hier, eine echte Fleischbeschau…«

Er quetscht sich auf meinen Hocker, schnappt sich mein Bier und kippt es in einem Zug hinunter, mit der zwanglosen, einfachen Vertrautheit, die sich über die Jahre zwischen uns entwickelt hat.

»Ich bin total k.o.«, jammert er, lässt den Kopf gegen meine Schulter sinken und tut so, als würde er einschlafen. Als er ein Auge öffnet, bemerkt er Eddie, der ihn anstarrt.

Er blickt von mir zu Eddie und grinst.

»Mein Timing ist anscheinend schlechter, als ich dachte.«

»Keine Sorge, Jamie«, versichere ich, »dein Timing ist wie üblich tadellos.«

»Ach ja?« Er sieht verwirrt aus.

»Ja, du kommst gerade recht, um mich nach Hause zu fahren.«

Ich benutze meinen Hintern, um Jamie vom Hocker zu kicken, und halte Eddie die rechte Hand hin.

»Es war wirklich nett, dich kennen zu lernen.«

»Gehst du schon?« Er sieht irgendwie enttäuscht aus.

»Ja, ich fürchte, ich muss. Morgen geht's früh los, und er«, ich deute auf Jamie, »kann sich kaum noch auf den Beinen halten.« Ich winke Eddie mit der Karte zu, bevor ich sie in meinem Dekolleté verschwinden lasse und einen protestierenden Jamie aus dem heißen Club hinaus in die kühle Nacht zerre.

»Was soll'n das, Belle? Ich lechze nach einem Bier. Und du warst bestens aufgehoben da drin. Man sollte nicht meinen, dass du so schnell gehen wolltest – in Anbetracht der Tatsache, dass du zum ersten Mal seit Ewigkeiten etwas anderes als einen Muskelprotz aufgerissen hast.«

»Red keinen Unsinn. Ich hab niemanden aufgerissen, das war Eddie Farrar.«

»Was, Eddie? Mad Mandas Eddie?« Er grinst ungläubig.

»Mm-hmm.« Ich nicke.

»Tja, jetzt wird sie noch verrückter werden, er war nämlich verrückt nach dir.«

»Hast du wieder mal Drogen genommen, statt sie den Patienten zu geben, Jamie?«, seufze ich und winke einem vorbeirauschenden Taxifahrer, der es bevorzugt, mich komplett zu übersehen.

»Und ich sage dir, du hast ihn aufgerissen, mein Mädchen.«

»... denn das ist nicht gut für dich, das weißt du. Eines Tages schluckst du noch etwas Seltsames und Hormonhaltiges, und prompt ziehst du Röcke an und klaust mein Make-up.«

»Hör mal, Belle, ich bin ein Kerl, ich weiß genau, wenn einer meiner Spezies lüstern aus der Wäsche schaut, klar?«

»Du hast Halluzinationen.«

»Und warum saß er dann bei dir?«

»Er dachte, er kennt mich irgendwo her, und kam zu mir, um zu plaudern.«

Jamie schlägt sich mit der flachen Hand an die Stirn.

»Er dachte, er kennt dich? Also wirklich, Belle! Selbst du solltest wissen, dass das die älteste Anmache der Welt ist!«

»Ja, vielleicht bei solch armen Irren wie dir, aber glaub bloß nicht, dass jemand wie Eddie Farrar solch ausgeleierte Sprüche nötig hat.«

»Und es beruht auf Gegenseitigkeit!«, ruft er höhnisch. »Jemand wie Eddie Farrar«, spottet er. »Er gefällt dir! Gib's zu.«

»Verpiss dich.«

»Willst du behaupten, er hat dir überhaupt nicht gefallen?«

»Nein.«

»Nicht mal ein bisschen?«

»Nein.«

»Ein klitzekleines bisschen?«, beharrt er.

Ich zögere zu lange, um mit einer Lüge davonzukommen.

»Zugegeben, er ist attraktiv«, lenke ich ein.

»Attraktiv?«

»Sehr attraktiv. Aber das ist nur ein Job.«

»Nur ein Job?«, frotzelt er und tanzt vor meiner Nase herum.

»Manchmal wünschte ich, ich würde nicht so an dir hängen, damit ich dich abmurksen könnte. Langsam und schmerzhaft.«

»Bleib bei der Vorstellung, Annabelle.« Jamie wirft sich dem nächsten Taxi in den Weg, das Millimeter vor seinem Bauchnabel zum Stehen kommt. »Denn einen solch langsamen und schmerzhaften Tod wirst du erleben, wenn du Amanda je gestehst, wie attraktiv du Eddie Farrar wirklich findest. Aber ich vermute mal«, fügt er mit einer Grimasse hinzu, »das musst du dir erst mal selbst eingestehen, was, Kleines?«

Nix kauert auf dem Sofa, geschminkt, aber im Morgenmantel. Sie ist eine halbe Stunde vor uns zurückgekommen, knabbert Rosinen und schaut sich eine Wiederholung von *Reeves & Mortimer* im Spätprogramm an. Elvis, der schnarchend auf ihren Füßen geschlafen hat, wacht auf und fegt durchs Zimmer, um Jamie wie einen ehemaligen Geliebten zu begrüßen.

»Hallo, Süße, war's schön?«, scherzt Nicky, die nur zu gut weiß, wie widerwillig ich mich zu der Eröffnungsparty geschleppt habe.

»Ja, danke der Nachfrage.« Ich lächele und ziehe die Schuhe aus.

»Wirklich?«

»Genau genommen hatte ich einen sehr angenehmen Abend. Ich habe mich die meiste Zeit über mit einem sehr netten Mann unterhalten.«

»Mit einem sehr, sehr netten«, spottet Jamie, der gerade von einem verzückten Elvis mit Liebesbeweisen überschüttet wird.

»Ich rede nicht von diesem Schwachkopf, der wie üblich zu spät dran war«, werfe ich Jamie zu, der mich während der gesamten Taxifahrt nach Hause wegen meiner angeblichen »Begierde auf den ersten Blick« aufgezogen hat und mir jetzt allmählich auf die Nerven geht.

»Da wird Amanda aber nicht zufrieden mit dir sein.« Nicky schüttelt den Kopf. »Du solltest doch Eddie Farrar beobachten.«

»Ganz recht«, stichelt Jamie und hebt Elvis hoch, so dass der fette Welpe sein Gesicht abschlecken kann. »Amanda wird nicht zufrieden sein mit ihr. Sie hat Eddie Farrar beobachtet, sogar ganz aus der Nähe. Er war der nette Mann, von dem die Rede ist.«

»Was?« Der Fernseher ist vergessen, Nicky ist jetzt ganz Ohr. »Du hast wirklich mit ihm gesprochen?«

»Mm-hmm.« Ich nicke und schnappe mir eine Hand voll Rosinen.

»Und war er nett?«

Ich warte mit der Antwort, bis Jamie Elvis an Nicky zurückgereicht hat und in der Küche verschwunden ist, um den Kühlschrank auf der Suche nach einem Bier zu durchforsten.

»Total nett. Ganz anders, als ich dachte.«

Sie rutscht zur Seite, und Elvis knurrt wohlig, als sie ihn auf ihren Schoß hievt und gedankenverloren das weiche Fell auf seinem Kopf krault.

»Na los, erzähl mal!«, fordert sie, als ich mich neben sie fallen lasse.

»Da gibt's nicht viel zu erzählen. Wir haben uns nur ein bisschen unterhalten…«

»Und?«

»Und er war allein auf der Feier. Keine tolle Freundin im Schlepptau.«

»Das ist gut… und weiter?«

Selbstgefällig grinse ich sie an.

»Und!« wiederholt Nicky, wobei sie vor Ungeduld fast schon schreit.

»Und er hat mir einen Job angeboten.«

»Was hat er?«

»Du hast ganz richtig gehört.«

»Was für einen Job? Als persönliche Assistentin? Persönliche Masseuse?«, scherzt sie und schnappt sich eines der großformatigen Eddie-Fotos, die Amanda mir dagelassen hat und die seitdem auf dem Couchtisch liegen, damit Nicky und ich sie anhimmeln können, wann immer uns danach ist. »Ich persönlich würde mich für Letzteres entscheiden. Hätte nichts dagegen, ihn mit einem welken Kopfsalat abzurubbeln… oder in diesem Fall eher mit meiner welken Libido.«

»Als Bedienung im ›Daisy's‹.«

»›Daisy's?‹«

»Das ›Lazy Daisy's‹. Amandas Guinness-Buch des Eddie Farrar zufolge ist das ein Club irgendwo in den Docklands, den er gerade übernommen hat. Ich hab die Adresse im Ausschnitt stecken.«

»Wo du natürlich all deine Adressen aufbewahrst.« Nicky sieht mich spöttisch an. »Und was willst du jetzt machen?«

»Die Adresse aus dem Ausschnitt nehmen?«

»Ich rede von dem Job!«

»Keine Ahnung, das wollte ich dich gerade fragen.«

»Ich denke, dass du besser mit Amanda sprichst. Mal sehen, was sie davon hält.«

»Wie ich sehe, bestimme ich nicht mehr selbst über mein Leben.« Ich seufze melodramatisch und lasse mich zurück in die Kissen sinken, die Hand über den Augen. »Warum sollte ich Amanda fragen? Ich hoffe doch, dass sie nach dem heutigen Abend nicht mehr in der Position ist, mir auch nur andeutungsweise zu sagen, wie ich meine Zeit verwenden soll.«

Nicky drückt mir ein Glas Wein in die eine und das Funktelefon in die andere Hand. Entrüstet sehe ich sie an.

»Nenn mir einen vernünftigen Grund, warum ich sie jetzt anrufen sollte? Es ist halb zwölf.«

»Sie wartet sicher darauf, dass du ihr erzählst, wie es heute Abend war. Du kennst sie doch. Sie hat ihre Fingernägel zum Abendessen verspeist und versucht wahrscheinlich gerade, ihre Zehen in den Mund zu stecken.«

»Das ist kein ausreichender Grund.«

»Sie bezahlt dich.«

Ich schüttele den Kopf.

Nicky seufzt.

»Wenn das so ist: Gerade ist die Telefonrechnung des letzten Quartals gekommen, und mehr als zwei Drittel sind Auslandsgespräche mit Freunden in der südlichen Hemisphäre. Und wenn man bedenkt, dass meine einzige Freundin in der südlichen inzwischen wieder in der nördlichen ist und mein Telefon benutzt…«

»Okay, das reicht mir als Grund. Was für eine Nummer hat Amanda zurzeit, denn falls sie nicht im Ortsnetz ist, überziehe ich dann unser Konto?« Ich sehe den zurückgekehrten Jamie scharf an, während ich die Nummer wähle. »Ich dachte, du hättest eine Verabredung mit deiner Bettdecke?«

»Kommt nicht in Frage, ich will Mad Manda treffen.« Er schiebt seinen Hintern tiefer in die Sofakissen und weigert sich aufzustehen.

»Ich bin mir nicht sicher, ob das auf Gegenseitigkeit beruht.«

»Oh, bitte, lass mich bleiben. Mein Leben ist so eintönig, ein endloses Einerlei aus medizinischen Notfällen und echten Lebenskrisen«, spottet er. »Und wer weiß, vielleicht kann ich sogar helfen und euch fachlichen Beistand leisten.« Er schiebt die Unterlippe vor, wie er es schon gemacht hat, als wir zehn waren, er seine samstäglichen Süßigkeiten in fünf Minuten weggeputzt hatte und es deshalb für völlig selbstverständlich hielt, mir bei meinen zu helfen.

»Na gut.« Ich gebe nach, wie üblich. »Du kannst bleiben, aber nur unter der Bedingung, dass du keinerlei Beistand anbietest, ob nun fachlichen oder anderen, und schon gar nicht zum Thema Eddie Farrar.«

»Eddie wer?«, witzelt Jamie. »Ach ja. Eddie! Der Kerl, der sich heute Abend im Club erboten hat, deinen Gaumen mit seiner Zunge zu polieren.«

»Was!«, ruft Nicky.

»Ignorier ihn einfach«, erkläre ich ihr. »Er hat mal wieder reinen Sauerstoff gesnifft.«

Ich bin jetzt fest davon überzeugt, dass Amanda einen Hexenbesen hat. Kaum habe ich den Telefonhörer aus der Hand gelegt, klingelt sie auch schon an der Haustür.

Vom Haus ihrer Eltern in Highgate bis zu Nickys Wohnung hat sie zehn Minuten gebraucht, was man nur schaffen kann, wenn man Luftlinie fliegt.

Sie hat weiter abgenommen.

Leider ist es ihr noch nicht gelungen, die abgeknabberten Fingernägel nachwachsen zu lassen, die womöglich noch abgenagter sind als vorher. Nicky hatte Recht; anscheinend hat sie den ganzen Abend neben dem Telefon gewartet.

»Und, wie ist es gelaufen?«, ruft sie und stürzt über die Stufen auf mich zu, wobei sie Nicky vollkommen ignoriert, die sie eingelassen hat. »Hast du ihn gesehen? War er mit einer Frau da?«

Sie brennt so sehr darauf, Neues zu erfahren, dass sie sogar Jamie übersieht, der immer noch auf dem Sofa herumlungert und eine Dose Foster's umklammert. Seine schweren Lider fallen zu, doch er ist entschlossen, so lange wach zu bleiben, bis er Amanda Hartley-Davies heutigen Auftritt erlebt hat.

»Es wird dich freuen zu hören, dass er eindeutig allein auf der Feier war.«

»Bist du sicher?«

»Absolut sicher.«

Von Jamie kommt ein eigenartig schnarchendes Geräusch, als er in die Dose prustet.

Ich bedenke ihn mit einem wütenden Blick, den Amanda jedoch nicht bemerkt. Sie würde es im Augenblick nicht einmal bemerken, wenn ich mir die Kleider vom Leib reißen und nackt einen Siegestanz auf dem Couchtisch aufführen würde.

Ihr Gesicht glänzt, als hätte sie gerade im Fitnessstudio trainiert, und sie starrt ins Leere wie ein Shopping-Junkie, der auf einem Harrods-Trip ist.

Das war der Punkt, an dem ich erwartet hatte, dass Amanda aus meinem Leben verschwindet, entweder von Ohr zu Ohr strahlend, hemmungslos schluchzend oder wüste Drohungen gegen mich ausstoßend – je nach dem Ergebnis meiner Untersuchung.

Amanda strahlt wirklich, doch leider macht sie keine Anstalten zu gehen. Stattdessen lässt sie sich aufs Sofa fallen, beugt sich vor und schnappt sich Nickys Weinglas. Als proste sie sich selber zu, kippt sie einen großen Schluck hinunter.

»Tja…«, sage ich und hoffe, sie einwickeln und so schnell wie möglich loswerden zu können. »Wie es aussieht, brauchst du mich nicht mehr.«

»Äh, hast du nicht eine Kleinigkeit vergessen, Belle?« unterbricht Nicky mich und wirft mir einen viel sagenden Blick zu. »Du weißt schon, wegen des Angebots, das du bekommen hast…« Danke, Nicky. Ich war mir immer noch nicht im Klaren darüber, ob es eine gute Idee wäre, dieses besondere Detail weiterzureichen. Wozu auch? Ich habe getan, was Amanda von mir verlangt hat, und nun ist meine Rolle in ihrem Leben hoffentlich und endgültig ausgespielt.

»Ja?« Amanda hört auf, Wein zu schlürfen und hingerissen auszusehen. Stattdessen sieht sie mich an. Diesmal kriegt Nicky den wütenden Blick ab.

»Mir ist ein Job im ›Lazy Daisy's‹ angeboten worden«, erkläre ich ihr widerstrebend. Nie im Leben werde ich genauer darauf eingehen, wie dieses Wunder zustande gekommen ist. Glücklicherweise ist Amanda zu sehr mit dem Was beschäftigt, um nach dem Wie zu fragen.

»Das ist Eddies neuester Club«, entfährt es ihr.

»Ich weiß.«

»Das ist doch klasse!«

»Ach ja?«

»Aber natürlich. Perfekt.«

»Ach ja?«

»Du musst das Angebot annehmen!«

»Aber ich will nicht.«

»Du musst!« Sie schreit beinahe.

»Aber warum? Wozu? Wir haben festgestellt, dass er jung, frei, Single und sexy ist. Warum sollte ich da noch weitermachen?«

»Ich bezahle dir noch mehr …«

Murphys Gesetz, was? Vor nicht allzu langer Zeit gab es einen Moment, in dem ich hin und weg gewesen wäre, wenn man mir einen Job angeboten hätte, ganz zu schweigen davon, dass ich noch von jemand anderem dafür bezahlt werde, ihn anzunehmen.

»Es geht nicht ums Geld, Amanda. Es geht ums Prinzip, oder vielmehr den Mangel daran. Ist es das wirklich wert? Ich war dem Kerl schließlich zwei Wochen auf den Fersen, und wie es aussieht, ist die Luft rein. Einer feindlichen Übernahme steht also nichts im Wege.«

»Du brauchst dich nicht über mich lustig zu machen, Annabelle.« Wütend starrt sie mich an.

»Gut, aber warum soll ich ihn weiter beschatten, wenn du doch weißt, dass er allein ist?«

»Jetzt, da ich weiß, dass es keine ernst zu nehmende Konkurrenz gibt, kann ich meinen eigenen Feldzug planen.«

Feldzug? Ein schlechtes Zeichen. Ich schenke mir ein Glas Chardonnay ein – ich habe das ungute Gefühl, ich werde ihn brauchen –, und rücke etwas weiter von Amandas lederbespanntem Oberschenkel ab.

»Ich will ihn zurück. Ich weiß nicht, wieso es vorbei ist, und ich will ihn zurück«, sagt sie, mehr zu sich selbst als zu uns.

»Es ist vorbei, weil er es offensichtlich so wollte«, platze ich heraus.

»Nur weil er keine Gelegenheit hatte, mich wirklich kennen zu lernen.«

Klar, und wenn er die gehabt hätte, hätte er sich gar nicht erst mit ihr eingelassen!

»Also, du willst ihn zurück. Jetzt, wo du weißt, dass er frei ist, steht es dir selbst frei, zu ihm zu gehen, und mein Auftrag ist erledigt, nicht wahr? Vorbei.«

»Vorbei? O nein.« Ungläubig sieht sie mich an. »Jetzt geht's erst richtig los. Ich will, dass du diesen Job annimmst, Annabelle, und so viel wie möglich über Eddie Farrar herausfindest. Du musst herausfinden, was er mag und was nicht… welche Frauen er attraktiv findet, welchen er hinterherschaut, wenn sie den Club betreten: sind sie blond, brünett, schlank, kurvenreich, total aufgedonnert oder *naturelle*. Welche Persönlichkeit macht ihn an: wild und extravagant oder ruhig und zurückhaltend…«

»Rustikal, raffiniert, Püppchen oder Peitsche?«, ergänzt Nicky.

»Was?« Amanda sieht sie an, als wäre sie geistesgestört.

»Ein passender Typ für jeden Geschmack«, erklärt Nix. »Du willst doch wissen, worauf er abfährt…«

»Wenn man so will.« Amanda ist offensichtlich nicht überzeugt von diesem Vergleich.

»Aber wozu?«, frage ich sie.

»Weil ich ihn will.« Herausfordernd funkelt sie mich an. »Und dieses Mal will ich es nicht vermasseln. Dazu bedeutet es mir zu viel.«

»Also willst du herausfinden, wie er sich die Traumfrau vorstellt, und dann versuchen, dich in dieselbe zu verwandeln?«

»Genau.«

Denn das ist nicht Lieb, die sich verändert durch Veränderungen.

»Hattest du nicht gesagt, dass er dein wahres Ich kennen lernen soll?«

»Das wird mein wahres Ich sein, in leicht verbesserter Form«, behauptet sie trotzig. »Was soll daran falsch sein, einen Vorsprung haben zu wollen? Gibt es etwa eine Regel, die besagt, ich darf den Dingen nicht ein bisschen auf die Sprünge helfen? Und der Zweck heiligt die Mittel.«

»Und ich soll die Vorhut sein?«

Sie nickt begeistert.

»Bitte, Annabelle«, bettelt sie. »Nimm den Job im ›Lazy Daisy's‹ an, das wäre ideal. Dann hättest du die Möglichkeit, ihn genau im Auge zu behalten und mich wissen zu lassen, wann er da ist. Wenn dann der richtige Zeitpunkt gekommen ist, kann ich ganz zufällig mit ihm zusammentreffen.« Bei dem Gedanken fangen ihre Augen an zu glänzen.

Sie will mich einstellen, einen Ex auszuspionieren, so dass sie sich in die Schablone seiner Traumfrau zwängen kann, um dann wie zufällig und im richtigen Moment an all den Orten aufzutauchen, wo auch er gerade ist, und dabei einfach umwerfend sexy auszusehen.

Was für ein Trauerspiel.

Was für eine Erkenntnis.

Wenn ich ehrlich sein soll, muss ich zugeben, dass auch ich so manches Mal davon geträumt habe. Davon, dass man genug abnimmt, um in das entzückende Kleidchen zu passen, das man sich im ungeeignetsten Moment gekauft hat, in dem festen Glauben, Schokolade, Kuchen und andere Süßigkeiten wegzulassen, um so das Geld zu sparen, das den Kauf rechtfertigen würde, und die nötigen Zentimeter loszuwerden, um in das Ding zu passen. Davon, dass die Haare genauso fallen, wie man es sich vorstellt, statt so, wie sie selbst es wollen, was normalerweise bedeutet, dass sie verdrießlich um den Kopf hängen wie ein gelangweilter Teenager auf einem Sofa. Davon, dass die Augen einmal ohne die üblichen Ringe auskommen, die vom ständigen Schlafmangel zeugen, davon, dass das Make-up makellos ist, die Schuhe zur Handtasche passen und der Atem nicht nach dem Knoblauchbrot vom Vorabend riecht.

Ich habe die Nase gestrichen voll davon, dass andere Leute versuchen, mir vorzuschreiben, was ich zu tun und zu lassen habe, was falsch und was richtig ist. Und da erdreiste ich mich, Amanda zu verurteilen, weil sie die Regeln umschreiben will, die zudem noch wirklich unfair sind!

Außerdem bin ich nur die bezahlte Hilfskraft, nicht wahr? Mit Betonung auf dem bezahlt, wie in »angestellt«, wie in »genug Geld verdienen, um meinen Lebensunterhalt zu zahlen«, im Hinblick auf Rente, Essen und andere wesentliche Sachen. Wenn ich hiermit aufhöre, ende ich wahrscheinlich sowieso hinter einem Tresen. Auf diese Art werde ich von Amanda extra bezahlt, und ich werde von Eddie Farrar bezahlt … Obwohl mir das ein bisschen unmoralisch zu sein scheint, da er schließlich für das zweifelhafte Privileg zahlen darf, von mir beobachtet zu werden. Das ist nicht richtig.

Ich atme tief durch.

»Also gut, ich mache den Job, aber du musst mich nicht für die Stunden zahlen, in denen ich im Club arbeite.«

Habe ich das wirklich gesagt?

»Wirklich?«, fragen Nicky und Amanda gleichzeitig, die eine ungläubig, die andere verzückt.

»Ihr habt schon verstanden«, entgegne ich widerwillig. Ich bin mir nicht im Klaren darüber, wie ich diese vage, moralische Anwandlung verstehen soll. »Und bittet mich nicht, es zu wiederholen, falls ich meine Meinung ändere.«

Eine Stunde später schaffen wir es endlich, Amanda aus der Wohnung hinauszukomplimentieren.

Nicht so Jamie, der Morpheus Verlockungen schließlich nachgegeben hat und leise schnarchend auf dem Sofa schläft. Elvis liegt laut schnarchend neben ihm. Beide schlafen mit offenem Mund, doch glücklicherweise lässt nur Elvis die Zunge heraushängen und sabbert die Sofakissen voll.

Nicky und ich köpfen eine weitere Flasche Wein, lassen uns auf das andere Sofa fallen und legen die Füße auf den Couchtisch.

»Wie schön er im Schlaf doch aussieht, was?« flüstert sie.

»Jamie oder Elvis?«

Genau in diesem Moment furzt Elvis laut.

»Noch Fragen?« Nicky grinst.

»Klar, es kann nur Elvis sein … Weißt du, das macht mir Sorgen.«

»Lass mich raten. Amanda?«

»Ein klassischer Fall von mehr Geld als Verstand.«

»Tja, wenn sie ihr Geld auf diese Weise ausgeben will…«

»Aber mir kommt es so vor, als würde ich ihre Verwundbarkeit ausnutzen… und ihre Verzweiflung.«

Nicky schenkt uns beiden nach.

»Du machst nichts Schlimmeres als, sagen wir, ein Immobilienmakler oder ein Bankvorstand.« Sie reicht mir ein volles Glas Shiraz, das ich dankbar annehme. »Außerdem hilfst du ihr doch, du machst genau, was sie will. Sieh dich einfach als Therapeutin.«

Jetzt weiß ich, warum Nicky Anwältin geworden ist. Sie hat ein Geschick dafür, zur rechten Zeit die rechten Dinge zu sagen – abgesehen von dem Fehler, »ja« zu sagen, als Richard sie fragte.

»Ich dachte, Jamie ist der Doktor«, sage ich kichernd. »Na ja, wenigstens bin ich billiger als ein Seelenklempner.«

»Aber nicht viel.« Nix grinst. »Ich glaube, die Idee ist gar nicht so blöd. Meiner Meinung nach hat Amanda das Herz am rechten Fleck. Sie macht nur gerade ihre Hausaufgaben. Für die Prüfung muss man schließlich lernen, oder?«

»Theoretisch schon.«

»Vielleicht ist es nicht gerade ein geeignetes Beispiel für *dich*, aber ich glaube, du weißt, worauf ich hinaus will. Sie hat etwas gefunden, das sie wirklich haben will, und sie hält so eisern daran fest, dass sie es letztendlich vielleicht wirklich bekommt.«

»Vermutlich, aber ich kann mich des Eindrucks nicht erwehren, dass das Eddie Farrar gegenüber unfair ist.«

»Zugegeben, aber seit wann sind die uns gegenüber fair?«

»Mit ›die‹ meinst du wohl die Männer im Allgemeinen?«

»Genau. Haben doch auch nicht gerade Skrupel, wenn es ums Aufreißen geht, oder? Wie Amanda ganz richtig bemerkt hat, der Zweck heiligt die Mittel. Und damit diese Feststellung gerecht ist, muss sie für beide Seiten gelten.«

»Stimmt.« Ich muss plötzlich gähnen, die Müdigkeit überwältigt mich. »Ich kann mir nur nicht vorstellen, dass viele Leute außer dem Ex oder der Ex dafür gleich eine Undercover-Truppe in die Schlacht schicken.«

Kapitel 7

Das »Lazy Daisy's« befindet sich in einem riesigen, alten Lagerhaus, das bereits früher in eine Bar mit Restaurant umgewandelt wurde. Durch weitere Arbeiten in den Kellergewölben entsteht nun noch eine Tanzfläche.

Im Erdgeschoss ist die Bar nebst einem ziemlich guten Restaurant angesiedelt, dass sich auf einem Zwischengeschoss im hinteren Teil des Gebäudes befindet. Im ersten Stock sind die Büros untergebracht.

Ich war in den vergangenen Wochen bereits einige Male auf meiner »Eddie-Jagd« hier.

Eine klassische Bar: Holzböden, Steinwände, der Geruch nach Bier und Politur. Eine fröhliche Frau mit üppigen, kastanienbraunen Locken kehrt gerade Abfall, Asche und zerrissene Bierdeckel von den Tischen in einen Eimer. Sie sieht auf, als ich hereinkomme, und streicht sich die widerspenstigen Locken aus dem müden Gesicht.

»Geschlossen, Kindchen, Gott sei Dank.«

»Äh, hallo… ich weiß. Ich suche nach Ben – Ben Meredith. Ich hab einen Termin.«

Sie deutet auf einen Mann, der an einem Tisch in der Nähe der Theke sitzt. Er hat die Ärmel seines gelbblau karierten Ben-Sherman-Hemdes hochgekrempelt, seine Levis sind an den Knien eher vom Tragen als vom Design durchgescheuert und seine braunen Caterpillars sind abgenutzt. Das dunkelblonde Haar fällt ihm übers Gesicht, während er an einem Füller kaut und über dem Kassenbuch brütet.

»Keine Sorge, der beißt nicht!« Sie grinst angesichts meines Zögerns. »Dabei hätte ich nichts dagegen, wenn er mich mal anknabbern würde.« Ihr Lachen klingt nur wenig femininer als das von Sid James.

Ich gehe hinüber zu Ben Meredith, dem Manager des »Daisy's«. Er kratzt mit einem Kugelschreiber, der nicht richtig schreibt, heftig übers Papier, während er ungeduldig mit dem Fuß auf den Boden stampft.

Ben sieht auf und sein Gesicht verzieht sich zu einem freundlichen Lächeln. Er hat schokobraune Augen, genau wie Elvis, doch seine sehen um einiges intelligenter aus.

»Hi.« Ich gebe ihm die Hand. »Ich hab vorhin angerufen ... wegen des Jobs.«

»Ah, ja.« Er lehnt sich zurück und kippt mit dem Stuhl nach hinten, als er die Beine zu voller Länge ausstreckt. »Du musst Annabelle sein, ich hab dich schon erwartet. Setz dich doch ...« Er schiebt mir den Stuhl neben sich mit dem Fuß zu, wobei er selbst gefährlich ins Wanken gerät.

»Du kommst mir irgendwie bekannt vor.«

Ich muss an meiner Verkleidung arbeiten: soll heißen, ich muss mir eine zulegen. Ich könnte mir eine blonde Perücke besorgen; ich hatte immer vor, die Theorie zu überprüfen, der zufolge Blondinen ohne Wasserstoff mehr Spaß haben.

»Ich komme manchmal auf einen Drink hierher.«

»Und da willst du immer noch hier arbeiten?«, scherzt er.

Ben holt uns eine Tasse Kaffee aus der Espressomaschine hinter dem Tresen und klärt mich dann über das »Lazy Daisy's« auf, wobei sich Lachfalten um seine Augen legen, da er immer noch wie ein freundlicher Bär grinst.

»Wie du siehst, sind wir mitten in einem großen Umbau – genau genommen sollten wir uns allmählich dem Ende besagten Umbaus nähern, aber du weißt ja, wie Bauarbeiter so sind.«

»Nur vom Hörensagen, wobei ich nicht ihr fachliches Können meine«, scherze ich und muss unwillkürlich an Nicky denken, die so manchen Bauarbeiterhintern zu einem Besuch in ihren Höschen einlädt.

»Nun ja, wenn sie von einer Woche reden, meinen sie drei. Zum jetzigen Zeitpunkt hätten sie längst fertig und von hier verschwunden sein sollen. Wir mussten die große Wiedereröffnung um einen Monat verschieben, worüber der Chef nicht gerade glücklich ist.«

Ah, genau, der Chef. Der eigentlich Grund für meine Anwesenheit statt einer angeblichen Leidenschaft fürs Zapfen.

»Mit dem zusätzlichen Clubraum unten werden wir unsere Kapazitäten verdoppeln. Es wird verdammt hektisch werden. Das hoffe ich zumindest, sonst bin ich meinen Job los. Wenn es dir Spaß macht, besoffenen Kerlen dabei zu helfen, zu noch besoffeneren Kerlen zu werden, dann wirst du dich hier richtig wohl fühlen.« Er grinst breit, wobei er sehr weiße Zähne und eine sehr blaue Zunge enthüllt, da er etwas zu fest auf dem Kugelschreiber gekaut hat.

»Äh … deine Zunge … der Stift …« Ich tippe mir mit dem Finger auf meine eigene Zungenspitze.

Er schmeckt an der Spitze seiner Zunge, streckt sie dann so weit es geht heraus und bricht in ansteckendes Gelächter aus. Gleichzeitig ruft er nach der Frau, die jetzt hinter dem Tresen Flaschen auffüllt.

»Dot, meine Liebe, tu uns einen Gefallen – schenk uns noch mal nach. Ich hab einen widerlichen Geschmack im Mund.« Er streckt Dot seine dunkelblaue Zunge entgegen, woraufhin sie erneut einen auf Sid James macht und in Richtung Espressomaschine verschwindet.

»Willst du noch einen?«

Ich schüttele den Kopf, während er völlig selbstvergessen anfängt, seine Zunge mit einer Papierserviette abzutupfen.

Ich glaube, ich mag Ben.

Er erinnert mich an Jamie. Nicht äußerlich. Jamie gleicht einem ätherischen Engel, der gerade einen auf den Deckel bekommen hat, Ben dagegen sieht auf markante Weise gut aus, doch sie scheinen die gleiche Wärme und Offenheit zu haben.

»Also, Annabelle, wann kannst du anfangen?«

Überrascht setze ich mich auf.

»Wie, einfach so? Willst du mich gar nichts fragen? Ein richtiges Bewerbungsgespräch mit mir führen?«

Leicht verwirrt sieht er mich an.

»Du bist doch längst angestellt, hier geht es nur noch um die Einzelheiten.«

»Ach ja?«

»Klar. Wie wär's«, Ben schiebt seinen Stuhl zurück und steht auf, »wenn ich dich ein bisschen rumführe?«

Unten in dem massiven Gewölbekeller befindet sich also die neue Tanzfläche. Das Ganze erinnert an eine Kirche ohne Bänke und Kanzel. Noch immer ist dort ein Grüppchen Handwerker zugange, die drauflos hämmern, Holz beizen und die Anlage überprüfen.

Ben erzählt weiter.

»Ich mache diesen Job jetzt seit fünf Jahren, und seit einem Jahr arbeite ich für Eddie.« Er erwähnt Eddie, als würde ich ihn sehr gut kennen. »Klasse Typ, oder? Was mich betrifft, ich hänge sowieso viel in Bars rum, da kann ich mich auch dafür bezahlen lassen. Und im Interesse meiner Leber hatte ich gedacht, dass es vielleicht wie in einem Süßwarenladen ist – du weißt schon, erst stopft man sich voll mit dem Zeug, dann packt man es nie wieder an. Leider bin ich immer noch in der Vollstopfphase. Ich fürchte, die rabiate Methode hat nichts gebracht, aber ich bin noch nicht an Alkoholvergiftung gestorben, dem Himmel sei Dank. Ich werde wahrscheinlich eher am Kummer sterben, weil dieses Pack seine Ärsche nicht hochkriegt!« In gespielter Wut wedelt er mit der geballten Faust in Richtung der Arbeiter, die sein Lachen gutmütig erwidern.

»In der Zwischenzeit läuft der Betrieb oben weiter wie immer. Wenn du also bereit, willig und in der Lage bist, dann könnte ich dir einen Sprung ins kalte Wasser anbieten. Eines der Mädchen, Abi, liegt mit einer Grippe im Bett. Könntest du also schon Samstagabend? Glaubst du, dass du damit klarkommst? Das ist eine von den Killerschichten, von sechs Uhr abends bis drei Uhr früh.«

»Ich bin da.«

»Großartig.« Er strahlt hocherfreut. »Eddie hat gesagt, du passt zu uns wie die Faust aufs Auge, und ich glaube, er hat Recht. Aber er hat auch ein Auge für gute Mädchen.«

»Klar, und für schlechte hat er auch eins, wenn ich das richtig sehe«, murmele ich ohne nachzudenken.

Amanda ist so aufgeregt darüber, dass ich im »Daisy's« arbeiten werde, dass sie einen ihrer seltenen normalen Momente zeigt und mich durchs Wohnzimmer wirbelt.

Was hatte sie eigentlich da im Wohnzimmer zu suchen, als ich aus dem Club zurückkam? Seit meinem Treffen mit Eddie Farrar gehört sie beinahe so fest zu Nickys Wohnung wie die Flasche Wein, die in der Regel angebrochen auf dem Couchtisch steht, oder auch der Riegel Cadbury-Schokolade, den Nicky hinten in der Besteckschublade in der Küche »versteckt«, wobei Amanda weder annähernd so süß noch so willkommen ist.

Unser Plan, obgleich auch sehr vage, besteht darin, so viele Informationen wie nur möglich zu bekommen, und zwar vor der Eröffnung der neuen Kellerdisco im »Lazy Daisy's«, die, so die Handwerker wollen – was offensichtlich nicht der Fall ist, nicht wirklich –, in sechs Wochen stattfinden soll.

Als künftige Angestellte werde ich natürlich sicherstellen, dass Amandas Name auf der Gästeliste für die Eröffnungsparty steht, wo sie dann Eddie mit ihrem neuen, verbesserten, maßgeschneiderten Ich überrumpeln will.

Wir wissen ja bereits, dass Eddie sie körperlich attraktiv genug fand, um sich einige Male mit ihr zu verabreden. Deshalb wird sie also nur noch mehrere Kilo abspecken und eine Persönlichkeitstransplantation machen lassen müssen.

Sonst nichts.

Nun bin ich also wieder dort, wo ich hingehöre, und zapfe Bier. Tresen und ich sind anscheinend füreinander bestimmt – ob ich nun hinter einem stehe oder mich mit einem Glas in der Hand und einem dümmlichen, betrunkenen Gesichtsausdruck an einen lehne.

Nachdem ich um vier Uhr morgens mit schweren Lidern ins Bett gekrochen bin, weil ich mal wieder vor Eddies Haus gesessen und darauf gewartet habe, ob er nach einer Nacht, die er sich mit Geschäftsfreunden um die Ohren geschlagen hat, allein nach Hause kommt, habe ich wirklich keine Lust dazu, bis drei Uhr früh in einer belebten Bar zu schuften, doch ich habe schnell kapiert, dass es sehr schwer ist, jemandem wie Amanda etwas abzuschlagen.

Sie ist es anscheinend gewohnt, ihren Kopf durchzusetzen, und hat die Technik der Gehirnwäsche bis aufs i-Tüpfelchen perfektioniert, wobei sie zwischen Schluchzen und Knurren, zwischen Fröhlichkeit und Ungehobeltheit wechselt, je nach Stimmungslage.

Das Verrückte daran ist, dass ich genau sehe, worauf sie hinaus will, und trotzdem lasse ich es zu!

Ich schwächle auf meine alten Tage.

Als ich im »Daisy's« ankomme, erfahre ich, dass ich Dot zugeteilt bin, der dunkelhaarigen Frau, die ich bei meinem »Vorstellungsgespräch« getroffen habe. Außerdem gesellt sich ein unbekümmerter, blond gefärbter Schwuler zu uns, dessen richtiger Name Simon ist, den aber jeder aus unerklärlichen Gründen Sylvia nennt.

Trotz der Tatsache, dass im Moment nur die Bar und das Restaurant geöffnet sind, versichert Dot mir, dass wir eine arbeitsreiche Nacht vor uns haben.

»Das ist der ruhige Teil des Abends. Warte mal bis neun, dann platzt der Club aus allen Nähten – ich hoffe nur, du bist fit!«

»Klar, fit wie ein Turnschuh«, grinse ich.

Entgegen Dots Versicherungen wegen der arbeitsreichen Nacht übersteigt im Moment die Zahl der Angestellten noch die der Gäste. Neben mir, Dot und Sylvia gibt es drei gelangweilte Kellner und einen ziemlich Furcht einflößenden Chefkoch, der anscheinend mit seinem Temperament einen weiteren Koch, eine Küchenhilfe und ein Mädchen für alles tyrannisiert.

Sylvias Freund David hockt am Ende des Tresens, süffelt Erdbeer-Daiquiris und quatscht jeden an, der zufällig gerade neben seinem Barhocker steht. Außer ihm sitzen noch vier Typen an einem der Tische, die anscheinend so stämmige Stammgäste sind, dass sie mehr Zeit hier verbringen als einer der Angestellten. Im Laufe des Abends werden sie immer betrunkener und lauter. Auch der Arschlochfaktor nimmt mit jedem Schluck Alkohol zu, den sie in ihre glatt rasierten, mit Aftershave beklatschten Kehlen kippen.

Wir überlassen es Sylvia, vor dem sie aus irgendeinem Grund ziemlichen Bammel haben, mit ihren häufigen Nachbestellungen fertig zu werden, während Dot mich einweist.

Ich beschließe, die Gunst der Stunde zu nutzen und zu sehen, was ich über Eddie in Erfahrung bringen kann.

Während ich noch über den besten Weg nachdenke, das Thema so subtil wie möglich anzupeilen, kommt Dot glücklicherweise von selbst darauf zu sprechen.

»Hast du schon den Chef getroffen?«, fragt sie, während sie uns beiden ein kleines Lager einschenkt.

»Ben?«, hake ich nach und tue ganz unschuldig.

»Ben?«, sagt sie lachend. »Der Gute, er mag der Hahn im Korb sein, aber das Sagen hat er nicht. Nein, ich rede von Eddie, Eddie Farrar, dem das ›Daisy's‹ gehört.«

»Wie ist er denn?«, frage ich so beiläufig wie möglich, wobei ich Dots erster Frage ausweiche.

»Er hat Nerven wie Drahtseile. Ein Blick von ihm genügt, und du kriegst es mit der Angst zu tun.«

»Ehrlich?«

»Ehrlich«, bestätigt sie kichernd, »zumindest, wenn er den Chef raushängen lässt, aber er ist auch total süß.«

»Als Mensch oder als Mann?«

»Beides. Er hat einen durchtriebenen Humor, kann wirklich lustig sein, ist sehr tolerant – ooh, und er hat eine tolle, breite Brust.« Bei dem Gedanken leckt sie sich die Lippen. »Die Hälfte unserer Gäste sind Frauen, die kommen, um ihn anzuhimmeln.«

»Und du?«

»Ich?« Sie fängt schallend an zu lachen. »Nein, ich doch nicht! Er ist gerade alt genug, um nicht mein Sohn sein zu können.« Sie streicht sich mit der flachen Hand die Locken aus der Stirn. »Nicht, dass das Alter je eine Rolle für mich gespielt hätte, aber ich fürchte, er sieht es so.«

»Also kennst du ihn schon länger?«

»Seit er so klein war.« Dot hält ihre Hand etwa in Taillenhöhe. »Eine kleine Nervensäge war er damals – kann er manchmal immer noch sein. Aber längst nicht so schlimm wie die Bande da!«, sagt sie laut und in Anspielung auf die stämmigen Stammgäste, die an den Tresen gekommen sind, so dass sie uns leichter belästigen können.

»Werden wir hier noch mal bedient oder was?«, ruft der Anführer der Gruppe, ein arroganter Endzwanziger mit blonden Haaren.

Ich gehe Dot bei der Bestellung zur Hand.

»Du hast Erfahrung, das sehe ich.« Sie sieht anerkennend auf das Bier, das ich gerade gezapft habe und das glücklicherweise nahezu perfekt ist.

Ich nicke und stelle das letzte Bierglas auf die Theke.

»Traurig, was? Ich bin fünfundzwanzig, und das Einzige, was ich kann, ist Bier zapfen. Na ja, wahrscheinlich bin ich genauso gut im Trinken wie im Zapfen ...«

»Untertreib mal nicht.« Dot grinst. »Deine Vorgängerin war eine totale Platzverschwendung – das Einzige, was die konnte, war Männer aufreißen. Absolut hinreißend, aber oben hatte sie nichts außer zwei Silikonsäcken und einer einzelnen grauen Zelle. Meiner Meinung nach war sie ein bisschen neben der Kappe. Keine Ahnung, was die hinter einem Tresen zu suchen hatte, ihr Daddy hatte nämlich sichtlich genug Kohle. Hat mir erklärt, sie wollte mal sehen, wie es in der Wirklichkeit so zugeht. Arrogante Zicke! Tja, die ›Wirklichkeit‹ war anscheinend nicht nach ihrem Geschmack, sie hat's nur zwei Wochen ausgehalten.«

»Das überrascht mich nicht. Wie kommst du bloß mit diesem Pack zurecht?«

»Findest du sie schlimm? Zugegeben, die Handwerker sind eine absolute Plage. Wir haben acht verschiedene Sorten Kaffee, und alles, was sie wollen, ist ihr ewiger Tee«, stöhnt Dot, »und Alkohol darf man ihnen nie geben, egal, wie sehr sie jammern, stöhnen, flirten oder betteln.«

Dot ist einfach eine Wucht.

Es haut mich fast um, als sie mir erzählt, dass sie Anfang vierzig ist. Wenn ich hätte schätzen müssen, hätte ich sie höchstens für drei- oder vierunddreißig gehalten.

Sie schwört, dass sie ihr jugendliches Aussehen einer Diät jüngerer Männer verdankt.

Mit ihren eins sechzig, den schimmernden, kastanienbraunen Locken, die ihr bis auf die Schultern reichen, und den hellen, grünbraunen Augen, die sie hinter einer Brille versteckt, die sie nicht wirklich braucht, ist sie ein absoluter Männermagnet. Das könnte auch an dem großzügigen Dekolleté liegen, das sie normalerweise zur Schau stellt, aber ich glaube eher, dass es an ihrer Persönlichkeit liegt, die so warm und herzlich ist wie ein gemütliches Kaminfeuer.

Sie verfügt über üppige Kurven und eine Schlange williger Männer, die länger ist als die Schlange vor dem »Daisy's« an einem Samstagabend – und die, das dürfen Sie mir glauben, ist verdammt lang.

Ganz wie Dot vorhergesagt hat, ist der Club gegen halb neun

brechend voll. Ich bin an diesem Abend bereits häufiger angebaggert worden als in den letzten zwei Monaten zusammen.

»Hi, Süße, was macht denn ein so nettes Mädel wie du an einem Ort wie diesem?«

Ich fahre herum und finde mich Auge in Auge mit einem frech grinsenden Jamie und einer leicht benommen dreinblickenden Nicky wieder.

»Wir dachten, wir kommen vorbei und leisten ein bisschen seelische Unterstützung«, ruft Jamie mir über den Lärm der Menge und der Musik zu, die aufgedreht worden war, als die Gäste begannen, in Scharen hereinzuströmen.

»Seelische Folter trifft es besser«, sage ich seufzend und streiche mir das schweißnasse Haar ungefähr zum fünfzigsten Mal aus den Augen. »Ihr glaubt gar nicht, wie oft ich heute Abend angemacht worden bin.«

»Du Glückliche.« Nicky grinst mich an. »Ich bin schon lange nicht mehr angemacht worden, seit mindestens …«

»Einem Tag?«, falle ich ihr ins Wort. »Ich bin überzeugt, dass Jamie deine Quote verbessern wird, wenn du ihn freundlich darum bittest, stimmt's, Jamie?«

»Klar.« Er lacht, wendet sich Nicky zu und tut so, als würde er lasziv mit den Augenbrauen wackeln. »Hallo, Süße, wie wär's mit einer flotten Nummer?«

Nicky fängt schallend an zu lachen.

Jamie schüttelt den Kopf.

»Ich weiß auch nicht, da biete ich der Frau schon meinen Körper an, und sie lacht mich aus. Nicht gerade gut für das männliche Ego, Nicola.«

»O ja«, sage ich zu ihr. »Ein zerbrechliches Wesen, es sei denn, man verpackt es in Alkohol, woraufhin es die Zähigkeit von Asbest annimmt.«

»Na, dann werde ich wohl mal was trinken«, erklärt Jamie, der die beleidigte Leberwurst mimt. »Weil mein Ego nämlich immer noch unter diesem vernichtenden Angriff leidet.«

Ich übersehe die Trottel am Ende des Tresens, die gerade versuchen, meine Aufmerksamkeit durch ihr Synchronglotzen auf sich zu ziehen, und öffne zwei Flaschen Budweiser.

»Ich wollte Elvis mitbringen«, sagt Nicky, als sie ihres entgegennimmt, »aber ich habe heute Abend noch ein heißes Date, also musste ich ihn bei Amanda lassen. Sie schmollen beide wie verrückt, weil sie gezwungen sind, zu Hause zu bleiben und den ganzen Spaß zu verpassen.«

»Glaubst du etwa, das hier macht Spaß! Du hättest ihn mitbringen sollen, er hätte wirklich gut zu denen gepasst, mit denen ich bisher den ganzen Abend zu tun hatte. Was rede ich – Elvis hat bessere Manieren. Er nimmt seine Schnauze wenigstens aus meinem Höschen, wenn ich es ihm befehle.«

»Oooh, jede Menge hartnäckiger Kerle.« Nicky strahlt. »Genau das Richtige für mich!«

Ich bin wohl die Einzige, die Jamies gerunzelte Stirn anlässlich dieses Kommentars bemerkt.

»Ich fürchte, hier gibt es nichts Lohnenswertes, Nix.«

»Also nichts zu sehen vom edlen Eddie?«

»Nicht mal die Spitze seiner Nase.«

»Da wird Amanda aber enttäuscht sein. Ich glaube, sie erwartet, dass es dir gelingt, vom Zapfhahn aus jede seiner Bewegungen zu verfolgen und am Ende des Abends mit deiner Version seiner Traumfrau zurückzukehren.«

»Machst du Witze? Selbst wenn er hier wäre, hätte ich nicht die Zeit, mich ihm zu nähern, geschweige denn, ein tiefsinniges Gespräch mit ihm zu führen.«

Nix und Jamie ziehen eine halbe Stunde später ab; Nicky strahlt vor Vorfreude auf ihr zweites Date mit einem Fensterputzer, der sich für Tarzan hält, Jamie schmollt bei dem gleichen Gedanken und sagt mehrmals betont auffällig, dass sie solch langhaarige Loser vergessen und doch lieber mit ihm Chinesisch essen gehen sollte. Mir bleibt es überlassen, mich durch den Rest des Abends zu quälen und mich nach meinem Bett zu sehnen, wie Julia, die in der Hoffnung über dem Balkongeländer hängt, einen flüchtigen Blick auf den aalglatten Romeo zu erhaschen, der die Liebe Liebe sein lässt und lieber ins Pub gegangen ist, um sich mit seinen Kumpeln voll laufen zu lassen.

Es hilft auch nichts, dass das Restaurant kurz nach Mitternacht schließt, was bedeutet, dass ich zusehen muss, wie die meisten anderen Angestellten nach Hause verschwinden, mit Ausnahme des Küchengehilfen, eines armen Studenten, der feucht aus dem Spülbecken auftaucht und müde damit weitermacht, die Gläser in die Spülmaschine zu stapeln.

»Der Arme«, flüstere ich Dot ins Ohr und sehe zu, wie er sich über eines der zahlreichen Drahtgestelle mit dampfenden Gläsern beugt.

»Von wegen der Arme! Eddie bezahlt ihn weit über Durchschnitt dafür, dass er nach Mitternacht bleibt, nur deshalb ist er noch da.«

»Bisschen uneigennützig, was?«

Dot sieht mich verständnislos an.

»Du weißt schon, Eddie. Denkt an andere, ist großzügig…«

»Also ein Weichling ist er nicht. Er musste für seinen Erfolg verdammt hart arbeiten und sieht nicht ein, warum andere das nicht auch tun sollten. Aber er ist immer fair.«

Das wird prompt meiner geistigen Eddie-Liste hinzugefügt.

Immer fair, und er mag Leute, die hart arbeiten. Tja, damit ist Amanda sofort aus dem Rennen, es sei denn, durch Harvey Nichols zu schweben und das Familienvermögen auf den Kopf zu hauen zählt als harte Arbeit.

Thekendienst ist dagegen ganz eindeutig eine harte Schufterei.

Die ganze Nacht über auf den Beinen, um andere von vorn bis hinten zu bedienen – die normalerweise auch noch besoffen und abstoßend sind. Schließlich aber ist auch meine Schicht vorbei. Der letzte Gast wurde von seinem Bierglas losgeeist und zur Tür hinauskomplimentiert, das letzte Glas ist abgewaschen, und meine Beine drohen damit, sofort zusammenzusacken, weil ich hinter dem Tresen mehr gelaufen bin als Linford Christie im Training.

»Okay, wir sind fertig.« Dot wischt sich die Hände an ihrer Schürze ab, bevor sie sie auszieht, zusammenrollt und in den Korb mit der Schmutzwäsche wirft. »Sylv und ich teilen uns ein Taxi zurück nach Islington. Sollen wir dich mitnehmen?«

Ich schüttele den Kopf.

»Nein danke. Ich muss genau in die andere Richtung. Mach dir keine Gedanken, ich komme schon heim.«

Sylvia steckt seinen blond gefärbten Stachelkopf durch die Tür und ruft nach Dot.

»Das Taxi ist da, Dotty, setz deinen dicken Hintern in Bewegung. Heute haben wir nämlich den schlecht gelaunten, der immer was extra berechnet, wenn wir ihn warten lassen.«

»Das Taxi mag ja hier sein, mein Süßer, aber Ben leider nicht. Wir müssen warten, bis er kommt und abschließt.«

»Oh, puuh!« Sylvias schelmisches Lächeln verschwindet. »Ich will nach Hause – ich bin soooo müde. Bin letzte Nacht aufgeblieben, um mir einen Spätfilm mit Gary Grant anzusehen. Ich weiß, das sollte ich nicht, aber ich liebe eben einen guten Gary Grant.«

»Keine Sorge«, erbiete ich mich und wische meine feuchten Hände an einem Geschirrtuch ab, »geht nur, ich warte auf Ben.«

»Wirklich?«, fragt Dot widerstrebend. »Ich finde, wir sollten dich nicht allein hier lassen, schon gar nicht an deinem ersten Abend.«

»Wirklich, das ist gar kein Problem. Ich verspreche, dass ich mich nicht mit den Einnahmen aus dem Staub mache.«

»Ich mache mir eher Sorgen darum, dass sich jemand mit dir aus dem Staub macht«, bemerkt Dot. »Obwohl die ganzen Kerle ja weg sind und Ben jede Minute hier sein sollte.«

Dot sehnt sich genauso nach ihrem Bett wie Sylv nach seinem. Verständlich, wenn man bedenkt, dass sie schon gestern

Nacht die gleiche Schicht hatte. Ich bin so fertig, dass ich auf der Stelle umfallen könnte, aber ich überlege mir, dass ich genauso gut die Gelegenheit nutzen und mit Ben sprechen könnte; mal sehen, ob ich etwas über den entwischten Eddie herausfinden kann.

Falls Amanda wirklich in der Wohnung lauert und nach Neuigkeiten giert, dann würde ich mich sicherer fühlen, wenn ich welche hätte, um sie damit zu füttern.

»Alles okay, wirklich. Geht ruhig.«

»Also gut, wenn du dir ganz sicher bist, dass es okay ist… Danke, meine Liebe. Und danke für heute Abend. Du warst großartig. Wir sehen uns dann in einer Woche wieder.« An der Tür bleibt sie zögernd stehen. »Bist du sicher, dass es okay ist?«

»Klar doch. Geh nur.«

Dot zieht die Tür hinter sich ins Schloss. Ich streiche mir die Haare aus der Stirn und nehme meine Schürze ab, die nicht länger weiß, sondern mit Bierflecken übersät ist. Dann leere ich einen vergessenen Aschenbecher, esse drei übrig gebliebene Cocktailkirschen, bevor ich die Schale abwasche, und flehe insgeheim darum, dass Ben und sein riesiger Schlüsselbund nicht lange auf sich warten lassen. Ich spüre, wie meine Lider zufallen wollen, als ich die kleine Glasschale im Metallbecken hinter dem Tresen abspüle. Der Schlafmangel fordert seinen Tribut.

»Na, wie war dein erster Abend?«

Hastig und überrascht fahre ich herum und stehe dem Hausherrn höchstpersönlich gegenüber.

Nicht Ben, sondern Eddie, der gekommen ist, um abzuschließen, falls ich die Tatsache richtig interpretiere, dass er einen großen Schlüsselbund in der Hand hält.

»Oh, hi.«

Plötzlich komme ich mir total linkisch und tölpelhaft vor, als hätte ich wirklich kein Recht, hier zu sein. Als wüsste er irgendwie, dass ich unter falschem Vorwand hier bin.

»Ähm, der erste Abend, ja. War viel los, ziemlich viel.«

»Freut mich zu hören.«

Seit der Nacht im »Black Betty's« vor einer Woche ist dies das erste Mal, dass ich wieder mit dem Mann spreche.

Heute Abend ist er lässiger angezogen, in Jeans und Poloshirt, und er scheint beim Friseur gewesen zu sein – das weiche, braune Haar am Hinterkopf ist kürzer, und auch oben sind es gut zwei Zentimeter weniger. Es steht ihm. Auch er sieht so müde aus, wie ich mich fühle; dunkle Schatten liegen unter seinen blauen Augen.

»Du siehst total fertig aus.« Er spricht meine eigenen Gedanken aus.

»Wie ich sagte, es war viel los, Hektik pur.«

Ich kann ihm wohl kaum erzählen, dass ich so fertig bin, weil ich bis in die frühen Morgenstunden vor seinem Haus gesessen habe; Eddie-watching in Amandas Interesse.

»Dann mach dich mal besser auf den Weg.« Er sieht mich einen Augenblick lang an. »Das heißt, wenn du nicht noch was trinken möchtest, bevor du gehst?«

Ich will nach Hause und mich für vierzehn Tage unter meiner Bettdecke verkriechen, aber das würde Amanda mir nie verzeihen. Statt Ben auszufragen, habe ich jetzt das Zielobjekt selbst vor mir.

Ich unterdrücke ein Gähnen.

»In Ordnung, aber wenn ich mich setze, schaffe ich es vielleicht nicht mehr aufzustehen.«

»Kein Problem, dann bist du wenigstens rechtzeitig zur nächsten Schicht da.«

»Sklaventreiber!«

»Ich versuche immer, alles aus meinen Angestellten herauszuholen.«

»Das habe ich schon gehört«, scherze ich. »Sie antreiben, bis sie umfallen, hm?«

Buchstäblich im gleichen Augenblick sehe ich Eddie mit einer Peitsche vor meinem inneren Auge. Heftig schüttele ich den Kopf, um das Bild zu verscheuchen. Wo zum Teufel kam das her?

»Okay, okay.« Er seufzt und tut so, als würde er kapitulieren. »Ich will nicht, dass du an deinem ersten Abend zusammenbrichst. Geh und setz dich.«

Wir tauschen die Plätze: Ich setze mich an den Tresen, und er verschwindet dahinter.

»Was darf ich Ihnen bringen, Verehrteste?«, spottet er.

»Kannst du mit einem Cocktailshaker umgehen?«

»Bei mir könnte selbst Tom Cruise noch was lernen.«

»Oooh, bei mir auch!«, knurre ich lüstern.

»Tut mir Leid, hier gibt's nur Alkohol zu kaufen, keine wilden Fantasien.«

»In diesem Fall hätte ich gern eine ganz heiße Nummer...«, scherze ich. »Nein, ein Wodka-Cola wäre toll, danke.«

Ich sehe ihm dabei zu, wie er etwas Eis in ein Glas wirft, großzügig Wodka darüber gießt und mit der Handpumpe einen Schuss Cola hinzufügt. Plötzlich bin ich froh, dass ich nicht schon auf dem Weg nach Hause und zu meiner Bettdecke bin.

Ich nehme begeistert einen großen Schluck von dem souverän gemixten W&C und strecke genüsslich meine Zehen in den Caterpillars aus. Schon erstaunlich, was so ein kleiner Ortswechsel alles leisten kann. Die Welt sieht ganz anders aus – je nachdem, auf welcher Seite des Tresens man steht.

Ich habe mir den ganzen Abend über einen abgebrochen, um andere Leute mit guten Drinks zu versorgen. Jetzt bin ich an der Reihe, mich zu entspannen und was Gutes zu trinken.

Dann fällt mir Amanda wieder ein, die auf Nickys Sofa wartet, mit gekreuzten Fingern und doppelt gekreuzten Beinen, und was ich hier zu erledigen habe. Ich brauche Erkenntnisse, keine Entspannung.

Es ist Zeit, den Mann anzuzapfen statt die Bierfässer.

»Du siehst aus, als würdest du dich damit auskennen«, sage ich zu ihm, als er sich ein Glas Foster's zapft.

»So hab ich angefangen.«

»Ach ja?«, hake ich nach.

»Bei meinem ersten Job habe ich Kisten rein- und rausgeschleppt. Außerdem finde ich, dass man ein Geschäft von allen Seiten kennen sollte, wenn man Erfolg damit haben will. Das bedeutet, dass man in der Lage sein muss, jeden Mist selbst zu machen.«

»Sogar die Klos putzen?«

»Ich rede von jedem Mist, nicht vom Ausmisten.« Er grinst. »Irgendwo muss man eine Grenze ziehen, und meine ist kurz vor einer WC-Ente und einem Paar rosa Gummihandschuhe erreicht.«

»Ach, ich weiß nicht, manche Menschen lassen sich noch von ganz anderen Sachen antörnen«, grinse ich hinter meinem Glas.

»Wie Thekendienst, was?«

»Fürs Geld mache ich das sicher nicht.« Ich blicke ihn über den Rand meines Glases hinweg an. »Die Bezahlung ist mies. Habe gehört, der Chef soll ein echter Geizhals sein …«

»Was du nicht sagst?« Wieder breitet sich das Lächeln auf seinem Gesicht aus. »Genau das habe ich auch gehört. Lässt seine Untergebenen für einen Hungerlohn schuften, während er sich zurücklehnt und die Millionen scheffelt.«

Er umrundet den Tresen und setzt sich neben mir auf einen Barhocker.

»Wie bist du dann überhaupt in dieses Geschäft reingerutscht?«, frage ich ihn.

»Ich bin in die Fußstapfen meines Vaters getreten. Er war Geschäftsführer einer Bar.«

»War er stolz auf dich?«

»Himmel, nein!« Eddie schüttelt den Kopf. »Er wollte, dass ich Geschäftsführer einer Bank werde, etwas Anständiges. Zwischen Bank und Bar liegen zwar nur zwei Buchstaben, dafür aber auch eine ganze Welt. Er tat, was er tat, damit ich es später nicht tun müssen sollte. Da kannst du dir vorstellen, was er empfand, als ich ihm verkündete, dass ich bei ihm arbeiten wollte.« Eddie reißt eine Packung Erdnüsse auf und hält sie mir zuerst hin. »Ich hab's versucht, um seinetwillen. Bin aufs College gegangen, wo ich es fast ein Jahr lang ausgehalten habe. Aber manchmal muss man sich selbst gegenüber einfach ehrlich sein. Man kann seine Zeit nicht immer damit verschwenden, es anderen Leuten recht machen zu wollen. Zu versuchen, sich ihren Ansprüchen anzupassen und ihre Erwartungen zu erfüllen.«

»Amen.« Ich hebe mein Glas in uneingeschränkter Zustimmung. »Aber ich wette, jetzt ist er stolz auf dich, oder?«

»Klar.« Er grinst. »Aber das würde er nie zugeben. Und was ist mit dir, Annabelle Lewis? Was machst du, wenn du nicht gerade durch die Weltgeschichte reist? Irgendwelche Träume, Ziele oder unerfüllten Ambitionen?«

Ich verdrehe die Augen.

»Meine einzige Ambition besteht darin, endlich Ambitionen zu haben. Ich bin fünfundzwanzig und habe immer noch keinen blassen Schimmer, was ich mit meinem Leben anfangen will. Es ist traurig, aber ich hatte nie ein brennendes Verlangen nach irgendetwas. Nicht mal ein leicht schwelendes.«

»Also hältst du eine Reise quer durch Asien für keine besondere Leistung?«

»Du etwa?«, frage ich ihn überrascht.

»Ja«, sagt er schlicht. »Du nicht?«

»Ich weiß nicht. Es kam mir eher so vor, als würde ich kneifen. Von wegen vor der Wirklichkeit davonlaufen und so.«

»Das hängt davon ab, was du als Wirklichkeit bezeichnest. Ob du es glaubst oder nicht, ich finde nicht, dass Geschäftemachen die einzig legitime Lebensweise ist.«

»Und das aus dem Mund von Londons König der Clubs?«

»Ich glaube kaum, dass man mit zwei Clubs Anspruch auf diesen Titel hat.« Das sexy Lächeln breitet sich wieder auf seinem Gesicht aus. »Weißt du, manchmal wünsche ich mir, ich hätte dasselbe gemacht, als ich Gelegenheit dazu hatte. Keine Bindungen, nichts.«

»Es ist nie zu spät.«

Er schüttelt den Kopf.

»Zu viele Verpflichtungen.«

Es gelingt mir nicht, das heftige Gähnen zu unterdrücken, das sich einen Weg in meine Kiefer bahnt.

Er leert sein Bier.

»Los, trink aus, dann fahr ich dich nach Hause.«

»Das musst du nicht«, beeile ich mich zu sagen. Mir ist nur zu bewusst, dass Amanda wahrscheinlich immer noch auf der Lauer liegt, wie ein Vampir, den es nach Informationen statt nach Blut dürstet. »Ich nehme mir ein Taxi.«

»Nein, das machst du nicht.«

»Aber wir haben getrunken.«

»Mein erstes heute Abend. Kein Problem, Annabelle, wirklich. Ich kann dich doch um diese nachtschlafende Zeit nicht allein lassen.« Er sieht auf die Uhr. »Von wegen nachtschlafend, es ist schon Morgen ... Ich kann dich nicht gehen lassen, ohne mich davon überzeugt zu haben, dass du sicher nach Hause gekommen bist. Das wäre nicht richtig.«

»Ich bin erwachsen, ich kann auf mich aufpassen.«

»Ja.« Nachdenklich sieht er mich einen Augenblick lang an und lächelt dann. »Davon bin ich überzeugt ... aber ich fahre dich trotzdem nach Hause, in Ordnung?«

Obwohl ich verzweifelt darauf hoffe, nicht gesehen zu werden, ist es eine enorme Erleichterung, in Eddies Wagen zu sitzen, statt mit Arnold die Verfolgung aufnehmen zu müssen und zu versuchen, an ihm dran zu bleiben, während er vor mir her rast.

Als wir uns Nickys Wohnung nähern, lasse ich mich tiefer in die schwarzen Ledersitze von Eddies Porsche gleiten und bete zu Gott, dass Amanda nicht ausgerechnet diesen Augenblick wählt, um trübsinnig von Nickys Fenster aus den Mond zu betrachten, der hell und voll am nachtblauen Himmel steht.

Ob Eddie mich wohl für verrückt hält, wenn ich einfach in den Kofferraum schlüpfe oder ihn darum bitte, langsam an Nickys Wohnung vorbeizufahren, während ich mich seitlich aus dem Auto rolle wie ein entflohener Sträfling?

Was denke ich da nur? Er würde mich für verrückt halten. Er würde annehmen, dass ich gerade zwei Jahre in Broadmoor verbracht und mir die ganze Backpacker-Geschichte nur ausgedacht habe!

Ich würde ihn ja irgendwo in die Nähe dirigieren, in eine Seitenstraße oder so, aber ich habe das dumme Gefühl, dass er dasitzen und warten wird, bis er mich hinter einer verschlossenen Tür in Sicherheit weiß. Also sitze ich bibbernd da, während Eddie vor dem Eingang zu Nickys Wohnung hält.

»Danke fürs Heimfahren, und ich sollte wohl auch danke für den Job sagen«, erkläre ich ihm und strecke die Hand nach dem Türgriff aus – in dem Versuch, schnell zu verschwinden.

»Keine Ursache.« Er schüttelt den Kopf. »Ich bin sicher, du machst das sehr gut.«

»Dann bis zum nächsten Mal.«

»Wann bist du das nächste Mal eingeteilt?«, fragt er nach, als ich aus dem Auto steigen will.

»Von Dienstag an habe ich regelmäßig Dienst.«

»Na, dann sehe ich dich wohl am Dienstagabend.«

Ich steige aus und sehe hinauf zu Nickys Wohnung.

Amanda blickt nicht aus dem Fenster. Wenn sie es täte, hätte sie bereits irgendetwas aus großer Höhe auf mich geschleudert. Sich selbst wahrscheinlich. Ein heulender, herabstürzender Racheelefant, der genau auf meinen Kopf zielt.

Ich wünschte, Eddie würde mit quietschenden Reifen davonjagen, aber wie ich vermutet habe, sitzt er da, bis er sieht, dass die Tür sicher hinter mir ins Schloss gefallen ist. Dann fährt er schmerzhaft langsam davon. Großartig. Wenn ich ihm auf den

Fersen bleiben will, ist er schwerer zu fangen als der Road Runner bei Höchstgeschwindigkeit. Männer! Warum machen sie nur immer genau das Gegenteil dessen, das man von ihnen will? Werden sie von klein auf dazu erzogen, so pervers zu sein? Lernen sie das schon im Kinderwagen, um sich die stete Aufmerksamkeit der Mütter zu sichern, oder liegt es in den Genen und ist Teil ihres männlichen Bauplans, zu dem die Eier, der Stimmbruch, sich überschlagende Hormone und die Fähigkeit gehören, erschütternd begriffsstutzig zu sein, ohne es je üben zu müssen?

Kaum habe ich die Wohnung betreten, stürzt Amanda sich auf mich. »Was ist passiert … war er da?«, keucht sie atemlos.

Sie hat zu einem von Nickys nie benutzten Videos geturnt; ein trauriges Stirnband à la Olivia Newton John hält die Fülle ihrer verschwitzten blonden Haare zurück. Es ist fast vier Uhr morgens. Die Frau ist besessen.

Ich werde ihr nicht erzählen, dass er mich nach Hause gefahren hat. Sie würde ausflippen und versuchen, mich mit dem unglaublich weit ausgeschnittenen Aerobicanzug zu erdrosseln, der auf ihren Pobacken glänzt.

»Er war da, um abzuschließen.«

»War er mit jemandem zusammen?« Ich kann nicht einschätzen, ob ihr Gesicht wegen einer Überdosis an Turnübungen oder einer durch Eddie ausgelösten Angst so hochrot ist.

Ich verneine kopfschüttelnd und beuge mich vor, um meine Caterpillars aufzubinden.

»Nein.«

»Um wie viel Uhr ist er in den Club gekommen?«

»Sagte ich doch, rechtzeitig, um abzuschließen. Muss kurz nach drei gewesen sein.«

»Und wo war er dann den ganzen Abend?«

»Weiß ich nicht«, murmele ich gereizt.

»Hast du überhaupt etwas herausgefunden?« Sie betont das »überhaupt«, ihre Stimme trieft vor Sarkasmus.

»Na ja, eins von den anderen Mädchen scheint ihn ganz gut zu kennen… nicht so, wie du denkst«, füge ich eilig hinzu, als Amanda anfängt zu knurren. »Sie sagte, er ist süß.«

»So viel wusste ich auch schon.«

»Schon gut, reg dich nicht auf.«

Das Geräusch eines Schlüssels im Schloss verkündet die Rückkehr von Nicky noch ihrem »heißen« Date. Gott sei Dank hat sie Tarzan nicht mit nach Hause gebracht. Ich glaube, dass ich mit einer Überdosis Testosteron zusätzlich zu Amanda nicht fertig werden würde.

»Halloooo«, ruft sie und torkelt zur Tür herein. »Du bist nur Sekunden vor mir nach Hause gekommen, Belly Babe. Wir hätten zusammen im Aufzug fahren können, wenn ich mir nicht noch hinten in einem alten Lieferwagen die Kiemen hätte kitzeln lassen!« Sie gluckst. »Was übrigens eine ganz neue Erfahrung war, die ich meinen Freunden nicht empfehlen möchte. Knutscht nie mit einem Mann, der mehr Haare als ihr selbst hat, in einem Lieferwagen voller Ziegenleder – ugh!« Sie schüttelt sich. »Ich hab immer noch den Geschmack von Haar- und Lederspray im Mund… wie unangenehm. Übrigens«, fährt sie zu mir gewandt fort, »wer war das, der dich da rausgelassen hat?«

Oh, Mist!

»Äh… ein Taxi«, erwidere ich hastig.

»Ein Taxi? Aber ich hab dich doch aus einem Por–«

»Ein portugiesischer Taxifahrer? Ja, ich weiß, der kannte sich in London etwa so gut aus wie ich mich in Elvis Gehirn. Das heißt, falls der überhaupt eins hat. Ein Wunder, dass ich überhaupt nach Hause gekommen bin… na, und hattest du einen schönen Abend?«

Glücklicherweise ist Nicky ziemlich breit.

»Einen schönen Abend? Machst du Witze? Himmel!« Sie pfeift durch die geschlossenen Zähne. »Ich hab noch nie in meinem Leben so einen Angeber gesehen… wie heißt doch gleich der Song, in dem es um ein Restaurant mit Glastischen geht, in denen man sich den ganzen Abend selbst betrachten kann?«

Amanda und ich zucken die Achseln.

»Ich denke, ihr kapiert, wovon ich rede.« Sie hat Schluckauf, wirft ihre Handtasche aufs Sofa und platziert dann ihren Hintern daneben. »Es wundert mich, dass er nicht selbst eine Handtasche mit einer Bürste und Haarspray drin dabei hatte. Wenn er sich einmal mehr mit der Hand durchs Haar gefahren wäre, dann hätte ich die kaputten Enden über die Kerze gehalten, bis sie in Flammen aufgehen, das schwöre ich euch.«

Elvis, der sich bei Amandas Ankunft zum Schlafen in den Korb mit meiner Schmutzwäsche verzogen hatte, wacht beim Klang von Nickys Lachen auf und schießt freudig ins Wohnzimmer, um Mummys Rückkehr zu feiern, die hoffentlich auch das Verschwinden dieser durchgeknallten Frau bedeutet, die häufiger knurrt als er und die meiste Zeit in der Wohnung damit zubringt, auf den seufzenden Holzdielen auf und ab zu hüpfen wie eine fette, verrückte Primaballerina.

Nicky schnappt sich Elvis, um ihn zu liebkosen. Sein ganzer Körper wackelt, so freut er sich, sie zu sehen.

»Wie geht's meinem Baby? Hattest du einen netten Abend mit Tante Manda?«, gurrt sie, was Amanda deutlich missfällt. »Hast du deine Mummy vermisst? Das hast du, was… Wie ist denn der Abend bei dir verlaufen, Belle? Was Erfreuliches über den edlen Eddie?«

»Das habe ich gerade versucht herauszufinden«, platzt Amanda ungeduldig dazwischen. Anscheinend findet sie Nickys Wahl des Spitznamens nicht lustig.

»Hast du ihn gesehen?«

»Ja«, antworten Amanda und ich wie aus einem Mund.

»Was ist geschehen?«

»Nichts Besonderes. Er kam, um abzuschließen.«

»Und dann?« Nicky küsst Elvis' krausen Kopf, während der wie wild auf einem ihrer baumelnden Silberohrringe kaut.

»Und dann ist er wieder gegangen.« Ich gähne herzhaft, weil ich mich jetzt nur noch danach sehne, in mein Bett zu fallen.

»Das war's?«, schaltet Amanda sich mit enttäuschter Stimme ein.

»Was hast du denn erwartet? Dass er sich setzt und mir seine geheimsten Wünsche offenbart? Mein Gott, es war doch erst das zweite Mal, dass ich den Kerl gesehen habe!«

Ich werfe meine Jacke über die Sofalehne. Amanda starrt mich wütend und frustriert an.

»Und warum bist du ihm dann nicht gefolgt, als er ging?«

»Ob du es glaubst oder nicht, ich kann ihm zu Fuß einfach nicht überallhin folgen, und außerdem funktioniere ich ohne Schlaf nicht besonders gut. Und genau den werde ich mir jetzt auch gönnen. Wenn du also eine eigene Wohnung hast …«

»Aber er kann überallhin gegangen sein«, jammert sie, ohne sich vom Fleck zu rühren.

»Wenn man bedenkt, dass auch er ein Mensch ist, obwohl du immer wieder behauptest, er sei ein Liebesgott, dann ist es vorstellbar, dass auch er nicht ohne Schlaf funktioniert, weshalb er wohl nach Hause und ins Bett gegangen ist.«

»Schon, aber mit wem?«, heult sie.

»Oh, wahrscheinlich mit der gesamten weiblichen Basketballmannschaft von Wimbledon«, knurre ich und gleite eilig in Richtung meines eigenen Bettes davon.

»Ach, außerdem scheint er mir wirklich sehr humorvoll zu sein«, werfe ich über die Schulter zurück, als sie vor Wut knallrot anläuft, »weshalb seine Traumfrau wohl besser Sinn für Humor haben sollte!«

»Annabelle!«

An meinem zweiten Arbeitstag betrete ich das »Daisy's« und werde herzlich begrüßt. Es sind Dot, Ben und eine hübsche Rothaarige, die mir als die vorab grippekranke Abigail vorgestellt wird und sich soweit erholt hat, dass sie wieder arbeiten kann.

Sie sitzen an einem der Tische, trinken gemeinsam einen Kaffee, und die Frauen rauchen, während sie sich über Bens Kopf hinweg unterhalten. Ben ist völlig in das Kreuzworträtsel der *Sun* vertieft, die einer der Handwerker zurückgelassen hat, ein gewisser Bloody Jerry.

Die Bar ist leer, genau wie das Restaurant und die Küche, die anscheinend beide Dienstagabends geschlossen sind.

Ich werde aufgefordert, mir eine Tasse zu holen und mich dazuzugesellen.

»Ich war mir nicht sicher, ob du nach Samstagnacht noch mal kommst«, sagt Dot lachend, während sie mir Kaffee einschenkt. »War mal wieder eine Nacht mit höllischen Gästen. Aber sie hat sich wacker geschlagen«, erklärt sie Abigail und wendet sich dann wieder mir zu. »Keine Sorge, meine Liebe, heute Abend wird es bestimmt etwas ruhiger. Wie du siehst …«, sie deutet auf die verlassene Bar, »dienstags machen alle Pause, um früh ins Bett zu kommen und sich von den Exzessen der letzten Nacht zu erholen, so dass sie am nächsten Tag wieder von Neuem beginnen können.«

»Deshalb reden wir auch von der Friedhofsschicht«, ergänzt Abigail. »Später kriegen wir sicher auch die ein oder andere Leiche. Bloody Jerry taucht sicher irgendwann auf.«

»Wer ist denn das?«

»Mein Freund«, erklärt Abigail ohne jede Begeisterung. »Kann aber auch nur vorübergehend sein.«

»Ach ja?«

»Ich warte nur darauf, dass jemand Besseres vorbeikommt.«

»Na, dann wirst du ja nicht lange warten müssen.« Dot sieht mich verschwörerisch an.

»Entweder das, oder ich warte, bis Ben endlich merkt, dass ich die Liebe seines Lebens bin und mich vom Fleck weg heiratet«, scherzt Abigail und bläst eine Wolke Zigarettenrauch in sein nach unten gebeugtes Gesicht.

Ben sieht von seinem Kreuzworträtsel auf, kneift wegen des

Qualms die Augen zusammen und bemerkt endlich meine Ankunft.

»Hey, Annabelle! Schön, dich zu sehen. Tut mir Leid, dass ich dich am Samstag verpasst habe. Musste nach Hause, kleiner Wasserrohrbruch.«

»Das kommt davon, wenn man für die eigene Wohnung dieselbe Ansammlung von Cowboys benutzt, die du die Hirnlosigkeit hattest, auch für diesen Keller hier anzuheuern«, sagt Dot seufzend.

»Nein, das kommt davon, wenn man durch fremde Betten hüpft«, stichelt Abigail.

»Fremde Betten!«, schnaubt Ben. »Schön wär's!«

»Ich biete dir immer wieder meinen Körper an...«, summt Abigail und macht einen Schmollmund.

»Und ich sage dir immer wieder, dass er nicht zu mir passt.« Ben klopft auf seinen wohl gerundeten Bauch. »Mein großer Kopf auf deinem zarten Körper...«

Abigail kichert.

»Daran hab ich eigentlich nicht gedacht. Eher an deinen großen Kopf zwischen meinen zarten...«

»Abigail!« entfährt es Dot und Ben wie aus einem Mund.

»Wegen dir bekommt die arme Belle noch einen völlig falschen Eindruck von uns«, sagt Ben lachend.

»Oder den richtigen.« Abigail lächelt mich strahlend an.

Ich spüre, dass ich dieses Mädchen mag, deren schöner, weicher und gutturaler irischer Akzent seine frechen Worte Lügen straft.

»Außerdem will ich ja eigentlich gar nicht dich haben.« Sie wirft einen Blick auf Ben. »Tut mir Leid, mein Süßer, auch wenn mein Körper dir gehört – mein Herz gehört einem anderen.«

»Aber nicht Bloody Jerry!«, stöhnt Dot, die uns gerade Kaffee nachschenkt.

»Todsicher nicht! Der Mann meiner Träume und Jerry sind sich etwa so ähnlich wie die Sonne und eine alte, schwache, staubverkrustete Glühbirne. Nein, ich denke da an jemanden, der weit begehrenswerter ist als mein fremdgängerischer Romeo.«

»Du träumst doch nicht etwa immer noch davon, deine manikürten Nägel in unseren süßen Chef zu krallen?«

»Eine Frau wird ja wohl noch träumen dürfen, oder?«

»Na klar. Problematisch daran ist nur, dass nicht jeder dieser Träume reif dafür ist, um im Erwachsenenprogramm zu laufen.«

Abigail lehnt sich breit grinsend zurück.

»Entschuldige mal, Dotty Darling, aber die Zeiten haben sich geändert. Heutzutage dürfen Frauen einen Sexualtrieb verspüren, ohne sich verpflichtet zu fühlen, jedes Mal drei Ave Maria zu beten, wenn ihre Libido sich meldet.«

»Wenn man dich reden hört, könnte man glauben, deine Generation hat den Sex erfunden«, kontert Dot. »Du vergisst wohl, dass die freie Liebe ihren Durchbruch hatte, als ich jung war.«

»O ja, und du bist seitdem eine ihrer größten Bewunderinnen!«, zieht Abigail sie gutmütig auf. »Ich wünschte, Eddie stünde auf freie Liebe – dann könnte ich ihm eine Orgie vorschlagen.«

Unwillkürlich muss ich an Eddies Velourstapete und die verspiegelte Decke denken. Ich frage mich, ob auch er insgeheim ein Kind der Siebziger ist. Man kann sich gut vorstellen, wie in diesem Haus bei einer wilden Orgie diverse Schlaghosen heruntergerissen werden, während im Hintergrund provozierend Lavalampen blubbern. Vielleicht ist Abigails Traum gar nicht so weit hergeholt. Doch ich vermute, dass es ein großer Schritt ist vom Dekor der Siebziger bis zur Sexualmoral dieser Epoche. Ich will sagen, nur weil man einen Porsche fährt, gehört man noch lange nicht zum Kreis der Reichen und Schönen.

»Wenn es aber eine Orgie ist«, fährt Abigail verträumt fort, »müsste ich ihn mit anderen teilen, und ich will diesen knackigen Körper doch für mich allein ...«

»Entschuldige bitte, aber du fantasierst da gerade über einen meiner besten Freunde«, wirft Ben entrüstet ein.

»Ach, bist du also wieder auf demselben Planeten wie wir? Dachte schon, wir hätten dich an dieses kleine Gedankenpuzzle da verloren«, entgegnet sie, wobei sie sarkastisch auf Bens bei weitem nicht vollständiges Kreuzworträtsel anspielt. »Falls du hier den Intellektuellen raushängen lassen willst, Benjamin, könntest du wenigstens beim Kreuzworträtsel der *Times* statt bei dem Ding da versagen!« Sie beugt sich vor und sieht genauer hin. »Das ist noch nicht mal eins mit verschlüsselten Hinweisen, sondern ein ganz schnelles, einfaches!«

»Genau so magst du doch auch deine Männer, oder?« Ben grinst sie an.

»Wie die Tatsache, dass sie mit Jerry zusammen ist, eindeutig beweist…«, fällt Dot ein.

»Meint ihr, dass er heute Abend kommt?« Abigail ist in Gedanken immer noch bei Eddie.

Ben legt die Stirn in Falten. »Das bezweifle ich. Nicht an einem Dienstag, da ist er bestimmt im ›Betty's‹…«

»Zu dumm.« Abigail macht ein langes Gesicht. »Ich wollte ihn doch Belle zeigen.«

»Ich habe ihn schon mal getroffen«, gestehe ich vorsichtig.

»Was!«, entfährt es ihr, als hätte sie gerade entdeckt, dass wir ein gemeinsames Hobby haben. »Und sag«, sie beugt sich verschwörerisch vor, »wie findest du ihn?«

»Er schien nett zu sein.«

»Nett? Sie nennt den Mann nett! Das ist ja so, als würde man Michelangelos David eine Skulptur nennen, wo es sich ganz offensichtlich um ein Kunstwerk handelt. Er ist total süß!« Abigail steckt ihren kleinen Finger in einen halb leeren Becher Sahne und leckt ihn dann genüsslich ab. Sie legt den Kopf in den Nacken und setzt einen verträumten Blick auf.

»Wie Eddie wohl mit nichts als einem Feigenblatt bekleidet aussieht?«

»David hat gar kein Feigenblatt«, sage ich kichernd.

»Nicht? Umso besser! Diese Italiener wussten wirklich, wie man die Dinge ordentlich macht, oder? Nackte Männer, Eiscreme und Cappuccino.« Abigail schenkt uns nach. »Was will eine Frau mehr?«

»Ein Bankkonto in der Schweiz, eine Wohnung in Mayfair und einen treuen Liebhaber«, erklärt Dot entschieden. »Die Regierung sollte verordnen, dass jede Frau über vierzig automatisch einen Liebhaber bekommt. Vergesst die Rente mit sechzig, lasst euch mit vierzig flachlegen. Dann würde das Leben wirklich ›beginnen‹, nicht wahr? In sexueller Hinsicht zumindest.«

»In dieser Hinsicht hat dein Leben lange vor den Vierzig begonnen, Dotty Darling«, unterbricht Abigail sie.

»Es sei denn, sie redet von der Menge statt von den Jahren«, zieht Ben sie auf und weicht geschickt einem Klaps von Dots manikürter Hand aus. »Sie hat erst mal vierzig Männer gebraucht, um den Dreh rauszukriegen.«

»Was ist mit dir, Belle?« Dot wendet ihre Aufmerksamkeit mir zu. »In Anbetracht der Tatsache, dass wir unsere eigenen, traurigen Sexgeschichten bereits mehrfach gehört haben, könntest du doch mal was über dein Liebesleben erzählen.«

»Was soll das sein?«

»Bist du etwa Single?«, erkundigt Abigail sich.

»Hundertprozentig.«

»Sei nicht so überrascht, Abi.« Ben klopft ihr mit seinem vom Kaffee warmen Löffel aufs Handgelenk, so dass sie zusammenzuckt. »Es gibt viele von unserer Sorte, weißt du.«

»Genau, Eddie zum Beispiel.« Dot zwinkert ihr zu.

Eine weitere Bestätigung dafür, dass Eddie zurzeit eindeutig solo ist. Werde das in meinem geistigen Notizbuch festhalten.

»Mmm«, sinniert Abigail und blickt mich an. »Weißt du was, ich hatte gerade einen wunderbaren Einfall. Du bist Single, er ist Single, wir könnten euch verkuppeln…«

»Was ist mit mir?«, jault Ben. »Warum willst du nie jemanden mit mir verkuppeln?«

»Eddie?«, frage ich überrascht. »Ich dachte, den willst du für dich selbst?«

»Nicht alle Wünsche gehen in Erfüllung.« Abigail zuckt die Achseln. »Außerdem habe ich ja Jerry.«

»Deinen Jerry hat jede«, sagt Dot, und der verächtliche Ton in ihrer Stimme wird nur leicht durch das Lachen abgemildert, das diese Bemerkung begleitet.

»Das sind alles Gerüchte. Ich habe keine eindeutigen Beweise, wie die Tatsache bezeugt, dass er immer noch am Leben und mit seinen baumelnden Teilen verbunden ist.«

»Ich will ja nicht undankbar sein«, schalte ich mich ein, »aber ich glaube nicht, dass ich mit Eddie verkuppelt werden will.«

»Nicht?« fragen alle drei überrascht.

»Na ja, er scheint ganz nett zu sein…«

Sehr nett, aber ich hänge an meinem Leben.

»Da ist es schon wieder, dieses Wort – nett.« Abigail schüttelt den Kopf. »Lassen wir ihr etwas Zeit, dann verknallt sie sich schon bald von selbst in ihn und bettelt dann um unseren Beistand als Amateur-Cupido. Irgendwann erwischt es jede, weißt du. Natürlich in unterschiedlichem Ausmaß, aber es ist unausweichlich…«

»Vergiss bitte nicht, dass Abigail über die weiblichen Mitarbeiter redet.« Ben grinst, steckt den Löffel, mit dem er gerade Abigail angegriffen hat, in die Zuckerdose und lutscht ihn dann ab.

»Obwohl ich den Verdacht habe, dass Sylvia zeitweise einen Anfall unerwiderter Leidenschaft hatte.«

»Vielleicht ist unsere Annabelle ja immun.« Dot klopft ihre Zigarette über dem Aschenbecher ab und zwinkert mir wieder zu.

Abigail schnaubt wegwerfend.

»Niemand ist in Sachen Liebe immun. Das ist wie bei einer

Grippe – da hat man gerade einen ersten Anfall überstanden, ist noch schwach und verschnupft und schwört sich, dass man sich den Keimen nie wieder aussetzen wird. Und wozu? Nur um einen neuen Virus einzufangen, den man noch nicht hatte.«

Vielleicht arbeitet sich Nicky deshalb durch so viele Männer; sie arbeitet an ihrer Immunität wie eine moderne Marie Curie, die auf der Suche nach dem ultimativen Gegenmittel für das Eine ist, das alle Frauen zu befallen scheint: Männer.

Als der Abend voranschreitet, füllt sich das »Daisy's« langsam, aber stetig. Die Vorstellung der anderen von einem ruhigen Abend verbuche ich bei mir als eine ganz schön lebhafte Party. Zugegeben, es ist nicht die abgefahrene, wogende Masse, die uns Samstag mit ihrer Partylaune beglückt hat, aber es gibt trotzdem ziemlich viel zu tun.

Ich passe einen ruhigen Moment ab, behaupte, dass ich aufs Klo muss, und schleiche mich stattdessen in die Büros im ersten Stock. Dort durchforste ich die Schubladen, bis ich Eddies Kalender mit all seinen Terminen für die nächsten acht Monate gefunden habe.

Amanda wird entzückt sein. Sie wird darüber im Bilde sein, wo er sich gerade aufhält, über fast jede Minute und über jeden Tag.

Mein Herz pocht wie verrückt gegen meine Rippen, als ich zum Fotokopierer hinübergehe. Ich würde sterben, wenn jetzt jemand hereinkommt und mich ertappt. Sie waren alle so nett zu mir. Ich komme mir vor wie ein Abiturient, der gerade die Prüfungsaufgaben kopieren will und von den Lehrern dabei ertappt wird.

Über dem Kopierer hängt eine Pinwand voller Fotos aus dem Club. Mir wird klar, dass Amanda die Bilder von Eddie hier hat mitgehen lassen. Es gibt ein paar Bilder, die vom gleichen Film stammen müssen; die gleiche Gruppe lachender und trinkender Männer, mit Eddie auf der rechten Seite der Fotos.

Als ich genauer hinsehe, entdecke ich plötzlich im Hintergrund eines der Fotos etwas, das mir vorher entgangen war.

Ich gehe näher heran. Ach du meine Güte, das ist doch nicht etwa … oder doch?

Amanda. Zumindest glaube ich das. Das sind eindeutig ihre blauen Augen, und auch die aufgeblähten Lippen à la Beatrice Dalle sind ihre. Aber sie muss um wenigstens drei Größen schlanker gewesen sein.

Und sie lächelt, was ich bei ihr nicht oft sehe.

Tja, wenigstens brauche ich mir jetzt nicht mehr den Kopf darüber zu zerbrechen, warum sich Eddie überhaupt zu jemandem wie Amanda hingezogen fühlt.

Sie sieht einfach umwerfend und unglaublich gut aus, und das liegt nicht nur an der schlankeren, sportlicheren Figur – es ist das breite, strahlende, mitreißende Lachen auf ihrem Gesicht.

Sie sieht supernett aus, genau die Art Mensch, die ich mir als Freund wünschen würde.

Was ist mit ihr geschehen? Die Amanda auf dem Foto gleicht in nichts der egozentrischen, herrischen Frau, die ich kenne.

Ich betrachte noch eines der Bilder von Eddie und Ben, das ich vorher nicht kannte. Beide sehen ziemlich bedient aus. Sie wissen schon, die Art Schnappschuss, auf dem die betrunkenen Kumpel Arm in Arm in die Linse grinsen, wobei Ben hier Eddie davon abhält hinzufallen. Endlich sieht auch Eddie einmal direkt in die Kamera; er hat dieses charakteristische, freche, sexy Lächeln aufgesetzt, bei dem der Mund sich auf einer Seite nach oben zieht.

Ich fühle mich wirklich unwohl.

Es mag ja schön und gut sein herauszufinden, ob ein angehender Ehemann das in ihn gesetzte Vertrauen wert ist, ob er treu oder untreu ist, bevor man sich darauf einlässt, den Rest seines Lebens mit ihm zu verbringen. Das ist so, als wolle man herausfinden, ob ein potenzieller Geschäftspartner, in den man sein mühsam Erspartes investiert, nicht irgendwelche krummen Dinger dreht.

Aber das hier ist etwas anderes.

Ich komme mir vor wie eine Betrügerin, die ein krummes Ding dreht oder bei einer üblen Masche mitmacht.

Amanda sollte sich wünschen, dass er sie um ihrer selbst willen mag, und nicht glauben, sie müsste sich in seine Traumfrau verwandeln. Sie will ihm etwas vorgaukeln, was es gar nicht gibt. Das ist so, als würde man mit Falschgeld für das ersehnte Kleid bezahlen, oder mit einer überzogenen Karte, obwohl man weiß, dass das Geld in nicht allzu ferner Zukunft mit Verzugszinsen vom Konto abgebucht wird.

Ich lege den Kalender an seinen Platz zurück, unkopiert.

Kapitel 8

Eddie Farrars Traumfrau

Intelligent
Attraktiv
Modebewusst
Gebildet
Unabhängig
Geschäftstüchtig
Sollte sich für gute Weine, gutes Essen, Reisen und schnelle Autos interessieren.

Ich liege ausgestreckt auf dem Teppich, einen Stift im Mund, einen Notizblock in der Hand und überfliege unsere Liste noch einmal, während Elvis an meinen nackten Zehen knabbert. Mir wird bewusst, dass das, was wir da gerade zusammengetragen haben, eine Liste von Eddies eigenen Eigenschaften und Interessen ist.

»Also willst du dich in einen Klon verwandeln, in der Hoffnung, dass er dich dann unwiderstehlich attraktiv findet?«, sage ich spöttisch zu Amanda, die auf dem Sofa kauert, sich den Nacken mit Feuchtigkeitslotion einreibt und geifernd beobachtet, wie Nicky einen Big Mac futtert.

»Für wen hältst du ihn eigentlich – für Narziss? Und heißt es nicht immer, Gegensätze ziehen sich an?«

»Zugegeben, aber angeblich ist es besser, wenn man auch Gemeinsamkeiten hat«, wirft Nix ein, den Mund voller Hamburger und Mayonnaise.

»Das macht mich völlig fertig«, sage ich seufzend und streiche mir das Haar aus dem Gesicht. »Kannst du nicht einfach du selbst sein? Und wenn es nicht klappt, dann weißt du wenigstens, dass es nicht hat sollen sein, weil ihr nicht zueinander passt.«

»Ich habe versucht, ich selbst zu sein, es ging nicht«, erwidert Amanda spitz. Vor Hunger ist sie wütend.

»Sagt dir das nichts?«

Verächtlich sieht sie mich aus zusammengekniffenen Augen an.

»Es sagt mir, dass ich es noch einmal versuchen und sicherstellen sollte, dass es dieses Mal klappt.«

Sie hört sich an, als würde sie die Führerscheinprüfung wiederholen oder so etwas.

»Jetzt sieh mich nicht so an, Annabelle! Mein wahres Ich werde ich schon nicht ändern …«, fährt sie fort und betrachtet ihr eigenes Spiegelbild auf der Oberfläche des Teiches.

Mein wahres Ich… wenn das kein toller Titel für ein Selbsthilfebuch ist.

»… ich feile eben nur ein bisschen an der Feinabstimmung.«

»Wie beim TÜV«, wirft Nix ein. »Nur, weil man sicherstellt, dass ein Wagen alle Testanforderungen erfüllt, heißt das noch lange nicht, dass man das Fahrgestell auswechselt.«

»Fang nicht wieder mit deiner TÜV-Analyse an.« Ich werfe ihr einen warnenden Blick zu. »Das ist einer der Gründe, warum wir überhaupt hier sind.«

Selbst wenn wir Amanda in die Art Frau verwandeln, von der wir annehmen, dass Eddie sich in sie verlieben würde, dann bedeutet das noch lange nicht, dass er es auch tun wird. Wir kommen nicht immer mit den Leuten am besten zurecht, von denen wir es erwarten.

Nehmen Sie mich und Amanda.

Nein, nehmen Sie nicht mich und Amanda, wir kommen nicht wirklich miteinander zurecht.

Wie wäre es mit Amanda und Nicky?

Nein, Nicky ist so lieb, dass jeder sie ins Herz schließt, selbst solche Egozentriker wie Amanda.

Aber egal, ich wollte damit nur sagen, dass es keine bestimmte Formel für Anziehungskraft gibt. Da trifft man jemanden, der eigentlich perfekt zu einem passen sollte, und beschließt dann, dass man sich lieber zu Hause und ohne Anästhesie einer Lobotomie unterzieht, als eine Beziehung mit diesem Jemand einzugehen.

Im Wort *amour* ist ein ganz entscheidendes Element enthalten, das sich jeder näheren Beschreibung entzieht.

Vielleicht ist es Irrsinn.

Oder ein Virus.

Ich glaube, Abigail hat Recht. Liebe sollte ganz offiziell als Krankheit anerkannt werden. Überlegen Sie doch einmal, was die Liebe mit einem anstellen kann. Sie kann einen weitaus mehr schwächen als die schlimmste Krankheit. Sie kann einen normalerweise gesunden, glücklichen Menschen in einen jammernden, zittrigen, manisch-depressiven, paranoiden, schizophrenen Irren verwandeln.

Ich sollte es wissen, denn so einige Male war ich auch so eine Irre, obwohl ich, wenn ich zurückblicke, den Eindruck habe, nie verliebt gewesen zu sein. Nicht wirklich. Ich dachte, ich wäre verliebt, aber geht es nicht eigentlich darum, jemanden zu finden, mit dem man den Rest seines Lebens verbringen möchte? Die Aussicht, den Rest meines Lebens mit einem meiner Ex-Freunde zu verbringen, ist ungefähr so verlockend wie die Aussicht, den Rest meines Lebens in der Todeszelle zu sitzen.

Sie mögen in mir eine alte Zynikerin sehen – nun ja, ich würde es vorziehen, wenn Sie eine junge Zynikerin in mir sähen, so ich überhaupt zynisch bin –, aber ich kann mich des Eindrucks nicht erwehren, dass um diese Sache, genannt Liebe, mehr Aufhebens als nötig gemacht wird. Mein Vater vertritt die Theorie, dass, solange sich gute und schlechte Zeiten die Waage halten, es die Mühe wert ist, eine Sache zu machen oder einen

Partner zu behalten (oder eine Sache zu behalten und es mit einem Partner zu machen, je nachdem, wie die Dinge gerade stehen).

Ich dagegen habe den Eindruck, dass die Liebe keines von beiden wert ist, da sie einem schlussendlich mehr Schmerz als Vergnügen bereitet. Nicky liebte Richard und wurde schmerzlich getäuscht. Amanda behauptet, Eddie zu lieben, was sie dauerhaft zu schmerzen scheint. Da frage ich mich: Wozu das alles? Kann mir das bitte mal jemand erklären? Warum machen wir das alles? Ja, klar, ich glaube, ich liebe dich, hier hast du mein Herz, trample drauf rum! Masochismus in Reinform.

Falls Liebe eine Krankheit ist, dann hat Amanda die wohl im Endstadium.

Ob ich wohl eine Kur in Form eines anderen Mannes für sie finden kann? Ein leckeres Allheilmittel, bestehend aus berstenden Bizepsen und Bankkonten – das sollte sie glücklich machen.

Amandas Traummann

Erfolgreich
Wohlhabend
Einflussreich
Großzügig

Vielleicht müssen wir Amanda doch verändern – in jemanden, der nicht ganz so seicht ist.

Amanda will, dass ich Eddie Farrar vierundzwanzig Stunden am Tag beobachte. Ich aber weigere mich, vollkommen von ihr vereinnahmt zu werden. Und um Nicky einen Gefallen zu erweisen, nehme ich einen neuen Auftrag an und verbringe einen Nachmittag damit, den Freund einer der Sekretärinnen aus Nickys Firma zu beschatten. Meiner ständig wachsenden Ernüchterung dem anderen Geschlecht gegenüber zum Trotz stellt sich das Ganze als eine der netten Gelegenheiten heraus, bei der ich eine vorab aufmerksame und rücksichtsvolle bessere Hälfte, die sich plötzlich ausweichend, geheimniskrämerisch und befremdlich verhält, dabei ertappe, umherzuhetzen und wie verrückt eine Überraschungsparty zum dreißigsten Geburtstag vorzubereiten. Die überwältigende Erleichterung entschädigte dann auch für die vorweggenommene Überraschung, und zurück bleibt eine glückliche Kundin, die nur noch knapp eine Woche Zeit hatte, um zu üben, auf angenehme Art schockiert auszusehen, und die ziemlich froh ist zu wissen, dass sie an besagtem Tag auf dem Weg von der Arbeit nach Hause besser ihr Make-up auffrischen sollte, bevor sie dann die Tür zu ihrem Wohnzimmer aufstößt, das voll von strahlenden, Luftschlangen werfenden, in Schale geworfenen Freunden und Verwandten ist.

Als ich nach Hause zurückkomme und im zweiten Stock aus dem Aufzug trete, höre ich seltsame Geräusche, Musik und etwas, das sich wie das regelmäßige Bumm-Bumm-Bumm eines Hammers anhört.

Nicky und Amanda haben die Sofas und den Couchtisch zur Seite geschoben und schwitzen gemeinsam zu einem Aerobic-Video. Die Holzdielen ächzen, während sie Ausfall- und Seitschritte machen, die Oberkörper biegen und ihre Becken zusammen mit Cindy Crawford kreisen lassen.

Nicky hat ein T-Shirt und eine ausgeleierte, schäbige Jogginghose an, die älter ist als sie selbst. Amanda dagegen trägt natürlich den letzten Schrei, Turnschuhe, Socken, Radlershorts und die Art Aerobic-Anzug, der einen jedes Mal der Länge nach aufzuschlitzen droht, wenn man sich hinunter zu den Zehen beugt. Das Schweißband à la Olivia Newton John, das einmal mehr zum Einsatz kam, um Amandas wallende blonde Mähne aus ihrem hochroten Gesicht zu halten, ist dagegen vor etwa sechzehn Jahren aus der Mode gekommen, da bin ich mir sicher.

Elvis hat sich vernünftigerweise in Sicherheit gebracht und sieht ihnen von seinem Platz unter dem vorübergehend verschobenen Couchtisch zu. Der schokobraune Kopf liegt auf der Seite, und sein kleines Hundegesicht zeigt einen befremdeten und irgendwie verängstigten Ausdruck.

In der verrückten Hoffnung, innerhalb von sechs Wochen noch mehr als fünf Kilo zu verlieren, hat Amanda sich bei einem exklusiven Fitnessclub in den Docklands angemeldet. Sie hat sogar Nicky überredet, ab und zu mit ihr zum Training zu kommen. Dabei ist Sport für Nicky gleichbedeutend mit Regelschmerzen oder unerwünschter Gesichtsbehaarung.

Nicky hat zwar noch nicht abgenommen, doch sie hat einen gewissen Wertpapierhändler ziemlich schnell abserviert und fährt jetzt voll auf einen belgischen Tennistrainer namens Christian ab, der angeblich ein Gesicht wie Leonardo und einen Körper wie Jean-Claude Van Damme hat. Während die beiden anderen bei dieser Vorstellung anfangen zu sabbern wie läufige Rottweiler, habe ich eher die Vision eines ziemlich kleinen Kopfs auf einem massigen Körper. Vielleicht sollte ich mir diese Vision mal ansehen. Ich bräuchte ein bisschen Abwechslung, um mich von meiner Aufgabe abzulenken.

Das hier muss die Hausaufgabe sein.

Ich hole mir ein leckeres, gekühltes KitKat aus der Küche, lehne mich an den Türrahmen und schaue gemeinsam mit Elvis zu, wie sie sich zusammen durch die letzten fünf Minuten schwitzen.

Das ist das Gute an der Arbeit im Club, wo ich gleichzeitig die Dreckarbeit für Amanda erledigen muss – sie verhindert, dass ich mit einem Schritt bei Kleidergröße vierundvierzig oder darüber ankomme! Wenn die Bar voll ist, dann bleibt man ständig in Bewegung. Und wenn es ruhiger zugeht, dann ist die Musik so ansteckend, dass man selbst hinter der Theke zu tanzen anfängt.

Es ist hilfreich, dass ich dort keine Zeit zum Essen habe. Ich scheine eine Diät aus ausgesaugten Zitronenscheiben und Cocktailkirschen zu machen; hinzu kommt manchmal ein Teller mit

Resten, wenn der Küchenchef guter Laune ist. Was höchstens mal bei Vollmond der Fall ist, und auch nur in den Monaten mit einem R.

Elvis verschlingt die Schokolade schneller als ich. Deshalb statte ich dem Kühlschrank einen weiteren Besuch ab, lasse mich dann aber an den Küchentisch plumpsen, weil ich den Anblick zweier Hinterteile, die synchron im Rhythmus blöder Musik wackeln, nicht länger ertrage. Ich blättere durch die letzte Ausgabe der *Cosmopolitan*, während Elvis auf meine nackten Füße sabbert.

Minuten später kommt Nicky hereinmarschiert, wirft einen lustvollen Blick auf mein KitKat und zieht eine Flasche Evian aus dem Kühlschrank, die sie gierig leert.

»Hi, Babe«, sagt sie, als sie wieder zu Atem gekommen ist. »Ich verstehe nicht, warum die von Fitness reden. Ich fühle mich, als wäre ich gerade von einem Bus überfahren worden.«

»Wo ist denn Pol Pot Schweinchen Dick, der verzweifelte Diktator, hin entschwunden?«

»Schhh!«, zischt Nicky kichernd. »Sie hört dich doch.«

»Gut, dann werde ich vielleicht gefeuert.«

»Sie wird sich ändern.«

»Das war die ursprüngliche Idee. Hoffentlich zum Besseren...«

»Sie wird sich ändern«, wiederholt Nicky, gibt dem Mangel an Durchhaltevermögen nach und schnappt mir die letzte Reihe meines KitKats weg, mit der ich provozierend vor ihren Augen gewedelt habe, »und zwar in etwas weniger Verschwitztes.«

Amanda ist aus Nickys Dusche zurück und sitzt auf dem Sofa im Wohnzimmer, um sich ihre Gucci-Stiefel anzuziehen. Als sie ihren Namen – und Gott sei Dank nicht die anderen Kommentare – hört, sieht sie auf. Ich warte auf den üblichen Schwall Fragen.

Sie lächelt.

Überrascht lächele ich zurück.

Sie sieht wieder auf ihre Stiefel.

»Gehst du schon?«, frage ich, um ihr auf die Sprünge zu helfen.

»Ich muss los, mein Kurs fängt in einer halben Stunde an.«

»Dein Kurs?«, erkundige ich mich neugierig.

»Ich habe mich für einen Cordon-Bleu-Kochkurs angemeldet«, sagt sie, ohne aufzusehen. »Hab mir gedacht, ich könnte mal was Nützliches machen mit meinem Leben.«

Mir fallen prompt ein paar Dinge ein, die im täglichen Leben weitaus nützlicher sind als Cordon-Bleu-Kochkurse, doch wenn es Amanda glücklich macht und ich sie los bin …

»Eine tolle Idee!«, begeistere ich mich.

Nicky sieht mich erstaunt an.

»Außerdem mag Eddie gutes Essen«, fügt Amanda hinzu und wirft ihre Jacke aus unechtem Pelz über.

Ah, das also ist der Grund. Mir schwante bereits, dass ihre Zurückhaltung ob dieses speziellen Themas zu schön war, um wahr zu sein. Der Kurs ist also nur Teil der großangelegten Verwandlung in Eddie Farrars Traumfrau. Was hat sie vor bei der Eröffnungsparty? Will sie den Chefkoch aus der Küche verbannen und ihr ganz persönliches Essen für zwei zaubern, komplett mit Champagner, Kerzen und sich selbst – lecker angerichtet auf einer großen Platte und mit einer frischen Erdbeere zum Nachtisch im Bauchnabel, wobei sie die ganze Zeit über flüstert: »Vernasch mich, Eddie, vernasch mich!«

In dem Versuch, unserer Vorstellung von Eddies Traumfrau nachzueifern, hat Amanda sich nicht nur für einen Drei-Sterne-Kochkurs angemeldet, sondern auch noch für ein Weinseminar. Und als sie erfährt, in welchem Zustand Eddies Haus ist, beschließt sie, dass ihr nächster Ausflug in einen Designerladen dem intensiven Studium der Inneneinrichtung dienen wird, zusammen mit ein bisschen Feng Shui für noch mehr Harmonie.

Ich sollte den Fortbildungen für Erwachsene ewig dankbar sein. Je mehr Zeit Amanda damit verbringt, an sich zu »arbeiten«, desto weniger Zeit bleibt ihr, mich Eddies wegen zu traktieren, wozu normalerweise ein vollständiger Report über seinen ganzen Tagesablauf gehört, der auch umfasst, wie oft er geniest, sich gekratzt oder gepinkelt hat.

Amanda ist eine Ränke schmiedende Manipulatorin und meiner Meinung nach durchgeknallt, doch so sehr ich mir auch wünsche, sie zu verabscheuen, kann ich doch nicht umhin, sie auf eine seltsame Art sympathisch zu finden. Es ist, als gäbe es zwei Amandas, und gelegentlich erhasche ich einen Blick auf eine, die man fast als anständigen Menschen bezeichnen könnte. Obwohl sie Nicky gegenüber unheimlich herrisch ist, schimmern in der Art, wie sie Nicky behandelt, doch Güte und sogar echte Zuneigung durch. Und obwohl ich mir manchmal Sorgen mache, wenn Nicky einmal mehr bei einem von Amandas verrückten Plänen zur Selbstverbesserung mitmachen muss, sehe ich doch, dass sie allmählich ein wenig ihrer früheren Selbstsicherheit wiedererlangt. Nicky war schon immer überaus kompetent, aber nie besonders selbstsicher, es sei denn, sie fand sich in einem Gerichtssaal wieder, wo sie plötzlich zu einer Kreuzung aus Kavanagh QC, Quincy und Ally McBeal wurde – ohne deren Komplexe allerdings. Amanda hat Selbstvertrauen für acht, und allmählich färbt etwas davon ab.

Was Amanda und mich betrifft: Wir beschnuppern uns misstrauisch, wie zwei Boxer, die sich aus den entfernten Ecken des Rings beobachten; Nicky steht als Schiedsrichter in der Mitte. Wir wissen beide, dass wir der Menge eine gute Show schuldig sind, weshalb wir miteinander kooperieren müssen, doch am Ende wird eine von uns unterliegen, und natürlich will keine diejenige sein, die von der anderen in den Schwitzkasten genommen und zu Boden gezwungen wird.

Zum ersten Mal seit Jahren habe ich ein bisschen Geld, um einzukaufen. Also ziehe ich vor meiner Mittagsschicht los, um mich in den Rummel auf der Oxford Street zu stürzen.

Ich kann mir die großen Designermarken natürlich immer noch nicht leisten. Stattdessen suche ich zielstrebig die Ecken auf, wo die Plastiktüte kein Logo und ich keinen Minderwertigkeitskomplex habe. Dort wühle ich beglückt in den reduzierten Sachen und auf den Grabbeltischen, bis ich zufällig auf die Uhr schaue und merke, dass ich seit zehn Minuten bei der Arbeit hätte sein sollen.

Im Eilschritt mache ich mich auf den Weg ins »Daisy's«, werfe mich in der vergeblichen Hoffnung, eines anzuhalten, vor mehrere vorbeifahrende Taxen und platze schließlich mit vierzig Minuten Verspätung durch die schweren Eingangstüren, um gleich darauf mit quietschenden Füßen zum Stehen zu kommen, als ich zwei bekannte Gesichter entdecke, die es sich an einem der Restauranttische gemütlich gemacht haben.

Simon und meine Mutter.

Was zum Teufel machen sie hier?

Seite an Seite sitzen sie in einer der Wandnischen und tuscheln miteinander. Zweifelsohne schmieden sie ein Komplott. Sie müssen Wind davon bekommen haben, dass ich hier arbeite, und lauern mir auf. Ich sehe es schon vor mir – die vorgetäuschte Überraschung, wenn sie mich »ganz zufällig« hinter der Theke entdecken.

Glücklicherweise haben sie die Köpfe zusammengesteckt und nichts von meinem Auftritt mitbekommen. Ich wühle in meinen Plastiktüten und setze hastig mein neues Ray-Ban-Imitat sowie den eben erstandenen Sheriff-Hut mit den schönen, flauschigen Ohrklappen auf, die mich eigentlich bei meinen Nachtwachen wärmen sollten. Dann trage ich noch schnell den fuchsiafarbenen Lippenstift vom Grabbeltisch auf, den ich aus einer Laune heraus gekauft habe. Ich habe meine Mutter in zwei Jahren nur einmal gesehen. Davor habe ich drei Jahre damit zugebracht zu beteuern, dass Universitäten ihren Studenten keine Ferien gönnen. Wenn wir uns sehen, beklagt sie sich ständig darüber, dass wir uns nie sehen, so dass sie mich kaum wahrnimmt.

Ist es also vermessen zu hoffen, dass sie sich von einer improvisierten Verkleidung täuschen lässt? Wahrscheinlich schon, aber einen Versuch ist es auf jeden Fall wert.

»Das steht dir nicht wirklich, Belle«, bemerkt Dot sarkastisch, als ich neben ihr auftauche und mich noch ganz außer Atem für meine Verspätung entschuldige. »Den Hut und den Lippenstift kann man ja noch als Beitrag zum Modegeschehen durchgehen lassen, vermute ich… aber die Sonnenbrille? Hier drin?«

»Der neue Anstrich ist schuld«, behaupte ich, »er ist so grell, dass ich davon Kopfschmerzen bekomme.«

»Nicht der Anstrich ist grell, sondern dein Lippenstift. Na, wenigstens können wir dich dann sehen, wenn wir wieder einen Stromausfall haben. Einer von den unfähigen Handwerkern hat vorhin eine Hauptleitung angebohrt.«

»Du machst Witze! Geht es ihm gut?«

»Sagen wir mal, er kann von Glück sagen, dass einer der anderen Unfähigen eine Überschwemmung angerichtet hatte, ohne die er nicht seine Gummistiefel getragen hätte. So aber ist er mit leichten Verbrennungen und einer eher punkigen Frisur davongekommen. Vielleicht solltest du ihm deinen Hut leihen, damit er den Schaden kaschieren kann«, schlägt sie vor. »Aber er würde wahrscheinlich die Frisur als die weniger peinliche Variante empfinden.«

Um mein elegantes Aussehen zu vervollkommnen, strecke ich Dot die Zunge heraus.

»Ich weiß ja, dass ich nach Vorschlägen für neue Arbeitsklamotten gefragt habe…«

Beim Klang dieser vertrauten, fröhlichen Stimme drehe ich mich peinlich berührt um und sehe mich pinklippig, sonnenglasig, dummhütig und schlabberzüngig Eddie gegenüber.

»Annabelle?« Er hebt die Sonnenbrille hoch und lugt darunter. »Du bist es tatsächlich!«

»Natürlich«, murmele ich ungnädig; die Scham lässt mich so schroff reagieren.

»Dieser Look ist wirklich ... anders«, stellt er taktvoll fest.

»Das ist ihr Beitrag zur Mode«, wirft Dot kichernd ein.

»Ein Beitrag, der überdeutlich macht, dass sie keinen Sinn für Mode hat«, ruft Sylvia von der anderen Seite der Theke.

»Ich weiß nicht«, murmelt Eddie, der betont auf meine Ohrklappen sieht, »aber ich habe immer die Leute bewundert, die sich einfach nicht dem Diktat der Mode unterwerfen.«

Er nimmt mich auf den Arm.

Zwar lacht er nicht, aber ich sehe das Blitzen in seinen Augen.

Von wegen. Er lacht doch, er kämpft nur noch gegen den sichtbaren Beweis des Lachens an. Es zuckt in den Mundwinkeln, ein unterirdisches Beben lässt die Muskeln erzittern.

»Wo hast du bloß den Hut her, wo hast du bloß den Hut her?«, singen Dot und Sylv im Chor. Sie haben sich die Arme um die Schultern gelegt und schwanken wie zwei alte Schlagersänger.

Meine Bemühungen, nicht aufzufallen, haben mal wieder das Gegenteil zur Folge. Ich ziehe mehr Aufmerksamkeit auf mich, als wenn ich mich normal verhielte.

»Ich verstecke mich«, zische ich ihnen zu.

»Vor was denn?«, fragt Eddie.

»Nicht vor einem Was, sondern vor einem Wem.«

»Okay, also vor wem?«

»Vor ihm.«

Heimlich deute ich auf Simon, der jetzt allein am anderen Ende der Theke steht. Keine Ahnung, wo meine Mutter schon wieder ist, wahrscheinlich auf einem ihrer legendären Ausflüge aufs Klo.

»Wer ist das?«

»Ein Fehler.«

»Verstehe. Hatte selbst so einige. Soll ich ihn loswerden?«

»Kannst du das?«

»Aber sicher doch, wenn du dafür den blöden Hut abnimmst.«

Eddie kommt hinter den Tresen und geht zu Simon hinüber,

der gerade mit einem Zehner vor Sylv herumwedelt, weil er hofft, ihn dadurch davon abzubringen, einen schnuckeligen jungen Biker anzumachen und ihm endlich etwas zu servieren. Einige Minuten später beobachte ich ungläubig, aber dankbar, wie Simon durch die Tür verschwindet, ohne sich auch nur einmal umzudrehen.

»Vielen Dank.« Ich lächele Eddie zu, nehme den Hut ab und fahre mir mit der Hand durch das flachgedrückte Haar. »Ich kam mir vor wie auf glühenden Kohlen.«

»Kein Problem.« Er zuckt die Achseln.

»Aber wie um Himmels willen hast du es geschafft, dass er freiwillig so schnell gegangen ist?«

»Ganz einfach.« Unschuldig lächelt Eddie mich an. »Ich hab ihm erzählt, du seiest hoffnungslos in ihn verliebt, aber viel zu schüchtern, um es zuzugeben, und dass die altmodische, subtile Masche ein viel besserer Weg sei, dich aus deinem Schneckenhaus und in seine wartenden Arme zu locken.«

Eddies Lächeln macht schallendem Gelächter Platz, als ich ihn mit vor Entsetzen aufgerissenem Mund anstarre.

»Ich glaube, er schaut noch schnell bei Tiffany's vorbei, bevor sie schließen«, fährt er fort, und seine Augen glitzern schalkhaft. »Wie ich gehört habe, gibt es dort eine wirklich einnehmende neue Kollektion von Verlobungsringen.«

Meine Schicht ist um sieben zu Ende, und ich schleppe mich zurück zu Nickys Wohnung. Mein Gehirn flackert wie eine Glühbirne, die kurz vor dem Erlöschen ist. Mit schläfrigen Augen stapfe ich aus dem Aufzug, die Schuhe in der Hand, das Gehirn im Schädel völlig erledigt und betäubt, und was sehe ich? Amanda, die geschäftig Kisten vom Flur in Lucys ehemalige Wohnung schleppt.

Ich habe Halluzinationen.

Ich hatte einen harten Tag, und jetzt habe ich Wahnvorstellungen.

»Hi, Belle!«

Okay, jetzt habe ich auch noch Gehörprobleme.

»Amanda?«

»Ja.«

»Was machst du denn da?«

»Einziehen.«

O Gott, bitte nicht. Nicht das. Alles, aber nicht das. Ich sinke gegen Nickys Tür.

»Ich habe Lucys Mietvertrag übernommen, nachdem sie und Gordon die Scheidung eingereicht haben«, ruft sie mir fröhlich über die Schulter zu. »Ist das nicht klasse? Ich kann morgen gleich zum Frühstück vorbeischauen, und dann können wir unser weiteres Vorgehen besprechen.«

Na klasse. Auf demselben Flur mit einer Psychopathin. Wie hieß doch gleich der Film? *Weiblich, ledig, jung sucht ...* Erst hat sie sich in meinem Leben breit gemacht, jetzt macht sie sich in der Wohnung gegenüber breit.

Wie soll ich das bloß Nicky beibringen?

Nix ist in ihrem Schlafzimmer. Sie attackiert ihr Haar mit einer heißen Bürste, um sich für ein Essen mit einem Antiquitätenhändler fertig zu machen, dem es irgendwie gelungen ist, den seltenen Schritt vom One-Night-Stand zu einem zweiten Rendezvous zu schaffen.

Nicky hört mich, als ich das Zimmer betrete, sieht auf und lächelt mich im Spiegel an. Ein seltenes und nettes Lächeln. Was für eine Schande, dass ausgerechnet ich diejenige bin, die es vertreibt.

»Äh, Nix ...«, setzte ich zögernd an, »erinnerst du dich daran, wie ich gesagt habe, dass du keines der Hochzeitsgeschenke zurückgeben solltest? Ich habe meine Meinung geändert ... vor allem im Hinblick auf die Wohnung.«

Nicky torkelt um vier Uhr morgens zur Tür herein.

Um acht Uhr ertönt die Klingel.

Amanda steht vor der Tür – in Bademantel und Plüschpantoffeln.

»Bringst du deine Arbeit jetzt schon mit nach Hause?«, murrt Nicky ärgerlich, als sie mit einem Kater, tiefen Ringen unter den Augen und blass um die Nase auftaucht.

Der Anblick einer Tüte frischer Croissants, die Amanda mitgebracht hat, belebt sie ein wenig, und mit dem Heißhunger der Betrunkenen verputzt sie drei Stück, während Amanda sich häuslich einrichtet und erst einmal Kaffee aufsetzt.

Das ist doch lächerlich. Wie es scheint, kann ich seit neuestem nicht einmal atmen, ohne dass Amanda hier ist. Als nächstes bricht sie dann wohl noch eine Tür von ihrer zu Nickys Wohnung durch, so dass sie kommen und gehen kann, wann sie will. Dann sitze ich in der Wanne und sie taucht plötzlich aus dem Seifenschaum am anderen Ende auf, um mich nach Neuigkeiten über Eddie zu fragen!

Ich muss zugeben, dass sie etwas Ansteckendes an sich hat – wenn sie nicht gerade manisch-depressiv ist –, aber das Gleiche lässt sich auch von der Beulenpest sagen.

Der Türsummer geht. Amanda kann es nicht sein, die ist ja schon hier, aber wer sonst kommt so früh?

Da die beiden anderen mit Futtern beschäftigt sind, bleibt es mir überlassen zu öffnen. Ich verdrehe die Augen, murmele etwas von Ausbeutung, knalle meinen Kaffeebecher mit Nachdruck zwischen ihnen auf den Tisch und gehe zur Wohnungstür.

Es ist der Botenjunge vom nahe gelegenen Interflora-Service, der so oft in der Wohnung war, seit Nicky plötzlich Single ist, dass wir uns mit Vornamen anreden und uns sicher Weihnachtskarten schicken werden.

»Blumen!«, rufe ich Nix zu und werfe sie auf den Tisch.

»Von wem?«, antwortet sie aus der Küche, wo sie gerade ihr viertes Croissant verzehrt – etwas langsamer als die ersten drei.

»Och, wahrscheinlich von einem dieser armen, fehlgeleiteten Kerle, die denken, dass ein paar welkende Blümchen ihnen einen Platz in deinem Herzen sichern. Und wenn schon keinen Platz in deinem Herzen, dann zumindest eine Rückfahrkarte zu deiner Unterhose.«

Nicky kommt aus der Küche, streckt mir die Zunge heraus und stopft mir die verbleibende Croissanthälfte in den Mund, um mich zum Schweigen zu bringen.

»Ooh, toll!«, ruft sie begeistert. »Wer immer die geschickt hat, meint es ernst, das sind ja mindestens drei Dutzend!«

Eifrig zieht sie die kleine weiße Karte ab, die an der Zellophanfolie befestigt ist, und liest die Nachricht.

»Belle … die sind gar nicht für mich. Die sind für dich.«

»Für mich?«

Sie nickt.

»Von Simon.«

»Simon?«, wiederhole ich dumpf.

Herzlichen Dank, Eddie Farrar, für deine freundliche Einmischung!

Nicky hält mir die Karte hin.

Automatisch greife ich danach, doch statt sie zu lesen, starre ich auf die Schrift und den Riesenstrauß roter Rosen, den Nicky immer noch im Arm hält.

»Er will dich zum Abendessen einladen.«

»Warum?«

»Keine Ahnung. Warum laden Männer Frauen normalerweise zum Essen ein?«

»Sex wahrscheinlich«, ruft Amanda aus der Küche, bricht ihr zweites Croissant entzwei und streicht fingerdick Butter auf den warmen Teig.

Ich hatte fast vergessen, dass sie da ist.

Ein kurzer Augenblick der Seligkeit.

»Soll er nur kommen«, maule ich. »Es braucht schon mehr als nur ein paar Blumen, damit ich wieder versucht bin, Hand an seine Feinrippunterhosen zu legen!«

»Einen Ferrari?«, schlägt Amanda vor.

»Eher schon eine Lobotomie. Da, behalte sie.« Ich drücke die Blumen Nicky wieder in den Arm. »Für das Gewächshaus, das du in deinem Schlafzimmer betreibst – falls da noch Platz ist. Schließlich sind da schon so viele Blumen drin, dass Kew Gardens angefangen hat, seine Besucher hierher zu schicken. Kannst du mir einen Gefallen tun, und auch Simon behalten? Für deinen Harem. Du hast doch so viele Männer, da fällt einer mehr gar nicht auf…«

»Da hast du Recht«, sagt Nicky selbstironisch, »ich bin so eine Art Doppeldeckerbus – oben ist immer noch Platz für einen mehr!«

Die Liebe.

Verliebt zu sein, bedeutet für mich, anfällig zu sein. Anfällig dafür, sich das Herz herausreißen und auf seinen Gefühlen herumtrampeln zu lassen. Im Grunde überlässt man die Fürsorge für sein emotionales Gleichgewicht einem anderen Menschen, und seit wann ist das weise und sicher?

Und will ich denn wirklich zu jemandem gehören? Jemandem für jeden einzelnen meiner Schritte Rechenschaft ablegen müssen? Davon hatte ich genug, als ich noch zu Hause bei meiner Mutter lebte.

Manchmal spüre ich schon einen Stich der Eifersucht, wenn ich Nicky dabei zusehe, wie sie sich für einen der vielen Abende außer Haus fertig macht. Es ist sicher ganz nett, sich in Schale zu werfen und zum Essen ausführen zu lassen. Verköstigt, umworben und bezirzt zu werden.

Was aber passiert, wenn die Romanze vorbei ist und der Alltag seinen Lauf nimmt? Führen denn hochfliegende Erwartungen, Tête-à-têtes, Spaziergänge im Mondschein, Spaß und Gelächter wirklich zu lebenslangem, gemeinsamem Glück? Oder wird aus diesem deliziösen Duett doch nur eine planmäßige Plackerei?

Nein, Liebe ist Wahnsinn. Mein Leben ist so schon verrückt genug, ich brauche also keinen zusätzlichen Stress.

Und den einzigen Menschen, den ich seit einem Jahrzehnt getroffen habe, der mir auch nur ansatzweise zusagt, ist Eddie Farrar (was ich natürlich Jamie gegenüber nie zugeben würde), und mich mit ihm einzulassen, wäre todsicher verrückt.

Amanda würde mich wahrscheinlich mit einem ihrer neuen Küchenmesser filetieren.

Wenigstens würde ich dann von einer Expertin ausgenommen.

Donnerstagnacht, eine halbe Stunde vor Schließung.

Dot wird von den zwei letzten Kunden in der Bar angemacht, die darum wetteifern, wer den besten Blick auf ihren Ausschnitt erhaschen kann; Sylv ist in der Küche und bereitet sich – eher aus Langeweile als aus Hunger – ein Megasandwich, für das er alles, was er im Kühlschrank finden kann, zwischen die Hälften eines Baguettes stapelt; ich wasche gedankenverloren und zum fünften Mal denselben Aschenbecher, während ich von einem heißen Date mit meiner Bettdecke, einem Spätfilm und einem Sparmenü träume, das ich nicht mit Elvis teilen werde, ganz egal, ob er mich in seinem Sabber ertränkt oder nicht.

Ich werfe einen Blick auf die Uhr. Noch zwanzig Minuten. Ben wird jede Minute hier sein, um abzuschließen, und dann bin ich weg! Ab in die Heia.

Statt von Ben werden wir allerdings von Eddie beehrt, der höchst lässig in Levis und einem blassgrünen Ralph-Lauren-Poloshirt zur Tür hereinkommt.

»Wo ist Ben?«, zische ich Dot zu, während Eddie uns zuzwinkert und hinübergeht, um die Kassen zu leeren.

»Macht blau. Ich glaube, er hat endlich mal ein Date.«

»Wirklich? Er hat nicht gerade Glück bei den Frauen, was? Ich verstehe gar nicht warum, er ist doch süß.«

»Er ist einfach zu nett. Wir Frauen sind schon komisch, stehen mehr auf die Schweine. Zumindest mir geht das anscheinend so.« Dot seufzt schwer. »Nicht, dass ich es in letzter Zeit auf viele Dates gebracht hätte. Das letzte Mal, als ich mit einem

Mann zum Essen gegangen bin, gab es Fish & Chips in Zeitungspapier, und der Mann war Sylv, der Gute. Kann ihn jetzt wohl aus der Küche holen. Heute«, fährt sie großartig fort, »gibt es was Anspruchsvolleres: Auf dem Heimweg holen wir uns eine Pizza. Viel versprechend!«

Sie greift unter die Theke und holt ihre Handtasche aus einer Schublade mit Geschirrtüchern hervor.

»Wir gehen dann, Eddie, ja?«

»In Ordnung.«

Dot steuert die Küche an, um Sylv aus dem Kühlschrank zu zerren, und Eddie kommt zu mir herüber.

»Bleibst du noch auf einen Drink?«

»Ich rede nicht mehr mit dir«, entgegne ich und kehre ihm den Rücken zu.

»Frauen!« Er verdreht die Augen. »Was habe ich getan?«

»Außer den Chauvi raushängen zu lassen? Simon.«

»Simon? Ah, verstehe, dein Fan. Was ist mit ihm?«

»Er hat mir Blumen geschickt!«

»Ach du meine Güte, er hat dir Blumen geschickt! Ich glaube es nicht! Was für eine Unverschämtheit!« In gespielter Entrüstung wirft er die Hände in die Höhe. »Ich verstehe dich einfach nicht, Annabelle Lewis. Normalerweise beschweren Frauen sich, wenn Männer ihnen keine Blumen schicken, nicht, wenn sie es tun.«

»Es kommt darauf an, von wem die Blumen kommen.«

»Blumen von Simon sind also nicht erwünscht?«

»Du sagst es.«

Einen Moment lang sieht er mich an, dann lächelt er.

»Bleibst du jetzt auf einen Drink oder was?«

»Nein. Ich habe ein heißes Date.« Kentucky Fried Chicken, ich komme.

Seine Augen verengen sich.

»Macht nichts, ich habe heute Nacht sowieso keine Zeit zu vertrödeln.«

»Oh?« Ich taue etwas auf.

»Vielleicht habe ja auch ich ein heißes Date.«

»Na, ich hoffe nur, deins ist aufregender als ein Sparmenü und ein alter Film.«

Das Lächeln kehrt zurück.

»Take-away vom Chinesen und eine Wiederholung von *Bladerunner*.«

Ich setze mich auf einen der Barhocker.

»Das ist traurig genug, um ein bisschen Gesellschaft zu rechtfertigen. Ich nehme ein Budweiser.«

Den größten Teil des folgenden Tages verbringe ich im Bett.

Als ich herausgekrochen komme, bleibt mir gerade genug Zeit zu duschen und etwas zu essen, bevor ich zur Arbeit hasten muss. Mit verschlafenem Blick stapfe ich in die Küche und suche nach etwas Essbarem und einem Fruchtsaft. Nicky hat mir eine Notiz am Kühlschrank hinterlassen.

Sie ist mit Amanda ausgegangen, um einen draufzumachen. Kein Zweifel, in diesem Augenblick sind sie auf Eddie-Jagd, erkunden die Kneipenszene in Soho und rund um den Oxford Square und streben dann das »Lazy Daisy's« an, um darauf zu warten, dass er auftaucht.

Das ist nicht fair!

Ich habe mir nach der Arbeit gestern die halbe Nacht um die Ohren geschlagen und in einem Busch in der Nähe von Eddies Auffahrt auf der Lauer gelegen, um sicherzugehen, dass er keine nächtlichen Besucher empfängt. Vorgestern habe ich fast den ganzen Vormittag damit verbracht, seinen wie verrückt rasenden Porsche auf der M 25 zu verfolgen – und zu verlieren, und jetzt muss ich mich mit Lichtgeschwindigkeit anziehen, um anschließend bis in die frühen Morgenstunden hinein verschwitzte, verwöhnte Nachtschwärmer zu bedienen.

Ich werde mir eine Pause gönnen.

Niemand sonst wird es tun.

Ich rufe im »Lazy Daisy's« an und huste wie eine Tuberkulosekranke ins Telefon. Ben empfiehlt mir mitfühlend jede Menge Bettruhe. Dann kuschele ich mich voller Schadenfreude, aber auch mit einem leichten Schuldgefühl in meinem Bademantel aufs Sofa, ausgestattet mit einer großen Tafel Schokolade, einer Riesentüte Chips mit Schinkengeschmack und mit meiner Bettdecke. Außerdem sehe ich freudig der Ankunft einer großen Pizza mit Pilzen und Peperoni entgegen, die auf dem Gepäckträger einer Piaggio zu mir eilt.

Gerade bin ich in der *Ghost* Szene, in der ein weißer, schimmernder Patrick Swayze seine tränenüberströmte Demi zum letzten Mal küsst, wobei auch mir die Tränen wie ein schäumender Niagarafall über die Wangen rinnen, als es klingelt.

Die Pizza!

Ich wickele den schäbigen Bademantel um mich, fahre mit dem Handrücken über meinen verquollenen Augen, stapfe zur Tür und reiße sie auf. Gleichzeitig wühle ich im Geldbeutel nach dem Zwanziger, der da eigentlich noch sein müsste.

»Annabelle?«

Ich höre auf zu wühlen und sehe beim Klang der vertrauten Stimme entsetzt auf.

Eddie!

Geistesgegenwärtig unterdrücke ich einen entsetzten Aufschrei und bekomme die Chips, die ich gerade kaue, in den falschen Hals.

»Äh … ich wollte mich nur davon überzeugen, dass es dir gut geht. Ben sagte, du hättest dich sterbenselend angehört.«

Vielleicht hätte ich doch Schauspielerin werden sollen. Das Husten und Keuchen am Telefon, als ich vorhin angerufen habe, war anscheinend überzeugend genug, um Ben glauben zu lassen, ich hätte die Pest oder so etwas. Jetzt aber schauspielere ich nicht. Die spitze Kante eines hastig verschluckten Chips steckt im weichen Fleisch meiner Speiseröhre. Immer habe ich mir gewünscht, von den starken Armen eines süßen Mannes umschlungen zu werden, aber ich hätte nie gedacht, dass das erste intime Treffen in Form des Heimlich-Manövers stattfinden würde!

Das Würgen weicht einem Keuchen, als die Chipskanten unter dem Einfluss einer Überdosis Spucke allmählich aufweichen.

»Er hatte Recht.« Mit sorgenvollem Gesicht stützt Eddie mich freundlich am Ellbogen und führt mich zum Sofa zurück. »Du hörst dich furchtbar an … du siehst furchtbar aus …«

Ach ja? O mein Gott! Ich will nicht, dass er findet, ich sehe furchtbar aus, ich will, dass er findet, ich sehe einfach entzückend aus.

»Kann ich dir etwas bringen? Ein Glas Wasser vielleicht.« Er sieht sich um und versucht, die Aufteilung der Wohnung nachzuvollziehen. »Oder hast du irgendwo Hustensaft?«

Hilfe! Ich kann ihn doch nicht auf der Suche nach einem Hustenmittel die Wohnung durchstöbern lassen. Was, wenn er mein Zimmer betritt und seine eigene Unterhose am Kopfende meines Bettes baumeln sieht! Dieser Gedanke löst einen erneuten Hustenanfall aus.

Glücklicherweise hält Eddie auf seiner Suche nach dem Bad und einem nicht existenten Medizinschränkchen inne und blickt auf der Suche nach einer sofortigen Abhilfe um sich.

Sein Blick fällt auf die halb leere Flasche Rotwein.

»Zu medizinischen Zwecken«, erkläre ich hastig, nachdem es mir glücklicherweise gelungen ist, den Husten unter Kontrolle zu bringen. »Scheint das Einzige zu sein, was wirklich gegen den Husten hilft.« Ich greife nach meinem Glas, nehme einen großen Schluck und lächele dann dümmlich.

Sein Blick schweift über die Essensreste, die verstreut auf dem Tisch liegen. Die zusammengeknüllte Folie meines Cadbury-Riegels, die halb geleerte Chipstüte, eine fast unberührte Schachtel Thornton's, die ich bei meiner Suche nach dem Korkenzieher in einer der Küchenschubladen entdeckt habe – ein Geschenk von einem von Nickys Bewunderern, das ich aus ihrem Blickfeld und hoffentlich auch aus ihren Gedanken verbannt habe, aus Respekt vor ihrer neuesten Diät.

»Weißt du … ich versorge meine Erkältung.«

Er muss mich für einen Vielfraß halten.

Genau genommen hält er mich für verrückt.

Ich sehe es ihm an.

Sie ist krank. Geisteskrank. Wie kann ich hier rauskommen, ohne langsam und schmerzhaft getötet zu werden?

Aber anscheinend irre ich mich.

Statt die Flucht zu ergreifen, lächelt er mich an.

Er kommentiert meine so genannte Erkrankung und meine Lieblingsheilmittel nicht weiter und setzt sich stattdessen im rechten Winkel zu mir auf das andere Sofa, während ich krampfhaft versuche, mein Aussehen in dem Metallgriff des Teelöffels zu überprüfen, der in einer halb gegessenen Packung Kirscheis steckt.

»Nette Wohnung.«

»Gehört Nix.«

»Ach so.« Das Lächeln verschwindet. »Und der ist ausgegangen und hat dich dir selbst überlassen … wie nett.«

»*Sie* hatte eine Verabredung. Elvis kümmert sich um mich.«

Elvis, der unter dem Tisch eingeschlafen war, öffnet beim Klang seines Namens ein Auge, klopft mit seinem kurzen Schwanz ein paarmal auf den Boden und schläft prompt wieder ein.

»Ein toller Wachhund bist du«, tadele ich ihn und stoße ihm meinen Zeh in den dicken Hintern.

Elvis wacht daraufhin so weit auf, dass er den Neuankömmling inspizieren kann. Erst schnüffelt er freundlich an Eddies Schuhen, fängt dann an, seinen kurzen Schwanz wie wild rotieren zu lassen, und klettert ohne Einladung auf Eddies Schoß, wo er erst seine samtbraune Nase in die Taschen steckt und dann mit einem glücklichen Seufzer seinen samtweichen Kopf in Eddies Schoß vergräbt, um weiterzuschlafen.

Ich bin geradezu lächerlich eifersüchtig, zumal Eddie obendrein begonnen hat, gedankenverloren den Kopf des dösenden Welpen zu streicheln.

»Ich glaube, er mag dich.« Ich lächele. »Aber er mag eigentlich jeden.«

»Vielen Dank!«

Gerade will ich Eddie ein Glas Wein anbieten, als erneut die Klingel geht. Oh, verflucht, das ist bestimmt die Pizza. Wie soll ich ihm das erklären? Falsche Adresse? Ein Streich?

Doch als ich die Tür öffne, sehe ich mich nicht etwas Heißem mit Käse, Champignons und Peperoni gegenüber, sondern Nicky, die betrunken, schwankend und heulend vor mir steht.

»Konnte meine blöden Schlüssel nicht finden«, schnieft sie. »Ich seh überhaupt nichts.« Nicky fährt sich mit dem Handrücken durchs Gesicht und verteilt überall Wimperntusche. Dann torkelt sie auf ihren scharfen Prada-Schuhen ins Wohnzimmer. »Ich mach einfach alles falsch... oh, verdammte Scheiße!« Der letzte Fluch rührt daher, dass sie gerade über den Teppich gestolpert ist.

Eddie erhebt sich. Freundlich und sanft hebt er den grummelnden Elvis von seinem Schoß herunter.

»Ich gehe wohl besser und lasse euch allein.«

Dankbar lächele ich ihn an.

»Wir sehen uns dann morgen in der Arbeit.«

»Oh, du kommst also, ja?« Ich höre den sarkastischen Unterton in seiner Stimme, aber auch den Humor.

»Ich fühle mich schon besser«, murmele ich, als er mich wissend anlächelt.

»Wer war das?« fragt Nicky schniefend, als er ruhig die Tür hinter sich geschlossen hat.

»Eddie«, erwidere ich, und plötzlich wird mir klar, dass auch Amanda zurück sein muss, wenn Nicky da ist. Mist! Ich hoffe, er entkommt, ohne sie zu treffen. Wenn sie sich im Aufzug kreuzen, hätte ich eine Menge zu erklären, was ich nicht könnte.

Sofern er lebend herauskäme. Wahrscheinlich würde sie den Alarmknopf drücken, ihn für Tage einsperren und darauf bestehen, ihn zum Frühstück, Mittagessen, Kaffeetrinken und Abendessen zu verspeisen.

»Eddie?«

Ich nicke. »Hab behauptet, ich sei krank. Er kam vorbei, um nach mir zu sehen. Du weißt schon, um streunenden Angestellten nachzuspionieren …«

Sie ist viel zu betrunken und mit ihrem eigenen Kummer beschäftigt, um genauer nachzufragen, und lässt sich auf eines der Sofas fallen. Mit jeder Hand hält sie einen Schuh hoch, und Tränen strömen ihr übers Gesicht.

Ich setze mich an den Platz, den Eddie gerade frei gemacht hat. Er ist noch warm.

»Was ist denn passiert?«

Statt einer Antwort bricht sie erneut in Tränen aus.

Ich äußere eine Vermutung.

»Ist es wegen Richard?«

Sie nickt.

»Wir waren im ›Shakers‹ – du weißt schon, dieser Club in Soho, direkt neben dem thailändischen Restaurant, wo wir immer hingegangen sind, als wir gerade nach London gezogen waren.«

»Ja.«

»Amanda und ich kommen rein, und da steht er, mitten auf der Tanzfläche, in den Armen eine schnuckelige Brünette. Du weißt schon, was ich meine: Er hat ihren Hintern begrabscht, als würde er Melonen prüfen. Hat ihr mit seiner Fresse fast das Gesicht weggelutscht wie ein schlecht gemachter Alien aus Plastik in einem schlecht gemachten B-Movie …«

Sie hält inne und atmet tief durch, zittert vor Entrüstung.

»Es war ein solcher Schock, ihn wieder zu sehen, und dann auch noch mit einer anderen.«

»Hast du dir gewünscht, du wärst an ihrer Stelle?«

Sie zuckt die Achseln. »Das ist ja das Seltsame. Ich glaube nicht. Ich glaube, ich bin über ihn weg, obwohl ich immer noch beleidigt und verletzt bin.«

»Warum weinst du dann?«

»Ich weiß auch nicht«, jammert sie und schluchzt komischerweise noch mehr. »Doch … doch, ich weiß, warum. Weil ich mir wie eine Idiotin vorkomme!«

»Aber warum denn? Du konntest doch nicht wissen, dass sich die Dinge so entwickeln.«

»Ich komme mir vor wie eine Idiotin«, wiederholt sie und sieht mich aus großen, feuchten Augen an, »weil er der Mann ist, dem ich noch vor wenigen Monaten Treue bis an mein Lebensende schwören wollte. Dann sehe ich ihn, wie er mit seiner feuchten Zunge den Gaumen einer anderen Frau erforscht, und was empfinde ich? So gut wie nichts! Sollte ich mich so schlecht kennen?«

»Ich muss gestehen, dass ich nicht weiß, warum du dich überhaupt mit jemandem wie ihm eingelassen hast. Ich hätte nicht gedacht, dass so ein Schönling dein Typ ist.«

»Weißt du«, entgegnet sie nachdenklich, streicht sich eine verirrte Haarsträhne hinters Ohr und fährt sich dann mit der Hand über die Augen, um die Tränen wegzuwischen, »wenn du hier gewesen wärst, dann wäre es mir wohl auch nicht passiert. Du hättest ihn in Sekundenschnelle durchschaut.«

»Vielleicht, aber du hättest nicht auf mich gehört.«

»Aber«, fährt sie traurig fort, »wenn du hier gewesen wärst, hätte ich sowieso keine Chance gehabt. Er hätte sich nämlich Hals über Kopf in dich verliebt.«

Ich beschließe, dass es besser ist, darauf nichts zu antworten, und werfe stattdessen mit einem Kissen nach ihr, was sie glücklicherweise zum Lachen bringt.

»Hat er dich gesehen?«, frage ich und halte ihr gleichzeitig die verbleibenden Ecken des Schokoriegels hin.

»Oh, ja. Du kannst stolz auf mich sein, Belle.« Sie grinst trocken und streicht sich über das zerzauste Haar. »Ich war cool. Habe mich nicht aufgeregt, habe ihm keine Szene gemacht, ich habe nicht mal mit ihm gesprochen. Ich habe ihn einfach nur registriert. Du weißt schon, mit einem gnädigen Kopfnicken. Wie die Queen.« Sie verschlingt eine Ecke der Schokolade und greift sich den Rest des Riegels.

»Wie die Queen?«

»Wie die Queeeeeen.« Sie ahmt den königlichen Akzent nach. »Ganz majestätisch und elegant …« Wieder kichert sie.

»Und dann?«

»Und dann habe ich mir den am nächsten stehenden süßen Kerl geschnappt und ihm meine Zunge in den Rachen gesteckt, und das vor den Augen von Rattengesicht Richard. Danach habe ich meine Handtasche und Amanda geschnappt und bin gegangen.«

»Mein Gott, wer ist denn das noch!«, jammert sie, als die Klingel erneut ertönt. »Wenn es Amanda ist, sag ihr, dass sie eigentlich nebenan wohnt, falls sie es vergessen hat.«

»Keine Sorge, das ist wahrscheinlich die Pizza. Endlich. Mit einer Stunde Verspätung.«

»Mmmm, Junk-Food.« Nicky hört auf zu schluchzen und strahlt mich an. »Vergiss die Diamanten, Belle, *du* bist wahrhaftig der Frauen bester Freund.«

»Ich dachte immer, der Frauen bester Freund ist Junk-Food?«

»Ja, das und Pickelabdeckcreme.«

»Vergiss die Schokolade nicht.«

»Gehört die nicht zum Junk-Food?«

»Neiiin. Schokolade ist eine Klasse für sich. Genau wie Alkohol.«

»Also sind der Frauen beste Freunde Diamanten, Junk-Food, Pickelabdeckcreme und Schokolade?«

»Wenn das nicht bezeichnend ist, was? Eine Frau kann nie genug Freunde haben.«

Das Treffen mit Richard scheint einen Wendepunkt in Nickys Leben darzustellen.

Um es ganz platt auszudrücken: Es ist, als hätte sie einen Geist flachgelegt, weshalb sie nicht länger die Lebenden flachlegen muss. Nicht, dass sie mit allen Männern geschlafen hat, mit denen sie aus war. Dafür verdiente sie einen Eintrag ins *Guinness-Buch der Rekorde*.

Nickys Traummann

Rücksichtsvoll
Gutmütig
Aufrichtig
Mit viel Sinn für Humor und einem Knackarsch

Nun, das verrät ja wohl mehr über Nicky als über die Art Männer, hinter denen sie her ist, nicht wahr? Es zeigt, dass sie endlich über die Phase mit dem Motto »Anschauen, anmachen, flachlegen« hinweg ist, die sie durchlebte, weil sie auf so schändliche Weise gerichardet worden ist.

Zumindest hoffe ich, dass ich richtig liege. Wenn man selber allein ist, gibt es nichts Schlimmeres, als die Laute im Nebenzimmer, die sich zur Ekstase steigern. Selbst wenn sie von der besten Freundin kommen. Ach was, besonders wenn sie von der besten Freundin kommen.

Kapitel 9

Eine weitere Nacht hinter einem Busch.

Dieses Mal habe ich in einem Gebüsch vor einem netten Restaurant in Epping Forest Stellung bezogen. Dot hat mir verraten, dass Eddie mit jemandem zum Abendessen verabredet ist.

Nachdem ich Arnold zu seiner weitesten Reise seit zwei Jahren gezwungen habe, stellt sich Eddies heißes Date als eine kleine blonde Dame Mitte fünfzig heraus. In Gedanken durchforste ich das *Guinness-Buch des Eddie Farrar* und komme zu dem Schluss, dass es sich aller Wahrscheinlichkeit nach um seine Mutter handeln muss.

Ich habe Glück. Eddie sitzt an einem Fenstertisch, der vom Busch aus gut zu sehen ist.

Zehn Minuten später gesellt sich eine strahlende Frau zu ihm, die wie eine kleinere Ausgabe einer höchst vergnügten Judith Chalmers aussieht. Sie ergreift seine Hände und küsst ihn herzlich auf beide Wangen.

Nickys Handy, das in den letzten Wochen eher zu meinem Handy geworden ist, fängt an, eine gedämpfte Version der »Nussknacker-Suite« zu spielen und kündigt somit einen Anruf an. Ich zucke zusammen und verhake mich prompt im dichten Gestrüpp.

Klingende Büsche sind sicher etwas völlig Normales.

Überraschung, Überraschung, es ist Amanda.

Ich zögere einen Moment, gebe dann aber nach und drücke auf die Sprechtaste.

»Annabelle?« Ihre gezwungene, heisere Stimme ist erschreckend deutlich zu hören. Als stünde sie hinter mir, statt mich durchs Telefon anzuzischen.

»Also, die Auskunft bin ich nicht ..., obwohl ich dir die Nummern einiger guter französischer Restaurants geben könnte.«

»Um Himmels willen, Annabelle, lass den Blödsinn und sag mir, was da vor sich geht!«

»Er isst mit seiner Mutter, Amanda.«

»Bist du sicher, dass sie seine Mutter ist?«

»Na ja, es sei denn, er steht auf wesentlich ältere Frauen. Was man natürlich nie ausschließen kann ...«, frotzele ich. Die feuchte Kälte lässt mich grausam werden. »Keine Sorge, die Beschreibung passt haargenau auf sie – sie sieht ihm sogar ähnlich. Es kann sich nur um seine Mutter handeln. Außer er ist doch Narziss und findet ältere Frauen, die ihm ähnlich sehen, attraktiv ... oder wäre er dann eher Ödipus? Ich war nie gut in klassischer Literatur.«

Amanda seufzt gereizt.

»Du bleibst besser noch da, nur für den Fall«, befiehlt sie mir.

Für welchen Fall? Falls seine Mutter nicht gerade Tipps von meiner bekommen hat und plötzlich eine würdige Uniabsolventin aus der Handtasche zaubert, macht es nicht viel Sinn, noch länger hier rumzuhängen wie ein Depp.

Neidisch beobachte ich, wie die beiden in dem gemütlichen, hell erleuchteten Restaurant mit den eleganten Tapeten und edlen Drucken sitzen, wie sie essen, trinken und lachen. Sie lachen viel zusammen. Wenn ich mir die Körpersprache und die offensichtliche Kameraderie so anschaue, dann scheinen sie wirklich gut miteinander auszukommen, auch wenn ich nicht hören kann, was gesprochen wird.

Ich wünschte, ich wäre da drinnen bei ihnen.

Einmal abgesehen davon, dass ich seit dem Frühstück nichts gegessen habe und dass es in meinem Magen poltert, als würde gerade eine Herde Elefanten durch meine Eingeweide trampeln, sieht es so aus, als fühlten sie sich rundum wohl dort zusammen.

Wahrscheinlich würde ich mit Eddies Mutter viel besser auskommen als mit meiner. Ich wette, sie versucht nicht, sein Leben mit einer Rute aus mütterlichem Eisen zu gestalten. Sie sieht sehr humorvoll aus und bricht regelmäßig in ein mitreißendes Lachen aus, dass sogar ich durch die doppelt verglasten Fenster hören kann, während die zwei sich durch die vier Gänge eines exquisiten Menüs kichern.

Und ich sitze mal wieder in einem blöden Busch fest.

Ich hätte einfach auf dem Parkplatz parken und sie aus dem vergleichsweise komfortablen Arnold heraus beobachten sollen, statt Arnold unten am Straßenrand zurückzulassen. Er wäre sicher auch gar nicht aufgefallen zwischen all den BMW, den Mercedes und anderen Nobelkarossen, die da gerade den Parkplatz zieren!

Was ich eigentlich bräuchte, ist ein Campingbus. Ein netter Bus mit einer Matratze hinten, einer Matratze mit Kissen und Bettdecke. Und mit einem Wasserkocher und vielleicht noch einer Mikrowelle, falls mich der Hunger überfällt, und einem Fernseher, um die Wartezeit zu verkürzen.

Da ich den Campingbus nicht habe, könnte ich vielleicht eine dieser Mülltonnen auf Rollen umfunktionieren und zwei Löcher in den Boden schneiden für meine Füße, so dass ich die Straße auf und ab rollen könnte wie Charles Hawtrey bei einer seiner »Ist ja irre!«-Missionen. Das wäre immer noch besser, als in einem blöden Busch rumzustehen. Wenigstens bliebe dann die Zugluft draußen.

Ach, was soll's, ich fahre nach Hause.

Abigail und ich haben am Sonntag zusammen die Mittagsschicht. Wir sind nur zu zweit, weil Sylv und David Last Minute nach Ibiza gejettet sind, um zu schmoren, zu saufen, zu bumsen und high zu werden, bevor sie eine Woche später nach Großbritannien zurücktorkeln und erst recht der Erholung bedürfen.

Wie üblich beklagt Abi sich über Bloody Jerry, dessen Bekanntschaft mir noch bevorsteht, sehr zu meiner Enttäuschung. (Hören Sie den Sarkasmus im letzten Satz?)

»Bloody Jerry«, seufzt sie verzweifelt und fährt sich mit einer langgliederigen, blassen Hand durch die roten Locken. »Ich bin sicher, dass er mir auf der Nase herumtanzt. Das Blöde an den Arbeitszeiten hier ist, dass ich nie weiß, was er vorhat oder wo er ist.«

»Wenn du doch nie weißt, wo er ist, wie kommst du dann darauf, dass er auf der Piste ist?«

»Das Übliche«, sagt sie seufzend und köpft eine Flasche mit Orangensaft. »Neues Aftershave, neue Unterwäsche, rasiert sich häufig, duscht mehr als zweimal pro Woche, und die Krönung: Nachdem ich ihn vier Jahre damit genervt habe, es zu lassen, hat er plötzlich über Nacht aufgehört, im Bett an seinen Zehennägeln zu knabbern.«

»Bäh! Und diesen Kerl willst du behalten?«

»Er hat eben andere Qualitäten.«

»Als da wären?«

»Na ja, er ist im Bett auch zu anderen Dingen im Stande außer dazu, Zehennägel zu knabbern.«

»Ich gebe zu, dass man in der Beckengegend ziemlich beweglich sein muss, um seine Zehennägel zwischen die Zähne zu bekommen!«

Ich sollte Abi besser nicht anbieten, für sie herauszufinden, ob Bloody Jerry ein Schwein ist oder nicht. Es dürfte schwierig sein, ihr gegenüber eine plausible Erklärung für meinen anderen Job zu finden. Sie ist ein liebes Mädchen, aber sie ist geschwätzig. Mein unzuträglicher Nebenjob würde die Runde im Club machen, jemand würde nachhaken, und der wahre Grund dafür, warum ich im »Daisy's« arbeite, würde ans Tageslicht kommen.

»Wenn du es wirklich wissen willst, könnte ich es für dich herausfinden.«

So viel zum Thema Standhaftigkeit. Manchmal habe ich den Eindruck, dass mein Mund nicht mit meinem Gehirn verbunden ist. Aber ich muss mich schließlich nicht darüber auslassen, dass ich bestens dafür qualifiziert bin, ihren Jerry für sie zu überprüfen, ich kann ja einfach meine Hilfe als Freundin anbieten.

»Was sagst du da?«

»Ich kann herausfinden, ob Jerry dich betrügt oder nicht.«

Abi hört auf, tückisch an einer Zitrone herumzusäbeln, als würde das Messer in Jerrys Fleisch statt in die Schale schneiden, und sieht mich stirnrunzelnd an.

»Und wie willst du das anstellen?«

»Ich mache ihn an.«

»Nein… das meinst du doch nicht ernst, oder?«

Ich zucke die Achseln.

»Wie du willst. Wenn du glaubst, er ist reif dafür, von einer anderen Frau gepflückt zu werden, warum nimmst du die Sache nicht selbst in die Hand?«

»Und was, wenn er ja sagt?« Besorgt beißt sie sich auf die Unterlippe.

»Es besteht auch die Möglichkeit, dass er ablehnt.«

»Und wenn er doch ja sagt, dann weiß ich es wenigstens, statt es nur zu vermuten…«

»Genau.«

»Und das würdest du tun?«

»Sonst hätte ich es nicht vorgeschlagen.«

Abi sieht mich einen Moment lang mit schräg geneigtem Kopf und ungläubig zusammengezogenen Augen an.

»Und was hast du vor?«

»Sag mir, wo ich ihn finde, den Rest überlass mir.«

»So einfach geht das?«

»Ich weiß nicht, ob es so einfach ist, aber so machen wir es…, wenn du einverstanden bist?«

Abi lehnt sich gegen den Tresen und blickt einen Moment lang auf ihre Hände, bevor sie wieder mich ansieht. Langsam breitet sich ein Grinsen auf ihrem Gesicht aus.

»Was soll's! Mach es. Warum auch nicht? Ich habe nichts zu verlieren, oder?«

Sie knufft mich in die Rippen, als ich mich mit einem Tablett voller Gläser an ihr vorbeidrücke.

»Wenn wir schon beim Thema sind, ich glaube, du hast einen Verehrer.«

»Was?«

»Du wirst beobachtet.« Sie nickt in Eddies Richtung, der mit Ben und dem hübschen Italiener, den ich zuerst im »Black Betty's« gesehen habe und der sich als Eddies Buchhalter entpuppt hat, an einem der Restauranttische sitzt.

»Erzähl keinen Unsinn!«, sage ich, dränge mich an ihr vorbei und beginne, die Gläser in den Geschirrspüler zu laden.

»Komm schon, Belle, willst du etwa behaupten, du hättest nicht bemerkt, wie er dich ansieht?«

»Das macht er bei allen Mädchen, er flirtet halt gern.«

»Also, bei mir macht er es nicht. Schön wär's, wenn er es täte.« Abigail streicht sich eine Locke ihrer erdbeerroten Haare aus dem Gesicht und wirft einen lasziven Blick zu Eddie hinüber, der sich zu Ben umgedreht hat.

»Sieh dir doch nur mal diese breiten Schultern an!« Langsam und lüstern atmet sie aus. »Stell dir vor, du würdest deine Nägel da reinkrallen! He, nur die Ruhe.« Widerwillig wendet sie sich ab, um einen ungeduldigen Kunden zu bedienen, der ganz außer sich mit einem gefalteten Zwanziger wedelt wie ein Verkehrspolizist, der einen Raser herauswinkt.

Doch sobald sie den Kunden bedient hat, ist sie sofort zurück an meiner Seite und sofort zurück beim Thema.

»Ooh, was für ein Glück du hast, Annabelle.«

»Ach ja?«, frage ich zerstreut und fülle den sich schnell leerenden Bierkühlschrank mit frischem Budweiser auf.

»Jetzt sieht er wieder her.«

»Abi, was erzählst du da!«

»Wenn du mir nicht glaubst, dann schau doch selbst!«

»Er sieht nicht mich an. Und falls doch, dann nur, um sich davon zu überzeugen, ob ich ordentlich arbeite.«

Verstohlen blicke ich in seine Richtung und muss erkennen, dass Abi Recht hat und dass er herschaut. Auf mich. Er fängt meinen Blick auf und lächelt, dieses ganz eigene, einseitige Hochziehen eines Mundwinkels, dass so unwiderstehlich ist.

»Siehst du«, bemerkt sie triumphierend, »was hab ich gesagt? Jetzt zier dich nicht so, es muss dir doch aufgefallen sein?«

Zugegeben, vielleicht ist mir aufgefallen, dass er sehr freundlich ist, und es sind nicht nur die Trinkgelage nach der Arbeit, die zu einer schlechten Angewohnheit werden.

Wir verstehen uns gut.

Zu gut.

Ich habe ihn in Aktion erlebt. Er flirtet sehr gekonnt. Doch zwischen uns passiert entschieden mehr als nur dieses leichtherzige Schäkern wie mit den anderen Mädchen. Das spüre ich. Leider bin ich nicht die Einzige, der das aufgefallen ist.

Nach der Arbeit treffe ich mich mit Jamie in einem Café gleich um die Ecke, wo es einen unglaublich guten Schokoladenkuchen mit Karamellcreme gibt.

Unter dem Vorwand, dass wir beide einen harten Arbeitstag hinter uns haben, bestellen Jamie und ich beide eine doppelte Portion und lassen uns an einem Fenstertisch nieder, von dem aus man auf die Themse sehen kann. Der Tag war strahlend schön, doch wie üblich zu kalt, um draußen sitzen zu können. Westwind streicht über den Fluss und kräuselt die Oberfläche. Graue, trübe Wellen schlagen gegen die Boote, die am Kai gegenüber festgemacht sind.

»Und, wie läuft's im Job?«, fragt Jamie, der sich mit beängstigender Geschwindigkeit über das erste Stück Kuchen hermacht.

»Gut.«

»Und wie wirst du damit fertig, so eng mit Eddie zusammenzuarbeiten?«

»Mit ihm werde ich schon fertig, das Problem ist eher Amanda.«

Noch zwei Bissen, und Jamie wird bereits ein Stück Kuchen

verschlungen haben. Ich habe noch nie jemanden gesehen, der so schnell isst, außer vielleicht Elvis. Es entsteht eine Pause, während er sich an das zweite Stück macht, bevor er fortfährt.

»Ich habe gesehen, wie du ihn beobachtest, Belle.«

»Tja, das könnte damit zu tun haben, dass ich von Amanda dafür bezahlt werde, ihn zu beobachten.« Ich bedenke Jamie mit einem spöttischen Blick und lutsche etwas von dem zähen Karamell auf meiner Gabel.

»Mag ja sein, aber ich habe diesen Ausdruck nur ein einziges Mal auf deinem Gesicht gesehen, und zwar als du zum ersten Mal einen Walnut Whip gegessen hast.«

»Daran erinnerst du dich? Ich nicht. Aber du weißt ja, was es bedeutet, ein Junkie zu sein«, scherze ich und stopfe noch mehr Kuchen in meinen Mund, »man fragt sich, wie man vor der Sucht überhaupt leben konnte.«

»Eben«, stellt Jamie reichlich selbstgefällig fest.

»Was heißt das, *eben?*«

»Du hast es selbst gesagt. Sucht.« Er hat seinen Schokoladenkuchen verputzt und blickt jetzt hoffnungsvoll auf meinen, ein bisschen wie Elvis beim Abendessen.

Jetzt kommt sie wieder. Die gefürchtete Diagnose vom Onkel Doktor.

»Ich stehe nicht auf Eddie, Jamie.«

»Oje, sie verneint es noch immer«, erwidert er trocken.

»Ich verneine gar nichts!«

»Die Verneinung der Verneinung«, stöhnt er. »Es ist schlimmer, als ich dachte.«

»Ich stehe nicht auf Eddie«, wiederhole ich mit zusammengepressten Zähnen.

»Und warum spielst du dann immer noch dieses beschissene, verrückte Detektivspiel? Ich kenne dich, Belle. Du hasst es, wenn jemand versucht, dir zu sagen, was du machen sollst, und da lässt du dich von Amanda schikanieren, als würdest du ihr gehören.«

»Ich brauche das Geld.«

»Du könntest dir eine andere Arbeit suchen.«

»Keine, die so gut bezahlt ist.«

»Quatsch! Amanda darf dich ja gar nicht für die Zeit bezahlen, die du im Club arbeitest. Das brauchst du gar nicht zu bestreiten. Nicky hat's mir nämlich erzählt, also weiß ich, dass es stimmt.«

»Na ja, es schien mir nicht korrekt«, murmele ich, »dass er mich dafür bezahlt, dass ich dort arbeite, obwohl ich doch nur dort bin, weil sie mich dafür bezahlt, ihn zu beobachten. Kannst du mir folgen?«

»Ja, ich kann dir folgen. Nur zu gut. Hör mal, Belle, ich finde es ja in Ordnung, dass du im ›Daisy's‹ arbeitest, um ein Auge auf Eddie zu haben, um ihn kennen zu lernen, um herauszufinden, wie er ist …«

»Ach ja?«

»Ja. Aber ich finde es nicht in Ordnung, dass du es für Amanda machst … Denk drüber nach, Annabelle. Bitte. Du behauptest immer, dass dir Unehrlichkeit zuwider ist. Wäre es nicht an der Zeit, dass du dir gegenüber ehrlich bist?«

Es ist wirklich lästig, einen Stiefbruder zu haben, der nahezu perfekt ist. Schlau, schön und immer im Recht.

Okay, ich gebe es zu, ich mag den Kerl.

Na gut, es ist mehr als bloße Zuneigung, ich stehe auf die hellgrünen Unterhosen dieses Mannes.

Fragen Sie mich nicht, was genau es ist. Klar, zum einen ist es das Übliche: die körperliche Anziehung, die geistige Anziehung, die sexuelle Chemie, die Tatsache, dass wir den gleichen schrägen Sinn für Humor haben. Doch da ist noch mehr, etwas Anderes, etwas Undefinierbares.

Ich kann mir diesen Mann einfach nicht aus dem Kopf schlagen. Ständig ertappe ich mich dabei, wie ich an ihn denke, und das zu höchst unpassenden Zeiten, an höchst unpassenden Orten – oft sogar in höchst unpassenden Positionen –, aber schließlich hatte ich fast zwei Jahre lang keinen Sex, also wird man mir ein paar schwülstige Träume nachsehen, denke ich.

Bloody Jerry.

Neunundzwanzig. Ire. Schwarze Haare, blaue Augen, freches Grinsen, und den dreisten, draufgängerischen Charme eines echten Schlingels.

Mir ist völlig klar, was Abigail an ihm fasziniert, trotz der abschreckenden Berichte, in denen ich erfahren habe, dass er angeblich heftiger flirtet als Casanova, selbst wenn man den mit dem Auftrag, die Gläubigen zu korrumpieren, in ein Nonnenkloster geschickt hätte.

Es ist Mittagszeit. Nicky und ich sind in einer Bar. Was ist daran schon neu? Ich scheine derzeit den größten Teil meines Lebens in Bars zu verbringen. In Bars, Büschen und meinem Bett. Was für ein aufregendes Leben.

Nicky ist auf der Toilette. Ich stehe am einen Ende des Tresens und warte darauf, bedient zu werden, während die Bedienung am anderen Ende steht und von Bloody Jerry angegraben wird. Ich kann seinen singenden irischen Akzent aus dem gedämpften Gemurmel der relativ ruhigen sonntäglichen Mittagsgäste heraushören. Die unverschämtesten Schmeicheleien tropfen von seiner Zunge wie heiße Erdbeeren über Vanilleeis. Wobei die Bedienung das Eis ist, versteht sich. Ich sehe von hier, wie sie dahinschmilzt.

Schließlich muss sie sich aber doch losreißen, um die ständig wachsende Schlange von Kunden zu bedienen, die glücklicherweise mit mir beginnt. Ich bestelle vier große Wodka-Cola, zwei für mich und zwei für Nix, zum einen, weil wir uns Mut antrinken müssen, zum anderen, weil ich das Gefühl habe, dass wir so bald nicht wieder bedient werden.

Diese Bedienung würde sich im »Daisy's« nicht lange halten, schießt es mir verächtlich durch den Kopf. Wir arbeiten nämlich hart für unser Geld. Wir haben Standards, die sie nicht einmal erreichen würde, wenn sie auf einem Barhocker stände.

Ich bin stolz auf meinen Beruf. Ein ganz neues Gefühl.

Schnell schnappe ich mir die Getränke und steuere einen gerade frei gewordenen Tisch in der Ecke des Raumes an, von wo ich alles sehen kann, ohne selbst besonders gesehen zu werden.

Nicky kehrt vom Klo zurück. Sie hat ihre Lippen mit Paloma Red aufgefrischt, ihre Brüste sehr zu deren Vorteil im V-Ausschnitt ihres Kookai-Tops zurechtgerückt und ihr Haar frech zerzaust, so dass es zu signalisieren scheint: »Ich hatte gerade geilen Sex, und ich fand's klasse!«.

Sie sieht gut aus.

Sie sieht aus wie die Nicky, mit der ich vor meiner Reise durch die Gassen gezogen bin, eine Nicky, die auf sechzig Schritt Entfernung und mit einem einzigen, sehnsüchtigen Blick unter endlos langen Wimpern hervor jemanden aufreißen konnte. Sie wiegt immer noch etwa sieben Pfund mehr als früher, aber die Kurven stehen ihr wirklich gut.

Nicky fühlt sich auch gut, dass sieht man an ihrem Gesichtsausdruck und ihrer Haltung. Attraktiv mit einem großen A. Ein Selbstvertrauen, das die Blicke auf sich zieht.

Als sie an Bloody Jerry vorbeistolziert, verlässt sein Blick die Bedienung lange genug, um Nicky hinterher zu sehen, bis sie den Tisch erreicht hat.

Nicky ist es nicht entgangen.

»Was ist los?«, flüstert sie besorgt. »Habe ich meinen Rock in den Schlüpfer gesteckt oder was?«

»Nein, aber ich glaube, du hast gerade sämtlich Hüllen fallen lassen … nur in Gedanken«, füge ich hinzu, als der besorgte Gesichtsausdruck einem verwirrten Platz macht. »Bloody Jerry hat sie mit seinen Augäpfeln weggebrannt.«

»Gott sei Dank«, grinst Nicky, »ich dachte schon, ich wäre die einzige Frau hier, die er nicht attraktiv findet. Das hätte ich persönlich genommen.«

Wir beobachten Jerry eine halbe Stunde lang.

Obwohl seine Augen durch den Raum tanzen wie ein sexgeiler Betrunkener auf einer Party, wo zehn Frauen auf einen Mann kommen, hat doch sein Körper noch keinen Versuch unternommen, den Augen zu folgen.

Nach einer Stunde, zwei weiteren Wodkas für jede und einigen heftigen Flirts und sonst nichts von Jerrys Seite beschließe ich, aktiv zu werden.

Ich lächele Nicky kurz an.

»Tja, auf geht's.«

Sie grinst trocken.

»Soll ich dir Glück wünschen?«

»Keine Ahnung.« Ich zucke die Achseln. »Ich lege keinen gesteigerten Wert auf solche Höflichkeitsfloskeln.«

»Wie wär's mit Hals- und Beinbruch? Das passt doch viel besser, wenn man bedenkt, dass du eine ganz schöne Show abziehen wirst.«

»Hoffen wir einfach, dass ich gut genug spiele, um Jerry zu täuschen.« Ich lächele Nicky flüchtig zu. »Obwohl ich gar nicht so erfolgreich sein will«, sage ich seufzend, in Gedanken bei Abigail. »Ich hoffe, er sagt nein, Nix.«

»Hängt wahrscheinlich davon ab, was du anzubieten hast.«

»Wie wär's mit einer Nacht voller ungezügeltem Sex?«

»Das sollte reichen«, antwortet sie lachend.

Sobald ich am Tresen stehe, bestelle ich noch etwas zu trinken und werfe einen verstohlenen Blick auf mein Opfer. Jerry sieht mich an. Meine Beine, um genau zu sein, doch schließlich wandert sein Blick weiter nach oben.

Ich lächele. Er lächelt.

Dreißig Sekunden später wiederhole ich die Prozedur.

Blick. Lächeln. Er erwidert das Lächeln.

Als er das Lächeln auch beim dritten Mal erwidert, packe ich den Stier bei den Hörnern und schenke ihm meinen einladendsten Augenaufschlag.

Er reagiert nicht, fühlt sich auch nicht eingeladen. Stattdessen steht er auf und steuert die Tür mit dem Wort »Männer« an. Ich bleibe allein am Tresen zurück, glotze dämlich auf einen leeren Barhocker und komme mir unendlich blöd vor.

Das ist doch lächerlich. Er hat meine Einladung ausgeschlagen, was großartig ist, und ich bin beleidigt. Was stimmt nicht mit mir?

Nein, ich rede nicht davon, was ich fühle. Ich meine wortwörtlich: Was stimmt nicht mit mir?

»Bin ich denn ein Hund?«, zischele ich Nix zu, nachdem ich mich knallrot vor Scham wieder an den Tisch verzogen habe.

Sie lacht schallend. Keine gute Idee, wenn man gerade versucht, einen großen Schluck Weißwein zu nehmen.

»Mach dich nicht lächerlich!«, sagt sie hustend. »Du bist wahrscheinlich einfach nicht sein Typ. Dir gefällt doch auch nicht jeder Mann, den du triffst, oder?«

»Natürlich nicht!«

»Da hast du's.«

»Schon, aber er quatscht doch anscheinend jede Frau an, die er trifft.«

»Den Gerüchten zufolge. Es könnte sich aber auch um eine maßlose Übertreibung handeln.«

»Zugegeben, aber ich habe ihn doch heute in Aktion erlebt, stimmt's? Er war nicht gerade zurückhaltend.«

Nicky kaut einen Moment lang nachdenklich auf ihrer Unterlippe.

»Warum lässt du es mich nicht mal versuchen?«

»Dich?«

»Jetzt sei nicht so schockiert, Belle, ich könnte beleidigt sein.«

»Du weißt genau, dass ich es nicht so gemeint habe. Ich hätte nur nicht gedacht, dass du zu so etwas fähig bist.«

»Ich hatte schließlich in den letzten Monaten genug Gelegenheit zum Flirten.«

»Na ja, er hat ziemlich genau hingesehen, als du vom Klo kamst«, gebe ich zu.

»Ach ja?«, fragt sie und tut ganz verschüchtert.

»Das weißt du doch genau. Seine Augen sind nicht nur hervorgetreten, sie sind geradezu explodiert!«

Nicky lächelt versonnen.

»Vielleicht solltest du es wirklich mal versuchen.« Allmählich begeistere ich mich für die Idee. »Es kann auch mal ganz nett sein, sich entspannt zurückzulehnen und zuzusehen, wie jemand anderes einen Deppen aus sich macht.«

»Danke, Belle! Ich dachte, du bist meine Freundin!«

Nicky steht auf, streicht sich über den Rock, schiebt die verrutschten Träger ihres BHs wieder auf die Schultern zurück und wirft einen kurzen, prüfenden Blick in den Spiegel an der Wand.

»Wie sehe ich aus?«

»Umwerfend.«

Verschwörerisch zwinkert sie mir zu und setzt dann zu einem Gang an, der eher einer Wellenbewegung denn einer Gehbewegung gleicht. Sie schlingert zum Tresen und bleibt einige Schritte von Jerry entfernt stehen, um das Ganze nicht zu offensichtlich werden zu lassen.

Aber sie muss gar nicht zu offensichtlich sein. Jerry hat sie in der Sekunde bemerkt, als sie aufgestanden und losmarschiert ist. Ich war anscheinend nicht sein Typ, Nicky dagegen ist sein Typ – und wie.

Sie lächelt die Bedienung an, die widerstrebend herüberkommt, um ihre Bestellung entgegenzunehmen.

Sie nimmt ihren Gucci-Geldbeutel aus ihrer Jane-Shilton-Handtasche, um zu bezahlen, und lässt ihn prompt fallen. Das Kleingeld kullert in alle Richtungen. Jerry ist sofort an ihrer Seite und sammelt eifrig das Geld auf, wie ein Kind, das Ostereier sucht.

Er reicht Nicky das verlorene Kleingeld, sie bedankt sich überschwänglich, fügt ihrer Bestellung ein Glas Caffrey's hinzu und bleibt zehn Minuten plaudernd am Tresen stehen, während ich sie neugierig beobachte.

Cleveres Mädchen. Eine moderne Variante des Taschentuchs, das man früher einem Kerl vor die Füße warf. Schließlich kehrt Jerry an seinen Platz und Nicky an unseren Tisch zurück. Sie grinst übers ganze Gesicht.

»Und?« Ich höre mich an wie Amanda, die nach Neuigkeiten dürstet.

Sie quartiert ihren Hintern auf den Stuhl und reicht mir meinen Drink.

»Er ist wirklich ein sehr netter Kerl.«

»Was hat er zu dir gesagt?«

»Nein.«

»Waaas?«

»Ich wollte mich mit ihm treffen, und er hat nein gesagt.« Nicky lächelt. »Ehrlich gesagt war ich schon ein bisschen enttäuscht, er könnte mir nämlich gefallen…« Sie sieht wieder zu Jerry hinüber, der auf seinen Barhocker zurückgekehrt ist, und lächelt flüchtig. »Er hat sich für die Einladung bedankt, mich aber gleichzeitig darüber aufgeklärt, dass er so gut wie verheiratet ist. Dann hat er fünf Minuten damit zugebracht, mir zu erzählen, wie wunderbar seine Freundin doch ist.«

»Du machst Witze!«

»Ich meine es ernst. Er ist ihr total verfallen.«

»Aber er benimmt sich nicht, als wäre er ihr verfallen.«

»Glaub mir, Belle, er hat eine große Klappe, aber ganz entschieden ist nichts dahinter. Er weiß haargenau, was er will. Ich glaube, man bräuchte ein Brecheisen, wenn man dem an die Wäsche wollte.«

»Aber er flirtet die ganze Zeit!«

»Schon, aber ich glaube nicht, dass er bis zum Ende geht. Manchmal ist es eben schön, nur zu flirten… das muss nichts heißen und auch zu nichts führen. Ich glaube, bei Jerry ist das ein reines Freizeitvergnügen.«

»Willst du damit sagen, flirten ist sein Hobby?«

»Etwas in der Art, genau. Alles nur ein harmloser Spaß.«

»Aber was ist mit seinem neuen Image, den neuen Klamotten und dem neuen Aftershave?«

»Hat Abigail sich nie gefragt, ob es nicht auch ihr zuliebe sein könnte? Wenn sie dir gegenüber schon jammert, dann hat er vielleicht bemerkt, dass sie nicht glücklich ist, und bemüht sich, sie zu beeindrucken.«

»Das könnte eine Erklärung sein ... Hat er das gesagt?«

»Nicht direkt. Aber ich habe den Eindruck, dass sie ihn wirklich und wahrhaftig an der Angel hat. Ich glaube, er hat während unserer Unterhaltung ungefähr vierzigmal ›Abigail‹ gesagt.«

»Vielleicht hat seine andere ja denselben Namen?«

»Jetzt mach mal einen Punkt, Belle!« Nicky schüttelt den Kopf. »Hör auf, nach Problemen zu suchen, der Kerl ist sauber.«

»Wahrscheinlich hast du Recht. Ich wollte nur ganz sicher sein, bevor ich es Abigail sage.«

»Hey«, sagt sie spöttisch, schlägt die Beine übereinander und schürzt die roten Lippen, »er hat ein Date mit mir ausgeschlagen, welchen Beweis brauchst du da noch?«

Als meine nächste Schicht zu Ende geht, taucht Eddie auf. Er sieht müde aus und hat dunkle Ringe unter den Augen. Zielstrebig verschwindet er hinter dem Tresen und schenkt sich einen großen Brandy ein.

»Ich hatte einen wirklich beschissenen Tag und werde mich jetzt voll laufen lassen bis zum Umfallen. Und hoffen, mein Kater ist so schlimm, dass meine Kopfschmerzen von heute im Vergleich dazu völlig verblassen.« Er lächelt erschöpft. »Aber wie heißt es so schön? Man soll nie allein trinken. Das weißt du doch?«

»Klar.« Ich grinse trocken und greife nach meiner Jacke. »Ich weiß sehr wohl, dass es so heißt, aber das hält mich nicht zurück.«

»Leistest du mir freiwillig Gesellschaft, oder muss ich flehen?«

»Ein bisschen Flehen wäre nicht verkehrt. Da gehören Männer nämlich hin, auf ihre Knie.«

»O ja, und genau da enden sie auch dank euch Frauen«, kontert er, schenkt mir einen Brandy ein, reicht ihn mir und nimmt mir die Jacke wieder ab.

»Also habe ich keine Wahl? Dann bleibe ich eben.«

»Klar erkannt«, entgegnet er und setzt sich auf einen Barhocker. »Du wirst mich doch beim Betrinken nicht allein lassen, oder?«

»Damit mir der ganze Spaß entgeht?«, frage ich spöttisch und setze mich neben ihn. »Wie das lange Aufbleiben, die Übelkeit, der Kater … Prost.«

Wir stoßen an, er kippt seinen Doppelten ex. Ich folge seinem Beispiel, während er wieder hinter dem Tresen verschwindet und mit der Flasche zurückkommt.

»Dann muss man nicht ständig aufstehen.«

»Wenn wir die geleert haben, können wir das sowieso nicht mehr«, stimme ich zu. »Uns fehlt nur eine lebenswichtige Sache.«

»Ach ja?«

»Was zu essen.«

»Zu essen?«

»Du weißt schon, das Zeug, das man in den Mund steckt und kaut. Hält Leib und Seele zusammen …«

Er verschwindet in der Küche und kommt fünf Minuten später mit einem Teller Sandwiches zurück, die er schwungvoll vor mir auf die Theke stellt.

»Zufrieden?«

»Na ja, nicht gerade Cordon Bleu, aber du bist doch etwas zivilisierter, als ich dachte.«

»Und was sagst du hierzu?« Er zieht einen Riegel Cadbury-Schokolade aus der Tasche und reicht ihn mir.

»Jeder Meisterkoch würde erblassen vor Neid.« Liebevoll

streichele ich die lila Verpackung. »Komm zu mir, mein Süßer.«

Eine halbe Stunde später ist die Schokolade weg, die Platte mit den Sandwiches noch fast voll, und die Flasche so gut wie leer. Wir hatten inzwischen eine hitzige Diskussion über sexuelle Gleichberechtigung, die mit steigendem Alkoholpegel zu einer Diskussion über das Für und Wider von Schokolade und gerösteten Erdnüssen entartet ist.

»Meinst du, wir brauchen noch eine?« Eddie lässt die letzten Millimeter Brandy in mein Glas tröpfeln.

»Na klar… aber jetzt bin ich dran.«

Ich versuche aufzustehen, doch meine Beine scheinen nicht mit meinem Gehirn in Verbindung zu stehen. Falls doch, so arbeitet es nicht gut genug, um seine Funktionen zu koordinieren, ganz zu schweigen von den Funktionen anderer Körperteile.

Ich angele nach der Messingstange, die um den Tresen läuft, um mich festzuhalten, und stoße aus Versehen mit dem Ellbogen gegen die Flasche, die auf den feuchten Holzboden fällt und mit dem Hals in meine Richtung liegen bleibt.

»Wagst du's oder sagst du's?«

»Wie bitte?«

»Na, wenn wir Flaschendrehen spielen«, erklärt er grinsend, »geht es darum, ob du es wagst, auf meine Frage die Wahrheit einzugestehen, oder ob du offen sagst, dass du lügst.«

»Ich wusste gar nicht, dass wir Flaschendrehen spielen…«

»Du hast doch angefangen.«

»Das war ein Unfall… oh, na gut. Die Wahrheit.«

Nachdenklich sieht er mich einen Moment lang an, ein durchtriebenes Funkeln in den Augen.

»Okay, was ist deine Lieblingsstellung beim Sex?«

»Darauf gebe ich keine Antwort!«

»Wenn du nicht antwortest, kriegst du eine Strafe.«

»Wie sieht die aus?«

Er denkt kurz nach, steht dann auf, verschwindet hinter dem Tresen und kommt mit einer Flasche Tequila zurück.

Dann gießt er einen doppelten Tequila in mein noch halb volles Brandyglas.

»Trink.«

»Was?«

»Das ist deine Strafe.«

»Du machst Witze!«

»Es sei denn, du willst meine Frage beantworten.«

»Ehrlich gesagt, kommt mir dieses Spiel nicht gerade fair vor«, murre ich.

»Nun, es gilt schließlich für beide Seiten.«

Natürlich tut es das. Wagst du's oder sagst du's, Wahrheit oder Lüge. Die Möglichkeiten sind endlos! Ich frage mich, ob es mir gelingt, ihn immer dazu zu bewegen, die Wahrheit zu sagen, weil ihm das offene Lügen zu peinlich wäre. So kann ich alles, was ich wissen muss, an einem einzigen Abend herausfinden. Und das Beste daran ist, dass er am nächsten Morgen viel zu verkatert sein wird, um sich noch an meine spanische Inquisition zu erinnern.

»Okay. Das ist fair.«

Ich greife nach dem Glas, sehe Eddie geradewegs in die Augen und kippe es ex. Es gelingt mir, ein Röcheln zu unterdrücken, als die Mischung aus Tequila und Brandy mir brennend durch die Kehle gleitet.

»Du bist dran. Wahrheit oder Lüge?«, krächze ich.

»Vielleicht bin ich gar nicht an der Reihe. Wir haben noch nicht gedreht.«

»Dann beeil dich und dreh die Flasche!«

Er umfasst die Flasche und wirbelt sie mit einer Drehung des Handgelenks quer über den feuchten Boden, bis sie allmählich austrudelt, qualvoll langsam wird und schließlich still liegt. Der Flaschenhals zeigt genau auf den grinsenden Eddie.

»Ha!«, rufe ich triumphierend. »Du bist dran! Wahrheit oder Lüge?«

»Die Wahrheit.«

»Okay … Zähl mir die fünf besten Eigenschaften auf, die eine Frau deiner Meinung nach haben kann.« Ganz schön clever, Belle.

»Haben Frauen denn so viele gute Eigenschaften?«

»Dein Glück, dass ich weiß, dass du Spaß machst, sonst würde ich nicht Flaschendrehen spielen, sondern dir mit der Flasche eins überziehen.«

»Belle!« Er schüttelt den Kopf. »Also, mal sehen. Ich mag Frauen mit Mumm.«

»Was, fette Säuferinnen, die am Sektglas kleben … schon gut, schon gut, ich mache Witze. Okay, das war Nummer eins«, ermutige ich ihn.

»Hirn.«

»Sehr gut. Weiter?«

»Schönheit.«

»Klischee!«

»Ja, aber ich würde lügen, wenn ich sie wegließe, und mir ist durchaus bewusst, dass Schönheit nicht nur äußerlich ist.«

»Na gut, du hast deinen Patzer wieder gutgemacht. Weiter?«

»Sinn für Humor.«

»Sehr wichtig«, stimme ich zu. »Den braucht sie auch, um mit dir fertig zu werden.«

»He!«, ruft er beleidigt.

»Sinn für Humor«, wiederhole ich bedeutsam. »Sehr wichtig.«

»Knackiger Hintern. Jetzt komm schon!«, ruft er, als ich einen missbilligenden Gesichtsausdruck aufsetze. »Das kommt doch bei den meisten Frauen ganz oben, warum darf es also nicht auf meiner Liste stehen?«

Alles klar, seine Traumfrau ist also eine hirnlose Schönheit mit einem knackigen Hintern, die mümmelt … Einen Moment, habe ich mir das jetzt richtig gemerkt?

Ich schüttele den Kopf, in der Hoffnung, den dichten Alkoholnebel abzustreifen, der mich einhüllt wie eine Regenwolke, die zärtlich einen Regengott umarmt.

Normalerweise kann ich fast jeden unter den Tisch trinken. Ich weiß, dass das ein Anspruch ist, auf den ich nicht besonders stolz sein sollte – die Tatsache, dass ich so viel Alkohol vertrage, ohne umzukippen, mich zu übergeben oder so zu verhalten, als wäre mein Gehirn amputiert worden –, doch ich bin es.

Er ist der erste Mann, der Punkt für Punkt zu mir passt.

Wir sind alkoholisch kompatibel.

Ist das nicht furchtbar?

Nein, eigentlich nicht, es macht nämlich Spaß, und wie.

Wir erreichen genau zur gleichen Zeit die Stufe, auf der man es plötzlich großartig findet, total bescheuerte Sachen zu machen.

Es ist immer schwierig, wenn einer von beiden den richtigen Grad seliger Trunkenheit erreicht hat, um auf den Tischen zu tanzen, während der andere entweder zwei Schritte zurück ist und mit vor Scham aufeinander gepressten Lippen zusieht, oder zwei Schritte weiter und bereits ohnmächtig auf dem Boden liegt.

Nicht, dass wir wirklich aufstehen und auf den Tischen tanzen. Warum sollten wir auch, wo wir doch einen ganzen Club für uns allein haben?

Wir torkeln die Treppe hinunter ins Kellergewölbe, wobei ich ihm ständig in die Fersen trete, als wir durch die Dunkelheit stapfen. Unten schaltet Eddie sämtliche Lichter ein. Die Tanzfläche ist fast fertig. Ein vergessener Eimer in einer Ecke und eine Trittleiter sind die einzigen Zeugen dafür, dass die Gaunerbande aus Reading auch heute noch am Werk war.

Eddie geht hinüber zum Pult des DJs.

»Na, dann wollen wir mal sehen, ob die Anlage auch richtig funktioniert.«

»Weißt du, wie man sie bedient?«

»Du kennst doch meine Philosophie, Belle.«

»Natürlich – wenn man etwas braucht, muss man auch wissen, wie man damit umgeht.«

Eddie stöpselt genug Starkstromstecker ein, um eine ganze Stadt zu beleuchten, betätigt einige Schalter und legt eines der Bänder ein, die Damon, der dämonische DJ mit den Dreadlocks aus dem »Black Betty's«, gemischt hat. Plötzlich schallt Musik aus den riesigen Lautsprechern, neben denen ich stehe, so dass es mich vor Schreck fast umhaut.

Aus irgendeinem Grund scheinen wir eine Auswahl an Weihnachtsliedern erwischt zu haben. Eine aufgepeppte Version von *Jingle Bells* erklingt mit jeder Menge Dezibel, und ein reichlich betrunkener Eddie fegt begeistert über die Tanzfläche.

Jeder Mensch hat eine Macke, selbst der perfekteste.

Gerade habe ich Eddies entdeckt.

Er kann nicht tanzen.

Ich hatte erwartet, dass er großartig tanzt, weil er doch sonst in allem so großartig ist. Einen gewissen Sinn für Rhythmus hat er ja – aber mehr auch nicht.

Doch das scheint ihm egal zu sein, er hat alles um sich herum vergessen, stürzt völlig verzückt auf die Tanzfläche, gibt sich der Musik hin und genießt jeden Moment, bis *Last Christmas* einsetzt und Michael Georges honigsüße, schmachtende Stimme aus dem Lautsprecher ertönt.

Eddie kommt zu mir, und wir fangen an, eng umschlungen zu tanzen. Wir finden schnell in den Rhythmus und bewegen uns ganz harmonisch.

Ich habe mich geirrt, er kann tanzen, nur nicht frei. Ich wette, Eddie könnte einen perfekten Tango aufs Parkett legen.

Entweder das, oder unsere Körper passen einfach so gut zueinander, dass wir gar nicht unharmonisch sein können.

Hör auf, Annabelle.

Du genießt es doch nicht etwa?

Ich betreibe bloß Studien in Amandas Auftrag.

Es folgt ein reichlich komischer Versuch, Lambada zu tanzen, bei dem die Beine fliegen, bis wir uns beide hysterisch und laut lachend auf den Boden plumpsen lassen. Glücklicherweise wechselt die Musik gerade rechtzeitig, um zu verhindern, dass unsere Gelenke Schaden nehmen.

Es ist vier Uhr morgens, und wir versuchen uns an einer sehr kurzen und höchst würdelosen, dafür umso enthusiastischeren Version einer Conga quer über die leere Tanzfläche. Seine Hände umschlingen meine Hüften und sein Kopf ruht auf meiner Schulter, so dass ich aussehe wie Zaphod aus *Per Anhalter durch die Galaxis*. Zumindest, bis wir eine Kurve zu schnell nehmen und ich meine Nummer Zwei verliere.

Ich tanze noch einen Moment weiter, bis ich merke, dass der Kopf von meiner Schulter und die Hände von meinen Hüften verschwunden sind. Als ich mich umdrehe, sehe ich Eddie – den ansonsten immer so coolen, reservierten Eddie –, der betrunken kichernd auf die Tanzfläche gesunken ist.

Ich mag diesen Eddie. Dieses verrückte, traurige, lustige, betrunkene, kichernde Monster.

Auch den anderen Eddie mag ich. Sie ergänzen sich. Hinter diesem Perfektionisten steckt also doch ein Mensch.

Mich überkommt das Verlangen, ihn liebevoll an mich zu drücken, halte ihm aber stattdessen die Hand hin und versuche, ihn hochzuziehen.

Dummerweise bedeutet die Tatsache, dass er gut zwanzig Kilo mehr wiegt als ich und dass mein eigenes Gleichgewicht aus dem Gleichgewicht gerät, weil ich in der letzten Stunde doch einiges getrunken habe, dass die angestrebte Hebelwirkung nicht ganz so läuft wie geplant. Und nachdem ich ihn etwa zehn Zentimeter hochgezogen habe, stürzen wir auf die Tanzfläche zurück.

Ich habe Glück. Während er mit voller Wucht aufschlägt, fängt sein Körper meinen Fall ab. Eddie liegt flach auf dem Rücken, und ich liege reichlich kompromittierend quer über ihm. Instinktiv hat er im Fallen die Arme um mich geschlungen, um mich vor dem Aufprall zu schützen.

Ich höre einen unangenehm dumpfen Laut, als sein Hinterkopf aufschlägt.

»Alles in Ordnung?«, flüstere ich nach einem Augenblick.

Er nickt, und in seinen Augen stehen Tränen des Lachens und wohl auch des Schmerzes.

»Und bei dir?«

»Ich glaube schon. Wenigstens hatte ich eine weiche Landung.«

»Das überrascht mich nicht. Ich habe genug getrunken – du musst den Eindruck haben, du liegst auf einem Wasserbett.«

Wieder fangen wir an, schallend zu lachen, werden dann aber plötzlich still. Unsere Blicke sinken ineinander, unsere Münder sind nur Millimeter voneinander entfernt, so nah, dass ich spüre, wie sich sein warmer Atem mit meinem mischt, so nah, dass ich seine Lippen fast auf meinen zu spüren glaube.

Mit einem Schlag fühle ich mich nüchtern.

»Äh … ich glaube, es ist Zeit, nach Hause zu gehen.«

Er nickt zustimmend, doch er hält seine Arme weiter um meine Taille geschlungen.

»Was bedeutet, dass wir aufstehen müssen«, ergänzt er.

Immer noch unternimmt keiner von uns den Versuch, sich zu bewegen.

Ich kann sein Herz spüren, das gegen meine Brust schlägt. Es schlägt im Rhythmus der Musik. Viel zu schnell für einen normalen Herzschlag.

Und dann küssen wir uns.

Ich weiß nicht genau, wer eigentlich angefangen hat.

Doch ich bin diejenige, die aufhört.

Wenn auch sehr widerwillig.

Meinen Mund von seinem zu lösen ist so, als wollte man zwei Magneten voneinander trennen. Eine unsichtbare Macht zwingt mich zu einem weiteren, hemmungslosen Kuss. Wir blicken uns nach wie vor in die Augen, während unsere Zungen spielen und unsere Lippen sich sinnlich streicheln.

Irgendwie gelingt es mir dann doch, mich ihm zu entziehen, und mit flammendem Gesicht und brennenden Lippen rappele ich mich auf und renne aus dem »Daisy's«, so schnell es meine alkoholgeschwächten Beine zulassen. Wie Aschenbrödel, doch ich behalte beide Schuhe. Das Problem ist nur, Aschenbrödel hat am Ende ihren Kerl bekommen, nicht wahr? Ich aber habe das Gefühl, dass das Ende meines Märchens einen gewissen Grimm mit sich bringt.

Ich habe es wieder getan.

Meine Reise durchs Leben hat mich bereits zu mehreren Abzweigungen geführt, an denen klar und deutlich »Weg ins Verderben« stand. Man könnte meinen, ich sei Legasthenikerin, wenn man sieht, wie ich die großen, fetten, schwarzen Buchstaben einfach übersehe und mich freudig in den gefährlichen Abgrund stürze.

Ich kann einfach nicht anders.

Ich könnte den Job aufgeben, aber erklären Sie das mal Amanda und Nicky.

Außerdem will ich ihn nicht aufgeben.

Wenn ich meine ganze Freizeit nicht damit verbringen würde, wie ein übereifriger James Bond durch die Gegend zu jagen, dann könnte es mir wirklich gefallen, dort zu arbeiten. Und in einigen Monaten bin ich vielleicht dankbar für diese Arbeit, denn meine andere *Karriere* kann ich nicht ewig beibehalten.

Die Bezahlung im »Daisy's« ist gut, die Arbeitszeit ist flexibel, ich mag meine Kollegen, Ben ist toll, Dot und Abi sind echte Freundinnen, und die anderen sind ein klasse Haufen. Und was den Chef betrifft … wowww! Komm auf den Boden, Mädchen.

Ich werde einfach so tun müssen, als würde ich nichts für ihn empfinden, ihm gegenüber und vor allem mir selbst gegenüber. Verdrängen mit einem großen V wie in »Verwerflich«.

Ich könnte es mit Beruhigungstabletten in meiner Pepsi versuchen oder mit einer Anti-Hormontherapie.

Wenn er vorbeikommt, atme ich gierig ein, als hätte ich mich gerade in die Bäckereiabteilung von Sainsbury's verirrt. Entweder das, oder ich drücke mich seitlich aus seinem Blickfeld wie ein Krebs, der hastig den nächsten Felsen ansteuert.

Ich weiß auch nicht, was mit mir nicht stimmt.

In letzter Zeit habe ich plötzlich eine vehemente Leidenschaft für Mokka-Walnusscreme entwickelt, und die ist viel leichter zu befriedigen als diese Leidenschaft hier. Das ist eine neue und ziemlich beängstigende Erfahrung. Eine wahre Sintflut an Gefühlen, die mich durchnässt haben wie eine gut gezielte Wasserbombe.

Ich will diesen Mann.

Ich will diesen Mann mehr als alles andere in meinem Leben.

Mehr als Schokolade.

Mehr als das Pferd, das ich mit sieben haben wollte.

Mehr als Simon Le Bon, den ich mit dreizehn haben wollte.

Mehr als das Auto, das ich nach meiner Führerscheinprüfung haben wollte.

Zugegeben, das mit der Verdrängung klappt nicht.

Dann gehe ich ihm eben aus dem Weg.

Kommt er zur einen Tür herein, schieße ich prompt aus einer anderen hinaus. Sobald ein Fass ausgewechselt werden muss, melde ich mich freiwillig, damit ich mich eine Weile im Keller rumdrücken kann. Jedes Mal, wenn die anderen zusammen ausgehen, erkläre ich mich freiwillig dazu bereit, im »Daisy's« die Stellung zu halten und die Aushilfskräfte zu überwachen.

Wenn er kommt, um abzuschließen, schlüpfe ich heimlich zur Tür hinaus wie ein Verurteilter aus einem offenen Gefängnis, statt noch zu bleiben, um an einem der zu einer Art Gewohnheit gewordenen Trinkgelage teilzunehmen.

Ich habe mir sogar überlegt, ob ich nicht anfangen soll zu rauchen, damit ich eine Entschuldigung dafür habe, alle halbe Stunde nach draußen in die Seitengasse zu verschwinden und mich hinter der Mülltonne zu verstecken.

Dot taucht zu einer Pinkelpause im Damenklo auf, wo sie mich einmal mehr auf dem Rand des Waschtisches hockend antrifft, während ich das letzte Stückchen Nagelhaut an meinem linken Daumennagel abknabbere.

»Entweder du hast eine schwache Blase oder du versteckst dich mal wieder vor einem ganz bestimmten Jemand«, tadelt sie mich von der Klokabine aus.

»Ist das so offensichtlich?«

Dot verlässt die Kabine, wäscht sich die Hände und hievt ihren Hintern neben meinem auf den kalten, weißen Waschtisch.

»Du bist wirklich die einzige Frau, die ich kenne, die vor Eddie Farrar davonläuft, statt sich ihm in die Arme zu werfen.« Sie zieht eine verknitterte Packung Zigaretten aus ihrer Tasche und zündet sich eine an. »Warum gehst du ihm ständig aus dem Weg, Annabelle? Es ist offensichtlich, dass ihr zwei aufeinander abfahrt.«

»Genau deshalb gehe ich ihm ja aus dem Weg«, murmele ich und mache mich über meine andere Hand her. Deshalb und wegen einer gewissen blonden Verrückten namens Mad Manda.

»Ach?« Dot runzelt die Stirn und sieht mich wissend an. »Hör mal, ich weiß ja, dass ihm sein Ruf vorauseilt, aber vertrau mir, Belle, wenn ich sage, dass er ihn nicht verdient. Eine ganze Menge dieser Gerüchte sind die Folge bloßen Wunschdenkens. Vertrau mir, ich kenne Eddie, seit er ein Kind war. Er ist ein lieber Kerl.«

Zwei »Vertrau mir« in einer so kurzen Rede, da schrillen bei meinem angeborenen Misstrauen sofort die Alarmglocken.

»Seit wann betätigst du dich als Kupplerin?«

»Ich mag dich, Belle. Du bist anders. Du wärest gut für ihn.«

»Glaubst du?«

Sie nickt.

»O ja. Es sei denn, er schmeißt dich raus, weil du so häufig blau machst.«

Sie lässt ihre angefangene Zigarette in den Siphon des Beckens fallen, steht auf und geht zur Tür.

»Na gut, zurück an die Arbeit. Eine von uns muss ja heute Abend die Bierchen zapfen.« Sie zwinkert mir zu. »Bleib nicht zu lange hier hocken, Belle, das ist nicht gut für dich. Und denk mal drüber nach, was ich gesagt habe, versprochen?«

Worüber denn? Wenn ich noch ein bisschen länger darüber nachdenke, explodiert mein Schädel. Eddie ist alles, woran ich in den vergangenen Wochen denken konnte.

Hat Dot Recht? Wäre ich wirklich gut für ihn?

Wäre er gut für mich?

Ganz sicher wäre er nicht gut für meine Gesundheit.

Wenn der Stress mich nicht umbringt, dann macht es Amanda.

Kapitel 10

Schuldgefühle und Sorgen äußern sich auf unterschiedliche Weise.

Manche Menschen hören auf zu essen, andere können nicht mehr schlafen, wieder andere kauen die Fingernägel ab, manche werden bissig und reizbar oder lassen sich voll laufen, um alles zu verdrängen.

Ich selbst höre auf zu essen und zu schlafen, trinke viel zu viel und habe das Gefühl, ich müsste mir selbst die Füße abhacken, um Abbitte zu leisten für meine Schuldgefühle – gegenüber wem auch immer.

Ich rufe Ben an, behaupte, ich hätte ein privates Problem (Amanda, Eddie, meine Nerven), nehme ein paar Tage meines Jahresurlaubs und hänge missmutig in Nickys Wohnung rum. Ich futtere Schokolade, versuche ohne Erfolg, Amanda aus dem Weg zu gehen, und lasse die Kussszene wieder und wieder in meinen Kopf Revue passieren wie ein Lieblingslied, das man ständig wieder zurückspult.

Es ist keine große Hilfe, dass eine überdrehte Amanda ständig hereinplatzt, eine Vielfalt unterschiedlicher Outfits, Frisuren, Kriegsbemalungen und Schuhe vorführt – einmal fegt sie sogar in ausgefallener Reizwäsche durch die Wohnung – und von mir erwartet, ihr zu helfen, das Passende für den D-Day auszuwählen. Als hätte ich Lust dazu, ihr bei der Wahl des Schlüpfers behilflich zu sein, den ihr Eddie dann hoffentlich mit den Zähnen auszieht!

Nicky ist aufgefallen, dass ich nicht wie sonst bin, und sie hat als Ursache Überarbeitung diagnostiziert. Jetzt wuselt sie aufgescheucht um mich herum, während ich ermattet auf dem Sofa liege, bietet mir Schokoladenkekse und eine Tasse überzuckerten Tee nach der anderen an und hofft darauf, mir damit den Tag zu versüßen.

Ich glaube, sie hat ein schlechtes Gewissen wegen all der Male, die sie mit Amanda oder allein in Partystimmung losgezogen ist. Doch sie ist meine Freundin und nicht meine Frau, was heißt, dass sie ein Recht auf ihr Privatleben hat. Obwohl ich gestehen muss, dass ich schon ein bisschen eingeschnappt war, weil ich von dem großartigen, aufregenden Privatleben, das sie dieser Tage anscheinend führt, ausgeschlossen bin, da ich immer »arbeite«.

Ihr letzter Vorschlag, um »Annabelle aufzumuntern«, besteht darin, eine Kneipentour zu machen.

Obwohl mir momentan alles andere als nach Kneipentouren zumute ist, komme ich zu dem Schluss, dass mir eine Nacht auf der richtigen Seite eines Tresens zur Abwechslung mal ganz gut täte, und so gestatte ich es Nicky, mich zu überreden.

»Hör mal, nimm dir eine Nacht frei und wir gehen weg. Spann einfach mal aus, lass dich gehen, betrink dich und mach einen drauf. Wie zu Studienzeiten.«

»Ich weiß nicht. Glaubst du, wir haben noch genug Durchhaltevermögen, als so alte Frauen?« Ich bringe genug Energie auf, um Nicky aufzuziehen.

»Wenn du noch länger auf dem Sofa rumliegst, dann hat es für immer den Abdruck deines Hinterns im Sitzkissen … Hättest du stattdessen nicht Lust, deinen Hintern auf einen Barhocker zu quartieren – einen großen Wodka-Cola in der einen Hand, einen schnuckeligen Typen in der anderen?«

»Also das mit dem schnuckeligen Typen bezweifele ich, aber der große Wodka-Cola hört sich gut an.«

»Heißt das also ja?«

»Obwohl ich den großen Wodka-Cola auch gleich hier trinken könnte …«

»Na gut, wenn du unbedingt miesepetrig allein hier hocken

und dir die ganze Nacht alte Schnulzen anschauen willst, während ich mich amüsiere bis zum Umkippen …«

»Okay.« Ich hieve mich grinsend vom Sofa. »Überredet!«

»Klasse!« Nicky strahlt. »Obwohl ich bereits Amanda versprochen habe, dass wir heute zusammen etwas unternehmen …«

Ich sehe, dass sie geradezu darauf brennt, mich zu fragen.

Schuldbewusst setze ich mein Märtyrergesicht auf und beschließe gnädig, sie aus ihrer Misere zu befreien.

»Warum fragen wir Amanda nicht einfach, ob sie mitkommt?«, schlage ich seufzend und höchst unwillig vor.

Mein schlechtes Gewissen wird noch größer, als Nicky, die Gute, Liebe, mich umarmt und mir dafür dankt, dass ich so umsichtig und selbstlos bin.

»Ich weiß, dass du nicht gerade gut auf Amanda zu sprechen bist, aber tief drinnen ist sie wirklich ganz lieb.«

»Muss aber sehr tief drinnen sein.« Ich schneide eine Grimasse.

Wieder fällt mir die lachende Frau auf dem Foto in Eddies Büro ein. Vielleicht hat Nicky ja Recht. Vielleicht sollte ich Amanda doch erst ein bisschen besser kennen lernen, bevor ich mir ein Urteil über sie bilde.

Es hat nichts damit zu tun, dass sie bei unserem Ausflug jemand anderen treffen könnte, um dann hoffentlich nicht mehr so sehr auf Eddie fixiert zu sein.

Falls doch, dann täte ich ihr damit wirklich einen Gefallen, oder nicht? Schließlich ist er nicht interessiert und es ist total ungesund, so von jemandem besessen zu sein, der einen nicht will.

Meine plötzliche Anwandlung der Selbstlosigkeit hat natürlich rein gar nichts mit der Tatsache zu tun, dass dieser Liebeskram eindeutig doch ein Virus ist, denn ich habe selbst eine reichlich ungesunde Dosis Interesse an dem Mann.

Ich bin überrascht, wie viel Zeit und Mühe ich in die Vorbereitungen stecke. Ich hatte ganz vergessen, was für einen Spaß es macht, sich zusammen mit Nix für eine Nacht auf der Rolle fertig zu machen und sich Klamotten, Make-up, gutmütige Sticheleien und eine Flasche Wein zu teilen, während die Stereoanlage voll aufgedreht ist und Pete Tong uns in Partylaune versetzt.

Amanda kommt eine halbe Stunde zu früh. Sie hat ihre üppigen Kurven in ein Kleid von Moschino gesteckt, das mindestens eine Größe zu klein ist. Ihre Brüste quellen über den Rand des eng anliegenden, scharfen, pinkfarbenen Lycra-Materials wie schmelzende Eiscreme. Das Haar ist zu einer Hochsteckfrisur aufgetürmt, wodurch sie erst recht wie ein Eisbecher mit Sahne aussieht. Fehlen nur noch eine Kirsche obendrauf und ein mutiger Mann mit einem großen Löffel.

Sie sieht fabelhaft aus. Zum Vernaschen.

Es ist ziemlich eindeutig, warum sie eine solch monumentale Anstrengung unternommen hat.

Sie hofft, dass wir einen gewissen Jemand treffen werden.

Ich dagegen hoffe, dass wir ihn nicht treffen werden.

O ja, ich gehe ihm immer noch aus dem Weg, so als wäre er vom Finanzamt und als hätte ich Steuerschulden. Doch das allein ist es nicht. Was, wenn er uns zusammen sieht? Amanda und mich. Würde er kapieren, was läuft, zwei und zwei zusammenzählen und bei einer glatten Vier ankommen? Ist es plausibel, dass ich gut genug mit Amanda befreundet sein kann, um mit ihr Tanzen zu gehen, ohne von ihrer Verbindung zu ihm Kenntnis zu haben?

Ich glaube nicht, dass Amanda überhaupt an die möglichen Konsequenzen eines Aufeinandertreffens gedacht hat. Oder sie hat beschlossen, dass meine »Anonymität« nicht länger von Bedeutung ist, da die Eröffnung im Daisy's näher rückt und meine Berichterstattung immer spärlicher wird.

Ich weiß nicht, wer von uns nervöser ist: sie, falls wir ihn nicht sehen, oder ich, falls wir ihn sehen.

Amanda durchforscht angespannt jede einzelne Bar, in die es uns auf dem Weg zu dem Nachtclub verschlägt, der heute Abend mit unserer Gegenwart beehrt werden wird. Sie hofft wider besseres Wissen, dass eine bestimmte Person zur Tür hereinkommt, und fällt jedes Mal vor Enttäuschung in sich zusammen, wenn er es wieder nicht ist, wie ein Luftballon, aus dem langsam die Luft entweicht, so dass er schließlich ganz traurig und verschrumpelt aussieht.

Natürlich gibt es in Bars keine Büsche, die eine oder andere Grünpflanze oder auch mal ein perfekt getrimmter Lorbeerbaum in Terrakottakübeln bei den gehobeneren Adressen, aber keine Büsche. Also verstecke ich mich möglichst hinter Nicky und meinem Haar. Ich habe keinen Pony, weshalb ich mir das Haar über dem Gesicht verwuschele und in dunklen Ecken herumlungere wie Cousin It bei einer Party der Addams-Family. Doch ich habe wesentlich weniger Spaß als dieser spezielle Partylöwe.

Plötzlich macht es mir sehr viel aus, dass ich Eddie angelogen habe, und ich verspüre das heftige Verlangen, ihm die Wahrheit zu sagen, bevor er sie selbst herausfindet und mich für immer hasst. Aber wie um Himmels willen soll ich ihm alles erklären, ohne dass er mich dafür hasst? Ich habe ihn ausspioniert und angelogen, seine Schubladen, seine Schmutzwäsche und sein Privatleben durchwühlt und mich schlicht und einfach in seinem Leben breit gemacht wie eine Warze, die sich ins Fleisch frisst.

Was würden Sie da denken?

Streichen Sie diese Frage.

Ich weiss genau, was er denken würde.

Er würde denken, was für eine Kröte ich doch bin.

Eine stinkende, muffige, schleimige, warzige Kröte, um genau zu sein.

Mir mag vielleicht in einem momentanen Anfall danach zumute sein, ihm alles zu gestehen, aber wie um Himmels willen könnte ich das? Ich glaube, ich wäre besser zu Hause auf dem Sofa geblieben.

Murphys Gesetz, wirklich.

Ich will aus genau drei Gründen nicht auf Eddie treffen:

(1) Ich bin mit Sie-wissen-schon-wem unterwegs, und das wäre ziemlich schwer zu erklären.
(2) Ich habe erst neulich heftig mit ihm rumgeknutscht, und das allein wäre schon einer Menge Leute schwer zu erklären.
(3) Beide vorab genannten Punkte sind mir unglaublich peinlich, und ich will niemandem auch nur irgendetwas erklären müssen, nein danke.

Und genau aus diesen Gründen treffen wir ihn natürlich.

Wenn ich ihn sehen wollte, wäre er garantiert nirgends zu finden.

Mir ist völlig klar, dass sich die Chance, ihn zu treffen, natürlich erhöht, als die beiden sich für das »Black Betty's« entscheiden, wo wir den Abend beim Tanzen ausklingen lassen wollen, doch ich wurde mit zwei gegen eins überstimmt und dorthin geschleppt, und das, obwohl ich mich nicht nur mit Händen und Füßen gesträubt habe, sondern auch ordentlich schmolle.

Es dauert nicht lange, bis ich ihn entdecke. Gerade einmal so lange, wie man braucht, um einen weiteren Wodka-Cola oder auch zwei zu kippen.

Das Übliche. Zur Tür hinein, für drei Sekunden innehalten, um wahrgenommen zu werden, für drei weitere Sekunden innehalten, um uns selbst einen schnellen Überblick zu verschaffen, dann nichts wie rüber zum Tresen. Wie verrückt und für mindestens fünfzehn Minuten mit einem Zwanziger herumfuchteln, bis wir bedient werden. Diesen Drink runterstürzen, beschließen, dass wir gleich noch eine zweite Runde hinterherschieben, wo wir schon mal da sind, zurück zum Tresen, wie verrückt mit einem Zwanziger herumfuchteln.

Und da, bei unserem zweiten Alkohol-Streifzug, sehe ich ihn.

Er lehnt an einem Ende der Theke, trägt ein blassblaues Paul-Smith-Shirt, das etwas heller ist als seine Augen, und lacht mit Mitch, dem Chefbarkeeper. Ich hätte meinen Hut und die Sonnenbrille mitbringen und mich unter die Menge mischen sollen. Unglücklicherweise hat niemand den Mut, zu nahe bei Amanda zu stehen, deren Eddie-Radar wohl von der Menge an Weißwein eingelullt worden ist, den sie konsumiert hat, denn sie hat ihn noch nicht entdeckt.

Er sieht sie zuerst, wie sie mit dem Rücken am Tresen lehnt, die Ellbogen hinter sich auf die Messingstange gestützt, die um die geschwungene Holztheke läuft. In dieser Position stehen ihre Brüste hervor wie zwei Scheinwerfer an einem Auto. Dann sieht er mich, wie ich mich im Schatten dieser Megabrüste ducke.

Während ich immer noch darauf hoffe, mit der Ausrede davonzukommen, dass ich rein zufällig neben ihr stehe und sie gar nicht kenne, dreht sich Amanda leider zu mir um und spricht mich an.

Ich beschließe, dass der Moment gekommen ist, einmal mehr in die Toiletten abzutauchen.

Er ist zu schnell für mich.

Gerade, als ich die Schwingtüren erreiche, die zum Damenklo führen, packt mich eine Hand am Arm und wirbelt mich herum. Einen Moment lang sieht er stinksauer aus, doch dann breitet sich eines dieser entzückenden Lächeln auf seinem Gesicht aus.

»Annabelle, wo zum Teufel hast du die letzten Tage gesteckt?«

»Ich habe mir ein bisschen freigenommen… hab's aber vorher mit Ben abgeklärt«, stottere ich in dem Bewusstsein, dass ich mich wie ein Schulmädchen anhöre, das beim Schwänzen ertappt wurde.

»Warum bist du neulich nachts einfach weggelaufen?«

»Neulich? Bin ich das? Kann mich gar nicht erinnern, war wohl *ziemlich* besoffen«, zwitschere ich dümmlich.

Er sieht mich seltsam an, verfolgt das Thema aber glücklicherweise nicht weiter. Unglücklicherweise aber kommt er nun auf ein anderes Thema zu sprechen, über das ich nicht reden möchte.

»Ist sie eine Freundin von dir?«

Er deutet mit dem Kopf in Amandas Richtung, deren Eddie-Radar dummerweise gerade von null auf zehn gesprungen ist, und die uns jetzt anstarrt. Auf ihrem Gesicht liegt ein eigenartiger Ausdruck.

Ich kann mir nicht vorstellen, dass ich ein zweites Mal Unwissenheit vortäuschen kann. Ich werde genau das tun müssen, was ich zurzeit praktisch jeden Tag in meinem Leben zu tun versuche: Lügen. Und zwar schnell.

»Na ja, ich würde sie nicht gerade als Freundin bezeichnen. Ihr gehört die Nachbarwohnung. Nicky und Amanda haben sich angefreundet, wir gehen ab und zu zusammen weg.«

Das war doch gar nicht so schlecht, sogar fast die Wahrheit.

»Das waren wir auch mal.« Nervös blickt Eddie zu ihr hinüber, doch Gott sei Dank redet sie gerade mit Nicky und bemerkt es nicht.

»Wie bitte?«

»Zusammen weg. Wir sind ein paar Mal zusammen weggewesen.«

»Ach ja?« Ich versuche, überrascht zu klingen.

»Ja, ein paar Freunde von uns sind immer mal zusammen ausgegangen. Einmal waren dann nur wir zwei aus. Sie brauchte einen Begleiter für irgend so ein Wohltätigkeitsding. Um ehrlich zu sein, danach war sie ein bisschen … du weißt schon … na ja, ich glaube, sie wollte mehr als nur Freundschaft.«

»Und du nicht?«

Er schüttelt den Kopf.

Also, wenn das nicht ganz etwas anderes ist als Amandas »bis dass der Tod uns scheidet«.

»Versteh mich nicht falsch«, fährt er fort, »sie ist ja ganz nett … entschuldige, das hört sich verdammt herablassend an, was? Das war nicht meine Absicht, aber sie ist halt ein bisschen … ein bisschen …«

»Exzentrisch?«, schlage ich vor.

»Findest du das auch?«

Ich nicke nachdrücklich und komme mir dabei höchst unloyal vor.

»Mir fällt gerade keine bessere Beschreibung ein.«

Ich habe ein schlechtes Gewissen. Sollte ich Amanda nicht anpreisen? Eddie erzählen, wie wunderbar sie ist? Ich sollte ein paar Anspielungen auf den Kochkurs einfließen lassen, auf ihr Näschen für gute Weine und auf ihr Händchen für eine gelungene Inneneinrichtung.

»Ich denke mal, dass sie ganz okay ist, wirklich«, ist alles, was ich zustande bringe. Na klasse, Annabelle. Ich versuche es noch einmal.

»Manchmal ist sie wirklich ganz lustig.«

Sein skeptischer Blick scheint zu sagen, dass er bezweifelt, ob ich auch nur ein Wort von dem soeben Gesagten glaube. Genau aus diesem Grund bin ich auch nicht Schauspielerin geworden. Allein mit mir selbst bin ich brillant. In der Abgeschirmtheit meiner einsamen, publikumsfreien Gesellschaft bin ich gut genug, um noch den ganz Großen Konkurrenz zu machen. Doch sobald ich ein Publikum vor mir habe, das ich überzeugen muss, versage ich kläglich.

Doch zu meiner Überraschung nickt er, als würde er mir zustimmen.

»O ja, sie kann sehr lustig sein.«

Kann sie das?

»Aber sie kann auch ein bisschen … nun ich denke, besessen wäre ein bisschen zu stark, aber …«

Ich nicht. Trifft eher den Nagel auf den Kopf. O Gott, auf was habe ich mich da nur eingelassen?

»Dabei ist es meine eigene Schuld.« Er zuckt die Achseln.

»Ich hätte von Anfang an offen zu ihr sein sollen, aber zuerst habe ich gar nicht gemerkt, was sie wollte, und als ich dann einen Hinweis darauf hatte, dass sie auf mich stehen könnte, wollte ich lieber nichts sagen, für den Fall, dass ich mich irre, sonst hätte ich arrogant gewirkt. Danach wusste ich nicht, wie ich es ansprechen sollte, denn ich wollte sie nicht verletzen. Schließlich bin ich ihr einfach aus dem Weg gegangen. Feige, aber sehr effektiv, fürchte ich.«

Überrascht sehe ich ihn an.

Vielleicht hatte ich einfach bisher kein Glück, aber ich kann mich nicht erinnern, je einen Mann getroffen zu haben, der die Verantwortung für sein Handeln übernimmt.

Ich bin beeindruckt.

Und ich bin durcheinander.

Amanda zufolge steckte weit mehr hinter dieser zugegebenermaßen kurzen Beziehung als nur ein paar Pflichttreffen.

Ich denke mal, so sehr sie vielleicht übertrieben hat, so sehr könnte er jetzt untertreiben.

»Bist du sicher, dass nicht doch etwas war?«

»Glaubst du etwa, ich vergäße so eine Geschichte?« Er lacht bitter. »Sie ist nicht mein Typ, Belle.«

So weit waren wir schon.

»Vielleicht hat sie sich seit eurem letzten Treffen ja verändert?«, schlage ich halbherzig vor.

»Das hat sie.«

»Ja?«

Er nickt nachdrücklich.

»Sie muss mindestens zehn Kilo zugelegt haben!«

»Warum sind Männer nur so oberflächlich? Ich rede von ihrer Persönlichkeit!«

»Jetzt tu nicht so, Belle. Natürlich fällt mir ihr Erscheinungsbild auf. Du musst zugeben, es ist das Erste, was man nun einmal wahrnimmt, und wenn jemand etwas anderes behauptet, dann lügt er, um dich zu beeindrucken. Ich wette, dass du den Club hier betreten und sofort die Hälfte aller Typen aussortiert hast, ohne überhaupt mit ihnen zu reden, einfach, weil das Aussehen nicht stimmt.«

Wie gut, dass es hier so dunkel ist, sonst würde er noch sehen, wie rot ich werde.

»Du kannst getrost alle dazuzählen, dann bist du ziemlich nah dran«, gestehe ich und grinse beschämt.

»Außerdem«, fährt er fort, »habe ich noch gar nicht mit ihr gesprochen. Ich kann also ihre Persönlichkeit nicht beurteilen.«

Ich denke mal, dass sich das bald ändern wird.

Sie hat Kurs auf uns gesetzt.

»Hoffen wir mal, dass sie das Gewicht ausgleichen kann. Du weißt schon, ein paar Pfund dazu gewonnen, aber ein paar Krallen verloren.«

Er ist nicht gemein. Seine Beschreibung Amandas ist bei weitem höflicher als die, die ich gegeben hätte. In diesem Moment würde ich sie als eine zielgerichtete Cruisemissile bezeichnen, die sich einen Weg durch die Menge brennt und auf Kollisionskurs ist – oder auf Zerstörungskurs.

Wahrscheinlich wird es meine Zerstörung. Wir hatten keine Gelegenheit, unsere Geschichten abzusprechen! Was, wenn sie ihm auftischt, wir wären seit Ewigkeiten Busenfreundinnen oder so etwas?

Ich bin überrascht zu sehen, wie cool sie letztendlich auftritt. Nachdem sie sich mit Leichtigkeit zu uns durchgeschlagen hat, wie jemand, der eine Mission erfüllen muss, legt sie plötzlich eine weitere ihrer erstaunlichen Kehrtwendungen hin und ignoriert Eddie fast völlig. Sie lächelt ihm einfach nur flüchtig zu, bevor sie mich fragt, ob ich kommen könne, da vor der Tür unser Taxi warte.

Ich bin ehrlich gesagt ziemlich froh darüber, hier rauszukommen.

Noch mehr von Eddies Fragen zu Amanda könnte ich im Moment nicht verkraften, da ich keine Zeit hatte, mir ein paar glaubwürdige Antworten zurechtzulegen. Und ich habe den Verdacht, dass der Themenwechsel weg von einer gewissen Nacht nur eine kurze Gnadenfrist war. Meine leichtfertige Ausrede, dass ich zu betrunken war, um mich erinnern zu können, würde nur bei einem Mann durchgehen, der genauso viele Hirnzellen hat wie eine Amöbe, und das trifft entschieden nicht auf Eddie zu, der heller ist als der Nordstern.

Das Ganze wird noch schlimmer dadurch, dass ich Amanda noch nie so angeregt erlebt habe. Sie singt auf dem Weg zurück nach Limehouse sogar im Taxi – sehr zum Missfallen des Fahrers, dem man ganz eindeutig die Überlegung ansieht, dass jemand, der betrunken genug ist, um auf dem Rücksitz eines Londoner Taxis *Turandot* zu schmettern, durchaus als Nächstes genau das ausspucken könnte, was zu diesem Zustand geführt hat.

Doch er kann nicht wissen, dass Amanda nicht des Alkohols wegen so euphorisch ist. Das war ihr erster Auftritt, und den hat sie mit Bravour gemeistert. Völlig cool und absolut lässig. Ihre Augen glitzern heller als der Sternenhimmel in dem auf den Kopf gestellten Fondue-Set, an das der Millennium-Dome erinnert. Mad Manda hat sich ihren Eddie-Schuss gesetzt, und jetzt ist sie auf einem ausgeprägten Glückshormon-Trip.

Noch schlimmer aber ist, dass sie ihre Hommage an Maria Callas mehrfach unterbricht, um mich dümmlich anzugrinsen, als wäre ich plötzlich ihre allerbeste Freundin auf der ganzen, weiten Welt.

Ich fühle mich wie ein Stück Dreck.

Als sie mich am Ende dieses Abends umarmt, sich auf die Unterlippe beißt, um deren Zittern zu unterdrücken, und sich überschwänglich bei mir für den Abend sowie überhaupt für alles bedankt, fühle ich mich noch schlechter.

Ich bin kein Stück Dreck.

Dreck ist viel zu sauber.

Ich bin Abschaum.

Genauer gesagt bin ich der Abschaum, der sich in einem

Klobecken bildet, das seit Jahren nicht richtig gereinigt worden ist.

Da die kurze Zeitspanne meiner selbst verordneten Zurückgezogenheit nun vorüber ist, kehre ich zurück ins »Daisy's«. Ich werde von den Mädels wie der verlorene Sohn begrüßt, was mich eigentlich glücklich machen sollte, aber nur dazu führt, dass ich mir noch mehr wie Abschaum vorkomme.

Um mein Glück perfekt zu machen, taucht Amanda jetzt ständig im »Lazy Daisy's« auf, da Eddie ja nun von unserer »Freundschaft« weiß, und sie es nicht mehr für nötig hält, zu Hause zu sitzen und darauf zu warten, dass ich ihr Neuigkeiten über ihn liefere. Sie thront am Ende der langen, hölzernen Theke wie eine Galionsfigur, die fest am Bug eines Schiffes verankert ist.

Zwei Worte drängen sich mir geradezu auf, »verräterisch« und »deutlich«. (Aber auch »verpiss« und »dich«, doch das kann ich ja wohl kaum zu ihr sagen, nicht wahr?)

Sie arbeitet unglaublich hart daran, Ben auf ihre Seite zu ziehen. Sie hat beschlossen, dass ein hemmungsloser Flirt mit ihm der beste Weg dazu ist.

Ich sage ihr immer und immer wieder, dass es sie in Sachen Eddie nicht wirklich weiterbringt, Ben anzumachen, doch sie hat sich in den Kopf gesetzt, dass das eigentliche Objekt ihrer Begierde schon anfangen wird zu begreifen, dass ihm vielleicht doch etwas Wundervolles entgeht, wenn Ben ihm gegenüber ständig davon plappert, wie süß sie doch sei.

Glücklicherweise kommt Eddie zurzeit nicht häufig hierher, was für Amanda eine ernsthafte Enttäuschung, für mich jedoch eine riesige Erleichterung ist.

Ich leide immer noch gewaltig an den Nachwehen der heimlichen Knutscherei, und da hilft es auch nicht viel, dass meine Lippen geradezu nach einer Wiederholung schreien.

Der Kellerclub öffnet inoffiziell am Samstag, zwei Wochen vor der großen offiziellen Eröffnung im »Lazy Daisy's« für einen Testlauf. Um sicherzugehen, dass das riesige Pult des DJs richtig funktioniert, dass die Verkabelung nicht so viele Fehler aufweist wie die Rechnung der Handwerker und dass die Rohrleitungen auch wirklich an die Kanalisation und nicht an ein Bierfass angeschlossen sind.

Das Chaos einer Samstagnacht steht ins Haus, bevor wir unsere Kapazitäten verdoppeln konnten. Also heißt es, alle Mann an Deck… den Chef eingeschlossen.

Wie soll ich Eddie aus dem Weg gehen, wenn wir uns auf einer Fläche von eineinhalb mal drei Metern drängen, so dass unsere Körper sich jedes Mal berühren, wenn wir aneinander vorbeihasten? Er hat nicht wieder versucht, mit mir zu sprechen. Es könnte daran liegen, dass ich jedes Mal, wenn er in meiner Nähe auftaucht, eine Entschuldigung vorbringe, um in die andere Richtung davonzusprinten.

Mein Herz sinkt noch weiter in meine mit Bierflecken übersäten Schuhe, als um Punkt halb neun die durchtriebenste Hexe der nördlichen Hemisphäre auf ihrem Besen zur Tür hereingeflogen kommt. Na ja, sie stolpert auf zehn Zentimeter hohen Prada-Schuhen herein, um genau zu sein. Amanda schwenkt ihren Schulmädchenkorb wie der Wolf, der sich mit den Sachen der Mutter als Rotkäppchen verkleidet hat.

Sie hat Kuchen mitgebracht.

Sie hat in einem Kleid von Gucci und Schuhen von Prada an einem Kochkurs teilgenommen und ist nun da, um ihr Meisterwerk zu überreichen, wie ein durchgeknallter Osterhase ohne Schlappohren, Hasenzähne und Stummelschwanz.

Der einzige, dem dieses Verhalten nicht seltsam vorkommt, ist Ben, der bereits bei seinem vierten Brownie ist.

Ganz offensichtlich hofft sie, Eddie mit ihren Kochkünsten beeindrucken zu können. Vielleicht hätte ich ihr erzählen sollen, dass er nicht wirklich auf Süßes steht, aber aus irgendeinem

Grund ist es in unseren Gesprächen nie erwähnt worden. Hören Sie den Sarkasmus heraus? Oder soll ich noch deutlicher werden?

»Ja, doch, Amanda, er mag gutes Essen, guten Wein, Reisen, Musik, schnelle Autos und intelligente Gespräche, aber weißt du was? Er isst keinen Kuchen. Ja, doch, auch ich war ziemlich schockiert darüber …«

Um diesem Abend die Krone aufzusetzen, entdecke ich dann auch noch Simon, als ich nach einer kurzen Kaffeepause, zu der ich mich feige in den Vorratskeller verkrümelt habe, zurück hinter den Tresen will. Er hat sich auf einen Barhocker gepflanzt, und seine Augen suchen eifrig den Raum ab wie ein deutscher Suchscheinwerfer bei der Verfolgung flüchtiger Briten … insbesondere bei meiner.

Der Abend verspricht, zu einem Horrortrip zu werden.

Jetzt fehlt nur noch, dass meine Mutter in einer Rauchwolke und mit wogendem Mantel wie Graf Dracula auf der Suche nach meinem Blut hier auftaucht, dann ist der Abend komplett!

Simon entdeckt mich, obwohl ich hinter dem größten der in Neonfarben leuchtenden Brauereischilder in Deckung gegangen bin, und fängt an, mir wie ein aufgescheuchter Börsenmakler Zeichen zu geben.

Er ist besessen. Jetzt habe ich meine eigene Glenn Close in Form eines fetten, glatzköpfigen, liebeskranken Bankers.

Ich verstehe das nicht. Man kann mich wohl kaum als den Preis des Jahrhunderts bezeichnen. Und wir hatten auch nicht gerade die Affäre des Jahrhunderts. Stattdessen hatten wir einen verirrten, fehlgeleiteten Moment der Dummheit, der genau fünf Monate zu lange gedauert hat. Warum also will er mich noch immer?

Auch Amanda winkt mir von ihrem Ende des Tresens wie wild zu. Ich frage mich, ob es angemessen wäre zu schreien. Vielleicht sollte ich mich rückwärts die steile Kellertreppe hinunterstürzen, um von einigen netten Sanitätern aus der Schusslinie gebracht zu werden.

»Tschuldigung, keine Zeit zum Reden, alles so hektisch!«, rufe ich beiden zu und schnappe mir dann in meiner Verzweiflung Dot. »Dot, du musst mir helfen, ich werde von zwei Wahnsinnigen verfolgt.« Heimlich zeige ich ihr die beiden. »Tu mir einen Gefallen, ja? Wenn einer von beiden irgendwas bestellen will, kannst dann du oder eine der anderen sich um sie kümmern? Bitte, bitte.«

»Na toll!« Dot zieht eine Grimasse. »Die Schnalle mit den Brownies und der liebeskranke Bluthund. Schieb die Durchgeknallten ruhig zu mir ab, warum auch nicht? Wenn er ein schnuckeliger Kerl wäre, würde ich dir ja helfen, aber er ist nicht gerade das, was ich als schnuckelig bezeichnen würde…«

»Biiitte, Dot«, flehe ich, »ich kann heute Abend einfach keinen von ihnen ertragen.«

»Das glaube ich dir.« Sie seufzt in gespieltem Ärger. »Aber dann bist du mir was schuldig.«

»Ich mache alles…«

»Sprich mit Eddie.«

»… außer mit Eddie sprechen.«

Jetzt sitzt Amanda am einen Ende des Tresens, wo sie Trübsal wegen Eddie bläst, und Simon am anderen Ende, wo er Trübsal wegen mir bläst. Vielleicht sollte ich sie zusammenbringen, so dass sie einander ihre Trübsal vorblasen können. Das könnte die ideale Verbindung werden. Sie sind beide groß, blond und stinkreich, sie könnten prima miteinander auskommen. Mal ganz abgesehen von der Tatsache, dass ich dann buchstäblich zwei Fliegen mit einer Klappe schlagen würde. Das einzige Problem besteht darin, dass ich mit ihnen sprechen müsste, um sie einander vorzustellen, und für jemanden, der sich so hartnäckig weigert, ihre Anwesenheit auch nur wahrzunehmen, wäre das ganz schön schwierig.

Zu allem Überfluss hat der Erfolg von Amandas beiläufiger

Mission, der zufolge Ben ihrem umwerfenden Charme erliegen sollte, all ihre Erwartungen übertroffen, wohingegen der Erfolg ihrer Hauptmission, Eddie für sich zu gewinnen, noch auf sich warten lässt.

Gerade plaudert sie mit Ben, wobei sie sich vorbeugt und die Ellbogen zusammendrückt, so dass ihr ohnehin schon enormes Dekolleté ungeahnte Ausmaße annimmt.

Ben, ganz der Gentleman, kämpft tapfer darum, ihr immer brav in die Augen zu blicken, während sie ein Glas Rotwein nach dem anderen pichelt und darüber faselt, wie sehr sie doch eine gute Flasche Shiraz zu schätzen weiß, sobald Eddie in Hörweite ist.

Es dauert nicht lange, und er verschwindet nach oben, um etwas »Papierkram zu erledigen«. Bei Ben dagegen ist das eine ganz andere Geschichte. Er ist hin und weg. Er hat einer erstaunten Dot gestanden, dass er bereits seit ihrem ersten Treffen letztes Jahr für Amanda geschwärmt hat, und jetzt kommt er ständig zu mir herüber, macht den Mund auf, als wolle er etwas sagen, und verschwindet dann abrupt wieder.

Schließlich erwischt er mich im Bierkeller, wo ich mit einem Fass Carlsberg kämpfe.

»Du bist doch mit Amanda befreundet, oder?«, fragt er und nimmt mir die Arbeit ab, ohne dass ich ihn darum bitten muss.

»Na ja, ich kenne sie«, stelle ich richtig und inspiziere einen gequetschten Finger und einen eingerissenen Nagel.

»Weißt du, ob sie … ich meine, hat sie …«

»Einen Freund?« Ich befreie ihn aus seiner Misere.

»Genau.« Er grinst schüchtern. »Und, hat sie einen?«, forscht er, während ich mich nach einem Kasten Tonic umsehe, den ich mit nach oben nehmen will.

»So was in der Art.«

»Was meinst du mit ›so was in der Art‹?«

Was zum Teufel soll ich darauf antworten?

»Na ja, ich glaube, sie ist hinter jemandem her.«

»Oh.«

Er macht ein enttäuschtes Gesicht.

»Mist.« Ich weiß nicht, ob er flucht, weil er gerade das Fass auf die Spitze seines linken, abgenutzten Stiefels hat fallen lassen, oder weil er von meiner Antwort enttäuscht ist.

»Aber ich glaube nicht, dass es auf Gegenseitigkeit beruht«, beeile ich mich hinzuzufügen, überrascht darüber, wie enttäuscht er zu sein scheint.

»Wirklich? Weißt du, ich hab mir überlegt, sie zu fragen, ob sie mal mit mir essen geht oder so – was meinst du? Findest du, ich sollte sie fragen?«

»Ich kann es dir nicht sagen. Das musst du selbst wissen.« Sehr diplomatisch, Belle. Ich suche weiter nach den Tonic-Flaschen, doch Ben steht immer noch zögernd hinter mir.

»Du würdest sie nicht zufällig für mich fragen, Belle? Na ja, nicht direkt fragen – das wäre wirklich ein bisschen kindisch, was? Aber sie ein bisschen aushorchen, damit ich mich nicht total lächerlich mache, falls sie kein Interesse hat?«

Ich könnte ihm gleich verraten, dass sie kein Interesse hat. Es sei denn, er unterzieht sich einer plötzlichen Personen- und Einkommenstransplantation. Tatsache ist, dass im Moment eine Gedankenübertragung mit Eddie seine einzige Chance wäre.

Aber warum sollte die Idee so verrückt sein?

Er ist hin und weg von ihr. Es ist zwar seltsam, aber ganz und gar echt. Und Ben ist goldig, ein Fels in der Brandung, ein kuscheliger, alter Strickpulli, den man im Winter überzieht. Ich weiß, das hört sich nicht gerade schmeichelhaft an, aber ich denke, er ist genau der Richtige für Amanda. Der ruhige Gegenpol zu ihrer Überdrehtheit. Der Sicherheitstrakt für eine Geisteskranke wie sie. Nein, jetzt bist du zu grausam, Annabelle, tadele ich mich bei diesem Gedanken.

Oder will ich Amanda in Bens Arme treiben, nur damit ich mein schlechtes Gewissen loswerde? Aber schließlich will Eddie Amanda nicht, ganz egal, wie viele gemeinsame Interessen sie vortäuscht oder wie sehr sie auch versucht, ihr Haar genau in dem Goldbraun zu farben, das er letzte Woche bei jemand anderem bewundert hat. Es kann nicht verkehrt sein, ein bisschen zu kuppeln, wenn Amanda und Ben am Schluss beide glücklich sind.

Als seine Freundin fühle ich mich jedoch verpflichtet, ihn vorzuwarnen.

»Du weißt schon, dass sie ein bisschen durchgeknallt ist?«

»Yep.« Er nickt.

»Und du weißt auch, dass sie ein bisschen für Eddie schwärmt?«

Betreten sieht er zu Boden.

»Ich hatte so eine Vermutung, ja.«

»Und trotzdem bist du noch interessiert?«

Das Strahlen kehrt zurück.

»Aber klar doch. Sie ist klasse. Ich habe noch nie jemanden wie sie getroffen.«

»Sei froh … oh, na gut.« Ich lächele ihm zu, als er mir mit gutmütigem Tadel die Zunge rausstreckt. »Überlass das nur mir, ich werde sehen, was ich tun kann.«

Ich wähle den nächsten Morgen, einen Sonntag, als der Duft von Nickys frisch gebratenem Speck mit Eiern Amanda einmal mehr über den Flur lockt. Sie steuert Brioches und Buck's Fizz zum Frühstück bei.

Ich warte, bis wir auf dem Balkon sitzen, wo wir diesen selten schönen Sonnentag genießen wollen, und lasse dann ganz nebenbei die Bemerkung fallen, dass Amanda allem Anschein nach eine Eroberung gemacht hat.

Ich hätte mich präziser ausdrücken sollen.

Denn der Name, der ihr, eingleisig wie sie nun mal ist, sofort einfällt, ist natürlich Eddie. Weshalb sie enttäuscht ist, als ich sage, dass es sich um Ben handelt. Kein viel versprechender Anfang.

Ich versuche gerade, mir etwas einfallen zu lassen, um sie für diese Idee zu begeistern, als sie plötzlich einen der für sie so typischen Sinneswandel an den Tag legt und unglaublich zufrieden auszusehen beginnt. Langsam breitet sich auf ihrem Gesicht ein strahlendes Lächeln aus, als würde die Sonne hinter einer Wolke hervorkommen, die es gewagt hat, ihre Willkommensstrahlen zu verdunkeln.

Amanda hat nämlich einen schlauen Plan.

Ich weiß genau, was sie vorhat.

Hauptsächlich deshalb, weil sie mir ihren ganzen schlauen Plan bis ins kleinste Detail auseinander setzt, aber auch, weil es von Anfang an hätte verdammt klar und deutlich sein müssen, dass sie Ben auf irgendeine Art und Weise für ihre Sache einspannen würde.

Die wilde Fantasie, die dieser Manipulatorin als Erstes einfällt, ist natürlich ein doppeltes Rendezvous, bei dem der Abend mit einem altmodischen Partnertausch endet. Doch als ihr dämmert, dass es dann ja an diesem Abend eine reale Partnerin für Eddie geben müsste, wird der Plan schlagartig verworfen.

Ich versuche, darauf hinzuweisen, dass es nicht fair ist, einen so netten Menschen wie Ben einfach nur als Mittel zum Zweck zu benutzen, doch sie verfällt prompt in die alte Litanei, der zufolge der Zweck die Mittel heiligt – ihre Lieblingsrechtfertigung für absolut alles im Moment.

Hätte ich doch nur den Mund gehalten!

Was rede ich? Hätte ich mich doch nie auf diese verdammte Angelegenheit eingelassen! Wenn ich gewusst hätte, wie schwer es mir fallen würde, das zu machen …

So nah und doch so fern.

Etwas haben zu wollen, dass man nicht haben kann.

Und jetzt rede ich nicht von Amanda. Ich versuche, mir einzureden, dass es nur eine dumme Schwärmerei ist, eine momentane Vernarrtheit. Wahrscheinlich will ich Eddie nur, weil ich weiß, dass ich ihn nicht haben kann. Wir Frauen sind doch angeblich so, oder? Dieses Kleid, das umso begehrenswerter ist, weil es den finanziellen Rahmen übersteigt. Dieser leckere Kuchen, der plötzlich gleich doppelt so lecker ist, nur weil man gerade eine Karotten- und Selleriediät macht.

Wenn jemand Eddie nehmen, ihm die Kleider vom Leib reißen und ihn mir vor die Nase setzen würde, mit rosa Geschenkband umwickelt und mit einem Kärtchen versehen, auf dem »Für dich« stände, dann würde ich wahrscheinlich noch nicht mal meine Schere hervorziehen und ihn auspacken.

Wem will ich etwas vormachen? Ich würde auf die Schere pfeifen und die Zähne nehmen.

Ich bin erst wieder für nächsten Freitag eingeteilt. Die folgenden Tage verbringe ich deshalb in meinem Zimmer. Ich weigere mich, Amanda zu sehen, die in der Wohnung herumschwirrt wie eine eingesperrte Schmeißfliege und zweifelsohne hofft, dass sie mich dazu bringen kann, für sie auf Eddie-Jagd zu gehen. Doch ich zwinge mich, den Fakten ins Auge zu sehen.

Meine Hauptsorge gilt jetzt meiner eigenen Libido, nicht ihrer. Verstehen Sie, ich mag Eddie. Mich hat's voll erwischt.

In Gedanken kehre ich immer wieder zu dem Kuss zurück. Zu den zwei Küssen, um genau zu sein. Könnte ich doch nur drei draus machen … und ich erwähne gar nicht erst, wohin meine Lippen für diesen dritten Kuss wandern würden.

Hastig verordne ich mir in meiner Vorstellung eine kalte Dusche.

Brrr!

Jamie hat Recht, ich muss ein für alle Mal reinen Tisch machen.

Der Himmel weiß, wie ich es Amanda beibringen soll, aber ich weiß ganz sicher, dass es Zeit ist, mein Leben für mich zu leben statt für jemand anderen. Ich werde die Karten auf den Tisch legen, Eddie alles sagen und darauf hoffen, dass er mir diesen

Betrug verzeiht. Und wenn er das nicht kann … nun, damit muss ich fertig werden, wenn es soweit ist.

Schließlich kommt der Freitag, und ich gehe mit zitternden Knien zur Arbeit – genau genommen wankt alles an mir, vor allem aber mein Entschluss.

Könnte ich mir doch nur ein paar Wodkas hinter die Binde gießen, um mir ein bisschen Mut anzutrinken.

Ich habe mir überlegt, dass ich einen ruhigen Moment abwarte und Eddie dann um ein Gespräch unter vier Augen bitte. Entweder das, oder ich baue darauf, dass er mich im Anschluss an die Arbeit zu einem unserer Trinkgelage einlädt, wenn ich mich den Abend über ein bisschen zugänglicher verhalte.

Den ganzen Tag über habe ich mir fest vorgenommen, ihm alles zu gestehen.

Ich bin ganz versteinert vor Angst, aber das Gefühl der Erleichterung ist fast genauso stark wie das der Angst. Und ich bin erstaunt, wie sehr ich mich nach einem Wiedersehen mit ihm sehne, obwohl ich nur wenige Tage nicht hier war. Ich bin wie Elvis, der darauf wartet, dass der Büchsenöffner aus der Schublade geholt wird.

Doch Eddie taucht nicht auf, wie jedes Mal, wenn ich ihn sehen will.

Gegen zehn gibt es immer noch kein Lebenszeichen von ihm. Die Uhr kriecht auf elf zu und noch immer nichts. Um zwanzig nach elf klopft Dot mir auf die Schulter.

»Wie ich sehe, hat unserer Herr und Meister beschlossen, uns mit einem Besuch zu beehren.« Mit dem Kopf deutet sie in Richtung Tür.

Mein Magen hüpft vor Nervosität.

Er ist da!

Auf geht's!

Ich atme tief durch, drehe mich um – und sehe Dot, die Eddie ungläubig anstarrt. Er ist es wirklich, aber er ist nicht allein.

Dicht hinter ihm steht eine junge Frau. Sie hat sich ganz selbstverständlich und vertraulich bei ihm untergehakt.

Sie ist blond, schlank und sehr schön.

Ich hasse sie bereits jetzt.

Und statt uns wie üblich mit einem Winken, Zuzwinkern, einem Scherz oder frechen Spruch zu begrüßen, führt er sie zielstrebig hinüber zum Restaurant und wählt einen Tisch voll im Blickfeld des Tresens, wo sie sich eng nebeneinander setzen und sich in ein Gespräch vertiefen.

Als Angus, einer der Kellner, beiden ein Glas Champagner einschenkt, beugt sie sich hinüber und flüstert Eddie etwas ins Ohr, wobei sie die Hand auf sein Knie legt und noch näher rückt. Er bricht in herzliches Lachen aus und sieht ihr in die Augen, mit diesem süßen, schiefen Grinsen auf dem Gesicht.

Mir kommt es vor, als hätte mir jemand in den Magen geschlagen.

Ich reiße mir die Schürze herunter, feuere sie irgendwo in Richtung des Mülleimers und zerre meine Tasche unter dem Tresen hervor.

»Was um Himmels willen machst du da, Belle?«, fragt Dot besorgt.

»Es tut mir Leid, Dot, aber ich muss gehen.«

»Aber, Belle ...«

»Wirklich, es tut mir Leid!«, rufe ich und renne zur Tür.

Als ich Nickys Wohnung betrete, liegen Amanda und Nicky entspannt auf den zwei Sofas, mit Gurkenscheiben auf den Augen, passenden blassgrünen Gesichtspackungen und den Fingern in Schälchen mit Olivenöl.

Das Licht ist gelöscht, der Raum wird vom Schein hunderter Teelichter erhellt, die über sämtliche Stellflächen verteilt sind und in einer sanften Brise wie Glühwürmchen flackern.

Aus den Lautsprechern der teuren Stereoanlage dringt ein seltsames, tiefes Klagen, das sich anhört wie eine betrunkene

Katze, die mit großer Geschwindigkeit am Schwanz durch die Luft gewirbelt wird.

»Was ist das bloß für ein Gejammer?«

»Das sind Walgesänge, die wirken angeblich sehr entspannend«, murmelt Nix, darum bemüht, ihre Gesichtsmaske am Zerbröckeln zu hindern.

»Also ich bekomme davon bloß Kopfschmerzen.« Ich lasse mich neben ihr zu Boden plumpsen.

»Oje, sind wir heute miesepetrig«, stichelt sie. Trotzdem nimmt sie eine Hand aus dem Ölbad, greift nach der Fernbedienung und schaltet die Stereoanlage aus.

In scharfem Gegensatz zu der künstlichen Atmosphäre mystischer Ruhe und Harmonie ist Christopher Lee im Fernsehen gerade dabei, mit offensichtlicher Genugtuung seine unechten Reißzähne in den Hals einer unechten Jungfrau zu graben – und das alles schweigend, da der Ton abgestellt ist.

Halten Sie mir einen Schokoriegel vor die Nase, und ich kriege genau den gleichen Gesichtsausdruck. Ich brauche dringend etwas gegen den Frust mit einem großen F wie in »Fett« und in »Fressen«.

Leider findet sich absolut nichts Verlockendes in der Wohnung. Die beiden anderen machen nämlich gerade eine seltsame Diät, bei der man nur Sachen essen darf, die grün sind. Salat oder Erbsen zum Beispiel. Das Exotischste, was wir haben, ist eine Schüssel mit kalter Pasta verde, Pesto und grünen Oliven sowie eine ziemlich traurig aussehende Schüssel Guacamole; beide sehen reichlich mitgenommen aus. Ich habe angestrengt darüber nachgedacht, ob es nicht doch eine Kekssorte, einen Kuchen oder einen Schokoriegel gibt, die grün sind, habe aber kläglich versagt, und mein Versuch, Chips mit Salz und Essig auf den Speiseplan zu stellen, wurde mit einer derartigen Entrüstung aufgenommen, dass man den Eindruck haben könnte, ich wolle die beiden vergiften.

Amanda, die wie üblich nur an ihre eigenen Gefühle denkt,

verlangt nach einem augenblicklichen Update in Sachen Eddie.

»Den ganzen Abend über kein Lebenszeichen von ihm«, murmele ich.

»Kein Lebenszeichen?«, wiederholt sie.

»Kein einziges. Zumindest nicht, bis er mit irgendeiner blöden Blondine am Arm hereingeschneit kam«, grolle ich.

Amanda setzt sich kerzengerade auf; Olivenöl spritzt auf Nickys sämtliche Kissen, und Gurkenscheiben kullern über Amandas Gesicht wie große, grüne Tränen, bevor sie in ihrem üppigen Ausschnitt verschwinden wie Münzen, die man in den Schlitz einer Geldmaschine steckt.

»Machst du Witze?« Ihr Gesicht ist verzerrt, wodurch die Maske anfängt zu bröckeln wie Beton, wenn man mit einem Vorschlaghammer daraufhaut. »Dieser Hurensohn!«

»Diese Höllenbrut«, knurre ich. »Ich hätte es nicht besser sagen können.«

»Wie konnte er nur!«

»Mit der aalglatten Leichtigkeit eines echten Schleimscheißers.«

»Ich glaube es einfach nicht!«

»So ein Schwein!«

Nicky blickt von Amanda zu mir und zurück, wie ein Zuschauer bei einem verbalen Tennisspiel, bei dem die Schimpfwörter über ein imaginäres Netz hin- und hergeschlagen werden.

»Ich denke, wir brauchen etwas zu trinken!«, murmelt sie und marschiert in die Küche.

Wenig später kommt sie mit einer Flasche Champagner und drei Gläsern zurück. Ihr Gesicht ist sauber gescheuert bis auf einige grüne Krümel, die noch in ihrem Haaransatz kleben.

»Den habe ich immer für eine besondere Gelegenheit aufgehoben«, sie wedelt mit dem Champagner in meine Richtung, »aber ich habe den Eindruck, wir brauchen ihn jetzt mehr als dann, wenn wir überglücklich sind.«

Tja, die Flasche ist grün, also ist es vielleicht zulässig.

»Wahrscheinlich gibt es eine absolut vernünftige Erklärung für alles.« Nicky grinst uns hoffnungsvoll an, während sie geschickt an den Drähten dreht und den Korken knallen lässt.

»O ja, zum Beispiel, dass er ein Date hat«, knurre ich.

»Könnte sie nicht seine Schwester oder so etwas sein?«

»Er hat keine Schwester.« Amanda schnappt sich das Glas, das Nix gerade eingeschenkt hat, und stürzt es in einem Zug hinunter, wobei sie die zwei Gurkenscheiben ignoriert, die immer noch zwischen ihren Brüsten eingebettet sind.

»Eine Bekannte?«

»Eine enge und höchst persönliche«, keife ich.

»Belle, du bringst uns nicht weiter!«

»Du musst wieder hin und es herausfinden!«, faucht Amanda.

»Stimmt, du hast Recht.« Ich nehme einen kleinen Schluck Champagner, knalle mein Glas auf den Tisch und stehe auf.

Nicky sieht mich nachdenklich an.

Ich versuche, in mein Zimmer zu entkommen, doch sie holt mich ein. Sie schließt die Tür hinter sich.

»Was ist los, Annabelle?«

»Ich wollte mir nur noch eine Jacke schnappen, bevor ich gehe. Es ist etwas kühler geworden draußen.«

»Davon rede ich nicht, und das weißt du genau!«, zischt sie.

»Ich weiß nicht, was du meinst«, murmele ich.

»Der Grund für deinen Ärger war doch nicht bloßes Mitgefühl für Amanda, oder? Gibt es etwas, das du mir sagen möchtest, Belle?«

»Nein.«

Das ist keine Lüge, oder? Ich möchte Nicky nicht erzählen, wie sehr ich Eddie will – mehr noch als eine in Betrag und Dauer unbegrenzte Kundenkarte für Harvey Nichols.

»Aber warum regst du dich dann so darüber auf, dass Eddie vielleicht eine andere hat?«, hakt Nicky nach. »Du warst angenervter als Amanda.«

Warum bin ich so angenervt?

Ich kann Nicky keine Antwort geben. Verstehen Sie, ich bin angenervt, weil ich eifersüchtig bin. Ich bin so eifersüchtig, dass ich grüner bin als der Hyde Park im Frühling. Und ich verrate Ihnen noch etwas: Amanda wird nicht die Einzige sein, die heute Nacht nicht schlafen kann, falls ich nicht herausfinde, ob ein gewisser Jemand heute allein schläft.

Kurz vor eins bin ich wieder im Daisy's.

Dot muss nicht einmal fragen, warum.

»Sie sind etwa zehn Minuten nach deinem überstürzten Aufbruch gegangen…«

»Wirklich? Weißt du, wohin?«

»Keinen blassen Schimmer, tut mir Leid. Belle. Ben will dich sehen.«

»Das kann warten, ich muss jetzt weg.«

»Er sagte, es sei wichtig!«

»Genau das ist es, Dot. Du sagst mir doch immer, dass ich mit Eddie reden muss!«

»Ich weiß, aber du suchst dir jetzt wirklich den idealen Zeitpunkt dafür aus.«

Dot blickt in mein zerknirschtes Gesicht und umarmt mich kurz.

»Na mach schon, raus mit dir, ich kümmere mich um Ben.«

Inzwischen ist es zwei Uhr früh. Im Haus brennen keine Lichter. Eddie ist also entweder zu Hause und im Bett oder er steckt irgendwo in einem anderen Club, wo er in einer dunklen Ecke sitzt – mit einem teuren Rotwein und einer billigen Blondine!

Ich hocke hinter einem Busch und beobachte sein Haus. Ich bin seit zwanzig Minuten hier. In meiner Arbeitskluft, die aus schwarzen Jeans und schwarzem T-Shirt besteht, gleiche ich einem Spion. Darüber habe ich Nickys schwarze Wildlederjacke gezogen, um mich gegen die nächtliche Kühle zu schützen.

Das Problem ist, dass der Busch ziemlich dürftig ausfällt. In der Dunkelheit ist das okay, doch wenn jemand mit eingeschalteten Scheinwerfern vorbeifährt – was in Anbetracht der Tatsache, dass es tiefe Nacht und stockdunkel ist, höchst wahrscheinlich ist – dann werde ich angestrahlt wie ein Elefant, der sich hinter einem Christbaum versteckt.

Das ist lächerlich.

Es ist kalt, es ist spät, und ich stehe hinter einem Busch, der mich kaum verbirgt.

Ich weiß nicht, ob mir nach Lachen oder nach Weinen zumute ist.

Ich sollte nach Hause gehen.

Leider gibt es da etwas, das mich wie festgewurzelt stehen bleiben lässt. Und damit meine ich nicht die Tatsache, dass ein verirrter Zweig sich ziemlich hartnäckig in einer der Gürtelschlingen hinten an meiner Jeans verhakt hat oder dass eine Strähne meines Haares auf ähnliche Weise gefesselt ist.

Und ich werde mir auch nicht mehr vormachen, dass ich in Amandas Interesse hier bin.

Ich bin in meinem Interesse hier.

Aus höchst egoistischen Gründen.

Weil ich mir endlich eingestanden habe, wie sehr ich Eddie will. Und es ist Murphys Gesetz, dass ausgerechnet in diesem Moment eine andere die Bühne betritt!

Es ist auch Murphys Gesetz, dass Eddie just in dem Moment, als ich beschließe, mich doch an einen etwas unauffälligeren Ort zu begeben, nach Hause kommt.

Gerade habe ich mich aus dem Busch befreit und werfe einen letzten, traurigen Blick auf sein Haus und trotte nun die Straße entlang, um zu versuchen, mir von hinten Zugang zu seinem Garten zu verschaffen.

Das unverkennbare, heisere Dröhnen eines Porschemotors ist das erste warnende Geräusch, doch wie üblich fährt er viel zu schnell, und es gelingt mir nicht, rechtzeitig die Flucht zu ergreifen. Sein Wagen biegt um die Ecke, und die Scheinwerfer erfassen die Straße wie megastarke Halogenstrahler, die bei einem Rockkonzert über die Menge gleiten.

Ich habe Glück im Unglück. Mein Entschluss, einen letzten Blick zurück auf das Haus zu werfen, bedeutet, dass ich wenigstens nicht auf der Fahrbahn erwischt werde. Doch so muss ich nach unten abtauchen und mich hinter ein parkendes Auto kauern, wobei mein Hintern im Lichtkegel bleibt. Na ja, er ist groß, er ist schwarz, und hoffentlich hebt er sich nicht von der Schwärze der Nacht ab.

Ich drücke den Kopf so nah wie möglich an die Stoßstange des Range Rovers, hinter dem ich abgetaucht bin, fest davon überzeugt, dass man mich sehen kann. Endlich habe ich den Grund dafür entdeckt, warum manche Leute mitten in London Range Rover fahren. Damit sich Idioten wie ich des Nachts dahinter verstecken können!

Sobald das Auto langsamer wird und ich das elektrische Tor aufgehen höre, flitze ich über die Straße davon. Meine Schritte hallen laut auf dem Teer wider.

Also wenn er vorher nicht wusste, dass ich da war, dann weiß er es jetzt! Diese Theorie wird dadurch erhärtet, dass derselbe Wagen mit hoher Geschwindigkeit im Rückwärtsgang über die Straße zurückkommt.

Oh, Mist! Was mache ich jetzt? Einen Augenblick lang stehe ich wie erstarrt, meine Augen suchen hektisch nach einem Fluchtweg.

Es bleibt mir absolut nichts anderes übrig. Ich hechte durch das Tor des nächstgelegenen Hauses – ein höchst ungraziöser Sprung in die Hecke, und bleibe im Gestrüpp liegen, bis ich annehme, dass die Luft rein ist. Dann haste ich, hektisch um mich blickend, zurück über die Straße und um die Ecke, wo ich Arnold geparkt habe.

Ich zittere, doch komischerweise ist mir auch nach Lachen zumute.

Das Adrenalin schießt durch meine Venen und peitscht mein Blut auf wie Champagner, der mit Brandy aufgepeppt wurde.

Was, wenn sie hier Überwachungskameras oder so etwas haben?

Und das Dumme an der ganzen Sache ist, dass ich nicht gesehen habe, ob er allein nach Hause gekommen ist. Es hätte durchaus sein können, dass eine billige Blondine sich auf dem Beifahrersitz neben ihm rekelte, die langen Beine verführerisch übereinander geschlagen, und das Dekolleté tief ausgeschnitten wie eine fleischfarbene Venusfalle.

Ich wühle in meiner Tasche nach den Schlüsseln, wobei mich die Aufregung ungeschickt macht.

Ich ignoriere das Geräusch eines sich nähernden Wagens.

Ich ignoriere die Tatsache, dass er neben mir anhält und dass der Motor röhrt wie eine Raubkatze, die ihre heutige Beute ausgemacht hat.

Ich klammere mich an die kindische Theorie, dass, wenn ich ihn nicht sehen kann, auch er mich nicht sehen kann, und verharre entschlossen mit dem Gesicht zur Wagentür.

Gerade als es mir endlich gelingt, den Schlüssel ins Schloss zu stecken, nehme ich das Geräusch eines elektrischen Fensterhebers wahr.

»Annabelle!«

Hilfe! Plötzlich bin ich hochgradig taub.

»Annabelle!«

Es bringt nichts. Langsam drehe ich mich um, ein dümmliches Grinsen auf dem Gesicht, da mir nichts Besseres einfällt.

»Äh, hallo auch.«

Kummervoll sieht er mich mit gerunzelter Stirn an. Plötzlich wünsche ich mir, ich wäre wieder hinter meinem Busch.

»Annabelle? Ich dachte mir doch, dass du es bist. Was um Himmels willen machst du hier?«

Eine gute Frage, aber keine, die ich beantworten kann. Was ich hier mache? Mir ist klar, dass die einzig mögliche Antwort die Wahrheit ist. Die Frage ist nur, wie soll ich die Wahrheit sagen – nicht gleich die ganze Wahrheit oder nichts als die Wahrheit?

»Äh … ich wollte dich sehen.«

Das ist doch keine Lüge, oder?

»Warum wolltest du dann Reißaus nehmen, als ich vorbeifuhr?«

»Habe meine Meinung geändert.« Ich zucke die Achseln. Gott sei Dank ist es zu dunkel, als dass er sehen könnte, wie rot ich werde. »Ich … äh … plötzlich habe ich bemerkt, wie spät es ist.«

»Steig ein, Annabelle.«

Stumm starre ich ihn an.

»Steig ein«, wiederholt er, wobei er jede Silbe betont wie ein Lehrer bei einem begriffsstutzigen Kind. Ich steige ein.

Schweigend fährt er die knapp fünfzig Meter zum Haus zurück und drückt dann auf einen Knopf, woraufhin die Eisentore sich wie von Geisterhand öffnen und sich hinter uns wieder schließen. Ein bei weitem einfacherer Weg ins Innere seines Hauses als bei meinem letzten Besuch.

Er sagt nichts, steigt einfach aus und betritt in der Erwartung, dass ich ihm folge, das Haus durch eine Seitentür, die zu einer Kammer und dann weiter in die Küche führt.

»Willst du einen Kaffee, oder wäre dir etwas Stärkeres lieber?«

Gerade hat er mich dabei ertappt, wie ich vor seinem Haus herumlungere, ich habe Dreck am Ärmel von Nickys Jacke sowie Blätter und diverse andere Gartenabfälle im Haar, und er redet mit mir, als wäre ich mal eben auf einen kurzen Plausch vorbeigekommen.

Als ich nicht antworte, nimmt er eine Flasche Wein aus dem Kühlschrank, holt dann zwei Gläser aus dem Hängeschrank und führt mich durch die Diele ins Wohnzimmer, während er sich für dessen Ausstattung entschuldigt.

»Entschuldige den Zustand des Hauses, ich habe es noch

nicht einmal geschafft zu tapezieren, und dabei bin ich schon fast ein Jahr hier.«

»Es ist doch gar nicht so schlimm«, beeile ich mich zu murmeln.

»Du warst noch nicht oben.« Er grinst und zieht gleichzeitig eine Grimasse. »Im Badezimmer sind Wassernymphen, und du wirst mir nicht glauben, was sich im Schlafzimmer befindet.«

»Eine verspiegelte Decke.« Ich nicke zustimmend, ohne nachzudenken.

»Woher weißt du das?«

»Äh … geraten?«, schlage ich vor und trete mir in Gedanken in den Hintern, weil ich so unvorsichtig bin. »Passt zur Velourstapete und den Wassernymphen.«

Das erklärt auch den krassen Kontrast zwischen gutem und schlechtem Geschmack. Eddies schöne Sachen nehmen sich seltsam aus im Dekor eines anderen. Er bedeutet mir, mich zu setzen, kickt dann seine Schuhe von den Füßen, setzt sich neben mich und beginnt, den Korken aus der Flasche zu ziehen.

»Ich habe das Haus von dem Typen übernommen, dem ich auch das ›Daisy's‹ abgekauft habe. Er wollte alles loswerden, um nach Marbella abzudampfen, wo er noch mal richtig einen draufmachen wollte. Wie es heißt, war er in den Siebzigern so was wie ein Partylöwe. Du hättest das Haus mal mit seinen Sachen drin sehen sollen – es war, als würde man eine Zeitschleife betreten. Ich vermute, die Ausstattung war eine Art Erinnerung an seine Glanzzeit. Ich sehe es noch genau vor mir: Sofas mit Leopardenmuster, Kissenbezüge aus Zebrafellimitat, und die Lavalampen blubberten gemütlich in einer Ecke vor sich hin. Sehr geschmackvoll.«

Er schenkt uns beiden ein äußerst großzügiges Glas Weißwein ein, reicht mir eines und stellt schließlich die gefürchtete Frage.

»Also, warum wolltest du mich sehen?«

Nun denn, ich wusste ja, dass ich diesem Teil nicht für immer aus dem Weg gehen konnte.

»Ich bin nur neugierig«, fügt er spöttisch hinzu, »da du mich ja in letzter Zeit gemieden hast wie die Pest.«

»Das ist dir aufgefallen«, murmele ich, verstecke mein Gesicht in meinem Glas und kippe die Hälfte in einem Zug hinunter.

»Schwierig, es zu übersehen, wirklich. Ich habe sogar schon daran gedacht, mein Deo zu wechseln.«

Er riecht gut. Das ist gelogen, er riecht wundervoll. Nicht nur nach Rasierwasser, sondern nach einer Mischung zarter Gerüche, die bei ihm einen ganz unverwechselbaren Duft ergeben, so wirksam wie ein Aphrodisiakum. Er sieht mich von der Seite an, und zum ersten Mal fallen mir seine erstaunlich langen Wimpern auf.

»Ich dachte, du wolltest mir einen eindeutigen, nicht gerade subtilen Hinweis darauf geben, dass du nicht interessiert bist? Ich habe so was schließlich auch schon getan, das weißt du ja.«

Unaufgefordert schenkt er mir nach, nimmt dann eine große Erdbeere aus der Obstschale auf dem Tisch, lässt mich zuerst abbeißen und steckt den Rest in seinen Mund.

Das war keine berechnende Bewegung, kein Verführungsspielchen, doch die beiläufige Vertrautheit dieser Handlung lässt meinen Magen vor Begierde Saltos schlagen.

Oh, Belle! Nein! Belle! Nicht schon wieder!

»Das ich an was nicht interessiert bin?« Ich versuche, ganz beiläufig zu klingen.

»Annabelle!« Er verdreht die Augen, blickt zur Decke. »Können wir bitte mit diesen Spielchen aufhören?«

»Okay, wenn du es so direkt willst, wer war dann die Blondine?«

Er fängt an, schallend zu lachen.

»Volltreffer!«

»Du meinst wohl eher voll daneben«, murre ich.

»Ich meine, ich habe dich ertappt. Ich musste wissen, ob es dir etwas ausmacht.«

»Aber das ist gemein.«

»Schon, aber auch sehr effektiv.«

»Ihr gegenüber ist das gemein, meine ich.«

»Entgegen weit verbreiteter Märchen findet mich nicht jede Frau, die ich treffe, absolut unwiderstehlich.«

»Na, die hat aber sehr überzeugend gewirkt.«

»Ist das etwa ein Hauch von Eifersucht?«

»Bilde dir bloß nichts ein.«

Plötzlich sieht er traurig aus.

»Das ist es ja eben, Belle – bilde ich mir etwas ein, oder empfindest du das Gleiche wie ich?«

»Das weiß ich nicht«, flüstere ich und starre auf meine Füße.

»Oh.« Er hört sich enttäuscht an.

»Das weiß ich nicht«, fahre ich fort und zwinge mich, ihn anzusehen, »weil ich nicht sicher bin, ob ich weiß, was du empfindest.«

»Wie kannst du denn so etwas sagen?« Er lacht ungläubig. »Das ist ja wohl eindeutig. Jeder sonst weiß Bescheid, und ich musste kein Wort sagen. Aber du! Du willst es schwarz auf weiß und mit Blut unterschrieben!«

Genau, nämlich mit meinem Blut, wenn Amanda mich erwischt.

Ich muss es ihm sagen.

»Eddie, ich muss dir etwas sagen …«

Doch er schüttelt nur den Kopf, beugt sich vor und zieht mir zärtlich ein vertrocknetes Blatt aus den Haaren. »Sag jetzt nichts mehr«, flüstert er langsam, beugt sich über mich und küsst mich ganz sacht auf den Mund.

Er lehnt sich zurück und beobachtet mich, doch als ich mich weder auf den Teppich erbreche noch ihm eine runterhaue, beugt er sich wieder vor und küsst mich länger.

Letztes Mal, als wir das taten, war ich betrunken, und da hat es sich gut angefühlt. Jetzt komme ich mir auch wie trunken vor, doch trunken vor Sehnsucht und Begierde. Da ist nur eine klitzekleine Sache, die alles verdirbt. Er kennt die Wahrheit nicht, also kennt er auch mich nicht wirklich.

Das ist nicht fair.

Aber schließlich sagt Amanda auch immer, dass der Zweck die Mittel heiligt… warum also soll ich mich schlecht fühlen, nur weil er nicht alles über mich weiß? Es gibt jede Menge Sachen, die ich über ihn noch nicht weiß. Zugegeben, da geht es eher darum, was er wohl zum Frühstück mag oder auf welcher Bettseite er lieber schläft – obwohl ich das Gefühl habe, dass mir Letzteres nicht mehr lange verborgen bleiben wird…

Ich weiß auch, dass ich nicht mit Eddie ins Bett gehen sollte – na ja, auf dem Sofa schmusen, um genau zu sein –, aber ich werde mit ihm ins Bett gehen. Ich weiß es. Er weiß es. Und wissen Sie was? Es ist mir egal. Der Anstand ist mir egal, Amanda ist mir egal, die Konsequenzen sind mir egal. Tatsache ist, dass mir alles andere egal ist – ich weiß nur, dass ich noch nie in meinem Leben jemanden so sehr wollte.

Ich weiß auch, dass es mir wahrscheinlich in nicht allzu langer Zeit nicht mehr egal sein wird, überhaupt nicht. Das die Schuld mich überfluten wird wie Wasser, das durch einen behelfsmäßigen Damm bricht. Aber in diesem Augenblick kann ich an nichts anderes denken als daran, wie es ist, seinen Mund auf meinem zu spüren. Wenn das so falsch sein soll, warum fühlt es sich dann bloß wie das einzig Richtige an, das ich in meinem Leben je getan habe?

Er hält meine Hände in seinen, als er aufsteht und mich mit sich zieht.

Er führt mich nach oben ins Schlafzimmer.

Ich erinnere mich noch an das letzte Mal, als ich diese Unterhosen sah, und werde einen Augenblick lang von Schuldgefühlen gepeinigt, doch die werden gleich samt allen anderen Schuldgefühlen von der alles überwältigenden Leidenschaft ausgelöscht, die meinen Körper und meinen Kopf mit unanständiger Hast überflutet.

Wie seltsam, aber die Unterhose sieht mit ihm darin gar nicht mehr lachhaft aus. Genau genommen sieht sie sogar verdammt sexy aus. Trotzdem überkommt mich das unwiderstehliche Verlangen, ihn möglichst schnell daraus zu befreien.

Komisch, er scheint das gleiche Bedürfnis zu haben, mir aus meinen Sachen zu helfen. Gott sei Dank habe ich endlich meine drei Jahre alten, treuen grauen Schlüpfer weggeworfen und mir ein paar neue gekauft.

Wir lassen uns rückwärts auf das kühle, weiße Leinen fallen, liegen einfach erst einmal da, umarmen uns und atmen gegenseitig unseren Geruch ein, schauen uns in die Augen. Schweigend. Völlig überwältigt von der bloßen Freude, uns festzuhalten. Bis zuerst unsere Hände, dann unsere Lippen anfangen, einander zu erforschen …

Als ich am nächsten Morgen erwache, sehe ich, wie mein eigenes Spiegelbild mich zerknautscht und glühend von oben angrinst.

Nie wieder werde ich mich über verspiegelte Decken lustig machen.

Der Platz im Bett neben mir ist leer.

Ich rolle hinüber und vergrabe mein Gesicht in dem zerknitterten Leinen, um den berauschenden Geruch nach Eddie und Sex einzuatmen.

Was habe ich getan?

Oh, ich weiß genau, was ich getan habe.

Aber was habe ich da getan!

Auf dem Nachttischchen neben mir steht ein Tablett mit mehr Erdbeeren, Orangensaft, kaltem Kaffee und einer verwelkenden Rose, die hastig im Garten gepflückt wurde.

Am Glas lehnt eine Karte.

»Belle, ich musste sehr früh zu einer Besprechung, aber du sahst so friedlich aus, dass ich es nicht über mich brachte, dich zu wecken. Wir sehen uns heute Abend, reserviere mir den ersten Tanz. In

Liebe, Eddie. P.S. Schlüssel anbei, behalte ihn. Du wirst ihn brauchen.«

Ich umklammere das kleine Metallstück, dass aus der gefalteten Karte geglitten ist, und mein Herz, das wie ein mit Helium gefüllter Luftballon hüpfte, sinkt.

Verstehen Sie, ich habe ja bereits einen.

Den, den Amanda mir gegeben hat.

Die Türklingel weckt mich aus tiefem Schlaf.

Ich höre Nicky nebenan duschen, was bedeutet, dass ich diejenige bin, die öffnen muss. So hieve ich meinen übermüdeten Körper aus dem Bett und schlurfe ins Wohnzimmer.

Es ist Jamie.

»Hallo, böse Stiefschwester.«

»Was willst du denn hier?«, frage ich gähnend und streiche mir das Haar aus dem Gesicht.

»Ich bin der Elvis-Sitter.«

Er wedelt mit zwei fettigen Papiertüten vor meinen Augen herum und grinst breit.

»Fish & Chips für mich und Würstchen & Chips für Elvis. Habt ihr Ketchup?«

»In der Küche… Wie viel Uhr ist es?«

»Sieben. Man sollte meinen, du wärest schon dabei, dich für heute Abend aufzudonnern, statt noch im Bademantel rumzulaufen und wie der Tod auszusehen.«

»Sieben! Verdammt!«

Das hat man davon, wenn man die ganze Nacht aufbleibt, um zwei Jahre der Enthaltsamkeit wettzumachen, und dann mit wackeligen Beinen nach Hause kommt, um ins eigene Bett zu schlüpfen und seine Exzesse auszuschlafen.

Während die vergangene Nacht meine Nacht war, sofern es mein Liebesleben betrifft, wird die heutige Amandas sein.

Die große Wiedereröffnung im neuen und verschönerten »Lazy Daisy's« und der offizielle Stapellauf der neuen, verschönerten Amanda, bei dem Eddie den vollen Effekt ihrer neuen, verschönerten Persönlichkeit zu spüren bekommen soll.

»Warum hast du mich nicht geweckt?«, jammere ich, als Nicky auf hochhackigen Pradas aus ihrem Zimmer gestakst kommt.

»Ich wusste doch nicht, dass du noch schläfst.«

Jamies Zunge hängt weiter heraus als die von Elvis, als er Nicky in ihrem neuen, atemberaubenden Kleid von Joseph sieht. Ein kleines, schräg geschnittenes, schwarzes Etwas, das ihre Kurven fließend umschmeichelt wie heißer, schwarzer Sirup, den man langsam und genüsslich ausgießt.

»Dachte, du hättest die Maschine schon angeworfen, bereit, dich ins Gewühl zu stürzen.«

»Du hast wahrscheinlich nur Belles Schnarchen gehört«, mischt Jamie sich ein und grinst teuflisch.

»Das war metaphorisch gemeint!«

»Soll das heißen, es war anzüglich gemeint?«

Ich überlasse die beiden ihren Neckereien und schleppe mich taumelnd unter die Dusche, um zu versuchen, die Verwirrung zu vertreiben, die sich wie Küstennebel in meinem Gehirn breit gemacht hat.

Eine Hälfte von mir will in das breiteste, verlegenste und selbstgefälligste Grinsen ausbrechen, das mein Gesicht je kannte, die andere Hälfte aber will einfach nur in Tränen ausbrechen.

Was für ein Durcheinander!

Als ich mit dem Duschen fertig bin, ist Amanda bereits eingetroffen.

In zwei Handtücher gewickelt, komme ich gerade rechtzeitig aus meinem Zimmer, um sie wie ein Rennpferd in Ascot durch den Raum tänzeln zu sehen, mit geölten Hufen, glänzender Kruppe und vor Aufregung gebleckten Zähnen.

Sie sieht aus wie ein glitzernder, silberner Sperrballon. Ihre Brüste blähen sich im Ausschnitt ihres Kleides, als wären sie mit Helium gefüllt und kämpften darum, frei zu kommen.

Ich muss zugeben, es ist ein beeindruckendes Dekolleté.

Eigentlich mag ich meine Brüste. Sie könnten ein wenig größer sein, aber sie sind schön symmetrisch, haben eine nette Form und ein einladendes Aussehen. Doch die einzige Möglichkeit, mir ein vergleichbares Dekolleté zuzulegen, besteht darin, das Mittelteil meines Wonderbras zusammenzuziehen und festzuklammern, so dass sich die Körbchen berühren.

Amanda sieht geradezu majestätisch aus. Umwerfend und sinnlich. Die *Queen Mary*, frisch gestrichen und mit Volldampf voraus. Ich widerstehe dem Impuls, mit Luftschlangen nach ihr zu werfen, als sie wie eine Königin in die Zimmermitte segelt, wobei sie in einem Paar entzückender silberner Riemchensandalen von Miu Miu geziert über den dicken Flor des cremefarbenen Teppichs schreitet.

Die silbernen Strähnen in der langen, nun gänzlich blonden Mähne passen zu ihrem restlichen Outfit.

Nix, die einmal mehr auf Diät ist und gerade lustlos an einem Vollkornkeks knabbert, um den nagenden Hunger zu verdrängen, wirft ihn auf den Tisch und starrt Amanda mit vor Bewunderung aufgerissenem Mund an.

Ich kann mir denken, was in Nicky vorgeht. Wenn Amanda so umwerfend aussehen kann, obwohl sie mehr als fünf Kilo zu viel drauf hat, dann wird Nix die Qualen der Enthaltsamkeit von all ihren Lieblingsessen nicht länger mitmachen und sich genießerisch auf die Kalorien stürzen.

Nicht nur Amandas Aussehen ist anders, auch ihre Ausstrahlung. Zum ersten Mal seit Ewigkeiten fühlt sie sich umwerfend toll, das sieht man ihr an. Die Wiedergeburt sexueller Zuversicht.

Wenigstens haben wir es geschafft, dass sie sich in ihrer Haut wieder besser fühlt, und im Gegenzug fühle auch ich mich etwas besser. Nicht viel besser, das dürfen Sie mir glauben, aber ein klitzekleines bisschen.

Jamie kommt aus der Küche; er hält die Pommestüte in der

Hand und bemerkt offenbar gar nicht, dass Elvis seine Zähne fest in den Saum seiner Hose gegraben hat.

Als Jamie Amanda entdeckt, bleibt er abrupt stehen; das mit Ketchup bedeckte Stück Fisch, das gerade aus der Tüte in den Mund wandert, verharrt auf halbem Wege, der Mund, der sich in Erwartung des Essens öffnete, geht beim Anblick dieser silbernen Vision noch weiter auf.

»Wie sehe ich aus?« Amanda starrt in ihr eigenes Dekolleté, während sie ihre Brüste in dem halterlosen Oberteil ihres Space-Age-Kleides zurechtrückt.

Ich lege einen Finger unter Jamies Kinn und renke seinen Kiefer wieder ein.

»Großartig«, antworte ich kurz, da ich mir nicht wirklich zutraue, etwas zu sagen.

»Nur großartig?« Amanda sieht enttäuscht auf.

Was will sie noch von mir? Die Frau sieht einfach unglaublich aus.

»Betonung auf dem grrrrr.« Nicky lächelt freundlich. »Du siehst total wow aus! Im Gegensatz zu Belle.« Vorwurfsvoll blickt sie auf meinen Handtuchturban und die Toga. »Ist das etwa ein neues Kleid von Moschino, meine Liebe?«

Ich sehe an meiner zerzausten Wenigkeit hinunter; den Mangel an Kleidung hatte ich beim Anblick des wandelnden Glitzerballs kurzzeitig vergessen.

»Genau. Bin wohl ein bisschen spät dran, was?«

»Du legst besser einen Zahn zu, das Taxi wird in wenigen Minuten hier sein.« Amanda hat es sichtlich eilig, ins »Daisy's« zu kommen und ihre große Verführungsszene hinzulegen.

Ich glaube, ich bekomme Kopfschmerzen.

»Ich brauche wohl doch etwas länger.« Ungefähr drei Wochen und mehrere Sitzungen beim Psychiater. »Ich werde euch dann dort treffen.«

Nicky und Amanda sind bereit für die große Party, und ich bin bereit für ein umfassendes Geständnis.

Ich luge aus dem Küchenfenster, während ich auf der Suche nach etwas Essbarem den Kühlschrank plündere, um meinen Magen gegen all den Alkohol zu wappnen, den ich später trinken werde, und sehe zu, wie sie lachend in das Taxi steigen. Dann kehre ich in mein Zimmer zurück, um Kuchen in mich zwängen und um zu sehen, ob ich mich dann noch in das enge Kleidchen reinstopfen kann, das ich mir von Nicky geliehen habe.

In typischer Eddie-Manier hat unser Chef jede Menge Personal von einer Zeitarbeitsfirma angeheuert, um die Theke zu besetzen, so dass seine eigentlichen Angestellten den Abend ebenfalls genießen können.

Das bedeutet, dass ich meine übliche Uniform aus Jeans und T-Shirt zugunsten von etwas Vorteilhafterem zurücklassen kann, und zwar zugunsten eines lindgrünen Kleides von Karen Millen, das die letzten Überbleibsel meiner Bräune enthüllt, und einem Paar hochhackiger Miu Mius, die mehr Riemen als Schuh sind.

Halbherzig führe ich mein neues Outfit Jamie vor, der es sich auf dem Sofa bequem gemacht hat, Budweiser in der einen, Fernbedienung in der anderen Hand.

»Wie sehe ich aus?«

Er schielt zu mir herüber und reißt die Augen auf.

»Wow! Du siehst Klasse aus.«

»Du brauchst gar nicht so überrascht zu tun«, knurre ich und lasse mich neben ihm aufs Sofa plumpsen. »Vielleicht sollte ich einfach hier bleiben.«

Jamie schiebt mich sofort wieder hoch.

»Von wegen!«, sagt er entschlossen. Ich gehe zur Balkontür hinüber und lehne meine erhitzte Stirn gegen die kühle Scheibe.

»Was ist los, Belle?«

Ich blicke aus dem Fenster. Die Sonne verschwindet langsam hinter der Skyline und taucht die Stadt in ein orangefarbenes Licht.

»Ich werde ihm alles sagen.«

»Eddie? Du willst ihm sagen, was du für ihn fühlst? Es wird auch Zeit, verdammt noch mal!«

»Nicht, was ich für ihn fühle.« Ich sehe Jamie von der Seite an und lächele zaghaft. »Ich glaube, der Zeitpunkt ist vorbei.«

»Hast du etwa…«

»Ja, habe ich.« Trotz der Schmetterlinge im Bauch kann ich nicht verhindern, dass das Lächeln einem Grinsen weicht.

»Du Glückliche. Das letzte Mal, dass ich Sex hatte, waren wir noch unter einer anderen Regierung.«

»Wirklich? Das letzte Mal, dass ich Sex hatte, waren wir unter einer Bettdecke.«

»Ha, ha, ha… und was jetzt? Willst du Eddie von dir und Amanda erzählen und abwarten, ob sie dich umbringt? Oder willst du Amanda von dir und Eddie erzählen und abwarten, ob er ihr zuvorkommt?«

»Danke, Jamie, ich wusste doch, dass ich auf dich zählen kann, wenn es darum geht, mich aufzumuntern. Hör mal, warum kommst du nicht einfach mit mir? Elvis wird die Wohnung schon nicht verwüsten, während wir weg sind.«

»Nein, nur die Stellen, an die er herankommt.« Jamie streichelt Elvis über den seidenweichen Kopf.

»Ich könnte etwas moralische Unterstützung gebrauchen.«

»Und ich könnte ein paar Freigetränke gebrauchen!«

»Warum bist du dann noch hier? Ich hab dir doch eine Einladung besorgt.«

»Na ja, entweder weil ich mich ein bisschen verantwortlich dafür fühle, dass Elvis nicht alle Möbel anknabbert, oder weil ich Nickys ganze Unterwäsche anprobieren kann, sobald ich allein bin. Oder aber weil ich den erbarmungswürdigen Versuch unternehmen will, Pluspunkte bei ihr zu sammeln, in der Hoffnung, dass sie mich entsprechend fürs Babysitten entlohnt.«

»Nimmt man alle genannten Punkte zusammen, kommt man der Wahrheit wohl am nächsten. Dabei hatte ich angenommen, du wolltest mitkommen, um sicherzustellen, dass sie nicht wieder anfangt, Männer aufzureißen?«

»Tja, ich bin halt schlauer. Wenn sie jemanden aufreißt, dann machen Elvis und ich ihr einen Strich durch die Rechnung, wenn sie zurückkommt. Wir sind nämlich zwei der größten, fettesten, haarigsten Anstandswauwaus, die es gibt, was, Elv?«

»Und was, wenn sie mit zu ihm geht, Jamie?«

Er setzt sich kerzengrade auf und wirft dabei fast Elvis von seinem Schoß.

»Mist! Daran habe ich gar nicht gedacht.«

»Ich ziehe dich doch bloß auf. Diese Phase hat Nix hinter sich. Außerdem werde ich für dich ein Auge auf sie haben.«

»Na Klasse! Du hast ein Auge auf Nicky, aber wer um Himmels willen hat ein Auge auf dich?«

Das Erste, was ich sehe, als ich schließlich ins »Daisy's« komme, ist Amanda, die sich inmitten der Menge wie ein riesiger, silberner Discoball dreht.

Sie amüsiert sich blendend und zieht jede Menge Blicke auf sich; die Männer schielen sehnsüchtig nach dem schluchtartigen Dekolleté und sind von Ehrfurcht übermannt angesichts dieser silbrigen Erscheinung, die sich hemmungslos zur Funk-Musik produziert.

Auch die Handwerker geben mächtig an beim Tanzen. Sie haben sich geschrubbt und aus ihrer üblichen Uniform geschält, die aus Holzfällerhemden, zerrissenen, verwaschenen Jeans und zerfetzten Lederstiefeln bestand.

Sie winken wie wild, als sie mich entdecken, und bedeuten mir, mich durch das Geschiebe zu kämpfen und mich ihrer Hopserei anzuschließen.

Glücklicherweise werde ich durch das Auftauchen einer glückstrahlenden Abigail gerettet, deren leuchtend rote Haare einen tollen Kontrast zu dem scharfen, pinkfarbenen Kleid bilden, das ihren schlanken Körper umschmeichelt.

»Annabelle, da bist du ja endlich! Ich dachte schon, du kommst gar nicht, dabei wollte ich mich doch bedanken. Du bist Wonder Woman, echt!«

Sie drückt mir einen feuchten, pinklippigen Schmatz auf beide Wangen.

»Jerry?«

Sie nickt begeistert.

»Du wirst es nicht glauben, aber er...«

»Was?«, hake ich nach.

Sie atmet tief durch, ihre Augen funkeln vor Aufregung. »Wir ziehen zusammen!«

»Ihr zieht zusammen? Also, wirklich, Abi, einen Moment lang dachte ich, ihr wolltet heiraten.«

»Machst du Witze? Für Jerry ist zusammenzuwohnen die größte Verpflichtung überhaupt.«

»Aber er wohnt doch bereits mehr oder weniger bei dir.«

»Na klar, aber jetzt ziehen auch seine Zahnbürste, seine Klamotten und sein Breitbildfernseher zu mir.« Das Grinsen wird breiter. »Ich bekomme einen Breitbildfernseher! Juchhe! Aber mal im Ernst, danke für deine Hilfe. Ich kann es immer noch nicht fassen, dass wir es gewagt haben... aber es hat funktioniert, was? Danke für deine Hilfe, Belle. Ich sehe dich dann später, du hast einen Drink bei mir gut!« Sie drückt mich noch einmal fest an sich, dann springt sie davon, um die gute Neuigkeit Ben kundzutun, der sich gerade durch die Menge arbeitet und uns wie wild zuwinkt.

Ich arbeite mich sofort in die entgegengesetzte Richtung.

Ich komme mir niederträchtig vor, doch Nicky hat gestern verkündet, dass er und Amanda am Wochenende zusammen aus waren, und ich verkrafte jetzt keine Diskussion darüber, ob »sie will/nicht will«. Und die möchte er zweifelsohne mit mir führen. Diese ständigen Fragen »Was hat sie gesagt« und »Glaubst du, sie mag mich«, auf die ich wirklich keine vernünftige oder ehrliche Antwort geben kann. Deshalb wollte er mich gestern

Abend wohl auch sprechen, um des langen und breiten zu diskutieren, wie seine Aktien stehen.

Die sind abgestürzt und im Keller.

Armer Ben.

Je früher ich dieses ganze verfluchte Durcheinander kläre, desto besser.

Ich habe beschlossen, es schrittweise anzugehen.

Auf der Suche nach Nicky bahne ich mir einen Weg durch die Menge. Sie ist nicht mit Amanda auf der Tanzfläche. Ich werde mich davon überzeugen, dass bei ihr alles in Ordnung ist, wie ich es Jamie versprochen habe, dann werde ich zu Eddie gehen. Und dann – vorausgesetzt, dass ich körperlich und geistig noch unversehrt bin – werde ich mit Amanda sprechen und darauf bestehen, dass sie mit Ben ins Reine kommt, oder dass sie ihn zumindest so freundlich wie möglich in die Wüste schickt.

Doch wie üblich hat Eddie ein ganz eigenes Timing, das überhaupt nicht mit meinem übereinstimmt.

Über die Treppe kehre ich nach oben in die eigentliche Bar zurück. Als ich die oberste Stufe erreiche, schlingt sich ein Paar starker Arme um meine Taille, und warme, zarte Lippen streifen leicht über meinen Nacken. Ein Schauer des Entzückens überläuft mich.

Selbst nach nur einer gemeinsamen Nacht würde ich seine Berührung und seinen Geruch überall wieder erkennen.

Ich drehe mich um und kann nicht verhindern, dass ein strahlendes Lächeln sich auf meinem Gesicht ausbreitet, als Eddie mich in eine dunkle Nische neben dem Treppenabsatz zieht und mich küsst, bis ich nach Luft schnappe.

»Hallo«, flüstert er schließlich und lässt mich los.

In dem trüben Licht kann ich erkennen, dass er mich zärtlich anlächelt. »Ich habe dich heute vermisst, ist das nicht seltsam?«

Ich atme erst einmal tief durch. Das muss ich auch, weil ich keinen Sauerstoff mehr in den Lungen habe, und weil ich meine

Nerven beruhigen will. Dann versuche ich, den Sprung ins kalte Wasser zu wagen.

»Eddie, es gibt da etwas, das ich dir sagen muss…«

Er unterbricht mich, indem er mich erneut küsst.

Verdammt, was soll's. Ich will es ihm nicht sagen. Ich will, dass er immer in diesem Zustand glückseliger Unwissenheit bleibt. Und diese Unwissenheit ist wirklich glückselig.

Schließlich lehnt Eddie sich zurück und fährt mit einem Finger über meine Wange.

»Sorry, Belle. Habe jetzt keine Zeit zum Reden, ich spiele den großzügigen Gastgeber für ein paar Leute, die mir 'ne Menge Geld geliehen haben. Wie wär's, wenn du mitkommst? Bei deinem Charme lassen sie bestimmt die Hosen runter.«

»Meinst du, sie lassen ihre Hosen so schnell runter wie du deine?«, ziehe ich ihn auf.

»Willst du behaupten, ich sei leicht zu haben?« Er tut entrüstet.

»Na ja, wenn ich dir eine detailgetreue Neuauflage in deinem Büro anböte, und zwar in… sagen wir… zwanzig Minuten, würdest du kommen?«

»Abgemacht.«

Ich steuere die Toiletten an, um den Lippenstift aufzufrischen, den Eddie weggeküsst hat. Mir bleibt gerade noch genug Zeit, Nix aufzuspüren und mir mit einem doppelten Drink Mut anzutrinken, bevor ich Eddie in seinem Büro treffe. Doch leider nicht für eine Wiederholung der letzten Nacht. Zu schön, wenn das der einzige Grund wäre, ich hab mir nämlich schon immer gewünscht, es mal auf einem Schreibtisch zu machen…

Ich schüttele den Kopf und zwinge mich, wieder an das eigentliche Thema zu denken. Die Wahrheit. Oder vielmehr den Mangel daran in den letzten Monaten.

Eddie dazu zu bringen, mich in seinem Büro zu treffen, ist der ideale Weg, allein mit ihm zu sein.

»Annabelle!« Eine vertraute Stimme hallt im Waschraum

vor den Toiletten wider. »Ich habe dich den ganzen Abend gesucht. Hätte mir ja denken können, dass du dich hier auf dem Klo versteckst. Das wird allmählich zu einer Art Lieblingsplatz für dich, was?«

Dot gleitet durch die Tür, ein Glas Champagner in der Hand. Ihr Mega-Dekolleté ist auf Hochglanz poliert, und in ihrem engen roten Kleid mit dem betont tiefem Ausschnitt ist sie bereit für die große Party.

»Ich muss gar nicht fragen, was letzte Nacht passiert ist. Eddie hat den ganzen Abend über gestrahlt wie ein Honigkuchenpferd.«

»Das könnte auch an der Blondine liegen«, ziehe ich sie auf.

»Nicht, wenn sie Mitchs Freundin ist.«

»Wirklich?«

»Wenn man Ben glauben darf, ja. Speziell für diese Gelegenheit ausgeliehen. Er hat wirklich einiges auf sich genommen, um dich aus der Reserve zu locken, Belle.«

»Was willst du damit sagen?« Erschrocken sehe ich sie an.

»Du hast deine Gefühle verleugnet, nicht wahr?«, neckt sie mich, doch dann sieht sie die heißen Tränen, die plötzlich in meinen Augen blinken.

»Belle?« Sie hört auf zu lachen und sieht mich besorgt an. »Was ist denn los, Kleines?«

»Oh, Dot. Ich weiß nicht, was ich machen soll! Meine Gefühle sind leider nicht das Einzige, was ich verleugnet habe.«

Ich sehe sie unter feuchten Lidern hervor an.

»Willst du es mir erzählen?«

Zaghaft zucke ich die Achseln.

»Ich bin eine gute Zuhörerin ... und inzwischen solltest du doch wissen, dass mich so leicht nichts aus dem Gleichgewicht bringt.« Sie lacht, doch sie blickt besorgt.

Die Erleichterung, Dot endlich die Wahrheit zu sagen, wird durch die Angst getrübt, vielleicht gleich jemanden zu verlieren, der mir in den letzten Monaten zu einer verdammt guten Freundin geworden ist. Doch als ich mit meiner schmutzigen Geschichte zu Ende bin, kommt sie zu meiner Überraschung herüber, legt die Arme um mich und drückt mich entschlossen und liebevoll an sich.

»Du Arme«, murmelt sie in mein Haar.

»Du verabscheust mich nicht?« Überrascht blinzele ich zu ihr auf.

»Warum denn? Immer das Sagen hatten die Kerle, es wird Zeit, dass jemand für ausgleichende Gerechtigkeit sorgt. Ich sage dir was, meine Liebe. Falls du jemals neue Rekruten für deine Arbeit suchst, dann weißt du, wo du mich finden kannst.«

Ich lache matt.

»Was soll ich jetzt machen, Dot?«

Sie schüttelt den Kopf.

»Ich hab's einmal gesagt, und ich sage es immer wieder: geh und rede mit ihm, Belle.«

»Aber er wird mich hassen!«

»Nein, wird er nicht. Ich kenne Eddie. Er wird die Lügen hassen, aber dich könnte er nie hassen, Belle. Du bedeutest ihm sehr viel, weißt du. Er wird darüber hinwegkommen. Aber ich denke, es ist das Beste, wenn er es von dir erfährt.«

»Weißt du, wo er gerade ist?«

Sie schüttelt den Kopf.

»Ich hab ihn zuletzt gesehen, als er versucht hat, nett zu einer Bande von Idioten zu sein, die mehr Mäuse als Manieren haben, aber er ist sicher nicht weit weg. Das ist schließlich ein wichtiger Abend für ihn, Belle.«

»Genau, und ich will nicht diejenige sein, die ihn vermasselt. Vielleicht sollte ich es lassen und erst morgen mit ihm sprechen?«

»Beim Frühstück?«, fragt Dot verschmitzt.

»Was, soll ich ihn erst mit hemmungslosem Sex einstimmen? Was meinst du, würde das die Lage besser oder schlechter machen?«

»Deine oder Eddies?«

»Oh, meine Lage würde dadurch entschieden besser. Wenn ich es ihm heute Abend sage, habe ich vielleicht nie wieder eine Gelegenheit, ihn ins Bett zu bekommen«, scherze ich.

Dot sieht auf die Uhr.

»Tja, deine zwanzig Minuten sind fast um. Wofür entscheidest du dich also?«

»Für die Wahrheit«, erwidere ich mit mehr Überzeugung, als ich wirklich fühle. »Muss ich wohl, oder? Das schulde ich ihm und mir.«

Dot begleitet mich durch die überfüllte Bar bis zu der Tür mit dem Schild »Privat«, die zu den Lagerräumen, den Angestelltentoiletten, dem Hintereingang der Restaurantküche und zu der Treppe führt, über die man zu den Büros im ersten Stock gelangt.

Als ich hindurchgehen will, ergreift sie meine Hand und drückt sie aufmunternd, sagt aber nichts.

Ich gehe zur Treppe. Jetzt habe ich keine Schmetterlinge mehr im Bauch, sondern Elefanten.

Ich bin so nervös, dass ich beinahe das Pärchen übersehe, das sich am Ende des Korridors leidenschaftlich umschlungen hält. Es ist dunkel, doch dieser silberne Hintern ist unverkennbar.

Es gibt nur einen Menschen, mit dem Mad Manda so intensiv und begeistert rumschmusen würde.

Eddie.

Aber das kann nicht sein … Es sei denn …

Eine Frau pro Tag macht gesund und stark.

Doch als sie sich schließlich trennen, atemlos lachend, wobei ihre Hände immer noch das Gesicht des anderen berühren, als würden sie gar nicht mehr aufhören wollen, steht da nicht Eddie, sondern ein breiter, blonder, beglückter Bär von einem Mann.

Ben.

Amanda hat Ben geküsst.

Ich korrigiere. Amanda hat Ben verschlungen, als wäre er ein Trüffel und sie ein Schwein mit einer hoch sensiblen Schnauze.

Das wird ja immer schöner! Ich war von Anfang an gegen die Sache mit Ben. Hier geht es nicht mehr um einen harmlosen Flirt, der Eddie eifersüchtig machen soll (darauf kann sie lange warten), sondern um eine eiskalte, vorgetäuschte Affäre, die Ben am Boden zerstört zurücklassen wird, wenn sie zu ihrem unausweichlichen Ende kommt.

Diese Farce muss ein Ende haben, ein für alle Mal.

Ich warte, bis Ben wie ein Kater schnurrend davonschleicht, dann folge ich wie ein Pitbull knurrend Amanda und dränge sie in einen der Lagerräume im Erdgeschoss.

»Was zum Teufel machst du da!«

Amanda wird rot.

Ich wusste gar nicht, dass sie das kann.

»Oh, hi, Belle.«

»Hör mir bloß auf mit deinem ›hi, Belle‹, ich habe genau gesehen, was du da gerade getrieben hast.«

»Oh. Ja. Na ja, es hat mir irgendwie gedämmert, und dann hat es gar nicht mehr gedämmert, sondern es ist mir wie Schuppen von den Augen gefallen.«

»Worauf willst du hinaus?«

»Ben und ich. Wir waren am Wochenende zusammen essen. Ich hatte irgendwie gehofft, dass wir auf Eddie treffen und dass er dann krankhaft eifersüchtig ist. Aber dann habe ich Ben heute Abend gesehen, wie er diese Rothaarige umarmt, und plötzlich war ich selbst eifersüchtig«, erklärt sie lachend. »Kannst du dir das vorstellen!«

»Aber sie sind doch nur Freunde«, bemerke ich verblüfft.

»Das weiß ich jetzt auch. Es ist bloß so, dass wir einen echt schönen Abend zusammen hatten. Er war so süß und so lustig, und so… na ja… so real. Ich habe so lange mit diesem Fantasiegespinst gelebt. Ich glaube, ich war mehr in die Vorstellung verliebt, die ich mir von Eddie gemacht habe als in den wirklichen

Mann. Da musste erst Ben kommen, damit mir klar wird, dass ich Eddie nie wirklich gekannt habe. Ich will sagen, Ben war ganz zufrieden damit, über Eddie zu plaudern, was ich zuerst ganz großartig fand, bis mir auffiel, dass er über jemanden sprach, den ich gar nicht kannte.«

»Aber ich dachte … also, ich … ich dachte, du magst Eddie wirklich?«

»Das dachte ich auch. Er war halt mein Rudolph Valentino.«

»Was heißt denn das?«

»Das Herzklopfen auf der großen Leinwand, die Projektion eines Bildes. Ich habe mich in ein Bild verliebt. Na ja, Liebe kann man das wohl kaum nennen, nicht wahr? Eher eine alberne Schwärmerei, eine fixe Idee, die viel zu weit ging.«

»Und was ist mit gestern Abend? Du warst doch total sauer, als ich dir gesagt habe, dass er mit einer anderen weg ist.«

»Die letzten Zuckungen meiner dummen Vernarrtheit?« Sie zuckt die Achseln.

»Und heute, als du dich so aufgedonnert hast?«

»Für mich«, sagt sie schlicht. »Für meine Selbstachtung. Und für Ben.«

»Warum hast du mir das nicht gesagt?«

»Na ja, bis heute Abend war ich mir ja nicht sicher, bis ich dann Ben und die Rothaarige sah. Außerdem habe ich seit Tagen versucht, mit dir zu reden, Belle, aber du hast mich gemieden wie die Pest. Und ich glaube, ich bin dir nicht mal böse, wirklich. Mein Gott, was war ich doch für eine selbstsüchtige Zicke! Es ist erstaunlich, dass du mich so lange ertragen hast. Aber keine Sorge, jetzt bist du mich los.«

»Wieso? Was kommt jetzt?«

»Jetzt kann ich endlich ehrlich sein. Mir und anderen gegenüber.«

»Was willst du damit sagen?«, frage ich besorgt. »Soll das heißen, dass du es Eddie gesagt hast … Hast du ihm das mit mir gesagt? Du weißt schon, was ich getan habe?«

Sie nickt überglücklich. »Ich habe ihm endlich alles erzählt.«

»Aber warum?«

»Ben hat gesagt, dass ich alles zugeben sollte.«

»Ben weiß Bescheid?«

Das wird ja immer schlimmer.

»Na ja, nach dem Essen sind wir zusammen zu meiner Wohnung zurückgefahren, und er hat die Fotos entdeckt – du weißt schon, die von Eddie. Man kann ja so gut mit ihm reden. Wir haben den ganzen Abend darüber gesprochen. Es kam mir vor, als hätte ich Ben schon immer gekannt, und das nach nur einem Date. Er ist ja so süß, am nächsten Tag hat er mir ein Dutzend rote Rosen geschickt…«

»Die Fotos, Amanda!«

»Ach ja, genau, er hat die Fotos auf dem Couchtisch entdeckt, und so ist alles herausgekommen. Ben ist ein guter Zuhörer. Er hat mir überhaupt keine Vorwürfe gemacht, aber er hat ja auch gesehen, wie schlecht ich mir vorkam. Vor allem, weil ich dich ausgeschickt habe, um Eddies Haus zu durchsuchen.« Sie schneidet eine Grimasse. »Also hat er vorgeschlagen, dass ich Eddie einfach alles erkläre und mich bei ihm entschuldige. Du weißt schon, ihn um Absolution bitte. Es heißt doch immer, dass ein Geständnis der Seele gut tut, und das stimmt auch. Und wie du siehst, ist jetzt alles geklärt.«

»Wann hast du es ihm gesagt?«, frage ich dumpf.

»Gerade eben. Ich wollte eigentlich bis morgen warten, du weißt schon, wegen der Eröffnung und so. Aber dann habe ich ihn hier im Korridor gekreuzt, und er schien mir wirklich guter Dinge zu sein, so dass ich mir dachte, ich könnte die Gunst der Stunde nutzen und ihn ansprechen, solange er noch lächelt.«

»Und wie hat er reagiert?«, stammele ich.

»Och, er war schon ein bisschen schockiert, glaube ich, aber er hat es ziemlich gut weggesteckt. Aber er ist schließlich auch ein echt guter Kerl.«

Wieder überrascht sie mich, indem sie mich überschwänglich umarmt.

»Danke für alles, Belle.«

Danke für alles.

Wenigstens eine von uns ist glücklich.

»Jetzt kannst du aufhören, hier zu arbeiten.« Sie strahlt. »Ist das nicht toll? Weißt du, in letzter Zeit hast du wirklich ein bisschen erschöpft ausgesehen… Na, egal, ich habe meinem neuen Mann einen Tanz versprochen, wir sehen uns später, okay, Belle?«

Und weg ist sie.

Hopst den Korridor entlang, um Ben auf der Tanzfläche zu treffen, als seien die letzten paar Monate nur ein Albtraum gewesen.

Schön wär's wenn – abgesehen von letzter Nacht, natürlich.

Ich sinke auf eine Kiste Orangensaft. Nicht gerade sehr bequem, aber meine Beine fühlen sich plötzlich an wie Pudding.

Worte verbreiten sich an diesem Ort schneller als ein Buschfeuer. Bald werden alle wissen, was passiert ist.

Sie werden mich alle hassen!

Und Eddie…

O Gott.

Aber was habe ich denn erwartet… dass wir miteinander glücklich bis an unser Lebensende sind, und das nach einem so verpfuschten Anfang?

»Belle!« Eine Stimme schreit meinen Namen und lässt mich zusammenzucken.

Gott sei Dank ist es Nicky.

Sie schwingt am Türrahmen hin und her, eine Flasche Budweiser in der Hand und ein breites Grinsen auf dem leicht betrunken wirkenden Gesicht.

»Eine klasse Party! Ich habe mehr Angebote erhalten als ein Tourist in Amsterdam… Was ist denn los? Du siehst aus, als hättest du gerade den Mann deiner Träume entdeckt, und er gesteht dir, dass er mehr auf Jamie als auf dich steht.«

»Ich hab gerade Amanda und Ben beim Rumschmusen ertappt.«

»Was hast du?«

»Du hast ganz richtig gehört.«

»Es dürfte ihr wohl kaum gelingen, Eddie eifersüchtig zu machen, wenn sie hier mit Ben rummacht, wo niemand sie sehen kann, oder?«

»Sie hat's gar nicht getan, um Eddie eifersüchtig zu machen. Sie hat's getan, weil sie sich in Ben verliebt hat. Wenigstens behauptet sie das.«

Nicky begeht den Fehler, den Türrahmen loszulassen, an dem sie hin und her pendelt, und stolpert vorwärts in den Raum.

»Tatsächlich?«

Ich nicke langsam und seufze so tief, dass ich beim Ausatmen mein sorgfältig geföhntes Haar in Unordnung bringe.

»Das verstehe ich einfach nicht. Sie war so aufgeregt wegen der Party …« Nicky hält einen Moment inne und pustet sich den Pony aus der Stirn. »Aber das könnte auch daran gelegen haben, weil sie wusste, dass Ben hier sein würde«, sinniert sie.

»Hättest du das geahnt?«

»Na ja, sie hat eine ganze Menge Zeit mit ihm verbracht, und je länger ich darüber nachdenke, desto mehr scheint es mir, als hätte sie angefangen, ihn in letzter Zeit häufiger zu erwähnen als Eddie.«

Das glaube ich einfach nicht!

Ich habe mich so bemüht, Eddie fern zu bleiben.

Ich habe mir die heftigsten Selbstvorwürfe gemacht, weil es mir nicht gelungen ist, ihm vergangene Nacht fern zu bleiben, als wir … na ja, Sie wissen schon.

Was denkt er jetzt von mir?

»Was ist los, Annabelle?« Nicky sieht mich prüfend an. »Ist vielleicht nicht ganz das Ergebnis, das wir erwartet haben, aber das macht doch nichts, oder? Amanda ist wirklich glücklich.«

Sie lächelt mich an. Ich reagiere nicht.

»Der Albtraum ist vorbei.«

Ich reagiere immer noch nicht.

Nicky kauert sich neben mir auf die Kiste.

»Es ist wegen Eddie, stimmt's?«

Überrascht sehe ich sie an.

»Woher weißt du das?«

»Na ja, ich hatte so einen Verdacht. Hör mal, wie lange kennen wir uns schon? Aber ein Gutes hat das Ganze doch. Jetzt hast du wenigstens freie Bahn.«

»Glaubst du, er will mich?«

»Warum nicht?«

»Er weiß Bescheid, Nix, Amanda hat ihm alles gesagt.«

»Oh.«

»Eben.« Niedergeschlagen lasse ich den Kopf gegen ihre Schulter sinken. »Dabei wollte ich ihm sowieso alles sagen. Ich hab's ja letzte Nacht versucht, aber …«

»Letzte Nacht?«, hakt Nix nach und dreht sich so abrupt zu mir um, dass mein Kopf von ihrer Schulter rutscht.

Ich kann nicht verhindern, dass dieses bekloppte, glückliche Grinsen, die Folge von erstaunlich gutem Sex, sich wieder auf mein Gesicht stiehlt, und das trotz der vertrackten Situation.

»Du hast doch nicht etwa?« Ungläubig zieht sie die Luft ein.

Mein Grinsen wird noch breiter.

»Wie war's … wie war er?«

»Wundervoll … traumhaft. Oh, Nix, was mache ich denn jetzt?«

»Du musst mit ihm reden, Belle.«

»Und was soll ich sagen? Wie um Himmels willen soll ich es ihm erklären, nachdem Amanda voll ins Fettnäpfchen getreten ist? Ich wage gar nicht, mir auszumalen, was er von mir denkt.«

»Lass ihn wenigstens wissen, dass nicht alles gespielt war. Erklär ihm, dass deine Gefühle für ihn echt sind und nicht Teil des Theaters.«

»Genau das habe ich ihr auch gesagt.« Dot steht im Türrahmen. »Er ist oben, Belle.«

Das Zimmer liegt im Dunkeln, das einzige Licht kommt von dem schwachen, goldenen Schein der Straßenlaternen und von dem unheimlichen, kalten Blau der Neonschilder am Gebäude gegenüber.

Er steht mit dem Rücken zur Tür am Fenster und starrt hinaus. Seine Schultern bilden eine straffe, feste Linie.

Schweigend gleite ich in den Raum und lehne mich mit dem Rücken an die Tür, so dass sie sich schließt. Das leise Klicken, als das Schloss einschnappt, verrät Eddie, dass er nicht länger allein ist, und er dreht sich um.

»Hi«, flüstere ich nervös.

»Annabelle.« Langsam atmet er aus und schweigt einen Moment, bevor er eine Augenbraue in die Höhe zieht und mich sarkastisch fragt: »Das ist doch dein richtiger Name, oder?«

»Selbstverständlich ist er das!«, platze ich beschämt heraus.

»Hier ist gar nichts mehr selbstverständlich.«

Ich komme zu spät. Er glaubt, dass alles, was ich jemals gesagt oder getan habe, Teil eines genau durchdachten, schmutzigen Spiels ist. Ich kann mir vorstellen, wie taktvoll Amanda ihm gegenüber war.

Ein weiterer, ungemütlicher Moment des Schweigens folgt. Unter seinen irritierenden Blicken pule ich an einem Fleck abblätternder Türfarbe herum.

Schließlich redet er weiter.

»Also wurdest du dafür bezahlt, mit mir zusammen zu sein?«

Seine Offenheit lässt mich zusammenzucken.

»Also, so würde ich es nicht gerade ausdrücken. Das hört sich ja nach … nach …«

»Nach Prostitution an?«, entgegnet er kalt.

»Was? Mein Gott, nein! Glaubst du etwa, ich wurde dafür bezahlt, mit dir zu … zu … das meinst du doch nicht im Ernst, oder? Der Teil gehörte entschieden nicht zur Abmachung!«

»Das hast du also nur aus Genugtuung gemacht, was?«

»Das ist nicht fair!«

»Das sagt die Richtige. Warst du etwa fair?«

»Aber …«

»Aber was!«

Aber ich glaube, dass ich dich liebe.

Warum sollte er auch nur einen Teil dessen glauben, was ich ihm zu sagen habe? Er würde mir wahrscheinlich nur ins Gesicht lachen, und seinem Ausdruck in eben diesem Moment nach zu urteilen ist das Einzige, was er mir gegenüber zu fühlen in der Lage ist, totale und vollkommene Verachtung.

»Aber …« Ich scheitere erneut, weil ich es nicht schaffe, seinem wütenden, vorwurfsvollen Blick standzuhalten. »Ich gehe jetzt wohl besser.«

»Ja, genau, du gehst jetzt wohl besser.«

Ich öffne die Tür, halte inne und drehe mich noch einmal um. Er hat sich wieder abgewandt und sieht erneut aus dem Fenster hinaus in die Nacht.

»Hör zu, Eddie … es tut mir Leid.«

Es tut mir Leid. Wie unzulänglich.

Er schweigt einen Augenblick. Als er schließlich antwortet, ist seine Stimme kaum mehr als ein Flüstern.

»Und mir erst, Belle. Und mir erst.«

Woran liegt es bloß, dass ein Leben, das doch zuvor noch ein Leben war, plötzlich kein Leben mehr ist?

Ich war nicht unglücklich, bevor ich ihn traf. Ich habe immer noch alles, was ich vorher hatte, warum reicht das also plötzlich nicht mehr?

Nun, ich habe immer noch alles außer meinem Job, meinem Selbstwertgefühl und einem Großteil meines Herzens, von dem ich bisher nicht gedacht hätte, dass es überhaupt etwas auf diesen verfluchten Liebeskram gibt. Ich bin fortgegangen, um »mich selbst zu finden«, bitte entschuldigen Sie das Klischee. Jetzt komme ich mir verlorener denn je vor.

Vielleicht hätte ich in den zwei letzten Monaten meiner Reise, die ich nie erleben konnte, das gefunden, wonach ich suchte.

Mich.

Ich konnte mich selbst in Eddie sehen. Das klingt vielleicht narzisstisch, aber ich glaube, dass wir alle nach jemandem suchen, der uns wirklich versteht, mit dem wir uns wirklich wohlfühlen, der uns nicht verurteilt… selbst wenn er Grund dazu hat.

Es hilft auch nicht, dass Amanda und Ben den Rest des Wochenendes auf der anderen Flurseite bei einem deftigen Love-in verbracht haben. Das Jaulen und Kreischen, sogar das Geräusch knallender Korken zerrt mit schöner Regelmäßigkeit an meinen Nerven, als sie ausgelassen in der Wohnung herumtollen wie zwei übergewichtige, sexbesessene Turteltauben.

Am Montagmorgen, nach einer weiteren schlaflosen Nacht, in der mein Kopf sich wie eine Waschmaschine im Schleudergang gedreht hat, in der der Schlaf sich nur phasenweise und für zweiminütige, Kopfschmerzen verursachende Momente einstellte und in der ich schließlich völlig erschöpft gegen sieben Uhr morgens einnicke, um sofort wieder vom Geräusch der Tiere auf der anderen Flurseite geweckt zu werden, die zu einer weiteren lauten, heißen Aktion ansetzen, ringe ich mich schließlich zu einer Entscheidung durch.

Nachdem ich mich angezogen habe, schleiche ich mich leise aus der Wohnung und verschwinde Richtung Innenstadt.

»Was machst du da?«

Ich halte kurz damit inne, den Inhalt der Schublade mit meiner Unterwäsche in meinen Rucksack zu werfen, und drehe mich beim Klang von Nickys entrüstetem Aufschrei hastig und schuldbewusst um.

Sie steht mit gekreuzten Armen in der Tür, und in ihren grünen Augen spiegeln sich Aufregung und Entrüstung, als sie zuerst meinen Rucksack und dann die Kleiderstapel entdeckt, die ich hineinzustopfen versuche.

»Ich habe endlich etwas gefunden, wofür ich meine schwer verdienten Pennys ausgeben kann.« Ich versuche zu lächeln, doch Nicky starrt mich immer noch entrüstet an.

»Ich habe einen Flug nach Sydney gebucht, ich fliege morgen früh.«

»Was machst du!«, kreischt Nix ungläubig und entsetzt.

Ich lasse das Paar Socken fallen, das ich gerade versucht habe, in eine der Seitentaschen zu stopfen und setzte mich aufs Bett.

»Ich muss weg hier, Nix. Es tut mir Leid, aber ich kann nicht bleiben. Jetzt nicht mehr. Ich weiß, ich laufe wieder mal davon...« Der Anblick ihres betroffenen Gesichts lässt mich verstummen.

»Aber das darfst du nicht! Ich brauche dich. Ich hab dich doch gerade erst wiederbekommen. Das darfst du nicht.« Traurig lässt sie sich neben mir aufs Bett fallen. »Ich weiß, dass du im Moment ziemlich durch den Wind bist, Belle, aber das geht vorbei. Vertrau mir, ich weiß, wie das ist. Warte ein paar Monate, dann kannst du drüber lachen...« Jetzt ist es an Nicky zu verstummen. »Wem will ich hier etwas vormachen? Ich glaube das ja nicht mal selber, warum also solltest du es glauben?« Sie greift nach meiner Hand und drückt sie ganz fest. »Ich habe dich noch nie wegen jemand anderem so unglücklich gesehen, Belle. Du mochtest ihn sehr, nicht wahr?«

Ich nicke langsam.

»Ja. Und genau deshalb kann ich nicht hier rumhängen. Weil ich weiß, wie sehr er mich hasst, und weil der einzige Kontakt zu ihm im Klatsch unserer verehrten Nachbarin besteht. Ich kann es schon hören. ›Ooh, also, letzte Nacht war er mit einer Neuen unterwegs – ich glaube, das war die fünfte Blondine in diesem Monat, obwohl da ja noch die Brünette aus der Brauerei war und der kleine Rotschopf, mit der er neulich Abends im ›Betty's‹ getanzt hat…«

Nicky beißt sich auf die Unterlippe, doch sie nickt.

»Du schaffst das schon, Nicky. Du hast doch Elvis. Außerdem will ich nicht immer das fünfte Rad am Wagen sein.«

»Das fünfte Rad?«

»Komm schon, Nix, für jemanden, der so klug ist, bist du manchmal ganz schön schwer von Begriff.«

»Worauf willst du hinaus, Belle?« Die grünen Augen sehen mich verwirrt an.

»Jamie.«

»Jamie?«

»Genau, Jamie. Mach die Augen auf, Nix, er ist doch total verliebt in dich.«

»Ehrlich?«

»Ja!« Ich schreie sie fast an.

Einen Augenblick lang starrt sie mich mit offenem Mund an, dann zucken ihre Mundwinkel und verziehen sich zum breitesten, strahlendsten und schönsten Lächeln, das ich je bei Nicky gesehen habe.

»Da friss einer 'nen Besen!« entfährt es ihr in einem nachgeahmten amerikanischen Akzent, bevor ein neuer Anfall des Zweifels das Grinsen verschwinden lässt.

»Bist du ganz sicher? Das ist ja so, als würde der Prinz plötzlich sagen: ›Vergesst Cindy, ich will eine von den hässlichen Schwestern‹.«

»Stell dein Licht nicht unter den Scheffel, Nicola Chase«, ermahne ich sie. »Er findet dich wundervoll. Genau genommen ist er so vernarrt in dich, dass es fast schon traurig ist, wirklich.«

»Na ja, er hatte mir angeboten, mein letztes Abenteuer vor der geplatzten Hochzeit zu werden. Ich dachte, er wollte mich foppen.«

»Tja, Kinder und Narren sagen die Wahrheit.... und das trifft ganz besonders auf unseren Kindskopf Jamie zu. Erlös ihn doch von seinen Qualen, Nix.«

»Wie denn?«

»Nun, entweder legst du ihn um oder du legst ihn flach, was ist dir lieber?«

Am nächsten Morgen fährt Jamie mich nach Heathrow. Nicky sitzt auf dem Rücksitz seines Golfs; mit der einen Hand umklammert sie meinen Rucksack, mit der anderen Elvis. Auf ihrem Gesicht wechselt das Lächeln, wenn sie verliebt auf Jamie blickt, mit den Tränen, wenn sie mich ansieht.

Als wir am Flughafen ankommen, muss ich ihr praktisch den Rucksack aus den Händen reißen, bevor ich ihn am Check-in aufgeben kann.

»Bist du sicher, das Richtige zu tun, Belle?«

Jamie sieht mich besorgt an, als ich dem Angestellten mein Gepäck reiche. »Sieh dir doch nur mal an, in welchem Zustand Nicky ist. Könntest du nicht ihr zuliebe bleiben, wenn schon nicht aus einem anderen Grund?«

»Man sollte meinen, du freust dich darüber, dass ich sie zum Weinen gebracht habe, so kannst du sie nämlich trösten«, witzele ich halbherzig. »Es ist ja auch nicht für immer, ich hole nur die zwei Monate nach, um die ich meine Reise kürzen musste.« Ich drehe mich zu Nicky um. »Ich muss zu Ende bringen, was ich angefangen habe. Das verstehst du doch, oder? Ich verspreche euch, ihr hört von mir, und ich bin in Nullkommanichts zurück.«

Nix nickt trübsinnig und benutzt kurzerhand Elvis als großes, haariges Ersatztaschentuch. Ein Wachmann entdeckt den Hund, der zu knurren anfängt, als Nicky ihr Gesicht an seinem seidigen Rücken reibt, und tippt ihr auf die Schulter.

»Ähm ... entschuldigen Sie, Miss, aber eigentlich sind Hunde hier drin nicht erlaubt.«

»Das ist ein Blindenhund«, stößt Nicky hervor. »Er bringt mich hoffentlich heil nach Hause zurück, nachdem ich mich so habe voll laufen lassen, dass ich nichts mehr wahrnehme, weil meine beste Freundin sich mal wieder zur anderen Seite der Welt davonmacht, ohne auch nur einen Gedanken an diejenigen von uns zu verschwenden, die sie lieben!«

Der Wachmann, der drei Töchter und zwei Ex-Frauen hat, die alle an PMS leiden, tritt hastig den Rückzug an.

Nicky umklammert mein Handgelenk. Ihre Hand ist kalt und ihre Unterlippe zittert schon wieder verdächtig.

»Musst du wirklich weg, Belle?«

»Du hast gesagt, du verstehst mich, Nix.«

»Ach ja? War das etwa direkt, nachdem du mir das mit Jamie gesagt hast?«, fragt sie im Flüsterton. »Falls ja, dann war das ein mieses Ablenkungsmanöver deinerseits, und das zählt nicht.«

Vor dem Eingang zum Gate wartet Verstärkung auf sie. Dot, Sylv, Abigail und sogar Ben sitzen auf dem Boden neben der Passkontrolle, trinken Kaffee und sehen alle missmutig drein.

»Wir haben uns überlegt, ob wir eine Menschenkette vor dem Durchgang improvisieren sollen, so dass du nicht abfliegen kannst«, ruft Sylv mir zu, als ich in Hörweite bin.

»Du fliegst doch nicht wirklich, oder?« Abigail trägt einen pinkfarbenen, falschen Pelz, der in grellem Kontrast zu ihrem wilden roten Haar steht. Sie rappelt sich hoch und drückt mich an sich, wobei sie Sylvs halb getrunkenen Kaffee umwirft, ohne es zu bemerken.

Ben erhebt sich aus der Kaffeepfütze, und als Abigail mich schließlich loslässt, umarmt er mich wie ein Bär.

»Danke dafür, dass du gekommen bist, um dich zu verabschieden, Ben«, murmele ich, und es fällt mir schwer, ihm ins Gesicht zu sehen. »Ich hatte schon Angst, dass ich bei dir unten durch bin.«

Er lässt mich los und schüttelt vehement den Kopf.

»Du bist und bleibst meine Freundin, Belle. Du hast uns ja nie wirklich belogen, nicht wahr? Und wenn du nicht wärst, hätte ich jetzt nicht Amanda. Sie wollte übrigens auch kommen, aber sie hatte einen Friseurtermin.«

Ich sehe ihn mit hochgezogenen Brauen an.

»Sie konnte ihn nicht absagen, man muss drei Monate auf einen Termin warten…«

Ich ziehe die Brauen noch höher.

»Auch Oberflächlichkeit hat ihre Vorteile«, äußert er zaghaft.

»Solange du glücklich bist.«

»Sie macht tolle Brownies.«

»Der Schlüssel zu einem wundervollen Leben zu zweit«, erwidere ich und umarme ihn erneut. »Nur ein Scherz. Ich hoffe wirklich, dass ihr gut miteinander auskommt. Aber einen Rat hätte ich für dich – halte sie bloß von Aerobic-Videos fern.«

Dot kommt als nächste in der Reihe. Ihre großen Augen sind schon verdächtig gerötet. Wir klammern uns lang aneinander, ich unterdrücke die drohenden Tränen, und Dot schnieft in die Schulter meiner Jacke.

Schließlich tritt sie einen Schritt zurück, fährt sich mit dem Handrücken durchs Gesicht und verteilt dabei Wimperntusche und Lippenstift über ihr sonst so makellos geschminktes Antlitz.

»Es tut mir Leid, aber ich kann es nur wiederholen. Du solltest nicht einfach weglaufen – du solltest mit ihm reden, Belle.«

Ich zucke die Achseln.

»Das habe ich doch schon versucht, Dot.«

»Das nennst du reden!«

»Er hat dir also von unserem Gespräch erzählt?«

»Mehr oder weniger. Er braucht nur ein bisschen Zeit, um sich abzuregen, Belle. Es war ein Schock.«

»Na ja, dafür hat er ja jetzt mindestens zwei Monate, hm?«

»Also fliegst du wirklich?«

»Nein, ich stehe nur mit meinem Rucksack und einem Flugticket am Flughafen, weil ich mir gedacht habe, das ist mal was anderes als immer hinter einer Theke zu stehen«, scherze ich halbherzig.

Es folgt eine Gruppenumarmung, die einem Handgemenge bei einem Rugbyspiel gleicht. Nicky klammert sich förmlich an mich. Wenn ich es nicht besser wüsste, könnte ich den Eindruck haben, sie versuchten, mich zurückzuhalten, damit ich den Flieger verpasse. Als ich schließlich in den Durchgang trete, werden dann auch gerade die letzten, verspäteten Fluggäste aufgerufen.

Es ist doch eine kleine Erleichterung zu sehen, dass Jamie und Nicky Händchen halten, als ich mich ein letztes Mal umdrehe. Es würde mich nicht überraschen, wenn ich demnächst zu einer weiteren Hochzeit aus Australien zurückgeholt werde. Sie haben so viel Zeit damit verschwendet zusammenzukommen, dass sie jetzt, da sie die ersten zögernden Schritte hin zu einer richtigen Beziehung gemacht haben, wohl schneller vorankommen werden als mein Flugzeug.

In den vergangenen vierundzwanzig Stunden habe ich so hart daran gearbeitet, Nicky und Jamie davon zu überzeugen, meine Abreise sei eine gute Idee, dass mir erst, als ich allein auf meinem Platz im Flieger sitze, aufgeht, dass dem vielleicht nicht so ist.

Plötzlich komme ich mir sehr einsam vor, und dabei liegen gerade einmal hundert Meter und ein Gebäude zwischen mir und meinen Freunden. Wie wird das erst werden, wenn ich auf der anderen Seite der Welt bin?

Als ich das letzte Mal mit meinem Rucksack losgezogen bin, habe ich mich nicht so gefühlt. Da war es der Beginn meines großen Abenteuers. Aus irgendeinem Grund kommt es mir jetzt eher wie das Ende davon vor.

Ich kann nicht verhindern, dass eine dicke, heiße Träne langsam über meine Wange kullert, weshalb ich mich beschämt abwende, als sich ein später Fluggast in den freien Sitz neben mir setzt. Ich wühle in meiner kleinen Reisetasche nach den Taschentüchern, die Nicky meines Wissens dort versteckt hat.

»Was hältst du von Sex über den Wolken?«, fragt eine atemlose Stimme neben mir.

»Wie bitte?« Das Schniefen verwandelt sich in ein ungläubiges Stottern, als ich aus den Tiefen meines Riesentaschentuchs aufsehe.

»Wir haben schließlich eine Menge Stunden totzuschlagen, es ist ein verdammt langer Flug.«

Ich habe Halluzinationen. Ich hatte fest vor, eine ganze Menge meiner grauen Zellen abzutöten, sobald die Stewardess einmal die Getränke herausgerollt hat; ich wollte den Schmerz mit mindestens vier doppelten Wodka-Cola betäuben, doch das hier ist kein Alkoholgespinst, das hier ist die Wirklichkeit. Die eins achtzig große, breitschultrige, blauäugige, schelmisch grinsende Wirklichkeit.

»Eddie!«, stammele ich. »Was um Himmels willen hast du hier zu suchen?«

»Auch ich freue mich, dich zu sehen, Belle.«

»Aber wir rollen…«

Er beugt sich über mich und sieht aus dem Fenster. Der Boden gleitet langsam unter uns vorbei, als wir Richtung Startbahn rollen. Zustimmend nickt er.

»Tja, so ist das normalerweise bei Flugzeugen, die versuchen abzuheben.«

Ungläubig sehe ich ihn an. »Willst du damit sagen…?«

»Ich komme mit dir.«

»Was?«

»Hörst du doch.«

»Aber…«

»Ich habe dir doch erzählt, dass ich schon immer reisen wollte.« Er legt seinen Gurt an und beugt sich dann zu mir, um meinen zu schließen und sorgfältig straff zu ziehen.

»Aber… was ist mit der Arbeit?«, murmele ich benommen

seinem Hinterkopf zu, als er sich über meinen Gurt beugt. »Du hast doch gesagt, du hättest so viele Verpflichtungen …«

Vergiss die Verpflichtungen. Was ist mit dem wütenden, verletzten Mann, den ich neulich nachts im »Daisy's« verlassen habe? Er macht es wieder. Er hat mich auflaufen lassen, und jetzt tut er so, als wäre nichts geschehen.

»Jemand, den ich kenne, hat mir gesagt, dass es nie zu spät ist, seine Träume zu verwirklichen.« Lächelnd richtet er sich auf.

»Aber ich werde für mindestens zwei Monate weg sein.«

»Zwei Monate! Dot hat mir gesagt, dass du nur zwei Wochen bleibst! Oh, nein! Jemand muss das Flugzeug anhalten!«

Sein entsetzter Gesichtsausdruck weicht einem breiten Grinsen.

»War nur ein Scherz. Glaubst du, dass zwanzig Unterhosen reichen? Ich hatte ja einundzwanzig, aber eine scheint weg zu sein.«

»Aber …«

»So viele Aber, man könnte fast meinen, du willst gar nicht, dass ich mitkomme?«

»Dir ist es wirklich ernst, oder?«

»Na ja, wir sind bereits auf der Startbahn, da sollte es mir besser ernst sein.« Er lächelt kurz. »Aber wenn ich Entzugserscheinungen bekomme, fliegen wir sofort zurück.«

»Wir?«

»Genau. Wir, du und ich. Keine Diskussionen.«

»Aber ich dachte …« Ich schüttele den Kopf und versuche krampfhaft die Tatsache zu verdauen, dass Eddie wirklich auf dem Platz neben mir sitzt und lächelt, statt den Tag zu verfluchen, als er jemanden wie mich traf, so eine betrügerische, falsche, verlogene … wie ich es mir in den vergangenen sechsunddreißig Stunden wiederholt ausgemalt habe.

»Ich dachte, es gäbe kein du und ich«, flüstere ich heiser.

»Ich war ziemlich wütend.« Er nickt. »Nein, streich das, ich war total wütend. Du hast mich angelogen, Belle. Ich kam mir so lächerlich vor …«

»Und jetzt?«

»Du hast eine Menge Freunde, von denen einige glücklicherweise auch meine Freunde sind. Mit anderen Worten, Dot und Abi haben mich frontal angegriffen, während Ben sich von hinten angeschlichen und meine Scheuklappen weggekickt hat. Im übertragenen Sinne natürlich. Kannst du dir vorstellen, dass Ben sich in seinen Docksiders Größe achtundvierzig irgendwo anschleicht?«

»Scheuklappen?«

»Genau. Alles, was ich wahrnehmen konnte, war mein eigener, verletzter Stolz, meine Vorstellung von dem, was richtig und was falsch ist, meine eigenen moralischen Ansichten …« Listig sieht er mich aus zusammengekniffenen Augen an und fügt viel sagend hinzu: »Und dein Mangel daran.«

Ich werde knallrot, bis ich merke, dass er immer noch lächelt und immer noch redet.

»Und du weißt ja, wie sehr ich auf Frauen mit lockeren Moralvorstellungen stehe.«

Er hält einen Moment inne, das Lächeln weicht einer ernsthafteren Miene.

»Aber sobald ich über die Zukunft nachgrübelte, konnte ich nur noch daran denken, wie sehr du mir fehlen würdest, wenn du nicht da bist, und da die Vorhut es nicht geschafft hat, dich davon zu überzeugen zu bleiben …«, er zuckt die Achseln, »bin ich halt hier.«

»Du hast sie geschickt?«

»Irgendwie ist es ihnen gelungen, mich davon zu überzeugen, dass du vielleicht doch etwas für mich übrig hast. Dass vielleicht doch nicht alles, was geschehen ist, in deinen Auftragsbüchern stand … Ich will sagen, einiges von dem, was du getan hast, ging ganz entschieden weiter als deine Pflicht.«

»Aber …«

Entschlossen drückt er einen Finger auf meine Lippen, um mich zum Schweigen zu bringen.

»Kein Aber mehr. Ich will bei dir sein, Belle.«

»So einfach ist das?«

»Na ja, zuerst musst du schon noch ja sagen.«

»Wozu denn? Dass du mit mir nach Australien kommst? Ob ich jetzt ja oder nein sage, dieses Flugzeug hebt in zwanzig Sekunden ab.«

»Stimmt«, entgegnet er, »dann bleibt also nur noch meine erste Frage zu beantworten.«

»Deine erste Frage?«

Wieder schleicht sich dieses schelmische, unwiderstehliche Lächeln in sein Gesicht, als er sich herüberbeugt und mir ganz langsam und bewusst den flüchtigsten aller Küsse auf den Mund haucht.

»Ich sagte ja bereits, es ist ein langer Flug.«

Lächeln muss so ansteckend sein wie die Liebe. Ich kann spüren, wie sich gerade eines auf meinem Gesicht ausbreitet, ein überwältigendes, jubilierendes Lächeln, das mich ganz sicher eine ganze Zeit lang nicht mehr verlassen wird.

»Wir haben also die Wahl, uns zweimal hintereinander den gleichen Film anzusehen oder uns voll und ganz dem Sex über den Wolken zu verschreiben?« Seufzend schüttele ich den Kopf und tue so, als müsse ich sorgfältig abwägen. »Schwierige Entscheidung.«

»Das kommt darauf an, ob du für Sex vor der Hochzeit bist.« Er streicht mir das Haar aus dem Gesicht, die Spitzen seiner Finger gleiten über meine Wange.

»Ich bin für Sex vor, während und nach der Hochzeit«, antworte ich, schnappe mir seine Hand und drücke einen Kuss in seine Handfläche.

Eddie umfängt mein Gesicht mit den Händen; seine lachenden Augen funkeln, als er sich herüberbeugt, um mich erneut zu küssen, dieses Mal jedoch länger und ausgiebiger. Wir werden nur von dem leichten Ruck unterbrochen, der durch das Flugzeug geht, als wir abheben und das Fahrgestell eingefahren wird.

»Also, ich weiß wirklich nicht, was der Pfarrer zu Sex während der Hochzeit sagen würde …«

Eine Braut zu viel

Für Terry,
immer… und immer wieder…

Kapitel 1

Das Leben ist wie ein Pfeffersteak, sinniere ich und spiele mit den verkohlten Überresten des Hornviechs auf meinem Teller. Da meint man, der ganze Mist obendrauf sei gut, aber schmeckt das Teil dadurch wirklich besser?

Ich blicke auf und sehe meinen Verlobten Richard, der mir gegenüber sitzt.

Gerade ist er dabei, den Ober von oben herab zu behandeln.

Richard behandelt jeden von oben herab, ein ausgezeichneter Trick für jemanden, der so klein ist. Klein von Statur, kleingeistig und, kaum wage ich es zu sagen… nun, sagen wir einfach, auch andere, *ziemlich* wichtige Bereiche fallen bei ihm klein aus.

Richard ist meine Pfeffersoße, meine Garnierung, mein sich ringelndes Stück Lollo Rosso, das am Tellerrand klebt. Sieht ja recht appetitlich aus, schmeckt aber bemerkenswert bitter. Als kleiner Mann umgibt sich Richard ganz besonders gern mit großen Dingen. Große Wohnung (Penthouse, klar), großes Auto, große Brieftasche und das entsprechend große Selbstbewusstsein.

Er ist ein Idiot, aber meine Mutter liebt ihn. Ich habe genau ein Jahr, acht Monate und sechs Tage gebraucht, um festzustellen, dass ich ihn nicht liebe. Ich werfe einen Blick auf meine Armbanduhr. Machen Sie ein Jahr, acht Monate, sechs Tage, drei Stunden und dreizehn Minuten daraus. Die Sekunden lasse ich weg, ich habe sowieso schon zu viel Zeit vergeudet. Ich stehe auf und greife nach meiner Handtasche.

Richard lächelt flüchtig. Er rechnet mit einem weiteren Besuch auf der Damentoilette, um mich für ihn herauszuputzen. Ich würde ihn als Ego-Hedonisten bezeichnen – nur an seinem eigenen Vergnügen interessiert. Er ist vergnügungssüchtig, aber nicht vergnüglich. In Richards Leben kreist alles um … Richard.

Er hat sein ganzes Leben sich selbst gewidmet und erwartet von allen anderen in seiner Umgebung, seinem Beispiel zu folgen. Genau das mache ich heute Abend. Und er hat gnädig befunden, dass ich zum Anbeißen aussehe.

Herausputzen: dieses Wort berauscht und erregt ihn. Das ganze Drumherum, die Kerzen im Restaurant und der teure Wein, ist eine Farce, die seiner Meinung nach den Schlüssel zum zweiten Teil des Abends enthält, zum wichtigen Teil des Abends, zum sexuellen Teil des Abends. Seine Belohnung dafür, dass er das Gelaber, die Langeweile und das nervige, peinlich genau durchgeführte Werberitual hinter sich gebracht hat.

Ich öffne meine Handtasche. In dem Durcheinander aus zerknüllten Taschentüchern, Kleingeld, Schlüsseln, angeknabberten Lippenstiften und Röhren mit vertrockneter Wimperntusche liegt eine Packung Kondome.

Mit Noppen.

Auch meine Gedanken schweifen zum späteren Teil des Abends, wo ich wie üblich werde versuchen müssen, Richards kleinen Pimmel irgendwie in einen geringfügig größeren Pimmel zu verwandeln, während Richard sich mit diesem selbstgefälligen Grinsen auf dem Gesicht zurücklehnt, als würde er mir eine große Ehre zuteil werden lassen.

Meine Entschlossenheit wächst. Ich atme tief durch und taste in meiner Tasche nach den Schlüsseln zu Richards Wohnung, den Schlüsseln zu Richards Leben.

»Richard«, probe ich im Kopf, »ich will nicht mehr mit dir zusammensein, und ich gehe jetzt.«

Ich öffne den Mund.

»Richard …«, vernehme ich meine eigene Stimme, die sich jedoch anhört, als käme sie aus weiter Ferne. »Ich will nicht … äh … ich will nicht.«

»Was willst du nicht?«, schnauzt er mich an, verärgert darüber, dass ich stotternd seine Beschwerde über das Essen unterbrochen habe.

Wieder öffne ich den Mund, doch diesmal kommt gar nichts heraus.

»Also?«, drängt er gereizt, weil er es eilig hat, den eingeschüchterten kleinen französischen Ober weiter runterzuputzen.

»Ich will nichts zum Nachtisch, und ich muss mal.«

Atemlos stoße ich die Worte hervor und schiebe meinen Stuhl zurück. Dann stürze ich quer durch das Restaurant, als stünde mein Hintern in Flammen. Dabei sind die einzigen Backen, die brennen, die in meinem Gesicht.

Auf der Toilette lehne ich meine glühende Stirn gegen den Spiegel und beobachte, wie die glatte, makellos saubere Fläche unter meinem Atem beschlägt. In dem unscharfen Spiegelbild kann ich mein Gesicht erkennen, das vertraut und doch völlig fremd wirkt. Warum sieht man eigentlich nie so aus, wie man glaubt auszusehen? Manchmal komme ich an meinem eigenen Spiegelbild vorbei und lächele, weil die Person, die meinen Blick erwidert, mir vage bekannt vorkommt. Ich starre die seltsamen dunklen Augen an, die ziemlich verschwommen zurückstarren. Ist das wirklich mein Gesicht? Das einzige, was ich wiedererkenne, ist meine Angst. Die Angst vor dem Alleinsein. Als Teil eines Paares wird man als normaler Mensch betrachtet. Als Single ist man plötzlich Teil einer Statistik.

Wie wohl das Leben ohne Richard ist? Gab es je ein Leben ohne Richard? Manchmal kommt es mir nicht so vor. Gibt es denn ein Leben nach Richard? Ebenso wie das Leben nach dem Tod ist es ein unbekanntes Phänomen. Doch eines weiß ich ganz genau: Ich bin zu jung zum Sterben. Es mag ja ein Leben nach Richard geben, doch falls ich versuchen sollte, dieses unbekannte Terrain zu erkunden, bringt meine Mutter mich um.

Ich glaube, ich leide unter der typischen Krankheit des Jahrzehnts.

Ich weiß, dass ich etwas will, aber ich weiß nicht wirklich, was dieses Etwas ist. Etwas Besseres? Etwas anderes?

Einen Moment lang denke ich nach. Etwas Besseres, etwas anderes … auf jeden Fall etwas Größeres!

Bei diesem Gedanken muss ich laut kichern.

Ich kehre zum Tisch zurück. Meine Pfeffersoße ist erkaltet und erstarrt, genau wie mein Liebesleben. Jetzt oder nie. Ich nehme noch einen Schluck Burgunder, wappne mich innerlich, nehme all meinen Mut zusammen und öffne den Mund.

»Richard …«, setze ich an.

»Richard? Richard Trevelyan!«

Eine elegante Brünette, die von Kopf bis Fuß in Versace gehüllt ist und gerade von einem Ober zu ihrem Tisch geführt wird, bleibt abrupt stehen und späht durch den dezent beleuchteten Raum zu unserem Tisch herüber.

»Na klar ist er es, nicht wahr?« Sie wirft ihre schwarzbraune Mähne zurück, schiebt den Ober beiseite, der prompt einem anderen Gast auf den Fuß tritt, und stürmt auf uns zu. Im Schlepptau hat sie einen ziemlich gut aussehenden, offensichtlich peinlich berührten Mann.

»Wusste ich es doch. Habe ich nicht gleich gesagt, dass da Richard Trevelyan sitzt, Alex, hm?«, redet sie auf ihren Begleiter ein. »Lang, lang ist's her …«

Sie stürzt sich auf Richard und küsst ihn entschlossen gleich links neben den Mund. Zurück bleibt ein fetter roter Abdruck. Sie hätte ihn genau auf die Lippen getroffen, hätte er den Kopf nicht leicht abgewandt. Ich weiß, dass er das nur getan hat, weil er Knoblauch gegessen hat. Völlig in Ordnung, mich damit zu verpesten, aber sicher kein anderes Mitglied des weiblichen Geschlechts.

»Wie geht's? Immer noch ganz der gerissene Firmenanwalt?«

Sie lacht, dieses typisch kultivierte Lachen, das leicht und melodiös klingen soll, wie das Klingeln eines Glasglöckchens. Doch es ist genauso falsch wie die Nägel an ihren schmalen, eleganten Händen. Richard lacht ebenfalls. Auch er hat ein falsches Lachen, eine Art Röhren, dieses tiefe, herzliche Lachen nach dem Motto, »Was bin ich doch für ein netter Kerl«. Genau die Art, die durch den ganzen Raum schallt wie ein Gummiball, der schon so manches Glas zu Bruch hat gehen lassen.

»Aber nicht doch, Katharina die Große – was für eine wundervolle Überraschung. Du siehst einfach umwerfend aus, aber das hast du ja schon immer.«

Umständlich erhebt Richard sich und küsst ihr die Hand (Wieder der Knoblauch, er ist nämlich alles andere als ein Kavalier.)

»Und Alex. Wie geht's dir, alter Freund?« Richard wendet sich an ihren Begleiter, ergreift seine ausgestreckte Rechte mit beiden Händen und schüttelt sie energisch. Er ist davon überzeugt, dass die Stärke des Handschlags die Stärke der Persönlichkeit widerspiegelt.

»Freut mich riesig, euch beide zu sehen. Ist ja eine Ewigkeit her.«

Der Mann namens Alex lächelt mir zu und wartet darauf, vorgestellt zu werden. Doch so höflich ist Richard nicht. Er ist bekannt dafür, sich mit Bekannten in lange Gespräche zu vertiefen, ohne auch nur meinen Namen zu erwähnen, während ich direkt neben ihm stehe.

Doch Alex' Frau kann ihre Neugier nicht länger zähmen.

»Wer ist denn deine kleine Freundin da, Ricky?«

Ricky! Trotz der Tatsache, dass ich gerade in einem ziemlich wichtigen Moment meines Lebens unterbrochen wurde, kann ich nur mühsam ein lautes Lachen unterdrücken.

»Das ist Felicity«, sagt er.

Anmutig streckt die Frau mir ihre elegante Hand entgegen. Ich bemerke, dass sie an sämtlichen Fingern Ringe trägt. Irgendwo habe ich gelesen, dies sei ein Zeichen dafür, dass eine Frau von einem Mann beherrscht werden will. An dieser Hand funkeln so viele Diamanten, dass es aussieht, als hätte sie sich eine ganze Mine angesteckt. Das Ganze erinnert an einen unerhört ausgefallenen Schlagring – wohl kaum ein Hinweis auf eine schwache

Natur, es sei denn, diese schließt eine Schwäche für teure Klunker ein.

»Meine Verlobte«, fährt Richard fort.

Sofort zieht sie ihre Hand zurück und fingert nervös an ihrem dunkelbraunen Haar herum, das so stark glänzt, als nähme sie die gleichen Vitaminpillen, mit denen mein Vater seinen Labrador füttert.

Auf den viel zu perfekten Gesichtszügen der jungen Frau zeichnet sich echtes Entsetzen ab, doch es dauert nicht lange, bis sie sich wieder unter Kontrolle hat.

»Also wirklich, du Schlingel.« Die aufgesetzte Lockerheit ist wieder da, doch ihre Stimme klingt unnatürlich. »Da hast du immer behauptet, Heiraten wäre nicht dein Ding.« Wieder versucht sie ihr Lachen, doch es klingt noch falscher als beim ersten Mal. »Aber ich wusste ja, dass du dich früher oder später einfangen lässt.«

Richard grinst breit. Ich weiß nicht warum, aber ich habe das Gefühl, dass hier unterschwellig etwas vorgeht.

»Tja, auch mein Stündchen musste einmal schlagen«, verkündet er strahlend und in dem Versuch, geistreich zu sein. »Weißt du, Kat, es tut echt gut, dich zu sehen. Unser letztes Treffen muss ja Ewigkeiten her sein. Wir haben Jahre nachzuholen. Ich sag dir was«, er reibt sich die Hände wie ein alter Geizhals beim Anblick eines Schatzes, »wie wär's, wenn ihr euch einfach zu uns setzt?«

Ich unterdrücke ein Stöhnen. In diesem Fall werde ich nie den Mut aufbringen, alles abzusagen; ich kann wohl kaum vor Publikum verkünden, dass ich nicht die Absicht habe, Richard zu heiraten.

Zu meinem Entsetzen strahlt Katherine und will die Einladung annehmen.

»Oh, was für eine gute Idee …«

Dieses Mal unterbricht ihr Mann sie. Entweder ist er einfühlsamer als sie oder er hat meinen bestürzten Blick bemerkt. Wahrscheinlich hält er mich für ziemlich unhöflich.

»Danke, Richard. Das ist wirklich freundlich von dir. Vielleicht ein andermal.« Er hat eine sympathische Stimme, warm, aber nicht zu herzlich, gebildet, aber nicht abgehackt oder falsch.

»Das wäre nett«, sage ich hastig und werfe ihm ein entschuldigendes und dankbares Lächeln zu.

»Ja, wir sollten uns wirklich mal wieder sehen«, sagt Kat zu Richard. Ich habe den Eindruck, dass die Einladung mich nicht einschließt. »Wie du bereits sagtest, es ist wirklich *ewig* her.« Sie sagt das mit großem Nachdruck, und eine Reihe unglaublich kleiner, gerader weißer Zähne blitzt auf, die zu ihrer unglaublich kleinen geraden Nase passen.

»Das wäre *nett.*« Richard wiederholt meine Worte, wenn auch in einem völlig anderen Tonfall. »Wir müssen in Kontakt bleiben, jetzt, da wir uns schon wiedergetroffen haben. Moment mal«, er sieht zu mir herüber, und sein Grinsen ist jetzt so breit, dass sein ach so kantiges Kinn im nächsten Augenblick bersten sollte, »ich habe eine himmlische Idee.« Er beugt sich über den Tisch und legt eine Hand auf meine. Schockiert sehe ich nach unten, als hätte ich gerade eine ungewöhnliche und unerwartete Wucherung darauf entdeckt.

»Warum kommt ihr nicht zu unserer Hochzeit?«

»Hochzeit?« Das laserscharfe Lächeln flackert erneut auf und erlischt wieder.

»Tja, die kommt üblicherweise nach einer Verlobung.« Richard lacht.

Wenn du wüsstest, fährt es mir durch den Kopf.

»Am siebenundzwanzigsten August – nur noch sieben Wochen, nicht wahr, Schätzchen? Morgen in sieben Wochen, um genau zu sein.« Zärtlich lächelt er mir zu. Jetzt weiß ich mit Gewissheit, dass etwas nicht stimmt.

»Ihr müsst kommen, ich bestehe darauf. Wenn ihr Fliss eure Adresse gebt, schickt sie euch umgehend eine Einladung, nicht wahr, Schätzchen?«

Zwei Schätzchen innerhalb von zwanzig Sekunden. Das ist nicht der Richard, den ich kenne und verabscheue.

»Alexander und Katherine Christian, 16 Belvoir…« Schicke Adresse. Ich überfliege die Karte, die eine äußerst verstimmte Katherine Christian Richard in die Hand gedrückt hat, während sie ihm ein »Ruf mich an« zuflüsterte, das ihr Mann, das halbe Restaurant und ich hatten hören können.

»Nettes Mädchen, findest du nicht auch?«, bemerkt Richard, sobald sie außer Hörweite sind.

Finde ich nicht, aber ich werde ihm nicht die Gelegenheit verschaffen, meine spontane Antipathie gegen Katherine Christian als Eifersucht zu missverstehen.

»Wer ist sie, Richard?«

»Eine Ex.« Er fällt mit chirurgischer Präzision über seine *Haricots verts* her.

So viel war mir auch schon klar.

»Wie ex?« Ich bin nicht gereizt, nur neugierig.

»Och, ist jetzt schon ein paar Jahre her.«

»Was ist passiert?«

»Sie wollte mehr, als ich zu der Zeit zu geben bereit war.« Er sieht mich aus klaren braunen Augen an, den Mund voller Bohnen und Seezunge. »Sie war am Boden zerstört, als ich die Beziehung beendet habe«, fügt er hinzu.

Er wartet auf eine Reaktion. Ich weigere mich, ihm eine zu zeigen und schweige.

Er versucht es erneut. »Sie hat mich angebetet, weißt du.«

Wenn du so toll bist, warum hat sie dann einen anderen geheiratet?, denke ich wütend.

»Natürlich hat sie ihn nur geheiratet, um sich über mich hinwegzutrösten«, erklärt er selbstgefällig, womit er unwissentlich meine Frage beantwortet.

Ich sehe zu ihrem Tisch hinüber. Alex Christian fängt meinen Blick auf und lächelt. Er hat ein sehr nettes Lächeln. Außerdem hat er ein nettes Gesicht, einen athletischen Körper – geschmeidig und muskulös –, und trägt einen tadellos geschnittenen dunkelgrauen Anzug von Armani, der ihm extrem gut steht.

»Er sieht sehr nett aus«, sage ich herausfordernd und werfe noch einen verstohlenen Blick hinüber. Ehrlich gesagt hätte ich nichts dagegen, mich mit jemandem wie Alex Christian über Richard hinwegzutrösten. Wie hat Katherine den bloß an Land gezogen? Stimmt, sie ist schön, aber aus dem, was ich in der kurzen Zeit von ihr gesehen habe, schließe ich, dass diese Schönheit so tief reicht, wie ein hauchdünnes Blatt Papier dick ist. Ich mag mich irren, und es ist vermutlich nicht fair, Leute, die man kaum kennt, so schnell abzuurteilen. Aber ich bin seit vier Jahren Lehrerin und habe die Erfahrung gemacht, dass erste Eindrücke oft zutreffen. Obwohl auch ich mich schon getäuscht habe – ein Beispiel dafür sitzt mir gerade gegenüber. Und natürlich stimmt Richard nur widerstrebend zu, dass Alex Christian in der Tat ein sehr netter Mann ist.

»Oh, das ist er«, räumt Richard ein. »Ein anständiger Kerl, wirklich. Ziemlich erfolgreich. Hat eine kleine, aber recht gut gehende Werbeagentur.«

Er misst den Wert eines Menschen stets an seiner sozialen Stellung, aber wie üblich widerstrebt es ihm, andere als seine eigenen Leistungen anzuerkennen. Ein »ziemlich erfolgreich« aus Richards Mund ist gleichbedeutend mit dem »sehr erfolgreich« anderer.

»Warum um Himmels willen hast du sie eingeladen?«

»Warum nicht? Schließlich sind sie alte Freunde. Wenn ich genauer darüber nachdenke, hätte ich sie eigentlich längst auf die Gästeliste setzen sollen. Was ist los, Felicity? Willst du etwa nicht, dass eine Ex von mir zu unserer Hochzeit kommt? Du bist doch nicht etwa eifersüchtig?«

Ja, das würde ihm gefallen, das dürfen Sie mir glauben. Ein bisschen Eifersucht ist Balsam für sein Ego, das sowieso schon unverhältnismäßig verhätschelt wird.

»Sie ist einfach Atem beraubend, nicht wahr?« Jetzt ist er nicht mehr zu halten. »Eine richtige Schönheit.«

»Wenn man auf so was steht«, murmele ich gelassen und fahre mit dem Finger über die stumpfe Klinge meines Buttermessers. »Auf mich hat sie eher ein bisschen künstlich gewirkt. Irgendwie falsch. Falsche Nägel, falsche Wimpern, falsches Lachen. Da fragt man sich doch, ob andere Teile ihrer ...« Ich deute auf mein eigenes, durchaus echtes Dekolleté.

»Oh, ich kann dir versichern, *die* sind echt.« Richard grinst. »Ich habe schließlich Erfahrungen erster Güte.«

»Wohl eher Güteklasse 1A«, entgegne ich und starre ihn wütend an. Ich bin nicht sauer, weil er mich provoziert, sondern weil er *glaubt*, mich zu provozieren.

»Oho, sind wir also doch eifersüchtig!«, kräht er zufrieden, um dann gönnerhaft hinzuzufügen: »Mach dir nichts draus, Schätzchen. Denk einfach dran, dass ich ja trotzdem dich heirate.«

»Das denkst du«, würde ich ihm am liebsten entgegenbrüllen, doch inzwischen bin ich doch wankelmütig, und der Augenblick der Enthüllung ist somit erst einmal vorbei. Ich arbeite mich stetig bis zum Boden einer weiteren Flasche Wein vor, während ich darauf warte, dass Richard sein Mahl beendet. Er kaut jeden Bissen immer erst hundert Mal, bevor er schluckt. Er erinnert mich an ein ewig wiederkäuendes Rind.

Nach dem Dessert, das ich auslasse, und dem Kaffee, den ich nicht hätte auslassen sollen, wenn man bedenkt, wie viel Wein ich in der Zwischenzeit intus habe, verlangt Richard endlich die Rechnung. Mit einer schwungvollen Bewegung reicht er dem Ober seine Platinum-Kreditkarte und erklärt dann, dass er nur schnell Katherine und Alex auf Wiedersehen sagen will.

Ich kann sehen, wie er sein extrasauberes braunes Haar glatt streicht, als er in den goldgerahmten Spiegel an der gegenüber liegenden Wand blickt, während er sich zwischen den Tischen hindurchschlängelt.

In meinen Augen ist Richard der Inbegriff von Eitelkeit. Er hat eine lang anhaltende Liebesbeziehung zu Spiegeln und verbringt vor dem Weggehen mehr Zeit im Badezimmer, als ich es je tun würde.

Ich kann nicht umhin zuzugeben, dass er sehr attraktiv ist. Als er den Raum durchquert, folgen ihm mehrere weibliche Blicke. Das Problem ist nur, dass ich ihn in etwa so attraktiv wie Wochen alten Hüttenkäse finde. Was ich dann noch mit dem Kerl mache, fragen Sie sich? Wie kann sich eine junge Frau mit jemandem verloben, dem sie am liebsten die Visage polieren würde, weil er alles andere als unsterbliche Liebe und Hingabe in ihr hervorruft?

Tja, als ich Richard zum ersten Mal begegnet bin, hat er mich einfach umgehauen, wortwörtlich sozusagen.

Richard ist Rechtsanwalt.

Ich bin Lehrerin.

Und ich bin eine schreckliche Autofahrerin.

Er hat mich vertreten, als aus einem kleinen Unfall ein riesiger Rechtsstreit wurde. Bis die abschließende Anhörung vor Gericht stattfand, war es ihm irgendwie gelungen, nicht nur den Richter von meiner Unschuld zu überzeugen, sondern auch mich davon, dass es eine echt gute Idee sei, meine Dankbarkeit zu beweisen, indem ich schnurstracks mit ihm in die Kiste steige.

Ich muss zugeben, dass er vor Gericht wirklich beeindruckend war.

Schade, dass er im Bett nicht genauso beeindruckend ist. Doch zu diesem Zeitpunkt hat mich das ganze ritterliche Tamtam so »umgehauen«, dass ich sogar bereit war, die Tatsache zu übersehen, dass er bei unserem ersten Matratzen-Rendezvous nicht nur die Socken anbehalten hat, sondern auch seine lächerliche weiß gepuderte Lockenperücke. Nichtsdestotrotz und obwohl seine Anmache in einem reichlich derben »das Gericht mag dich für unschuldig befunden haben, doch ich befinde dich für schuldig, mein Herz gestohlen zu haben« bestand, was ich zum damaligen Zeitpunkt schrecklich romantisch fand, heute aber für den

Gipfel der Peinlichkeit erachte, muss ich beschämt zugeben, dass ich verdammt leicht flachzulegen war.

Die Lässigkeit, mit der Richard mich ins Bett gekriegt hat, mag auch etwas mit der Tatsache zu tun haben, dass ich in der Schule immer diejenige war, die nie einen Jungen abgekriegt hat. Ich hatte jede Menge guter Kumpels, aber ganz entschieden keine heißen Dates.

Dass es sich um eine reine Mädchenschule handelte, hat meine Chancen auch nicht gerade erhöht. Doch wenn man bedenkt, dass ich sie mit achtzehn verlassen habe und dass Richard mit sechsundzwanzig wirklich der erste Mann war, der ein dauerhaftes Interesse an mir zeigte, dann kann man mir keinen Vorwurf daraus machen, dass ich denke, etwas an mir stimme nicht (eine Meinung, die regelmäßig von meiner heiratswütigen Mutter vertreten wird). Und ebenso wenig dafür, dass ich die Gelegenheit zu einer Beziehung mit jemandem beim Schopfe ergriffen habe, der zumindest rein äußerlich alles zu haben schien, was eine Frau sich nur wünschen kann.

Zum ersten Mal im Leben konnte ich mich in mütterlicher Anerkennung sonnen, etwas, das meine Mutter nie zuvor ausgestrahlt hatte. Zumindest nicht in meine Richtung.

Ihre übergewichtige, unterdurchschnittliche Tochter hatte sich endlich einen Kerl geangelt. Und zwar keinen x-beliebigen, sondern einen, mit dem man vor Familie und Freunden prahlen konnte.

Obwohl Richard alles zu haben scheint, was eine Frau sich nur wünschen kann – Aussehen, Charme, Geist, Erfolg und einen halbwegs guten Geschmack –, kam leider nie etwas davon mir zugute. Er gehört zu den Männern, die einen auf der Tanzfläche bei einem romantischen Slow in die Arme ziehen, um dann den ganzen Song lang über die Schulter hinweg einer anderen hinterher zu gaffen.

Vermutlich ist es nicht seine alleinige Schuld. Wie heißt es so schön: Dazu gehören immer zwei. Vielleicht habe ich ihn nicht so glücklich gemacht, wie ich es hätte tun können. Vielleicht habe ich mich auch nicht als der Mensch entpuppt, für den er mich hielt.

Vielleicht liegt es an ihm, vielleicht an mir. Geht es aber darum, ob wir füreinander bestimmt sind, gibt es kein Vielleicht mehr. Da, meine Lieben, gibt es nur noch ein klares Nein.

Er braucht eine halbe Stunde, um sich zu verabschieden. Mit jeder Minute werde ich wütender und betrunkener. In regelmäßigen Abständen erschallen das falsche, klirrende Lachen und das herzhafte Röhren.

Alex Christian ist auffällig ruhig, obwohl von meinem Platz aus schwer zu beurteilen ist, ob er von den zweien absichtlich oder unabsichtlich ausgeschlossen wird, oder ob er es so will. Schließlich kehrt Richard an unseren Tisch zurück. Er schnurrt wie eine zufriedene Katze.

»Nettes Paar. Eine Schande, dass wir den Kontakt verloren hatten. Wir müssen sie mal zum Essen einladen.« Er greift nach ihrer Visitenkarte, die neben meinem leeren Glas liegt, und lässt sie in der Brusttasche seines Sakkos verschwinden.

Bei Katherine und Alex Christian drängt sich das Thema Essen geradezu auf.

Sie ist zum Kotzen, er zum Anbeißen.

Ich rotte jede Spur meiner Identität aus, indem ich mich entspanne und an Richard Gere in einer weißen Uniform denke. Er trägt mich ins Schlafzimmer, ohne zu murren – mich und meine vierundsechzig Kilo. Er legt mich auf das breite Bett und bewundert meinen prachtvollen Körper (Cellulite existiert nicht auf Zelluloid). Er beugt sich vor, um mich zu küssen. Seine Züge verschwimmen. Er wird zu dem vertrauten Unbekannten mit dem unsichtbaren Gesicht und der leidenschaftlichen Umarmung. Ist diese Traumgestalt derjenige, nach dem ich suche? Wie soll ich einen Gesichtslosen wiedererkennen? Ich öffne die Augen, und ein leibhaftiger Richard zittert einen Moment lang über mir wie ein hartnäckiger Terrier, der einen Setter besteigt.

Er erstarrt, seufzt und verschwindet aus meinem Blickfeld. Innerhalb weniger Sekunden ist er eingeschlafen. Ich bleibe zurück und schnappe frustriert nach Luft wie ein Fisch auf dem Trockenen. Es mag verrückt sein, etwas Gutes aufzugeben, doch sicher ist es vollkommen irre, an etwas Schlechtem festzuhalten.

Ich greife nach dem Glas Wein neben meinem Bett. Ich rauche nicht, also gönne ich es mir, gelegentlich zu viel zu trinken. Heute ist so eine Gelegenheit. Allmählich fühle ich mich wieder umwerfend mutig und frei. Ich bin bereit, die Fesseln der Langeweile und Angepasstheit abzustreifen und zur Freiheit zu streben.

Zu Richard-freier Freiheit.

Ich sehe zu ihm hinüber, auf sein Gesicht, das so verwundbar im Schlaf aussieht. Empfand ich früher bei diesem Anblick Zärtlichkeit, so bin ich jetzt nur noch angeödet. Richard ist eine schlechte Angewohnheit, und ich bin entschlossen, mich davon zu befreien. Ich schnappe mir meine allseits präsente Handtasche, die neben dem Bett steht. Ich habe weder Stift noch Papier, also behelfe ich mich mit einem Kassenzettel und einem dunkelrosa Lipliner.

Ich bin mir nicht sicher, was ich schreiben soll. Nachdem ich mein Sprüchlein Wochen lang im Geiste geübt habe, ist mein Hirn ziemlich leer. Nur über eines bin ich mir in diesem Durcheinander hundertprozentig sicher: Richard und ich sind nicht dazu bestimmt, den Rest unseres Lebens miteinander zu verbringen.

Ich hatte mir einen wundervollen Vortrag über verschiedene Werte und eine bessere Zukunft für uns beide zurechtgelegt, wenn wir getrennte Wege gehen, aber das kommt mir in diesem Augenblick viel zu abgedroschen vor. Und viel zu freundlich.

Es ist typisch Frau, aber auch ich nehme immer die Schuld für alles, was schief läuft, auf mich und entschuldige mich überschwänglich für jede Unannehmlichkeit. Ich bin netter, wenn ich nüchtern bin, doch im Augenblick bin ich alles andere als nüchtern, dafür aber bereit, meine schlechten Eigenschaften zu übersehen und die ganze Banalität unserer Beziehung ihm anzulasten, ob das nun fair ist oder nicht.

Du bist ein kleiner Schlaffi, Richard. Leb wohl.

Dieser Abschiedsbrief ist kurz, aber erfreulich durchtrieben. Ich lese die Zeile noch einmal und kichere, aber nicht zu laut, schließlich will ich ja unseren schlafenden kleinen Rüpel nicht aufwecken. Leise stehe ich auf und tappe auf meinen Achtunddreißigersohlen über den fickfreundlichen Teppich. Richards Schlafzimmer ist prunkvoll, doch unpersönlich. Beherrscht wird es von dem überdimensionalen, ovalen Bett, das mitten im Zimmer auf einer Art Podest steht, auf dem man normalerweise einen Thron erwarten würde.

Es hat mich immer gewundert, dass er keine verspiegelte Decke hat. Er ist ein Mann für Spiegeldecken. Er kann an keinem Schaufenster vorbeigehen, ohne sein eigenes Spiegelbild begutachtet und sich selbstgefällig zugelächelt zu haben. Andererseits ist er ziemlich orgasmusgeil. Ich vermute, dass es ihn aus dem Takt bringen würde, alle fünf Sekunden innehalten zu müssen, um seinen perfekt gebauten Körper im Spiegel über sich zu bewundern.

Eine als Schrankfront verkleidete Tapetentür führt zum benachbarten Bad mit dem weiß gefliesten Boden und den goldenen Armaturen. Es ist sehr spartanisch eingerichtet. Auf der Glasablage unter dem großen Badezimmerspiegel steht *Safari for Men* in diversen Varianten: als Aftershave, Deodorant, Körperlotion und Duschgel. Diese Flaschen und einige flauschige weiße Handtücher sind die einzigen Beweise für eine menschliche Existenz in diesem Raum. Im Abfluss sind keine Haare, auf dem Boden liegen keine leeren Klopapierrollen, in der Ecke stapelt sich keine Dreckwäsche. Der Toilettendeckel ist heruntergeklappt, und die Handtücher hängen ordentlich auf den heizbaren Haltern.

Ich spritze mir kaltes Wasser ins Gesicht, benetze meine Achselhöhlen mit Richards Aftershave und schmiere mir mit einem

Finger Zahnpasta auf meine Schneidezähne. Dann wische ich mir aus purer Gemeinheit meine immer noch pflaumenroten Lippen – Richard küsst selten – an dem schneeweißen, jungfräulichen Handtuch ab und hinterlasse eine lange rote Schliere; die Jungfrau ist entjungfert.

Ich kenne Richard jetzt so lange, und noch immer sind keine Sachen von mir in seiner Wohnung. Entschuldigung, in seinem *Penthouse*. Er hat mir nie verboten, ihr meinen persönlichen Stempel aufzudrücken, aber er hat mich auch nie dazu ermuntert. Ich weiß, die meisten Menschen würden eine Einladung gar nicht erst abwarten, sondern dafür sorgen, dass sie wenigstens alles Notwendige zur Sicherheit dort haben. Doch aus irgendeinem Grund habe ich nie etwas hierher gebracht. Nicht mal eine Zahnbürste. Ich kehre ins Schlafzimmer zurück und ziehe mich an. Als ich mich aufs Bett setze, um meine Schuhe anzuziehen, dreht sich Richard irritiert zur Seite, wobei er die Decke mit eisernem Griff mitreißt und laut furzt.

Inzwischen ist es drei Uhr früh. Die Straßen von Oxford sind verlassen. Meine Wohnung, mein Heim, ist das totale Gegenstück zu Richards Wohnung; sie ist klein, doch sehr persönlich. Hier herrscht das Chaos. Das ist mir eigentlich nicht recht, doch nach achtundzwanzig Jahren unter der Fuchtel einer tyrannischen Mutter ist Schlampigkeit ein willkommener Weg, um die eigene Unabhängigkeit zu betonen.

Ich fühle mich schuldig, doch befreit, und schenke mir mein übliches Ritual des Duschens und sorgfältigen Abschminkens. Stattdessen lasse ich mich angezogen aufs Bett fallen und futtere einen Riegel Mars, den ich mir aus dem Kühlschrank geholt habe. Aus irgendeinem Grund kriege ich immer Heißhunger, wenn ich blau bin.

Mir ist klar, dass ich am nächsten Morgen beim Aufwachen aussehen werde wie ein Panda, mit der Wimperntusche, dem pflaumenfarbenen Lidschatten und dem schwarzen Kajal um meine blutunterlaufenen Augen, aber ausnahmsweise ist mir das egal. Zum Teufel mit dem Versuch, mein Aussehen um meines Liebeslebens und meines zukünftigen, hoffentlich faltenfreien Glücks willen zu bewahren – zumindest das, was ich an Aussehen habe.

Eine gute Seele sagte einst zu meiner Mutter: »Fliss wird nie hübsch sein, aber es gibt Augenblicke, da sieht sie schön aus.«

Ist es nicht seltsam, wie manche Bemerkungen, ganz egal wie gedankenlos sie hingeworfen wurden, einen ein Leben lang brandmarken?

Ich habe versucht, einen dieser seltenen Augenblicke festzuhalten, in denen ich zwar nicht hübsch bin, aber als schön bezeichnet werden könnte, um ihn dann ganz nach Belieben zu reproduzieren, doch es funktioniert nicht. Man sollte meinen, in letzter Zeit hätte ich mehr Glück gehabt, bei allen Hätscheleien, denen ich mich in Vorbereitung auf das »große Ereignis« unterworfen habe. All die Maniküren, Sauerstoffampullen, Cellulite-Massagen, die Pediküren, die Algenwickel, der grässliche Schmerz beim Epilieren … O Mann, vor ein paar Wochen wollte meine Mutter mich sogar dazu überreden, mir die Lippen aufspritzen zu lassen. Aber wahrscheinlich kann ich von Glück sagen, dass sie mir nicht gleich eine Ganzkörpermodellage mit Hilfe der plastischen Chirurgie vorgeschlagen hat.

Sie hat mich für den Tag gedrillt – na ja, versucht zu drillen trifft es wohl eher –, an dem von jeder Frau erwartet wird, strahlend schön zu sein, nämlich ihren Hochzeitstag – *meinen* Hochzeitstag –, und das seit meiner Geburt. Es war ihre Idee, mich Felicity zu nennen. Einen mädchenhafteren Namen gibt es wohl kaum. Er passt nicht wirklich zu mir, denn ich bin nicht besonders mädchenhaft.

Ich denke, darin liegt einer der Hauptgründe, warum wir uns nie wirklich verstanden haben.

Sie wollte ein Püppchen, dem sie rosa Kleider anziehen konnte, mit Locken und einem engelsgleichen Lächeln. Etwas, das sie vorzeigen, auf das sie wahnsinnig stolz sein und das sie zu Ballettstunden schleppen konnte.

Stattdessen bekam sie einen ungelenken Wildfang, der schneller aufschoss als ein beim Jäten entgangenes Unkraut im schönsten Teil des Gartens, pausenlos Jeans trug, in den ersten, androgynen Jahren häufig für einen Jungen gehalten wurde und glücklich war, sich auf einem durchschnittlichen Schulniveau durchzuschlagen statt die luftigen Höhen zu erreichen, von denen die Frau Mama träumte.

Ziemlich lange habe ich mir tatsächlich sehnlichst gewünscht, ein Junge zu sein, sodass ich mit meinem Vater fischen gehen oder im Garten bis zu den Achselhöhlen im Dreck hätte wühlen können – sein liebster Zeitvertreib –, ohne mir den Zorn meiner Mutter zuzuziehen. Mit ungefähr vierzehn habe ich schließlich in Form einer reichlich unkontrollierten Schwärmerei für Bono von U2 die Jungs für mich entdeckt. Und plötzlich war ich sehr froh, ein Mädchen zu sein.

Meine Mutter gehört zu den Frauen, an denen die sexuelle Revolution einfach vorbeigegangen ist. Sie wuchs zu einer Zeit auf, als man von Frauen erwartete, die Schule abzuschließen und zu heiraten. Und das war's. Keine Karriere, keine Wahl und nichts zu sagen in der Zukunft, die einem vorherbestimmt war. Von frühester Kindheit an war ihr eingetrichtert worden – obwohl ich bezweifle, dass sie es jemals wirklich geglaubt hat, daher ihr Groll –, dass Frauen nur für eines gut sind.

Fürs Heiraten.

Zumindest die meisten Frauen. Bei mir ist das was anderes.

Meine Mutter hatte die Hoffnung fast aufgegeben, mich je noch loswerden zu können.

Im Gegensatz zu meiner jüngeren Schwester, Sally-Anne, die hübsch, zierlich und in jeder Hinsicht weiblich ist und immer scharenweise Verehrer hatte, seit sie im zarten Alter von drei Jahren gelernt hat, mit ihren langen schwarzen Wimpern zu klimpern, bin ich etwas zu groß, um anmutig zu wirken, total süchtig nach Schokolade, die ich in meinem Kühlschrank und auf meinen Hüften horte, total unbeleckt von der wundervollen Gabe weiblicher Tücke und laut meiner Mutter ein hoffnungsloser Fall.

Deshalb liebt sie auch Richard so sehr. Das ist, als würde man seine Tochter in der Erwartung an einem Schönheitswettbewerb teilnehmen lassen, einen kläglichen letzten Platz zu belegen, um dann herauszufinden, dass sie den ersten Preis gewonnen hat. Und dieser erste Preis ist Richard Trevelyan.

Als ich ihm begegnet bin, konnte meine Mutter ihr Glück kaum fassen. Er hatte alles, was ein Mann ihrer Meinung nach haben musste. Sie liebt ihn, meine Schwester Sally liebt ihn, und nur mein wunderbar einfühlsamer Vater findet, er sei ein Arschloch. Aber seit wann zählt Dads Meinung? Ich glaube, meine Mutter würde Richard selbst heiraten, wenn sie könnte.

Ich kann nicht glauben, dass ich ihn je heiraten wollte. Eine Hochzeit in Weiß, mit allem Drum und Dran, und ich sehe aus wie ein Himbeerbaiser in dem Fummel, den meine Mutter ausgesucht hat. Jetzt hängt er da, gleich hinter der Tür, und verhöhnt mich wie der Geist von Miss Havisham in *Große Erwartungen* von Charles Dickens.

Nicht dass ich je *große Erwartungen* in Bezug auf ein Leben mit Richard gehabt hätte. Er ist der leichte Weg, die vernünftige Wahl. Aber was ist mit dem Glück, diesem ekstatischen Hochgefühl, das man empfinden sollte, wenn man kurz davor steht, den Mann seiner Träume zu heiraten? Was ist mit dem Romantikfaktor? Was mit den pochenden Herzen und den aufspringenden Blusen? Ich fürchte, gar nichts.

Wenn ich an Richard denke, verspüre ich nicht das Verlangen, lyrisch zu werden oder Berge zu versetzen. Ich will keine Kinder von ihm, und ich will nicht einmal seine Schmutzwäsche waschen – ein wahrer Härtetest für die Liebe.

Wenn ich Richard ansehe, will ich sein Gesicht nicht mit Küssen bedecken. Ich will nicht über ihn herfallen und ihm die

Klamotten vom Leib reißen. Stattdessen würde ich ihm viel lieber dieses ewige, selbstgefällige Idiotengrinsen ausprügeln.

Es ist wohl nicht weiter überraschend, dass ich zu dem Schluss gelangt bin, ihn nicht zu lieben.

Die einzige Euphorie, die ich seit langem fühle, stellt sich ein, wenn ich dieses Kleid ansehe und mir vor Augen halte, dass ich das verdammte Ding doch nicht tragen muss.

Allein sein Anblick löste normalerweise schon ein ungutes Gefühl in mir aus. Traurig, nicht wahr? Einer Hochzeit sieht man doch sonst freudig entgegen, insbesondere der eigenen. Welcher Teufel mich geritten hat, der Heirat mit Richard zuzustimmen, höre ich Sie fragen, wenn doch allein der Gedanke an seine Atemgeräusche Mordgelüste in mir auslöst?

Ich glaube, zum Teil liegt es an meinem Selbstwertgefühl oder vielmehr dem Mangel daran. Ich hatte ernsthaft angefangen zu glauben, dass ich keinen abkriegen würde. Meine Mutter hatte es mir so lange eingebläut. Als Richard dann um mich anhielt – begehrenswert, erfolgreich, klein, dunkel und gut aussehend, wie er war –, ergriff ich die Gelegenheit beim Schopf. Und wenn man sich so danach sehnt, verliebt zu sein, ist es sehr leicht, sich einzubilden, man sei es tatsächlich.

Und warum jetzt die Kehrtwendung? Eine Frage des Selbstschutzes. Ich bin wie ein kleines Dorf, das vom Walfisch Großstadt verschluckt wird und die eigene Individualität verliert. Oder wie das Steak, das von der Pfeffersoße ertränkt, ausgelaugt und verfälscht wird und dabei seinen Eigengeschmack völlig verliert. Allerdings hat mir jemand einen Rettungsring zugeworfen und mich an Land gezogen.

Dieser Jemand war Caro.

Ich bin seit vier Jahren Lehrerin an der hiesigen Mädchenschule, wo Caro seit neuestem Schauspiel unterrichtet.

Außerdem ist sie eine Freundin aus Kindertagen, die ich zuletzt als rappeldürre, pferdenärrische Elfjährige gesehen hatte. Ich verlor den Kontakt zu ihr, als ihr Vater, ein ziemlich hohes

Tier im diplomatischen Korps, eine Stelle in Hongkong antrat. Sie ist vier Jahre älter als ich und hat mich immer schrecklich herumkommandiert, doch ich habe sie unterwürfig verehrt und Wochen lang geheult, als sie weggezogen ist. Viel hat sich nicht geändert seit unserer Kindheit, nur dass sie nicht mehr so lautstark herumkommandiert.

Seit sie wieder in mein Leben getreten ist, hat Caro mir eine neue Perspektive im Dasein gegeben. Sie ist inzwischen selbst glücklich mit einem wundervollen Landwirt namens David verheiratet, dessen Ländereien an der Grenze zu den Chiltern-Hügeln liegen. Er ist fünfzehn Jahre älter als Caroline. Gemeinsam kümmern sie sich um seine beiden Kinder aus erster Ehe im Teenageralter, einen Hund, eine Schar Gänse im Garten und die wunderbarste und idyllischste Beziehung, die man sich nur vorstellen kann. Ich habe andere Freunde, die glücklich verheiratet zu sein scheinen, doch Caro und David haben das gewisse Extra.

Sie sind dicke Freunde. Sie foppen, unterhalten und ergänzen sich. Dabei sind sie völlig verschieden. Caro ist extrovertiert, lebhaft, künstlerisch, David solide und verlässlich, doch gleichzeitig einfühlsam und fantasievoll – ein seltenes Exemplar von einem Mann. Sie passen perfekt zueinander. Sie zusammen zu sehen hat gereicht, um mir klar zu machen, dass auch ich mehr will.

Ich will jemanden, der mit mir bis zum Morgengrauen über gemeinsame Leidenschaften redet; jemanden, der für seine Frau und deren Freundin ein umwerfendes Essen zaubert, um dann zu verschwinden, ohne es auch nur gekostet zu haben, damit sie in Ruhe quatschen können; jemanden, der mit mir im Mondschein tanzt.

Als ich das letzte Mal bei Caro und David war, hatten wir eine herrlich milde Sommernacht von der Sorte, wo man um Mitternacht die Decke von sich wirft und bei weit geöffnetem Fenster daliegt. Man genießt einfach die leichte Brise, die sacht über den nackten Körper streicht, und lauscht den gedämpften Geräuschen der Nacht.

Nun, in dieser Nacht wurden die gedämpften Geräusche auf freche, aber erfreuliche Weise von Sarah Vaughan unterbrochen, deren Stimme aus einem alten Grammophon drang. Als ich, angelockt von der Musik, auf nackten Sohlen über die glänzenden Dielen zum Fenster schlich, sah ich sie unten, eng umschlungen, wie sie im Obstgarten tanzten. Durch die offenen Balkontüren fiel das Licht auf sie und hüllte sie ein wie ein Bühnenscheinwerfer.

David streichelte Caro über das goldene Haar, während seine andere Hand freundlich, aber mit Nachdruck auf ihrem Hintern ruhte. Ich konnte hören, wie er ihr zur Musik leise »Misty« ins Ohr sang. Von den Obstbäumen rieselten Blütenblätter wie Konfetti bei einer Hochzeit.

Kitschig? Vielleicht.

Romantisch? Auf jeden Fall.

In diesem Moment habe ich mich entschieden. Ich will jemanden, der um Mitternacht mit mir zu alten Schnulzen tanzt, der mir ins Ohr singt, der mich wie eine Freundin und wie eine Geliebte behandelt und für den ich das Wertvollste auf der Welt bin. Verlange ich zu viel? Mag sein, doch ich weiß jetzt, dass Richard und ich das nicht haben und dass ich mehr wert bin. Auf jeden Fall mehr als eine hoffnungslose Beziehung mit jemandem, der ein Verhältnis von neunundneunzig zu eins für ausgeglichen hält.

Nachdem ich mich einmal entschieden hatte, kam es mir vor, als wäre eine tonnenschwere Last von mir genommen. Meine Mutter mault immer, ich solle keinen Rundrücken machen – ich bin gewohnt, Richards Mangel an Zentimetern zu kompensieren –, doch ich bin mir sicher, meine Schultern haben sich unter der Last all meiner Sorgen gebeugt. Bin ich jetzt aufrechter? Ich rappele mich unsicher vom Bett hoch, ziehe mich aus und stelle mich nackt vor den Ganzkörperspiegel, der immer dann kippt, wenn man es nicht will, und der Sally fast eine Gehirnerschütterung einbrachte, als sie in ihrem rosa Brautjungfernkleid davor posierte.

Rosa – würg! Mir gefällt Rosa nicht einmal.

Ich werfe den Kopf zurück und straffe die Schultern. Meine langen braunen Haare fallen bis auf die Schulterblätter. Meine Haut wirkt im Licht der Lampe dunkler. Braune Haare, braune Augen, braune Haut… alles braun, wie bei einer Zigeunerin. Leicht rundlich, aber nicht unattraktiv: volle Brüste, pralles Hinterteil, lange Beine. Gar nicht so übel, denke ich, betrunken wie ich bin und in dem trüben Licht.

Ich richte mich auf, um den Spiegel dazu zu bringen, nicht nur mich, sondern auch meine neue Entschlossenheit zu zeigen.

Doch, ich bin sicher, dass ich mehrere Zentimeter größer bin. Morgen muss ich groß sein, wenn ich Mutter gegenübertrete. Ich werde ihr geradewegs in die eisblauen Augen sehen und ihr sagen, dass die Hochzeit gestorben ist. Sie wird eine neue Fliss erleben, eine starke Fliss, eine, die weiß, was sie will, und mit beiden Händen zugreift. Eine Fliss, die sich einen Dreck darum schert, was ihrer Mutter gefällt oder nicht… Eine Fliss, die sich selbst etwas vormacht und in eben diesem Moment darüber nachdenkt, ob sie nicht lieber ganz schnell zu Richard zurückfahren und den hastig geschriebenen Zettel vernichten soll, der ihrem Leben mit einem Schlag eine ganz neue Richtung geben wird.

Die wunderbare, trunkene Seifenblase droht zu platzen. Ein furchtbares Gefühl der Panik macht sich breit. Soll ich Zuflucht im Schlaf oder in einer weiteren Flasche Wein suchen? Ach, was soll's, ich kann ja doch nicht schlafen. In der Küche öffne ich eine Flasche guten australischen Shiraz, den ich für eine besondere Gelegenheit aufbewahrt hatte.

Meine Katze Hastings (diesen Namen hat sie, weil das Leben mit ihr eine lange Willensschlacht ist), die sowieso schon angewidert ist, weil ich so spät dran bin und ihr nur eine alte Dose Sardinen in Tomatensoße zum Abendessen anbieten konnte, verfolgt mich aus dem Winkel eines ihrer verschlafenen grünen Augen.

Hätte sie Augenbrauen, würde sie sie bis in den Himmel hochziehen. Könnte sie sprechen, würde sie vorwurfsvoll »schon wieder betrunken« sagen. Stattdessen stapft sie, da ich sie von ihrem Platz zwischen dem Weinregal und dem Toaster vertrieben habe, von dannen und rächt sich, indem sie besagte Sardinen in meine Pantoffeln erbricht und anschließend ihre Schnauze an meiner Bettwäsche abputzt.

Kapitel 2

Um halb acht werde ich vom Klingeln des Telefons geweckt. Es gibt nur einen Menschen, der mich so früh an einem Samstag anrufen würde. Einen Menschen, der statt seines üblichen Samstagmorgenrituals, bestehend aus einem heißen Frühstück und lauwarmem Sex, nur ein leeres Bett vorgefunden hat.

»Bist du das, Fliss?«

Mein Schädel hämmert, ich habe einen gewaltigen Kater, Katzenkotze im Haar und kann mich vage daran erinnern, dass ich etwas haarsträubend Unerhörtes getan habe.

»Nein, hier ist die chinesische Wäscherei.«

Angeekelt streiche ich die betroffene Haarsträhne aus meinem Gesicht, klemme mir den Hörer auf die saubere Gesichtsseite und taumele ins Bad.

»Lass den Blödsinn.« Er klingt verärgert. »Was um Himmels willen hast du angestellt?«

»Ich habe geschlafen. Und du?«

»Felicity!«

Oho, mein voller Name. Jetzt weiß ich, dass er verärgert ist.

»Was zum Teufel ist los? Warum bist du nicht hier, und was soll dieser Zettel?«

Zettel? *Au Backe*. Meine Erinnerung wacht fünf Minuten nach dem Rest meines Gehirns auf. Ich habe ihm einen Zettel geschrieben, nicht wahr? Daran kann ich mich noch erinnern, aber mir will ums Verrecken nicht einfallen, was ich geschrieben habe, beziehungsweise was die zwei Flaschen exzellenten Burgunders für mich geschrieben haben, um genau zu sein.

Ich stecke die linke Kopfhälfte unter die Dusche und fange an, drauflos zu plappern.

»Dieser Zettel? Tja, ja, äh… Ich weiß, es ist feige, einfach eine Nachricht zu hinterlassen, aber ich bin einfach redegewandter, wenn ich die Dinge aufschreibe… Moment mal, kurzer Wechsel.«

Ich klemme mir den Hörer ans rechte Ohr und wasche die linke Seite.

»Felicity!«, donnert Richard, als ich für einen Moment verstumme.

»Tut mir Leid, bin schon fertig… Was hast du gerade gesagt? Ach, ja… ja, also… wie ich schon sagte… wenn ich jemandem ins Gesicht sehe und versuche, etwas Wichtiges zu sagen, ist mein Kopf auf einmal wie leer gefegt. All die sorgfältig einstudierten Sätze sind wie weggewischt, wie verrückte Lemminge, die sich über die Klippen meines Geistes stürzen…«

»Das hier würde ich kaum redegewandt nennen«, faucht er. »Hör auf, so einen Unsinn zu reden. Ich habe dich etwas gefragt, und ich verlange eine Antwort. Was soll dieser Zettel?«

Seine Verärgerung schlägt in Zorn um. Ich höre, dass sein Tonfall harscher wird.

»Nun, die Nachricht spricht doch für sich selbst, oder?«, schlage ich lahm vor. Ich sehe den Inhalt verschwommen vor mir, kann mich aber nach wie vor nicht an den genauen Wortlaut erinnern.

»Felicity!« Vor Entrüstung steigt seine Stimme um eine Oktave. »Ich verlange, dass du mir erklärst, was dieser Zettel soll!«

Er erinnert mich an einen hartnäckigen, lästigen Papagei, der nur einen Satz beherrscht.

Ich denke angestrengt nach. Ja, klar, jetzt fällt es mir wieder ein. Mein vom Kater vernebelter Kopf hüllt mich nicht mehr in Unwissenheit, und plötzlich erscheint die Zeile von letzter Nacht in fetten roten Neonbuchstaben vor meinem inneren Auge.

Ich bin selbst überrascht.

Habe ich das wirklich geschrieben?

Und es überrascht mich, dass ich eher zufrieden mit mir bin statt entsetzt.

»Felicity!« Er brüllt jetzt förmlich wie eine große, hungrige Raubkatze. Ich bin sicher, dass er mich entweder schütteln oder erwürgen würde, wenn er mit den Händen durch die Leitung greifen könnte.

»Tja, Richard«, sage ich langsam, damit er mich auch versteht, denn ich habe nicht die Absicht, alles zu wiederholen. Außerdem ist dann das Zittern in meiner Stimme nicht mehr so deutlich zu hören. »Frei übersetzt würde ich sagen, es bedeutet: Verpiss dich, du langweiliger kleiner Arsch.«

»Ich sehe, was da *steht*!«, brüllt er. »Aber ich will wissen, was es *bedeutet*.«

Einen Moment lang zögere ich, doch der Moment ist sehr kurz.

Jetzt oder nie, der alles entscheidende Punkt. Ich atme tief durch.

»Es bedeutet, dass es vorbei ist, Richard, aus und vorbei, finito. Ist das deutlich genug für dich?«

»Was?«

»Ich habe genug. Ich will dich nicht heiraten.«

Endlich komme ich zum Punkt. Gott sei Dank, es hat lange genug gedauert.

»Was?«, wiederholt er ungläubig.

»Die Hochzeit ist abgeblasen. Ich werde dich nicht heiraten. Die ganze Sache ist verflucht noch mal vorbei …«

Gott sei Dank gibt es das Telefon. Von Angesicht zu Angesicht wäre ich sicher nicht so direkt.

»Das ist doch verrückt. Bist du krank?«, fällt er mir ins Wort. »Das muss es sein. Ich komme zu dir.«

»Nein! Das halte ich für keine gute Idee …«, widerspreche ich, da ich weiß, dass eine direkte Konfrontation im Augenblick meine Kräfte übersteigen würde. Doch es ist zu spät, er hat bereits aufgelegt.

Richard kommt hierher!

Hilfe!

Panisch fege ich in der Wohnung auf und ab, wie eine Wespe,

die in einer Limonadenflasche gefangen ist. Wie Sie ja bereits wissen, ist der gewaltige Mut der vergangenen Nacht dem gewaltigen Kater des heutigen Morgens gewichen, was vernünftigem Denken nicht gerade förderlich ist.

Ich wage nicht, Richard gegenüberzutreten.

Wenn ich es gewagt hätte, dann hätte ich nicht den verdammten Zettel geschrieben, sondern es ihm ins Gesicht gesagt und mir enorme Genugtuung verschafft, indem ich hätte beobachten können, wie der selbstgefällige Ausdruck für einen Moment verschwindet.

Ich schnappe das Telefon und wähle Caros Nummer. Sie wird mir Mut zusprechen, mir erklären, dass ich das Richtige getan habe, und mir dann hoffentlich verraten, was ich jetzt tun soll. Dann aber fällt mir ein, dass der Schauspielkurs wegen der alljährlichen Examensarbeiten früher geendet hatte und sie deshalb schon nach Südfrankreich abgedampft ist.

Vielleicht sollte ich es genauso machen. Vielleicht sollte ich einfach eine Zeit lang verschwinden, bis Gras über die Sache gewachsen ist. Die Mongolei soll um diese Jahreszeit sehr schön sein. Wie lange ich wohl zum Packen brauche?

Er kommt nach zwanzig Minuten der Panik. In der Zwischenzeit habe ich zweimal einen Koffer ein- und wieder ausgepackt. Zweimal habe ich beschlossen, die Flucht zu ergreifen, und zweimal, zu bleiben und alles durchzustehen. Gerade bin ich in einer Durchstehphase, doch mein Mut sinkt bedrohlich, als ich Richard vorfahren sehe.

Da er nie allein in den Kampf zieht, hat er zum Aufmarsch geblasen. Voller Entsetzen sehe ich, dass sein fetter metallicgrauer BMW voll bis unters Dach ist.

Auf dem Beifahrersitz kauert meine Mutter wie ein boshafter kleiner Vogel, dessen Federn reichlich zerzaust sind. Meine Schwester, die süchtig nach Seifenopern ist und ein ordentliches Melodrama schon immer zu schätzen wusste, sitzt hinter Richard. Ihre Wangen glühen vor Aufregung und Besorgnis.

Sogar mein armer Dad ist vom Frühstückstisch fortgerissen worden und trägt noch seine karierten Pantoffeln. Es hätte mich nicht gewundert, wenn Roger, der fette, aber liebenswerte Labrador meines Vaters, hechelnd aus dem Fenster geschaut hätte.

Ich beobachte ihre Ankunft vom Wohnzimmerfenster aus. Ich kann es nicht fassen, dass Richard meine Familie anschleppt. Und ich kann es nicht fassen, wie gelähmt vor Angst ich beim Anblick meiner Mutter bin. Es ist traurig zu wissen, dass ich zwar achtundzwanzig und vor neun Jahren zu Hause ausgezogen bin, aber immer noch Angst vor ihr habe. Ich bin versucht, sie gar nicht erst hereinzulassen. Ich könnte so tun, als sei ich nicht da. Oder ich könnte versuchen, über die wackelige eiserne Feuertreppe zu fliehen, die hinunter in den Hof und die Freiheit führt.

Oder ich tue doch so, als sei ich nicht da.

Da mir das bei weitem als die beste Alternative erscheint, flitze ich zum hinteren Teil meiner Wohnung, um mich im Schlafzimmer zu verkriechen.

Nachdem Richard fünf Minuten an der Haustür Sturm geklingelt hat, fällt ihm ein, dass er einen Schlüssel hat. Ich höre, wie sie über die Holztreppe in den ersten Stock hinaufsteigen. Es klingt wie ein nahender Militärtrupp. Jedes Knacken eines Schuhs auf den Eichenbohlen dröhnt in meinem armen, schmerzenden Kopf wie ein Gewehrschuss.

Ich beschließe zum dritten Mal auszubüchsen.

Ich lege einen Sprint hin, der diverse Olympiaanwärter blass aussehen ließe, stürze zu einem der Schlafzimmerfenster und rüttele verzweifelt am farbverkrusteten Fensterrahmen, einem hartnäckigen Hindernis, das sich zwischen mich und die Freiheit versprechende Feuertreppe stellt.

Jetzt stehen sie vor der Wohnungstür. Ich kann hören, wie sie mit dem klemmenden Schloss kämpfen. Hätte ich doch nur den Riegel vorgelegt. Doch dann wäre offensichtlich gewesen, dass ich zu Hause bin, obwohl ich so getan habe, als sei ich es nicht.

Die Tür gibt nach, und meine Mutter stürzt herein wie ein

leibhaftiger Geier auf Beutejagd. Sie ruft meinen Namen mit einer tiefen, heiseren Stimme, die mehr als nur ein wenig an Margaret Thatcher erinnert und jetzt obendrein genauso bedrohlich klingt. Endlich geht das Fenster auf.

Als Richard und seine Truppen ins Schlafzimmer platzen, begrüße ich sie mit einem zaghaften Lächeln vom Fensterbrett aus, auf dem ich mit gespreizten Beinen balanciere. Am linken Fuß trage ich einen rosa Turnschuh, am anderen einen Pantoffel, der geradezu unheimlich nach einem Zigarre rauchenden Jimi Hendrix aussieht. Ich habe noch immer meinen Morgenmantel an, der peinlicherweise offen steht, und ich trage keine Unterhose. Jimi Hendrix verabschiedet sich von meinem Fuß, segelt abwärts und landet verkehrt herum in einer Pfütze Dreckwasser im regennassen Garten unter mir. Ich blicke ihm in der dumpfen Vorahnung hinterher, dass ich ihm vielleicht bald folge, da in Mutters Augen pure Mordlust blitzt. Ihr eisiger Blick sagt mehr als tausend beleidigende Worte.

Es wird eine lange Sitzung.

Richard ist gönnerhaft und glaubt mir kein Wort.

Sally ist den Tränen nahe, weichherzig und glaubt mir kein Wort. Sie ist hin- und hergerissen zwischen dem Bedürfnis, mich zu trösten, und dem – wie es scheint – stärkeren Bedürfnis, Richard zu trösten, der den zutiefst Verletzten mimt.

Meine Mutter ist völlig perplex und sprachlos, eine absolute Premiere, und Dad schaut sich auf dem tragbaren Fernseher in der Küche heimlich die Höhepunkte von Wimbledon an, während er uns den x-ten Tee zubereitet.

Aus irgendeinem Grund hat meine Mutter den bösen Zettel in die Hände bekommen und hält ihn jetzt zerknittert in der geballten Faust, als wolle sie sie im nächsten Augenblick zum Schlag erheben.

Ich gebe mir die größte Mühe, sie alle davon zu überzeugen, dass dies kein vorübergehender Anfall geistiger Umnachtung ist und dass ich Richard wirklich nicht heiraten will. Doch wenigstens zwei Mitglieder meiner Familie, und natürlich Richard selbst, haben damit ein massives Problem.

Ich hätte wissen müssen, dass Mutter und Sally sich auf seine Seite schlagen würden. Richard hat sich genauso leicht in ihre Herzen geschlichen wie ein Bandwurm sich in den Darm und nährt sich jetzt von ihrer beider Bewunderung. Mutter, die leider mit enttäuschender Geschwindigkeit die Sprache wiedergefunden hat, beharrt darauf, einen Arzt kommen zu lassen, weil ich offensichtlich vorübergehend unzurechnungsfähig bin. Also halte ich mich an Sally-Anne, die hoffentlich etwas zugänglicher ist.

»Ehrlich, Sal, du musst mir glauben, ich will ihn wirklich nicht heiraten.« Ich flehe sie an, etwas zu fassen, was anscheinend unfassbar ist.

»Aber warum denn nicht?« Ihre schmalen Brauen wirken wie Fragezeichen auf der glatten, hellen Stirn.

»Nun, um es ganz offen zu sagen, ich liebe Richard nicht.«

»Aber warum denn nicht?«

»Tja…« Ich versuche, mich höflich auszudrücken. »Ich glaube einfach nicht, dass wir zueinander passen.«

»Aber warum denn nicht?«

Allmählich geht sie mir auf den Keks.

»Brauchst du eine Aufzählung?«

Sally nimmt das gefährliche Funkeln in meinen Augen wahr und tritt hastig den Rückzug an.

»Ähm, ich glaube, ich helfe Dad ein bisschen mit dem Tee.« Sie flieht in die Küche.

Zurück bleiben Mutter, Richard und ich.

Wer ist als Nächstes dran?

Sie beschließen, beide zur selben Zeit zu reden.

»Also, ich finde das absolut krank!«, platzen sie gleichzeitig heraus.

Wie raffiniert – synchrones Auszanken. Sie harmonieren bis aufs Wort miteinander. Sogar die Mischung aus Ungläubigkeit und Ärger auf ihren Gesichtern ist identisch. Jetzt weiß ich, warum ich Richard nicht heiraten kann: Er erinnert mich an meine Mutter. Wahrscheinlich mag sie ihn deshalb so sehr. Er ist eine zweite Miriam Blakeney. Wo sie aufgehört hat, über mich zu bestimmen und mein Leben zu ruinieren, kann er übernehmen.

Meine Entschlossenheit wächst. Als Dad und Sally mit Tee und Keksen aus der Küche kommen, atme ich tief durch und behaupte meinen Platz.

»Hört mal, es tut mir wirklich Leid. Ich weiß, dass ich euch eine Menge Ärger und Aufregung bereite. Ihr habt euch alle so für die Hochzeit und das ganze Drum und Dran ins Zeug gelegt. Aber ich bin wirklich davon überzeugt, dass es ein riesiger Fehler wäre, die Sache durchzuziehen.«

Dad stellt das Teetablett auf den Wohnzimmertisch und tätschelt mir beruhigend die Schulter.

»Das ist schon in Ordnung, Liebes, wir verstehen dich.«

»Nein, das tun wir nicht!«, wütet Mutter. »Wir verstehen dich *überhaupt* nicht! Die Hochzeit ist in sieben Wochen, man kann sie nicht mehr absagen. Ich kann einfach nicht fassen, dass du auch nur an solch eine Dummheit denkst!«

»Aber ich will ihn nicht heiraten«, wiederhole ich zum hundertsten Mal. »Eine Dummheit wäre es doch, die Sache durchzuziehen, obwohl ich gar nicht will.«

»Aber warum denn nicht?«, fragt Sally erneut.

Also wirklich, so sehr ich auch an meiner süßen, kleinen Schwester hänge, wenn sie nicht sofort eine andere Platte auflegt, fängt sie eine.

»Weil ich den Mann nicht liebe, den ich heiraten soll, so Leid es mir tut.«

»Mach dich nicht lächerlich«, sagt Richard, als wäre es unvorstellbar, ihn nicht zu lieben.

Ich versuche, es zu erklären.

»Bei uns gibt es keine Leidenschaft, keine Poesie, keine Romantik.«

»Bei einer Ehe geht es um mehr als *Romantik*, Kind«, knurrt Mutter verächtlich.

»Mutter hat Recht«, erklärt Sally, die erst mich und dann Richard viel zu strahlend anlächelt.

»Das weiß ich auch, ich bin ja nicht blöd, aber …«

»In diesem Augenblick fällt es mir schwer, *das* zu glauben«, faucht meine Mutter.

Ich beschließe, diesen Seitenhieb zu überhören, und wende mich direkt an Richard.

»Es tut mir Leid, Richard. Wenn es nur um die fehlende Romantik gegangen wäre, hätte ich ja vielleicht nichts gesagt. Aber leider fehlen auch eine ganze Menge anderer Dinge.«

»Als da wären?«, fragt er entrüstet, da er sich eigener Mängel natürlich überhaupt nicht bewusst ist.

»Tja …« Ich blicke auf seinen Schritt, hinter dem sich Beweisstück »A« verbirgt. Dann sehe ich zu meiner Mutter, die säuerlich auf einem meiner Schokokekse herumkaut, als hätte sie Angst, sich zu vergiften.

Das ist doch lächerlich.

»Müssen wir das denn vor Publikum klären? Ich kann es ehrlich gesagt, nicht fassen, dass du sie mitgebracht hast.«

»Ganz richtig, ganz richtig«, sagt Dad erleichtert und hievt seinen hoch gewachsenen Körper vom Sofa hoch. »Ich finde, wir sollten die beiden sich selbst überlassen, nicht wahr?«

Als er Richtung Tür geht, wird mir bewusst, dass ich alles will, nur nicht mit Richard allein sein. Ich wünschte, ich hätte den Mund gehalten. Doch es gibt keinen Anlass zur Sorge. Mutter hat natürlich nicht im entferntesten die Absicht zu gehen.

»Setz dich wieder, Drew. Richard wollte, dass wir mitkommen.« Es gelingt ihr, gleichzeitig ein aufmunterndes Lächeln in Richards Richtung zu werfen und einen finsteren Blick in meine.

Dad setzt sich wieder.

»Es tut mir aufrichtig Leid«, sage ich zum hundertsten Mal, »wirklich, aber ist es nicht besser, dass ich es jetzt bemerke statt sechs Monate nach der Hochzeit? Ich weiß, es wirkt grausam von mir, aber es ist das einzig Richtige, glaubt mir.«

Mit Entrüstung und Verärgerung hat Richard es bereits probiert. Jetzt wählt er eine neue Taktik.

»Also wirklich, Felicity, ich verstehe das einfach nicht«, säuselt er und setzt den Blick des verlorenen kleinen Jungen auf, den er immer benutzt, um Klienten, alte ehrwürdige Richter und unentschlossene Geschworene zu bezirzen. Den Blick, mit dem er mich auch ins Bett gekriegt hat; große braune Augen sehen unter dichten schwarzen Wimpern zu mir auf. Der meine Knie und diverse andere Teile meines Körpers zum Schmelzen brachte. Und der mich jetzt nur noch ankotzt.

»*Ich* auch nicht«, stimmt meine Mutter nachdrücklich zu. »Sieh dir nur mal an, was du da wegwirfst, sieh es dir genau an. Und dann sag mir, dass du immer noch überzeugt bist, das Richtige zu tun!«

»Ich respektiere dich nicht, Richard. Wie kann ich jemanden heiraten, vor dem ich keinen Respekt habe?«

»Aber er ist Anwalt«, sagt Mutter, als mache diese Tatsache den Mangel an Respekt sofort wieder wett. »Himmel, Mädchen, was ist nur los? Ist dir nicht klar, was du da wegwirfst?«, fährt sie fort, als ich nur ungläubig den Kopf schüttle. Allmählich klingt sie hysterisch. »Richard ist brillant, wunderbar und talentiert. Und er ist der geborene Gentleman. Anscheinend weißt du gar nicht, was für ein Glück du hattest, ihn zu finden.«

Sally nickt zustimmend. Mir platzt der Kragen.

»Und er ist der geborene Schwächling! Ein Gentleman ist in der Lage, seine eigenen Schlachten zu schlagen. Er versteckt sich nicht hinter dem Rockzipfel seiner zukünftigen Schwiegermama. Entschuldigung, seiner ehemaligen zukünftigen Schwiegermama.«

»Wie kannst du es wagen, so mit mir zu reden?«, tobt sie und läuft knallrot an, während ich vor dem mörderischen Funkeln ihrer Augen zurückzucke.

Hilfe naht aus einer gänzlich unerwarteten Richtung.

»Schon gut, Miriam.« Zu meiner Überraschung erhebt sich Richard vom Sofa, an dem er bisher mit Sekundenkleber festgeschweißt schien. »Danke, dass du für mich Partei ergreifst, aber ich denke, Felicity hat ihre Gefühle mehr als deutlich zum Ausdruck gebracht. Es ist eklatant, wie sinnlos es wäre, dieses Gespräch fortzusetzen.«

Verdutzt starre ich ihn an.

Wenn das nicht die schnellste Kehrtwendung in der Geschichte war!

Er wirkt seltsam würdevoll, und ich erhasche einen flüchtigen Blick auf den Mann, für den ich ihn hielt, als wir uns begegneten. Er hält mir die Hand hin.

»Ich respektiere Felicitys Entscheidung, auch wenn ich sie keine Sekunde verstehe. Leb wohl, Felicity.«

Widerspruchslos ergreife ich sie. Sein Griff ist fest, seine Hand warm, sein Blick stetig. Eine Sekunde lang frage ich mich, ob ich das Richtige tue, doch dann kommt der wahre Richard zum Vorschein.

»Aber bilde dir nicht ein, du könntest wieder angekrochen kommen, wenn du kapierst, was für einen entsetzlichen Fehler du gemacht hast.«

Er schlendert zur Tür. Endlich verschwindet er. Ich kann nicht widerstehen und hebe mit einem reichlich kindischen, aber ekstatischen Gefühl der Befreiung die Hand zum Victory-Zeichen. Mit dem Ausdruck blanken Ekels hastet meine Mutter, dicht gefolgt von Sally, ihm nach.

»Tja…« Ich blicke zu Dad, auf der Suche nach Billigung durch den einzigen Menschen, dessen Meinung wirklich zählt, da er der einzige Mensch ist, dessen Meinung auf der Sorge um mein Wohlergehen gründet und nicht von eigenen Vorlieben beeinträchtigt wird.

Er sieht mich unter dichten, hochgezogenen Brauen an.

»Was hast du getan, Fliss?« Er klingt nicht vorwurfsvoll.

»Etwas, das ich schon vor langer Zeit hätte tun sollen«, entgegne ich und stelle erleichtert fest, dass sich ein breites Grinsen auf dem Gesicht meines Vaters ausbreitet.

»Hauptsache, du bist glücklich, hm? Konnte den Kerl sowieso nie leiden.« Er schlingt seine langen Arme um mich, drückt mir einen zärtlichen Kuss auf den Scheitel und folgt mit einem fast unmerklichen Augenzwinkern meiner Mutter (die ich in Rage die Treppe hinunterhasten hören kann, wobei sie Richards Namen ruft). Er murmelt »langweiliger kleiner Scheißer« und grinst sich einen.

Gott segne meinen Vater.

Richard legt einen übereilten Abgang hin und rast mit quietschenden Reifen die Straße entlang. Obwohl er meine Familie mitgebracht hatte, hat er anscheinend nicht vor, sie auch wieder zurückzufahren.

Es hätte mich nicht gewundert, wenn Mutter sich vor ihm auf die Motorhaube geworfen hätte, als er losfuhr. Stattdessen kommt Dad wieder herauf, um ein Taxi zu rufen. Mutter weigert sich, sich von mir nach Hause fahren zu lassen oder in meiner Wohnung zu warten. Im Augenblick wünscht sie nicht, mit mir zu sprechen. Ich sehe, wie sie wütend zu meinem Fenster hinaufstarrt. Während sie noch auf das Taxi wartet, beginnt es zu regnen. Auch das ist natürlich meine Schuld.

Die Wohnung wirkt seltsam ruhig, nachdem alle fort sind. Wie in dem Augenblick nach einer Party, wenn der letzte Gast gerade gegangen ist und man nicht weiß, ob man jetzt aufräumen oder lieber gleich ins Bett gehen soll. Mir ist ganz sicher nicht danach zumute, den Scherbenhaufen aufzuräumen, den ich (laut Mutter) anscheinend gerade angerichtet habe, also lasse ich mir ein Bad ein.

Normalerweise singe ich in der Badewanne. Peinlich, ich weiß, umso mehr, da ich eine Stimme wie eine asthmatische Kuh habe, die gerade von der Schaufel eines Schaufelbaggers zu Tode gequetscht wird. Heute aber bin ich mucksmäuschenstill. Ich fühle mich ausgelaugt, leer. Ich versuche, mich auf meine aufregende, neue Zukunft zu konzentrieren, bis mir klar wird, dass ich so lange damit zugebracht habe, das Ende meines alten Lebens zu planen, dass ich über das neue nicht einmal nachdenken konnte. Ich glaube, wenn ich ehrlich bin, hätte ich nie geglaubt, den Mut aufbringen zu können, all das hier durchzuziehen.

Das Telefon klingelt. Ich hechte aus der Wanne, während seifige Schaumfetzen über meinen nassen Körper gleiten, und laufe in die Diele.

Einen Moment lang starre ich den Apparat an, dann strecke ich die Hand nach dem Hörer aus. Ich bin mir nicht sicher, ob ich abheben soll. Es könnte Richard sein, oder – schlimmer noch – meine Mutter. In diesem Moment klingelt es auch an der Tür. Ich wähle das kleinere der beiden Übel und zwinge mich, den Hörer abzunehmen. Zu meiner Überraschung ist es Sally.

»Hallo, Fliss.« Ihre Stimme ist kaum mehr als ein Flüstern. »Hör mal, das mit vorhin tut mir wirklich Leid. Ich wollte dir nur sagen, dass ich finde, du hast das Richtige getan. Ihr passt nicht zusammen. Mach dir keine Sorgen wegen Mum, sie kommt schon drüber weg.«

»Ach, Sal, ich bin ja so froh, dass du das sagst«, seufze ich erleichtert. »Findest du wirklich, ich habe mich richtig verhalten?«

»Absolut«, entgegnet sie fest. »Je länger ich darüber nachdenke, desto klarer wird mir, dass es so wirklich am besten ist.«

»Du glaubst gar nicht, wie gut es tut, das zu hören, Sal. Ich dachte schon, ich hätte eine meiner engsten Verbündeten verloren…«

»Red keinen Unsinn. Ich werde immer für dich da sein, Fliss, das weißt du doch. Ganz egal, was…«

Ich bin so erleichtert, dass ich ohne nachzudenken die Tür öffne und damit den Milchmann völlig überrumpele. Er betrachtet meinen nackten, seifigen Körper von oben bis unten, und ein

Grinsen, das von einem Ohr zum anderen reicht, erscheint auf seinem wettergegerbten alten Gesicht.

»Macht dann vier zwanzig, bitte schön«, kichert er. »In bar, wenn's recht ist. Für 'ne andere Art Bezahlung bin ich ein bisschen zu alt.«

Am Montag darauf beginnt die letzte Schulwoche vor den Sommerferien, die sich endlos hinzieht. Obwohl Donnerstag der letzte Schultag ist, kommt es mir vor, als wären es vier Jahre und nicht nur vier Tage. Die Neuigkeit verbreitet sich blitzschnell im Lehrerzimmer, doch glücklicher- und unerwarteterweise nicht unter den Schülerinnen. Meine engsten Kollegen sind nicht besonders überrascht, dass Richard und ich uns getrennt haben. Die Reaktionen sind ganz unterschiedlich. Manche halten mich für völlig verrückt, andere für höchst vernünftig, doch alle sind unabhängig von ihrer Meinung dankenswert diskret.

Meine zwei engsten Freundinnen neben Caroline, die Richard nie gemocht und daraus auch nie ein Hehl gemacht hat, sind einer Meinung.

Wiggy (Wilhelmina – dafür hasst sie ihre Eltern), die Wandersfrau, eine unverbesserliche Rucksacktouristin, schickt mir eine Glückwunschkarte aus Australien, die beim Öffnen immer und immer wieder »I believe in Miracles« dudelt. »Bin ja so froh, dass du es endlich kapiert hast«, hat sie in ihrer großzügigen Handschrift darunter gekritzelt.

Die sensible Sasha hinterlässt mir eine Nachricht auf dem Anrufbeantworter.

»Fliss, hier ist Sash. Es geht das Gerücht, du hättest endlich Vernunft angenommen und diesen Fiesling in die Wüste geschickt. Ruf mich an. Ich will wissen, ob es stimmt. Schließlich will ich keine teure Flasche Schampus verschwenden, um etwas zu feiern, was vielleicht gar nicht wahr ist. Falls es stimmt, umso besser. Und ruf bloß an, altes Haus, damit ich dir noch ein bisschen gut zureden kann, nur für den Fall, dass du es dir doch noch anders überlegst.«

Ich wusste ja, dass Wiggy nie sonderlich angetan war von meinem Exverlobten, aber ich hatte geglaubt, Sasha könne Richard leiden. Aus diesem Grund hatte ich auch noch nicht angerufen, um ihr die Neuigkeit von unserer Trennung zu berichten.

Hätte ich geahnt, dass er bei ihr ebenfalls nicht hoch im Kurs stand, wäre ich vielleicht so kühn gewesen, etwas früher mit ihm zu brechen. Es ist großartig zu wissen, dass es jetzt einen Menschen weniger gibt, der mich für mein Handeln hasst. Ist es nicht traurig, wie viele Einschränkungen man sich auferlegt, nur weil man den Zorn anderer fürchtet?

Wenn ich genauer darüber nachdenke, gibt es eigentlich nur noch zwei Menschen, die gegen mich sind: Richard, der bezeichnenderweise überall herumposaunt hat, er habe mich verlassen und nicht umgekehrt, und meine Mutter.

Während ich alles daran gesetzt habe, Richard aus meinem Kopf zu verbannen, indem ich mir sage, mein Leben sei jetzt eine Richard-freie Zone, hat es sich doch als recht schwierig herausgestellt, die Tatsache zu ignorieren, dass meine eigene Mutter sich noch immer weigert, mit mir zu sprechen.

Ich habe versucht, mich versöhnlich zu zeigen, doch das ist schwierig, wenn derjenige, mit dem man sich versöhnen will, sich weigert, einen wahrzunehmen. Meine Mutter ist der Papst, und ich wurde aus der Kirche ausgeschlossen.

Doch dies hat, wie Heinrich VIII. bereits betonte, durchaus Vorteile: totale Ungebundenheit in seinem Fall und totale Freiheit zu tun, was immer ich will, ohne Vergeltung oder offene Missbilligung befürchten zu müssen, in meinem.

Dennoch bin ich realistisch genug, um zu erkennen, dass dieser Zustand keinesfalls ideal ist. Deshalb wollte ich wiederholt vorsichtig einen Ölzweig überreichen, der jedes Mal prompt von der Schärfe ihrer Ablehnung zu einem Bogen zurechtgestutzt und auf mich abgefeuert wurde.

Doch allein die Tatsache, dass niemand behaupten kann, ich hätte es nicht versucht, trägt erheblich dazu bei, mein Gewissen in dieser Hinsicht zu erleichtern. Darum war es mir auch möglich, mich halbwegs auf die letzte Unterrichtswoche zu konzentrieren.

Am letzten Schultag gratuliere ich mir dazu, dass alles relativ glatt gelaufen ist, obwohl mir durchaus klar ist, dass es auch eine ziemlich üble Woche hätte werden können. Doch als ich versuche, mich aus dem Klassenraum zu stehlen und mit einem Karton voller Unterlagen auf den Parkplatz zu entkommen, werde ich dummerweise von einer Gesandtschaft lächelnder Fünfzehnjähriger umringt. Meine Mädchen haben mir ein Hochzeitsgeschenk gekauft, das sie sorgfältig eingepackt haben und mir jetzt mit einer vorab einstudierten Ansprache darüber überreichen, dass sie bloß nicht vergessen dürfen, mich mit Mrs. Trevelyan anzusprechen, wenn wir uns im Herbst wiedersehen.

Am liebsten würde ich sterben.

Sie bestehen darauf, dass ich ihr Geschenk sofort aufmache. Sie wollen mein Gesicht sehen und meine Freude teilen. Leider spiegelt mein Gesicht just in diesem Moment ein ganz anderes Gefühl wider. Ich glaube, das Wort Entsetzen wäre hier angebrachter. Gerade setze ich zu einer Erklärung an, als Mrs. Monkton, die Direktorin, die die ganze Szene verfolgt hat, warnend den Kopf schüttelt, sodass ich nur unter Tränen »Danke« murmele.

Sie sehen meinen belämmerten Gesichtsausdruck und denken netterweise, ich sei von ihrer Freundlichkeit gerührt und überwältigt. Glücklich und zufrieden mit sich und der Tatsache, dass nun endlich Sommerferien sind, brechen sie unter lautem Geschnatter und zahlreichen Glückwünschen auf. Sie rufen mir lachend Bemerkungen über Flitterwochen und die drei S zu, die man dafür unbedingt braucht.

Soeben Single, sorry.

Mrs. Monkton und ich bleiben allein im Klassenzimmer zurück.

Sie ist eine strenge Vorgesetzte, mit stahlgrauen Haaren, entsprechenden Augen und entsprechender Persönlichkeit, doch gleichzeitig freundlich und klug. Sie legt ihre runzlige Hand auf meinen Arm, ein eindeutiger Beweis der Zuneigung.

»Jetzt ist nicht der richtige Zeitpunkt für Erklärungen, Felicity«, sagt sie ruhig. »Jetzt sind Ferien, also entspannen Sie sich und genießen Sie den Sommer. Vielleicht fahren Sie ja eine Weile weg. Im Herbst sieht dann alles ganz anders aus. Dann beginnt ein neues Schuljahr – weg mit dem alten, her mit dem neuen.« Sie lächelt mir aufmunternd zu.

Draußen auf dem Parkplatz, der an das Hockeyfeld grenzt, auf dem einige entschlossene und disziplinierte Schüler noch immer trainieren, schickt die Sonne zaghaft einige warme Strahlen durch die aufreißende Wolkendecke.

Ich lade den Karton mit Unterlagen und Büchern, die ich für die Vorbereitung aufs nächste Schuljahr brauche, in den Kofferraum. Als ich einsteige und das Steuer umklammere, um das Zittern meiner Hände zu unterdrücken, trifft ein Sonnenstrahl auf die Steine, die in den Platinring an meinem Ringfinger eingelassen sind. Da wird mir klar, dass ich immer noch meinen Verlobungsring trage.

The Beeches in der Clayton Avenue ist ein altes, gedrungenes Haus, das aus der Regierungszeit der alten und ähnlich gedrungenen Königin Victoria stammt. Hier wurde ich vor achtundzwanzig Jahren geboren – eine schmerzhafte Geburt, die sich laut meiner Mutter ganze drei Tage hinzog. Für diesen Schmerz hat sie mich seitdem dreifach büßen lassen. Wir sind noch nie miteinander ausgekommen, und nachdem ich Richard so gedanken- und herzlos zurückgewiesen habe, hat sich ihre alles andere als stille Unzufriedenheit darüber, wie ich mein Leben bisher gestaltet habe und wie ich gegen alles rebelliere, was ihr wichtig ist, in rachsüchtigen Hass verwandelt. Ich habe das ganze Wochenende gebraucht, um den Mut aufzubringen, vorbeizufahren. Eigentlich hätte ich schon vor einer Stunde zu Caroline aufbrechen sollen, doch ich habe noch nicht einmal fertig gepackt. Ich weiß, wenn ich es jetzt nicht hinter mich bringe, dann verliere ich die Nerven und schaffe es nie mehr.

Schüchtern klopfe ich an das verzogene und abblätternde Holz der Eingangstür. Glücklicherweise verbringt Sally-Anne ihren freien Tag wie erhofft als Muttersitterin. Ich sehe, wie sie die schweren Spitzenvorhänge hochhebt, als sie aus dem Fenster blickt, und dann eilig verschwindet, um mich hereinzulassen.

»Ist sie da?« Zu allem Überfluss flüstere ich.

Um diese Tageszeit ist meine Mutter immer da. Sie hat nie gearbeitet, dafür aber ihren tadellos organisierten Haushalt mit der Effizienz eines Offiziers geführt. Mein Vater, der seine Karriere bei der königlichen Luftwaffe begonnen und dann als Ingenieur gearbeitet hat, ist vor zwei Jahren frühpensioniert worden. Sie pflegen kaum gesellschaftlichen Umgang. Also, zumindest nicht gemeinsam. Dad ist selten im Haus. Er hat immer noch seinen Garten und das Angeln und hier und da ein Golfwochenende. Und Roger scheint in den Genuss einer Menge außergewöhnlich langer Spaziergänge zu kommen. Mutter ist bei den örtlichen Landfrauen, wo sie die effizienteste Sekretärin abgibt, die Oxfordshire je erlebt hat.

Sally legt einen Finger an die Lippen und deutet nach oben. Seit vergangenem Samstag hat Mutter uns mit einem Nervenzusammenbruch gedroht und sich in ihr Bett zurückgezogen wie Jane Austens Mrs. Bennet. Sie weigert sich, nach unten zu kommen, sondern lässt sich sämtliche Mahlzeiten auf einem Tablett servieren und schimpft auf das Leben im Allgemeinen und auf mich im Besonderen.

Sally drückt meine Hand, eine zärtliche, höchst willkommene Geste.

»Komm ins Wohnzimmer«, sagt sie leise. »Es ist besser, wenn wir sie nicht stören. Sie hat immer noch grauenhafte Laune.«

Wir gehen ins Wohnzimmer. Es ist bedrohlich still, bis auf das

Ticken der Standuhr in der Nische neben der Tür. Im Haus meiner Eltern fühle ich mich immer um ein Jahrhundert zurückversetzt. Ich setze mich auf das Chintzsofa aus den Fünfzigern, das modernste Möbelstück im Raum. Sally hat den Nachmittagstee vorbereitet und serviert ihn in Tassen aus hauchdünnem Porzellan.

»Ich wollte nur schnell vorbeikommen und Bescheid sagen, dass ich für eine Weile verreise«, erkläre ich und nehme dankend eine dampfende Tasse entgegen. »Caro ist wieder da. Sie hat mich zu sich eingeladen. Deshalb fahre ich für ein paar Wochen nach Angels Court. Bis Gras über die Sache gewachsen ist und wir alle wieder normal sind.«

»Was verstehst du unter normal?«, fragt Sally trocken.

»Dass Mutter einfach wieder schrecklich zu mir ist statt absolut und total unausstehlich«, entgegne ich spöttisch. »Andererseits könnte ich mich durchaus daran gewöhnen, dass sie nicht mit mir spricht. Wenn ich nur sicher sein könnte, dass es dabei bleibt.«

Sally blickt verängstigt zur Decke, als könne Mutter genau in diesem Moment lauschen.

Ich stelle meine Teetasse auf den Couchtisch, wühle in meiner Handtasche und ziehe eine kleine schwarze Lederschachtel hervor, die ich Sally-Anne entgegenstrecke.

»Ich brauche deine Hilfe, Sal. Ich verstehe es, wenn du ablehnst, aber du würdest mir wirklich einen Gefallen damit tun.«

Ich schweige, doch sie lächelt mir nur ermutigend zu.

»Würdest du das Richard geben …, bitte?« Ich gerate ins Stocken. »Ich möchte ihn im Augenblick nicht sehen – genauso wenig wie er mich, vermute ich. Er war stinksauer, was?«

»Er war nicht gerade glücklich, nein, aber jetzt scheint es ihm besser zu gehen«, murmelt Sally und nimmt die Schachtel entgegen. Sie holt den Ring heraus und legt ihn auf ihre Handfläche.

»Hast du ihn etwa gesehen?«, frage ich überrascht.

»Mhm.« Sie nickt, steckt sich beiläufig den Ring an den Finger und betrachtet die Diamanten, in denen sich das Licht bricht, das durch die Gardinen einfällt. »Er hat gestern Abend vorbeigesehen.«

Er hat vorbeigesehen?

»Was zum Teufel hatte Richard hier zu suchen?«

»Ich glaube, er wollte mal mit jemandem reden.«

Sally sieht mich an, lächelt verlegen und streift den Ring wieder ab. Sie steckt ihn zurück in die kleine Lederschachtel, die mit einem scharfen Laut zuschnappt.

»Worüber?«

»Na ja, natürlich darüber, was passiert ist«, antwortet Sally und sieht mich mit hochgezogenen Brauen an. »Unter anderem …«

Offensichtlich erstaunt es sie, dass *ich* erstaunt bin, weil Richard jemandem sein Herz ausschütten wollte. Ich glaube, insgeheim hatte ich damit gerechnet, er wäre genauso erleichtert wie ich, dass unsere Beziehung endlich beendet ist. Er hat mir nie wirklich Anlass zu der Überzeugung gegeben, ich könne ihm fehlen. Ich bin wohl davon ausgegangen, für ihn genau die Gewohnheit zu sein, die er für mich war, und dass ich ihm also einen Gefallen getan habe, indem ich die Hochzeit abblies.

Insgeheim war ich immer davon überzeugt, er hätte mir im Eifer des Gefechts einen Antrag gemacht. Er hatte noch nicht einmal einen Ring in der Tasche, als er mit der Frage herausplatzte, und ich weiß nicht, wer von uns beiden überraschter aussah, als er fragte.

Für mich war der Antrag sowieso wie aus heiterem Himmel gekommen. Für meine Begriffe kamen Richard und ich zu dieser Zeit nicht gerade blendend miteinander aus. Er hatte mich mehrmals unter fadenscheinigen Ausreden versetzt, und ich hatte ihn bis zu dem Abend des Kniefalls kaum noch gesehen.

Zum ersten Mal seit Ewigkeiten verbrachten wir einen halbwegs netten Abend miteinander.

Das könnte etwas mit der Tatsache zu tun haben, dass wir beide schon etwas getrunken hatten, bevor wir uns trafen. Ich hatte mir einen genehmigt, weil wir zu einem Familienessen erwartet wurden und ein Gläschen Alkohol den Abend immer auflockert. Ich habe keine Ahnung, warum Richard angesäuselt war, doch wir beide haben Mutters lauwarmer Liebfraumilch mit wesentlich mehr Enthusiasmus zugesprochen als sonst.

Also haben wir uns gut amüsiert, doch als er näherrückte und mir zuflüsterte, er habe mir etwas zu sagen, dachte ich, ehrlich gesagt, an alles, nur nicht an einen Antrag.

Und es war irgendwie unglücklich, dass meine Familie Zeuge war. Bevor ich danach hätte behaupten können, »Vergiss es, ich war besoffen«, hatte meine Mutter es bereits via Lokalzeitung in die Welt hinausposaunt und ein Familientreffen mit Champagner, Ansprachen und Verlobungsgeschenken organisiert. Ich war gezwungen, eine Beziehung offiziell zu machen, die in meinen Augen bereits auf Grund gelaufen war. Also setzten wir unter einem Feuerwerk aus Luftschlangen und knallenden Korken erneut Segel, um in den Hafen der Ehe einzulaufen.

Ich hätte wirklich nicht gedacht, dass es Richard nach der Trennung so schwer fallen würde, sein Leben weiterzuführen.

»Was hat er gesagt?«, frage ich besorgt.

»Er schien wirklich traurig zu sein, Fliss.« Sally lächelt mitfühlend.

»Ja, klar«, entgegne ich bitter, »ich sehe es förmlich vor mir: Er macht auf geprügelter Hund, das wirkt immer. Lässt mich noch schlechter dastehen, als ich es ohnehin schon tue.«

»So war es nicht, Fliss, ehrlich. Im Gegenteil. Er schien sich selbst größere Vorwürfe zu machen als dir. Er wollte sichergehen, dass nicht alles sein Fehler war.«

»Und was hast du ihm geantwortet? Ich vermute, Mutter hat allein mir die Schuld in die Schuhe geschoben, oder?«

Verlegen zuckt Sally die Achseln.

»Du weißt doch, wie sie ist.«

»Nur zu gut«, seufze ich. »Also war er hier, um sich bei dir auszuheulen. War das alles?«

»Na ja, dann hat er noch gesagt, dass wir ja nicht den Kontakt abreißen lassen müssten, nur weil er nicht mehr mit dir zusammen ist.«

»Das hat er gesagt?«

»Ganz richtig, das hat er gesagt!«, faucht eine vertraute Stimme.

Erschrocken sehe ich auf. Mein Magen krampft sich vor Angst zusammen. In der Tür steht Mutter.

»Ich weiß gar nicht, warum es dich so überrascht.«

Ich wünschte, ich könnte des perversen Gefühls der Panik und der Furcht Herr werden, das sie immer in mir auslöst. Schließlich bin ich erwachsen und für mich selbst verantwortlich. Warum also schafft sie es immer wieder, dass ich mir wie eine Zehnjährige vorkomme, der eine Standpauke bevorsteht?

Sie stützt sich gegen den Türrahmen, als seien ihre Beine zu schwach, um sie zu tragen. Sie sieht blass aus und hat den Handrücken melodramatisch an die Stirn gelegt. Es ist vier Uhr nachmittags, doch sie läuft noch immer im Morgenmantel herum.

Ganz in Schwarz. Wie passend.

Sie stolziert durch das Zimmer wie eine Krähe, die gekommen ist, um an den Gebeinen eines Toten herumzupicken.

»Ihm liegt viel an dir, Felicity. Er hat keine eigene Familie – er hatte begonnen, uns als seine Familie zu betrachten, und du hast sie ihm weggenommen«, krächzt sie heiser.

Sie starrt mich wütend an. Dann stützt sie sich schwer auf das Sideboard, ignoriert den Tee und schenkt sich stattdessen einen großen Weinbrand ein.

»Es überrascht mich, dass du es noch wagst, hier aufzutauchen.«

»Ihr seid *meine* Familie«, stoße ich entrüstet hervor. »Ich glaube einfach nicht, dass ihr euch gegen mich verbündet. Ich brauche eure Unterstützung. Für mich war das Ganze auch schlimm, verstehst du.«

»Von mir hast du nichts zu erwarten.« Sie nippt an ihrem Glas und verzieht das Gesicht. Sie hat nie viel getrunken. Wahrscheinlich habe ich sie jetzt auch noch in den Suff getrieben.

»Wie man sich bettet …«

»So liegt man, ich weiß. Und du willst mich auch noch mit einem Kissen ersticken! Ich glaube, es ist besser, wenn ich jetzt gehe.« Ich erhebe mich vom Sofa. »Es war wohl ein Fehler zu kommen.«

»In letzter Zeit hast du eine Menge Fehler gemacht, findest du nicht, Felicity?«, giftet sie. »Aber das war ja nicht anders zu erwarten. Es war wohl nur eine Frage der Zeit, bis du und Richard euch trennt. Du warst einfach nicht gut genug für ihn. Genau genommen überrascht es mich sogar, dass eure Beziehung so lange gehalten hat, insbesondere nach allem, was er gestern Abend zu Sally-Anne gesagt hat!« Sie kippt den Rest des Brandys in einem Zug hinunter und starrt mich provozierend an.

»Ach ja, und was genau hat er gestern Abend gesagt? Wovon redest du überhaupt?«

Mutter schnaubt höhnisch. Doch statt einer Antwort schenkt sie sich nach.

»Was hat Richard gesagt?«, frage ich Sally.

»Nichts«, flüstert diese und schüttelt den Kopf. »Sie ist durcheinander, das ist alles.«

»Sally!«

Sie packt meinen Arm und versucht, mich aus dem Zimmer zu ziehen.

»Ignorier sie einfach, Fliss, du weißt doch, wie sie ist. Es ist besser, sie allein zu lassen.«

»Ja, lass nur gut sein, Fliss«, ruft Mutter mir spöttisch hinterher. »Lauf nur weg. Lauf weg, wie du es immer tust.«

Ich schüttele Sally ab und sehe Mutter an.

»Ich laufe überhaupt nicht weg! Ich versuche, das Richtige für mich zu tun, verstehst du das denn nicht?«, flehe ich und suche nach einem Hauch Mitleid oder Verständnis auf ihrem Gesicht. Es ist kalt, hart und verschlossen wie der Deckel einer Tiefkühltruhe.

»Willst du denn nicht, dass ich glücklich bin?«, beharre ich, doch sie antwortet nicht. Das muss sie auch gar nicht; ich kenne die Antwort bereits. Glück ist keine unabdingbare Voraussetzung für ein zufriedenstellendes Leben. Ob Pflicht, gesellschaftliche Stellung oder finanzielle Sicherheit, sie alle sind einem guten Leben weit förderlicher als Glück.

»Du bist meine Mutter, du müsstest zu mir halten. Wäre es dir lieber, ich würde den größten Fehler meines Lebens begehen, Richard heiraten, mich zweifelsohne wieder von Richard scheiden lassen und als einsame, verbitterte alte Hexe enden wie du?«

Mit funkelnden Augen kommt sie auf mich zu. Sie holt Schwung und schleudert den Brandy in meine Richtung. Ich spüre einen stechenden Schmerz, als er mir in die Augen spritzt und mir übers Gesicht läuft, um sich mit dem stetigen Strom aus Salzwasser zu mischen, der bereits an mir herunterfließt.

Kapitel 3

Gegen Abend erreiche ich endlich Angels Court. Das verwitterte alte Bauernhaus wirkt vertraut und beruhigend. Langsam versinkt der große gelbe Sonnenball hinter dem gezackten Dachfirst und wirft schräge Strahlen gegen meine Windschutzscheibe, die mich einen Moment lang blenden.

Meine Gefühle fahren mit der sprichwörtlichen Achterbahn. Die Auseinandersetzung von vorhin hat mich umgehauen. Mein Leben hat eine ganz neue Richtung genommen. Das wollte ich ja auch. Warum nur fühle ich mich dann so leer?

Caroline hält am Wohnzimmerfenster nach mir Ausschau. Zweifelsohne hat sie befürchtet, ich könnte es nicht bis hierher schaffen. Seit meinem unzusammenhängenden Anruf, dass ich jetzt auf dem Weg sei, ist sie völlig außer sich. Statt der üblichen Stunde habe ich zwei Stunden bis hierher gebraucht. Ich war so unkonzentriert, dass ich ständig Abzweigungen verpasst habe und mehrmals umkehren musste. Zum Ausgleich bin ich regelrecht gerast und habe das Leben eines jeden Hasen, der es wagte, mir über den Weg zu hoppeln, ernsthaft in Gefahr gebracht.

»Wo hast du nur gesteckt, Fliss?« Caro kommt aus der Tür gestürzt. Zuerst schimpft sie, dann umarmt sie mich. Ihre Zuneigung und der warme Hauch nach Chanel und sauberem blondem Haar umfangen mich.

»Meine Güte, du siehst völlig fertig aus! Sieh dich nur mal an.«

Sie hält mich auf Armeslänge von sich.

»Du klebst ja!«

Sie schnüffelt an meinem Haar und meiner Kleidung.

»Und du riechst wie eine ganze Brauerei. Du hast doch nicht

etwa getrunken? Du weißt doch, keinen Alkohol am Steuer, Fliss.«

Ich schüttele den Kopf.

»Natürlich nicht. Ich bin vielleicht blöd, aber so blöd auch wieder nicht. Ich habe den Fehler begangen, vor der Fahrt bei Mutter vorbeizuschauen. Sie wollte sich mit einem Brandy stärken, fand dann aber, es sei viel wirkungsvoller, ihn mir ins Gesicht zu kippen statt sich in den Rachen.«

»Diese Hexe!« Caro reißt die Augen auf und presst ihre zarten rosa Lippen empört zu einer schmalen Linie zusammen.

Mich in ihrem Mitleid aalend, schniefe ich jämmerlich.

»Für jemanden, der nicht mit mir redet, hatte sie eine ganze Menge zu sagen.«

»Wie das?« Auf Caros hübschen Zügen zeichnet sich teilnahmsvoller Ärger ab.

»Ach, was weiß ich. Richard hat mich überall in den Dreck gezogen, sich eingeschleimt und neue Anhänger für die Richard-Trevelyan-Partei angeworben. Sie hat raushängen lassen, dass es nur eine Frage der Zeit gewesen wäre, bis er mich fallen lässt, wenn ich nicht vorher ihn hätte sitzen lassen. Daraufhin hat sie mir ein volles Glas Rémy Martin ins Gesicht geschüttet und ist aus dem Zimmer marschiert.«

Empört schüttelt Caroline den Kopf und hakt sich bei mir unter.

»Jetzt bist du ja unter Freunden. Hier wandert der Alkohol garantiert in deine Kehle. Aber komm erst einmal rein. David kann dein Gepäck holen.«

Caro führt mich nach oben in eines der Gästezimmer, das inoffiziell längst mein Zimmer ist.

Mein Heiligtum.

Die warmen Terrakotta-Wände wirken im goldgelben Schimmer der untergehenden Sonne behaglich und einladend. Es gibt zwei Fenster, ein Bett, alte Kiefernholzmöbel und einen Dschungel aus Grünpflanzen.

Weiße Gazevorhänge blähen sich vor den offenen Fenstern in der leichten Brise, und ich kann den Abendgesang der Vögel unten im Obstgarten hören. Angels Court ist so schön, so friedlich, so paradiesisch, ein kleiner Garten Eden, in dem man sich ausruhen und abschalten kann.

Ich lasse mich auf das Bett aus verschnörkeltem Eisen plumpsen, das leise quietscht, während Caro im Badezimmer verschwindet. Ich kann hören, wie sie Wasser in die alte gusseiserne Wanne einlässt, und der Duft von Lavendel breitet sich aus, als sie Badesalz ins schäumende Wasser kippt. Ich rolle mich auf dem Bett zusammen wie ein Fötus im Mutterleib.

Dieses Haus ist ein Heim, so warm und lebendig, dass man fast glaubt, seinen Herzschlag hören zu können. Zum ersten Mal seit der Auseinandersetzung mit meiner Mutter hören meine Hände auf zu zittern.

Nach dem Bad fühle ich mich entschieden menschlicher. Caro hat mir einen ihrer Pullover und eine saubere Jeans aufs Bett gelegt. Die Jeans ist einen Hauch zu eng; sie war immer beneidenswert schlank.

Der Pulli ist aus dunkelblauer Angorawolle. Trotz des milden Abends bin ich dankbar für seine Wärme und seine Länge, die meine Taille kaschiert, da sie ein bisschen zu sehr über den engen Bund der Jeans quillt. Ich wette, es ist auch noch ihre größte. Ich seufze. Es wäre schön, wenn zu meinem neuen Leben auch eine neue Figur gehören würde. Andererseits bin ich noch immer offiziell in der Phase der Trostfresserei. Es wird schwer werden, die Trostpflaster wegzulassen, insbesondere, da es sich um berechtigte Trostpflaster handelt.

Als ich über die geschwungene, enge Rücktreppe nach unten komme, finde ich Caroline und David in der Küche. Sie hören Radio und haben eine Flasche Wein geöffnet. Caro beugt sich über riesige gusseiserne Pfannen auf dem Herd, während David am Küchentisch sitzt und mit gesenktem Kopf Erbsen pellt. Die halbrunde Brille ist ihm bis auf die Nasenspitze gerutscht, und er ist in die gestrige Ausgabe der *Sunday Times* vertieft. Er sieht auf und lächelt, als ich eintrete, dann blickt er zu Caroline hinüber.

Ich lasse mich auf einen der Stühle an dem langen, gescheuerten Küchentisch sinken. Darius, Davids Labrador, erhebt sich aus seinem Korb und wedelt so heftig mit dem buschigen Schwanz, dass sein ganzes Hinterteil wackelt. Er tappt über den roten Fliesenboden zu mir, und ich streichele seinen seidigen Kopf.

»Wenigstens einer, der mich liebt«, flüstere ich.

Ich spüre, wie meine Unterlippe erneut zu zittern beginnt.

David, der Diplomat, der zweifelsohne von Caroline eingeweiht wurde, entschuldigt sich, klemmt sich die Zeitung unter den Arm und verschwindet im Arbeitszimmer. Caroline wartet, bis er die Küche verlassen hat, dann dreht sie sich lächelnd zu mir um.

»Fühlst du dich besser?«

Ich nicke bedächtig.

Sie reicht mir ein Glas Wein.

»Eigentlich müssten wir Champagner trinken, um das zu feiern.« Sie prostet mir zu. »Meinen Glückwunsch, du hast es getan, du hast es wirklich getan. Endlich bist du frei.«

Sie hört sich erfreut an.

Ich sehe offensichtlich nicht gerade begeistert aus.

»Fliss … Erde an Fliss, alles in Ordnung, meine Liebe? Du bedauerst es doch nicht etwa, oder? Wegen der Hochzeit und so?«, fragt sie mit forschendem Blick

Ich springe auf wie ein Lachs, der gegen den Strom schwimmt.

»Ach du meine Güte, die Hochzeit!«

In all dem Durcheinander hatte ich sie völlig vergessen. Nicht die Heirat an sich – darum ging es ja schließlich bei dem ganzen verdammten Streit –, sondern das Drumherum, die Kirche, die Blumen, den Empfang für zweihundert Leute. Das Gefühl der Leere und der Lethargie weicht blinder Panik.

»Ich muss alles absagen, sonst kreuzen die Leute auf und erwarten eine Hochzeitsfeier!«

»Beruhige dich, Fliss.« Caro gießt einen weiteren Liter Rotwein in mein bauchiges, eimergroßes Glas. »Der Termin ist doch erst in sechs Wochen. Außerdem bin ich überzeugt, dass Miriam alles in die Hand nimmt. Warum rufst du sie nicht einfach an, damit du beruhigt bist? Ein kurzes Gespräch.«

Ich lege meinen armen, schmerzenden Kopf auf den Küchentisch. Das alte Holz ist warm und glatt. Beruhigend.

»Wir können nicht einfach so ein *kurzes Gespräch* führen«, stöhne ich. »Du weißt doch, dass sie nicht mit mir redet. Und du weißt, wie sehr sie Richard vergöttert. Während wir uns unterhalten, trauert sie. Ich sehe förmlich, wie sie sich in ein abgedunkeltes Zimmer zurückzieht, sich bitterlich über ihre fehlgeleitete und undankbare große Tochter beklagt und von vorn bis hinten von der guten alten Sally-Anne bedient wird. Du weißt doch, dass sie die Geduld einer Heiligen hat…«

»Ihre fehlgeleitete, undankbare und unsäglich *dumme* Tochter. Du hast das Dumm vergessen.«

»Hältst du mich etwa auch für dumm, Caroline?«, jammere ich. »Bitte sag mir, dass du das Ganze nicht für einen Riesenfehler hältst.«

»Ganz sicher nicht!«, entgegnet sie mit Nachdruck. »Glaubst du das etwa selber, Fliss? Glaubst du, es wäre ein Fehler gewesen, alles abzusagen?«

»Ich weiß es nicht«, jammere ich. »Ich bin ja sooooo durcheinander.«

Tränen strömen mir übers Gesicht. Das muss an dem vielen Alkohol liegen, den ich in den letzten Tagen getrunken habe. Deshalb laufe ich jetzt über. Caro verlässt den Herd und legt tröstend den Arm um mich. Der Chanelduft wird von Estragon überlagert.

»Ganz ruhig, ganz ruhig…« Sie spricht mit ihrer Lehrerstimme. »Lass alles raus.«

»Ich weine nicht um ihn«, schniefe ich, »sondern um mich. Ich bin fast dreißig, und nun sieh dir an, was aus mir geworden ist… Ich habe mein ganzes Leben ruiniert. Ich bin zu alt, um alles über den Haufen zu werfen. Ich werde als einsame alte Jungfer enden…«

»Jetzt spricht der Château Neuf du Pape aus dir, nicht du. Außerdem bist du achtundzwanzig – das würde ich kaum als alt bezeichnen. Wenn du schon alt bist, was bin dann ich erst? Ich bin fast dreiunddreißig.«

Caro setzt sich neben mich und ergreift meine Hand.

»Fliss, liebst du Richard?«

Ich höre auf zu weinen und sehe sie an.

»Nein. Nein, überhaupt nicht.«

»Na also, war doch ganz leicht, oder? Du hast nicht eine Sekunde gezögert. Wenn ich drauf und dran wäre, jemanden zu heiraten, den ich nicht liebe, diese heftigen Zweifel hätte und dich um Rat fragen würde, was würdest du mir raten?«

»Ich würde dir raten, es nicht zu tun«, höre ich mich vorsichtig sagen. Wie kommt es, dass Caroline immer alles so leicht zurechtrücken kann?

»Und jetzt frag ich dich noch einmal: Glaubst du wirklich, es wäre ein Fehler gewesen, alles abzusagen? Willst du den Rest deines Lebens mit einem aufgeblasenen Trottel verheiratet sein, der dich nur braucht, um sein Ego verhätscheln zu lassen?«

»Sein Ego ist zumindest das Größte, was er hat. Lieber würde ich das verhätscheln als andere Teile von ihm.« Ich kichere.

Caro grinst mich an.

»Siehst du? Wenigstens ist dein Sinn für Humor wieder da.«

David steckt den Kopf zur Tür herein und sieht seine Frau fragend an.

»Ist die Luft rein?«

»Ich glaube, unsere Patientin ist auf dem Wege der Besserung.« Caro deutet auf mich, während ich prustend über dem Küchentisch hänge. »Sie scheint mir recht fröhlich zu sein.«

»Ich dachte, sie hätte Richard die Ratte fallen lassen und sich nicht einer Persönlichkeitsveränderung unterzogen?«

»Na warte, du frecher …« Ich werfe mit einem Stück Brot nach ihm.

»Gnade, Gnade!« David hält schützend seine großen, schwieligen Hände hoch. »Ich freue mich, dass es dir besser geht, meine liebe Felicity. Es geht dir doch besser, oder?« Er blickt in meine geröteten Augen. »Hast du dich gefasst?«

Ich nicke.

»Gut, deine Mutter ist nämlich am Telefon.«

Zitternd greife ich nach dem Hörer. Das Letzte, was ich jetzt gebrauchen kann, ist eine weitere wüste Schimpftirade.

»Hallo?« Meine Stimme ist ein Flüstern.

»Bist du das, Fliss?«

Mein Herz hüpft wie ein Jojo, rutscht bis in die Schuhe und schnellt dann wieder zurück, als mir klar wird, dass es nicht Mutter ist, sondern Sally.

»Sally«, seufze ich erleichtert. »Gott sei Dank bist du es.«

»Alles in Ordnung, Fliss?«

»Ich glaube schon. David hat behauptet, du wärest Mutter. Wie geht's ihr denn?«

»Sie ist im Bett … Sie wollte nicht gemein sein, Fliss, nicht wirklich. Sie war nur furchtbar aufgewühlt.«

»Was du nicht sagst«, erwidere ich spöttisch.

Sally zögert einen Moment.

»Was die Hochzeit betrifft …«, setzt sie an.

»Die geplante Hochzeit, die nicht mehr auf dem Plan steht? Gerade habe ich Caro erzählt, dass ich losgefahren bin, ohne an die Feier zu denken. Ich muss alle Gäste benachrichtigen, die Geschenke zurückschicken, das Büffet absagen …«

Der Umfang der vor mir liegenden Aufgabe lässt meine Stimme vor Panik schrill klingen.

»Das ist einer der Gründe, warum ich dich anrufe, Fliss. Ich weiß doch, wie mitgenommen du im Augenblick bist – das Letzte, was du jetzt tun solltest, ist wie ein Idiot herumzurennen und die Hochzeitsfeier abzusagen. Ich will nicht, dass du dir den Kopf zerbrichst. Überlass das mir. Ich kümmere mich um alles. Was getan werden muss, das tue ich, okay?«

Was für ein verlockendes Angebot – ich könnte das ganze Fiasko einfach vergessen. Leider habe ich ein viel zu schlechtes Gewissen, um die Verantwortung einfach auf Sal abzuwälzen, wo sie doch obendrein noch alles andere am Hals hat. Ich habe mich einfach aus der Schusslinie begeben, sie aber steht noch mittendrin. Genau gesagt, mitten zwischen Mutter und Richard.

»Bist du dir sicher?«, frage ich sie. »Das wäre eine solche Verantwortung für dich, und es gibt so viel zu tun …«

»Ich bitte dich Fliss. Ich meine es ernst, überlass alles mir. Ich will, dass du dich entspannst und abschaltest, verstanden?«

Plötzlich bin ich meiner kleinen Schwester unendlich dankbar.

»Also, wenn du sicher bist …«

»Klar. Ich will nicht, dass du dir Sorgen machst. Überlass das mir.«

Gehobener Stimmung kehre ich in die Küche zurück.

Sally-Anne hat mir eine enorme Last von den Schultern genommen. Sie hat mich wirklich überrascht. Wir sind immer gut miteinander ausgekommen, aber wir standen uns nie nahe, wie man so schön sagt.

Ich war sieben, als Sally zur Welt kam. Ich stand nicht auf Puppen, also interessierte mich dieser süß duftende, glucksende Rauschgoldengel nicht besonders. Ich glaube, ich war sogar eher enttäuscht. Als Dad mir mitteilte, es gäbe Familienzuwachs, hoffte ich, er hätte vier Beine und fräße Heu.

Gebt mir das Kind, bis es sieben ist – dann gebe ich auf und bekomme ein zweites, das hoffentlich formbarer ist, lautete die Philosophie meiner Mutter.

Sally tat mir von Anfang an gut. Ihr verdanke ich, dass Mutter zum ersten Mal über Nacht nicht zu Hause war. Ich aber konnte den Abend allein mit Dad verbringen, der zwar anscheinend für die Empfängnis gebraucht wurde, nicht aber bei der Entbindung. Wir verbrachten einen herrlichen Abend, stopften uns mit Knabbergebäck voll und hingen bis spät nachts vor der Glotze.

Am Anfang machte mich der offensichtliche Unterschied im Verhalten meiner Mutter Sally gegenüber vielleicht ein bisschen eifersüchtig, doch schon nach kurzer Zeit ging mir auf, dass ich statt einer Rivalin eine Verbündete bekommen hatte. Sally konnte immer viel besser mit Mutters Launen umgehen als ich. Wahrscheinlich, weil ich diejenige war, die sie heraufbeschwor, wohingegen Sally glücklicherweise Mutters Bild der perfekten Tochter entsprach – angefangen von den rosa Kleidchen bis hin zu ihrem Job als Assistentin der Geschäftsführung in einer Bank. Mutters Vorstellung von der perfekten Karriere.

Außerdem modelt Sally zeitweise. Sie ist eines dieser mustergültigen, gesunden, properen Mädchen mit strahlend weißen Zähnen, die einen glücklich vom Cover der Zeitschrift *Woman's Weekly* anlächeln oder in der Strickrubrik von *People's Friend* engelsgleiche Kinder an sich drücken. Sie ist das menschliche Gegenstück zum Naschkätzchen auf einer Schokoladendose. Einfach bezaubernd.

Apropos, ich war immer der Meinung, wenn Richard ihr zuerst begegnet wäre, hätte er mich keines zweiten Blickes gewürdigt.

»Und?« Caro ist neugierig. »Was hat deine Mutter gesagt? Du siehst erstaunlich fröhlich aus für jemanden, der gerade ein Gespräch mit seiner Nemesis hatte.«

»Es war nicht Mutter, sondern Sally.«

»David!«, tadelt Caro ihren Mann. »Das war gemein von dir. Hast du Fliss' Gesicht gesehen, als du sagtest, es sei Miriam? Also wirklich, Liebling, dein Sinn für Humor kommt nicht gerade zur richtigen Zeit!«

Schützend hebt er die Hände und weicht zurück.

»Sie hat sich ehrlich wie Miriam angehört«, verteidigt er sich. »Ich wäre doch nicht so grausam…«

»Das passiert leicht«, komme ich ihm zu Hilfe. »Sie hören sich fast gleich an.«

»Sie benehmen sich gleich«, bemerkt Caro, die sich wieder ihrem Stew zuwendet und ihn vorsichtig umrührt. Sie hält David den großen Holzlöffel zum Probieren hin. »Mehr Salz? Was meinst du?«

Er schüttelt den Kopf. »Perfekt wie immer, Liebling«, antwortet er und küsst sie auf die Stirn. »Genau wie du.«

Jetzt würden wohl die meisten Menschen die Spucktüte hervorholen. Doch David ist nicht Ekel erregend. Er ist nur nett. Die Aufrichtigkeit macht den Schmalz wett.

»Ich sollte wohl vom Zusehen lernen«, äußere ich neidisch. »Verratet ihr mir, worin das Geheimnis einer solch idyllischen Ehe liegt?«

»Idyllisch!« Caro und David lachen und wechseln einen Blick.

»Na los doch, ich will es wissen. Schließlich hätte ich eines Tages auch gern eine glückliche Familie. Mit dem richtigen Mann natürlich«, füge ich hastig hinzu. »Den Fehler von letztem Mal will ich nämlich nicht noch einmal machen.«

»Willst du ein paar Lektionen in Sachen Familienleben?«, fragt Caro.

»Ich glaube schon, ja.«

»Gut, die Kinder kommen Ende nächster Woche, dann kannst du sie unterhalten. Maura zieht sich für eine Woche nach Schottland zurück, deshalb bleiben sie fünf Tage.«

Da habe ich mir etwas eingebrockt.

Maura ist Davids Exfrau und der Nagel zu Caros Sarg. Ein alterndes Hippie-Mädchen, das an alternative Medizin, alternative Religion und alternative Wege der Kindererziehung glaubt. Hannah, gerade mal sechzehn, und Charlie, knapp achtzehn, sind nette Jugendliche, aber ziemlich wild. Da sie den totalen Disziplinmangel ihrer Mutter gewohnt sind, empfinden sie sogar das entspannte Regime in Angels Court als Zumutung. Das einzige Mal, dass ich David und Caro je habe streiten sehen, war wegen der Kinder. David versucht, Mauras laxe Haltung übermäßig zu kompensieren und neigt dazu, ihnen Vorschriften zu machen, regt sich dabei aber nur selber fürchterlich auf. Vielleicht habe ich den Zeitpunkt für meinen Besuch schlecht gewählt? Bin ich etwa vom Regen in die Traufe gekommen?

»Sie zieht sich zurück?« Ich lache verzagt. »Gibt's da noch freie Plätze? Ein Rückzug an einen netten, friedlichen Ort, wo ich meine Batterien wieder aufladen kann, würde mir auch nicht schaden.«

»Ich dachte, deshalb bist du zu uns gekommen«, sagt Caro entrüstet. »Keine Sorge, David hat versprochen, ganz entspannt und cool zu sein und über den Dingen zu stehen, nicht wahr, Liebling? Außerdem stehst du doch gar nicht auf Ruhe und Frieden, sondern auf das pralle Leben. Du musst dir vor Augen führen, was dir entgangen ist, damit du nicht wehmütig wirst. Man sieht die Vergangenheit allzu leicht in einem rosigen Licht, weißt du.«

»Nichts kann mich dazu bringen, Richard als eine rosige Erinnerung zu sehen. Aber weißt du was, es ist schön, ihn so bezeichnen zu können.«

»Als was?«

Ich hebe mein Glas.

»Als eine Erinnerung.«

Den größten Teil der nächsten Woche verschlafe ich.

Ich wache nur auf, um zu essen und ab und zu mit David eine Runde Schach zu spielen, die er mich, galant wie immer, in der Regel gewinnen lässt, obwohl er ein viel besserer Spieler ist. Ich schwelge stundenlang in nach Lavendel duftenden Bädern und schlendere gemächlich mit Darius durch die schöne Umgebung, wobei ich ein Paar Gummistiefel von David trage, die mir viel zu groß sind.

Erholung pur.

Caro umsorgt mich von vorn bis hinten, und ich genieße es ungeniert und in vollen Zügen.

Ich weiß, dass ich über meine Zukunft nachdenken muss, doch selbst das Nachdenken ist mir im Moment zu anstrengend. Der vorausplanende, praktische Teil meines Gehirns macht gerade einmal richtig Urlaub.

Mir ist klar, dass ich mich treiben lasse. Und ich genieße es.

Ich beschließe, mit dem Strom zu schwimmen. Was immer das Leben für mich bereithält, ich werde es annehmen. Eine durchaus passende Philosophie in Angels Court, wo es lediglich darum geht, sich beim Abendessen zwischen Rot- und Weißwein zu entscheiden.

Es ist herrlich, mit Menschen zusammenzusein, die meine Entscheidung, Richard zu verlassen, entschieden gutheißen.

Im Gegensatz zu Mutter und Sally-Anne konnte Caro Richard nie ausstehen; sie hatte noch vor mir die Fassade durchschaut und dahinter den hohlen Kerl, der er in Wahrheit ist, ausgemacht. Jedes Mal, wenn ich Gefahr laufe, die Vergangenheit durch die rosarote Brille zu sehen, tauscht sie diese schnell gegen ein Mikroskop aus, unter dem Richard, die Kröte, sein wahres Gesicht zeigt.

Alle sind schrecklich lieb zu mir. Allmählich denke ich, ich könnte für immer hier bleiben.

Wenn man anfängt, sich zu wohl zu fühlen und sich gehen zu lassen, lauert Gefahr, denn das ist immer der Moment, in dem mein überentwickeltes schlechtes Gewissen sich bemerkbar macht und alles zerstört.

Seit knapp einer Woche bin ich jetzt hier. Caro und ich genießen einen weiteren idyllischen Sommertag und aalen uns auf wackeligen alten Liegestühlen aus Holz im Garten.

Darius jagt die kleinen rosigen Äpfel, die von den Bäumen fallen und durchs Gras kullern. Die Ringeltauben, die sich auf dem Hausdach versammeln, gurren leise, die Luft ist schwer vom Geruch nach warmem Gras, Lavendel, Flieder und Bauernrosen – und wie üblich fange ich an, über das Chaos nachzudenken, das hinter mir liegt, während normale Menschen ihre Gedanken einfach schweifen lassen würden.

Die Tränen, das Theater, die Bestürzung und Betroffenheit, mit denen Sally-Anne fertig werden muss. Ich sauge die frische, vom süßen Blumenduft erfüllte Luft ein und seufze tief.

Mein schlechtes Gewissen siegt, wie immer.

»Es hilft nichts. Egal, wie sehr es mir davor graut, aber ich muss wirklich nach Hause«, erkläre ich Caro, die neben mir die Sonne anbetet. »Ich weiß, Sally hat gesagt, ich soll alles ihr überlassen, aber das wäre einfach nicht fair. Ich bin schuld an dem Durcheinander, also sollte ich es auch aufräumen.«

»Ich würde mir nicht den Kopf zerbrechen.« Caro räkelt sich und dreht sich auf den Bauch. »Ich bin sicher, dass Miriam die ganze Sache gekonnt unter den Teppich kehrt. Außerdem kannst du noch nicht weg, du hast versprochen, mir mit den Kindern zu helfen. Sie kommen Ende dieser Woche.«

»Ich weiß ja, aber ich finde, ich sollte …«

»Fliss!« Sie hält warnend eine Hand hoch wie ein Verkehrspolizist. »Hör sofort auf! Ich werde nicht zulassen, dass du so einen herrlichen Tag mit deinem schlechten Gewissen ruinierst.«

»Tut mir Leid, ich kann nicht anders. Jedes Mal, wenn ich die Augen schließe, sehe ich Hochzeitstorten und Blumenschmuck vor mir, die nach Hause geliefert werden. Wenn das passiert, kriegt Mutter einen Herzinfarkt.«

»Also, ich sehe ganz andere Sachen, wenn *ich* die Augen schließe.« Caro grinst. »Denk lieber darüber nach, was wir mit den Kindern machen. Du weißt doch, wie langweilig sie es hier finden. Nach der Abwechslung und den strahlenden Lichtern von London ist es ihnen hier immer viel zu ländlich.«

»Ich dachte, alle Kinder lieben das Land und vor allem Bauernhöfe.«

»Das war früher auch so, aber genau genommen sind sie ja keine Kinder mehr. Sie langweilen sich sehr schnell, vor allem Charlie. Früher hat er immer dem Verwalter, Mr. Macready, geholfen. Aber ich vermute, dass selbst das Traktorfahren seinen Reiz verloren hat, seit er den Führerschein macht.«

»Wir könnten doch etwas vorbereiten – einen Ausflug ans Meer zum Beispiel oder eine Schatzjagd?«

»Ob sie auf organisierte Ausflüge stehen? Das erinnert zu sehr an die Schule, könnte ich mir vorstellen. Und du weißt doch, wie Hannah im Moment drauf ist. Alles, was man vorschlägt, ist ›so kindisch‹.« Sie ahmt gekonnt Hannahs gelangweilten Flunsch nach. »Das Einzige, was ihr hier gefällt, sind die Pferde und ein paar der jungen Hilfsarbeiter auf dem Hof.«

»Wie wäre es mit einer Schatzjagd hoch zu Ross?«

»Zu kindisch.«

»Mir würde es gefallen. Bedeutet das, ich bin kindisch?«

»Sehr.« Caro sieht mich aus zusammengekniffenen Augen an und lacht über meinen Schmollmund. »Sieh es ein, Fliss, die nächsten Tage werden die Teenager-Hölle auf Erden. Außerdem streiten sie sich im Moment ständig. Sie sind jetzt in dem Alter, wo sie nicht mehr Freunde sind, sondern für die nächsten paar Jahre Gegner, bevor sie wieder zu echten Verbündeten werden, wenn sie alt genug sind, um sich gegenseitig zu schätzen… Kannst du mir mal den Rücken eincremen?« Sie deutet mit dem Fuß auf die Sonnenmilch. »Wenigstens ist das Wetter toll. Dann hocken sie nicht die ganze Zeit drinnen. Es ist so heiß, man könnte fast meinen, wir wären am Mittelmeer.«

»Mal abgesehen vom Strand, dem Käse und dem Wein und den knackigen, braun gebrannten Franzosen, hm?«

»Den Käse und den Wein können wir besorgen, kein Problem. Sogar ein paar Männer lassen sich organisieren, wenn du willst. Natürlich keine Franzosen, aber trotzdem knackig. Apropos, das ist es vermutlich, was du im Moment brauchst, um dich bei Laune zu halten.«

»Ich dachte, es geht hier um das Programm für die Kinder, und nicht um mich?«

»Na ja, wir könnten ja deine Schatzjagd hoch zu Ross in eine Männerjagd hoch zu Ross umwandeln. Dann wäret ihr beide glücklich, du und Hannah.«

»Achtzehnjährige Hilfsarbeiter sind nicht ganz mein Fall.«

»Hast du dir die achtzehnjährigen Arbeiter mal angesehen, die hier rumlaufen?« Caro stützt ihren goldblonden Kopf auf und sieht mich verschmitzt an. »Jung, braun gebrannt und muskelbepackt.«

Ich versuche vergeblich, mich für jung, braun gebrannt und muskelbepackt zu begeistern.

»Ich glaube, ich lasse Hannah den Vortritt«, bemerke ich trocken.

»Na ja, wir könnten vermutlich etwas Älteres und Kultivierteres für dich auftreiben, falls du das willst.«

»Zur Zeit will ich gar nichts, Caro. Ich hab genug von den Männern.«

»Bist du sicher?«, fragt sie wehmütig. »Ich würde so gern mal Amor spielen.«

»Bloß nicht, okay? Bloß keine Männer.«

Sie seufzt.

»Ich glaube nur, dass du genau das brauchst.«

»Nein, Caroline«, sage ich ihr so entschlossen wie möglich, »genau das brauche ich nicht. Lieber besorge ich mir einen Hund. Die sind anspruchsloser, treuer und zärtlicher. Keine Kuppelei, bitte. Versprochen?«

Sie verdreht die Augen.

»Keine Männer. Versprochen.«

Am Sonntag darauf komme ich von einem meiner einsamen Streifzüge zurück, den Arm voller Blumen, die ich aus dem Garten eines benachbarten, stattlichen, aber baufälligen Hauses stibitzt habe, als kleines Dankeschön für Caro, dass sie mich aufgenommen hat. In der Zwischenzeit sind Hannah und Charlie eingetroffen.

David, der sie in der Stadt vom Bahnhof abgeholt hat, war so aufmerksam, meinen Koffer aus dem Flur meiner Wohnung zu holen, sodass ich nun – Gottseidank – meine eigenen Klamotten habe. Außerdem hat er meine Post mitgebracht. Es ist eine ganze Hand voll. Eine horrende Kreditkartenrechnung, ein Brief, in dem mir mitgeteilt wird, ich hätte ein Gratisteppichshampoo gewonnen, ein Schreiben von der Versicherung und drei Zusagen von Hochzeitsgästen, die ich in einem Anfall von Sorglosigkeit prompt in den Mülleimer werfe. Und was, wenn sie zu einer Hochzeit aufkreuzen, die gar nicht stattfindet? Geschieht ihnen recht, wenn sie das u. A. w. g. nicht rechtzeitig einhalten.

Ich habe Hannah und Charlie seit über sechs Monaten nicht gesehen. Seit Weihnachten, um genau zu sein. Sie verbringen Weihnachten nämlich lieber bei Caro und David, die traditionell feiern. Maura, ihre Mutter, hat so bizarre und alles andere als wundervolle Vorstellungen über alternative Religion, dass sie sich weigert, die Geburt Jesu zu feiern und die gesamten Weihnachtsferien mit Fasten und Singen verbringt.

Charlie ist seit unserem letzten Treffen um gut dreißig Zentimeter gewachsen. Er kommt ganz nach seinem Vater – groß und dunkel, mit schläfrigen Augen, die nie zuviel über seine Gefühle verraten. Wie man mir sagte, sieht Hannah ganz wie ihre Mutter aus. Da ich nie das zweifelhafte Vergnügen hatte, Maura kennen zu lernen, kann ich das nicht beurteilen. Sie ist das komplette Gegenteil von Charlie, klein und zierlich, und hat umwerfend schöne Haare in der Farbe der Sonne, die über einem reifen Getreidefeld untergeht – eigenwillig, aber wunderschön.

Caro bezeichnet es als orange-blond, was Hannah überhaupt nicht mag. Im Gegensatz zu Charlie hat Hannah auch körperlich wenig Ähnlichkeit mit David. Er schwört, er würde sie nicht für seine Tochter halten, wenn sie nicht offensichtlich seinen Dickschädel und seine eigenwillig grauen Augen geerbt hätte.

Anscheinend hat David seine Kinder auf der Herfahrt über mich und meine kürzlich in die Hose gegangene Beziehung aufgeklärt. Sie sind nämlich zuerst viel zu höflich zu mir, bieten mir immer und immer wieder Kaffee an und lassen mich den Radiosender aussuchen, während wir das sonntägliche Essen zubereiten, obwohl sie beide ganz offensichtlich darauf brennen, die Charts zu hören.

Diese Besorgnis hält jedoch nicht lange an.

»Was du brauchst, ist ein anderer Mann«, platzt Hannah heraus, als wir uns zum Essen setzen.

»Das ist das Letzte, was ich brauche!« Ich verschlucke mich an einem Schluck Eiswasser. »Du hast mit Caroline geredet, stimmt's?«

»Überhaupt nicht«, entgegnet sie. »Aber wenn Caro das auch sagt, dann zu recht. Glaub mir, Fliss, der beste Weg, um über einen Mann hinwegzukommen, ist, sich einen anderen zu suchen.«

»Welch weise Worte aus einem so jungen Mund«, spottet David.

»Sei doch ruhig, Daddy. Nur weil du viel zu alt bist, um diese Dinge zu begreifen.«

»Zu alt?«, röhrt David. »Zu alt, du kleiner Frechdachs? Du bist nicht zu alt, um von mir übers Knie gelegt zu werden …«

»Verstehst du, was ich meine, Fliss?« Hannah gähnt demonstrativ, um ihren Vater zu ärgern. »Diese überholten Ansichten. Wir leben im einundzwanzigsten Jahrhundert, Daddy. Wenn du mich auch nur anrührst, verklage ich dich.«

»Ich muss nicht über Richard hinwegkommen«, verkünde ich mit Nachdruck, ihre Kabbelei ignorierend, »ich bin nämlich schon lange über ihn weg.«

»Und warum versteckst du dich dann hier draußen?«, fragt sie herausfordernd und spielt verächtlich mit ihren Karotten.

»Ich muss über die Konsequenzen daraus hinwegkommen, über Richard hinweggekommen zu sein.«

»Sie geht ihrer Mutter aus dem Weg«, erklärt Caroline.

»Der verrückten Miriam? Also wirklich, Fliss, es ist lächerlich, vor seiner eigenen Mutter Angst zu haben!«

»Hannah, werd nicht frech!«, schnappt David.

»Wieso, ich bin gerade mal sechzehn und habe keine Angst

vor Maura, und die ist sogar noch verrückter als die verrückte Miriam.«

»Du hast keine Angst vor Maura, weil du sie um den kleinen Finger wickelst. Sie lässt dir alles durchgehen.« Caro steht auf und fängt an abzuräumen.

»Mum glaubt an die Meinungsfreiheit!«, grinst Charlie.

»So nennt ihr das also, was?« Davids Stimme trieft vor Sarkasmus.

»Sie will nicht, dass wir unser wahres Ich unterdrücken. Sie glaubt, dass unsere Persönlichkeit frei sein sollte, um sich ohne schädlichen Einfluss von Elternseite zu entwickeln«, erklärt Hannah.

David erschaudert.

»Wie furchtbar. Wenn ich die Augen schließe, meint man fast, Maura wäre hier. Wenn ich mir eines für dich wünsche, dann, dass du nicht so wirst wie deine Mutter.«

»Warum nicht? Mutter ist ein Freigeist.« Hannah reißt in gespielter Unschuld die Augen auf. »Willst du denn nicht, dass ich ein Freigeist werde?«

»Deine Mutter mag ja ein Freigeist sein, aber sie ist auch ein freimütiger Schmarotzer, und ich will auf keinen Fall, dass du so wirst, meine Süße.«

»Es ist nicht nett, so etwas über die Frau zu sagen, die deine Kinder geboren hat.«

Vor Entrüstung läuft David rot an.

»Hör schon auf, deinen Vater zu provozieren«, geht Caro dazwischen. »Denk an seinen Blutdruck. Stress ist Gift für seine Falten.«

Hannah lacht. »Ja, ich vergesse immer, dass Dad jenseits von Gut und Böse ist«, erklärt sie genüsslich. »Wann kriegst du denn endlich Kinder, Caro? Du solltest dich beeilen, sonst ist Dad vielleicht nicht mehr in der Lage …«

David will ihr gerade widersprechen, sieht dann Caroline an, schüttelt den Kopf und schließt den Mund wieder.

»Ich kriege keine Kinder«, erklärt Caro entschieden und stapelt Töpfe in dem großen, weiß emaillierten Spülbecken.

»Warum denn nicht? Ich will mindestens sechs.«

»Sechs!«, platzt Charlie heraus, der gerade einen Rest Kartoffelbrei in Darius' Napf füllt. »Das glaube ich kaum. Du kannst nicht mal auf dich selbst aufpassen, geschweige denn auf sechs Kinder.«

»Ich will sie ja nicht sofort, du Dummkopf. Erst wenn ich viel älter bin, mindestens achtundzwanzig. Das ist doch alt, findest du nicht?« Lauernd sieht sie mich an. »Willst du Kinder, Fliss?«

»Wenn sie so werden wie du, will sie garantiert keine.« Charlie schnippt eine Erbse nach seiner Schwester.

David sieht sie beide warnend an. »Es reicht jetzt, ja?«

Caro sieht plötzlich müde und abgespannt aus.

David wirft seinen Kindern einen erneuten langen Blick zu, und sie verstummen. Caro räumt den Tisch vollends ab.

»Setz dich, Caro. Hannah und Charlie können abwaschen«, sagt David zu ihr.

»Aber wir wollten eine Runde mit Fliss spazieren gehen«, protestiert Hannah.

»Zuerst der Abwasch«, beharrt David.

»Caro macht das nichts aus, stimmt's, Caro? Sie ist keine böse Stiefmutter. Außerdem hast du doch selbst gesagt, wir sollen uns um Fliss kümmern.«

»Hannah!« Wieder sieht David sie warnend an.

Charlie, der Diplomat, greift ein.

»Ich wasche ab. Und die Teller kann ich auch allein in die Spülmaschine räumen.«

David schüttelt den Kopf und lenkt mit einem widerwilligen Achselzucken ein.

Hannah hakt sich bei mir unter, als wir hinaus in den warmen Abend treten. Die Sonne nähert sich langsam dem dunkelgrünen Wald hinter den Feldern, die den Hof umgeben. Wir folgen der Sonne und steuern auf ihn zu.

Hannah hüpft und tanzt zwischen den Bäumen hindurch und pflückt Blumen. Ihr dichtes Haar umgibt ihr Gesicht wie ein Heiligenschein aus goldenem Flachs.

»Wusstest du, dass Caroline eine Party für dich plant?«, fragt sie lachend und hüpft rückwärts, so dass sie mich ansehen kann. »Es ist Daddy auf dem Weg vom Bahnhof hierher rausgerutscht. Ich glaube, sie haben einen Kerl für dich ausgesucht. An deiner Stelle wäre ich auf der Hut. Caro hat einen eigenartigen Geschmack. Schließlich hat sie *ihn* geheiratet. Wusstest du, dass er fast sechzehn Jahre älter ist als sie? Das bedeutet, das Caro gerade erst geboren war, als er so alt war wie ich. War wohl nichts mit dem jugendlichen Lover! Dein Typ ist wahrscheinlich sechzig, hat eine Halbglatze und einen Schmerbauch. Aber dafür hat er vielleicht auch ein dickes Bankkonto. Ich will auch mal einen reichen Mann, einen, der mir den Lebensstil bieten kann, an den ich mich gar nicht erst gewöhnen soll, wenn es nach meinen Eltern geht. Wenn ich einen reichen, alten Knacker kriege, kann ich ihn durch viel Sex umbringen und dann als lustige Witwe leben.«

»Hannah!«, rufe ich amüsiert, aber auch leicht schockiert. »Im Leben gibt es Wichtigeres als eine volle Geldbörse. Glaub mir, ich spreche aus Erfahrung.«

»Das weiß ich doch«, sagt sie müde. »Ich mag zwar *jung* sein«, sie betont das Wort, als sei es eine Beleidigung, »aber ich bin nicht blöd. Ein älterer Mann hat noch viele andere Vorteile. Unter anderem hat er mehr Erfahrung auf sexuellem Gebiet.«

»Ich dachte, Sex wäre deine Geheimwaffe für ein verfrühtes, aber unglaublich lustiges Witwendasein?«, spotte ich.

»Oh, Sex kann auch Spaß machen«, sagt sie leichthin und mit der Kaltblütigkeit eines alten Hasen. »Ich möchte von jemandem eingeweiht werden, der weiß, was er tut. War Richard gut im Bett?«

»Hannah!«

»Wenn ich nicht frage, lerne ich nichts, und am meisten lernt man aus den Fehlern anderer.«

»Richard war sicher einer von denen. Zumindest, was mich betrifft.«

»Mhm«, stimmt Hannah zu. »Letzten Monat bin ich sechzehn geworden. Du könntest mich doch mit Richard bekannt machen, oder, Fliss? Er könnte ein bisschen Trost brauchen, jetzt, da du ihn verlassen hast. Er war vielleicht engstirnig, aber ich könnte ihn sicher überreden, sich ein bisschen locker zu machen. Wenn ich mich recht erinnere, sah er ziemlich gut aus, ein bisschen wie Tom Cruise.«

»Richard sieht überhaupt nicht wie Tom Cruise aus!«

»Na ja, beide sind klein, dunkel und ziemlich hübsch.«

»Genau, und damit hören die Gemeinsamkeiten auch schon auf.«

»Du hast meine Frage noch nicht beantwortet.« Sie sieht mich lauernd an. »War er gut im Bett?«

Sie wird nicht aufgeben, also beschließe ich, dass es besser ist, mit der Wahrheit herauszurücken.

»Ganz ehrlich? Er war verdammt nutzlos. Nicht dass ich viele Vergleichsmöglichkeiten hätte, aber mir hat er nicht viel gebracht.«

Schuldbewusst füge ich hinzu: »Das ist vermutlich nicht gerecht. Nur weil er mich nicht in Ekstase versetzt hat, heißt das nicht, dass er bei einer anderen nicht das Richtige tun könnte. Aber einen Rat gebe ich dir, Hannah. Was immer du tust, lass die Finger von egoistischen Kerlen.«

»Das versteht sich von selbst«, antwortet sie und schnappt sich einen Zweig, der auf dem Weg liegt, »ich bin selber viel zu egoistisch, um mir das anzutun. Ich will einen Mann, der mich auf Händen trägt, und das würde ein Egoist wohl kaum tun, oder? Und wenn es Richard im Bett nicht bringt, dann hat es sich sowieso erledigt. Hast du ihn abgeschossen, weil er eine Niete im Bett war?«

»Das war ein Grund, aber nicht der wichtigste«, entgegne ich wahrheitsgemäß. »Ich fand einfach, es sei keine gute Idee, den Rest meines Lebens mit einem Menschen zu verbringen, den ich nicht besonders mag.«

»Das macht echt Sinn«, stimmt sie zu.

»Und mir ist klar geworden, dass es gerechtfertigt ist, mehr zu verlangen. Ich muss mich nicht mit dem Zweitbesten zufrieden geben. Genau genommen war Richard nicht einmal der Zweitbeste, das ist viel zu freundlich. Er war das Letzte.«

»War er wirklich so schlimm? Ich weiß, Caro konnte ihn nicht leiden, aber du musst ihn doch irgendwie gemocht haben. Ich meine, um… du weißt schon…« Sie kichert. »Um mit ihm in die Kiste zu steigen.« Trotz ihrer bisherigen Offenheit flüstert sie die letzten Worte beinahe, als würden die Bäume lauschen und könnten schockiert sein.

»Man muss einen Menschen nicht mögen, um ihn zu lieben«, antworte ich vorsichtig.

Sie denkt eine Weile über meine Worte nach und nickt dann zustimmend. »Mag sein. Ich meine, im Moment geht mir Charlie so was von auf den Keks, aber ich glaube, ich liebe ihn trotzdem.« Sie fährt herum und droht mir mit erhobenem Zeigefinger. »Aber wehe, du verrätst es ihm. Kein Wort, versprochen? Sonst macht er sich nur über mich lustig.«

»Ich denke, er weiß es sowieso.« Ich lächele. »Aber du kannst dich auf mich verlassen. Von mir erfährt er kein Wort.«

Eine Weile gehen wir schweigend den abschüssigen Weg entlang und konzentrieren uns auf den Abstieg. Am Fuß der Böschung liegt der Fluss, der Davids Felder bewässert. Im Wald ist sein Bett ziemlich eng, kaum mehr als ein Bach, der fast vollkommen mit Schilf und grünen Algen zugewachsen ist, die in der Sonne gedeihen.

»Ich frage mich, wie dein nächster Freund wohl wird«, sinniert Hannah und lächelt mir geheimnisvoll zu. »Das heißt, falls du noch mal einen abbekommst«, zieht sie mich auf. »Schließlich bist du nicht mehr die Jüngste, was?« Sie läuft den Rest der Böschung hinunter. Als ich eine Handvoll Blätter nach ihr werfe, bricht sie kichernd zusammen und rutscht über das hohe Gras am Flussufer.

»Vielleicht ist der Typ, den Caro ausgesucht hat, ja dein Traummann«, murmelt sie mit vor Aufregung glänzenden Augen. »Wäre das nicht romantisch? Eure Blicke treffen sich in einem überfüllten Raum, er tritt neben dich, bietet dir etwas zu trinken an …«

»Bitte!« Abwehrend hebe ich die Hände. »Caro musste mir versprechen, dass sie nicht kuppelt.«

Vorsichtig gehe ich den Abhang hinunter und atme erleichtert auf, als ich wieder ebenen Grund unter den Füßen habe. Dann setze ich mich neben Hannah, die ein Schilfrohr pellt.

»Wahrscheinlich hat sie die Finger gekreuzt«, bemerkt sie, ohne den Blick von ihrer Tätigkeit abzuwenden.

»Wie bitte?«

»Hast du ihre Hände gesehen, als sie es dir versprochen hat?«

»Nein. Ich hatte die Augen geschlossen, wegen der Sonne.«

»Dann hat sie wahrscheinlich die Finger gekreuzt.«

»Sie hat gelogen, meinst du wohl?«

»Ganz und gar nicht. Es ist völlig legitim, die Finger zu kreuzen, wenn man zu einem Versprechen gezwungen wird. Das bedeutet nur, dass man nicht daran gebunden ist.«

»Es wäre besser für sie, es nicht zu tun«, entgegne ich mürrisch. »Als ich sagte, keine Männer, habe ich das auch so gemeint.«

»Aber warum denn?«

»Weil sie eine Komplikation sind, die ich im Augenblick wirklich nicht gebrauchen kann.«

»Diese Bezeichnung habe ich für Männer noch nie gehört.« Hannah lacht. »Eine Menge anderer, weit *weit* schlimmerer, aber Komplikation? Nie.«

»Wart's ab. In ein paar Jahren verstehst du, was ich meine«, verspreche ich ihr.

Hannah legt das geschälte Schilfrohr zwischen die Daumen

und bläst hinein. Ein kleines schwarzes Moorhuhn flattert vor uns auf, aufgescheucht von dem hohen Pfeifton. Hannah lacht.

»Hört sich an wie Charlie nach einem von Mauras Currygerichten!« Sie dreht sich zu mir um. »Was ist das Geheimnis einer guten Beziehung, Fliss?«

»Das fragst du mich?«, sage ich ungläubig.

»H-hm.« Hannah nickt nachdrücklich.

»Ich habe keinen blassen Schimmer.« Ich lehne mich gegen die Böschung und spüre, wie die Sonne mein Gesicht und meine Haare wärmt, während die langen Gräser über meine nackten Beine streichen. »Ich bin die Letzte, die du fragen solltest. Die Antwort auf diese Frage wüsste ich selber gern. Warum fragst du nicht Caro oder deinen Vater? Sie haben eine wirklich gute Beziehung.«

»Dad muss sich beim zweiten Anlauf gebessert haben. Wie heißt es so schön? Übung macht den Meister. Mum behauptet nämlich, er wäre ein mieser Ehemann gewesen.«

Tja, und ich habe gehört, dass es die Hölle war, mit deiner Mutter verheiratet zu sein, denke ich, sage es aber nicht.

»Oh, mir scheint, sie kommen ziemlich gut klar. Es kann nicht schaden, sie zu beobachten und von ihrem Beispiel zu lernen«, sage ich stattdessen.

»Ich soll meinen eigenen Vater beobachten, wie er versucht, romantisch zu sein? Brrg!« Hannah schaudert. »Das ist doch pervers.«

Auf dem Rückweg kommen wir an den Stallungen vorbei. Die Sonne ist hinter dem Horizont versunken, lässt ihn aber noch in warmen Farben erglühen.

Jake, der Sohn des Verwalters Angus Macready, schwingt im Stall die Mistgabel. Sein nackter muskulöser Oberkörper ist von der Sonne gebräunt und schweißbedeckt. Als wir lautstark über den gepflasterten Hof gehen, hält er inne und sieht auf. Sein Blick streift mich, er lächelt grüßend, und dann sieht er zu Hannah.

Sie sind sich noch nie begegnet. Jake ist erst vor kurzem nach seinem Studium in Oxford hierher gekommen, das er begonnen hatte, bevor sein geschiedener Vater in Angels Court eintraf. Seine kurzen Besuche haben sich seltsamerweise nie mit denen Hannahs überschnitten.

Das muss Zufall gewesen sein. Seine großen dunklen Augen blitzen äußerst interessiert auf. Sie lächelt kokett, sieht ihn aus ihren eigenwillig grauen Augen an und klimpert mit den Lidern, als er fasziniert ihren gertenschlanken Körper, das hübsche Gesicht und die umwerfenden, seidigen, blonden Haare betrachtet. Als sie sich seiner Aufmerksamkeit sicher ist, wendet sie sich abrupt ab und geht verführerisch mit wiegenden Hüften hinüber zu einer der Boxen, ohne Notiz von ihm zu nehmen.

Mac, Davids edler Vollblüter, streckt den Kopf über die Tür, erkennt seine Freundin und schnaubt zärtlich in ihr Haar. Sie greift in die Tasche ihrer verblichenen, abgeschnittenen Jeans und zieht ein paar Leckereien hervor. Seine dicken, bärtigen Lippen fahren über ihre Handfläche, als er sie vorsichtig entgegennimmt.

Ungeduldig und hungrig sehen die anderen Pferde herüber, genau wie Jake. Ich habe das Gefühl, er würde ihr genauso gern aus der Hand fressen wie Mac.

Caroline und David sind in der Küche und sitzen auf dem verschlissenen alten Sofa, das in der Ecke neben dem Büffet voller Töpferwaren steht. Sie haben die Flasche Wein ausgetrunken, die wir zum Essen geöffnet hatten, und eine zweite bereits zur Hälfte geleert. Caros Kopf ruht auf Davids Schulter, und sie tuscheln miteinander. Caro lächelt, als David ihr etwas ins Ohr flüstert und die Gelegenheit nutzt, um sie zärtlich direkt dahinter zu küssen – auf den empfindlichen Teil des Nackens, der ein Kribbeln im ganzen Körper auslöst, wenn ein Mann ihn auf die richtige Weise liebkost.

Es ist schön, Caro wieder lächeln zu sehen. Der Austausch vorhin beim Essen war nicht nur verbaler Natur. Ich nehme mir vor, sie danach zu fragen, wenn sich die Möglichkeit ergibt. Ich will nicht aufdringlich sein, sondern bin nur besorgt. Caro ist meine Freundin, und eine von Hannahs Bemerkungen hat sie verletzt, das konnte ich an ihrem Gesichtsausdruck sehen. Außerdem nehme ich mir vor, noch einmal allein mit Hannah zu reden. Sie ist in ihrer Neugier zur Zeit so leichtsinnig, dass sie leicht Ärger bekommen könnte. Ich weiß, dass ich nicht für sie verantwortlich bin, doch die Tatsache, dass sie sich mir anvertraut hat, lässt es so erscheinen.

Zwei Abende später beschließt Hannah von sich aus, unser Gespräch fortzusetzen. Caro und David sind bei einem Essen, zu dem sie schon vor Monaten eingeladen wurden. Ich hüte die Kinder.

Es ist einer dieser zähen, ruhigen Abende, an denen die Langeweile in jeder Ecke des Zimmer lauert wie ein Fuchs auf die Hühner. Hannah ist launisch. Charlie verleiht dem Wort Apathie eine ganz neue Dimension. Das Video, das ich im Ort ausgeliehen habe, wird als Schrott abgetan, weil längst gesehen. Im Fernsehen läuft nichts Interessantes, und ein Kartenspiel ist innerhalb kürzester Zeit in geschwisterliches Gebrüll ausgeartet.

Ich habe es aufgegeben, den Alleinunterhalter und Schiedsrichter zu spielen und mich mit der letzten Ausgabe der *Cosmopolitan* in eine Ecke verkrümelt. Charlie versucht, eine Zigarette direkt aus der Packung in seinen Mund zu befördern, was ihm jedoch nicht gelingt. Hannah wandert rastlos im Zimmer auf und ab, nachdem sie sowohl den Batterien der Fernbedienung als auch meinen Augen mit ihrem endlosen Zappen den Rest gegeben hat.

»Was liest du da?«, fragt sie und starrt auf die Schlagzeilen auf dem Cover. »Sex und immer wieder Sex? Die richtige Sommerdiät? Steht zufällig auch ein Artikel über die Bekämpfung extremer Langeweile drin?«

»Ich lese einen Artikel darüber, wie ich den perfekten Mann finde«, entgegne ich, ohne nachzudenken.

»Ich dachte, du willst im Moment keinen?« Sie hört sich an, als rede sie von einem Riegel Schokolade.

»Nicht besonders.« Ich lege die Zeitschrift zur Seite. »Aber ganz besonders nicht einen speziellen nicht perfekten Mann. Ich dachte, ich könnte mir ein paar Tipps holen für die Zeit, wenn ich wieder einsatzfähig bin.«

»Einsatzfähig! Wie hört sich denn das an«, schnaubt Charlie.

»Beschreib mir deinen Traummann, Fliss«, drängt Hannah, ohne ihren Bruder zu beachten.

»Tja, ich bin mir immer noch nicht sicher, ob die Worte ›Traum und Mann‹ wirklich kompatibel sind«, antworte ich.

»Herzlichen Dank«, sagt Charlie entrüstet. »Weiber!« In gespielter Verzweiflung schlägt er sich mit der flachen Hand gegen die Stirn.

»Stimmt genau«, pflichtet Hannah mir bei und sieht ihren Bruder scharf an. »Also gut, welche Eigenschaften muss ein Mann haben, damit er in deinen Augen ein Traum ist?«

»Tja...«, sinniere ich. »Ich möchte jemanden mit Sinn für Humor. Richard hatte keinen Sinn für Humor. Zumindest keinen normalen.«

»Oh, genau wie ich«, stimmt Hannah zu. »Sinn für Humor ist echt wichtig.«

»Na klar«, höhnt Charlie, inhaliert den Zigarettenrauch und stößt ihn dann durch die Nase wieder aus. »Ein Kerl muss auch verdammt viel Sinn für Humor haben, um überhaupt mit einer von euch was anzufangen.«

»Das habe ich überhört«, Hannah sieht ihn hochmütig an, »denn ich weiß, dass du zu dumm bist, um intelligente Kommentare abzugeben.« Sie wendet sich wieder mir zu. »Weiter.«

»Es wäre vermutlich nett, jemanden zu haben, der sich für das interessiert, was ich tue. Richard hat immer nur an sich selbst gedacht. In unserem Leben hat sich alles um ihn gedreht. Wenn ihn etwas nicht direkt betraf, hat es ihn auch nicht interessiert. Ich möchte jemanden, mit dem ich reden kann.«

»Mac hat all die Qualitäten, die ein Mann haben sollte.« Hannah lächelt nachdenklich.

»Ach ja?« Ich grinse.

»Na ja, er ist gut erzogen, sieht gut aus, ist ein echter Gentleman und obendrein noch echt clever und lustig. Wenn man mit ihm redet, hat man echt den Eindruck, er hört einem zu. Aber das Beste ist, dass er nie widerspricht.« Sie lacht.

»Er ist ein Pferd«, höhnt Charlie. »Meine durchgeknallte Schwester will 'nen Gaul heiraten!«

Er baut sich auf seinen Quadratlatschen vor ihr auf.

»Ich fand dich schon immer seltsam, und ich hatte verdammt Recht!«, hänselt er.

»So habe ich das nicht gemeint, das weißt du ganz genau!«, schreit Hannah. »Aber wenn alle Männer so sind wie du, dann heirate ich lieber einen Esel, ein Schwein oder sogar ein fettes, stinkendes Nilpferd!«

»Würdest du nicht lieber Macs Stallknecht nehmen?«, necke ich sie in dem Versuch, den Streit abzuwenden.

Hannah sieht verlegen aus. »Vielleicht ...«

»Weiber!«, höhnt Charlie noch lauter. »Worüber ihr euch den Kopf zerbrecht! Ehe ich mich hier zu Tode langweile, geh ich lieber 'ne Runde in den Pub.« Er wirft seine Lederjacke über. »Pumpst du mir einen Zehner, Fliss?«

»Du bist noch zu jung, um in den Pub zu gehen, Charlie.«

»Ach, komm schon, in drei Wochen habe ich Geburtstag. Wo ist der Unterschied? Mum lässt mich sowieso trinken.«

Ich sehe Hannah an. »Stimmt das?«

Sie nickt widerstrebend.

»Dann geh eben. Aber ich weiß von nichts, wenn dein Vater fragt, ist das klar?«

»Ich bin bei einem Freund«, entgegnet er grinsend. »Du bist ein Schatz, Fliss.«

Er steckt die Zehn-Pfund-Note ein, die ich ihm reiche.

»Bis später!«

Ich höre, wie seine Doc Martens lautstark über die Steinfliesen in der Diele trampeln, wie die Tür ins Schloss kracht und der Kies knirscht, als er die Zufahrt entlanggeht.

Hannah blickt ihm vom Fenster aus nach, ehe sie sich gereizt zu mir umdreht.

»Also, wenn er in den Pub darf, will ich auch was trinken«, verkündet sie und marschiert zu dem Schränkchen aus Rosenholz, in dem David seinen Whisky aufbewahrt.

»Hannah, du bist *entschieden* zu jung!«

»Ich hab dir doch gesagt, Mum lässt uns.«

»Kann sein, aber ich bin nicht deine Mutter.«

»Aber du hast Charlie ins Pub gelassen!«, ruft sie wütend.

Das habe ich. Die klassische Zwickmühle.

»Er ist fast achtzehn«, verteidige ich mich.

»Du sagst es.« Hannah sieht mich vorwurfsvoll an. »*Fast.*«

»Schon, aber das ist etwas anderes als gerade mal sechzehn.«

»Warum behandeln mich immer alle wie ein Kind?«, jammert sie. »Ich hasse es, wie ein Kind behandelt zu werden!«

»Aber Hannah ...«

»Und ich hasse Heuchler«, wirft sie mir wütend vor und stürzt aus dem Zimmer.

Ich höre, wie sie die Hintertür zuknallt.

Ich mache mich auf die Suche nach Hannah, bewaffnet mit einer Flasche leichtem Wein, zwei Gläsern und einer Entschuldigung. Im Garten ist sie nicht, aber ich kann mir vorstellen, wo sie stecken könnte.

Ich umrunde das Haus, durchquere den kleinen Kräutergarten, in dem es nach Minze und Schnittlauch duftet, und trete unter dem steinernen Torbogen hinweg in den Hof vor den Stallungen. Die alte Uhr über meinem Kopf schlägt einmal. Halb zehn. Allmählich wird es dunkel.

Im Dämmerlicht kann ich Hannah erkennen, die über die untere Türhälfte von Macs Box gebeugt ist. Ich kann ihre leise Stimme vernehmen, als sie ihm etwas zuflüstert.

Gerade will ich sie rufen, als hinter ihr ein Schatten auftaucht.

Es ist Jake.

Erschrocken fährt Hannah herum. Als sie ihn erkennt, lächelt sie sanft. Ich bin hin und her gerissen zwischen freundschaftlicher Diskretion und gespielter elterlicher Fürsorge. Die Diskretion siegt, da ich immer noch nachsichtiger Stimmung bin. Also schleiche ich wieder durch den Torbogen und kehre zum Haus zurück.

Big Ben läutet gerade zu den Zehnuhrnachrichten, als ich erneut die Hintertür höre. Hannah steckt den Kopf zur Wohnzimmertür herein und grinst mich dümmlich an.

»Hi, Fliss. Tut mir Leid, dass ich mich vorhin so angestellt habe. Das ist keine Entschuldigung, ich weiß, aber ich bin wirklich müde, und dann bin ich immer gereizt. Ich geh dann wohl besser mal ins Bett.«

Charlie kommt knapp eine Stunde später zurück, ebenfalls mit besserer Laune. Wir schleppen den faulen Darius zu einer kurzen Gassirunde hinaus ins Mondlicht, und dann hilft er mir beim Abschließen.

Ich höre Caro und David zurückkommen. Es ist etwa zwei Uhr morgens. Anscheinend haben sie tüchtig gebechert. Caro singt leise, und David macht laut »Pssst«. Ein dumpfer Schlag ist zu hören, gefolgt von unterdrücktem Gelächter, als einer von ihnen auf der Treppe stolpert. Dann geht die Tür zu ihrem Schlafzimmer. Mehr Gelächter, ein quietschender Lattenrost, heftiges Kichern und zehn Minuten später ein leises Brummen, als David anfängt zu schnarchen.

Eine halbe Stunde liege ich wach. Es fällt mir immer schwer, wieder einzuschlafen, wenn ich mitten in der Nacht aufgewacht bin.

Nachdem ich endlose Schäfchen gezählt habe, dämmere ich gerade wieder einer glückseligen Bewusstlosigkeit entgegen, als ich plötzlich das schwache Klicken der Hintertür vernehme, die leise geöffnet und wieder geschlossen wird. Sofort bin ich so wach wie ein Jagdhund, der den Fuchs gewittert hat.

Ich sitze aufrecht da und lausche den Fußtritten, die leise über die Holztreppe kommen. Ich schlüpfe aus dem Bett, schnappe mir einen Schürhaken vom Kamin und schleiche zur Tür. Vorsichtig taste ich nach dem runden Holzknauf, drehe ihn ganz langsam und ziehe leise mit erhobenem Schürhaken die Tür auf, um einem eventuellen Einbrecher eins überziehen zu können, bevor er mir eins überzieht. Der Schatten am Kopf der Treppe erstarrt mitten im Schritt, wie ein zitternder Windhund, der die Pfeife seines Herrchens hört.

Auch ich zittere leicht. Wie es heißt, spukt es in Angels Court. Obwohl ich das natürlich lächerlich finde, kommt es einem nach Mitternacht wahrscheinlicher vor. Gespenster schleichen jedoch nicht mit abgetragenen roten Kickers in der Hand durchs Haus.

»Hannah!«, zische ich, und meine Erleichterung verwandelt sich in Wut. »Ich dachte, du bist schon vor Stunden zu Bett gegangen.«

Sie sieht erst mich und dann die geschlossene Tür von Caros und Davids Schlafzimmer an, das neben meinem liegt. Wieder quietscht der Lattenrost, als sich jemand bewegt. Wie zwei Verschwörer schlüpfen wir in mein Zimmer.

»Wo hast du gesteckt?«, flüstere ich verärgert und schließe leise die Tür hinter mir.

Sie setzt sich auf das Fußende meines Bettes.

»Was würdest du sagen, wenn ich dir erzähle, dass ich verliebt bin?«

»Ich würde sagen, dass das keine Antwort auf meine Frage ist.«

»Ich war in Woodman's Cottage.« Ihre Augen glänzen, und ihre Pupillen sind geweitet. Sie sieht aus, als hätte sie getrunken.

»Bei Jake?«

»Bei Jake«, bestätigt sie und bemüht sich um eine verlegene Miene, was ihr schmählich misslingt, da ein dreistes Grinsen ihr hübsches Gesicht schmückt.

»Vermute ich richtig, dass du meinst, du wärest in ihn verliebt?«

»Ich *meine* nicht, ich wäre in ihn verliebt, ich *bin* in ihn verliebt«, erklärt sie entschieden.

Oh, die Gewissheit der Jugend.

»Du kennst ihn gerade mal fünf Minuten!«

»Fast drei Tage, um genau zu sein.«

»Ach, und das ist also eine lange Zeit?«

»Mir war gar nicht bewusst, dass Zeit eine Voraussetzung ist, um sich zu verlieben«, entgegnet sie entrüstet. »Tut mir ja so Leid, Jake, aber ich kann mich nicht in dich verlieben, die obligatorischen sechs Monate sind noch nicht vorbei! Also wirklich, Fliss, ich hätte gedacht, du würdest mich verstehen. Normalerweise behandelst du mich wie eine Erwachsene. Ich dachte, du könntest mir vielleicht den einen oder anderen Tipp geben … du weißt schon … über Sex und solche Sachen.«

Ich muss schlucken. Der einzige Tipp, den ich Hannah in diesem Moment wirklich geben könnte, lautet *Hände weg.*

»Ich bin vermutlich nicht gerade die Richtige für diese Art von Fragen«, murmele ich, »du weißt schon, ich als verbitterte alte Zynikerin. Wäre es nicht sinnvoller, mit Caroline darüber zu reden?«

»Wieso? Sie ist doch nicht meine Mutter.«

»Wie wäre es dann mit deinem Vater?«

»Oh, ich weiß genau, was *der* sagen wird. Dass ich viel zu jung für eine Beziehung bin und dass Jake zu alt für mich ist.«

»Glaubst du nicht, dass er damit Recht haben könnte?«

»Ich glaube, das Alter spielt keine Rolle, wenn es um die Liebe geht«, seufzt sie und umschlingt ihre Knie.

»Wie alt ist er, Hannah?«

»Oh, ganz schön alt«, erwidert sie. »Weihnachten wird er dreiundzwanzig. Aber wie du ja weißt, stehe ich auf ältere Männer.«

»Ja, und Jake ist ein Greis«, spotte ich.

»Er ist sieben Jahre älter als ich«, sagt sie mit aufgerissenen Augen.

»Nun, dagegen kann David schlecht etwas einwenden, wenn man bedenkt, dass er sechzehn Jahre älter ist als Caroline, hm?«, sage ich gedankenlos.

Langsam breitet sich ein Lächeln auf ihrem Gesicht aus.

»Stimmt. Daran hatte ich gar nicht gedacht. Danke, Fliss, du warst echt eine große Hilfe.«

Sie gähnt laut, rutscht vom Bett, formt ein weiteres »Dankeschön« mit den Lippen und ist aus dem Zimmer, bevor ich etwas auf diese letzte Bemerkung erwidern kann.

Oh, Mann. Sie mag ja glauben, ich wäre eine große Hilfe, aber ich kann mir nicht vorstellen, dass Caro und David es genauso sehen. Sie hat sich die Waffe genommen, und ich habe ihr auch noch die Munition besorgt.

Das Frühstück am nächsten Morgen ist eine düstere Angelegenheit. Hannah ist still und wirft mir aus hohlen Augen flehende Blicke zu, ihren Ausflug von letzter Nacht nicht zu erwähnen.

Glücklicherweise sind Caro und David selber viel zu verkatert, um Hannahs Zustand zu bemerken. Caro stützt sich schwer auf den Küchentisch und umklammert eine Tasse schwarzen Kaffee; David kämpft mit seinen Stiefeln und beschwert sich, dass er viel zu spät zu seinem Treffen mit Angus Macready unten in Far Meadow kommen wird.

Charlie, der nach seinem Ausflug in den Pub noch immer bester Dinge ist, pfeift, während er sich spritzenden Speck, dunkle Champignons und goldgelbe Rühreier in einer gusseisernen Pfanne brutzelt, die die Ausmaße einer kleinen Satellitenschüssel hat.

Ich ringe immer noch mit mir. Ich mache mir Sorgen um Hannah. Sorgen darüber, dass sie eine Dummheit begehen könnte – sechzehn ist ein gutes Alter für so was. Ich erinnere mich daran, dass ich mit sechzehn alt genug war, Unfug zu treiben, aber noch zu jung, um mir Gedanken über die Folgen zu machen.

Ein gefährliches Alter.

Charlie lässt die fettige Masse von der Pfanne auf seinen Teller gleiten und knallt das Ganze auf den Tisch.

David kämpft sichtlich mit Brechreiz und stürzt aus der Küche, wobei er einen widerstrebenden, sabbernden Darius hinter sich herzieht.

Caro wirft nur einen Blick auf den Teller und stürzt zur Gästetoilette. Als sie fünf Minuten später wiederkommt, sieht sie krank aus. Sie ist leichenblass, und ihre Hände zittern.

»Du siehst aus wie der Geist von Angels Court«, bemerke ich und versuche, ein Lachen zu unterdrücken. Sie wirft mir einen giftigen Blick aus geröteten Augen zu.

»Ich gehe wieder ins Bett«, sagt sie mühsam, »ich glaube, ich habe eine leichte Lebensmittelvergiftung…«

»Meinst du nicht eher eine Alkoholvergiftung?«, fragt Charlie höflich.

»Ich weiß nicht, wovon du redest«, entgegnet sie beleidigt, weicht aber seinem spöttischen Blick aus.

»Tu nicht so, Caro.« Er grinst. »Wir haben euch alle gestern Nacht gehört. Ihr habt genug Lärm gemacht, um die Nachbarn zu wecken, wenn wir welche hätten.«

Völlig falsch singt er das Lied nach, das Caro letzte Nacht oder vielmehr heute Morgen auf der Treppe vor sich hin gesummt hat, und tanzt dazu um den Tisch.

Hannah und ich fangen an zu lachen, als er die protestierende Caro in seine Arme zieht und sie durch die Küche wirbelt, bis ihr Gesicht einen ungesunden Grünton annimmt.

»Muss ja 'ne klasse Party gewesen sein«, neckt er und gibt sie frei.

»Ich hoffe, das war es wert!«, fügt Hannah hinzu, als Caro sich hastig zurückzieht.

Lachend legt Hannah die Scheibe Toast weg, die sie seit mindestens zehn Minuten angestarrt hat, ohne davon zu essen.

»Okay, ich bin weg. Bis später.«

Und mit diesen Worten ist sie verschwunden. Ich muss nicht fragen, wohin.

»Alles in Ordnung, Fliss? Du siehst niedergeschlagen aus.«

Charlie kommt um den Tisch, um sich neben mich zu setzen.

»Du denkst doch nicht immer noch an Richard, den Riesentrottel, oder?«

Ich verschlucke mich fast an meinem Kaffee bei diesem neuen Spitznamen und bemühe mich nach Kräften, missbilligend dreinzusehen und das Lächeln zu unterdrücken, das sich auf meinem Gesicht auszubreiten droht.

»Ehrlich gesagt mache ich mir Sorgen um deine Schwester«, gestehe ich.

»Machen wir das nicht alle?«, seufzt er. »Aber die Ärzte behaupten, sie würde nie normal werden.«

»Nein, im Ernst, Charlie«, ich versetze ihm einen sanften Stoß in die Rippen, »ich brauche deinen Rat.«

»Ich bin ganz Ohr.« Er grinst. »Obwohl meine Freundin immer etwas ganz anderes behauptet ...«

»Kannst du nicht mal einen Moment ernst sein?«, stöhne ich verzweifelt und stelle meine Tasse ab. »Ich bin wirklich besorgt.«

»Wegen ihr und Jake?«

»Du weißt Bescheid?«

»Na klar. Ich mag ja harmlos wirken, aber ich sehe und höre alles«, scherzt er.

»Charlie ...«

»Keine Sorge, das geht vorbei, sie hatte schon unzählige Schwärme und hat sie alle überlebt.«

»Mag sein. Aber das hier macht mir Sorgen. Diesmal ist es

anders… Sie ist Feuer und Flamme, so ernsthaft, dass es einem Angst einjagt.«

»Vielleicht, aber damit muss sie allein klarkommen, Fliss, sie ist nicht dumm.«

»Ich weiß, aber sie ist *total* verknallt in ihn.«

»Du bist nicht für Hannah verantwortlich.«

»Nein, dein Vater und Caroline sind für sie verantwortlich. Deshalb sollte ich ihnen auch erzählen, was los ist.«

»Und dich völlig mit ihr zerstreiten? Wo ist das Problem? Warum willst du dich einmischen? Warum lässt du sie nicht einfach weitermachen, wenn sie scharf auf ihn ist? Sie hatte schon vorher Freunde.«

»Aber sie ist *zu* scharf auf ihn, Charlie. Ich habe Angst, dass sie eine Dummheit begeht.«

Er streicht sich die lange schwarze Mähne aus der Stirn und grinst mich lässig an.

»Zerbrich dir nicht den Kopf. Sie ist in Ordnung, lass sie einfach machen. Außerdem sind wir nur noch drei Tage hier. Am Freitag fahren wir nach London zurück, und dann vergisst sie ihn bestimmt. Sie ist doch sowieso viel zu jung für ihn. Wenn Jake schlau ist, schickt er sie in die Wüste, und wenn er irgendwelche Skrupel hat, nutzt er es auch nicht aus, dass sie total vernarrt ist in ihn.«

»Dreiundzwanzigjährige haben keine Skrupel, wenn es um Sex geht.«

»Ach nein?«, fragt Charlie, und seine Augen beginnen zu leuchten. »In diesem Fall überspring ich meinen achtzehnten Geburtstag und werde lieber gleich dreiundzwanzig!«

In den nächsten Tagen scheint es an der Jake-Front nichts Neues zu geben. Hannah wirkt in sich gekehrt und unglücklich. Schließlich gesteht sie mir, dass er ihr aus dem Weg zu gehen scheint. Schuldbewusst und gleichzeitig erleichtert seufze ich auf.

Als Sally wieder anruft, kommt es mir fast wie eine Belästigung vor. Das ist gemein, ich weiß, doch es war mir gelungen, Richard, Mutter und die abgesagte Hochzeit aus meinen Gedanken zu verbannen – ein durch und durch angenehmes Gefühl. Mit meiner Schwester zu sprechen, weckt nur ungute Erinnerungen.

Sie hört sich irgendwie seltsam an, doch als ich sie frage, schiebt sie es auf den Stress.

Mein schlechtes Gewissen wächst um das Zehnfache, da ich mir ziemlich sicher bin, das jeglicher Stress, dem Sally ausgesetzt ist, einen bestimmten Grund hat – mich.

Als ich sie bedränge, gesteht sie, dass mein Name in der Familie Blakeney immer noch tabu ist, dass Mutter jedoch erstaunlich leicht aus ihrem von mir verschuldeten Elend aufzutauchen scheint. Was genau die Ursache für diese wundersame Genesung ist, bleibt unklar. Sally scheint nur sehr widerwillig eine Erklärung dafür geben zu wollen, sondern meint stattdessen, ich könne froh sein, dass sie ihr unmittelbar bevorstehendes verfrühtes Ableben nicht länger meinen gedankenlosen, unverständlichen Taten anlaste.

Obwohl Sally steif und fest behauptet, sie käme gut klar, beschließe ich um ihrer und meines Vaters willen, dass ich es mir hier draußen lange genug habe gutgehen lassen und dass es an der Zeit ist, endlich nach Hause zu fahren. Doch als ich Caro von meinen Plänen erzähle, versucht sie, mich zu überzeugen, noch bis zum Ende der Woche zu bleiben.

Anscheinend hat sie eine Überraschung für mich.

Hannahs Warnungen über Männer und Partys fallen mir wieder ein, was meine Entschlossenheit abzureisen nur verstärkt. Ich fühle mich deutlich besser, doch ich glaube nicht, dass ich schon wieder für Überraschungen zu haben bin, insbesondere nicht von Caros Seite, die dazu neigt, übers Ziel hinauszuschießen.

Andererseits schulde ich ihr mehr als nur Toleranz, deshalb willige ich nach langem Betteln ein zu bleiben.

Für den Abend vor Hannahs und Charlies Rückreise nach London hat Caro einen Ausflug ins örtliche Theater organisiert.

Charlie, der gezwungen wurde, seine übliche Kluft – Jeans, weißes T-Shirt und Lederjacke – gegen einen Anzug zu tauschen, macht sich über den provinziellen Kulturbetrieb oder vielmehr den Mangel daran lustig, während er aufgebracht an Krawatte und Hemdkragen zerrt, als würden sie absichtlich versuchen, ihn zu ersticken.

»Ich weiß überhaupt nicht, warum ich mich so in Schale werfen musste«, beschwert er sich. »Market Atherton ist wohl kaum das West End. Außerdem stehe ich nicht auf Oscar Wilde.«

»Hör auf zu jammern, du Banause«, entgegnet David und grinst breit, wobei seine kräftigen Zähne unnatürlich weiß im Schein der Lampe schimmern. »Ein bisschen Kultur anstelle von Culture Club wird dir ganz gut tun.«

»Culture Club!«, stöhnt Charlie. »Also echt, Dad, in welchem Jahrhundert lebst du eigentlich?«

»Flissss«, zischt es leise. Ich wende mich von den anderen ab. Hannah, die die letzten zwei Stunden im Bad zugebracht hat, steht im Schatten neben der Tür. Verschwörerisch winkt sie mich zu sich.

»Stell dir vor!«, flüstert sie und umklammert aufgeregt mein Handgelenk. »Jake will, dass ich mich mit ihm treffe.«

Sie grinst breit, offensichtlich entzückt über diese neue Haltung.

»Aber das geht nicht«, protestiere ich. »Wir wollen doch alle zusammen weggehen, es ist schließlich euer letzter Abend.«

»Genau, mein letzter Abend, die letzte Chance, etwas Zeit mit Jake zu verbringen.«

Ihre Augen schimmern mehr als Charlies gewienerte Lederschuhe.

»Kannst du mich decken, Fliss?«

»Ich weiß wirklich nicht, ob ich …«

»Bitte«, fleht sie panisch. »Willst du dich etwa wahrer Liebe in den Weg stellen?«

Verzweifelt drückt sie meinen Arm noch fester.

»Ich sehe ihn vielleicht nie wieder, Fliss. Das könnte unser letzter gemeinsamer Abend werden. Biiiitte, ich flehe dich an …«

»Also gut«, seufze ich. »Was soll ich tun?«

»Du bist ein Schatz, Fliss!« Das Grinsen ist so schnell wieder da, wie es verschwunden war, und sie drückt mir einen Kuss auf die Wange.

»Ich bin kein Schatz, ich bin ein Idiot.« Ich schüttele den Kopf. »Ich kann es nicht fassen, dass ich da mitmache.«

»Sag ihnen einfach, dass ich mich nicht wohl fühle und mich hingelegt habe. Ich bin wieder da, bevor ihr zurück seid, versprochen.«

»Aber …«, setze ich an, doch Hannah fällt mir ins Wort.

»Du lässt mich doch nicht im Stich, oder, Fliss? Du bist meine Freundin.«

Ich brumme vor mich hin.

»Schon gut, schon gut, aber Hannah …«

»Ich weiß, ich weiß, tu nichts, was du nicht tun willst!«, sagt sie lachend, lässt meinen Arm los und hüpft davon. An der Hintertür dreht sie sich um und ruft mir spöttisch zu: »Das bedeutet, ich kann alles tun, was ich will!«

Frech winkt sie mir zu, schickt eine Kusshand hinterher, und weg ist sie.

Caro, David und Charlie warten bereits draußen neben Davids Range Rover. Caro gelingt es nicht, in ihrem langen engen Rock auf den hohen Beifahrersitz zu klettern.

»Endlich«, ruft sie, als ich aus der Tür trete. »Jetzt fehlt nur noch Hannah. Wo steckt sie denn? Sag bloß nicht, dass sie immer noch im Bad ist!«

»Äh … sie kommt nicht mit.« Ich spüre, wie ich rot werde. Ich verabscheue es zu lügen, insbesondere gegenüber Caro. »Sie sagte, sie fühlt sich nicht gut.«

»Oje! Wirklich! Dann sehe ich wohl besser mal nach dem Rechten«, antwortet Caro besorgt und wendet sich zum Gehen.

»Oh, alles in Ordnung«, platze ich heraus und schiebe sie von der Tür weg. »Sie hat starke Kopfschmerzen und meinte, dass es in einem stickigen Theater nur schlimmer würde.«

»Na, ich sehe besser mal nach, ob sie nicht etwas ausbrütet.« Caro will an mir vorbei.

»Sie sagt, sie will allein sein … Du weißt schon, ein paar Stunden in einem abgedunkelten Zimmer.«

Caro hält inne.

»Eben typisch Hannah. Wahrscheinlich schmollt sie, weil sie morgen nach Hause muss.«

»Ach ja? Warum sollte sie deshalb schmollen?«

Eine panische Sekunde lang denke ich, Caro weiß mehr, als sie zugibt.

»Na ja, sie verpasst die Party morgen Abend. Das passt ihr überhaupt nicht. Mach dir nichts draus, wenn sie sich unbedingt ins eigene Fleisch schneiden und heute Abend auch noch verpassen will, dann hat sie eben Pech gehabt.«

»War das ein Schrott«, stöhnt Charlie, als wir gut drei Stunden später wieder in die Einfahrt einbiegen. »Ich musste noch nie im Leben so viel gähnen. Wenn es auch nur eine Millisekunde länger gedauert hätte, hätte ich mir den Kiefer ausgerenkt oder wäre vor Langeweile gestorben.«

»Banause«, murmelt David, grinst aber immer noch.

»Es war viel früher zu Ende, als ich erwartet hatte.« Caro wirft einen Blick auf ihre Cartier-Uhr, ein Geburtstagsgeschenk von David.

Geht mir genauso, füge ich in Gedanken hinzu, viel früher. Ich hoffe nur, Hannah ist zu Hause.

»Du musst noch lernen, die schönen Dinge im Leben zu würdigen, mein Sohn«, ruft David Charlie zu.

»Hannah wusste schon, warum sie sich gedrückt hat.« Charlie

mault immer noch, als wir das Haus betreten, das in völligem Dunkel liegt.

»Ich werde gleich mal nachsehen, wie es ihr geht«, sagt Caro. »Sei ein Schatz, David, und mach mir einen großen Gin-Tonic, während ich nach deiner melodramatischen Tochter sehe.«

Ich folge ihr die Treppe hinauf und bete insgeheim darum, Hannah möge ihr Versprechen gehalten und vor uns nach Hause gekommen sein.

Und da ist sie, in ihrem Bett, die Decke bis zum Kinn hochgezogen. Ich schicke schweigend ein Dankgebet zum Himmel. Sie schlägt die Augen auf, als das Licht vom Flur in ihr Zimmer dringt.

»Geht's dir besser?« Caro durchquert das Zimmer und knipst die Nachttischlampe an. »Du hast einen richtigen Glühkopf. Hast du etwa Fieber?«

Sie legt eine kühle Hand auf Hannahs Stirn.

»Ehrlich gesagt dachte ich, du tust nur so«, sagt sie lachend, »aber keine Sorge, jetzt komme ich mir ganz schön mies vor. Brauchst du etwas? Ein Aspirin oder etwas Heißes zu trinken?«

Hannah schüttelt den Kopf. Sie zittert. Sie sieht wirklich krank aus, aber ich weiß ja, dass sie es nicht ist. Warum also sieht sie so mitgenommen aus?

Da entdecke ich den Grund.

Ein Paar Boxershorts liegt auf dem Boden direkt hinter Caroline, die auf der Bettkante sitzt.

Hannahs Blick schnellt wiederholt von ihr zu Caroline und weiter zu mir.

Rette mich!, scheint er zu flehen.

Verstohlen gleite ich an der Wand nach unten, schnappe mir das verräterische Teil und verstecke es hinter meinem Rücken.

»Also, wenn du sicher bist, dass alles in Ordnung ist?« Caro steht auf.

Hannah, die sich nicht traut, den Mund aufzumachen, nickt

stumm. Ich kann die Erleichterung auf ihrem schelmischen Gesicht sehen, als Caro das Zimmer verlässt und leise die Tür hinter sich schließt.

»Und?«, frage ich, ziehe die Hand hinter dem Rücken hervor und wedele mit den Boxershorts.

Als Antwort öffnet sich die Tür zu ihrem Kleiderschrank einen Spalt breit, eine Hand kommt heraus, schnappt sich die Hose und verschwindet wieder. Hannah, die die ganze Zeit nur gezittert hat, weil sie das Lachen unterdrücken musste, kann nicht länger an sich halten. Sie explodiert förmlich vor Lachen wie eine Flasche Coca-Cola, die zu heftig geschüttelt wurde.

Hannahs und Charlies letzter Tag. Als der Hahn kräht und ich wach werde, spüre ich ein wunderbares Gefühl der Erleichterung. Ich meine, ich habe mich gefreut, sie um mich zu haben, aber ich glaube kaum, dass meine Nerven das noch viel länger mitgemacht hätten. Jake muss es letzte Nacht geschafft haben, ohne Zwischenfall aus dem Schrank zu entkommen. Ich habe mit gespitzten Ohren dagelegen und auf irgendein Krachen oder Scheppern gewartet, aber nichts. Gegen Morgen bin ich schließlich eingeschlummert. Nach unruhigem Schlaf bin ich mit dunklen Schatten unter den Augen und – da bin ich mir sicher, als ich verschlafen in den Spiegel im Bad starre – mit mindestens fünf neuen Falten aufgewacht. Stress schadet meiner Haut. Ich beschließe, die letzte Nacht Hannah gegenüber gar nicht erst zu erwähnen, die mich während des Frühstücks irritierend angrinst. Für eine Standpauke ist es ohnehin zu spät. Das Pferd ist bereits durchgegangen.

Hannahs und Charlies letzter Tag ist auch der Tag der Party, die, wie sich herausstellt, Caros nicht allzu überraschende Überraschung ist.

Wir sind alle in der Küche versammelt. Hannah pellt Erbsen für unser letztes gemeinsames Mittagessen, Charlie poliert liebevoll ein Gewehr, das er gedroht hat, mit zurück nach London zu nehmen, worauf David gedroht hat, ihn mit selbigem Gewehr zu erschießen, wenn er es auch nur über die Schwelle trägt. David zaubert Erstaunliches mit einem Mixer, während er ein wachsames Auge auf Charlie hat, und Caro poliert Weingläser.

Da ich mir unausgelastet vorkam, habe ich mich an das ehrgeizige Projekt gewagt, eine üppige Schokoladentorte für heute Abend zuzubereiten.

»Es gibt nur ein leichtes Essen«, wendet David ein, als ich meine Absicht kundtue. »Soufflé und Meeresfrüchte und so etwas.«

»Willst du damit andeuten, meine Torte sei schwer wie ein Stein?«, frage ich entrüstet.

Hannah scheint viel glücklicher und viel strahlender zu sein. Mir ist aufgefallen, dass sie Jakes Siegelring – ein Schmuckstück, das sie vorher als vulgär abgetan hatte – an einer Kette um den Hals trägt. Ihr einziger Grund zum Jammern ist, dass sie die Party verpassen wird.

Ich würde ihr mit dem größten Vergnügen meinen Platz überlassen.

»Ich finde es total ungerecht, dass ihr eine Party macht, *nachdem* wir weg sind«, klagt sie. »Das ist echt typisch. Wir müssen die Schufterei mitmachen, aufräumen, die Gästezimmer vorbereiten, das Gemüse putzen, einkaufen, und wenn es dann losgeht, schickt ihr uns zurück zu Mutter.«

»Es ist eine Party für Erwachsene«, entgegnet Caroline unnachgiebig. »Kinder haben keinen Zutritt.«

»Ich bin kein Kind mehr!« Hannahs üblicher Protestruf.

»Warum benimmst du dich dann immer wie eines?«, stichelt ihr Bruder und wirft eine leere Erbsenhülse nach ihr.

»Ich folge nur deinem Beispiel«, kontert sie.

»Seht ihr, jetzt zankt ihr euch wie die Kinder«, sagt Caro lachend. »Tut mir Leid, Hannah, aber eure Mutter kommt, um euch abzuholen.«

»Du könntest sie anrufen und ihr absagen.«

»Sie ist wahrscheinlich längst unterwegs, es ist ein weiter Weg von Schottland.«

Hannah verzieht enttäuscht das Gesicht, aber mir ist klar, dass sie nicht wegen der Party bleiben möchte. Ich seufze tief. Ich hoffe nur, sie haben aufgepasst. Ich versuche, die Sorge zu unterdrücken, die in meinem Magen herumflattert wie eine Motte um eine Glühbirne.

»Maura kommt, um sie abzuholen?«, frage ich David, der nickt und die Augen verdreht. Das dürfte interessant werden. Ich bin der viel besungenen Maura nie persönlich begegnet, obwohl ich nach allem, was die anderen über sie sagen, eine durchaus konkrete Vorstellung von ihr habe. Aber die Menschen sehen sowieso nie so aus, wie man sie sich vorstellt.

»Toll, dass ich sie endlich treffe«, flüstere ich Caroline zu, »dann sehe ich endlich, ob sie wirklich so überspannt ist, wie ihr immer behauptet.«

Maura kommt in eine Wolke aus Patchouli-Öl und gebatikter indischer Seide gehüllt an.

»Meine Süßen!« Sie stürzt sich auf Charlie und Hannah wie ein knallbunter Papagei im Sturzflug. Ihr Kaftan in Fuchsie und Purpur, der sich beeindruckend mit ihrem flammend roten Haar beißt, weht hinter ihr her.

»Charlie, mein geliebter, hübscher Sohn!«, ruft sie und küsst ihn auf die Wangen und dann sogar auf die Stirn.

»Mutter!«, stößt er verlegen hervor, während er knallrot anläuft und zurückweicht.

»Hannah, meine Kleine, ich könnte schwören, du bist wieder ein paar Zentimeter gewachsen!«

»Du warst doch nur fünf Tage weg, Maura.« Hannah verdreht die Augen. »Nicht fünf Jahre! Ich kann mir kaum vorstellen, dass ich in fünf Tagen gewachsen bin. Außerdem bin ich nicht mehr deine Kleine, ich bin eine Frau!«

Nachdem sie jedes ihrer Kinder für gute fünf Minuten gedrückt hat, wendet sie sich schließlich zu Caroline, David und mir um. Sie wallt herüber, übersieht Caro und mich und baut sich schweigend und mit scharfem Blick vor David auf.

»Du bist viel zu blass, David. Ich spüre deine Anspannung.«

»Es geht mir gut, Maura, und dir?«, entgegnet er trocken.

»Wie war deine Reise?«, fragt Caro. »Vermutlich war wie üblich viel Verkehr.«

»Ich finde körperliche Reisen immer ermüdend.« Maura seufzt melodramatisch. »Craignathie war traumhaft, so erhellend und bereichernd. Aber ich bin froh, nach London zurückzukommen, wie ihr sicher auch, meine Süßen.« Sie wendet sich wieder an Hannah und Charlie. »Ich hoffe, es war nicht zu schlimm ohne mich. Die Provinz kann ja so erdrückend sein. Ihr müsst euch in diesem kleinen Nest sehr gelangweilt haben.«

Caro zieht die Brauen hoch und blickt zu mir herüber.

»Das ist eine Freundin von uns, Fliss. Sie hat uns geholfen, die Kinder zu unterhalten, das heißt, sie hat mir bei dem Versuch beigestanden zu verhindern, dass sie vor lauter Langeweile in diesem öden, kleinen Nest sterben.« Der nicht zu überhörende Sarkasmus scheint an der Besucherin abzuprallen.

Maura sieht mich an. Ihr Blick irritiert mich: Sie hat riesige Rehaugen in der Farbe einer reifen Avocado. Und statt mich anzuschauen, scheint sie in mich hineinzublicken.

»Deine Aura ist zerbrochen«, verkündet Maura.

»Das ist nicht das Einzige, was zerbrochen ist«, murmelt Caro. Ich versuche, ein nervöses Kichern zu unterdrücken.

»In Craignathie gab es fabelhafte Heilungs-Workshops. Ich könnte mir vorstellen, selber Heilungs-Workshops zu veranstalten. Du solltest auch kommen, ich spüre, dass du spirituelle Führung brauchst. Hast du einen spirituellen Führer?«

»Äh, ich habe diverse Reiseführer«, biete ich an, »zählen die auch?«

Um sieben sitze ich angezogen und frisiert am Schminktisch und male mir das Gesicht an. In der glückseligen Isolation von Angels Court reicht die Freiheit so weit, dass ich drei Wochen lang kein Make-up getragen habe. Ich brauche drei Versuche, um den Lipliner ordentlich aufzutragen, doch nicht nur, weil ich aus der Übung bin, sondern auch, weil meine Hand vor Aufregung zittert.

Ich höre, wie die Gäste eintreffen. Autos kommen langsam über die geschotterte Auffahrt heran. Türen schlagen, Stimmen rufen und lachen und David spielt souverän Gastgeber und Butler in einer Person, sammelt Mäntel ein und verteilt Getränke. Puccini dringt die Treppe herauf.

Es scheinen furchtbar viele Gäste einzutreffen. An den langen Tisch im Esszimmer passen locker zwanzig Leute, aber sie haben doch sicher nicht so viele eingeladen? Ich möchte nicht, dass mein erster Gesellschaftsausflug als frisch gebackener Single zu Nerven aufreibend wird.

Ich zwinge mich, nach unten zu gehen, auch wenn es mir schwer fällt, den Schutz meines Zimmers zu verlassen. In den letzten Wochen habe ich mich zu einem ziemlich introvertierten Menschen entwickelt. Es ist sehr leicht, keine Kontakte zu knüpfen. Mehr denn je kann ich nachvollziehen, warum Menschen Mönche werden und sich für Jahre hinter Klostermauern zurückziehen. Es heißt zwar immer, Einsamkeit sei schwer zu ertragen, aber in Wahrheit ist es eine viel größere Anstrengung, unter Leute zu gehen.

Ich werfe einen Blick durch die Doppeltür in das zitronengelbe Wohnzimmer. Mondäne Leute stehen in Grüppchen beieinander und plaudern. Das Stimmengewirr klingt wie das Geschnatter von Gänsen auf dem Feld.

Die Anzahl lässt mich zurückschrecken. Es sind tatsächlich mehr als zwanzig Menschen im Raum. Vielleicht sollte ich Kopfschmerzen vortäuschen und in den sicheren Hafen meines Zimmers zurückkehren. Andererseits bin ich so verspannt, dass ich die Kopfschmerzen nicht einmal vorzutäuschen brauche, ich spüre, dass sie bereits im Anzug sind.

Gerade weiche ich aus der Tür zurück, als David neben mir auftaucht, mir aufmunternd zuflüstert, dass ich »einfach hinreißend« aussehe und mich mitten ins Zimmer führt.

Einige aus der Gruppe, der er mich vorstellt, kenne ich bereits von früheren Besuchen in Angels Court. Caro und David sind sehr gesellig und geben häufig Partys, obwohl ich noch nie bei einer von dieser Art je war. Ich finde sie ziemlich grausam. Ich hätte es vorgezogen, allmählich wieder Kontakte zu knüpfen, statt bei einer groß angelegten Party ins kalte Wasser geschubst zu werden.

Ich hatte bereits das Vergnügen mit der ach-so-chicen blonden Sexbombe Eloise, die sich gerade mit Caroline unterhält. Es war nicht gerade Liebe auf den ersten Blick. Sie hat etwas von einer Eiskönigin, Sie wissen schon, was ich meine. Außerdem ist sie seltsam besitzergreifend gegenüber Caroline, als dürfte sie keine anderen Freunde haben. Deshalb gehöre ich nicht gerade zu Eloises Lieblingen.

Als Nächstes stellt David mich einer unglaublich zarten, zierlichen Frau vor. Mit ihren bezaubernden Augen, dem süßen Schmollmund und der kleinen Stupsnase erinnert sie an ein Püppchen.

Was ihre Figur betrifft, so mag sie zwar in Sachen Körpergröße etwas zu kurz gekommen sein, doch bei anderen Details ist sie umso üppiger ausgestattet. Sie hat die größten Brüste, die ich je gesehen habe und die sich der Schwerkraft zu widersetzen scheinen. Vielleicht sind sie schwerelos wie mit Helium gefüllte Luftballons, und nur ihr tief ausgeschnittenes enges Oberteil hindert sie daran, zur Decke zu schweben.

Sie fängt meinen starren Blick auf. Ich werde so rot wie ihr Mund, doch sie lächelt freundlich. Ich vermute, dass sie an solche Blicke gewohnt ist. Sie muss der Inbegriff männlicher Fantasien und das Ziel weiblicher Eifersucht sein.

»Das ist Sukey.« David grinst ob meines faszinierten Ausdrucks. »Sie züchtet Pferde.«

»Wirklich?« Meine Überraschung ist echt. Ich kann mir einfach nicht vorstellen, dass sie eine körperliche Tätigkeit ausübt, die über das Lackieren ihrer Nägel hinausgeht – ganz zu schweigen von echter Stallarbeit.

Sukey lacht perlend. Ihr Lachen hat den Klang, den die scheußliche Kat Christian nachzuahmen versucht hat, diesen Glöckcheneffekt, doch bei Sukey hört er sich natürlich und darum nett an.

»Das ist mein Mann Bob«, sagt sie und legt eine zarte, perfekt manikürte Hand auf den Arm des Mannes an ihrer Seite. Ehemann Bob ist dünn, unattraktiv und unscheinbar. Das langweilige, doch wohl unverzichtbare Bambusrohr, das die traumhaft exotische Blüte trägt, vermute ich.

»Bob ist ein Starkoch«, erklärt David, »meine Soufflés werden heute Abend ihren Mann stehen müssen.«

»Und nicht nur die!«, bemerkt Sukey kichernd.

Alle lachen, als hätte sie einen Insiderwitz gerissen.

Bob sieht für einen Meisterkoch nicht gerade kreativ aus, obwohl sein Gesicht an ein verschrumpeltes Baguette erinnert.

Ein großer, langgliedriger Mann mit blonden Haaren, der still am Rande der Gruppe gestanden und sich lässig mit dem Ellbogen auf den Kaminsims gestützt hat, ein Glas Wein in der Hand, tritt vor und sieht David vorwurfsvoll an.

»Willst du mich denn nicht vorstellen?« Seine Stimme ist tief und sanft.

»Fliss, meine Liebe, ich würde dich gerne mit Gwillem Davies bekannt machen.«

Gwillem ergreift meine dargebotene Hand, schüttelt sie jedoch nicht, sondern drückt sie einfach freundlich, während er sie für den Bruchteil einer Sekunde zu lange in der seinen hält.

»Gwillem ist ein alter Freund aus London«, fährt David fort und lacht amüsiert über meinen verwirrten Blick. »Er ist Künstler. Er hat das Porträt von Caroline gemalt, das dir so gut gefällt und das nebenan über dem Kamin hängt.«

»Aber das ist ja wundervoll.« Ich bin ehrlich beeindruckt. »Sie ist darauf sehr gut getroffen.«

»Leider ist er inzwischen viel zu erfolgreich und berühmt, um noch für uns zu malen. Er hätte keine Zeit mehr dafür, und wir könnten ihn nicht mehr bezahlen!« Caro, die in ihrem Kleid aus cremefarbener Seide wie ein Engel aussieht, lässt eine verstimmte Eloise stehen, um sich an unserem Gespräch zu beteiligen.

Zärtlich drückt sie Gwillems Arm.

»Caro ist eine hemmungslose Schmeichlerin!«, sagt er lachend. In seiner tiefen Stimme schwingt ein ganz leichter walisischer Akzent mit.

Wieder ergreift er meine Hand. Mir fällt auf, dass seine Finger sehr lang und die Nägel perfekt manikürt sind.

»Es freut mich sehr, sie kennen zu lernen. Immer wieder sage ich zu Caro, dass wir durchaus einmal frisches Blut in der Gruppe vertragen könnten.«

Dieses Mal hält er meine Hand und auch meinen Blick noch länger gefangen. Ich weiß nicht, ob ich mich geschmeichelt oder unwohl fühlen soll.

Beim Essen sitze ich neben Gwillem. Ich frage mich, ob er der potenzielle Kandidat ist, vor dem Hannah mich gewarnt hat. Normalerweise stehe ich nicht auf blonde Männer. Ich weiß nicht, warum, aber ich finde sie eben nicht attraktiv. Dennoch muss ich zugeben, dass Gwillem sehr gut aussieht.

Ich schätze ihn auf Ende dreißig oder Anfang vierzig. Groß und blond, wie er ist, erinnert er an einen geschmeidigen Löwen und ist weit entfernt von Hannahs glatzköpfigem, fettem Fünfzigjährigen. Und man kann sich angeregt mit ihm unterhalten, ein seltener Zug und umso schätzenswerter, als ich vorher nur das Brachland ungenutzten Intellekts gewöhnt war, das ich mit Richard, dem Riesentrottel, teilte.

Außerdem scheint er geradezu auffällig an mir interessiert zu sein. An seiner anderen Seite sitzt eine umwerfende Rothaarige, Amber Dixon, eine Freundin von Caro, die ich schon vorher kannte. Sie ist in jeder Hinsicht hinreißend, Gesicht, Körper und Persönlichkeit, doch bis auf ein kurzes Hallo, als wir uns zu Tisch setzten, hat er sie zu meinen Gunsten fast komplett ignoriert.

Das Essen ist wie üblich superb und den gemeinsamen Anstrengungen von Gourmet David und Künstlerin Caro zu verdanken.

»Wie lange kennen Sie Caroline schon?«, fragt Gwillem und reicht mir das Brot.

»Seit wir Kinder waren.«

»Wirklich? Dann sind Sie alte Freunde. Es überrascht mich, dass wir uns nicht schon vorher begegnet sind.«

»Wir hatten uns aus den Augen verloren«, entgegne ich. »Wir haben uns erst wiedergefunden, als Caro letztes Jahr an der gleichen Schule wie ich anfing.«

»Welch glücklicher Zufall… Also sind Sie Lehrerin?«

Ich nicke ohne große Begeisterung. Lehrerin hört sich so langweilig an, so bieder. Ich wäre auch gerne so aufregend und unkonventionell wie die anderen hier. Gwillem ist, wie Sie bereits wissen, Maler. Eloise ist Schauspielerin. Der Mann hinter ihr, der entfernt an den gealterten Laurence Olivier erinnert, ist anscheinend ein ziemlich bekannter Dichter. Sein Name ist Blakesley Hardington – hört sich an wie ein neuer Vorort der Retortenstadt Milton Keynes. Sukey züchtet ihre Pferde, Bob kocht für die Reichen und Schönen, und Amber Dixon, die PR-Frau einer Plattenfirma ist, wird von einem Opernsänger umgarnt, von dem selbst ich, eine bekennende Banausin in Sachen Musik, schon gehört habe.

»Sie sehen gar nicht aus wie eine Lehrerin«, sinniert Gwillem und betrachtet mich prüfend aus zusammengezogenen Augen.

Bei solch einer scharfen Musterung fühle ich mich erneut unwohl, und Hilfe suchend sehe ich mich am Tisch um. Mir gegenüber sitzt Angus Macready. Er ist ein gut aussehender Mann mit dunklem Haar, das an den Schläfen distinguiert ergraut ist. Gesicht und Hände, die vom Leben im Freien gebräunt sind, werden durch das strahlend weiße Hemd noch betont.

»Ist Jake genauso am Boden zerstört wie Hannah, weil sie sich trennen mussten?«, frage ich ihn.

Angus lächelt und zeigt dabei unglaublich große, ebenmäßige Zähne, schüttelt jedoch den Kopf.

»Er mochte sie ganz gern, aber er ist ein kleiner Draufgänger. Schätze, dass die sich so was nicht so zu Herzen nehmen wie die Mädchen, hm? Er bricht bald zu neuen Ufern auf.«

Zu neuen Ufern? Körperlich oder emotional? Ein neuer Tag, eine neue Frau. Arschloch.

»Verstehe«, antworte ich und lächele verkniffen. Arme Hannah. Welchen Preis hat die Liebe?

»Wir sind nicht alle so wankelmütig.«

»Wie bitte?« Ich wende mich wieder zu Gwillem um, der sich, den Ellbogen auf dem Tisch aufgestützt, zu mir herüberbeugt. Er hat das Kinn in die Hand gelegt und starrt mich durchdringend an.

»Männer. Nicht alle sind so wankelmütig, wenn es um Zuneigung geht.«

Ich lächele nervös und habe keine Ahnung, was ich sagen soll. Er scheint die Scheinwerfer voll aufgeblendet zu haben und viel zu schnell auf mich zuzukommen.

»Kosten Sie mal, es schmeckt wundervoll.« Er hält mir seine Gabel hin.

Ich beschließe, dass ich ihn nicht lange genug kenne, um das Besteck mit ihm zu teilen. Ich kann daraus nur schließen, dass ich nicht wirklich auf ihn fliege.

Also behaupte ich einfach, ich sei so satt, dass ich keinen einzigen Bissen mehr hinunterbekommen könne. Das ist schade, da ich nun, um den Anschein zu wahren, auf den Nachtisch verzichten muss.

Zu meiner Überraschung fällt das ausgedehnte Kaffeetrinken am Ende des Essens jedoch flach. Das enttäuscht mich, da ich diesen Teil am liebsten mag. Nicht nur die Schokotäfelchen und den Weinbrand genieße ich, sondern die entspannte Atmosphäre, in der sich die Gespräche in ungeahnte Höhen aufschwingen können.

Doch alle springen auf und begeben sich ins Wohnzimmer. Hastig werden Stühle zurückgeschoben, und die Luft schwirrt vor Aufregung.

»Was kommt jetzt?«, frage ich Caro.

»Gesellschaftsspiele«, erwidert sie.

Ich sehe sie verwirrt an.

»Das ist so Sitte in Angels Court«, sagt Gwillem und lächelt mir zu.

»Ach ja?« Eine Sitte, an der ich noch nie teilgenommen habe, wenn ich mit Richard zu Besuch war. Vielleicht war er für so etwas nicht beliebt genug.

»Nur, wenn *wir* alle zusammen sind«, fügt er hinzu.

»Warum begleitest du Fliss nicht zu einem Verdauungsspaziergang durch den Garten, während wir hier drin alles vorbereiten?«, schlägt Caro vor, und ihre blauen Augen blitzen spitzbübisch.

Hannah hatte Recht, ich glaube wirklich, Caro will mich verkuppeln.

»Ich kenne den Garten bereits!«, widerspreche ich. Gwillem scheint sehr nett zu sein, anstrengend und irritierend, aber trotzdem nett. Ich bin mir allerdings nicht sicher, ob ich verkuppelt werden möchte.

Sie sieht mich vorwurfsvoll an. Nach allem, was sie für mich getan hat, ist es das Mindeste, dass ich ihr Spiel mitspiele. Ich folge Gwillem in den Garten. Die Luft ist noch immer warm und schwer vom Duft des Flieders und der Bauernrosen.

Billie Holidays Stimme tönt aus dem alten Grammophon, das David so mag. Er findet, dass alte Platten auf alten Grammophonen gespielt werden sollten. Sie sind gebaut worden, um einander zu ergänzen, und nie wird man einen besseren Klang bekommen, behauptet er.

»Wollen Sie tanzen?« Gwillem hält mir seine perfekt manikürte Hand hin.

Schließlich komme ich also zu einem Tanz im Mondschein.

Es ist nett, aber ich fühle mich trotzdem unwohl. Ich bin keine gute Tänzerin und vor lauter Nervosität steif wie ein Brett. Ich versuche, seinen Schritten zu folgen, ohne ihm auf die Füße zu treten, was sich als ziemlich schwierig erweist. Endlich komme ich in den Rhythmus und blicke auf. Er sieht mich an. Seine Augen erinnern an Bernstein, schimmernde helle Flecken unter der Mähne aus goldblondem Haar. Er erinnert mich gefährlich an ein Tier, so dass ich beinahe damit rechne, dass er im nächsten Augenblick anfängt, den Mond anzuheulen.

Er ist attraktiv, aber trotzdem unattraktiv. Anziehend, und doch unangenehm. Wie ein Löwe, dessen Schönheit einen gefangen nimmt und dessen Wildheit einen abstößt. Beinahe hypnotisch.

»Woran denken Sie gerade?«

Peinlich berührt wird mir klar, dass ich ihn angestarrt habe. Hastig blicke ich wieder nach unten auf das kurze, feuchte Gras, das wir allmählich platt trampeln.

»Sie haben so versonnen ausgesehen«, fährt er fort, »deshalb dachte ich, es müsste etwas Interessantes gewesen sein. Wie gern würde ich die Gedanken der Menschen malen können. Das wäre einfach faszinierend. Ich frage mich, wie Ihre wohl aussähen. Konfus? Wären Sie ein Chagall? Ein Breughel? Oder vielleicht einen Hauch erotischer, wie ein Schiele vielleicht?«

»Wohl eher ein Rubens mit prallen Schenkeln und Grübchen im Hintern«, sage ich ohne nachzudenken.

Er grinst anzüglich. Ich werde knallrot.

»Du hast so eine schöne Haut«, flüstert er in mein Haar. Inzwischen ist er zum »Du« übergegangen. »Vielleicht erlaubst du mir eines Tages, dich zu malen.«

Mein Herz setzt einen Schlag aus.

Ich hatte ganz vergessen, wie schön es ist, angemacht zu werden. Ich entspanne mich ein bisschen. Gwillem merkt, dass ich nicht länger steif und verkrampft bin, und nutzt die Gelegenheit, um mich näher an sich zu ziehen. Seine Arme sind warm und stark. Er riecht gut nach einem kristallklaren und offensichtlich sehr teuren Aftershave. Er fängt an, mir höchst schmeichelhafte Dinge ins Ohr zu flüstern.

Vermutlich *könnte* ich mich daran gewöhnen.

Ich glaube, allmählich gewöhne ich mich ein bisschen an ihn. Vielleicht genieße ich es sogar.

»Ich kann dein Herz schlagen hören«, murmelt er. »Bumm, bubumm, bubumm.«

Ich versuche krampfhaft, ein Kichern zu unterdrücken.

Sofort fällt mir der Zeichentrickfilm ein, in dem das Stinktier sich in eine schwarze Katze verliebt, deren Schwanz mit einem weißen Streifen bemalt ist.

Gwillems Gemurmel ist längst nicht mehr romantisch. Die ganze Nummer – der Mondschein, die Musik, das Tanzen – erinnert mich einfach nur an eine schlechte Liebesschnulze.

Die Musik verklingt langsam. Aus dem Haus dringen Kreischen und Lachen zu uns.

»Die Spiele haben begonnen«, sagt Gwillem lächelnd. Offensichtlich hat er gar nicht bemerkt, dass er in meiner Wertschätzung, in der er gerade zu steigen begonnen hatte, auf ein immerwährendes Tief abgesackt ist. »Sollen wir zurückgehen und uns dem Spaß anschließen?«

Begeistert stimme ich zu und versuche, die Erleichterung darüber zu verbergen, nicht mehr mit ihm allein sein zu müssen.

Eines habe ich bei meiner Suche nach dem Glück gelernt: Die Romantik in einer Beziehung muss nicht unbedingt fehlen, es funktioniert nur einfach nicht mit der falschen Person.

Gwillem ist garantiert falsch.

Im Wohnzimmer ist das Licht abgedunkelt worden. Meine

Augen brauchen eine Weile, um sich daran zu gewöhnen. Doch selbst als ich in dem schwachen Licht wieder klar sehe, blinzele ich mehrere Sekunden lang, als würde alles vor mir verschwimmen.

Ich schließe die Augen und öffne sie wieder. Schließe und öffne sie, schließe, öffne und schließe sie. Ich öffne sie weit, sehr weit, bis sie fast aus ihren Höhlen springen.

Habe ich Halluzinationen oder räkeln sich da wirklich nackte Menschen auf dem Boden?

Ich bin so schockiert, dass ich einige Augenblicke brauche, um zu erkennen, dass wir mitten in eine Orgie geplatzt sind.

Blakesley Hardingtons kleiner weißer Hintern hebt sich in einer Ecke wie ein Vollmond aus einem Haufen rostbrauner Kissen auf und versinkt dann wieder hinter dem Horizont von Sukeys Beinen, als er einen Pimmel von der Größe eines kleinen Baguettes zwischen besagten Beinen und sein Gesicht zwischen den drallen, rosigen Hügeln ihres üppigen Busens vergräbt. Er knabbert mit wesentlich mehr Appetit an ihrer linken Brustwarze als vorhin an irgendeinem der leckeren Gänge beim Essen.

Ihr Mann Bob, dessen Gesicht nicht länger teigig wirkt, wohingegen ein gewisser Appendix seines Körpers aufgegangen ist wie ein Hefeteig, tollt ausgelassen mit zwei halbnackten Mädchen auf der Chaiselongue herum, auf der ich mich in den vergangenen Wochen zufrieden mit einem Buch aus Davids gut bestückter Bibliothek entspannt habe.

Eine schlanke Schwarze, die beim Essen genüsslich den Teelöffel ihres Verlobten abgelutscht hatte, hat jetzt ihre dunklen, vollen Lippen über etwas weit Interessanteres gestülpt.

Angus Macready, dessen wettergegerbtes Gesicht und braune Arme in seltsamem Kontrast zu der schneeweißen Haut seines Körpers stehen, lässt seine schwielige Hand über die weißen Hüften der Frau des Hundeführers vom örtlichen Jagdverein gleiten, wie er es bei Mac und den anderen Pferden macht, um zu prüfen, ob sie geritten werden können.

Mit offenem Mund sehe ich mich nach Caro um und bereue es sofort.

Sie küsst Eloise. Hingebungsvoll, mit offenem Mund und verschlungenen Zungen. Ihre Linke umschließt Eloises rechte Brust, während ihr Daumen mit der harten rosa Brustwarze spielt. Ihre Rechte wandert über die sanfte Wölbung des Bauches ihrer Freundin, und ihre Finger kraulen sanft das blonde Schamhaar, bevor sie in die Höhlung zwischen ihren Beinen abtauchen. Eloise, die bereits völlig nackt ist, kämpft mit den Knöpfen an Carolines Bluse.

David, abgesehen von Gwillem und mir der Einzige im Raum, der noch völlig angezogen ist, thront auf einem Armstuhl wie ein König, der seine Untergebenen nachsichtig überwacht. Fasziniert beobachtet er sie, während das übliche müde Lächeln um seine Mundwinkel spielt. Überall um ihn herum werfen die Gäste Kleider und Hemmungen über Bord.

Ungläubig sehe ich zu Gwillem, der jedoch keineswegs erschrocken zu sein scheint.

Er erwidert meinen Blick; seine Augen glänzen vom Alkohol und vor Erregung. Lächelnd beginnt er, sein Hemd aufzuknöpfen.

Gesellschaftsspiele!

Ich hatte mit Rätseln gerechnet.

Aber die hier führen *Caligula* neu auf.

Ich fange an, hysterisch zu kichern, bis Gwillem, der sich inzwischen seiner Kleider entledigt hat, versucht, mich auszuziehen. In diesem Moment verwandelt sich das hysterische Kichern zu einem ziemlich lauten Schreien.

Ich entziehe mich seinen routinierten Händen und stürze davon, wobei ich auf diverse Körper trampele. Der ziemlich bekannte Opernsänger gibt den höchsten Ton seiner Laufbahn von sich, als mein Pfennigabsatz sich in seinen Schwabbelhintern bohrt.

Meine Handtasche und die Autoschlüssel liegen auf der Kommode in der Diele. Ohne nachzudenken schnappe ich sie und laufe Richtung Tür. Als ich am Esszimmer vorbeikomme, erwartet mich der unerfreuliche Anblick eines dürren Börsenmaklers, der meine unberührte Schokoladentorte eifrig auf den zitternden Schenkeln seiner drallen Freundin verschmiert. Sie hat auf dem Esstisch alle Viere von sich gestreckt wie ein riesiges Spanferkel, das zum Hauptgang aufgetischt wird. Eine splitterfasernackte Amber Dixon kauert zwischen ihren Beinen, offenbar drauf und dran, meine Torte ohne Löffel von diesem unorthodoxen Teller zu lecken.

Als ich in mein Auto springe, den Motor aufheulen lasse und mit durchgetretenem Gaspedal die Auffahrt entlangrase, sehe ich Caro im Rückspiegel, die mir nachgestürzt ist. Ihre Brüste, die Eloise anscheinend erfolgreich aus der Bluse befreien konnte, hüpfen elegant im Mondschein auf und ab.

Kapitel 4

Nie wieder werde ich diese Chaiselongue mit denselben Gefühlen betrachten. Nach gut drei Wochen kehre ich in etwa der gleichen Verfassung aus Angels Court nach Hause zurück wie bei der Hinfahrt. In der einen Sekunde bin ich völlig fertig und desillusioniert, in der nächsten breche ich in wildes Gelächter über das aus, was gerade vorgefallen ist. Und dass meine arme Schokoladentorte nach Stunden liebevoller Schwerstarbeit ein solches Ende nehmen musste! Ich kann nur hoffen, dass sie Amber gut schmeckte. Aber wer konnte ahnen, dass sie auf solch einem Teller serviert werden würde!

Den Heimweg lege ich wie ferngesteuert zurück. Rückblickend betrachtet, bin ich mir nicht sicher, wie ich dorthin gekommen bin, denn ich habe praktisch überhaupt nicht auf den Weg geachtet. Doch es gelingt mir, in meiner Wohnung anzukommen, ohne im Graben zu landen oder ein Stück Wild plattzumachen, das es wagt, wie ein Kamikazekämpfer vor mein Auto zu springen.

Das Telefon klingelt, als ich den Schlüssel in die Wohnungstür stecke. Glücklicherweise hört es auf, bevor ich die Tür aufbekomme und erspart mir so die Entscheidung, ob ich abheben soll oder nicht. Als es jedoch zwei Minuten später erneut klingelt, wähle ich die feige Variante und stöpsele beide Anschlüsse aus.

Meine Wohnung fühlt sich nicht sehr wohnlich an. Sie ist kalt, feucht und leer.

Ich drehe die Heizung auf, gehe durch alle Zimmer und schalte Lichter und Lampen an, bis alles in einen rosigen Schimmer getaucht ist. Und nachdem ich meinen Vorrat an Mars-Riegeln im

Kühlschrank geplündert habe, verkrieche ich mich mit dem Stapel Post, der mir beim Eintreten in die Wohnung fast den Weg versperrt hatte, unter meiner Bettdecke.

Ich bilde drei Stapel, Müll, Rechnungen und Privat, beschließe dann aber, dass ich es nicht über mich bringe, auch nur einen der Briefe zu öffnen. Ich stopfe sie alle in die oberste Schublade des Nachttischchens und versuche, die nervtötende Stimme zu überhören, die mir rät, mich so schnell wie möglich um all die Umschläge mit den roten Aufdrucken zu kümmern, die aussehen, als handelte es sich dabei um allerletzte Mahnungen.

Außerdem versuche ich, eine andere nervtötende Stimme zu überhören, die ständig wiederholt, was für eine Niete ich doch bin, weil ich mich unter meiner Bettdecke vor der Welt verstecke.

Genau dieser nervtötenden Stimme antworte ich, dass es beinahe ein Uhr früh ist, und wo zum Teufel ich denn um die Uhrzeit sonst sein soll. Dann schiebe ich mir noch einen Schokoriegel in den Mund und zappe durchs Fernsehen, um die Pornoszenen aus meinen Gedanken zu vertreiben, die sich dort im Moment abspielen.

Es funktioniert nicht.

Ich mag mir noch so lange einen Zeichentrickfilm anschauen, ich sehe trotzdem immer nur Caroline und David. Caroline und Eloise, um genau zu sein.

Wer hätte das gedacht?

Ich ganz bestimmt nicht!

Zugegeben, ich wusste, dass sie ein ziemlich ausgeprägtes Sexualleben haben. Frauen reden schließlich über so was, und Caro und ich bilden da keine Ausnahme. Ich dachte eigentlich, sie hätte mir alles bis ins kleinste Detail erzählt, doch irgendwie ist es ihr gelungen, die Tatsache auszuklammern, dass ihr ausgeprägtes Sexualleben die halbe Nachbarschaft umfasst.

Eine ganz neue Bedeutung für den Ausdruck *gute Nachbarschaft pflegen*!

Völlig erledigt versuche ich zu schlafen, doch ich bin zu aufgewühlt. Ich fühle mich allein. Es wäre wirklich gut, wenn ich jemanden zum Reden hätte, doch die einzige Person, *mit der* ich wirklich reden möchte, ist gleichzeitig die Person, *über die* ich reden möchte, also stecke ich in einer Sackgasse, richtig?

Natürlich habe ich noch andere Freunde. Ich bin keine Eigenbrötlerin, Gott sei Dank, aber Caro ist diejenige, die ich normalerweise um drei Uhr morgens anrufe, wenn es mir mies geht. Sash möchte ich nicht anrufen, da ich die Kinder nicht wecken will, und Wiggy kann ich nicht anrufen, da man nie genau weiß, wo zum Teufel sie eigentlich gerade steckt.

Die Glückliche.

Ich wünschte, niemand wüsste, wo ich stecke. Leider kann man mit einiger Sicherheit davon ausgehen, dass man mich findet, wenn man mich sucht. Nicht gerade erstaunlich, wenn man bedenkt, dass ich mein ganzes Leben bisher im selben Ort verbracht habe.

Alle meine Bekannten scheinen irgendetwas erlebt zu haben. Mehr als ich zumindest. Insbesondere Caro hat nichts anbrennen lassen – oje, wenn das jetzt nicht doppeldeutig war. Nein, ich werde jetzt nicht mehr an sie denken. Ich kann jetzt gar nicht an Caro denken, denn statt meines üblichen Bildes von ihr – lächelnd und *angezogen* – sehe ich sie vor mir, wie sie mir nachläuft, während ihre Brüste wie Tennisbälle auf- und abhüpfen.

Wiggy erlebt gerade die schönste Zeit ihres Lebens, während sie rund um die Welt trampt.

Und Sash? Tja, ich glaube, sie ist die Tapferste von uns allen. Sie arbeitet und hat Kinder.

Muss man etwas erlebt haben, um es im Leben zu etwas zu bringen? Ich habe die Trennung von Richard erlebt. Ich denke, das sollte zählen, und WIE.

Am nächsten Tag tauche ich erst nach Einbruch der Dunkelheit aus meinem Schlafzimmer auf. Ich komme mir vor wie ein Vampir, der aus seiner Gruft steigt. Mein Magen zwingt mich aus dieser selbst gewählten Isolation, indem er zu explodieren droht, wenn ich mir ein weiteres Mars reinzwänge. Da mein Kühlschrank jämmerlich leer ist, habe ich um diese Uhrzeit nur die Wahl zwischen einem Ausflug in einen Supermarkt, der abends geöffnet hat, oder noch mehr Junk-Food, das zwar auch fettig und kalorienreich, aber wenigstens nicht süß und schokoladig wäre.

Doch auf halbem Weg zum Drive-In von McDonald's biege ich plötzlich ab und steuere Richtung Clayton Avenue – zu meinem Vater. Mein Instinkt sagt mir, dass ich eine andere Art Nahrung brauche. Ich werfe einen Blick auf das Armaturenbrett, wo die Digitalanzeige der Uhr grün in der Dunkelheit leuchtet. Es ist fast zehn, und Dad dürfte im Schuppen am Ende des Gartens sein, um Mutter aus dem Weg zu gehen.

Sein beruhigender Einfluss und seine wohltuende Normalität fehlen mir sehr, der Anblick meiner Mutter jedoch gar nicht. Doch ich kann ihr nicht für immer aus dem Weg gehen. Fast drei Wochen sind vergangen, vielleicht hat sie sich inzwischen etwas gefangen. Nichtsdestotrotz gebe ich der Feigheit nach und schlage den holprigen Weg ein, der hinter dem Grundstück entlangführt, sodass ich den langgestreckten Garten von hinten betreten kann. Als das rostige Schloss am Tor rasselt und ich mich hineinschleiche, taucht Roger aus dem dicht wachsenden Rittersporn auf. Er hat die Lefzen zu einem Hundegrinsen verzogen und wedelt begeistert mit dem Schwanz.

Ich tätschele seinen Kopf, der klebrig vom Saft der Linden am Rand des Gartens ist. Er leckt meine Hand und versucht, seine raue, warme Zunge über mein Gesicht gleiten zu lassen. Sein Atem riecht nach Hundefutter. Wenn Roger frei im Garten herumläuft, wo ist dann Dad? Normalerweise stecken sie gemeinsam im Schuppen. Roger liegt meistens hechelnd in einer Ecke auf einer muffigen alten Pferdedecke, während Dad sich Pfeife rauchend in einem klapprigen alten Liegestuhl in der anderen Ecke zurück lehnt. Dazu hört er dann Radio Two auf dem knisternden

Vorkriegsradio, das er an langen, glücklichen Winterabenden restauriert hat.

Doch aus dem Schuppen dringt kein verräterischer Schein einer Gaslampe. Also gehe ich über den Gartenweg zum Haus. Es ist ein schöner Abend, doch ich zittere immer noch wie Espenlaub.

Das Esszimmer und die Küche gehen auf die rückwärtige Veranda hinaus. In der Küche brennt Licht. Die schweren blauen Samtvorhänge, die normalerweise das fleckige Glas der Türen zum Esszimmer verhüllen, sind nicht zugezogen.

Ich kann hell flackernde Kerzen sehen, in deren Schein ich durch das grüne und rote Buntglasfenster gerade eben die Umrisse meines Vaters erkenne, der am Kopfende des Tisches sitzt. Meine Mutter sitzt zu seiner Linken, Sally-Anne rechts von ihm. Ihm gegenüber sitzt mit dem Rücken zu mir ein Mann.

Er kommt mir vage bekannt vor.

Ich taste mich die drei Stufen zur Veranda hinauf, stolpere über eine knallrote Fuchsie in einem besonders harten Tontopf und drücke mir die Nase am Fenster platt.

Verdammt!

Ich fasse es nicht!

Richard!

Was für ein Pech, was für ein Begrüßungskomitee.

Gerade will ich hastig den Rückzug antreten, als jemand anfängt zu schreien. Dieses Mal weiß ich, dass nicht ich es bin.

»Da ist jemand im Garten! Da draußen ist jemand! Ich kann sein Gesicht sehen!« Es ist Sally, die da laut kreischt.

Dad lässt seinen Teelöffel mit Nachtisch fallen, der auf halbem Weg zu seinem Mund war, und stürzt mit erhobenem Tranchiermesser zur Tür. Sein Gesicht ist so rot wie das eines Indianers auf dem Kriegspfad.

Vorsichtig stößt er die Tür auf und tritt hinaus in die Dunkelheit.

»Wir wissen, dass du hier draußen steckst!«, bellt er schroff.

Die Klinge funkelt im Mondlicht. »Komm raus, du Schwein… zeig dich!«

Roger fängt begeistert an zu bellen.

Sallys Schrei hat mich unwillkürlich in den Schatten zurückweichen lassen.

»Felicity?« Dad lässt das Messer sinken und blickt forschend ins Dunkel.

Ich grinse dümmlich.

»Fliss!« Er legt eine Hand auf die Brust. »Meine Güte, ich hätte fast einen Herzschlag bekommen!«

»Drew! Drew!«, ruft meine Mutter von drinnen. »Was ist los?«

»Alles in Ordnung«, ruft er zurück. »Es ist nur Fliss! Himmel, Kind, was machst du denn hier draußen?«

»Dad, was ist los?«, imitiere ich meine Mutter und deute auf Richard, der immer noch am Tisch sitzt. Typisch, dass er meinen Vater allein mit dem Eindringling gelassen hat, auch wenn nur ich der Eindringling bin. Dad folgt meinem Blick, als ich das gute Porzellan, das Tafelsilber, die Kerzen und die zarten Rosen in Großmutter Blakeneys kostbaren Silbervasen anstarre.

»Ich denke, wir sollten uns kurz unter vier Augen unterhalten, Fliss«, sagt er und beißt sich auf die Lippen. Dad ergreift meinen Arm, um mich vom Haus wegzuziehen. Doch meine Mutter, die inzwischen die Fassung wiedererlangt hat, kommt ihm zuvor, rauscht aus dem Esszimmer und ergreift meinen anderen Arm.

»Wie schön, dich zu sehen, Felicity.«

Dad zieht mich in die eine Richtung, Mutter in die andere.

Ich stehe aufgrund der gestrigen Erlebnisse immer noch unter Schock und brauche eine Weile, bis diese Worte Wirkung zeigen.

»Ach ja?«, frage ich misstrauisch.

Mutter lächelt mir zu.

»Aber natürlich. Eben erst habe ich gesagt, dass nur noch Felicity fehlt, um den Abend perfekt zu machen, nicht wahr, Sally-Anne?«

Ich habe mit einem weiteren Wutanfall gerechnet; diese unerwartete Freundlichkeit ist höchst beunruhigend.

Ich sehe erneut zu Dad, der zu Boden blickt, und dann zu Sally-Anne, die meinem Blick ebenfalls ausweicht, als Mutter mich in das von Kerzen erleuchtete Zimmer führt. Richard lehnt sich auf seinem Stuhl zurück und sieht für meinen Geschmack viel zu entspannt und glücklich aus.

»Hallo, Felicity.« Er lächelt mir zu, süß und lieb, und Welten trennen ihn von dem wutschnaubenden Mann, den ich vor fast einem Monat zuletzt gesehen habe.

»Was ist los?«, frage ich vorsichtig und keineswegs sicher, ob ich die Antwort überhaupt wissen will.

Mutter und Sally kehren auf ihre Plätze zurück. Dad zieht einen weiteren Stuhl heran und bedeutet mir, mich ebenfalls zu setzen.

»Wir feiern ein wenig.« Auch Mutter lächelt für meinen Geschmack viel zu viel.

»Feiern?«

»Ja.« Ihre Augen glänzen, und das liegt nicht nur an den Kerzen, die sich in ihren Kontaktlinsen spiegeln. »Wir feiern.«

Sie betont jede einzelne Silbe, und mir wird klar, dass sie angetrunken ist.

»Gerade wollten wir anstoßen. Drew, gib Felicity ein Glas Champagner.«

»Miriam, ich glaube kaum, dass das …«, widerspricht Dad, der sich höchst unwohl zu fühlen scheint.

»Champagner, Drew!«

Sie wartet, während Dad mir am Büffet ein Glas einschenkt. Dankbar und stumm sehe ich ihn an, als mir klar wird, dass er mir Weinbrand serviert hat. Ich habe das schreckliche Gefühl, dass ich ihn brauchen werde.

»Haben alle ein volles Glas? Schön. Ein Toast.« Schwankend erhebt Mutter sich. »Auf Richard und Sally-Anne …«

Die Pause ist lang, ausgedehnt, qualvoll für mich, aber ein Triumph für meine Mutter, wie ich erkenne.

»Auf Richard und Sally-Anne«, wiederholt sie unnötigerweise. »Und auf ihre *wundervolle* Verlobung. Glückwunsch!«

Ich habe das Glas schon halb geleert, bevor ich den Sinn dieser Worte erfasse.

»Das ist ein Scherz, oder? Ihr nehmt mich auf den Arm.«

Mit einem dumpfen Laut stelle ich mein Glas zurück auf den Tisch, und Weinbrand spritzt auf die schwere Leinentischdecke.

Sally und Richard?

Das kann nicht sein.

Mühsam widerstehe ich der Versuchung, mich zu kneifen, um herauszufinden, ob ich schlafe und einen Albtraum habe. Genau, das ist es. Ich liege immer noch im Bett, und das alles ist ein schrecklicher Freudscher Traum. Die Mars-Riegel sind schuld. Niemand kann ungestraft so viel Zucker essen, und schon gar nicht in meinem derzeitigen Gemütszustand.

Ich werde jetzt jede Minute aufwachen und über alles lachen können.

Roger, der mein Unbehagen spürt, steckt seine warme, feuchte, beruhigende Schnauze in meine Hand und leckt sie – ein hündischer Versuch, mich zu trösten.

Die Berührung ist ziemlich nass und sehr, *sehr* real.

Ich blicke in die Gesichter um mich herum.

Mutter lächelt orgasmusgleich.

Richard lächelt so selbstgefällig wie immer.

Sally sieht gequält drein und weicht meinem Blick aus.

Und Dad, dem das Mitgefühl und die Hilflosigkeit aus jeder Pore dringen, hält immer noch die Weinbrandkaraffe, um mir sofort nachschenken zu können, falls ich noch blasser werde, als ich es ohnehin schon bin.

Ich sehe wieder zu Richard und Sally-Anne und bemerke zum ersten Mal, dass sie tatsächlich Händchen halten.

»Ach du meine Güte, es ist euch wirklich ernst, was?«

»Das ist kein Scherz, Felicity.« Mutter lächelt gütig in Sally-Annes Richtung, die immer noch zu Boden starrt.

»Wie konntest du nur, Sally!« Entsetzt sehe ich meine Schwester an.

Man muss ihr zugute halten, dass sie zutiefst beschämt dreinblickt.

»Es t-tut mir Leid, Flisss …«, stottert sie hektisch.

»Mach dich nicht lächerlich! Es gibt absolut nichts, das dir Leid tun müsste. Und für Felicity gilt, wie man sich bettet, so liegt man.«

Mutter kräht wie ein Gockel, und nicht einmal ich kann ihr heute Abend einen Dämpfer verpassen.

»Es wäre kleinlich von dir, Felicity, das Glück deiner Schwester durch deine Eifersucht zu ruinieren. Du hattest deine Chance, jetzt ist Sally an der Reihe.«

Ihre Worte hören sich an, als wäre Richard ein Kinderkarussell. Gerade bin ich abgestiegen, und jetzt darf Sally eine Runde drehen.

»Ich bin nicht eifersüchtig«, fauche ich. »Nur total und absolut …«

Ich ringe um ein Wort, das beschreibt, wie ich mich im Moment fühle. Ich kann es immer noch nicht fassen. Als Sally-Anne versprach, sie würde sich um alles kümmern, habe ich das ganz anders verstanden.

Ich sehe von Gesicht zu Gesicht. Alle schweigen.

Schließlich blicke ich meine Schwester prüfend an und wähle meine Worte mit Bedacht.

»Bist du sicher, dass du das willst, Sally? Richard ist kein abgelegter Pulli, den du auftragen musst, weil ich aus ihm herausgewachsen bin.«

Er will widersprechen.

»Doch, das will ich, Fliss«, schneidet Sally ihm das Wort ab, weicht meinem Blick jedoch immer noch aus.

»Ernsthaft?«

»Ich weiß gar nicht, warum es dir so schwer fällt, das zu glauben«, mischt Richard sich entrüstet ein. »Je länger man darüber nachdenkt, desto plausibler ist es, dass ich Sally-Anne heirate und nicht dich. Wir passen viel besser zusammen, nicht wahr, Liebling?«

Er drückt die Hand meiner Schwester und schenkt ihr ein warmes Lächeln.

Liebling?

Ich glaube, ich muss mich übergeben.

Sally erwidert sein Lächeln ebenso warmherzig.

»Eigentlich sollte ich mich bei dir bedanken, Fliss. Dass du mich sitzen gelassen hast, hat Sally und mich zusammengebracht und uns die Möglichkeit gegeben, unsere wahren Gefühle füreinander zu erkennen.«

Das kann nicht wahr sein. Ich schlafe doch und habe einen Albtraum. Oder ich bin gerade auf dem Set eines echt gruseligen Remakes der *Frauen von Stepford* gelandet.

»Das ist doch Wahnsinn. Ich war gerade mal drei Wochen weg! Wie kannst du in nur drei Wochen beschließen, dass du den Rest deines Lebens mit jemandem verbringen willst?«

»Wir kennen uns genauso lange, wie du mit Richard zusammen warst. Wenn es dir gereicht hat, um ihn heiraten zu wollen, dann tut es mir das auch.«

Sally hört sich jetzt entschlossener an.

»Außerdem hatte ich immer eine Schwäche für ihn.«

Bei diesen Worten lächelt Richard blasiert.

»Natürlich hätte ich meinen Gefühlen nie nachgegeben, wenn du die Hochzeit gewollt hättest, Fliss, aber als du auf und davon bist... na ja, Richard brauchte jemanden zum Zuhören. Der Rest hat sich von selbst ergeben...« Sie bricht verzagt und verwirrt ab. »Du hast ziemlich deutlich gemacht, dass du ihn nicht heiraten willst!«, rechtfertigt sie sich schließlich.

Das kann ich nicht leugnen. Darauf also hat Mutter an dem Abend angespielt, als sie mir das Glas Rémy Martin ins Gesicht geschüttet hat. Richard und Sally-Anne. Mein Kopf, der darum gekämpft hat, die Vorstellung, dass meine Schwester ihn heiratet, als real anzuerkennen, streckt die Waffen und ergibt sich bedingungslos. Er musste in den letzten Wochen bereits zu viel verkraften. Ein Kampf liegt im Augenblick entschieden jenseits seiner Möglichkeiten. Ich schwenke eine verbale weiße Flagge.

»Wenn du es wirklich willst…«

»Aber ja doch!«, rufen Sally-Anne und Mutter im Chor, und Sally lächelt mir hoffnungsvoll zu.

»In diesem Fall«, ich suche nach den passenden Worten, »wünsche ich euch Glück.«

Offen gesagt, meine ich das natürlich nicht, zumindest war es nicht das Erste, was mir in den Sinn kam. Aber ein weiterer Toast ist eine gute Entschuldigung, um das Glas mit dem Weinbrand zu leeren. Das leichte Zittern hat sich zu einem massiven Beben gewandelt. Ich reiche Dad mein leeres Glas, damit er mir nachschenkt.

Die Karaffe sieht ziemlich leer aus. Zuerst hat sie Mutter geholfen, sich vom Verlust der ersten Hochzeit zu erholen, ehe sie zweifelsohne Vater daran gehindert hat, bei Verkündigung der zweiten einen Herzanfall zu bekommen.

»Und wann soll die Hochzeit sein?« Geistig völlig erschöpft, sinke ich auf meinen Stuhl zurück.

Bei dieser Frage kann Sally meinem Blick erst recht nicht standhalten. Es bleibt Richard überlassen zu antworten, und er tut dies mit sichtlichem Genuss.

»Ende des Monats, am fünfundzwanzigsten.«

»Aber das war doch… das Datum unserer…«

Dad reicht mir einen weiteren Weinbrand.

»Es war bereits alles gebucht, da wäre es ja geradezu dumm, alles abzusagen und dann neu zu planen«, verkündet Mutter fröhlich.

Und ich schlafe *doch* und träume schlecht.

»Das Ganze war wunderbar bequem, wirklich«, fährt sie fort, »wir mussten nur dem Pfarrer Bescheid sagen, neue Einladungen verschicken und die Heiratsanzeige umschreiben. Ach, und natürlich das Kleid umarbeiten lassen. Sally ist schließlich ein bisschen schlanker als du, Liebes.«

»Sie trägt mein Kleid!«

»Schließlich hat Sally-Anne dir geholfen, es auszusuchen, nicht wahr? Ehrlich gesagt glaube ich sogar, dass es ihr besser steht, Felicity. Sie sieht darin einfach bezaubernd aus… Insgeheim habe ich immer gedacht, dass es für jemanden mit deiner Figur einen Hauch zu verspielt ist, und da du es ja schließlich nicht brauchst…«

Ich bin empört. Ich habe dieses Kleid gehasst, und wenn Mutter behauptet, Sally-Anne hätte mir beim Aussuchen geholfen, meint sie in Wahrheit, dass Sally-Anne *ihr* beim Aussuchen geholfen hat.

Ich hatte ein wunderbar schlichtes Kleid aus alter, elfenbeinfarbener Seide gefunden, und sie haben mich zu dieser Kitschkreation gezwungen. Doch es war immer noch *mein* Kleid, und es war für *meine* Hochzeit. Ich komme mir vor wie die Protagonistin eines Theaterstücks. Ich trete zurück, und die Zweitbesetzung tritt unter begeistertem Applaus in meine Fußstapfen.

»Du siehst nicht besonders glücklich aus, Felicity. Du wirst doch deiner eigenen Schwester nicht missgönnen…«, fährt Mutter fort.

Jetzt geht sie in die Vollen. Nichts könnte sie in diesem Augenblick glücklicher machen, als wenn ich Bedauern und Eifersucht zeigte. Dann könnte sie mit ihrem »Ich hab's dir ja gesagt« kommen und es mir genüsslich unter die Nase reiben. Auch Richard würde das gefallen. Er hat jetzt die stärkere Position, und das weiß er. Ich hoffe nur, dass er das alles nicht bloß tut, um sich an mir zu rächen.

Ich ringe mir das strahlendste Lächeln ab, zu dem ich imstande bin, und hebe mein Glas.

»Wenn Sally glücklich ist, bin ich es auch. Meinen Glückwunsch.«

Caros Schauspielunterricht muss auf mich abgefärbt haben.

Caro … liebe Güte, das ist ein anderes Problem, mit dem ich mich werde auseinandersetzen müssen.

Dad wirft mir einen anerkennenden Blick zu.

»So ist's richtig!«, flüstert er mir unbemerkt zu. »Lass dir bloß nichts anmerken.«

Richard sieht enttäuscht aus. Ich glaube, er hatte sich einen Anfall verzweifelter Leidenschaft meinerseits gewünscht.

Sollen etwa zwei Schwestern um seine Liebe kämpfen?

Ich wette, das hätte ihn richtig aufgegeilt.

Ich bin gezwungen, eine weitere Stunde auszuharren und mit ihnen Kaffee zu trinken. Was für ein schlechtes Timing. Hätte ich nicht nach dem Essen statt mittendrin aufkreuzen können? Entweder das oder gar nicht. Ich hätte einfach den Rest der Sommerferien unter meiner Bettdecke verbringen sollen. Vielleicht sogar den Rest meines Lebens. So wie die Dinge liegen, kann ich nicht einfach aufstehen und gehen. Das würde zu sehr nach beleidigter Leberwurst aussehen. Doch ich bin entschlossen, Richard zu zeigen, dass ich keinen Pfifferling darauf gebe, ob er mich heiratet oder nicht.

Tue ich auch nicht, wie Sie wissen. All das hat mir gezeigt, dass ich Richard nicht liebe und dass es absolut richtig war, *unsere* Hochzeit abzusagen. Ich bedaure es nicht im Geringsten, dass er plötzlich jemand anderem gehört. Ich bedaure nur, dass es so plötzlich kam und dass es sich dabei um meine Schwester handelt.

Mir bleibt nur ein Trost: Dieser Schock lenkt mich von dem vorangegangenen ab, an den ich im Moment lieber nicht denken will. Schließlich gelingt es mir, in die Küche zu fliehen, wo ich den Abwasch erledige.

Mutter hat sich mit diesem Essen große Mühe gegeben. Überall stehen schmutzige Töpfe und Pfannen, und im Becken wartet ein fettverkrusteter Bräter. Es dürfte das einzige Mal in meinem Leben sein, dass ich mich über einen so riesigen Geschirrberg freue. Ich spüle alles, langsam und sorgfältig, und ich schrubbe, schrubbe und schrubbe.

Ich tue so, als sei Richard ein besonders hartnäckiger Fettspritzer, und es verschafft mir große Befriedigung, ihm mit Scheuermilch und Topfkratzer den Garaus zu machen. Nie hätte ich gedacht, dass Abwaschen therapeutische Zwecke erfüllen könnte. Könnte ich doch nur all meine Probleme zusammen mit der dreckigen Seifenlauge in den Abfluss spülen.

Die anderen sitzen bei einem weiteren Gläschen auf der Veranda. Ich kann Richard sprechen hören. Er ist also immer noch in den Klang seiner Stimme verliebt. Mutter lacht in angemessenen Abständen. Sally scheint sehr ruhig zu sein. Dad und Roger gesellen sich zu mir. Schweigend nimmt Dad ein Geschirrtuch und beginnt abzutrocknen.

»Es tut mir Leid, Fliss«, sagt er schließlich, »ich habe es selber erst heute Abend erfahren. Ich wusste, dass sie etwas im Schilde führen, weil sie schon seit einigen Wochen so geheimnisvoll tun, aber ich hatte keine Ahnung, was sie vorhatten. Ich habe versucht, dich anzurufen, als sie es mir gesagt haben, doch Caroline meinte, du seiest gestern schon gefahren.«

»Du hast mit ihr gesprochen? Was hat sie gesagt?«

Dad wirft mir einen Seitenblick zu.

»Also ist da etwas im Busch? Ich fand, dass Caroline sich ziemlich seltsam anhörte. Sie bat mich, dich dazu zu bringen, sie anzurufen. Es schien ihr wichtig zu sein. Ist alles in Ordnung, Fliss?«

Ich denke zurück und sehe plötzlich Blakesley Hardingtons kleinen weißen Hintern. Brr! Ich konzentriere mich auf die Soßenschüssel, die ich gerade schrubbe, und glücklicherweise verblasst das Bild wieder.

»Nicht wirklich«, antworte ich zögernd, »aber das ist jetzt nicht so wichtig... Was um Himmels willen sollen wir wegen Sally-Anne unternehmen?«

»Was können wir denn tun?« Dad zuckt die Achseln. »Sie scheint wild entschlossen, den Kerl zu heiraten.«

»Es kommt mir so surreal vor. Ich warte die ganze Zeit darauf, dass ich aufwache und sich herausstellt, dass das Ganze nur ein schlechter Traum war.«

»Ich bedaure, das sagen zu müssen«, Dad beugt sich über den sabbernden Roger und gibt ihm ein übrig gebliebenes Stück Lamm, »doch so ganz unerwartet kam das nicht. Ich meine, ich hatte keine Ahnung, doch als ich es erfahren habe, war ich nicht wirklich überrascht. Sally hatte immer eine Schwäche für Richard, eine ziemlich deutliche Schwäche – ich dachte, dass sie auch dir nicht entgangen ist.« Er richtet sich wieder auf, trocknet den nächsten rosenverzierten Teller ab und stellt ihn auf den Stapel im Küchenschrank.

Ich schüttele den Kopf.

»Ich war wohl zu sehr mit mir selbst beschäftigt, wie üblich.«

Ich spüre, wie Tränen in mir aufsteigen. Ich sage mir, dass es am Stress liegt. Ich verabscheue Heulsusen.

»Warum so traurig?« Dad ist voller Mitgefühl. »Du liebst diesen Richard doch nicht mehr, oder?«

»Nein.« Ich wische mit dem Geschirrtuch über meine Augen und putze mir die Nase mit einem Küchentuch. »Aber ich liebe Sally. Ich will, dass sie glücklich wird.«

»Sally liebt Richard. Sie ist glücklich.«

»Glaubst du wirklich?«

»Ich muss es glauben.« Er zuckt die Achseln, hängt das Geschirrtuch auf und sieht hinaus auf die Veranda zu Richard. »Sonst hätte ich ihn zerlegt statt des Bratens.«

Gegen Mitternacht bin ich endlich wieder zu Hause und denke sogar daran, meine widerspenstige, launische Katze, die alles andere als gern mit mir kommt, bei meiner Nachbarin abzuholen, die anscheinend nie zu Bett geht. Benommen falle ich in mein eigenes.

Das Leben ist so verwirrend. Da meint man, ich wäre Richard endgültig los, und prompt hat dieser Dreckskerl dafür gesorgt, dass er bleiben kann.

Schwager ist vermutlich besser als Ehemann, aber gar keine Verbindung wäre mir noch lieber.

Ich mache mir ernsthaft Sorgen um Sal.

Welcher Teufel hat sie geritten? Ich weiß auch, dass es so etwas wie stürmische Romanzen gibt, aber das ist doch lächerlich! Ich bin wirklich besorgt um sie. Ich kann einfach nicht glauben, dass Richards Motive romantischer Art sind.

Ich versuche nicht, mich aus purem Egoismus ins Zentrum der ganzen Angelegenheit zu stellen, aber je länger ich darüber nachdenke, desto mehr kommt es mir wie die ultimative Rache vor.

Wenn er den Rest seines Lebens damit verbracht hätte, sich etwas auszudenken, was mich echt mitnehmen würde, hätte er nichts Besseres finden können.

Ich habe so ein schlechtes Gewissen.

Sally ist drauf und dran, sich diesem egoistischen, selbstverliebten Abschaum an den Hals zu werfen, und schuld daran bin wahrscheinlich ich.

Die letzten paar Tage waren einfach grauenhaft. Eigentlich wollte ich mich bei Caroline erholen. Jetzt brauche ich Erholung von der Erholung!

Vielleicht hätte ich einfach bleiben und an der Orgie teilnehmen sollen. Meine Klamotten und meine Hemmungen über Bord werfen und ausprobieren sollen, wie sorgloser, enthemmter Ex-und-Hopp-Sex in der Gruppe so ist. Selbst eine Fummelei mit dem Mann, der Charme durch Schleim ersetzt, dem schmierigen Verwandlungskünstler Gwillem, wäre dem vorzuziehen gewesen, was ich über Richard und Sally erfahren musste!

Kapitel 5

Es hat mich wirklich umgehauen, von meiner Schwester und meinem Ex-Verlobten zu erfahren. Mein alter Freund, das schlechte Gewissen, ist zu einem ständigen Begleiter geworden. »Hätte ich nur alles anders gemacht« wird zu meinem neuen Lieblingsspruch. Zum Beispiel hätte ich Richard, statt ihn einfach im Bett zurückzulassen, als ich abgehauen bin, mit dem Kopfkissen ersticken sollen.

Problem gelöst.

Ein langer Aufenthalt hinter Gittern wäre ein vergleichsweise geringer Preis, oder?

Im Moment komme ich mir sowieso vor, als wäre ich im Gefängnis. Zugegeben, ohne den Fraß, die Drogen, die Lesben und die Gitter, doch ich werde eindeutig zur Einsiedlerin. Eine ganz persönliche Form der Inhaftierung.

Ich verlasse die Wohnung in den nächsten Tagen nur einmal, um Katzenfutter und die Sonntagszeitungen zu kaufen. Den Rest der Zeit verbringe ich hinter zugezogenen Vorhängen und mit ausgestöpseltem Telefon in meinem Wohnzimmer. Ich glotze, esse Junk-Food, versuche zu arbeiten, was misslingt, und bemühe mich, nicht zu viel nachzudenken.

Wenn ich es doch tue, kriege ich Depressionen, in erster Linie, weil ich weiß, dass ich ein Jammerlappen bin, der sich lieber endlich am Riemen reißen und mit dem weitermachen sollte, was ich mir selbst als wunderbares neues Leben in Aussicht gestellt hatte – vorausgesetzt, ich täte den entscheidenden Schritt.

Tja, diesen Schritt habe ich getan, und ich weiß, dass ich jedwede Konsequenz ertragen muss, die daraus entsteht. Unglücklicherweise kam unter all den post-Richardschen Lebensentwürfen keiner vor, in dem er Sally-Anne heiratet!

Am Donnerstagmorgen läuft eine Talkshow über Menschen, die sich zu Hause verschanzen, nur noch glotzen und Junk-Food essen. Mir reicht's. Das Leben ist hart, aber ich lasse mich nicht unterkriegen, beschließe ich.

Ich versuche, an etwas Schönes zu denken.

Ich gehe shoppen.

Drei Stunden später komme ich wesentlich besserer Laune zurück. Warum hat es nur so eine unglaublich therapeutische Wirkung, per Kreditkarte Geld zu verschwenden – zumindest, bis die Rechnung kommt?

Als ich den Schlüssel ins Schloss stecke, kann ich das Telefon hören, das sich für das erzwungene Stillschweigen rächt und sich die Seele aus dem Hals klingelt.

Ich lasse meine sechs Millionen Einkaufstüten fallen und zwinge mich abzuheben.

»Hallo?«

»Ich bin's, Fliss. Ich versuche schon seit Tagen, dich zu erreichen. Stimmt etwas nicht mit deinem Telefon?«

»Nein, mit dem ist alles in Ordnung. Es ist sogar ziemlich glücklich, es hat nämlich gerade jemanden an der Angel.«

»Das ist nicht komisch, Fliss. Hör mal, können wir uns nicht treffen? Ich glaube, wir sollten uns unterhalten.«

»Dazu besteht wirklich keine Veranlassung, Sally.« Ich bin immer noch in meinem Einkaufshoch. »Solange du glücklich mit deiner Entscheidung bist, bin auch ich glücklich.«

Zu dieser Ansicht habe ich mich mitten im Kaufhaus durchgerungen. Mein neues Mantra, das ich in jeder Abteilung zwanzigmal heruntergebetet habe. Ich muss ausgesehen haben wie eine Verrückte, die ständig vor sich hinmurmelt.

Obwohl ich mich beinahe davon überzeugen konnte, es auch so zu meinen, scheint Sally-Anne nicht besonders beeindruckt zu sein.

»Wenn ich mir doch nur sicher sein könnte, dass du es auch ernst meinst, Fliss... Ich finde wirklich, wir sollten uns treffen. Bitte, ich brauche eine Gelegenheit, um dir alles zu erklären. Ich glaube, es würde dir helfen, dein Gewissen zu beruhigen.«

Die zwei Schlüsselworte, Gewissen und beruhigen.

»Also gut«, seufze ich. »Wann?«

»Wie wär's mit heute Abend? Wir könnten essen gehen und uns aussprechen.«

»Und wo?«

»Das Eduardo soll ganz nett sein.«

Das Eduardo? Großer Gott, Richards Lieblingsrestaurant. Will ich da wirklich noch einmal hin? Aber vermutlich ist es Unsinn, überall Gespenster zu sehen.

Es ist ein gutes Restaurant, ich muss es nur von den schlechten Erinnerungen lösen, die ich damit verknüpfe.

»Gut. Wenn du meinst, wir bekommen dort einen Tisch.«

»Richard sagte, es sei kein Problem, wenn ich mich auf ihn berufe.«

»Wenn du dich auf ihn berufst, kriegen wir wahrscheinlich Hausverbot auf Lebenszeit.«

»Fliss!«

»Schon gut, schon gut. Und wann?«

»Um halb neun.«

Ich bin zu früh dran.

Hat man einmal genug Zeit, um in aller Ruhe nach einem Parkplatz zu suchen, bekommt man sofort einen. Typisch.

Ich habe die Wahl: zwanzig Minuten im Auto rumsitzen oder zwanzig Minuten an der Bar rumsitzen. Nicht gerade eine schwere Entscheidung. Ich betrete das Restaurant, das wie üblich gut besucht ist. Ich suche mir eine dunkle Ecke am Ende der Bar und versuche, eins zu werden mit der Ausstattung.

Als ich mich mit einem Gin-Tonic auf dem Barhocker niederlasse, erklärt der Barmann mir, dass noch Happy Hour sei. Ich hätte nicht gedacht, dass ein Schuppen wie das Eduardo sich eine Happy Hour gönnt, weil die Bedienungen alle so mürrisch dreinschauen.

Ganz im Gegensatz zu der Gruppe von Geschäftsmännern, die in dunklen Anzügen auf der anderen Seite des Tresens stehen. Sie nutzen die Zeit, während sie auf ihren Tisch warten, um sich so viele Doppelte wie möglich hinter die Binde zu kippen. Ich kann die ständigen Lachsalven à la Richard hören, die mit jedem neuen Drink aus ihrer Richtung kommen.

Warum sind Bars eigentlich die natürliche Domäne des Mannes? Ich habe Männer immer um ihre Fähigkeit beneidet, sich wohl zu fühlen, wenn sie ganz allein an einer Bar oder in einem Pub stehen. Wie hartnäckig hält sich dagegen das Vorurteil, eine allein stehende Frau warte nur darauf, abgeschleppt zu werden.

Anscheinend vermittele auch ich diesen Eindruck. Aus dem Augenwinkel kann ich sehen, dass einer der nicht ganz so wüsten Anzugträger immer wieder zu mir herüber blickt. Ich vertiefe mich in mein Spiegelbild hinter den Flaschenreihen an der Wand, um seinen Blick nicht zu erwidern, doch im nächsten Moment kommt er bereits auf mich zu.

»Entschuldigung, aber kennen wir uns nicht?«

Du meine Güte, was für eine platte Anmache.

Mit einem pampigen Spruch auf den Lippen sehe ich zu ihm auf, doch sein Gesicht kommt mir tatsächlich bekannt vor. Seine Augen verengen sich nachdenklich und weiten sich dann, als es ihm wieder einfällt.

»Fliss, stimmt's? Richards Verlob– , äh, nun, wir sind uns hier begegnet, als du mit Richard Trevelyan hier warst. Du erinnerst dich nicht mehr an mich, oder? Alex … Alex Christian.«

Ah, der nette Mann der grauenhaften Ex-Freundin. Dachte ich es mir doch, dass ich ihn schon mal gesehen habe.

»Aber ja doch. Wie nett, dich wiederzusehen.«

Er fährt sich mit der Hand durch die kurzen braunen Haare

und lächelt. Ich erinnere mich an dieses warme, herzliche Lächeln. Er reicht mir die Hand. Auch sie ist warm. Verlegen schüttele ich sie.

»Ich nehme an, du wartest auf jemanden?«

»Genau. Auf meine Schwester.«

»Ah, ja, Sally-Anne. Ich habe sie letzte Woche kennen gelernt.«

»Ach ja?«

Er wirkt verlegen.

»Kat, meine Frau, hat den Abend organisiert. Sally ist reizend. Hör mal, darf ich dich auf einen Drink einladen, während du auf sie wartest?«

Gerade will ich annehmen, als ich meinen Namen höre. Es ist Sally-Anne.

Ich drehe mich wieder zu Alex um.

»Danke. Das wäre nett gewesen.«

»Na dann. Vielleicht ein andermal.«

Er kehrt zu der Gruppe zurück, nachdem er Sally kurz begrüßt hat. Ich blicke ihm nach und denke unwillkürlich an unsere erste Begegnung zurück. Es ist erst fünf Wochen her, obwohl es mir vorkommt wie eine Ewigkeit.

»Fliss!« Sally schiebt sich zu mir durch, umarmt mich und drückt mir einen Kuss auf die Wange. Dann tritt sie einen Schritt zurück.

»Wartest du schon lange?«

»Höchstens fünf Minuten.«

»Ich wusste gar nicht, dass du Alex kennst.«

»Ich bin ihm nur einmal begegnet. Anscheinend sind er und seine Frau alte Bekannte von Richard, aber das weißt du vermutlich bereits.«

»Stimmt. Wir waren letzte Woche mit ihnen zum Abendessen im Sandpiper Hotel.«

»Ach ja? Wessen Idee war denn das?«

»Oh, ich glaube, Richard hat es organisiert. Er ist wirklich nett, nicht?«, sagt sie begeistert und lächelt, als Alex erneut zu uns hinüberblickt.

»Ja, hat ganz den Anschein.« Ich sehe ihn an. Er spricht mit einem großen, distinguiert aussehenden Mann in einem dunkelgrauen Anzug, der etwas abseits von den lautstarken Mitgliedern der Gruppe steht.

Er fängt meinen Blick auf, und sein Lächeln wird noch breiter.

»Kennst du seine Frau auch?«

»Wie bitte?«

Mühsam wende ich meinen Blick von Alex ab und sehe meine Schwester an.

»Ob du seine Frau kennst?«, wiederholt sie. »Katherine… Kat.«

»Leider ja.«

»Leider? Mochtest du sie nicht?«

»Nicht wirklich, nein. Sie hat ziemlich falsch auf mich gewirkt, wenn ich ehrlich bin.«

»Und ich dachte, dass es an mir liegt«, gesteht Sally. »Ich dachte, ich wäre vielleicht zickig, weil sie eine Ex von Richard ist.«

So, so, also hat entweder er oder Kat diese Tatsache auch schon ins Spiel gebracht.

»Du und zickig? Das passt doch überhaupt nicht zu dir, Sal.«

»Na gut, dann vielleicht ein bisschen irritiert. Sie war so… hm…«

»Unverhohlen?«, schlage ich vor. »Oder sollte ich sagen, sie hat Richard unverhohlen angebaggert?«

»Ist dir das auch aufgefallen?« Sally grinst schief.

»Es war kaum zu übersehen.«

Sally erhascht die Aufmerksamkeit des Barmannes und bestellt ein Glas Weißwein und einen weiteren Gin-Tonic für mich. »Dir war sie also auch nicht sympathisch?«, frage ich, als Sally mir meinen zweiten Drink reicht und einen großen Schluck Wein nimmt.

»Nicht besonders, nein. Sie überspannt den Bogen, finde ich. Den ganzen Abend über hat sie Richard angehimmelt. Sie hat dermaßen laut mit den Wimpern geklimpert, dass man hätte glauben können, dass eine Klapperschlange vor einem sitzt.«

»Ach ja? Und hat er diese abartigen Zärtlichkeitsbeweise erwidert?«

»Natürlich nicht«, sagt Sally entrüstet. »Er hatte nur Augen für mich. Komm, unser Tisch ist frei.«

Sie lässt sich auf den Platz mir gegenüber gleiten und stellt ihre Handtasche ab. Nervös lächelnd sieht sie mich an.

»Ich bin echt froh, dass du bereit warst, heute Abend zu kommen, weißt du. Ich war mir nicht sicher, ob du noch mit mir sprichst.«

»Natürlich spreche ich noch mit dir. Warum denn nicht?«

»Wegen dem, was vorgefallen ist.«

»Na ja, es war ein ganz schöner Schreck, mitten in deine Verlobungsparty zu platzen, insbesondere, da sich Richard als dein Verlobter entpuppt hat«, entgegne ich und kann den Sarkasmus nicht ganz aus meiner Stimme verbannen.

»Tut mir Leid.« Nervös leert Sally ihr Glas zur Hälfte in einem Zug. »Ein ziemlich schlechtes Timing, ich weiß. Aber Mutter hat auf einer Feier im Kreis der Familie bestanden. Sie war so glücklich.«

»Das kann ich mir vorstellen. Es überrascht mich, dass sie vor Begeisterung nicht am Kronleuchter geschaukelt hat.«

Aufgebracht zerknautsche ich meine Serviette.

»Tut mir Leid, aber ich muss dich das einfach fragen – sie zwingt dich doch nicht zu dieser Heirat, oder?«

Sally prustet laut los.

»Aber natürlich nicht! In Großbritannien hält niemand etwas von arrangierten Ehen, Fliss.«

»Mutter schon.«

»Red doch keinen Blödsinn. Natürlich *freut* sie sich, aber die Entscheidung war allein unsere, nicht ihre.«

»Du liebst ihn wirklich, stimmt's?«

»Ich glaube schon.«

»Du glaubst es? Das hört sich nicht allzu vielversprechend an, wenn man bedenkt, dass die Hochzeit bereits in drei Wochen stattfindet!«

»Ich rede nur deshalb von ›glauben‹, weil ich noch nie zuvor verliebt war. Ich bin mir nicht sicher, wie sich das anfühlt.« Sie zieht ihre Leinenserviette aus dem Serviettenring und beginnt, damit herumzuspielen, ohne mich anzusehen.

»Glaubst du an Liebe auf den ersten Blick, Fliss?«

»Tja …«, sinne ich und puste mir den Pony aus den Augen. »Schwer zu sagen. Zumindest glaube ich an *Triebe* auf den ersten Blick«, antworte ich schließlich sachlich.

Kichernd sieht Sally auf.

»Jetzt mal im Ernst, was glaubst du? Gibt es sie?«

»Vermutlich schon, ja, aber ich glaube, es dauert etwas länger als dreißig Sekunden, um sich wirklich und *ehrlich* zu verlieben. Ich meine, wie kann man behaupten, jemanden zu lieben, von dem man so gut wie gar nichts weiß?«

»Ich glaube, ich habe mich auf den ersten Blick in Richard verliebt.«

»Wirklich?«, frage ich erstaunt.

»Wirklich.« Sally lächelt nervös. »Ich war ja so eifersüchtig auf dich, Fliss.«

Ich bin völlig überrumpelt. Ich muss blind gewesen sein.

»Nach außen hast du das nie gezeigt«, sage ich vorwurfsvoll.

»Wie hätte ich? Du bist meine Schwester. Ich hätte nie etwas getan, was dich verletzen könnte.«

Sie bricht ab, als der Ober uns die Speisekarte reicht, beugt sich dann vor und flüstert mir zu: »Weißt du was? Ich wollte meinen Ohren nicht trauen, als du sagtest, du willst ihn nicht heiraten.«

»Das habe ich bemerkt«, sage ich im Gedenken an Sallys ziemlich unmissverständliche und lästige Ungläubigkeit.

Sie lacht.

»Und dann, als er anfing, sich für mich zu interessieren ... Versteh mich nicht falsch, es ist nichts gelaufen, als ihr noch zusammen wart, das schwöre ich dir. Ich meine, er war immer süß, aber ...«

»Kriecherisch«, platze ich heraus und sehe förmlich vor mir, wie Richard die weiblichen Mitglieder meiner Familie immer umschleimt hat.

»Nein, *süß*«, beharrt sie. »Es mag ein bisschen suspekt wirken, weil alles so schnell gegangen ist, aber glaub mir, es ist wirklich nichts gelaufen, als ihr noch zusammen wart. Ich fand es wichtig, dass du das weißt.«

»Es ist *wirklich* nichts gelaufen?«, necke ich sie. »Wenn es heißt, es wäre *wirklich* nichts gelaufen, ist meistens etwas im Busch.«

»Wir haben immer miteinander verkehrt wie ...«

»Das ist doch ein guter Anfang«, falle ich ihr ins Wort. »Verkehr mit ihm ist mehr, als ich hatte!«

Sie schneidet eine Grimasse, leert ihr Glas und wirft mir unter ihren langen Wimpern hervor einen schüchternen Blick zu.

»Ich erinnere mich noch an seinen ersten Kuss«, sagt sie verträumt.

»Hast du gekotzt?« Ich grinse teuflisch.

»Fliss!«

»Tut mir Leid. Ich habe dich unterbrochen.«

»Wie ich bereits sagte, ich erinnere mich noch an seinen ersten Kuss.«

»Das solltest du auch, so lange kann es schließlich noch nicht her sein.«

»Lenk nicht ab, Fliss, ich versuche, dich zu überzeugen.«

»Du solltest nicht versuchen, mich zu überzeugen, ich sollte längst überzeugt sein«, knurre ich.

»Stimmt, aber du bist es nicht, oder? Also halt die Klappe und hör zu.«

Ich seufze schwer.

»Also gut, euer erster Kuss, und weiter?«

»Mir wurde ganz komisch im Magen …«

»O ja, die Wirkung hatte er auf mich auch«, spotte ich.

»Ich meine das positiv!«, sagt sie beleidigt. »Weißt du, wovon ich rede – Schmetterlinge im Bauch, weiche Knie, Schwindelgefühl?«

»Das heißt noch lange nicht, dass du verliebt bist. Das könnten auch die ersten Anzeichen einer Grippe sein.«

»Ach, Fliss, hör auf damit. Bitte.«

»Entschuldige.« Ich lächele matt. »Die letzten Wochen waren einfach etwas viel, das ist alles.«

Schweigend sehe ich meine Schwester an. Sie ist noch so jung, erst einundzwanzig. Sie braucht noch nicht zu heiraten.

»Bitte, Sal, sag mir einfach, dass du das Richtige tust.«

»Ich tue das Richtige«, antwortet sie ohne Umschweife.

»Und dass Richard dich liebt.«

»Natürlich liebt er mich. Glaubst du denn, er würde mich sonst heiraten?«

»Das ist eine gute Frage – eine *sehr* gute sogar.« Nachdenklich sehe ich sie an. »Ich kann mir nicht helfen, aber ich denke immer, er will sich nur an mir rächen, Sally-Anne. Es tut mir Leid, aber das musste gesagt werden.«

»Herzlichen Dank!«, faucht sie. Zum ersten Mal heute Abend wirkt sie ernsthaft verärgert. »Es ist wohl nicht vorstellbar, dass er in mich verliebt sein könnte, was? Es kann nur Rache sein! Im Leben dreht sich nicht alles um dich, Fliss. Kannst du nicht einfach akzeptieren, dass Richard und ich uns lieben?« Sie bricht ab und legt die Gabel beiseite, mit der sie wütend in der Luft herumgefuchtelt hatte. Dann atmet sie tief durch.

»Entschuldige, ich sollte nicht so schroff zu dir sein. Ich will wirklich nicht, dass Richard zwischen uns steht, Fliss.«

»Dann heirate ihn nicht!«

»Aber ich heirate ihn nun mal.« Flehend sieht sie mich an.

»Ich bitte dich ja nicht um deinen Segen … na ja, anscheinend tue ich das doch.«

»Ich weiß nicht, ob ich dir den geben kann«, entgegne ich verzagt und schlage meine Karte auf – vorgeblich, um darin zu blättern, in Wahrheit jedoch, um mich dahinter zu verstecken.

»Bitte, Fliss …«, bettelt Sally, wird aber erneut vom Ober unterbrochen, der kommt, um unsere Bestellung entgegenzunehmen. Plötzlich stelle ich fest, dass ich alles andere als hungrig bin. Wieder überfliege ich die Karte und zögere. Eines ist sicher: Ein Pfeffersteak werde ich nicht noch einmal essen.

Sally bestellt Tomatensalat und anschließend Lachs. Ich mache es mir leicht und schließe mich ihr an. Außerdem bestellt sie eine Flasche Chablis. Ich bin versucht, es ihr auch darin nachzutun.

Der Ober verschwindet. Sally sieht mich aus großen, unschuldigen Augen an.

»Bitte sei nicht so gemein, Fliss.«

»Gemein?«, murmele ich. »Ich bin doch nicht gemein. Falls ich wirklich ›gemein‹ sein wollte, könnte ich behaupten, du hast mir nur deshalb alle Absagen abgenommen, weil du nie vorhattest, etwas abzusagen. Warum auch? Alles war vorbereitet, Richard brauchte nur eine Ersatzbraut zu finden. Praktischerweise hast du dich auf die freie Stelle beworben!«

Ich weiß, dass ich mich anhöre wie ein bockiges, beleidigtes Kind, aber ich kann nicht anders. Genau das geht mir seit dem Wochenende nicht mehr aus dem Kopf.

»So war es nicht, Fliss, das weißt du genau!«

»Nicht? Du und Richard, ihr seid doch schon zusammen ausgegangen, als du mich bei Caro angerufen hast, oder?«

Sally senkt den Kopf.

»Oder?«, wiederhole ich. »Darauf hat Mutter nämlich angespielt, als ich vorbeikam und dich bat, ihm den Verlobungsring zurückzugeben, nicht wahr?«

»Ja«, gesteht sie leise, ohne die Augen zu heben. »Wir hatten uns gerade erst eingestanden, was wir füreinander empfinden. Du musst mir glauben, Fliss, ich wollte euch wirklich helfen – ich habe doch gesehen, wie Mutter dich aufgebracht hat. Deshalb habe ich angeboten, alles für dich zu erledigen. Ich hatte keine Ahnung, was passieren würde, glaub mir. Dass wir beschließen würden, so schnell zu heiraten, konnte doch niemand ahnen.«

»Du sagst es.«

Eine lange Pause entsteht. Sally kann mir nicht ins Gesicht sehen. Aufgewühlt trommelt sie mit ihren langen Fingernägeln gegen das leere Weinglas. Der Ober kommt mit den Vorspeisen. Inzwischen ist mir der Appetit endgültig vergangen, doch ich sage nicht nein, als er mir Wein einschenkt.

Sally lehnt sich zurück und sieht mich aus schmalen Augen an.

»Ich weiß, dass du es nicht gut findest, aber bist du mir wirklich böse, weil ich Richard heirate, Fliss? Ich will das jetzt wissen.«

Ich weiß, worauf sie anspielt – auf das, was alle denken und sich fragen: Will ich ihn immer noch für mich selbst? Kommen daher all meine Einwände gegen diese verdammte Farce? Was soll ich darauf antworten? Sorgfältig wähle ich meine Worte.

»Nun, ihr seid beide frei … Es kommt mir nur so *bizarr* vor, das ist alles.«

»Wieso?«

»Na ja, ich werde mich daran gewöhnen müssen, euch zusammen zu sehen. Du weißt schon, als Paar. Schwer vorstellbar, du und Richard. Und das alles kommt so überraschend. Müsst ihr denn unbedingt gleich heiraten? Warum lebt ihr nicht erst einmal eine Weile zusammen und wartet ab, wie sich alles entwickelt?«

»Es ist beschlossene Sache, Fliss. Jetzt ist es zu spät, um zu kneifen.«

»Glaub mir, es ist nie zu spät dazu! Wie du weißt, spreche ich aus Erfahrung.«

»Wirklich, ich bin zufrieden damit, wie es ist. Ich will heiraten.«

»Bist du sicher?«

Schweigen.

»Versteh doch, ich sage ja gar nicht, dass du nicht mit ihm zusammensein sollst. Wenn es das ist, was du willst, steht dir nichts im Wege, ich zumindest nicht. Vertrau mir, wenn ich sage, dass ich keine Minute bereue, diesen Mann nicht zu heiraten. Worauf ich hinauswill ist Folgendes: Ich habe fast zwei Jahre gebraucht, um zu erkennen, dass Richard und ich nicht zueinander passen. Warum lasst ihr zwei euch nicht einfach etwas mehr Zeit, um euch besser kennen zu lernen, bevor ihr heiratet?«

»Ich kenne Richard fast genauso lange wie du.«

»Ja, aber das ist doch etwas anderes. Als Partner ist er ein ganz anderer Mensch. Er ist total selbstsüchtig, Sally. Er hat mich manchmal sehr unglücklich gemacht. Genau genommen hat er mich meistens unglücklich gemacht.«

»Bitte miss meine Beziehung zu Richard nicht an deiner Beziehung zu ihm.« Sie schiebt den unberührten Teller zur Seite. »Du musst endlich verstehen, dass das zwei völlig verschiedene Dinge sind.«

»Meinst du wirklich, er kann dich glücklich machen? Denn ob du es glaubst oder nicht, ich will, dass du glücklich wirst.« Ich flehe sie an, damit sie Vernunft annimmt.

»Willst du damit andeuten, du wirst nie wieder eine gute Beziehung mit einem Mann haben, nur weil deine Beziehung mit Richard nicht funktioniert hat?«

»Nein, natürlich nicht«, erwidere ich entrüstet.

»Warum behauptest du dann, er kann keine andere Frau glücklich machen, nur weil er dich nicht glücklich machen konnte? Wie fändest du es, wenn er dasselbe von dir behaupten würde?«

Ich verdaue die Logik ihrer Worte.

»Vermutlich hast du Recht«, sage ich langsam.

Ich könnte Sally widersprechen und versuchen, ihr klarzumachen, dass Richard nur einen Mensch glücklich machen kann.

Sich selbst.

Doch wozu? Ich sehe ja, dass sie entschlossen ist, ihn zu heiraten. Ich werde alles nur noch schlimmer machen, wenn ich ihrer Entscheidung im Weg stehe. Und außerdem will ich nicht, dass die Leute mich wegen einer einzigen gescheiterten Beziehung abschreiben, wie Sally es formuliert hat. Also wäre es ungerecht, Richard dasselbe nachzusagen. Vielleicht kann er sie ja glücklich machen. Natürlich ist es schwer vorstellbar, doch es ist immerhin möglich. Und wie die Dinge stehen, ist das mein einziger legitimer Einspruch gegen das Ganze …

Ich gebe mich geschlagen. Ich habe keine weiße Flagge zur Verfügung, also nehme ich die Serviette.

»Frieden?«, frage ich verlegen.

Sally lacht erleichtert. Eine ihrer zahlreichen guten Eigenschaften ist, dass sie einem nie lange böse sein kann. Meine Schwester ist wirklich ein wundervoller Mensch, nicht nur äußerlich, sondern auch innerlich. Aus diesem Grund will ich sie auch beschützen, sie ist so naiv.

Sie hat den Charakter einer Heiligen, weil sie so souverän mit unserer mürrischen Mutter zurechtkommt. Warum fällt es mir so schwer zu glauben, dass Richard sie einfach heiraten will, weil sie hinreißend ist, und nicht, weil er sich an mir rächen will? Vielleicht bin ich eifersüchtig. Vielleicht will ich nicht, dass sie Erfolg hat, wo ich kläglich versagt habe. Vielleicht habe ich Sally immer um ihre Fähigkeit beneidet, in allen Menschen das Gute zu entdecken.

Ich sollte großmütiger werden, weniger egozentrisch.

»Wenn es das ist, was du wirklich willst, dann wünsche ich dir nur das Beste.«

»Meinst du das ernst, Fliss?« Sally sieht mich mit aufgerissenen Augen an, ein zaghaftes Lächeln spielt um ihre hübschen Lippen. »Können wir aufhören, uns zu streiten? Gibst du mir deinen Segen?«

Ich nicke bedächtig, da ich mir nicht sicher bin, ob ich ein Wort über die Lippen bringen würde.

»Wie wunderbar!« Das Lächeln breitet sich über ihr Gesicht aus. »Wenn das kein Grund zum Feiern ist! Und zum Feiern braucht man... Champagner!«

Sie winkt einen Kellner herbei, der davoneilt und mit einer verstaubten Flasche zurückkommt. Er lässt sich von Sallys Erregung anstecken und öffnet sie wie ein Rennfahrer, der seinen Sieg feiert. Der Korken schießt an die Decke und schrammt nur haarscharf an der zerbrechlichen Lampe vorbei. Glücklicherweise bespritzt er uns nicht à la Damon Hill, sondern trifft unsere Gläser, ohne einen Tropfen der kostbaren Flüssigkeit zu vergeuden.

»Prost!« Sally hebt ihr Glas.

»Auf eine glückliche Zukunft«, sage ich und leere mein Glas in einem Zug. Ich lege meine Hand darüber, als der Kellner, der mit der Flasche in der Nähe wartet, mir nachschenken will. »Für mich nichts mehr, vielen Dank.«

»Aber Fliss, wir feiern!«

Darüber kann man geteilter Meinung sein.

»Ich kann nicht«, entschuldige ich mich, »ich muss noch fahren.«

»Hast du nicht sowieso schon zu viel getrunken? Ach, komm schon, du kannst dein Auto morgen abholen. Wir bringen dich nach Hause.«

»Wir?«

»Richard holt mich ab.« Sie lächelt glücklich.

Ich ziehe meine Hand zurück.

»Wenn ich so darüber nachdenke, nehme ich doch noch einen Schluck. Aber ihr müsst mich nicht nach Hause fahren, klar? Ich nehme ein Taxi.«

»Jetzt sei nicht so, Fliss. Wir müssen alle lernen, damit klarzukommen.«

»Ich weiß«, seufze ich, »aber ich muss ja nicht heute Abend damit anfangen, oder?«

Langsam arbeiten wir uns zum Boden der Flasche und zum

Ende des Essens vor. Sally, deren Appetit sich wieder eingestellt hat, schmiedet glücklich Heiratspläne.

Ich tue so, als würde ich zuhören und versuche, in den passenden Momenten lächelnd zu nicken. Sie ist zu aufgeregt, um zu bemerken, dass ich zwar körperlich anwesend bin, geistig aber keineswegs.

Nachdem Sally ihr Essen ganz und meines zum größten Teil verdrückt und sich einen Nachtisch gegönnt hat, der viel zu üppig und kalorienhaltig für eine so schlanke und graziöse Frau ist, besteht sie darauf, dass wir »weiterfeiern«, indem wir zum Kaffee einen Weinbrand trinken. Schließlich schaut sie auf ihre Armbanduhr.

»Ach du meine Güte!«, entfährt es ihr. »Es ist bereits elf, Richard wird auf mich warten. Ich sollte jetzt lieber zahlen. Nein«, sie lehnt mein Geld ab, »ich sagte doch, das geht auf mich. Na ja, eher auf Richard.«

Ungläubig verfolge ich, wie sie in ihre Handtasche greift und eine Kreditkarte hervorzieht.

»Er hat dir eine Kreditkarte ausgestellt?«, hauche ich überrascht. »Vielleicht läuft es für dich *tatsächlich* anders.«

Sally lächelt mir zu, ergreift meine Hand und drückt sie freundlich.

»Glaub mir. Ich weiß, wie schwer das für dich sein muss, Fliss, aber ich bin fest davon überzeugt, dass es für mich und Richard anders laufen wird. Ganz anders ..., *erstaunlich* anders!« Das Lächeln auf ihrem Gesicht wird noch breiter, und ihre Augen beginnen vor Glück zu leuchten.

»Schon gut, schon gut, du hast dich klar ausgedrückt«, entgegne ich mit gerunzelter Stirn, doch mein Lächeln ist nicht mehr ganz so zerknirscht.

Nachdem sie meine Hand noch einmal gedrückt hat, lässt Sally los, ruft unseren Ober herbei und reicht ihm mit einer schwungvollen Bewegung die Karte. Der Ober wedelt mit den Armen und gibt sie ihr zurück. Das würde dem Richard, den ich kenne, ähnlich sehen: Sally großspurig eine Kreditkarte ausstellen zu lassen, die nicht überall akzeptiert wird. Erst nach einem Augenblick wird uns klar, dass es nichts mit der Karte zu tun hat, sondern dass er schlicht und einfach kein Geld will.

»Non, non, Mademoiselle, ist nischt nötig.«

»Wie bitte?«

»Die Rechnung ist bereits bezahlt, Mademoiselle. Mr. Alex Christian 'at sisch darum gekümmert. Er 'at darauf bestanden.«

Sally wird rot vor Freude.

»Wie nett. Wo ist er? Ich muss mich bei ihm bedanken.«

»Er ist weg, Mademoiselle. Sie 'aben ihn um fünf Minuten verpasst.«

Richard wartet bereits draußen. Es überrascht mich, dass er den Motor nicht aufheulen lässt, so wie er es immer getan hat, um mich zu ärgern, wenn ich es einmal gewagt habe, ihn warten zu lassen.

»Hallo, Liebling, hattest du einen schönen Abend?«

Er steigt aus und drückt Sally einen Kuss auf die Wange, während er die ganze Zeit selbstgefällig in meine Richtung blickt, als würde er mir eine lange Nase zeigen.

»Alles in Ordnung, Fliss?« Er dreht sich zu mir um und blinzelt in der Dunkelheit. »Du siehst ziemlich mitgenommen aus. Findest du nicht, Liebling? Felicity sieht müde aus, oder?«

»Meinst du?« Sally sieht mich besorgt an. »Du siehst wirklich müde aus, Fliss. Willst du ehrlich nicht, dass wir dich nach Hause fahren?«

»Ich komme schon klar, danke. Alles in Ordnung.«

»Aber …«, will Sally mir widersprechen, doch Richard unterbricht sie.

»Fliss sagte nein, Sally-Anne.« Diesmal sieht er mich mit kaum verhohlener Feindseligkeit an.

»Bist du sicher?«

»Klar«, sage ich fest.

»Danke, dass du gekommen bist.« Sally berührt mich am Arm. »Ich bin so froh, dass wir uns aussprechen und alles klären konnten.«

Ich beobachte, wie sie abfahren. Eigentlich haben wir überhaupt nichts geklärt. Ich verabscheue Richard immer noch von ganzem Herzen, die Vorstellung, dass Sally ihn heiratet. Wahrscheinlich nehme ich nur das Unvermeidliche in Kauf, wie ein Gefangener im Todestrakt, der keine Berufung einlegen kann und keine Chance hat, dem Urteil zu entgehen.

Gerade will ich zurück ins Restaurant gehen, um mir ein Taxi zu rufen, als ein langer dunkelblauer Aston Martin neben mir hält. Das elektrische Fenster auf der Fahrerseite gleitet surrend herunter. Ein zerzauster brauner Haarschopf erscheint. In der Dunkelheit kann ich Alex Christian erkennen.

Er lächelt.

»Alles in Ordnung? Kann ich dich irgendwo absetzen?«

»Nein, vielen Dank. Ich wollte mir gerade ein Taxi rufen.«

»Das ist doch nicht nötig, ich kann dich nach Hause bringen.«

»Danke, aber es geht schon, wirklich.«

»Ich kann dich doch nicht allein auf der dunklen Straße stehen lassen.« Er grinst. »Es könnte dir etwas zustoßen.«

»Und ich kann nicht bei fremden Männern einsteigen.« Ich erwidere sein Lächeln. »Es könnte mir etwas zustoßen.«

»Ich bin kein Fremder«, sagt er lachend, »nur ein Psychopath. »Willst du nicht doch einsteigen?«

»Danke.« Ich deute auf das belebte Restaurant hinter mir. »Aber diesen Ort kann man wohl kaum als einsam bezeichnen.«

Er steigt aus, geht um das Auto herum und hält mir die Beifahrertür auf.

»Wenn ich verspreche, dich nicht in irgendeiner dunklen Seitenstraße abzuschlachten, steigst du dann ein?«

Er läuft viel eher Gefahr als ich, abgeschlachtet zu werden, ich bin nämlich in einer echten Mordstimmung.

»Das ist aber ein riesiger Umweg für dich«, murre ich ungnädig.

»Das macht überhaupt nichts.« Noch immer hält er mir die Tür auf; anscheinend lässt er sich durch nichts abschrecken.

»Also gut, danke«, gebe ich nach, krabble reichlich schwerfällig in den schnittigen Wagen und lasse mich auf die beigen Lederpolster zurücksinken, während er behutsam die Tür schließt und sich wieder hinters Steuer setzt.

»Wohin?«

»In die Laurel Road«, sage ich entschuldigend. »Ich habe dir ja gesagt, dass es ein Riesenumweg für dich ist.«

»Das macht überhaupt nichts.«

Als er den Motor anlässt und losfährt, ertönt aus dem CD-Spieler dezent Mahler. Sein Wagen ist so leise, dass man nicht einmal den Motor hört. Dadurch wirkt das Schweigen zwischen uns noch bedrückender.

Endlich fällt mir eine geistreiche Bemerkung ein.

»Es war wirklich sehr nett, unser Essen zu bezahlen.«

»Nicht der Rede wert.«

»Sally wollte sich ebenfalls bedanken, aber wir haben dich knapp verpasst. Es war wirklich nett …«, wiederhole ich leicht nervös. Mit jemandem im Wagen zu sitzen, den ich kaum kenne, macht mich verlegen.

»Das war doch eine kleine Feier, stimmt's? Zu Sallys und Richards Hochzeit?«

»So was in der Art.«

»Und ich wollte ihr damit nur gratulieren.«

Es ist üblicher, eine Karte zu schicken, statt eine Restaurantrechnung über 200 Pfund zu begleichen. Was für ein Mann ist Alex Christian? Anscheinend ein sehr wohlhabender. Ich bin zu zynisch, um zu akzeptieren, dass eine solch großzügige Geste reiner Freundlichkeit statt purer Berechnung entspringt, aber schließlich kenne ich ihn nicht besonders gut. Ich rufe mir ins Gedächtnis, dass ich nicht durchs Leben gehen und Richards Verhalten als typisch männlich ansehen kann.

»Wir haben eine Einladung zur Hochzeit bekommen«, bemerkt er im Plauderton.

»Und kommt ihr?«

Er zuckt die Achseln.

»Ich weiß nicht. Kat hat sich noch nicht entschieden … und du?«

»Gibt es einen Grund, warum ich nicht kommen sollte?«

Er sieht mich von der Seite an.

»Nun, das kommt darauf an, oder?«

»Auf die Umstände, meinst du«, spreche ich seine Gedanken aus. »Um nichts auf der Welt will ich sie verpassen«, füge ich trocken hinzu.

Eine Weile schweigen wir einvernehmlich.

Ich beobachte ihn aus den Augenwinkeln. Die Straßenlaternen tauchen sein Gesicht abwechselnd in Licht und Schatten. Sobald Licht auf ihn fällt, betrachte ich ihn neugierig. Er hat schräg stehende Augen, die in einem exotischen Grünblau schillern und von dichten, dunklen Wimpern beschattet werden, bei deren Anblick die meisten Frauen grün vor Neid würden. Und er hat einen schön geschnittenen Mund. Zu meiner unendlichen Überraschung ertappe ich mich dabei, wie ich flüchtig darüber nachdenke, wie es wohl wäre, ihn zu küssen. Beschämt wende ich mich ab und sehe aus dem Fenster.

Doch auch wenn ich ihn nicht direkt ansehe, kann ich ihn noch immer riechen. Er duftet nach einem erlesenen, teuren Aftershave, das warm und schwer ist, einem von der Art, bei der man sich auf der Straße unwillkürlich nach dem Träger umsieht oder so tief einatmet, dass einem beinahe schwindlig wird. So wie wenn man an einer Bäckerei vorbeigeht oder zum ersten Mal die Lebensmittelabteilung von Harrods betritt.

Die Neugier siegt, ich muss ihn einfach wieder ansehen. Dummerweise wählt er diesen Augenblick, um zu mir herüberzusehen, und ertappt mich dabei, wie ich ihn anstarre. Verlegen blicke ich zur Seite.

»Es soll Leute geben, die in letzter Minute die Kirche oder das Kleid wechseln, aber nie die Braut«, bemerkt er nach einer weiteren Pause ruhig.

»Oh, die Kirche und das Kleid sind gleich geblieben«, murmele ich.

Er wirft mir einen Blick zu und lächelt.

»Ich müsste lügen, wenn ich behaupten würde, ich wäre nicht neugierig.«

»Das sind die meisten, doch die sind zu höflich, um zu fragen.«

»Also bin ich unhöflich?«

»Nein, nur erfrischend aufrichtig. Hier rechts.«

Im Lichtkegel der Scheinwerfer tauchen die Bäume zu beiden Seiten der Straße auf, als er von der Hauptumgehungsstraße Oxfords abbiegt und in Richtung meines Stadtrandpalastes fährt.

»Deshalb hast du also angeboten, mich mitzunehmen – damit du deine brennende Neugier stillen kannst.«

»Na klar«, entgegnet er.

Wieder sehe ich zu ihm hinüber. Er lächelt.

»Hat Richard euch nicht aufgeklärt? Er nimmt in der Regel kein Blatt vor den Mund. Insbesondere, wenn sein Ruf auf dem Spiel steht.«

»Doch, doch, Richards Version der Geschichte kenne ich«, murmelt er. »Aber ich habe so eine Ahnung, dass sie nicht ganz der deinen entspricht.«

»Wie scharfsinnig.«

»Na ja, ich kenne Richard nicht besonders gut. Es wäre besser, mich zurückzuhalten, aber ich habe zunehmend den Eindruck, man sollte nicht alles, was er von sich gibt, für bare Münze nehmen.«

»Wie lange kennst du ihn schon?«

»Etwa drei Jahre. So lange, wie ich auch meine Frau kenne.«

»Es überrascht mich, dass wir uns vorher nie begegnet sind.«

»Na ja, Kat und Richard waren eine Zeit lang… äh… befreundet. Aber ich glaube, sie haben sich zerstritten, als sie mich kennen gelernt hat.«

»Befreundet?« Ich sehe ihn fragend an.

»Sehr eng sogar«, gesteht er. »Mal lief etwas, mal nicht. Als ich ihr begegnet bin, lief gerade überhaupt nichts. Ich habe das wohl zu einem dauerhafteren Zustand gemacht, als Richard beabsichtigt hatte.«

Wir halten vor meiner Wohnung. Er steigt aus und kommt um das Auto herum, um mir die Tür aufzuhalten. Als ich von dem niedrigen Sitz auf das Straßenpflaster klettern will, reicht er mir die Hand. Sein Daumen streicht flüchtig über meinen Handrücken, als er mir aus dem Wagen hilft. Unsere Gesichter sind sich ganz nahe.

Er sieht mich an; ich erwidere seinen Blick und bin plötzlich sehr verlegen.

»Danke«, durchbreche ich das Schweigen.

»Gern geschehen.«

»Dann sehen wir uns bei der Hochzeit.«

»Ich hoffe es.«

Ich habe mir eines dieser Telefone gekauft, auf denen die Nummer des Anrufers erscheint.

Die Nummer meiner Eltern.

Meine Mutter ruft mich so gut wie nie an. Also ist es entweder Dad oder Sal. Ich fühle mich gefasst genug, um abzuheben.

Es ist Sal. Sie hört sich aufgeregt an.

»Hast du Samstagabend schon etwas vor, Fliss?«, platzt sie ohne Begrüßung heraus.

»Ich glaube nicht«, antworte ich vorsichtig. »Wieso?«

»Weil wir ausgehen.«

»Wir?«

»Alle zusammen. Das wird mein Abschied vom Junggesellinnendasein!«, ruft sie voller Begeisterung.

»Ah, verstehe.«

»Du kommst doch, oder? Sag mir nicht, du hast keine Lust, dich hemmungslos zu betrinken und ordentlich danebenzubenehmen. Das ist schließlich so Brauch.«

Ich zögere nur kurz.

»Natürlich komme ich«, erkläre ich entschlossen.

»Wirklich?«

Sie hört sich überrascht an.

»Klar, wenn du sicher bist, dass du mich dabeihaben willst? Du klingst, als hättest du erwartet, dass ich nein sage.«

»Das habe ich ehrlich gesagt auch«, antwortet sie, »aber natürlich will ich, dass du dabei bist. Ohne dich wäre es nicht dasselbe.«

»Nein, wahrscheinlich hättet ihr mehr Spaß!«, scherze ich.

Es überrascht mich nicht, dass Sally ob meiner sofortigen Zustimmung zu ihrer Einladung ein wenig schockiert war. Ich war selbst etwas erstaunt. Dennoch ist es ein Schritt in die richtige Richtung.

Ich sage mir ständig, ich sollte mehr ausgehen. Selbst wenn meine Schwester ihren Abschied vom Junggesellinnendasein wegen einer Hochzeit feiert, die lieber gar nicht stattfinden sollte.

Aber Scherz und Pessimismus beiseite. So schlecht stehen die Aktien doch gar nicht. Wie heißt es so schön? Probieren geht über Studieren, und jedes Mal, wenn ich Richard und Sally-Anne zusammen sehe, bin ich beeindruckt, wie zufrieden und glücklich sie miteinander zu sein scheinen.

Selbst Dad behauptet, dass er Richard nicht mehr so unausstehlich wie früher findet und dass er viel besser mit ihm klarkommt als zu meiner Zeit. Vielleicht lag es nur an mir, vielleicht habe ich seine schlechten Seiten herausgekehrt. Vielleicht ist er durch Sally ein besserer Mensch.

Vielleicht sind meine Einwände gegen diese Heirat wirklich selbstsüchtiger, als ich zugeben will. Ich wollte Richard endgültig aus meinem Leben verbannen. Mir war klar, dass dies für mich die einzige Alternative darstellte. Dass er jetzt fester Bestandteil desselben ist, ohne dass ich etwas daran ändern konnte, wirft einen dunklen Schatten auf meine Zukunftspläne.

Zu wissen, dass es für Richard und Sally durchaus möglich ist, glücklich miteinander zu werden, lässt in mir den Eindruck entstehen, dass es vielleicht auch in meinem Leben vorangehen könnte, sobald die Hochzeit erst einmal überstanden ist.

Ich müsste lügen, wenn ich behaupten würde, dass ich mich auf diesen Tag freue.

Schön wär's. Immerhin ist es die Hochzeit meiner kleinen Schwester, und die sollte etwas sein, das ich kaum erwarten kann, eine Riesenfeier, ein glücklicher Tag. Doch leider weiß ich, dass dieser Tag von einer Tatsache überschattet werden wird: Eigentlich hätte ich an ihrer Stelle sein sollen.

Nicht, dass ich das will, aber Sie wissen ja, wie die Leute so sind. Ich werde das Hauptgesprächsthema des Tages sein, obwohl dem eigentlich nicht so sein sollte.

Es sollte Sallys Tag werden. Ihr GROSSER Tag.

Ein Teil von mir hält es für besser, wenn ich vielleicht doch nicht hingehe. Doch ich bin nicht sicher, was schlimmer wäre für sie – dass ich komme oder nicht.

Mutter hat dafür gesorgt, dass alle meine Freunde ausgeladen werden, um denen von Sally Platz zu machen. Ich verstehe das ja, doch ein paar Verbündete hätte ich gut gebrauchen können.

Also kommt es nicht in Frage, dass ich grundlos ihren Junggesellinnenabschied verpasse, obwohl ich finde, dass ich wirklich Unterstützung brauche. Eine Familienpackung Cadbury-Schokolade und ein kurzes Telefonat müssen ausreichen.

Ich nehme den Hörer ab und wähle.

»Hallo.«

Es ist Jack, Sashs Sohn, der altersmäßig genau zwischen den beiden anderen Rabauken liegt.

»Hallo, Jack, ist deine Mummy da?«

Eine lange Pause entsteht, während er das Telefon ignoriert und kichernd vor dem Fernseher sitzt.

»Jack… Jack, ist Mummy da?«

»Mummy ist mit dem Kopf in der Toolette…«

»Liebe Güte, ist Mummy etwa krank, Jack?«

Glücklicherweise kann ich Sashas Stimme im Hintergrund hören.

»Gib Mummy das Telefon, Jack… hallo?«

»Sash? Alles in Ordnung?«

»Fliss! Die Mummy hat nur gerade das Bad saubergemacht. Kinder, ich sag's dir! Habe ich dir schon erzählt, dass er meinem Chef neulich auf die Nase gebunden hat, Daddy und Mummy würden im Schlafzimmer Doktorspiele machen?«

»Und habt ihr?«

»Schön wär's! Niall lag mit Grippe im Bett. Er hat sich bei der Tagesmutter angesteckt, also war sie auch krank, und ich musste mir den Tag frei nehmen, um für die Kinder und meinen Mann Krankenschwester zu spielen. Mein Chef dachte, ich würde blaumachen, um fröhlich rumzubumsen. Glücklicherweise fand er es sehr lustig, als ich ihm alles erklärt habe. Aber genug von meinen Problemen. Es wird auch verdammt noch mal Zeit, dass du dich endlich meldest, du treulose Tomate. Wo zum Teufel hast du gesteckt? Eine hingeschmierte Nachricht, dass du für eine Weile bei Caroline untertauchst, ist wahrhaftig nicht gerade viel! Ich versuche ständig, bei dir anzurufen, und nie gehst du dran. Dein Handy ist auch nie an. Nie antwortest du auf meine Nachrichten. Ich hatte dich fast schon als Energieverschwendung abgeschrieben und von meiner Weihnachtsliste gestrichen.«

»Das würdest du nie tun«, unterbreche ich den Schwall der Vorwürfe.

»Stimmt. Und das weißt du nur zu genau. Deshalb nutzt du meine Gutmütigkeit auch schamlos aus und lässt mich einen Monat warten, bevor du dich meldest. Wiggy macht sich auch schon Sorgen um dich. Sie hat ungefähr acht Mal versucht, dich anzurufen. Das ist ein Rekord für sie, wenn man bedenkt, dass wir uns unter normalen Umständen glücklich schätzen dürfen, einmal im Monat von ihr zu hören.«

»Ich weiß ja, Sash. Es tut mir Leid, wirklich.«

Sash schnaubt, doch ihr angeblicher Groll gegen mich hält nie lange.

»Ich vermute, dass du in letzter Zeit einiges um die Ohren hattest mit der geplatzten Hochzeit und so. Hättest du doch nur angerufen. Ich hätte dir helfen können, dafür sind Freunde schließlich da.«

»Ich weiß«, wiederhole ich. »Aber in letzter Zeit war alles so seltsam ...«

»Kann ich mir vorstellen«, bemerkt Sash trocken.

Sie verfällt in Schweigen. Man kann beinahe hören, wie die Drähte heißlaufen.

»Da ist doch noch etwas, oder, Fliss?«

»Wie kommst du darauf?«

»Jetzt komm schon, wie lange kennen wir uns? Das höre ich doch schon am Tonfall.«

»Also gut, ich muss dir tatsächlich etwas erzählen. Aber zuerst: Du hast nicht zufällig Lust, mal wieder auszugehen?«

»Ausgehen! Was ist denn das? Doch, ja, jetzt erinnere ich mich: So was machen Leute, die keine Kinder haben, stimmt's?«

»Soll das heißen, du kommst mit?«

»Darauf kannst du wetten. Wann?«

»Nächsten Samstag.«

»Das trifft sich gut. Niall hat Karten für das Arsenal-Spiel am Samstagmorgen, und er hat mir hoch und heilig versprochen, mich und die Kinder zum Schuhe kaufen zu begleiten. Du glaubst gar nicht, wie schwer das mit zwei kleinen Kindern ist. Er würde alles tun, um sich davor zu drücken – also wird er freiwillig am Samstagabend auf die Kinder aufpassen. Wohin gehen wir denn?«

»Sally feiert ihren Abschied vom Junggesellinnendasein«, antworte ich ausweichend.

»Sally? Deine Schwester heiratet? Seit wann denn das?«

»Na ja, das Ganze kam ziemlich überraschend …«

»Wem sagst du das? Ich wusste nicht einmal, dass sie einen Freund hat. Und, wer ist der Glückliche?«

»Äh …« Ich schweige lange genug, um mir zwei weitere Stücke Schokolade in den Mund schieben zu können. »Vorhin habe ich doch gesagt, ich hätte dir etwas zu erzählen …«

Als Wiedergutmachung und als Teil des Tauschhandels, der nötig ist, um Sash für den Abend loszueisen, nehme ich schließlich Nialls Platz bei dem gefürchteten Schuhkauf ein. Ich habe ein schlechtes Gewissen, weil Sash Recht hat – wir sehen uns wirklich zu selten. Sie mag es mit Humor nehmen, doch es stimmt, dass ich völlig selbstverständlich davon ausgehe, nie von ihr ernsthaft Vorwürfe zu hören, weil ich unsere Freundschaft vernachlässige. Deshalb habe ich aber nicht das Recht, sie als selbstverständlich anzusehen.

Das war eines der Dinge, die ich mir vorgenommen hatte, als ich mich von Richard getrennt habe– ich wollte häufiger etwas mit meinen Freunden unternehmen. O Mann, ich hatte mir sogar eingebildet, dass ich vielleicht eine Auszeit nehmen und Wiggy irgendwo an einem exotischen Strand besuchen könnte. Bisher habe ich nichts dergleichen getan. Stattdessen habe ich den größten Teil der Sommerferien wie ein gelangweilter Teenager in meiner Bude rumgehangen.

Der Schuhkauf ist in mehrfacher Hinsicht ein großer Erfolg. Es gelingt uns nicht nur, ohne allzu viel Tränenvergießen und Gebrüll zwei Paar Schuhe für Jack zu finden, sondern auch, auf unserer Runde einige Klamottengeschäfte einzuschieben. Wir bestechen die Kids einfach durch einen Ausflug in den nächsten Süßwarenladen, und ich gestehe beschämt, dass ich ihn mindestens genauso genieße wie sie.

Für Karamellbonbons könnte ich auf Sex verzichten. Zumindest, wenn ich Sex hätte, auf den ich verzichten könnte.

Mit Niall organisieren wir einen fliegenden Kinderwechsel, bevor wir in meine Wohnung fahren, um in unseren neuen Kleidern vor dem Spiegel zu posieren. Dann verhätscheln und verschönern wir uns für den großen Abend.

Eine geradezu ekstatische Sash verbringt über eine halbe Stunde in der Wanne.

»Göttlich!«, seufzt sie und schnippt glücklich mit den Zehen in den Schaum. »Ich kann mich nicht erinnern, in den letzten zwei Jahren jemals allein geduscht oder geschissen zu haben – bitte verzeih meine Ausdrucksweise.«

Mitfühlend vervollständige ich die Idylle durch ein Glas Wein und den Rest meiner Familienpackung Schokolade – die inzwischen nur noch für einen appetitlosen Pygmäen reichen würde –, ehe ich anbiete, ihr den Rücken zu schrubben.

Sash fängt beinahe an zu schnurren, als ich ihre Schultern mit einem Schwamm attackiere.

»Vorsicht«, sagt sie lachend, »du bist der erste Mensch über achtzehn, der mich seit über einem Monat berührt. Wenn du mich anmachst, falle ich vielleicht über dich her.«

»Ist es wirklich so schlimm?«

»Schlimmer. Und bei dir? Hattest du irgendwelche Angebote, seit du diesen Trottel Richard abgeschossen hast?«

»Nur, wenn man Caros Party zählt«, antworte ich ohne nachzudenken.

»Ach ja? Was war das denn für eine Party? Erzähl mal.«

»Da gibt es nicht viel zu erzählen«, stammele ich. Hätte ich doch nur den Mund gehalten!

»Warum nehme ich dir das nur nicht ab? Komm schon, Felicity, spuck's aus.«

Unter Sashs freundlichem, doch forschenden Blick kann ich mich nicht länger beherrschen, und ich erzähle ihr alles über den Abend bei Caro. Wenn ich ehrlich bin, habe ich mich danach gesehnt, endlich jemandem davon berichten zu können.

Zu meiner Verblüffung bricht Sash in schallendes Gelächter aus.

»O mein Gott, wie aufregend! Und du bist einfach gegangen? Na ja, du bist nicht gegangen, du hast die Beine in die Hand genommen, was? Ach, wäre ich doch nur dabei gewesen.« Sie verstummt, als ihr auffällt, dass ich sie mit offenem Mund anstarre.

»Du musst das Ganze von der komischen Seite sehen, Fliss.«

»Ach ja?«

»Genau. Denk doch nur mal daran, was für ein Glück du hattest.«

»Weil ich entkommen bin?«

»Nein, weil du dort warst.«

»Was sagst du da!«, rufe ich.

»Nicht jeder hat Gelegenheit, an einer echten Orgie teilzunehmen. Ich zumindest nicht. Glaubst du, du könntest mir für die nächste eine Einladung besorgen?«

»Also ehrlich, Sash!«

»Zu Hause habe ich so etwas nicht.« Sie zieht eine Grimasse, und schließlich kann ich mir ein Lächeln nicht mehr verkneifen.

»Wahrscheinlich sollte ich einfach darüber lachen«, sage ich nachdenklich. »Ich meine, rückblickend betrachtet ist es schon lustig. Das Schlimme daran ist nur, wie soll ich Caroline jemals wieder gegenübertreten? Es ist mir so peinlich.«

»Was? Dass du weggelaufen bist oder dass du sie halbnackt in den Armen einer anderen Frau gesehen hast?«

»Na ja, ich habe sie vorher schon halbnackt gesehen, aber doch nicht unter solchen Umständen… Ich fühle mich so elend, Sash. Sie ruft ständig an und hinterlässt Nachrichten, aber ich habe mich noch nicht bei ihr gemeldet.«

»Das kenne ich.« Sash grinst ironisch.

»Ich weiß, ich weiß. Es tut mir Leid…«

»Hör schon auf, dich zu entschuldigen. Reich mir lieber ein Handtuch. Ich sollte besser rauskommen. Wenn ich aussehe wie eine verschrumpelte Rosine, werde ich keinen Mann aufreißen.«

»Ach, du willst also heute jemanden aufreißen?«, spotte ich. »Weiß Niall davon?«

»Niall würde es vermutlich nicht mal merken, wenn ich Jared Leto abschleppen und genau vor seiner Nase auf dem Wohnzimmerteppich über ihn herfallen würde. Zumindest, solange ich nicht die Sicht auf das Fußballspiel im Fernsehen versperre.«

»Steht es zur Zeit wirklich so schlimm?«, frage ich sie zum zweiten Mal.

Sie sieht unter ihren langen dunklen Wimpern zu mir auf. Ihre dunklen Augen haben sich zu Schlitzen verengt.

»Ich langweile mich zu Tode, Fliss«, gesteht sie schließlich. »Von den letzten drei Jahren war ich zwei schwanger. Jetzt arbeite ich entweder, wechsle Windeln oder ich hänge vor der Glotze. Was für ein Leben ist das?«

Mitfühlend schüttele ich den Kopf.

»Niall und ich sprechen über nichts anderes als die Kinder. Für Sex sind wir viel zu müde. Entweder das, oder wir sind einfach an dem Punkt, wo wir keine Lust mehr haben. So sollte es nicht ablaufen, ich bin noch nicht mal dreißig. Ich sollte in engen, hohen Stiefeln mitten im Schlafzimmer stehen, in der einen Hand eine Peitsche und in der anderen einen überdimensionalen Vibrator. Und Niall sollte mit ausgebreiteten Gliedern ans Bett gefesselt hilflos daliegen … Stattdessen rolle ich mich um halb zehn mit einem heißen Kakao und einem Schnulzenroman unter meiner Decke zusammen, den ich dann doch nicht lese, weil ich zu müde bin.«

»Stehst du noch auf ihn?«

»Keine Ahnung.«

»So weit ist es schon?«

»Na ja, finde du ihn mal begehrenswert, wenn er schnarchend auf dem Sofa liegt, einen schlabberigen Pulli mit Babykotze und eine Jogginghose mit ausgebeulten Knien anhat, wenn er einen Dreitagebart hat, dringend zum Friseur müsste und schlimmer aus dem Mund riecht als der Hund. In Schale werfen würde ja was bringen, ich kann mich daran erinnern, dass er im Anzug mehr als annehmlich aussieht, aber ich kann mich nicht mehr daran erinnern, ihn anders als völlig erledigt und abgeschlafft erlebt zu haben. Und zwar in jeder Beziehung.«

»Und jetzt willst du ausgehen und jemand anderen finden?«

»Was ist besser? Etwas zu tun, das man bedauert, oder etwas zu bedauern, das man nicht getan hat? Darauf habe ich wirklich keine Antwort, Fliss. Vermutlich wäre es nett zu wissen, dass ich noch jemanden aufreißen kann. Ich fühle mich im Moment viel älter, als ich bin. Ich glaube, ich habe eine Art Midlife-Crisis, eine verfrühte allerdings. Obwohl das natürlich auch Vorteile hat: Mein Körper ist noch immer in halbwegs guter Form, und das trotz der Sabotageversuche meiner Nachkommen. Also stehen meine Aktien beim Aufreißen noch nicht so schlecht. Andererseits dürfte es schwieriger werden, mir einen jugendlichen Lover zu angeln, hm? Ich meine, wenn man auf die Vierzig zugeht, kann man sich einen netten Siebenundzwanzigjährigen zulegen. Wenn man selbst siebenundzwanzig ist, muss man vielleicht auf einen Schuljungen zurückgreifen.«

»Oder einen Pfadfinder.« Ich kichere.

Sash schneidet eine Grimasse.

»Du musst das Ganze von der komischen Seite sehen«, zitiere ich sie.

»Ich sabbere schon derart, dass ich Gefahr laufe, über meine eigene Zunge zu stolpern«, scherzt Sash. »Ich sag dir was, lass uns einfach relaxen, unsere Sorgen vergessen und den Abend genießen, okay? Na los, wirf dich in Schale, die Party wartet.«

Eine halbe Stunde später habe ich mich in mein neues, unverschämt aufregendes Kleid gezwängt, zu dessen Kauf mich Sash in der Stadt überredet hat. Ein kobaltblauer, paillettenbesetzter Schlauch, der an genau den richtigen Stellen formt und modelliert. Wäre ich allein gewesen, hätte ich es nicht einmal in die Hand genommen. Es ist von Miss Selfridge. Seit meinem neunzehnten Geburtstag war ich nicht mehr bei Miss Selfridge.

»Wow!«, entfährt es Sash, als ich ins Schlafzimmer zurückkehre, um letzte Hand an mein Make-up zu legen.

»War das ein gutes oder ein schlechtes Wow?«, frage ich und zupfe nervös am Saum herum, der mindestens zehn Zentimeter kürzer zu sein scheint, als ich ihn in Erinnerung hatte.

»Oh, ein gutes.« Sash nickt. »Ganz eindeutig ein gutes.«

»Du hast dich aber auch ordentlich in Schale geworfen.«

»Du glaubst gar nicht, wie toll es ist, sich so aufzutakeln.«

»Du siehst umwerfend aus«, sage ich, »einfach klasse.«

Sash fingert an ihren schimmernden kurzen Locken herum, bevor sie noch einmal großzügig Haarspray darüber verteilt.

»Echt? Danke, Fliss. Zu Hause bin ich immer nur Mummy, nichts anderes.«

Ich höre die Wehmut in ihrer Stimme.

»Ich frage mich, ob Sally-Anne und Richard wohl Kinder kriegen.«

»Du lieber Himmel!« Bei dem Gedanken an eine Welt voller Mini-Richards verdrehe ich entsetzt die Augen. »Daran habe ich noch gar nicht gedacht.«

»Keine Sorge, Kleines.« Beruhigend tätschelt Sash meinen Arm. »Solange sie nach ihrer Mutter kommen, besteht kein Grund zur Sorge.«

Wir sollen Sally und die anderen in einer Bar in der Stadt treffen, bevor wir weiterziehen ins Dune, einen der neuesten Clubs in Oxford. Weder ich noch Sash waren je dort, da wir uns beide fast zu alt vorkommen.

Traurig, nicht wahr? Man mag vielleicht den Eindruck haben, mit Ende zwanzig in der Blüte des Lebens zu stehen, doch sobald man von einer Horde Neunzehnjähriger in Kleidergröße sechsunddreißig umgeben ist, die ernsthaft glauben, im zarten Alter von dreiundzwanzig sei man bereits verkalkt, vergisst man das mit der Blüte und fühlt sich, als stünde man bereits mit einem Bein im Grab.

Dennoch sind wir entschlossen, einen schönen Abend zu verbringen, trotz der Tatsache, dass wir dank Sashas ausgedehnter Planscherei spät dran sind, die Bar auslassen und gleich ins Dune gehen müssen. Neun Uhr scheint geradezu lächerlich früh zu sein, um in einen Club zu gehen, doch zu diesem gehört ein ziemlich gutes Restaurant, wo Sally einen Tisch für zwanzig Leute vorbestellt hat.

Sash und ich halten uns erst einmal an die Bar, wo wir einige Doppelte kippen, bevor wir ins Restaurant hinüberwechseln. Wir haben das Gefühl, die anderen einholen zu müssen, bevor wir uns zum Essen setzen. Schließlich ist es sinnlos, feste Nahrung zu sich zu nehmen, wenn man keinen Alkohol zum Aufsaugen intus hat. Als ich sehe, wer links neben Sally sitzt, bin ich froh, dass ich mir einige Gläschen hinter die Binde gekippt habe.

Mutter.

Ich weiß nicht, was mich mehr überrumpelt: die Tatsache, dass meine Mutter tatsächlich aufgedonnert in einem Nachtclub sitzt, oder die Tatsache, dass sie mir bedeutet, mich neben sie zu setzen, als ich hereinkomme. Sie steht sogar auf, um mich zu begrüßen, schüttelt mir die Hand und küsst mich auf die Wange, bevor ich schockiert auf einem Stuhl zusammenbreche.

Selbst Sash reißt angesichts dieses unerwarteten Zeichens der Zuneigung verblüfft die Augen auf und greift hastig nach einem Glas Wein.

»Ich habe Sally ein kleines Geschenk gekauft«, sagt sie und kippt den Wein hinunter, während sie nervös zu meiner Mutter schielt.

»Ich auch. Was hast du ihr gekauft?«

»Das siehst du beim Aufmachen. Das Problem ist nur, ich weiß nicht, ob ich es ihr vor deiner Mutter geben kann.«

»Ich auch nicht.«

Wie es scheint, hatten jedoch alle die gleiche Idee. Mutter eröffnet die Präsentpräsentation mit einem kunstvollen Goldmedaillon und blickt mich dann erwartungsvoll an.

»Äh, ich muss meins nur eben aus der Tasche holen …«, stottere ich und tue so, als würde ich mit meiner Tragetasche kämpfen. »Warum macht ihr nicht mit Sash weiter?«

Sash zischt mir unterdrückt »Miststück« zu, erhebt sich, geht zu Sals Stuhl und legt ein langes, schmales Päckchen vor ihr auf den Tisch.

»Vielleicht machst du es ja lieber erst zu Hause auf.« Sie grinst.

»Kommt nicht in Frage!«, brüllen Sallys Freundinnen.

Mit einem nervösen Lachen wickelt Sal die Schachtel aus dem Glanzpapier. Vorsichtig öffnet sie sie und kreischt, als sie einen gut zwanzig Zentimeter langen fleischfarbenen und stark geäderten Vibrator hervorzieht.

»Glaub bloß nicht, dass du den echten immer zur Verfügung hast, nur weil du jetzt heiratest«, erklärt Sash, schlingt einen Arm um Sallys Schultern und drückt sie an sich. »Genau genommen solltest du damit rechnen, dass die Zuteilungen erheblich verringert werden.«

Sally wird so rot, dass sie förmlich glüht, was man sogar in der Dunkelheit unseres Ecktisches sieht.

Da Sashs Geschenk von Seiten meiner Mutter mit Lachen statt dem erwarteten Entsetzen kommentiert wurde, fühle auch ich mich kühn genug, um Sal mein Mitbringsel zu überreichen.

»Was hast du ihr gekauft?«, flüstert Sash mir zu und setzt sich wieder auf ihren Platz, während Sally vorsichtig das Band von der Schachtel löst.

»Sagen wir mal so: Anscheinend haben wir in die gleiche Richtung gedacht.« Ich zwinkere Sash zu. »Wir könnten sogar im selben Geschäft gewesen sein.«

Alle schauen zu, als Sally mein Geschenk auspackt. Sorgfältig legt sie das Goldband neben ihren Brotteller, ehe sie ein Paar schwarzer, mit Samt bespannter Handschellen, eine Peitsche und eine Augenbinde hervorzieht.

Ihre Augen blitzen, und ihre Wangen glühen, als sie meine Karte vorliest.

»›Damit klar ist, wer von euch das Sagen hat‹.« Sie kichert. »Danke, Fliss.«

»Es ist immer von Vorteil, von Anfang an für Klarheit zu sorgen«, erwidere ich.

»Ich hoffe, das Verhältnis ist ausgeglichen.« Sally lächelt.

»In diesem Fall wechselt ihr euch bei der Benutzung ab.«

»Kann ich die mal ausleihen?«, fragt Sash, nimmt die Peitsche in die Hand und streichelt zärtlich über das geflochtene Leder. »So etwas könnte ich gut gebrauchen, um Niall etwas munterer zu machen.«

Wie es scheint, hatten einige der anderen Mädchen aus unserer Gruppe ähnliche Ideen. Neben unserer kleinen Gabe – die in Sashs Fall gar nicht so klein ausfällt – findet Sal sich schließlich mit einem essbaren Höschen wieder, mit Körperlotion zum Ablecken, einer reich bebilderten Ausgabe des *Kama Sutra*, jeder Menge scharfer Dessous, einem Minivibrator für die Handtasche, der aussieht wie ein Lippenstift, und einem großen Schokoladenpimmel.

Wie es scheint, hat fast jeder ihr sexbezogene Geschenke mitgebracht, abgesehen von Mutter natürlich und Sallys bester Freundin, der überaus praktischen Erica, die ihr ein Paar Topflappen schenkt.

Inzwischen macht der *Kama Sutra* unter viel Gejohle und Gekicher die Runde am Tisch. Selbst meine Mutter kann nicht an sich halten, als sie die Fotos sieht. Sie ist heute Abend wie ausgewechselt. Während des ganzen Essens plaudert sie strahlend, und als wir anschließend in den Club hinüberwechseln, stürmt sie sofort auf die Tanzfläche.

Niemals zuvor war ich mit meiner Mutter in einem Club.

Sie ist total ausgelassen. Wie ein kleines Mädchen, das zum ersten Mal auf den Rummelplatz geht. Ihre Augen glänzen, und ihr Gesicht ist gerötet. Sie tanzt und trinkt und lacht, sie ist wahrhaftig liebevoll. Würde ich sie nicht so gut kennen, würde ich sagen, sie steht unter Drogen.

Sie ist zweifellos betrunken.

Innerhalb einer Stunde hat sie mich sogar mehrmals umarmt. Ich habe keine Ahnung, wie ich damit umgehen soll.

Vielleicht waren es Glückskekse.

Falls ja, könnte sie mir doch ihre Bezugsquelle verraten, oder?

Nicht dass der Abend so übel wäre. Sallys Freundinnen sind großartig, ebenso wie sie selbst, umgänglich und gut drauf, insbesondere ihre Kolleginnen aus der Bank. Mann, die wissen vielleicht, wie man einen draufmacht. Das kommt vermutlich daher, dass sie tagsüber so geschniegelt und diszipliniert sein müssen. Abends tauen sie dafür richtig auf. Gerade veranstalten sie einen Wettbewerb, um zu sehen, wer sich Sallys neuen Mega-Dildo am weitesten in den Rachen schieben kann. Die Siegerin darf am Ende das große, glatte, runde Ende des Schokopimmels verschlingen.

Der Club ist ziemlich voll, und ich hatte sogar einige Male Augenkontakt mit einigen ziemlich knackigen Männern. Und ich hatte ganz vergessen, wie gerne ich tanze. Richard war meine Begeisterung für wildes Abtanzen immer total peinlich. Es ist herrlich, mal wieder richtig loszulegen, ohne missbilligend beäugt zu werden, weil man sich der Musik zu sehr hingibt.

Leider ist meine Begeisterung von kurzer Dauer. Genau genommen erstirbt sie gegen halb zwölf, als mir klar wird, dass Sally einen wichtigen Aspekt der Feierlichkeiten dieses Abends glatt vergessen hat.

Den Junggesellenabschied.

Oder vielmehr den Ort dieser Gegenveranstaltung.

Nachdem sie die letzten drei Stunden mit einer ausgedehnten Kneipentour verbracht haben, fallen sie nun geballt in unseren Club ein.

Nicht zu fassen, von allen Kaschemmen der Welt…

Warum hat Sal mir nicht erzählt, dass sie verabredet hatten, sich zu späterer Stunde zu treffen? Tja, ich weiß genau, warum.

Als Richard und seine Freunde zur einen Tür hereinplatzen,

kann ich mich nur mit Mühe beherrschen, durch die andere zu flüchten.

Ich sehe mich nach Rückendeckung um, doch Sash ist verschwunden. Um zu entkommen, verziehe ich mich auf die Toilette.

Dort treffe ich sie wieder, wie sie auf der Resopalplatte neben den mit Zigaretten und Klopapier verstopften Waschbecken sitzt und versucht, über den gedämpften Clublärm und das alles andere als gedämpfte Kreischen der Mädchen hinweg, die vor dem schmalen Spiegel darum kämpfen, ihr Make-up aufzufrischen, mit ihrem Mann übers Handy zu telefonieren.

»Wenn du Jack so etwas zu essen gibst, brauchst du dich nicht zu wundern, dass ihm schlecht wird. Er ist ein Kleinkind, kein Mülleimer…«

Sie entdeckt mich und verdreht die Augen.

»Nein, ich kann noch nicht nach Hause kommen! Also wirklich, Niall, kannst du nicht mal einen Abend ohne mich klarkommen? Ich habe das eine Million Mal fertiggebracht, und außerdem erzählst du mir pausenlos, du wärst der Kopf der Familie… Er ist eben ein Baby, und so etwas tun Babys nun mal… Entweder Windeln, Ham-Ham oder die Zähne, eins von den dreien wird es schon sein… Falls du gar nicht mehr klarkommst, kannst du immer noch meine Mutter anrufen… Was sagst du da, Liebling? Schhhhhhk… Ich kann dich nicht verstehen…. Tut mir Leid, ich glaube, ich hab kein Netz mehr…«

Sie schaltet das Telefon aus und seufzt laut. Dann lächelt sie und zuckt hilflos die Achseln.

»Also wirklich, wenn man sie mal einen Abend allein lässt!«

»Rate mal, wer hier ist!«, falle ich ihr aufgewühlt ins Wort.

»Äh…, Tom Cruise? Und er will uns auf einen flotten Dreier mit zu sich nehmen? Sag ihm, ich bin dabei!«

»Schön wär's. Eher jemand weniger Anziehendes.«

»Richard.«

»Bingo.«

»Du machst Witze! Was will denn der hier? In Oxford gibt es doch wirklich genügend Clubs, oder?«

»Ich glaube, es war abgesprochen. Nach dem Motto getrennt losziehen und später zusammentreffen. Aus irgendeinem Grund hat Sal allerdings vergessen, es mir zu erzählen.«

»Seltsam«, stimmt Sash spöttisch zu. »Was hast du vor, willst du nach Hause gehen?«

»Das sähe doch seltsam aus, oder? Außerdem habe ich keine Lust zu gehen, der Abend war echt toll.«

»Das ist er immer noch.« Sash hakt sich bei mir unter. »Der Club ist groß genug, sodass wir ihm aus dem Weg gehen können, wenn wir wollen.«

Als wir zurückkommen, tanzt meine Mutter gerade mit Richard.

Die zwei Gruppen haben sich vermischt. Einige der besseren Hälften von Sallys Freundinnen sind bei Richards Junggesellenabschied dabei und umgekehrt. Sie haben eine abgedunkelte Ecke neben der Tanzfläche mit Beschlag belegt, wo Stühle und Sofas stehen.

Sally entdeckt Sash und mich auf dem Rückweg von der Toilette und winkt uns zu sich. Wahrscheinlich glaubt sie, dass ich meinen Mantel nehme und gehe, wenn sie mich nicht sofort abfängt. Mit Mühe gelingt es mir, mich zu fügen. Allein die Gewissheit, dass meine Mutter Richard so lange wie möglich mit Beschlag belegen wird, gibt mir Sicherheit. Außerdem ist Sash wild entschlossen, bis zum Ende zu bleiben. Sie hält meinen Arm in eiserner Umklammerung und vereitelt allein so jeden Gedanken daran, eventuell doch zum Taxistand und nach Hause zu einer weiteren Schokoriegel-Fressorgie zu entwischen.

Verlegen grinst Sal mich an.

»Überraschung!«, nuschelt sie kläglich, als ich sie vorwurfsvoll ansehe.

Entschlossen, mich großmütig zu zeigen – schließlich ist es Sallys großer Abend –, erwidere ich halbherzig ihr verlegenes Lächeln und gebe ihr zu verstehen, dass sie sich keine Sorgen zu machen braucht.

Irgendjemand hat mindestens ein Dutzend Flaschen Champagner bestellt, der jetzt in Strömen fließt. Sally reicht uns ein Glas.

»Tut mir Leid, Schwesterherz. Ich dachte, du kommst nicht, wenn ich dir sage, dass wir uns später noch treffen. Und ich wollte doch so sehr, dass alle hier sind.«

»Und hier sind wir alle«, murmele ich und nehme einen großen Schluck.

»Ja, bis auf Dad«, stimmt Sally zu, der die Ironie in meiner Stimme entgeht. »Das ist schade, aber Nachtclubs sind wohl nicht sein Ding, wie? Außerdem hatten er und Roger anscheinend schon seit längerem eine Verabredung mit einer Angelrute und einem Kabeljau, irgendwo in Kent. Wahrscheinlich wäre er aber doch gekommen, wenn Hunde auf der Tanzfläche zugelassen wären.« Sie verstummt und lacht nervös. Arme alte Sal. Sie sollte entspannt sein und den Abend genießen, stattdessen zerbricht sie sich den Kopf über meine Reaktion auf etwas, was unter normalen Umständen nichts Besonderes wäre.

»Kein Problem, Sal.« Ich zucke die Achseln. »Glaub mir.«

Sash zwinkert mir zu und flüstert: »So ist es richtig.«

Unter der Gruppe von Männern ist auch eine Frau, die glücklich grinst wie eine einsame Kuh, die sich von der Herde entfernt hat und mitten auf der Bullenwiese gelandet ist.

Obwohl ich sie nur einmal gesehen habe, erkenne ich sie sofort.

Das tadellose Make-up, das schimmernde Haar und die teuren Klamotten sind das unmissverständliche Markenzeichen einer ganz bestimmten Person.

Katherine Christian.

Sie war nicht bei uns, also muss sie mit Richards Gästen gekommen sein. Was um alles in der Welt hat sie vor?

Mir fällt auf, dass auch Sally sie beobachtet.

»Ich dachte immer, bei Junggesellenabschieden wären nur Männer zugelassen. Mal abgesehen von der Stripperin natürlich«, murmele ich.

Sally seufzt tief.

»Das dachte ich auch. Richard hat vorgeschlagen, ich solle sie zu meiner Party einladen, aber dazu konnte ich mich nicht durchringen. Das war doch nicht gemein von mir, oder? Schließlich kenne ich die Frau gar nicht richtig.«

»Du wolltest also nicht, dass sie kommt?«, frage ich teilnahmsvoll.

»Nein.« Sal schüttelt den Kopf, schenkt uns nach und nimmt einen weiteren Schluck Champagner. »Ich bin schlimm, stimmt's? Aber aus irgendeinem Grund fühle ich mich in ihrer Nähe nicht wohl. Na ja, ich habe wohl bekommen, was ich verdiene. Der Schuss ging nach hinten los, sie ist nämlich einfach Alex hinterhergetrottet und zum Junggesellenabschied mitgegangen«, erklärt Sal leicht säuerlich.

»Wer ist das denn?«, fragt Sash und sieht mit zusammengekniffenen Augen zu Kat hinüber, die umringt von einigen angetrunkenen Männern Hof hält. Sie sind wie hypnotisiert davon, wie sie ihre langen Beine in ständigem Wechsel übereinander schlägt.

»Eine Ex von Richard.«

»Wirklich?«

Sashs Blick wandert zwischen Sal und mir hin und her.

»Ihr zwei seht euch manchmal so ähnlich«, sagt sie lachend, womit sie darauf anspielt, wie wir beide säuerlich zu Kat Christian hinübersehen. »Was hat sie denn ausgefressen, um euch so auf die Palme zu bringen?«

»Es geht nicht darum, was sie getan hat ...«, murmelt Sally.

»Sondern was sie tun könnte«, beende ich den Satz an ihrer Stelle.

»Hast du auch den Eindruck?« Sal sieht mich an.

»Der drängt sich doch geradezu auf. Aber vielleicht ist sie einfach so«, versuche ich, meine Schwester zu beruhigen. »Man sieht ihr einfach an, dass sie gerne flirtet, und nicht nur mit Richard. Und außerdem tanzt du nächste Woche um diese Zeit auf deiner eigenen Hochzeit …«

»Du hast Recht.« Sally entspannt sich, und das Stirnrunzeln weicht einem Lächeln. »Natürlich hast du Recht. Ich mache mich echt lächerlich, was? Die eifersüchtige kleine Verlobte.« Sie kichert vor Vergnügen, als sie sich selbst diesen Titel verleiht. »Ach du meine Güte, nächste Woche heirate ich!« Das Kichern weitet sich zu einem glücklichen Strahlen aus.

»Deshalb schlage ich vor, du rettest deinen zukünftigen Mann jetzt mal aus den Klauen seiner zukünftigen Schwiegermutter. Sonst überlegt er es sich noch einmal, ob er in eine Familie einheiraten soll, bei der der Wahnsinn so offensichtlich im Erbgut lauert«, warne ich sie und sehe zu, wie Mutter sich in begeisterten, wenn auch unbeholfenen Reggae-Zuckungen vor einem besorgt dreinschauenden Richard versucht.

»Du glaubst doch nicht etwa, dass Kat hinter ihm her ist?«, fragt Sash mich, als Sally den erleichterten Richard aus den Fängen meiner Mutter befreit.

»Keine Ahnung. Wie ich schon sagte, vermutlich flirtet sie einfach gern. Aber ich war fast zwei Jahre mit Richard zusammen, und diese Frau ist nie in unserem Leben aufgetaucht. Und plötzlich ist sie wieder da und scheint es erst recht auf ihn abgesehen zu haben.«

Nach dem seltsamen, fast schon bizarren Anblick, meine Mutter zu Trance, Garage und Jungle tanzen zu sehen, sollte man meinen, es wäre leichter, Richard und meine Schwester beim Schmusen zu beobachten. Dem Auge fällt es tatsächlich leichter. Nichtsdestotrotz ist es merkwürdig.

»Das sieht so seltsam aus«, sinnt Sash und spricht damit meine Gedanken aus, als Richard die Arme um Sally-Annes Taille schlingt, sie an sich zieht und den Kopf vorbeugt, um seine Stirn gegen ihre zu lehnen.

»Wem sagst du das.«

»Die beiden zusammen zu sehen, Sal und Richard anstelle von dir. Einfach seltsam.«

»Ich weiß.«

»Ich glaube es einfach nicht …«, setzt sie wieder an.

»Oh, du kannst es ruhig glauben, meine Liebe, es ist nämlich wahr«, entgegne ich und nehme noch einen Schluck. Dann lasse ich meinen schweren Kopf auf ihre Schulter sinken und sehe zu, wie Sally und Richard sich küssen.

»Findest du, dass sie gut zusammen aussehen?«

Fragend sieht Sash mich an.

»Nein, ich meine es ernst. Wenn du nicht wüsstest, dass Richard – na ja, eben Richard ist und Sally meine Schwester. Stell dir vor, du hättest sie noch nie gesehen und würdest sie jetzt einfach beobachten … Würdest du finden, dass sie ein schönes Paar abgeben?«

»Na ja, im Gegensatz zu dir ist sie kleiner als er, was von Vorteil ist, zumindest für ihn …«, erklärt Sash nach reiflicher Überlegung.

»Nein! Doch, ja, du hast Recht, aber das meinte ich nicht. Ich meine, findest du, dass sie glücklich aussehen? Was würdest du aus der Körpersprache schließen? Weißt du, worauf ich hinauswill?«

»Ich glaube schon.«

»Soll das heißen, dass du weißt, was ich meine, oder dass du findest, dass sie glücklich aussehen?«

»Na ja, äh, beides, vermutlich.« Sash zuckt die Achseln.

»Gut.«

Wir schweigen einen Moment und beobachten, wie Richard sich vorbeugt und Sally etwas ins Ohr flüstert.

»Könntest du doch nur zur Hochzeit kommen, Sash, und mir die Hand halten.«

»Ich *war* eingeladen.«

»Bis zum Brautwechsel, ja.«

»Vielleicht können wir Sal überreden, mich wieder auf die Gästeliste zu setzen.«

»Da gibt es kein Vielleicht. Sally wollte niemanden von der ursprünglichen Liste brüskieren, indem sie jemanden auslädt, aber leider ist es nicht ihre Entscheidung. Mutter hat sich zur Zensorin ernannt. Sie hat alle meine Freunde in dem Moment abgeschossen, als die Hochzeit nicht mehr meine war, sondern Sallys wurde.«

»Ich weiß ja, dass jüngere Geschwister häufig Sachen auftragen müssen, aber das hier erscheint mir übertrieben«, scherzt Sash. »Warum verziehen wir uns nicht an die Bar? Der Schampus hier ist ja ganz nett, aber er zieht nicht richtig rein.«

Wir umrunden die Tanzfläche, lassen die Mixtur aus Junggesellen und Junggesellinnen hinter uns und ergattern zwei Barhocker am hinteren Ende des langen Eichentresens. Sash gelingt es, die Aufmerksamkeit des Barmanns auf sich zu ziehen.

»Noch einen Wodka?«

»Definitiv.«

»Einen doppelten?«

»Macht etwas anderes im Moment Sinn?«

»O ja«, Sash grinst, »gleich aus der Flasche zu trinken.«

»Ich glaube, so verzweifelt bin ich noch nicht.«

»Freut mich zu hören.« Sie reicht mir mein Glas. »Aber etwas genervt bist du schon, oder?«

»Ja, schon, ich bin es leid. Ich habe Richard verlassen, weil er aus meinem Leben verschwinden sollte. Jetzt ist er immer noch da. Und zwar dauerhaft. Ich werde immer noch mit ihm verwandt sein.«

»Ich weiß, aber bestimmt ist ein Schwager besser zu ertragen als ein Ehemann, oder?«

»Was mich betrifft schon, aber was ist mit Sal? Ich weiß, dass ich das Richtige für mich getan habe, indem ich die Hochzeit abgeblasen habe, aber ich fürchte, dass Sally nicht das Richtige für sich tut.«

»Kann sein, aber du musst sie ihre eigenen Entscheidungen treffen lassen.«

»Du hast ja Recht.«

»Ich habe immer Recht«, scherzt Sash. »Aber genug davon. Wir hatten doch ausgemacht, dass wir heute Abend einen draufmachen.«

»Haben wir doch, oder?« Ich lächele.

»Schon. Aber was willst du jetzt? Trinken, Abtanzen oder gar einen netten kleinen Flirt mit einem coolen Typen?«

»Und wo sollen wir so einen herkriegen?«

»Mein Gott, Fliss, wir sind hier in einem Nachtclub. Das ist ja, als würde man in einem Süßwarenladen fragen, ›Haben Sie keine Schokolade?‹. Wir sind von Männern umgeben.« Sie macht eine ausladende Handbewegung. Plötzlich verharrt die Hand in der Luft, und sie späht über meine Schulter. »Da ist sogar ein echt knackiger Typ, der in genau diesem Moment direkt auf dich zukommt!«

Ich folge Sashs Blick und entdecke einen gut aussehenden Mann mit kurzem braunen Haar und lachenden blaugrünen Augen, der sich mir nähert.

Alex Christian.

Ich habe ihn vorhin schon flüchtig von weitem gesehen, als Richard in den Club kam. Um ehrlich zu sein, war ich jedoch mehr damit beschäftigt, seine Frau zu beobachten als sonst etwas.

»Hallo, Fliss. Wie geht's?«

Seine Begrüßung ist wie üblich locker und freundlich, doch plötzlich bin ich nervös und bringe nur ein piepsiges Hallo zustande.

»Ich wollte gerade sagen, wie überrascht ich bin, dich hier zu treffen, aber das bin ich gar nicht.«

»Ich weiß«, zwitschere ich und hüstele in der Hoffnung, meine Stimme wieder auf ihre normale Tonlage zu drücken. »Wo ein Tresen ist...«

»Das meinte ich damit nicht, wie du genau weißt.« Er lächelt gutmütig. Er hat sich mir zugewandt, sodass zwar ich Sashs Gesicht sehen kann, er jedoch den Kopf nach rechts drehen müsste.

Sie nutzt diesen toten Winkel, spitzt die Lippen und formt ein »Wow!«, während ihre Klauen in Richtung seines überaus appetitlichen Hinterns wandern, als wolle sie zupacken und ihn betasten wie eine Melone, deren Reife man prüfen will.

Ich werfe ihr einen drohenden Blick zu und stelle ihn meiner geifernden Freundin vor.

»Alex, das ist meine Freundin Sasha.«

Als er sich umdreht, um sie zu begrüßen, unterdrückt sie hastig das lüsterne Grinsen, setzt eine unschuldige Miene auf und streckt ihm die Hand entgegen.

»Sash, das ist Alex.«

Sie ergreift seine Hand und lächelt verführerisch.

»Alex Christian, Katherine Christians Mann«, füge ich hinzu.

Sashas tadellos gezupfte Brauen schießen in die Höhe.

»Nein?«, haucht sie und wirft mir einen bedeutungsschwangeren Blick zu. »Wie *nett*, dich kennen zu lernen.«

»Ganz meinerseits.«

Sash und ich haben Kat Christian mit einer Mischung aus Heiterkeit und Bestürzung beobachtet. Sie scheint Richard überall hin zu folgen, wie ein kleiner Schleppkahn, der hinter einem einlaufenden Luxusliner auf den Wellen tanzt und eifrig darauf bedacht ist, ihn genau in die gewünschte Richtung zu treiben.

Und ich dachte, meine Mutter sei schlimm.

Sash war ganz versessen darauf, den Ehemann dieser besagten Dame kennen zu lernen. Doch als ich ihr in der Erwartung, sie noch immer völlig hingerissen von Alex zu sehen, einen Blick zuwerfe, stelle ich fest, dass sie mit weit aufgerissenen Augen auf die Tanzfläche starrt. Ich folge ihrem Blick, der auf Richard gerichtet ist. Er wiegt sich zu einer romantischen Ballade, doch die Frau, um die er seine kurzen Arme geschlungen hat, ist eindeutig nicht meine Schwester.

Es ist Kat Christian.

Also tanzt er mit einer alten Freundin? Großartig. Zumindest wäre es nichts Besonderes, wenn ihre Locken nicht an seiner Schulter und ihre Hände unter seinem Hemd und unter dem Gürtel seiner Hose ruhen würden. Ihre Finger sind nicht mehr zu erkennen, doch es ist leicht zu erraten, dass sie tief genug stecken, um einen Großteil seines Hinterns zu umfassen.

Man muss Richard zugute halten, dass er beunruhigt aussieht. Sein Glück, sonst hätte ich wahrscheinlich die leere Flasche Budweiser gepackt, die neben mir auf der Theke steht, und sie ihm über den Schädel gezogen. Er hängt eindeutig nicht mit derselben Intensität und Vertrautheit an Kat wie sie an ihm. Genau genommen sieht er ein bisschen steif aus. Sie wissen schon, so wie man erstarrt, wenn einem plötzlich etwas mit mehr Beinen als man selbst hat über den Arm krabbelt.

Verstohlen sehe ich mich nach Sally um. Auch ihr sind die beiden nicht entgangen, und sie beobachtet diese seltsamen Zärtlichkeiten mit einem sonderbaren Gesichtsausdruck.

Alex sieht es ebenfalls. Das übliche Lächeln ist einem ausgeprägten Stirnrunzeln gewichen, doch er unternimmt nichts, bis auch er Sally-Annes besorgte Miene bemerkt.

»Würdet ihr mich einen Moment entschuldigen?«

»Jetzt kommt's«, äußert Sash und stößt mich an, als Alex die Bar verlässt und hinüber zur Tanzfläche geht. Ich beobachte, wie er sich zu Sal durchschlängelt. Nach einigen kurzen Worten führt er sie auf die Tanzfläche. Ich sehe, wie er ihr etwas ins Ohr flüstert, das sie zum Lachen bringt. Er tanzt mit ihr zum nächsten Song, und das Lächeln, das verschwunden war, als seine Frau Richard auf die Tanzfläche gezerrt hat, wird mit jedem Augenblick breiter. Seine Lippen bewegen sich unablässig, während er und Sally sich zur Musik bewegen.

Als dann das nächste Stück beginnt, bewegt er sich in Kats und Richards Richtung und arrangiert flink einen Partnerwechsel, sodass die richtigen Paare wieder zusammen sind.

Sehr geschickt eingefädelt.

Sash klatscht angesichts dieses Schachzugs anerkennend in die Hände. Glücklicherweise ist die Musik so laut, dass niemand von Bedeutung es hört. Nur der Barmann blickt verwirrt drein. Ich bin genauso beeindruckt, frage mich aber, ob Alex das für sich oder für Sal getan hat. Beides wahrscheinlich.

Richard hat nicht wirklich etwas getan, was einen Eifersuchtsanfall rechtfertigen würde, und Alex hat erst etwas unternommen, als er Sallys unglückliches Gesicht bemerkte. Trotzdem dürfte es nicht gerade erfreulich sein, seine eigene Frau einem anderen Kerl nachlaufen zu sehen.

Zu meiner Überraschung bleibt er mit Kat jedoch nicht auf der Tanzfläche, sondern begleitet sie sofort zurück zu der Gruppe, die trinkend in einer Ecke herumlungert, schiebt sie auf einen freien Stuhl und lässt sie trotz des reichlich vorhandenen Champagners dort sitzen, um zu Sash und mir an die Bar zurückzukehren.

»Darf ich mich zu euch gesellen?«, fragt er mit schiefem Grinsen.

»Aber natürlich.« Sash grinst, leckt sich die Lippen und zwinkert mir verstohlen zu.

»Einen großen Brandy, bitte.« Er winkt mit einer Zwanzigpfundnote nach dem Barkeeper. »Seid ihr bereit für einen weiteren?«

»Mann oder Drink?«, flüstert Sash mir zu.

»Jetzt sag nicht, du willst beide. Armer alter Niall!«

»Von wegen armer alter Niall!«, zischt sie.

»Danke, aber das übernehmen wir.« Ich grinse den Barmann an. »Noch zwei doppelte Wodkas, ja?« Ich wende mich wieder an Alex. »Ich glaube, ich schulde dir einen großen Drink für das, was du gerade getan hast.«

»Ich glaube, ich brauche einen großen Drink für die Tatsache, dass ich gerade tun musste, was ich getan habe.«

»Bei euch hängt wohl der Haussegen schief, was?« Sash grinst ihn an. Sie ist zu betrunken, um feinfühlig zu sein. Ich verpasse ihr hastig einen Rippenstoß.

»Aua, du Miststück – warum tust du mir weh?«

»Weil die gute Sash ganz schön einen in der Krone hat und ihre Klappe nicht halten kann, deshalb!«, zische ich.

Alex lacht.

»Schon gut, ich glaube kaum, dass Feingefühl das Schlagwort des Abends ist, oder?«

»Gut, wenn wir nicht feinfühlig sein müssen, darf ich dich dann etwas fragen?«

»Nur zu«, entgegnet er und sieht mich gespannt an.

»Was zum Teufel denkt sich deine Frau dabei, Richard so vor allen Leuten nachzustellen?«

Er zögert einen Moment, und ich fange schon an zu glauben, dass ich mit dieser Frage etwas zu weit gegangen bin.

»Entschuldige, das hätte ich nicht sagen sollen.«

»Nein, lass nur.« Er hebt die Hände. »Ich glaube, sie ist wie die meisten Frauen.« Alex verzieht den Mund zu einem ironischen Lächeln. »Sie will etwas immer dann, wenn sie meint, es nicht haben zu können.«

»So geht es mir mit Schokolade«, seufze ich.

»Ich finde es nicht fair, uns alle über einen Kamm zu scheren …«, mault Sash.

»Ich sagte die meisten, nicht alle.«

»Stimmt.« Sash denkt kurz nach. »Aber ich kann nicht leugnen, dass ich im Moment wohl verrückt nach Sex bin, weil ich nämlich keinen kriege. Ich würde mich mehr als glücklich schätzen, den Spieß für dich umzudrehen und dir zu helfen, deine Frau eifersüchtig zu machen.«

Sie zwinkert Alex auffällig zu, der, wie ich sehe, nicht sicher ist, ob er lachen oder lieber die Beine in die Hand nehmen soll.

»Keine Sorge«, erkläre ich ihm beruhigend, »sie meint es nicht ernst.«

»Und ob ich es ernst meine!«, fällt mir Sash entrüstet ins Wort.

»Sie hat wohl ein bisschen viel getrunken«, erwidert Alex.

»Na ja, ich hatte vielleicht ein paar …«

»Ich rede von meiner Frau, nicht von dir.«

Er beugt sich vor und küsst Sash freundschaftlich auf die Wange. »Danke für das Angebot, es ist das netteste, das ich heute Abend bekommen habe. Aber ich glaube, ich sollte Kat jetzt wohl besser nach Hause bringen.«

Er leert sein Glas und lächelt uns ein wenig grimmig zu.

»Es hat mich gefreut, dich wiederzusehen, Fliss, und dich kennen zu lernen,«, fügt er hinzu, als Sash, beflügelt von dem Kompliment und dem Wodka, sich vorbeugt und trunken einen feuchten Schmatz auf seine Wange drückt. Das Lächeln wird etwas wärmer, als ich mit der kleinen Papierserviette von meinem Drink hastig den Lippenstiftabdruck wegwische, den sie hinterlassen hat.

»Warum kann er nicht mich mit nach Hause nehmen?«, fragt Sash wehmütig, während sie gierig Alex' Rücken nachsieht. »Was für ein Mann. Wie hat diese Frau nur jemanden wie ihn in die Finger bekommen?«

»Na ja, vielleicht ist sie gar nicht so übel. Wir wissen nur, dass sie gerne flirtet, insbesondere mit Richard. Eigentlich kennen wir sie doch gar nicht, oder?«

»Stimmt«, antwortet Sash beschämt. »Nimm mich als Beispiel. Ich bin doch eigentlich nett, oder?«

»Natürlich bist du das!«, rufe ich und lege einen Arm um ihre Schultern, um sie an mich zu drücken. »Du bist die Beste.«

»Genau, und wenn dieser Alex mir sein Gesicht auch nur ein winziges bisschen mehr zugewendet hätte, hätte ich ihm meine Zunge in den Hals gesteckt.« Sie grinst frech.

»Nun, ich würde sagen, im Vergleich zu dir war Kat Christian zurückhaltend«, erwidere ich trocken.

»Komm schon, Fliss, du musst doch zugeben, dass Alex Christian echt süß ist?«

»Darüber habe ich noch nicht nachgedacht«, lüge ich.

»Klar, und ich bin noch Jungfrau.« Ungläubig zieht sie die Augenbrauen hoch.

»Stimmt«, gebe ich zu, »er ist süß, aber er ist verheiratet.«

»Glaub mir, meine Liebe, das bedeutet bei den meisten Männern gar nichts.«

»Vielleicht, aber wenn Alex so wäre, würde ich mich sowieso nicht für ihn interessieren.«

»Also denkst du nicht an einen kleinen Seitensprung? Du weißt schon, eine hemmungslose kleine Affäre?«

»Nicht wirklich.«

»Heißt das, ich kann ihn haben?«

»Nein, kannst du nicht!«, jaule ich auf.

»Aha, also willst du ihn *doch* für dich«, neckt sie.

»Darum geht es nicht, das weißt du genau. Aber die Hochzeit meiner Schwester ist in einer Woche, und ich muss einfach an die Unantastbarkeit der Ehe glauben können. Leider hilft mir niemand dabei. Vor allem du nicht, du Luder«, erwidere ich freundschaftlich. »Davon zu schwafeln, wie du einen anderen Kerl aufreißen willst.«

»Ich wusste nicht, dass Unantastbarkeit mit totaler Keuschheit gleichzusetzen ist.« Sashs unschuldiger Blick erinnert an einen Welpen, der vor der Tür hockt und verzweifelt darauf wartet, hereingelassen zu werden. »Ich bin vielleicht keine Jungfrau mehr, aber ich könnte leicht eine von diesen wiedergeborenen sein. Es heißt doch immer, dass das Jungfernhäutchen wieder wächst, wenn man es lange genug nicht anrührt. Und, o Mann, meins ist lange nicht angerührt worden. Das mit der Treue könnte ich ja hinkriegen, solange es nicht bedeutet, dass ich wie eine Nonne leben muss. Ich hätte nicht geglaubt, dass mit ehelichen Rechten eine Tasse Kakao und allabendliche Wiederholungen von Fernsehserien gemeint sind.«

Sie folgt meinem Blick hinüber zu Alex, der Kat eingesammelt hat, ihren Arm fest umklammert hält und reihum auf Wiedersehen sagt.

»Mach dir keine Sorgen wegen deiner Schwester. Die beiden haben genauso wie wir die Chance, dass alles glatt läuft.«

»Wobei sie noch ein paar weitere störende Faktoren hinzubekommen haben«, sage ich seufzend, während ich beobachte, wie Kat sich umständlich von Richard verabschiedet, bevor sie gehen.

»Nächste Woche um diese Zeit ist er ein verheirateter Mann.« Aufmunternd lächelt Sash mir zu. »Hoffen wir, dass es damit ein Ende hat.«

»Genau«, seufze ich unsicher und denke noch einmal an Alex' weise Worte über die Unberechenbarkeit der Frauen. »Entweder das, oder es ist der Anfang von noch etwas viel Schlimmerem.«

Kapitel 6

Der Tag der Hochzeit bricht strahlend an, obwohl Regen viel besser zu meiner Stimmung gepasst hätte. Ich lungere viel zu lange im Bett herum und hoffe darauf, dass ein Wunder geschieht, damit ich nicht hingehen muss oder, besser noch, damit die ganze Feier abgesagt wird.

Ob Erdbeben, Hochwasser oder Wirbelsturm … ganz egal, was passiert, Hauptsache, das Ereignis beschränkt sich auf Richards Wohnung.

Die letzten drei Wochen waren ein Albtraum erster Güte. Ich hatte angenommen, es wäre nett, Mutter zur Abwechslung einmal glücklich zu sehen. Ihr Ausdruck ewigen Elends kann ganz schön an den Nerven zerren. Doch mir war nicht bewusst, dass eine glückliche Miriam Blakeney noch unerträglicher als eine unglückliche und gequälte ist.

Für die Hochzeit hat sie einen Zahn zugelegt.

In letzter Zeit habe ich sie eindeutig zu oft zu Gesicht bekommen. Ich hatte gehofft, dass mir infolge der reichlich ungewöhnlichen Umstände die üblichen, vorhochzeitlichen Härten erspart blieben, doch Mutter war entschlossen, dass ich nichts auslasse.

Ich habe Order, um Punkt zehn Uhr zu Hause zu sein, um die Ankunft der Brautjungfern, der Blumen und der Unmengen an Alkohol zu überwachen, der ausreichen würde, um die *Titanic* zu fluten. Vermutlich hätte es noch schlimmer kommen können: Sally-Anne hatte mich vorsichtig gefragt, ob ich nicht als Brautjungfer fungieren wolle, doch glücklicherweise hat sie die Idee nicht weiter verfolgt.

Schließlich quäle ich mich aus dem Bett und schaffe es, eine Stunde zu spät zu Hause einzutrudeln. Glücklicherweise ist Mutter viel zu aufgekratzt, um es zu bemerken. Sally-Anne hat sechs Brautjungfern – einer der Gründe, weshalb es sie nicht allzu hart getroffen hat, dass ich mich ihnen nicht anschließen wollte.

Der bunte Haufen besteht aus zwei Freundinnen, zwei Cousinen und zwei von Richards Nichten, alle zwischen sechs und sechsundzwanzig alt. Die Sechsjährige ist die Einzige, die normal mit mir umgeht.

Alle anderen wissen nicht, was sie sagen sollen.

Natürlich grassieren Gerüchte, die von unglaublich bis lächerlich reichen und von denen das lustigste besagt, Richard gehöre einer Sekte an, die mehr als eine Frau zulässt, weswegen er uns nun beide heiraten wolle. Das günstigste ist, er habe mich wegen Sally-Anne verlassen, womit ich mich noch arrangieren kann – ganz im Gegensatz zu dem unterschwelligen Mitleid, den Blicken und dem Getuschel, wenn sie glauben, ich würde nicht hinhören.

Das Haus ist voller Verwandter, die ich seit mindestens zehn Jahren nicht mehr gesehen habe und die ich am liebsten für zehn weitere Jahre nicht sehen möchte.

Oben in Sallys Zimmer herrscht hektische Betriebsamkeit. Mutter streitet mit der Friseurin, die tapfer versucht, acht Damen innerhalb von zwei Stunden Hochsteckfrisuren zu verpassen, Lockenwickler einzudrehen und sie zu frisieren. Die jüngeren Brautjungfern werden von der Kosmetikerin beschimpft, weil sie ihre Lippenstifte haben mitgehen lassen. Mutter schwirrt durch das Zimmer und mischt sich überall ein – wie ein aufgekratzter Wellensittich, der nach langem endlich wieder den Käfig verlassen darf.

Sally, in einen hübschen, geblümten Morgenrock aus Seide gehüllt, sitzt mit aufgedrehten Haaren vor ihrem Schminktisch und lächelt glücklich. In all dem Chaos ist sie der ruhende Pol.

Ich flüchte mich in die relative Ruhe der Küche, wo ich eine halbe Stunde lang tapfer Brote für fünfzig Leute schmiere. Irgendwie fühle ich mich besser, wenn ich ein großes Fleischmesser schwingen kann. Mit Begeisterung säbele ich mich durch vierzehn Brotlaibe. Ein wunderbarer Weg, um Stress abzubauen.

Als Dads schrullige Schwester, Tante Vera, die Küche betritt, kommt es zu einem besonders peinlichen Zwischenfall. Anscheinend hat sie keine geänderte Einladung erhalten, denn sie will mir lauthals gratulieren und mir umständlich ihr Hochzeitsgeschenk überreichen.

Dad, dem Guten, gelingt es, sie unauffällig beiseite zu nehmen und ihr die Wendung der Ereignisse mitzuteilen. Nicht im Mindesten verlegen, kehrt sie zu mir zurück und erklärt mit ihrer lauten Stimme: »Drew hat gesagt, du heiratest diesen Kerl gar nicht. Freut mich zu hören, mochte ihn sowieso nicht. Verstehe wer will, warum Sally-Anne einspringen muss, nachdem du zu dir gekommen bist und Reißaus genommen hast. Aber du hattest schon immer mehr Verstand als sie.«

Wieder hält sie mir das Geschenk hin.

»Das hier hab ich speziell für dich gekauft, also sollst du es auch haben. Sally-Anne macht es sicher nichts aus, sie kriegt ja genug andere. Außerdem bist du jetzt jung, frei und wieder allein, also brauchst du es mehr als sie.«

Ich werde knallrot und öffne die edel verpackte Schachtel, in der ein hinreißend schönes und teures Spitzendessous von Janet Reger liegt.

»Such dir 'nen Mann, der es zu würdigen weiß.« Sie zwinkert mir mit einem ihrer blau geschminkten Augen zu.

»Viel lieber wäre mir ein Mann, der mich würdigt«, sage ich wehmütig.

Sie denkt eine Weile über diese Worte nach.

»Unmöglich. Alle Männer sind Schweine«, kichert sie und zerrt meinen Vater in den Garten, wo sie ihn am anderen Ende des dreißig Meter langen Rasens beschimpft.

»Also wirklich, du solltest den Rittersporn stutzen, Drew, der läuft ja schon Amok...«

Genau wie die Brautjungfern oben.

Die Kinder, die es langweilt, in Unterwäsche und Reifrock auf den richtigen Moment zu warten, um in ihre rosa Rüschenkleider zu schlüpfen, fallen wie eine Schar hungriger junger Geier über die Küche her und fangen an, Hackfleisch aus meinen Platten voller belegter Brote zu machen, die ich aufeinandergetürmt habe.

Sie beobachten mich in meiner blau gestreiften Schürze, die ich über meinem Hosenanzug von Ungaro trage, einer Extravaganz, die ironischerweise als Outfit für die Hochzeitsreise gedacht war – ein tuschelndes Häufchen, das in gewisser Weise nervenaufreibender als so mancher Erwachsene ist.

Die elfjährige Lucy, die älteste Tochter meiner Cousine, wird zur Sprecherin erkoren.

»Tante Fliss?«, sagt sie, den Mund voller Schinkenbrot.

Ich lasse von dem Kuchen ab, den ich gerade schneide. Sie gesellt sich zu mir und nutzt die Gelegenheit, dass ich einen Moment lang abgelenkt bin, um sich ein großes Stück Schokoladentorte in den Mund zu schieben, zum Schinken.

»Stimmt es …« Es fällt ihr schwer, mit so vollem Mund zu sprechen.

»Stimmt was?« Ich versuche, freundlich und unbeteiligt zu klingen.

»… dass du eigentlich Onkel Richard heiraten solltest?«

»Äh … ja, so war das eigentlich geplant.«

»Und warum heiratet dann Tante Sally ihn?«

Eine gute Frage, aber wie lautet die passende Antwort für eine Elfjährige?

»Ähm, weil ich nicht wollte«, schlage ich vor.

»Meine Mummy zwingt mich ständig, Sachen zu machen, die ich nicht will«, antwortet sie. »Zu baden, wenn Disney im Fernsehen läuft, oder Leber zu essen. Ich hasse Leber, aber ich kann sie nicht Emma geben«, sie deutet auf ihre jüngere Schwester, »weil die auch keine mag.«

»Na ja, es war nicht gerade so, dass ich Richard Sally-Anne gegeben habe, weil ich ihn nicht mag…«, setze ich an, werde aber durch das Auftauchen von Glenys gerettet, Mutters so genannter bester Freundin. Sie ist eingefleischte Junggesellin, Vorsitzende des Kirchenrats, Stadträtin für die Torys, Leiterin der örtlichen Landfrauengruppe und ein totaler Snob. Sie stammt noch aus der Ära der Maharadschas und Memsahibs. Ihr Vater hat als Oberst in den Kolonien gedient, und sie führt ihr Leben noch immer mit militärischer Strenge, wofür ich ihr ausgesprochen dankbar bin, als sie die jüngsten Nachzügler mit einem metaphorischen Peitschenknallen anpflaumt und sie zum Einkleiden scheucht.

Weitere gute Freunde treffen ein. Ich beschäftige mich, indem ich Getränke und Häppchen herumreiche und versuche, erfreut über das Wiedersehen zu wirken.

Meine Brote fangen an, sich in der Hitze des Tages an den Rändern aufzurollen, und ich fühle mich, als ginge es mir ähnlich. Das aufgesetzte strahlende Lächeln, das ich den ganzen Morgen zur Schau getragen habe, beginnt zu entgleiten, und wenn mich noch irgendjemand am Arm berührt und mitfühlend lächelt, kann ich mich bestimmt nicht mehr beherrschen und schlage zu.

Endlich kommen die Brautjungfern herunter. Alle sind angezogen, frisiert und geschminkt, zumindest diejenigen, denen es erlaubt ist. Sie lachen und schnattern wie eine Schar grellrosa Papageien.

Dad, der in seinem grauen Cutaway mit grauer Seidenkrawatte und grauem, traurigem Gesicht zwar gut, aber eher wie ein Trauergast aussieht, taucht an meiner Seite auf.

Er drückt mich an sich.

»Du bist großartig, Fliss. Wie du das durchgestanden hast. Ich bin wirklich stolz auf dich.«

»Das Schlimmste kommt noch«, murmele ich düster.

Ich ziehe es vor, allein zur Kirche zu fahren. So kann ich sie unbemerkt betreten und mich davonstehlen, falls es mir zu viel wird. Ich dränge mich durch die Massen, die darauf warten, den langen schwarzen Autokorso zu begrüßen, in dem die eigentliche Hochzeitsgesellschaft anrückt. Ich stehle mich so unauffällig wie möglich nach drinnen, übersehe einen der frenetisch winkenden Platzanweiser und gleite in eine der hinteren Bänke hinter einen strategisch günstigen Pfeiler.

Ich habe bewusst einen lampenschirmartigen Hut gewählt, um mein Gesicht zu verbergen. Wenn ich damit durchgekommen wäre, hätte ich auch einen Schleier getragen, nicht aus dem fälschlichen Verlangen heraus, wie die Braut auszusehen, sondern um unerkannt zu bleiben.

Üppige Gestecke aus weißen und rosa Nelken, weißen Rosen, rosa Rosen und schneeartigem Gipskraut flankieren den Altar. Kleinere Sträußchen verbreiten am Ende jeder Sitzreihe ihren süßen Duft, während sich Girlanden aus dunklem Efeu um jeden Pfeiler winden wie Schlangen, die zur gewölbten Decke klettern.

Richard taucht mit seinem Trauzeugen James, einem echt netten Kerl, und Pfarrer Parsifal aus der Sakristei auf. Sein Anblick überrascht mich beinahe. Wahrscheinlich habe ich bis zu diesem Augenblick immer noch geglaubt, das Ganze sei nur eine Masche, um mir eins auszuwischen, doch da steht er in seinem grauen Cutaway und sieht ganz wie ein aufgeregter Bräutigam aus.

Und er sieht gut aus. Anzüge stehen ihm und lassen ihn größer erscheinen. Er würde es nie zugeben, aber es ist bekannt, dass er Schuhe mit Absätzen trägt. Um seine »Absatzchancen« zu steigern, könnte man sagen. Das Revival der Siebzigerjahre in letzter Zeit war das Größte für ihn. Er hat nur darauf gewartet, dass Plateauschuhe wieder in Mode kommen. Er sieht sich pausenlos um. Er scheint nervös zu sein. Vielleicht hat er Angst, Sally-Anne könne Vernunft angenommen haben und ihn versetzen.

Mutter kommt mit Tante Vera und Glenys hereingerauscht. Sie trägt eine grässliche rosa Kreation und einen breitkrempigen Hut, der mit Blumen geschmückt ist, die zu denen in der Kirche und in Sallys Brautstrauß passen. Glücklicherweise bemerkt sie mich nicht. Sie ist zu sehr damit beschäftigt, Freunden und Verwandten huldvoll zuzunicken, die bereits in die kleine Kirche strömen, als sie den Mittelgang entlang in Richtung der ersten Sitzreihe marschiert. Sie winkt anmutig nach beiden Seiten wie die Queen in ihrer königlichen Kalesche. Die wenigen Leute, die mich bemerken, wissen nicht, wie sie sich verhalten sollen. Einige lächeln nervös und mitfühlend; andere wenden hastig den Blick ab und tun so, als hätten sie mich nicht gesehen.

Keiner wagt es, sich in meine Bank zu setzen. Ist das ein Hinweis darauf, wie der Rest des Tages verlaufen wird? Mich zu behandeln, als hätte ich eine Furcht erregende, ansteckende Krankheit? Leider sieht es ganz danach aus, obwohl auch ein paar Leute dabei sind, neben denen ich sowieso nicht gern gesessen hätte.

Ollie Barton-Davis, Richards widerlicher, aalglatter Kanzleichef, kommt herein.

Bei mir heißt er nur Ollie, die Krake. Er ist klein und gedrungen, doch man könnte meinen, seine Arme seien zwei bis drei Meter lang, wenn man sieht, wo er mit den Händen überall hinkommt. Seit wir uns das erste Mal begegnet sind, lässt er keine Gelegenheit aus, mich zu belästigen; alberne Bemerkungen und sexuelle Anspielungen, die stets von einem Lachen begleitet sind. Der Anschein, als sei alles nur ein Scherz, schützt ihn vor einer Abfuhr oder einer Anzeige wegen sexueller Belästigung.

Eine Sekunde lang denke ich entsetzt, er könnte sich neben mich setzen, doch dann wird er von einem Platzanweiser angesprochen und auf Richards Seite der Kirche platziert.

Das Klappern hoher Absätze auf dem Steinfußboden verkündet die Ankunft von Kat – Raubkatze, Ex-Verlobte und wandelnder Kleiderständer. Also hat sie beschlossen, doch zu kommen.

Wahrscheinlich platzt sie fast vor Neugier, wie alle anderen auch. In ihrem exklusiven Chanel-Kostüm in gebrochenem Weiß sieht sie entschieden chic, doch eindeutig nach Braut aus. Fehlt nur noch der Blumenstrauß, und sie könnte anstelle meiner Schwester durch den Mittelgang schreiten.

Sie und Alex quetschen sich in die Reihe gegenüber von meiner Bank auf Richards Seite der Kirche. Alex sieht herüber, neigt den Kopf, als müsse er unter meinen Hut blicken, und deutet ein »Hallo« an. Kat, die angestrengt in den Gang geblickt hat wie der Ausguck auf der Titanic, der nach Eisbergen Ausschau hält, sieht ebenfalls zu mir. Sie erkennt mich nicht. Ich kann sehen, dass sie Alex fragt, wer ich bin. Bei seiner Antwort blickt sie mit plötzlich erwachtem Interesse zu mir und lächelt. Kein besonders nettes Lächeln.

Der Chor schreitet gemessenen Schritts zu den lieblichen Klängen von »Jesu, Joy of Man's Desiring« den Mittelgang entlang, das allerdings nicht von der Frau des Pfarrers gespielt wird, deren Begabung als Organistin eher begrenzt ist, sondern von dem kürzlich installierten Tonband kommt. In makellose weiße Gewänder gehüllt, die Gesichter geschrubbt und engelsgleich, lassen sie sich der Reihe nach auf den vorgesehenen Bänken nieder. Einer der Chorknaben zerstört das engelsgleiche Bild jedoch sofort, indem er einen Gameboy unter dem Gewand hervorzieht.

Zwei Minuten später bricht das Gesäusel vom Band ab, und die Orgel erdröhnt seufzend, als Alice Parsifal auf ein Zeichen eines der Platzanweiser an der Tür hin in die Tasten haut und den »Hochzeitsmarsch« anstimmt.

Ein Raunen ist zu hören, als Sally die Kirche betritt und an Dads Arm den Gang entlang schwebt. Sie sieht wirklich schön aus, geradezu ätherisch. Während ich in diesem Kleid einer viel zu süßen Torte geglichen habe, sieht sie wie eine Märchenprinzessin aus.

Richard dreht sich um, um sie in Empfang zu nehmen. Ich verrenke mir den Hals, um sein Gesicht zu sehen. Ist er stolz? Das sollte er. Ich schicke ein Stoßgebet gen Himmel, er möge sie wirklich und wahrhaftig lieben.

Dad übergibt seine jüngere Tochter an ihren zukünftigen Ehemann.

»Liebe Gemeinde …«, setzt Pfarrer Parsifal an. In seiner weiten, schwarzen Soutane mit dem weißen Kragen sieht er wie eine Elster aus, als er langsam und klar zu sprechen beginnt und seine Stimme im Kirchenraum widerhallt.

Sallys Stimme ist kaum mehr als ein Flüstern, sodass ich die Ohren spitzen muss, um sie zu hören.

»Vor den hier Versammelten erkläre ich, dass ich, Sally-Anne Louise Blakeney, dich, Richard Edward Trevelyan …«

Richards Stimme klingt klar und selbstbewusst. Er entzieht sich meinem Blick, teilweise durch den Pfeiler, teilweise durch ein üppiges Gesteck, das kaum von Mutters Hut zu unterscheiden ist. Das kommt mir sehr gelegen.

»… Einwände hat, der spreche jetzt oder schweige für immer.«

Irre ich mich, oder richten sich bei diesen Worten aller Augen auf mich? Ich sage mir, dass ich mir das nur einbilde. Der Augenblick geht vorüber.

James, dieser Clown, tut so, als habe er die Ringe verloren. Schön wär's. Wie ein Zauberer holt er sie aus seinem seidenen Taschentuch. Reihum ertönt Gelächter, das sich an der gewölbten Decke bricht.

Die Ringe werden getauscht.

Die Zeremonie ist beendet.

Richard und Sally-Anne sind verheiratet.

Ich frage mich, wie ich mich fühle. Beschissen, lautet die Antwort.

Mutter betupft sich mit einem kleinen Spitzentaschentuch die Augen. Ich werfe einen Seitenblick auf Kat. Sie beißt sich so fest auf die Unterlippe, dass sie schon ganz weiß und blutleer ist. Dad schnäuzt sich in ein überdimensionales Taschentuch. Ich denke, es ist Zeit zu gehen.

Ich ziehe den Kopf vor dem Beschuss mit rosa Konfetti und weißem Reis ein und will gerade über den Kiesweg zum Parkplatz flüchten, als mich Erica abfängt, Sals beste Freundin und erste Brautjungfer. Sie war Schulsprecherin an der Schule, auf die wir beide gingen, ist schrecklich nett und fröhlich und kommandiert einen immer furchtbar herum. Sie hilft James, der seinen Pflichten als Trauzeuge nachkommt und die Gäste für das Hochzeitsfoto aufstellt. Vermutlich hegt sie insgeheim die Hoffnung, die Tradition fortführen zu können, der zufolge Trauzeuge und erste Brautjungfer zueinander finden. Bei jeder sich bietenden Gelegenheit grinst sie ihn mit Zahnpastalächeln an.

»Bitte lächeln«, verkündet sie strahlend. »Zuerst die Familienfotos. Fliss, du stellst dich hier hin. James, du kommst hier her und wartest mit mir, bis sie uns brauchen.«

Mist. Stammelnd suche ich nach einer Ausrede.

»Äh, also, ich sollte wohl lieber nachsehen, ob alles für den Empfang vorbereitet ist oder ob nicht in letzter Minute eine Katastrophe ...«

»Unsinn! Dafür haben wir doch die Catering-Firma bezahlt«, widerspricht sie und strahlt mich ihrer Meinung nach beruhigend an. »Das ist eine erstklassige Firma, Fliss, ich bin sicher, dass sie wunderbar zurechtkommen.« Ich weiß, dass sie erstklassig ist, will ich ihr ins Gesicht spucken, schließlich habe ich sie ausgesucht. Bitte, bitte, lasst mich hier raus! Stattdessen gebe ich nach und lasse mich zu der Stelle führen, wo der verfluchte Fotograf versucht, Sally und Richard abzulichten.

»Und *Cheese*!«, wiederholt er bei jedem Schuss mit penetranter Stimme, als wir uns zu dem glücklichen Brautpaar gesellt haben.

Es fällt mir unglaublich schwer zu lächeln. Jedes Mal, wenn er sein *Cheese* von sich gibt, ringe ich mir eine Grimasse ab. Hoffentlich sieht man auf den Bildern nichts außer meinem Hut und meinem Kinn.

Kapitel 7

Adesley Hall ist ein langgestrecktes, honigfarbenes Gebäude im Whystone Valley, das an eine schlafende Katze in der Sonne erinnert. Als sich der Autokorso die lange, von Bäumen gesäumte Auffahrt entlang schlängelt, öffnet die Katze ein Auge, räkelt sich und erwacht zum Leben. Aus dem Inneren dringen hektische Geräusche. Die Feier kann beginnen.

Ich habe Adesley Hall ausgewählt, weil es so romantisch ist. Bei seinem Anblick hat man sofort Visionen von Helden, die sich an den mit Wein bewachsenen, bröckelnden Mauern emporhangeln, um eine holde Maid zu retten, die in einem der zwei Türme gefangen gehalten wird, welche den säulenbestandenen Haupteingang flankieren. Welche Ironie, dass die Romantik, nach der ich mich einst sehnte, mich nun insgeheim zu verhöhnen scheint.

Es gab keinen Grund für Sally-Anne, die Örtlichkeit zu wechseln. Tatsächlich hätte sie so kurzfristig nichts Vergleichbares gefunden. Also muss ich nicht nur die mitfühlenden, neugierigen, tratschenden Verwandten ertragen, sondern auch die nicht ganz so mitfühlenden, doch nicht minder neugierigen und noch mehr tratschenden Hotelangestellten.

Ich bin gefahren wie der Teufel, um vor allen anderen hier zu sein und nicht durch ein Meer von Hochzeitsgästen hereinkommen zu müssen.

Es ist ein sonderbares Gefühl, das Gebäude zu betreten.

Der große, eichengetäfelte Saal ist noch leer. Die Tische sind mit rosa und weißen Blumen geschmückt, mit rosa und weißer Tischwäsche, rosa und weißen Tischkarten mit goldener Schrift, und in den rechten oberen Ecken der Menükarten sind kleine goldene Engel abgebildet (die waren nicht meine Idee, das kann ich Ihnen versichern).

»Richard und Sally heißen Sie willkommen« steht auf der Tafel, die den Sitzplan anzeigt, der umstrittener, ausgetüftelter und komplizierter ist als die Magna Carta.

Der Raum ist ganz rosa, flauschig und kuschelig-romantisch. Meine ursprüngliche Vorstellung ist Sallys betont femininem Touch gewichen. Auch ich bin romantisch, zugegeben, aber ich stehe mehr auf das Wilde, Atemberaubende, nicht auf die kitschige Variante à la Pralinenschachtel oder Valentinsgruß, der der Saal jetzt gleicht.

Ich erschaudere.

Irgendwie erinnert er mich an Caros Esszimmer am Abend der Orgie – er ist nicht ganz so geschmackvoll, aber auch nicht ganz so lasziv.

Der Hotelmanager, mit dem ich so manch nervenaufreibende Stunde über Sitzpläne, Speisenfolge und die Vorzüge verschiedener Weine diskutiert habe, begrüßt mich mit einem verkniffenen Lächeln, als er zum Haupteingang eilt, um die Hochzeitsgesellschaft in Empfang zu nehmen. Seine Mundwinkel zucken nervös, bevor er hastig den Blick abwendet. Zwei junge Kellnerinnen, die mit Tabletts voller Champagner neben dem Eingang warten, sehen ebenfalls zu mir herüber, wechseln einen Blick und fangen an zu kichern.

Es gelingt mir, mich der offiziellen Begrüßungsaufstellung zu entziehen, indem ich mich auf der Toilette verstecke. Ein Ritual, das meine Mutter nicht bereit war, mir zu ersparen. Sie wollte, dass ich eine halbe Stunde lang Hände schüttele, Küsschen auf Wangen drücke und nett plaudere, dass ich von fragenden Blicken, stillschweigender Bewertung und, schlimmer noch, stillschweigendem Mitleid gefoltert werde.

Doch es gelingt mir, mich lange genug zu verschanzen, um mich erst ans Ende des Begrüßungskomitees zu stehlen, als bereits die letzten Gäste das Foyer betreten. Deshalb muss ich auch nur irgendeine vertrottelte, alte Urgroßtante küssen, die mich nicht wiedererkennt, Muriel, eine Cousine zweiten Grades aus Australien, die mich sowieso immer mit Sally verwechselt hat und, Jesus Christus, die Königin der Zuspätkommer, Kat Christian.

Mein übliches Glück.

Kat scheint die Art Begrüßung perfektioniert zu haben, bei der die Lippen zu beiden Seiten des Gesichts die Luft küssen. Ich sehe, wie ihr knallrot bemalter Mund vage in Richtung von Sallys Wangen zielt, während sie bei Richard deutlich länger verweilt. Irgendwie schaffen ihre Lippen es hier, auf Fleisch zu treffen.

Wahrscheinlich wird er eine halbe Stunde und eine Flasche Scheuermilch brauchen, um die knallroten Abdrücke abzurubbeln, die sie hinterlassen hat. Ihr Lippenstift ist so dick und glänzend, dass es aussieht, als seien ihre Lippen aus Ton modelliert, bemalt, glasiert und gebrannt worden, bis sie die richtige Form hatten.

Alex, dem ihre Verspätung unangenehm zu sein scheint, absolviert vor ihr zügig einen nach dem anderen in der Reihe und begeistert meine altersschwachen Verwandten mit seiner umgänglichen Art. Vor mir bleibt er stehen.

»Nochmal Hallo.«

Sanft ergreift er meine Hand.

»Ich schüttele sie lieber nicht, da ich fürchte, dass dir der Arm abfällt, wenn auch nur noch ein Mensch das versucht.«

»Ehrlich gesagt«, gestehe ich und unterdrücke ein Lächeln, »habe ich gemogelt.«

Ich erzähle ihm, dass ich mich auf der Toilette versteckt habe, und er bricht in schallendes Gelächter aus. Das bringt mir einen vorwurfsvollen Blick von Mutter ein, weil ich die anderen aufhalte, obwohl Kat noch immer bei Richard herumlungert und ihren Mann noch nicht eingeholt hat.

Über die Schulter wirft Alex einen Blick auf seine Frau, der schwer zu deuten ist, drückt sanft meine Hand und geht weiter.

Richards Rede ist blasiert und selbstgefällig, die von Dad hingegen sehr kurz. Er sieht bemerkenswert unglücklich in seinem Cutaway aus, und die Art, wie er ständig an seiner Krawatte zerrt, lässt den Eindruck entstehen, er sei davon überzeugt, sie wolle ihn erwürgen.

Es freut mich, sagen zu können, dass Sally zufrieden strahlt.

Auch Mutter grinst fratzenhaft. Ihr Lächeln ist so breit, dass sie glatt die gesamte, girlandenverzierte Brauttafel nebst der Gäste, die daran Platz genommen haben, verschlucken könnte.

Richard hat trotz der Tatsache, dass er von Natur aus ein Bastard ist, Eltern. Sie sind geschieden, haben seit acht Jahren kein Wort gewechselt und würden einander mit dem größten Vergnügen umbringen, wie unschwer daran zu erkennen ist, dass sie es gerade mittels Blicken und seltsamer Besteckbewegungen versuchen.

Eines meiner größten Probleme mit dem Sitzplan war, wie ich sie wenigstens auf Armeslänge voneinander entfernt halten konnte. Richard behauptet, sie hätten sich in Freundschaft getrennt. Zumindest waren sie beide froh über die Trennung. Angeblich haben sie sich darüber zerstritten, wer von ihnen das Familiensilber bekommen sollte. Ich glaube ja, dass sie sich in Wahrheit gegenseitig die Schuld dafür zuschieben, ein Kind wie Richard hervorgebracht zu haben.

Ich sitze am Tisch für greise und entfernte Verwandte. Die peinliche Fliss. Sie wussten tatsächlich nicht, wo sie mich unterbringen sollten. Trotzdem bin ich erleichtert, hier zu sitzen. So bin ich bei einer Gruppe von Menschen in Deckung, die nicht wissen, wer ich genau bin. Doch die Gerüchte zirkulieren wie erwartet, weshalb ich während des ganzen Essens mit australischem Akzent gesprochen habe, was sie noch zusätzlich verwirrt hat.

Nach den Reden wird die riesige, vierstöckige Torte unter weiteren Ahs und Ohs hereingerollt. Sie ist in der Tat ein Wunder moderner Tortentechnik. Sie ist noch üppiger mit Blumen geschmückt als die Kirche und sieht so zart und fragil aus, dass man glauben konnte, sie würde in dem Augenblick einstürzen, in dem Sally und Richard sie gemeinsam beim Anschneiden berühren.

Richard steht auf und ergreift Sallys Hand. Majestätisch und glücklich lächelnd kommen sie um den Tisch herum. Sallys Augen glänzen. Sie nehmen das lange, mit rosa Schleifen geschmückte Silbermesser, wobei Richards Hand schützend über Sally-Annes liegt.

Fotoapparate blitzen erneut auf, als die Klinge sich sauber in den weißen Zuckerguss gräbt. Bewundernd blickt Sally-Anne zu Richard auf, der mit hochgezogenen Brauen zu Kat Christian hinübersieht. Das hier ist für dich, scheint er insgeheim zu spotten.

Als das Büfett hinausgerollt und die Discoanlage aufgebaut ist und die Gäste beginnen, sich zu vermischen, ziehe ich mich auf einen Stuhl in einer schwach beleuchteten Ecke zurück. Ich fühle mich wie jemand, der für einen wohltätigen Zweck mit der Spendenbüchse klappert. Die Leute gehen mir offensichtlich bewusst aus dem Weg. In solchen Momenten findet man schnell heraus, wer die wirklichen Freunde sind. Die Mehrzahl meiner Freunde wurde von der Gästeliste gestrichen, wenigstens einen davon hätten sie mir als moralische Stütze lassen können. Ich muss an Caroline denken. Sie hätten meine Trauzeugin sein sollen.

Vielleicht sollte ich noch etwas trinken.

»Es muss ja total seltsam sein, so als Gast auf seiner eigenen Hochzeit.«

Überrascht sehe ich auf, als mir eine Wolke Poison in die Nase steigt. Neben mir steht Katherine Christian.

»Es tut mir Leid, aber …«

»Tut es das?«, entgegnet sie zweifelnd.

Sie zittert wie die gespannte Saite eines Bogens kurz vor dem Abschuss des Pfeils. Warum nur habe ich das Gefühl, ich sei ihre Zielscheibe? Sie schnappt sich ein Glas Champagner von einem vorbeikommenden Kellner und setzt sich unaufgefordert zu mir.

»Schönes Kleid«, sagt sie ohne Überzeugung und sieht zu Sally-Anne hinüber.

»Wenn man so was mag«, murmele ich ausweichend.

Sie dreht sich zu mir um. Ihre blauen Augen glitzern dreist.

»Ich muss schon sagen, es ist sehr tapfer von dir, hier zu sein. Es war sicher schrecklich für dich, als Richard dich fallen ließ. Du musst ein sehr versöhnlicher Mensch sein. Versteh das bitte nicht falsch, meine Liebe, aber ich war nicht überrascht, als ich hörte, dass er die ganze Sache abgeblasen hat. In dem Moment, als ich dich sah, wusste ich, dass du ihn nicht würdest halten können. Ich glaube, ich kenne Ricky besser als jede andere Frau, und ich habe sofort erkannt, dass du nicht die Richtige bist. ›Dieses Pärchen‹, habe ich zu Alex gesagt – du erinnerst dich doch an meinen Mann Alex, nicht wahr? – ›Dieses Pärchen‹, habe ich gesagt, ›ist nicht glücklich‹.«

Was erlaubt sich diese Frau! Ich schwanke, ob ich ihr eine ebenso unverschämte Antwort geben oder mich um Toleranz bemühen soll, ehe ich mich zu Letzterem durchringen kann.

»Mit einem hast du Recht, wir waren nicht glücklich zusammen. Aber Richard hat mich nicht wegen Sally-Anne verlassen, sondern ich habe beschlossen, dass ich ihn einfach nicht heiraten kann. Die Beziehung zu Sally hat sich nach unserer Trennung entwickelt.«

Ungläubig sieht Kat mich an. Es fällt ihr sichtlich schwer zu glauben, das meine Wenigkeit jemals beschließen könnte, den glamourösen, wunderbaren Richard nicht haben zu wollen. Als wolle sie dies noch betonen, blickt sie zu ihm hinüber und seufzt. Eine Gruppe Frauen scharwenzelt um ihn herum, natürlich unter der Regie meiner Mutter.

»Er hat solch eine Ausstrahlung. Sieh doch nur, sie umkreisen ihn wie Motten das Licht.«

»Eher wie Fliegen einen Haufen Scheiße«, platze ich heraus. Hoppla, Fliss, hüte deine Zunge!

Glücklicherweise gehört Kat offensichtlich zu den Menschen, die zwar viel reden, aber selten zuhören. Sie spielt an ihrem Glas herum und fährt mit einem dick beringten Finger über den Rand, bis er anfängt zu singen.

Ich kann förmlich sehen, wie sie nachdenkt. Das langsame Rattern ihres Hirns ist so eindeutig, dass man fast glaubt, es hören zu können. Anscheinend verspürt sie das Bedürfnis, jemanden zur Schnecke zu machen, und ich bin die Auserwählte.

»Wusstest du, dass er mich heiraten wollte? Genau genommen war er ganz versessen drauf, aber ich habe ihn abgewiesen. Damals fühlte ich mich zu jung, um mich zu binden. Er war am Boden zerstört, als ich ihn verlassen habe.«

Von ihm habe ich eine ähnliche und doch völlig andere Version der Geschichte zu hören bekommen. Einer von beiden schwindelt. Fragt sich nur, wer.

»Ach ja?«, antworte ich und werfe ihr einen Blick zu, um zu sehen, wie sie reagiert. »Wie seltsam, während unserer ganzen Beziehung hat er dich nicht einmal erwähnt.«

Das stimmt, ich bin nicht boshaft – na ja, vielleicht ein kleines bisschen, da sie anscheinend über das Geschick verfügt, ständig bei mir anzuecken, aber davon abgesehen war Katherine Christian eine ausgesprochen gut verborgene Seite in Richards Leben, das ansonsten einem offenen Buch gleicht.

Ich dachte immer, Richard wäre zu egoistisch, um Geheimnisse zu haben.

Jetzt denke ich, Kat Christian ist zu egoistisch, um so einfach aus Richards Leben zu verschwinden. Ich warte noch immer auf ihre Reaktion.

Ich bekomme weit mehr, als ich wollte.

»Ich weiß, dass Richard dich nicht wegen Sally-Anne verlassen hat«, sagt sie langsam und sieht mich dabei immer noch nicht an, »weil er dich wegen mir verlassen hat.«

Sie hält inne und sieht mich schließlich doch an, da sie anscheinend mit einem dramatischen Ausbruch rechnet. In Gedanken schreie ich vor Entrüstung auf, doch es gelingt mir, mir nach außen hin nichts anmerken zu lassen.

»Es tut mir Leid, Felicity. Ich wollte es für mich behalten, aber ich denke, du hast ein Recht darauf, die Wahrheit zu erfahren. Es ist bei diesem zufälligen Treffen im Restaurant passiert. Da sind die Gefühle, die er für mich hat, wieder hochgekommen.«

Na, wenn das keine neue Wendung ist. Die Frau ist entweder total durchgeknallt oder völlig auf dem Holzweg.

»Richard hat mich wegen niemandem verlassen«, wiederhole ich langsam und hoffe, dass es diesmal ankommt, »ich habe beschlossen, dass ich ihn nicht heiraten will. *Ich* habe die Hochzeit abgesagt.«

Sie sieht mich ruhig an, ohne mit der Wimper zu zucken. Es ist ziemlich eindeutig, dass sie das Gleiche über mich denkt wie ich über sie: durchgeknallt oder auf dem Holzweg?

»Letztes Jahr, als er von meiner geplanten Heirat erfuhr, hat er mir geschrieben. Er hat mich angefleht, es nicht zu tun, sondern zu ihm zurückzukehren«, antwortet sie langsam, damit ich es auch wirklich verstehe. Erneut wartet sie auf eine Reaktion, doch ich werde ihr nicht die Genugtuung verschaffen, meine Überraschung auch nur durch ein Wimpernzucken zu verraten. Also fährt sie fort.

»Letzten Juni, um genau zu sein. Ich habe den Brief immer noch. Richtig anrührend, wirklich. Er hat mir angeboten, alles aufzugeben, um wieder mit mir zusammen zu sein…« Sie wirft mir einen Seitenblick zu, und ihre hellblauen Augen blitzen triumphierend.

Vor einem Jahr? Im Juni?

Richard hat mir im Juni den Heiratsantrag gemacht.

Kat sieht, dass sie ins Schwarze getroffen hat, und grinst zufrieden.

»Ich stand kurz davor nachzugeben. Er war so hartnäckig und

wollte mich so offensichtlich unbedingt wiederhaben. Und das Feuer zwischen uns kann natürlich nie ausgelöscht werden. Du weißt sicher, wovon ich spreche. Wenn die Liebe größer ist als man selbst …« Wieder wirft sie mir unter ihren geschwungenen, schwarzen Wimpern – die bestimmt falsch sind – einen taxierenden Blick zu. »Aber vielleicht weißt du es auch nicht … Ich stand wirklich kurz davor, alles für ihn aufzugeben, doch vierzehn Tage später sollte ich Alex heiraten, und ich gehöre nicht zu den Menschen, die vor ihren Pflichten davonlaufen.«

»Oder vor einem gut gefüllten Bankkonto«, rutscht es mir heraus.

Sie springt nicht darauf an. »Alex ist sicher ein sehr wohlhabender Mann, aber ich habe ihn nicht nur des Geldes wegen geheiratet, obwohl eine vernünftige Frau immer Wert auf finanzielle Sicherheit legt. Er hat andere Vorteile.«

So viel ist sicher.

Seine Frau mag ich ja kurzfristig in die staubige Rumpelkammer verbannt haben, die ich mein Hinterstübchen nenne, doch wenn ich ganz ehrlich zu mir selbst bin, ist Alex Christians Gesicht in letzter Zeit in einigen meiner Träume aufgetaucht.

»Letztlich bist du gut davongekommen.«

Ich merke, dass sie weiterspricht, und schalte den Traummodus aus.

»Nur für Sally-Anne tut es mir Leid.«

»Richard hat Sally geheiratet, weil er sie liebt«, fauche ich.

Wen versuche ich zu überzeugen, sie oder mich?

»Das hat er nur getan, um sich an mir zu rächen.«

»Wie seltsam«, sage ich ruhig, »eine Zeit lang dachte ich, er würde es tun, um sich an *mir* zu rächen. Ich hätte mir wirklich Sorgen gemacht, wenn es nicht so himmelschreiend eindeutig wäre, dass er verrückt nach meiner Schwester ist.«

»Er hat mich am Tag danach angerufen.«

»Wie bitte?«

»Am Tag nachdem wir uns im Restaurant begegnet sind … da

hat er mich angerufen. Nur einen Abend später sagte er, er würde die Hochzeit mit dir absagen, wenn ich zu ihm zurückkehre.«

Dieser miese, kleine Betrüger … Kein Wunder, dass er so schnell bereit war, seine Niederlage einzugestehen, als ich ihm an diesem Tag sagte, es sei alles aus. Er dachte doch tatsächlich, er könne aus unserer Beziehung direkt in die Arme von Katharina, der nicht ganz so Großen, hinüberwechseln!

»Wir hatten einen heftigen Krach. Ich mag es nicht, wenn Leute versuchen, mich zu manipulieren«, fährt sie schmollend fort. »Er hat versucht, mich unter Druck zu setzen und mich dazu zu bewegen, Alex zu verlassen. Er hat die geplante Heirat mit dir als Drohung benutzt. Um Druck zu machen. Natürlich war mir klar, dass er die Hochzeit nie durchziehen würde. Man kann wohl kaum von jemandem Lösegeld erpressen, wenn man nicht die leiseste Absicht hat, eine Geisel zu nehmen.«

Oder wenn die Geisel in der Zwischenzeit ausgebüchst ist, denke ich verärgert.

»Du hast Recht.« Ich lächele ihr zu, doch mein Lächeln ist so süß wie eine Zitrone.

»Wie bitte?«

Warte nur ab.

»Ich sagte, du hast Recht, Kat. Als er dich anrief, wusste Richard, dass er mich nicht heiraten würde. Er wusste, dass er mich nicht heiraten würde, weil ich es ihm am selben Morgen gesagt hatte.«

Sie will mir widersprechen.

»Ich habe Zeugen«, füge ich hastig hinzu.

Ihr modellierter Mund öffnet sich leicht. Ist das ein Zeichen dafür, dass ihr Gehirn anfängt zu arbeiten? Was ich gesagt habe, sickert wohl allmählich ein. Zumindest hoffe ich das, es hat schließlich lange genug gedauert, die Nachricht rüberzubringen.

»Soll das heißen, du hast wirklich mit ihm Schluss gemacht?«, fragt sie matt.

Ich nicke.

»Nicht er mit dir? Mir hat er erzählt, er hätte mit dir Schluss gemacht… um meinetwillen.«

»Ist doch logisch, oder? Dürfte für sein Ego und sein Ansehen kaum vorteilhaft sein, von jemandem wie mir verlassen zu werden. Da kam ihm das Treffen mit dir am Abend vorher nur zu gelegen. Das hat den Schlag abgeschwächt. Er dachte, er hätte jemanden, auf den er zurückgreifen könnte.«

»Zurückgreifen! Er will überhaupt nicht auf mich zurückgreifen. Ricky liebt mich nämlich… ist das klar? MICH!«

»O ja, und genau deshalb hat er auch gerade eine andere geheiratet! Nicht mal Richard ist so vertrottelt, eine Frau zu heiraten, nur um sich an einer anderen zu rächen.«

Das habe ich mir zumindest in den vergangenen Wochen immer wieder gesagt, und jetzt, da ich es laut wiederhole, klingt es ziemlich einleuchtend.

»Er hat mit drastischen Maßnahmen gedroht, falls ich ihn nicht wieder zurücknehme. Er hat dich wegen mir verlassen, und als ich ihn abblitzen ließ, hat deine Schwester schon bereit gestanden, um ihn aufzunehmen. Er hat sie nur geheiratet, um mir eins auszuwischen«, faucht Kat.

»Ach, tatsächlich? Herzlichen Dank, dass du mein Gewissen beruhigst«, erwidere ich spöttisch. »Jetzt fühle ich mich gleich viel besser. Ich habe mir entsetzliche Vorwürfe gemacht und dachte, Richard würde das Leben meiner Schwester wegen mir kaputtmachen, aber jetzt ist mir klar, dass alles deine Schuld ist.«

»Ich sage dir, er liebt *mich*, nicht deine Schwester«, zischt sie wütend.

Ihre Augen glühen, als sie den Stuhl zurückstößt. »Du wirst schon sehen, er hat sie nur geheiratet, um sich an mir zu rächen…«, wiederholt sie, während sie sich zum Gehen wendet.

»Ach ja? Ich dachte, dass man jemanden heiratet, weil man ihn liebt!«, rufe ich ihr nach. »Aber anscheinend habe ich schwer daneben gelegen, was?«

Alle drehen sich um und starren herüber. Als sie sehen, dass ich es bin, die da brüllt, wenden sie hastig den Blick ab. Natürlich, die abservierte Exverlobte, die einen Anfall kriegt. Sie wussten ja alle, dass ihre ruhige und gelassene Fassade nicht ewig halten würde.

Ich vergrabe den Kopf in den Händen.

Kat hat mich meine letzte Kraft gekostet und meine unzähligen Zweifel an Richards Absichten gegenüber Sally erneuert. Ich habe einen schlechten Tag. Ach was, ich habe ein schlechtes Jahr. Ich greife nach meinem Glas, aber es ist leer.

Typisch!

»Ich hoffe, meine Frau war nicht zu gemein?«, vernehme ich eine leise, ruhige Stimme im allgemeinen Gemurmel.

Ich sehe auf. Alex Christian blickt lächelnd zu mir herunter. Er reicht mir ein Glas Champagner und deutet auf den leeren Stuhl neben mir.

»Macht es dir etwas aus, wenn ich mich zu dir setze?«

»Bist du sicher, dass du das willst?« Unglücklich starre ich auf die Perlen, die in meinem Glas aufsteigen. Plötzlich ist mir nicht mehr nach Champagner zumute. »Anscheinend bin ich heute so etwas wie eine Aussätzige. Alle meiden mich. Sie wissen nicht, was sie zu mir sagen sollen. Es heißt, Richard hätte mich wegen Sally sitzen lassen, und allen ist es furchtbar peinlich, mit mir darüber zu sprechen. Allen außer deiner Frau, die übrigens geradezu *widerlich* war, aber ich vermute mal, das ist ihr üblicher Stil.«

»Das tut mir Leid«, sagt er peinlich berührt.

»Nein.« Ich schüttele den Kopf. »Ich sollte mich entschuldigen. Ich wollte es nicht an dir auslassen.«

»Kann ich mir vorstellen. Ich kann mir vorstellen, dass dieser Tag ziemlich übel für dich ist, stimmt's?«

Ich sehe ihn an. Er hat ein sympathisches Gesicht, dem man ansieht, was für ein guter Zuhörer er ist. Ich verspüre den seltsamen Drang, ihm alles zu erzählen. Das Problem ist nur, dass er mit Kat verheiratet ist. Wie könnte ich das also tun?

»Ich weiß über Richard und meine Frau Bescheid«, sagt er, als könne er Gedanken lesen.

Ach ja? Die Frage ist, ob er auch *alles* über Richard und seine Frau weiß.

»Kat spricht gern davon«, fährt er fort. »Über ALLES.«

Es ist geradezu unheimlich, aber er *kann* Gedanken lesen.

»Auch mir hat sie davon erzählt. Nicht gerade diskret, was?«, bemerke ich, was einer ziemlichen Indiskretion meinerseits gleichkommt.

Aber Champagner löst die Zunge. Das Kinn in die Hand gestützt, hört er mir nachdenklich zu. Er unterbricht mich nicht, und sein Blick schweift kein einziges Mal ab. Als ich schließlich stotternd ende, drückt er meine Hand.

»Du Arme.« Er lacht über meine Tragikkomödie, doch er macht sich nicht über mich lustig. Und ich spüre, dass nichts an seinem Verhalten gönnerhaft ist. »Tut mir Leid, dass sie es versucht hat. Ich will sie nicht entschuldigen, aber das alles ist sehr hart für sie.«

Wie kann er nur so verständnisvoll sein?

»Sie hat vermutlich gedacht, sie könne Richard für immer um den kleinen Finger wickeln«, fährt er fort.

»Es überrascht mich wirklich, dass du so ruhig bleiben kannst. Ich an deiner Stelle würde vor Wut platzen.«

»Warum aus einer Mücke einen Elefanten machen?« Er zuckt die Achseln. »Kat ist die Königin der Melodramatik, ihr Leben ist eine Inszenierung, in deren Mittelpunkt sie steht. Richard ist ein Akt darin. Es geht nicht um das wirkliche Leben, also lasse ich es nicht zu nahe an mich herankommen. Alles bloß *Romeo-und-Julia*-Gehabe. Glaubst du wirklich, ihre Romanze wäre auch nur annähernd so heftig, wenn sie frei wären?«

»Wenn sie wirklich so *wahnsinnig* verliebt waren«, bemerke ich spöttisch, »warum haben sie sich dann überhaupt getrennt?«

Er zuckt die Achseln. »Keine Ahnung. Beide haben mir eine andere Version der Geschichte erzählt.«

»Mir auch.«

»Ich glaube, sie können nicht miteinander leben, aber auch nicht ohne einander.«

»Also müssen sie sich trennen und stattdessen andere unglücklich machen?«, murmele ich und starre wütend zu Richard hinüber, der im Kreise seiner Freunde an der Bar Hof hält. Alex ertappt mich dabei und interpretiert wie alle anderen meine unglückliche Miene falsch.

»Du hast mir nie deine Version erzählt, Fliss. Hast du ihn geliebt?«

Oje, ich höre, wie sich eine Spur von Mitleid in seine Stimme schleicht.

»Am liebsten würde ich dem DJ das Mikrofon aus der Hand reißen und verkünden, dass ich nicht von Richard verlassen wurde und dass ich geradezu außer mir vor Freude darüber bin, dass wir nicht mehr zusammen sind. Ich mache mir nur Sorgen darüber, er könnte meine Schwester nicht wirklich lieben ... Und wenn die anderen doch nur endlich aufhören würden, Gerüchte über mich zu verbreiten!«

Er lächelt.

»Tut mir Leid. Ich habe verstanden. Aber warum bist du so sicher, dass er Sally-Anne nicht liebt?«

»Na ja, das Ganze ging doch reichlich schnell, findest du nicht? Und dann noch Kats Bemerkungen über ihre Beziehung ... Ach, das Ganze ist so verworren, und ich habe das Gefühl, alles ist meine Schuld!«

Zu meiner Überraschung beugt Alex sich herüber und drückt beruhigend meine Hand.

»Sally ist bezaubernd, und jeder halbwegs kluge Mann würde sich glücklich schätzen, jemanden zu finden, der so geduldig, verständnisvoll und hübsch wie sie ist.«

»Das stimmt«, pflichte ich ihm bei und blicke zärtlich zu meiner Schwester hinüber, die mit ihrer typischen Selbstlosigkeit mit einem ältlichen, müffelnden Verwandten tanzt, dem alle anderen aus dem Weg gehen.

»Glaubst du denn wirklich, Richard hätte Sally geheiratet, wenn er nichts für sie empfände?«

»Wenn ihm das Vorteile verschafft, ja. Richards Motive sind immer absolut selbstsüchtig. Es wäre ein spektakulärer Schachzug zu versuchen, Kat zurückzuerobern. Wenn das Einzige, was sie reizt, seine Unerreichbarkeit ist, dann ist es clever von ihm zu heiraten.«

»Bist du immer so zynisch?«

»Kannst du mir das vorwerfen, wenn es um Richard und meine Schwester geht?«

»Anscheinend willst du nicht, dass sie verletzt wird. Aber wer sagt, dass es so sein muss?«

»Gerade noch hast du mir zugestimmt, dass Kat und Richard ein übles Spiel treiben.«

»Eben, das Ganze ist ein Spiel. Richards Ergebenheit führt dazu, dass Kat sich gut fühlt. Und ihr gefällt die Vorstellung zu glauben, sie mache mich eifersüchtig, weshalb sie sich ebenfalls gut fühlt.«

»Tut sie das?«

»Tut sie was?«

»Dich eifersüchtig machen.«

Er beißt sich auf die Unterlippe und atmet hörbar aus.

»Nicht wirklich. Kat ist egoistisch und narzisstisch. Sie liebt sich selbst und will von jedem geliebt werden. Alle Männer sollen sie absolut unwiderstehlich finden. Richard ist Balsam für ihr Ego. Sie will, dass ich mich unsicher fühle, und Richard soll es genauso ergehen. Sie spürt, dass ihre Gleichgültigkeit das Einzige ist, was uns bei der Stange hält. Die Ironie bei alledem ist, dass sie selbst durch ihre Unsicherheit angetrieben wird. Jetzt, da Richard deine Schwester geheiratet hat, will sie ihn. Es ist Richards Gleichgültigkeit, die sie dazu treibt, ihn zurückzugewinnen. Kat braucht eine Beute. Sie ist wirklich wie eine Katze, die mit der Maus spielt, bis das arme Ding den Löffel abgibt, und dann plötzlich feststellt, dass es ihr den Appetit verschlagen hat.«

»Dann ist sie ein echtes Miststück«, sage ich, ohne nachzudenken. »Oh, entschuldige, dass ich deine Frau so mies mache.«

»Schon in Ordnung«, entgegnet er. Um seinen Mund spielt ein kaum merkliches Lächeln. »Sie *ist* ein Miststück.«

Versonnen lächeln wir uns an.

»Warum hast du sie geheiratet?« Plötzlich bin ich überaus neugierig. Je mehr Zeit ich mit Alex verbringe, desto besser gefällt er mir. »Wie kann ein so netter Mann wie du eine so grässliche Person wie sie heiraten?«

Er schweigt.

»Meine Güte, es tut mir aufrichtig Leid. Was für eine unverschämte Frage, wenn man bedenkt, dass wir uns erst so kurz kennen. Es ist nur … äh … es kommt mir vor, als würden wir uns schon viel länger kennen. Normalerweise würde ich so etwas nie fragen …« Ich reite mich immer tiefer in den Schlamassel.

Ich werde rot, bis ich merke, dass er mich amüsiert ansieht, fast schon nachsichtig, wie ein unartiges Kind, das er für sein freches Benehmen eigentlich schimpfen sollte, aber nicht kann, weil es gleichzeitig so unterhaltsam ist.

»Das ist eine Frage, die ich mir selber oft stelle.« Er grinst trocken. »Das war wohl eines der wenigen Dinge in meinem Leben, die ich überstürzt getan habe.«

»Jung gefreit hat lang gereut«, zitiere ich frei und blicke zu meiner Schwester hinüber.

»Beim ersten Treffen ist es immer schwierig zu sagen, ob das, was man sieht, die wahre Person ist. Jeder neigt schließlich zur Selbstdarstellung. Mir war nur nicht klar, wie anders …« Er bricht ab und sieht zu Boden. Jetzt ist es an mir, seine Hand zu drücken, die aus irgendeinem Grund immer noch in meiner ruht und sich so gut anfühlt, dass ich ihre Anwesenheit fast vergessen hatte.

»Man sollte nie eine Beziehung weiterführen, die einen unglücklich macht«, verkünde ich mit der Überzeugung der frisch und glücklich Getrennten. »Warum bleibst du bei ihr?«

Er zuckt die Achseln.

»Zu heiraten bedeutet eine große Verpflichtung, und obwohl ich so kühn oder auch so dumm war, diese Verpflichtung jemandem wie Kat gegenüber einzugehen, halte ich es jetzt für meine Aufgabe, daran zu arbeiten. Warum bist du so lange bei Richard geblieben?«

»Oh, die Antwort darauf ist leicht – aus Feigheit. Ich hatte Angst vor der Veränderung. Und ich war davon überzeugt, ich verdiente nichts Besseres.«

»Also, das darfst du mir glauben, du hast etwas Besseres als Richard verdient.«

»Jeder hat das.« Ich zucke die Achseln.

»Mach dich nicht schlecht, Fliss, viele Männer würden ihren rechten Arm für eine Frau wie dich hergeben.«

Überrascht sehe ich ihn an. Nein, er macht sich nicht lustig über mich. Bisher war ich mir über Alex Christians Charakter und Beweggründe im Unklaren, aber ich glaube, er ist einfach ein echt netter Typ.

Das sage ich ihm auch.

»Ich weiß«, antwortet er. »Und die netten Typen ziehen immer den Kürzeren, nicht wahr?« Er sieht mich an. Die Lachfältchen um seine verblüffend aquamarinblauen Augen vertiefen sich. Plötzlich trifft mich die Erkenntnis wie ein Schlag ins Gesicht. Dieser Mann ist hinreißend! Ich muss blind gewesen sein, das nicht früher erkannt zu haben. Das beinahe unwiderstehliche Verlangen überkommt mich, mit den Fingern durch sein kurzes, dunkles Haar zu fahren. Ich kann nur mit Mühe widerstehen. Alkohol hat die entsetzliche Eigenschaft, Hemmschwellen zu senken, sodass man die üblichen sozialen Barrieren einfach niederreißt und vergisst, dass man den Partner einer anderen Frau nicht in der Öffentlichkeit begrabschen kann. Ich muss rot geworden sein, denn er fragt mich, ob mir heiß ist, und verschwindet in Richtung Bar, um eine weitere Flasche Champagner für uns zu organisieren.

Auf der schummrigen Tanzfläche tanzt Richard mit Mutter, während Sally-Anne mit Dad tanzt. Als die Musik zu einem langsameren Stück übergeht, sehe ich, wie Kat auf die Tanzfläche geht und Mutter auf die Schulter klopft. Anscheinend glaubt sie, ihn einfach abklatschen zu können. Einen Moment lang habe ich den Eindruck, sie würden um ihn kämpfen, dann gibt Mutter nach und stapft entrüstet zurück an ihren Platz.

Alex kommt mit einer vollen Flasche zurück. Wir sehen zu, wie sie über die Tanzfläche schweben. Ihre Schritte harmonieren perfekt miteinander, ihre Gesichter allerdings keineswegs. Es ist deutlich zu erkennen, wie sie hitzig und mit zusammengepressten Lippen aufeinander einreden wie zwei Bauchredner. Offensichtlich streiten sie sich. Glücklicherweise ist Sally-Anne zu beschäftigt, um es zu bemerken.

»Sieh sie dir nur an«, murmele ich verbittert. »Arme Sally-Anne. Ich dachte, es wäre mir gelungen, meine Zweifel abzuschütteln, aber jetzt weiß ich, dass er sie nicht glücklich machen wird.«

»Wie kannst du so sicher sein?«

»Weil Richard nur an seinem eigenen Glück interessiert ist«, sage ich mit Nachdruck.

»Sind wir das nicht alle? Glaubst du nicht, dass jeder Mensch, egal wie uneigennützig er sich auch gibt, hauptsächlich an seinem eigenen Glück interessiert ist?«

»Schon, aber Richard ist der ultimative Narziss. Das Leben dreht sich um ihn, er ist das Zentrum seines eigenen Universums. Sally ist nur ein Satellit, der um die große Sonne kreist, die unter dem Namen Richard Edward Trevelyan bekannt ist. Und deine Frau«, ich deute vage in Kats Richtung, »ist der Mond, der sich anschickt, diesen kleinen Satelliten zu verfinstern.« Ich nehme noch einen Schluck Champagner.

»Ich frage mich, ob Richard der erste Mann auf diesem Mond war«, fahre ich nachdenklich fort.

Er lacht.

»Sie sieht nicht gerade glücklich aus. Wahrscheinlich lässt er sie abblitzen.«

»Ganz bestimmt«, antworte ich streitlustig und ohne jede Überzeugung.

»Mal im Ernst, der Kerl ist frisch verheiratet, Fliss, und dazu noch mit einer fantastischen Frau. Sieh dir deine Schwester genau an, sie ist wirklich hübsch und scheint ein wunderbarer Mensch zu sein …«

»Ja, das ist sie, einfach wunderbar. Und zu gut für ihn.«

»Mag sein, aber du solltest sie nicht abschreiben, bevor sie es nicht versucht haben. Ich weiß, dass es dir schwer fällt, aber gib ihnen eine Chance.«

»Oh, ich würde ihnen jederzeit eine Chance geben, aber was ist mit deiner Frau? Sieh sie dir an!«, entgegne ich wütend. »Weißt du was, wenn du mit deiner Frau tanzen würdest, würde Richard vielleicht auch mal mit seiner tanzen.«

Er starrt mich an. Überrascht sehe ich, dass ein Lächeln um seine Lippen spielt.

»Mit anderen Worten, wenn ich versuchen würde, meine Frau zu kontrollieren, würde sie womöglich nicht Richard nachlaufen. Willst du mir das damit sagen?«

»Vermutlich«, antworte ich verlegen und schäme mich plötzlich für meinen Ausbruch. »Entschuldige, ich falle gleich mit der Tür ins Haus, was?«

Er zuckt die Achseln, sowohl um meine Entschuldigung zu akzeptieren als auch, um seine Antwort einzuleiten.

»Ich fürchte nur, so funktioniert das nicht. Je mehr ich mich für ihre Spielchen interessiere, desto schlimmer treibt sie es. Sie würde es in vollen Zügen genießen, wenn ich auf die Tanzfläche stürmen und sie fortzerren würde. Sie lebt von der Aufmerksamkeit anderer. Und genau deshalb werde ich ganz ruhig und gelassen bleiben …«, das Lächeln blitzt wieder auf, »… denn ich weiß, dass sie das auf die Palme bringt.«

Er beugt sich vor und reibt behutsam mit dem Daumen einen

Klecks Wimperntusche von meiner Wange. »Schau nicht so traurig. Wenn du willst, gehe ich und hole sie da weg.«

»Das würde ich an deiner Stelle lassen. Sie ist wie ein Blutegel – wenn du sie wegziehst, fängt sie an zu saugen«, murmele ich, obwohl meine Gedanken nicht länger bei Kat sind, sondern bei seinem Daumen, der sanft meine Wange streichelt.

Plötzlich verspüre ich den Drang, mein Make-up aufzufrischen.

Erst als ich aufstehe, wird mir bewusst, wie viel ich getrunken habe.

Wie üblich zu viel.

»Ich muss kurz auf die Toilette.« Ich deute mit dem Daumen über die Schulter auf die Damentoilette.

Ich studiere mein Gesicht in dem hell ausgeleuchteten Spiegel, der eine ganze Wand einnimmt. Ich bin blasser als die Lilien in Sally-Annes Brautstrauß, vor dem ich in Deckung gegangen bin, als sie ihn vorhin als charmanten Wink mit dem Zaunpfahl in meine Richtung geschleudert hat.

Meine Augen sehen riesig aus. Sie glühen wie heiße Kohlen, die in kalten Schnee gefallen sind. Ich versuche, den Lippenstift aufzufrischen, stelle aber fest, dass ich zu stark zittere. Meine ohnehin schon vollen Lippen wirken noch aufgeblähter und geschwollener, als ich sie weit neben ihrem Rand umziehe. Ich sehe aus, als hätte mich jemand auf den Mund geschlagen. Und ich fühle mich, als hätte mich jemand in den Magen getreten.

Was für ein furchtbarer, schrecklicher Tag!

Als ich schwankend von der Toilette zurückkomme, wartet Alex auf mich.

»Würdest du gern tanzen?« Er deutet auf die Tanzfläche.

»Ich weiß nicht, ob ich es kann«, erwidere ich und stelle überrascht fest, dass ich sternhagelvoll bin. »Meine Beine scheinen mir nicht mehr zu gehorchen. Es fällt mir schon schwer, aufrecht zu stehen, ganz zu schweigen davon, mich zur Musik zu bewegen.«

»Nun, du kannst dich ja an mich lehnen.« Er schenkt mir dieses hinreißende, verhaltene, langsame Lächeln, und meine Knie werden noch weicher.

Er führt mich auf die Tanzfläche. Wir werden von allen Seiten beobachtet. Mein Benehmen ist an diesem Abend genauestens verfolgt worden. Alle haben darauf gewartet, dass ich einbreche.

»Es ist sehr mutig von dir, mit mir zu tanzen. Alle starren uns an«, murmele ich und lege den Kopf an seine Schulter.

»Sollen sie ruhig«, sagt er. »Anscheinend haben sie nichts Besseres zu tun.«

»Ich kann das Getratsche schon hören«, flüstere ich ihm ins Ohr. »Diese durchtriebene alte Fliss, kaum hat sie von ihrem zukünftigen Mann den Laufpass bekommen, versucht sie schon, sich den einer anderen zu angeln. Passt auf eure Männer auf, Fliss Blakeney ist unterwegs!« Ich muss kichern, da mich die Vorstellung von mir als männermordendem Vamp amüsiert.

»Sollen wir ihnen wirklich Anlass zum Tratschen geben?« Alex lacht, zieht mich näher an sich und legt seine Hand fest auf meinen Hintern.

Kat entdeckt uns über Richards Schulter. Ihre Augen ziehen sich zusammen.

»Deine Frau sieht ziemlich wütend aus«, murmele ich ihm ins Ohr.

»Sie ist wahrscheinlich eifersüchtig.«

»Auf uns?«

»Genau.«

Psychologie war noch nie meine Stärke, und ich bemühe mich, die Logik dahinter zu erkennen.

»Mal sehen, ob ich das richtig verstehe. Im Grunde will sie Richard, stimmt's?«

»Stimmt. Aber nur, wenn sie meint, sie kann ihn nicht haben.«

»Und auf dich ist sie auch eifersüchtig?«

»Stimmt. Aber nur, wenn sie meint, ich verlöre das Interesse an ihr.«

»Wenn also Richard und du ihr beide hundert Prozent eurer Zeit widmen würdet, würde sie keinen von euch wollen?«

Er lacht. »Unter dem Aspekt habe ich es noch gar nicht betrachtet, aber das stimmt wohl.«

»Wenn ihr also beide gleichgültig wäret, würde sie euch vermutlich beide wollen. Und weil Richard gerade geheiratet hat und du meiner Wenigkeit in der letzten halben Stunde deine ungeteilte Aufmerksamkeit hast zukommen lassen, haben wir ein unglückliches *Kat-*zchen, das die Krallen wetzt, und nicht weiß, wem es zuerst die Augen auskratzen soll. Das könnte kompliziert werden.«

»Ich glaube, das ist es bereits«, sagt Alex. »Sie will ihren Teil vom Kuchen, und den will sie auch essen.«

»Nein, nein, nein«, nuschele ich. »Sie will ihren Teil vom Kuchen, und dann will sie den Teil von jemand anderem, um auch *den* noch zu essen. Von so viel Kuchen müsste sie eigentlich krank werden. Ich glaube auch, dass sie *krank* ist. Hier oben …« Ich poche mir an die Schläfe. »Die hat eine Schraube locker oder sonst etwas. Würde sie sonst auch nur einen Gedanken an diesen Trottel da verschwenden, wo sie doch dich hat?«

Ich erröte, als mir plötzlich bewusst wird, was ich gerade gesagt habe. Doch als ich es wage aufzusehen, lacht er schon wieder leise.

Als ich ebenfalls anfange zu lachen, wird mir erneut bewusst, dass ich sturzbetrunken bin. Ich befinde mich in jenem furchtbaren Stadium der Trunkenheit, in dem man noch klar genug im Kopf ist, um zu wissen, dass man eine Dummheit begehen wird, wenn man weitertrinkt, gleichzeitig aber schon so betrunken ist, dass es einem egal ist.

Gefährlich.

Insbesondere, da ich Alex von Sekunde zu Sekunde attraktiver finde, was keineswegs am Alkohol liegt. Ihm so nahe zu sein, seinen Körper unter der Kleidung zu spüren, ihn zu berühren, meinen Kopf an seine Brust zu legen und seinen Geruch einatmen zu können.

Mir wird schwindelig, und nicht bloß vom Champagner.

Ich versuche, mich zusammenzureißen.

Kat tanzt noch immer mit Richard, also blicke ich mich nach meiner Schwester um. Sie sitzt seitlich der Tanzfläche neben meinem Vater. Beide beobachten Richard und Katherine. Sally sieht unglücklich aus, Dad fingert an seinem unbenutzten Buttermesser herum.

Sally sieht sogar sehr unglücklich aus.

An ihrem Hochzeitstag sollte sie nicht unglücklich sein.

Alex bemerkt, wie ich die Stirn runzele, und sieht ebenfalls zu Sally-Anne hinüber.

»Ich werde dich um etwas bitten, das dir sehr schwer fallen dürfte«, flüstert er mir ins Ohr. »Sag bitte nein, wenn du nicht willst.«

»Schon gut«, antworte ich, »ich glaube, ich hatte gerade dieselbe Idee. Schieß los.«

Ein überwältigendes Gefühl des Abscheus überkommt mich, doch ich schließe die Augen und denke an Sally-Anne, während wir uns quer über die Tanzfläche an Richard und Kat heranpirschen. Ein rasches »Darf ich bitten«, und schon ist sie sicher an der Seite ihres Mannes, während *ich* mich in Richards Armen wiederfinde.

Nie hätte ich gedacht, dass das noch einmal passieren könnte, und schon gar nicht heute.

Richard ist vermutlich genauso erschüttert wie ich.

Er öffnet den Mund, um etwas zu sagen, ehe er ihn ausnahmsweise einfach wieder schließt. Mit ihm um Sals willen tanzen zu müssen, wird dadurch wettgemacht, dass ich ihn sprachlos erleben darf.

Alle starren uns an, also ringe ich mir ein Lächeln ab.

»Glückwunsch«, sage ich zu ihm.

Richard reißt die Augen vor Überraschung noch weiter auf.

»Ich hoffe, ihr beide werdet sehr glücklich zusammen. Nein!«, schneide ich ihm das Wort ab, als er den Mund öffnet. »Ich meine es ernst. Du darfst dich glücklich schätzen, Richard Trevelyan. Sally-Anne ist einer der wertvollsten Menschen, die ich kenne, und ich hoffe von ganzem Herzen, ihr habt ein schönes Leben.«

»Ja, äh, danke.« Richard ist offensichtlich überrumpelt. »Es ist nett zu wissen, dass du so … äh … großherzig sein kannst.«

Ich nicke so huldvoll wie nur möglich, übernehme die Führung und dirigiere ihn reichlich unelegant in Richtung meiner Schwester.

»Ach, und noch etwas …«, flüstere ich, als ich ihn Sally-Anne übergebe. »Falls du ihr auch nur einmal, ich wiederhole, ein *einziges* Mal, wehtust, werde ich persönlich dafür sorgen, dass du *Klein*-Richard«, ich deute mit dem Finger auf seinen Hosenstall, »fortan in der Jackentasche statt in der Unterhose trägst.«

Ich beobachte, wie Sal und Richard sicher auf der Tanzfläche ankommen, kehre dann in meine dunkle Ecke zurück, sichere mir den Rest des Champagners und halte auf die Flügeltüren zu, die aus dem Festsaal auf die lange, gepflasterte Terrasse führen. Plötzlich habe ich das dringende Bedürfnis nach frischer Luft.

Ich schlüpfe über die schwach erleuchtete Terrasse, auf der hier und da ein Pärchen den herrlich lauen Abend genießt, und tauche in der warmen, feuchten Dunkelheit des Gartens unter. Ich husche über den Rasen wie ein entflohener Sträfling, bis ich schlitternd den See an seinem Ende erreiche. Es ist ein mit großer Sorgfalt angelegter See, dem es nicht gestattet ist, sich wild, frei und in dramatischer Schönheit auszudehnen. Zu offensichtlich von Menschenhand geschaffen. Wollen alle Menschen die Natur kontrollieren? Ich will lieber wild, frei und von dramatischer Schönheit sein.

Ich teile das Schilf, lasse mich am Rand des Wassers zu Boden fallen, streife die Schuhe ab und tauche meine Füße ins tintenschwarze Wasser. Kleine Wellen breiten sich aus. Ich versuche, sie zu zählen.

»Er liebt mich, er liebt mich nicht, er liebt mich, er liebt mich nicht … Mist!« Weiter sehe ich nicht. Das bedeutet vermutlich, er liebt mich nicht, aber das ist mir egal, weil ich ihn auch nicht liebe. Nur schade, dass meine Schwester es tut.

Es ist passiert.

Sally-Anne hat Richard geheiratet.

Ich habe es ernst gemeint, was ich zu ihm gesagt habe. Ich wünsche ihnen Glück. Genau genommen wünsche ich es ihnen nicht nur, sondern ich werde wahrscheinlich auch verdammt häufig dafür beten, dass sich für die beiden alles zum Guten wendet.

Zugegeben, ich liebe Richard nicht, aber ich liebe Sal.

Ich sehe zum klaren, dunklen Himmel auf und versuche, den größten Stern zu entdecken. Mein Kopf dreht sich, als ich ihn in den Nacken lege und zum Himmel hinauf starre, sogar so sehr, dass ich mich hinlegen muss. Meine Füße und Knöchel baumeln noch immer im Wasser, und mein Kopf liegt im Gras, das zwar etwas feucht, aber immer noch warm ist von den letzten Sonnenstrahlen, wie Kleidungsstücke, die man etwas zu früh aus dem Trockner zieht.

Plötzlich fällt ein Schatten auf mein Gesicht, dann versperrt ein dunkler Umriss mir den Blick auf den großen Wagen.

»Was machst du denn hier?«, erkundigt sich eine vertraute Stimme amüsiert.

»Wellen zählen statt Blütenblätter«, murmele ich. »Zumindest bis eben. Jetzt warte ich auf eine Sternschnuppe.«

»Und warum?«

»Um mir wahre Liebe und Glück zu wünschen«, sage ich und denke an Sally-Anne.

»Das wünschst du dir?«

»Tun wir das nicht alle?«, sinne ich. »Aber ausnahmsweise habe ich mir das nicht für mich selbst gewünscht.«

Ich sehe zu Alex auf, der über das Wasser blickt wie eine liebevoll geschnitzte Galionsfigur am Bug eines Schiffes.

»Sehe ich da etwa ein Stirnrunzeln«, murmele ich, betäubt

vom Alkohol. »Haben deine Wellen auch mit einer geraden Zahl geendet?«

»Wie bitte?«

»Schon gut, wir machen alle Fehler. Ist Heiraten immer ein Fehler?«

»Wenn man jemanden heiratet, den man nicht liebt, ja.«

»Stimmt.« Ich nicke.

»Oder jemanden, der einen nicht liebt«, fügt er ruhig hinzu.

»Wenn Kat dich nicht liebt, warum hat sie dich dann geheiratet?«

»Weil sie sich über Richard hinwegtrösten wollte.« In seiner Stimme liegt kein Selbstmitleid, das passt auch nicht zu ihm, sondern er sagt einfach nur, was er denkt.

»Dann ist sie bescheuert«, rufe ich. »Man tröstet sich doch nicht mit jemandem wie dir über einen Trottel wie Richard hinweg. Man tröstet sich mit jemandem wie Richard, wenn jemand wie du einen sitzen lässt!«

Wie viel habe ich getrunken?

»Ich glaube, das sollte ein Kompliment sein«, bemerkt er trocken. »Ich bräuchte einen Dolmetscher, um sicher sein zu können, aber danke…«

Ein Frosch, der zweifelsohne von meinen Füßen aufgeschreckt wurde, quakt laut und paddelt in einen ruhigeren Teil des Wassers.

Ich weiß nicht, warum ich trinke, denn dann sage ich immer so dumme Sachen. Als würde mein Mund sich selbstständig machen, während mein Hirn im Vollrausch in der Ecke liegt. Und als sei das Sprechen völlig unabhängig von jeder bekannten Gehirnfunktion.

Ist das etwas Besonderes? Erinnern Sie mich daran, meinen Körper der Wissenschaft zu vermachen, wenn ich meine sterbliche Hülle abschüttele.

Ich sehe zu dem Mann auf, der still neben mir steht. Verdammt, er ist so attraktiv.

»Für jemanden, der dich nicht wirklich liebt, sah sie ganz schön eifersüchtig aus, als du mit mir getanzt hast.«

»Kat ist besitzergreifend. Nur weil sie mich nicht will, heißt das noch lange nicht, dass jemand anderes mich haben darf.«

Das kann ich nur zu gut verstehen.

»Liebst du sie?«

»Was für eine indiskrete Frage.«

»Ich weiß, aber ich bin indiskreter Stimmung. Außerdem hast du mich vorhin dasselbe gefragt. Also, liebst du sie?«

Er vergräbt die Hände tief in den Hosentaschen und blickt zu dem sternenübersäten Himmel auf.

»Sieh mal, da ist der Große Bär.«

»LIEBST du sie?«, beharre ich.

Ich werde nicht zulassen, dass er das Thema wechselt.

Er denkt einen Augenblick nach. »Vermutlich.«

Oje, das wollte ich nicht hören. Habe ich wirklich erwartet, er sagt »Nein, ich liebe sie nicht«? Vermutlich, denn er scheint Kats Flirtversuchen völlig gleichgültig gegenüberzustehen, falls man das, was Richard getan hat, als solchen bezeichnen kann. Wenn ich in jemanden verliebt wäre, der sich so verhält wie sie, würde ich vor Wut explodieren.

Wenn ich verliebt wäre.

Ist es nicht seltsam, wie sich Gefühle anschleichen können? Warum hat es so wehgetan, Alex sagen zu hören, dass er seine Frau liebt?

»Dabei hat sie sich wie ein totales Miststück verhalten«, fügt er nachdenklich hinzu, wodurch ich mich etwas besser fühle. »Ich weiß nicht, was ich für sie empfinde.«

»Sie sieht sehr gut aus«, sage ich wehmütig.

»Du siehst auch sehr gut aus.«

Ich sehe ihn aus zusammengekniffenen Augen an.

»Ich bin vielleicht betrunken«, nuschele ich und wedele mit der Champagnerflasche, als müsste ich diese Behauptung noch untermauern, »aber blöd bin ich *nicht*.«

»Ich meine es ernst«, beharrt er und lässt sich neben mir ins Gras fallen.

»In diesem Fall bist eben *du* betrunken.« Ich biete ihm die Flasche an. »Total voll.«

»Kann sein«, stimmt er zu, nimmt die Flasche und setzt sie mit der vorsichtigen Präzision eines Menschen an die Lippen, der sehr wohl ein bisschen zu tief ins Glas geschaut hat. »Aber du bist trotzdem schön. Von innen und außen, und das ist sehr selten.«

Sein wunderbarer Mund und seine glitzernden blaugrünen Augen lächeln mich an. Sie wirken so flüssig wie der Champagner oder ein aquamarinblauer Pool, der mich einzuladen scheint, die Hüllen fallen zu lassen und hineinzutauchen. Ich starre ihn so angestrengt an, dass alles vor meinen Augen verschwimmt.

»Ich sehe dich doppelt«, murmele ich. »Was echt nicht schlecht ist. Einen für Kat…«, ich zögere und fahre dann ruhig fort, »und einen für mich.«

Wir schweigen beide.

Das Verlangen nach diesem Mann, das mir ganz allmählich bewusst geworden ist, trifft mich mit voller Wucht. Ich habe mich hineinziehen lassen, und jetzt habe ich das Gefühl zu ertrinken. Er ist mir so nahe, dass ich seinen Atem spüren kann. Ich strecke die Hand aus, vergrabe sie in seinem Hemd und ziehe ihn zu mir.

Unsere Lippen berühren sich.

Unfreiwillig schließe ich die Augen.

Ich glaube, ich werde ohnmächtig. Liegt das an der Leidenschaft oder am Alkohol? Ich bin mir nicht sicher. Ich wünschte nur, ich wäre nüchtern genug, um diesen Augenblick richtig genießen zu können, nüchtern genug, um mich hinterher klar daran erinnern zu können. Es ist ein Augenblick, den man hervorholen sollte wie gutes Porzellan, um zu besonderen Anlässen darin zu schwelgen, ihn auszukosten und zu genießen. Doch ich konzentriere mich zu sehr darauf, bei Bewusstsein zu bleiben, um den eigentlichen Kuss registrieren zu können.

In diesem Moment kommt mir ein überaus ernüchternder Gedanke.

Er ist verheiratet. Irgendwo in dem schönen Haus hinter uns ist seine schöne Frau. Sie ist zwar ein Miststück allererster Güte, aber immer noch seine Frau.

Du sollst nicht ehebrechen.

Plötzlich dringt Lärm zu uns herüber, als die Terrassentüren aufgehen. Stimmen, Gelächter, Menschen, die aus dem überhitzten Saal in die sanfte, laue Wärme der Nacht drängen. Der Augenblick vergeht, die Wirklichkeit hat uns wieder.

Unsere Münder trennen sich. Er sieht schuldbewusst zur Seite und steht hastig auf, um zum Haus zurückzukehren.

Ich glaube, er dreht sich noch einmal um, doch ich sehe nichts durch die heißen Tränen, die in meinen Augen brennen. Tränen der Enttäuschung, der Wut, der Hilflosigkeit. Warum habe ich das getan? Was für ein Dummkopf ich doch bin. Plötzlich sitzt mir der ganze verfluchte Tag wie ein Dämon im Nacken. Seine Hände schließen sich langsam um meine Kehle und drücken zu, bis ich nicht mehr atmen kann.

Ich muss weg hier. Unsicher taumele ich über den Rasen, umrunde das Hotel und lasse mich in ein wartendes Taxi fallen. Ich schwöre tausend Eide, dass ich wirklich die Mrs. Hayes bin, die das Taxi gerufen hat, doch ja, und dass ich nur die falsche Adresse angegeben habe.

Nachdem ich den Rest des Champagners über den armen Taxifahrer geschüttet habe, der aus meinem Verhalten schließt, dass ich tatsächlich betrunken genug bin, um zu vergessen, wo ich wohne, erreichen wir schließlich meine Wohnung. Ich drücke ihm eine Zwanzigpfundnote für acht Pfund Fahrgeld in die Hand und erklimme blind die Treppe.

Nachdem die Eingangstür erst einmal hinter mir verschlossen und verriegelt ist, bleibt mir nur noch eines, und das tue ich dann auch in aller Seelenruhe – ich werde ohnmächtig.

Kapitel 8

Ich schrecke aus dem Schlaf auf. Bis auf die Schuhe, die ich verloren habe, liege ich immer noch voll bekleidet auf dem Küchenboden und halte die leere Champagnerflasche umklammert wie einen Plüschteddy. Meine Katze, eine Fußfetischistin, leckt meine Zehen. Die Küchenuhr tickt lauter als eine Zeitbombe. Sie verrät mir, dass es bereits 11 Uhr 30 ist. Wo zum Teufel bin ich?, schießt es mir durch den Kopf, bevor ein Gedanke alle anderen verdrängt. Alex.

Er wiederholt sich, wie das Ticken der Uhr, und schmerzt mehr als mein Kater. Hinter meiner Schläfe pocht es grässlich, und meine Ohren klingeln entsetzlich, bis mir schließlich klar wird, dass es das Telefon ist.

Ich halte mich an dem stabilen Küchentisch fest und rappele mich hoch. Kalt und steif stapfe ich in die Diele, nicht nur barfuß, sondern dem Schwindel nach zu schließen, der mich überkommt, auch immer noch betrunken. Ich stoße den Hörer mehr oder weniger vom Telefon, bevor ich ihn mit zitternder Hand an mein Ohr pressen kann.

»Hier ist Dad, Fliss. Geht's dir gut?«

Ich denke scharf nach und beschließe, dass es mir nicht wirklich gut geht, nein. »Was meinst du damit?«, knurre ich.

»Du bist gestern so plötzlich verschwunden, deshalb habe ich mir Sorgen gemacht.«

»Ich war müde...«, sage ich, nicht ganz unwahrheitsgemäß.

»Du hast Sallys Abreise verpasst. Sie und Richard sind vor einer halben Stunde gefahren. Deine Mutter hat sie zum Flughafen begleitet. Ehrlich gesagt glaube ich, sie wäre mit in die Flitterwochen gefahren, wenn man sie gelassen hätte.«

»Sie hätte am liebsten das Hochzeitskleid angezogen und ihm selbst das Jawort gegeben«, fauche ich.

»Dir geht's nicht gut, stimmt's?«, bemerkt Dad. Ich höre ihm an, dass er ernsthaft besorgt ist, bin aber in einer zu miesen Laune, um nett zu sein.

»Wie aufmerksam von dir, das zu erkennen.«

»Es tut dir doch nicht Leid, Fliss? Dass du ihn nicht geheiratet hast?«

»Himmel, nein. Also wirklich, Dad, wenn mir auch nur noch ein Mensch diese Frage stellt, dann… dann…«

»Dann was?«, erkundigt er sich sanft, offensichtlich überzeugt, dass ich schließlich doch schlappgemacht habe.

Ich suche nach etwas angemessen Gemeinem.

»Was weiß denn ich, dann kratze ich ihm die Augen aus, mache ihn einen Kopf kürzer, äh…« Ich entdecke meine Katze, die meinen Füßen wieder gefährlich nahe kommt. »Füttere ihn mit Katzengulasch.«

Angewidert blickt sie mich an und verschwindet in der Küche.

»Ehrlich, es tut mir NICHT Leid, dass ich diesen Schwachkopf nicht geheiratet habe. Ich bedaure nur, dass meine kleine Schwester ihn sich aufgehalst hat. Ich habe andere Probleme, fürchte ich.«

Ich denke an letzte Nacht zurück und spüre diesen Schmerz, der tief in meinem Magen sitzt. Was ist es? Sehnsucht? Schuld? Ich bin mir nicht sicher, aber es tut weh.

»Kann ich dir irgendwie helfen?«

Ich entspanne mich. Dad ist immer für mich da, wenn ich ihn brauche. Ich sollte es nicht an ihm auslassen, dass ich ein verpfuschtes Liebesleben und einen Kater habe.

»Danke, aber ich glaube, da muss ich allein durch«, murmele ich.

»Hör mal«, fährt Dad zögernd fort, »es ist wahrscheinlich kein guter Zeitpunkt, aber ich muss mit dir sprechen.«

Er hört sich merkwürdig an. Ich war so mit meinen eigenen,

verqueren Gedanken beschäftigt, dass es mir zuerst gar nicht aufgefallen ist. Scham und Sorge überkommen mich und verstärken die Übelkeit noch.

»Was ist los, Dad?«

»Ich möchte lieber nicht am Telefon darüber reden. Kann ich bei dir vorbeikommen?«

Jetzt mache ich mir Sorgen.

Ich gehe auf und ab, bis er endlich kommt. Bei Dads normalem Tempo braucht er eine Viertelstunde, heute aber dauert es eine halbe Stunde, an deren Ende ich keine Nägel mehr habe.

Als ich die Tür öffne, fällt mein Blick auf mein Spiegelbild. Mein Gesicht ist blass und ausgezehrt wie das eines Geistes, und meine Augen blicken stumpf und leer.

Dad kommt die Treppe herauf. Er sieht müde aus. Er war immer groß und schlaksig, doch jetzt wirkt er hager.

Ich fühle mich schuldig, weil mir das nicht früher aufgefallen ist. Eine Aura des Schicksals umgibt ihn, als hätte er mir etwas wirklich Entsetzliches zu gestehen. Ich komme mir vor wie ein Priester im Beichtstuhl. Eigentlich wäre es der richtige Zeitpunkt für einen ordentlichen Drink, aber davon hatte ich kürzlich erst viel zu viele.

»Kaffee?«

Ich entscheide mich für das starke Zeug aus der Kaffeemaschine, statt des Instant-Kaffees. Ich versuche, Bohnen zu mahlen, doch das Knirschen der Kaffeemühle verursacht mir Übelkeit. Während die Kaffeemaschine vor sich hin faucht und spuckt wie ein kleiner Geysir, kehre ich zögernd zurück ins Wohnzimmer.

Dad hat sich aufs Sofa geworfen wie ein irischer Wolfshund, der versucht, es sich im Korb eines Schoßhündchens bequem zu machen. Er zerrt ständig an seinem Hemdkragen herum und weicht meinem Blick aus.

»Na, das war gestern vielleicht ein Tag, hm?«, sagt er schließlich, während er anfängt, an seinem Kinn statt an seinem Kragen herumzuzupfen.

»Mhm, so kann man es auch nennen.«

»Ich muss dir etwas sagen, Fliss.« Er hält inne und betrachtet sein Spiegelbild in seinen auf Hochglanz polierten schwarzen Schuhen.

»Jetzt erzähl mir nicht, du bist durchgedreht und hast Mutter ermordet?« Ich lache halbherzig. Seinem Zustand nach zu urteilen, rechne ich fast damit, dass er aufsieht und ja sagt.

Er versucht zu lächeln.

»Wenn es nur so einfach wäre«, sagt er leise.

Er sieht so traurig aus, dass ich mich ihm zu Füßen setze und mein Kinn auf seine Knie stütze, wie ich es als Kind immer getan habe.

»Du machst mir Angst, Dad. Was ist los?«

Keine Antwort.

»Komm schon«, schmeichle ich, »so schlimm kann es doch gar nicht sein, oder?«

»Ich liebe eine andere Frau, Fliss.«

Er stößt die Worte so hastig hervor, sodass sie sich überschlagen und er sie wiederholen muss.

»Was?«

»Ich liebe eine andere … ich bin mit einer anderen Frau zusammen.«

Es dauert etwas, bis die Worte zu mir durchdringen, wo sie schließlich auf den Teil meines Nervensystems treffen, der meine Kinnlade kontrolliert. Sie fällt herunter wie ein kaputter Fahrstuhl.

»Du bist mit einer anderen Frau zusammen?«

Ich weiß nicht, ob ich lachen oder weinen soll. Ich dachte, ich kenne ihn wie meine Westentasche. Was für eine komische Redewendung das ist. Habe ich mir jemals eine Westentasche von innen angeschaut? Ich kenne ihn wie das Innere meines Kühlschranks wäre wohl angebrachter. Obwohl ich völlig schockiert bin, gelingt es mir, meinen Kiefer wieder einzurenken und auf Sprechmodus zu schalten.

»Seit wann?«

»Seit sechs Jahren.« Er wirft mir einen Seitenblick zu, um zu sehen, wie ich reagiere.

»Seit sechs Jahren?«, wiederhole ich ungläubig.

»Es fing an, kurz nachdem du ausgezogen bist. Ich hätte es nie verbergen können, wenn du noch da gewesen wärest, Fliss. Dir wäre es aufgefallen. Du hättest mich ertappt.«

Nachdem sich die Schleusen geöffnet haben, sprudeln die Worte nur so aus ihm heraus.

»Ich wollte es dir schon so lange sagen. Deine Mutter hat mich nie geliebt, Fliss, unsere Ehe war eine Farce. Ich bin nur wegen dir und Sally-Anne geblieben. Jetzt kann ich das nicht mehr. Kaum war Sally heute Morgen zur Haustür hinaus, wusste ich einfach, dass ich nicht den Rest meines Lebens allein mit deiner Mutter verbringen kann. Florence ist so lieb und gut und verständnisvoll …«

»Florence?«, hake ich nach.

»Meine liebe, liebe Florrie …« Einen Augenblick lang werden seine Züge weich, und die Anspannung lässt nach. »Du würdest sie mögen, Fliss. Sie gibt mir alles, was deine Mutter nicht geben kann oder auch nicht will. Du ahnst ja nicht, wie schwer es ist, eine Beziehung weiterzuführen, die völlig steril ist, bar jeder echten Zuneigung.«

»Liebst du sie?«

Er nickt.

»Dann werde ich sie mögen«, erkläre ich. »Alles in Ordnung, Dad, ich verstehe dich.«

»Ja?« In seinen müden grauen Augen flackert ein Hoffnungsschimmer auf.

»Aber natürlich, besser als jeder sonst. Es wundert mich nur, dass du es so lange ausgehalten hast. Ach, Dad, ich wusste ja, dass du unglücklich bist, aber nicht, wie sehr. Warum hast du mir denn nie was gesagt?«

»Ich wollte der perfekte Vater sein. Der Himmel weiß, dass ich dir das schulde. Ich wollte wiedergutmachen, wie deine Mutter dich behandelt hat, Fliss. Ich hätte dich in Schutz nehmen sollen, sie daran hindern müssen, dass sie dich schikaniert und Sally-Anne manipuliert, aber ich habe es nicht getan. Ich alter Dummkopf, nie habe ich ihr die Stirn geboten …« Er bricht mit erstickter Stimme ab und legt den Kopf in die Hände. Seine Schultern beginnen zu zucken.

Sanft ziehe ich seine Hände vom Gesicht. In seinen Augen schimmern Tränen.

»Du *bist* der perfekte Vater«, sage ich tröstend. »Für mich wirst du das immer sein.«

Ich drücke seine Hände, während er sich verzweifelt an mich klammert. Rollentausch. Das Kind nimmt den Platz der Eltern ein und tröstet, während die Eltern zu Kindern werden, abhängig und um Anerkennung bettelnd.

»Ich dachte, du würdest mich hassen.«

»Warum sollte ich dich dafür hassen, dass du versuchst, glücklich zu werden? Wollen wir das nicht alle?«

Er sieht auf und lächelt zögernd.

»Ich glaube, ich habe mein Glück endlich gefunden, Fliss. Findest du es selbstsüchtig, dass ich es nicht wieder aufgeben will?«

Ich schüttele den Kopf.

»Überhaupt nicht.«

»Und findest du das, was ich tue, richtig?«

»Was *wirst* du denn tun, Dad?«

Er atmet tief durch.

»Ich werde zu Florrie ziehen. Ich verlasse deine Mutter … verlasse sie«, wiederholt er, als fiele es ihm selbst schwer, das zu glauben.

»Also gut.« Nachdenklich kaue ich auf meiner Unterlippe. »Und was passiert als Nächstes?«

»Na ja, ich warte, bis Sally aus Mauritius zurückkommt, und dann …«

»Und dann gehst du«, beende ich den Satz an seiner Stelle.

»Und dann gehe ich«, stimmt er mir zu. »Ich weiß, dass es für Sally ein furchtbarer Schock sein wird, aber ich kann nicht mehr.«

Die nächsten vier Tage vergrabe ich mich in meiner Wohnung und gebe vor, an der Vorbereitung des kommenden Schuljahres zu arbeiten. Doch ich bin nicht wirklich mit dem Herzen beim *Wintermärchen*, und Chaucer treibt mich zum Wahnsinn. Ich beschließe, einen Spaziergang zu machen. Ich sollte mir wirklich einen Hund zulegen, wenn man berücksichtigt, wie häufig ich in den letzten Tagen spazieren gegangen bin. Warum ist das Gehen dem Denken förderlich? Bewegt sich das Gehirn nur, wenn sich auch die Füße bewegen? Das kann ich mir nicht vorstellen. In der Zwischenzeit hat der Sommer eine Pause eingelegt, nachdem er eine Weile lang gezögert hat, ob er nicht schon dem Herbst weichen soll, der gegenwärtig einen ersten Testlauf macht.

Das Wetter hat mit atemberaubender Geschwindigkeit umgeschlagen. Die Hitze ist langen Regenschauern und einem wolkenverhangenen Himmel gewichen. Von der Sonne vertrocknete Blätter fallen bereits von den Bäumen und werden vom Wind vor meinen Füßen hergetrieben.

Dieser Sommer war sicher denkwürdig. Wir erwarten Sally in etwas mehr als einer Woche zurück, und dann wird Dad die Bombe vor einer ahnungslosen Nation platzen lassen. Mein Kopf dreht sich noch immer von dieser Neuigkeit. Ich war nicht überrascht, aber gleichzeitig doch irgendwie – falls Sie wissen, was ich meine.

Ich weiß, wie unglücklich mein Vater all die Jahre war – ich meine, Mutter macht mir das Leben schon zur Hölle, obwohl ich nicht einmal mehr dort wohne –, doch obwohl ich immer damit gerechnet habe, dass Dad schließlich eine andere Frau finden würde, war es doch ein Schock, als es wirklich passiert ist.

Das Leben ist so verwirrend. Vermutlich will ich drauf hinaus, dass man nie so gut auf die Wirklichkeit vorbereitet ist, wie man es sich immer einbildet. Heute Morgen habe ich eine Karte aus Mauritius erhalten. Kristallblaues Wasser, weißer Strand, wiegende Palmen, das perfekte Paradies. Sally schreibt, das Wetter sei traumhaft und das Hotel super, und dass sie an mich denkt, was immer das auch heißen mag.

Ich denke die ganze Zeit an Alex, obwohl ich weiß, dass ich es nicht sollte. Beim Gedanken daran, was ich getan habe, würde ich am liebsten vor Scham im Erdboden versinken, doch hinter diesem Gefühl verbirgt sich noch etwas anderes. Dieses erste schwache Beben der Erregung, der Erkenntnis, dass man jemanden gefunden hat, jemanden, der das Leben wirklich verändern könnte.

Eisern versuche ich, mir einzureden, ich sei nicht an ihm interessiert, aber ich glaube mir selber nicht. Eisern versuche ich, mir einzureden, er sei nicht an mir interessiert, was ich leider weitaus glaubwürdiger finde. Was haben wir denn schon gemeinsam? Einen Abend gegenseitiger Geständnisse und einen wunderbaren, obgleich reichlich trunkenen Kuss. Wohl kaum genug für die allumfassende, unsterbliche Liebe, die ich bereit bin zu fühlen.

Verstehen Sie, das ist das Gefühl, das sich angepirscht und sich mit dem Zartgefühl einer Barbara Cartland auf mich gestürzt hat.

Liebe.

Würde Sally mich fragen, »Glaubst du an Liebe auf den ersten Blick?«, müsste ich ihr jetzt antworten, »Na ja, fast«. Zählt Liebe auf den dritten Blick auch? Warum trifft Amor immer dann, wenn er es lieber nicht tun sollte? Ich glaube, Alex hat es mir angetan. Alex ist mit Katherine verheiratet. Katherine ist in Richard vernarrt. Richard ist mit meiner Schwester verheiratet. Warum ist das Leben so kompliziert?

Muss ich wirklich in dieser *Ménage à treulos* aus Richard, Sally-Anne und Katherine noch weiter herumstochern?

Ich rede mir ein, dass es nicht Liebe ist. Ich bin besessen, entweder das, oder ich bin total bescheuert. Am besten, ich vergesse das Ganze einfach und lebe mein Leben weiter. Ich bin nicht verliebt. Obwohl es immer heißt, Liebe sei wie eine Droge, und ich schreckliche Entzugserscheinungen bekomme.

Nächste Woche fängt die Schule wieder an. Zeit, einem anderen Trauma ins Gesicht zu sehen: Caroline. Als ich nach Hause komme, ist wieder mal eine Nachricht von ihr auf dem Anrufbeantworter. Seit jenem Abend hat sie verzweifelt versucht, mich zu erreichen. Zwar habe ich wegen ihr ein schrecklich schlechtes Gewissen, aber ich werde sie trotzdem nicht zurückrufen. Ich weiß nicht, was ich sagen soll. Der Gedanke daran, wie sie auf dem Boden gelegen hat, die Hände in Eloise Gray vergraben, schockiert mich immer noch.

Das also war das Geheimnis ihrer glücklichen Ehe.

Freie Liebe.

Und was haben sie sich immer über Maura lustig gemacht, weil sie so auf die Siebzigerjahre steht!

Allmählich frage ich mich, ob die Worte »glücklich« und »Ehe« überhaupt vereinbar sind – wenn man so an Caro und David denkt, an Mutter und Dad, Sasha und Niall, Sally-Anne und Richard, Kat und Alex … Alex.

Immer wenn ich an ihn denke, werde ich traurig. Wenn das Liebe ist, wer braucht sie dann?

Da ich auf gewisse Weise zu Perversionen neige, ist mir bei diesem scheinbaren Herbstbeginn nach Frühjahrsputz zumute. Depressionen lösen bei mir eine Renovierungswut aus. Meiner Wohnung bleibt nichts erspart.

Es ist der Samstag nach der Hochzeit. Letzte Woche um diese Zeit war ich dabei, mich vollaufen zu lassen und der Lächerlichkeit vor jemandem preiszugeben, dessen Meinung mir wirklich etwas bedeutet und der mich nicht für einen betrunkenen Schwachkopf halten soll.

Heute bin ich nicht zu bremsen. Da ich unfähig bin, mein Leben effizient zu gestalten, habe ich beschlossen, wenigstens meine Umgebung nach meinen Wünschen zu verändern. Ich bin fest entschlossen, aus meinem unordentlichen ein ordentliches Heim zu machen. Alles was nicht niet- und nagelfest ist, kommt in die Mülltüte: Klamotten, von denen ich glaubte, irgendwann mal wieder reinzupassen, Zeitschriften, aus denen ich Rezepte ausschneiden wollte, es aber nie getan habe, Schnickschnack, der mir irgendwann in meinem Leben einmal gefallen haben muss – alles wandert in schwarze Müllsäcke und dann in den Müllschlucker.

Nachdem ich meine Wohnung bis in die letzte Ecke entrümpelt und geschrubbt habe, mache ich mich daran, Wäsche zu waschen.

Zumindest die, die ich habe – mein Koffer ist noch immer bei Caro.

Ich liege in ständigem Kampf mit meiner Waschmaschine. Wünsche ich mir sehnlichst, sie möge laufen, dann tut sie es nicht. Ich muss sie beiläufig befüllen, lässig wirken, sie glauben machen, es sei mir völlig egal, ob sie funktioniert oder nicht. Mich anschleichen und Sachen hineinstopfen. Wenn sie Wind davon bekommt, dass ich meine beste Bluse für den kommenden Tag brauche oder dass mir die Unterhosen ausgegangen sind, wird sie mich umgehend im Stich lassen.

Ein durchtriebenes Miststück.

Gerade ist es mir gelungen, meine schönsten weißen Dessous schäbig blaugrau zu verfärben, als ich die Türklingel höre und mitten im Fluchen innehalte.

Ich erwarte niemanden.

Es muss der Milchmann sein. Er holt das Milchgeld immer Freitag- oder Samstagabend. Diesmal erwischt er mich wenigstens in angezogenem Zustand. Ich schnappe meinen Geldbeutel vom Küchentisch und laufe in die Diele. Wie üblich kämpfe ich mit dem Schloss, bis es mir endlich gelingt, die Tür zu öffnen.

»Entschuldigen Sie, das verdammte Schloss …«

Mir fehlen die Worte. Vor meiner Tür steht Alex Christian. Er lächelt. Ich stehe einfach da, und zwischen Unter- und Oberlippe klafft ein riesiges Loch. Legt Verlangen immer das Gehirn lahm?

»Es gibt wohl nichts, was du nur zur Hälfte erledigst, wie?«, sagt er schließlich.

Verwirrt sehe ich ihn an, als er mir ein Paar Schuhe entgegenstreckt.

»Bei Aschenputtel hat einer gereicht, aber du musstest gleich beide dalassen.«

»Meine Schuhe«, sage ich überflüssigerweise.

»Meine sind es wohl kaum.« Er lächelt freundlich. »Ich habe sie aus dem Garten des Hotels gerettet.«

»Danke.«

Das bedeutet, er ist zurückgekommen, um nach mir zu sehen. Ich bringe mein erstes Lächeln diese Woche zustande.

»War mir ein Vergnügen.« Er blickt auf meinen Geldbeutel. »Du brauchst mich nicht zu belohnen, zumindest nicht mit Geld.« Er lacht trocken.

Ich werde rot.

Wieder sind wir an dem Punkt, wo das Gespräch versiegt. Wir stehen einfach da und sehen uns an. Ich muss daran denken, was das letzte Mal passiert ist, als wir uns einfach so angesehen haben, und die Röte auf meinem Gesicht wird noch intensiver.

»Hör mal, es tut mir wirklich Leid wegen …«, platzen wir beide gleichzeitig heraus.

Wir müssen beide lachen, und das Eis ist, na ja, nicht wirklich gebrochen, aber zumindest angeknackst. Ich trete zurück und öffne die Tür ganz.

»Willst du nicht hereinkommen?«

Wenn ich frage, und er nein sagt, werde ich mir blöd vorkommen, aber wenn ich nicht frage, werde ich mir später ernste Vorwürfe machen, das weiß ich.

Er folgt mir ins Wohnzimmer und sieht sich um. Gott sei Dank habe ich gerade gründlich aufgeräumt. Die Wohnung sieht wirklich gut aus. Minimalistischer Chic.

Was man von mir leider nicht behaupten kann. Putzfrauenstil.

Er trägt verblichene Levis und ein loses weißes Hemd ohne

Kragen. Sein Haar ist zerzaust, und er hat dunkle Ringe unter den Augen, doch er sieht noch immer erstaunlich und unverschämt begehrenswert aus.

Plötzlich werde ich mir meiner alten, zerfetzten Jeans und des verblichenen blauen T-Shirts bewusst, meiner Putzklamotten, meiner schmutzigen, nackten Füße und des ungeschminkten Gesichts.

Einen Moment lang stehen wir uns gegenüber und schweigen unbehaglich, dann erkundigt er sich nach Sally und Richard. Ich zeige ihm ihre Postkarte. Er sagt, sie müssen gemogelt und sie bereits am Flughafen eingeworfen haben, weil sie so schnell angekommen ist.

Wieder verfallen wir in Schweigen.

Mir fällt wieder ein, was sich gehört, und ich biete ihm einen Platz an.

Ich kann ihm nicht in die Augen sehen, sondern werfe ihm immer wieder einen verstohlenen Seitenblick zu, als wäre er das letzte Stück Cremetorte, bei dem man so tut, als wolle man es eigentlich gar nicht, während man ständig den Speichel schluckt, der sich im Mund sammelt.

Er fängt an, über die Hochzeitsfeier zu sprechen, doch ich bin viel zu gefangen von meinem Unbehagen, um richtig zuhören zu können. Die Atmosphäre ist so angespannt, dass man beinahe glauben könnte, ein Summen zu vernehmen.

»Kaffee?«, platze ich plötzlich heraus, als meine Gedanken sich endlich etwas Normalem zuwenden.

Ich lasse ihn einfach auf dem Sofa sitzen, mitten im Satz, und flüchte in die Küche. Ich versuche, die Kaffeemaschine anzuwerfen, doch meine Hände zittern. Verstohlen überprüfe ich mein Gesicht in der spiegelnden Rundung des Edelstahlkessels. Meine Augen sind aufgerissen, die Pupillen riesig. Sagt man nicht, dass die Pupillen sich weiten, wenn man jemanden ansieht, den man attraktiv findet?

»Fliss?«

Beim Klang seiner Stimme zucke ich zusammen.

»Ich bin in einer Minute bei dir…«

»Fliss.«

»Ich mache nur schnell Kaffee.«

»Ich will keinen Kaffee.«

Ich drehe mich um. Er steht im Türrahmen.

»Hör mal, es bringt doch nichts, wir müssen darüber reden, was am Samstagabend passiert ist.«

Ich bin stark versucht, alles abzustreiten und so zu tun, als sei der ganze Abend im Alkoholdunst versunken, als könnte ich mich an rein gar nichts erinnern, doch er sieht so betroffen aus, dass ich es nicht übers Herz bringe.

»Zerbrich dir nicht den Kopf.« Ich versuche, ihn strahlend anzulächeln. »Das war doch nur ein Kuss.«

»Das ist ja das Problem. Es war mehr als nur ein Kuss, und wir beide wissen es.« Er stockt und wendet den Blick ab, ehe er mich wieder ansieht.

»Es mag sich total verrückt anhören. Ich meine, ich kenne dich kaum. Ich weiß auch nicht, woran es liegt. So etwas ist mir vorher noch nie passiert. Da ist nur dieses…« Er zuckt die Achseln und ringt nach Worten. »Es ist einfach da, dieses Gefühl, dass ich unbedingt mit dir zusammen sein muss. Geht es dir nicht auch so?«

Ich sehe zu Boden. Von wegen innerer Konflikt!

»Liebe Kummerkastentante, ich habe bei der Feier, die eigentlich meine Hochzeit sein sollte, den Mann meiner Träume getroffen, doch leider ist er verheiratet. Ich habe versucht, ihn zu vergessen, doch ich kriege ihn nicht aus dem Kopf. Ich denke an ihn, ich träume von ihm, und jedes Mal, wenn ich ihn sehe, will ich mich auf ihn stürzen und ihm die Kleider vom Leib reißen. Was soll ich tun?«

Angriff ist die beste Form der Verteidigung, beschließe ich.

»Warum bist du dann vor mir weggelaufen?«, frage ich vorwurfsvoll. »Ich küsse dich, und du läufst weg. Wohl kaum das Richtige für mein Ego…«

»Fremdgehen ist nicht gerade meine Stärke.«

»Nein, das überlässt du wohl deiner Frau«, stichele ich, ohne nachzudenken.

Er schweigt.

In Gedanken verpasse ich mir eine Ohrfeige. Und zwar eine kräftige.

»Außerdem kann man einen Kuss wohl kaum als Fremdgehen bezeichnen«, stoße ich zornig hervor, um meine Verlegenheit zu überspielen.

»Nein«, stimmt er mir zu. »Nur das, was nach dem Kuss kam.«

»Nach dem Kuss kam gar nichts mehr. Du bist abgehauen, erinnerst du dich?«

»Und als ich zurückkam, hattest du genau dasselbe gemacht.«

Er kommt auf mich zu.

Ich weiche zurück.

Ich spüre, wie die Tischkante sich in meine Wirbelsäule bohrt. Plötzlich interessiere ich mich brennend für die Bodenfliesen.

»Das sollte uns etwas sagen.«

Ich flüstere nur, doch er steht so dicht vor mir, dass er mich deutlich hören kann.

»Normalerweise geht man Leuten aus dem Weg, die man nicht mag.«

»Oder Leuten, die man zu sehr mag«, antwortet er leise.

Sein Gesicht ist so nahe. Ich kann den weichen Flaum auf seiner vollen Oberlippe sehen. Meine Sinne sind so geschärft, dass ich die Wärme seiner Haut spüren kann, obwohl er mich gar nicht wirklich berührt.

»Fliss?« Seine Stimme klingt leise, unsicher, fragend.

Er streicht eine einzelne Haarsträhne aus meinem Gesicht. Als er mich berührt, wird mir klar, dass es zwecklos ist. Ganz egal, wie sehr ich dagegen ankämpfen will, ich kann nicht. Allein seine Fingerspitzen zu spüren, setzt mich unter Strom. Sein Gesicht ist so nahe, meine Sinne sind plötzlich hellwach…

Er ist hinreißend.

Ich will ihn. Und wie.

Er ist verheiratet.

Wie kann etwas so Falsches sich so richtig anfühlen?

Sein Kuss ist hauchzart. Dieses Mal lasse ich die Augen auf. Ich will mich an jede noch so kleine Einzelheit erinnern.

Ich lasse meine Finger über sein Gesicht gleiten wie ein Blinder, der etwas in Braille-Schrift liest. Verzweifelt versuche ich, mir sein Bild einzuprägen. Seine Lippen gleiten über meinen Nacken. Die Wärme seines Atems auf meiner Haut lässt mich erzittern. Als seine Lippen zu meinem Mund zurückkehren und er mich erneut küsst, beginnt mein Magen zu schäumen wie die Waschmaschine, die gerade schleudert.

Meine Hände gleiten unter sein Hemd und tasten sich über seine warme Haut und die glatte, feste Kurve seines Rückens. Er zieht mich enger an sich, fährt mit den Fingern mein Rückgrat hinauf und spielt mit meinem Haar. Ich bin völlig hingerissen vom Gewicht seines sportlichen, sehnigen Körpers, der sich gegen meinen presst. Sein Kuss wird heftiger, nicht mehr zögerlich, sondern leidenschaftlicher. Und in meinem Kopf macht sich eine mahnende Stimme breit.

Es nutzt nichts, ich kann das einfach nicht. Das ist so, als ob man sich zuviel von seinem Lieblingseis gönnt. Ganz egal, wie gut es im Moment auch schmeckt, die Schuldgefühle danach machen einen Großteil des Genusses zunichte.

Äußerst widerstrebend entziehe ich mich ihm.

»Was ist los, Fliss?«

»Das ist falsch.«

Er sieht zu Boden, dann wieder zu mir.

»So fühlt es sich aber nicht an.«

»Ich weiß, aber diese Situation. Katherine, Richard, du, meine Schwester … Das ist mir zu viel, zu kompliziert. Und ganz nebenbei bist du auch noch verheiratet. Ich will keine Ehe zerstören.«

»Selbst, wenn diese Ehe sich als totale Farce herausstellt?«

»Du hast doch selbst gesagt, sie sei eine Verpflichtung, an der du arbeiten musst.«

Er weicht zurück und lehnt sich mit verschränkten Armen an den Küchentisch.

»Wenn du nicht dasselbe fühlst, sag es einfach. Versteck dich nicht hinter falschen Schuldgefühlen.«

Wären sie es doch nur. Ich weiß ganz genau, dass diese Schuldgefühle mich ein Leben lang begleiten, mir nicht von der Seite weichen werden. Ich hätte Katholikin sein müssen, so gut bin ich darin.

Er ist verärgert. Sein Gesicht ist angespannt, und er schaut mir nicht in die Augen. Wie sehr ich mich danach sehne, diesen zornigen Mund wieder zu küssen.

»Es ist wohl besser, wenn ich gehe«, murmelt er.

Wenn er nicht geht, werde ich etwas tun, was ich später bereue.

»Das ist das Beste«, zwinge ich mich zu sagen.

Wie nichtssagend sich diese Worte anhören.

»Vermutlich.«

Im Gehen dreht er sich noch einmal um. Ich muss wegsehen und mir auf die geballte Faust beißen, um ihn nicht zurückzurufen.

Verliebt zu sein, ist angeblich ein Hochgefühl. Ich dagegen fühle mich wie auf dem Boden einer Grube. Also kann ich nicht in Alex verliebt sein. Würde ich ihn wirklich lieben, wäre ich glücklich. Würde ich ihn wirklich lieben, hätte ich ihn nicht weggeschickt, wiederholt eine Stimme ständig in mir. Doch eine andere sagt, eben *weil* ich ihn liebe, habe ich ihn weggeschickt.

»Er ist verheiratet«, sagt mein Kopf unverblümt.

Mein Herz rät mir immer wieder, mich nicht von technischen Details abhalten zu lassen. Kat hält ihr Eheversprechen schließlich auch nicht ein, oder?

»Aber«, sagt mein Kopf, »das bedeutet noch lange nicht, dass ich mich auf ihr Niveau begeben muss. Irgendjemand muss ja hier den Anstand wahren.«

»Und warum muss dieser Jemand unbedingt ich sein?«, fragt mein Herz niedergeschlagen.

»Ich sage nur Schuldgefühle«, seufzt mein Kopf mitfühlend.

»Oh, hallo, Schuldgefühle, seid ihr auch schon wieder da?«, jammert mein Herz.

Es ist jetzt drei Tage her, dass ich Alex weggeschickt habe. Drei ganze Tage habe ich an nichts anderes als an ihn gedacht. An ihn und daran, was hätte passieren können, wenn ich erlaubt hätte, dass er bleibt.

Wenn ich also nicht in Alex verliebt bin, dann hatte ich Recht damit, dass ich besessen von ihm bin. Besessenheit ist eine zerstörerische Form der Liebe/Lüsternheit. Ich weiß das, ich habe *Eine verhängnisvolle Affäre* gesehen. Glenn Close hat nicht gerade voller Frühlingsfreuden gesteckt. Sie war eher selbstzerstörerisch und mörderisch veranlagt.

Ich werde bestimmt nicht seine Haustiere umbringen oder Säure über sein Auto gießen – das würde ich viel eher bei Richard tun –, aber mein Gehirn kann auf keinen anderen Sender schalten.

Ich denke ständig an Alex.

Ich greife etwa zehnmal pro Tag zum Telefon, um den Hörer dann doch wieder aufzulegen. Ich sehne mich verzweifelt danach, mit ihm zu sprechen. Verzweiflung … was für ein trauriger Zustand. Selbst wenn ich den Mut aufbrächte, ihn anzurufen, was zum Teufel könnte ich sagen? Außerdem lande ich immer bei der unausweichlichen, unverrückbaren Wahrheit – er ist verheiratet.

Und sehen Sie nur, mit wem er verheiratet ist.

Wird die *Ménage à treulos* dann zu einem verqueren Quintett?

Das glaube ich nicht. Wenn ich meinen Gefühlen für diesen Mann nachgebe, könnte ich eine Kettenreaktion auslösen. Außerdem ist es nicht mein Ding, Ehen zu zerstören, und ich habe mich nie in der Rolle der Geliebten gesehen. Ich habe mich gerade erst aus einer zerstörerischen Beziehung befreit, und ich will nicht vom Regen in die Traufe geraten.

Nein, ich kann ihn nicht anrufen.

Ich sage mir das immer und immer wieder, während ich stundenlang neben dem Telefon sitze. Ich werde ihn nicht anrufen. Ich will zwar, aber ich kann nicht. Vielleicht ruft ja er mich an.

Als die Tage ohne Neuigkeiten vergehen, werde ich immer deprimierter und trübsinniger, glotze die Wände an, bevor ich sie hochgehe, starre aus dem Fenster und überlege mir, ob ich nicht lieber aus selbigem springen soll. Jedes Mal, wenn das Telefon klingelt, macht sich ein kurzes Hochgefühl breit, und dann Enttäuschung, wenn nicht er es ist.

Das Telefon ist zu meinem Feind geworden. Es steht da und verspottet mich durch sein Schweigen. Ich kann nicht arbeiten, ich kann mich auf nichts konzentrieren. Nachts streife ich durch die Wohnung, unfähig, Schlaf zu finden. Ich kriege dauernd Hitzewallungen, werde fahrig und breche ohne erkennbaren Grund in Tränen aus. Ich hatte Recht, ich bin besessen. Entweder das oder ich bin in den reichlich verfrühten Wechseljahren.

Das vernünftige Stimmchen, das mir ständig einreden will, Alex zu vergessen und zur Wirklichkeit – und damit zu relativer Normalität – zurückzukehren, wird immer leiser. Je länger ich ihn nicht sehe, desto schlimmer wird es. Eines Tages in nicht allzu ferner Zukunft könnte die Vernunft ihre Taschen packen und sich in einen längeren Urlaub verabschieden, und was mache ich dann? Ich wünschte, mein Gewissen packte ebenfalls seine Taschen, um mit der Vernunft durchzubrennen. Dann wäre die Entscheidung wesentlich einfacher.

Einfacher vielleicht, aber wäre es auch die richtige?

Seit neuestem weiß ich einfach nicht mehr, was ich tue, doch was immer es ist, es muss das Falsche sein. In den letzten Monaten habe ich meinen zukünftigen Ehemann verloren (kein *großer* Verlust, ich weiß), meine beste Freundin, bald wird auch mein Vater seine Sachen packen und gehen, und jetzt verliere ich auch noch den Verstand. Sogar meine Katze hat mich verlassen. Sie ist mehr oder weniger bei meiner Nachbarin von oben eingezogen, die stets einen Whiskas-Vorrat hat, brav die Zentralheizung aufdreht und kein seelisches Wrack ist. Und wenn ich dann schließlich einen Mann finde, der mich antörnt, den ich lieben könnte, einen Mann, der mir wirklich und wahrhaftig *gefällt*, ist er verheiratet.

Sash ist keine große Hilfe.

Mitte der Woche kommt sie auf einen Kaffee vorbei, um das Neueste zu erfahren und die Hochzeitsfotos anzusehen, die meine Mutter unbedingt vorbeibringen musste, nachdem sie sie all ihren Busenfreundinnen gezeigt hatte.

Sash kommt anscheinend immer noch nicht in den Genuss von Nialls Libido, die laut ihrer Aussage auf Nimmerwiedersehen in der Mitte des Bermudadreiecks verschwunden ist, das auch als sein Gehirn bekannt ist.

»Das solltest du mitnehmen, Fliss«, bedrängt sie mich, als sie ein Foto entdeckt, auf dem, o grausames Schicksal, auch Alex zu sehen ist. »Ich würde es tun, wenn er sich mir als Opfer anbieten würde. Mit dem kannst du es mal richtig krachen lassen.«

»Bei euch hängt der Haussegen wohl immer noch schief, was?«

»Wie hast du das erraten? Ehrlich gesagt ist es noch schlimmer geworden. Niall ist einfach immer so erledigt. Das bin ich zwar auch, aber wenigstens gebe ich mir noch Mühe, soweit es noch etwas nutzt. Sein Schwanz trägt im Moment ein Schild »Zutritt verboten«. Stell dir vor, neulich habe ich nachts einfach mal die Hand draufgelegt, um Hallo zu sagen und zu sehen, ob er noch mit mir spricht. Du hast noch nie jemanden so zusammenzucken sehen. Das war der größte Körpereinsatz, den ich seit Monaten bei ihm gesehen habe. Ich weiß nicht, was ich noch tun soll. Vielleicht bin ich es, dessen er überdrüssig ist, und nicht der Sex.«

»Komm schon, Sash, ich bin mir sicher, dass das nicht stimmt. Wir wissen doch alle, wie sehr Niall dich und die Kinder liebt.«

»Ich weiß, dass er mich liebt, Fliss, aber steht er auch noch auf mich? Manche Männer reagieren so seltsam, weißt du. Kaum hat man Kinder, hört man auf, für sie sexuell interessant zu sein. Stattdessen wird man zu einem Muttertier, von dem der Mann die Finger lässt.«

»Ich bin mir sicher, dass das nicht so ist. Ihr habt beide einen anstrengenden Beruf...«

»O ja, er macht jede Menge Überstunden, dass muss ich zugeben, und Jack ist im Moment total auf seinen Daddy fixiert. Er will, dass Niall sich ständig um ihn kümmert, wenn er zu Hause ist... Aber ich bin so frustriert, Fliss.«

»Wem sagst du das!« Ich grinse sie schief an.

»Ich weiß. Was willst du tun?«

»Oh«, ich seufze tief, »keine Ahnung. Ich will ihn sooo sehr, aber es geht nicht. Am besten ist es wohl, wenn ich erst mal gar nichts tue.«

»Ehrlich gesagt...« Sash stellt ihre Tasse ab und wirft mir einen Seitenblick zu, während ein Lächeln um ihren roten Mund spielt. »Auch ich habe dir etwas zu sagen.«

»Ach ja?« Dankbar für jede Ablenkung von meinen Sorgen reiche ich ihr noch einen Keks, ziehe die Füße unter meinen Körper und lausche. »Ich bin ganz Ohr.«

»Ich habe eine Verabredung.«

»Ehrlich?«, hauche ich fasziniert. »Mit wem?«

»Mit meinem neuen Arbeitskollegen...«

»Aber du gehst doch nicht etwa hin, oder?«

»Ich weiß nicht, Lust hätte ich schon. O Mann, und wie ich Lust habe! Er ist hinreißend, und er ist erst zweiundzwanzig.«

»Na, dann hat er seine Blüte schon hinter sich. Heißt es nicht immer, Männer sind mit neunzehn am besten?«

»Tja, in diesem Fall muss ich ihn wohl versetzen.«

»Ihn versetzen? Soll das heißen, dass du etwa schon zugesagt hast?«

Sash nickt und beißt sich vor Aufregung auf die Unterlippe. Sie sieht glücklich und schuldbewusst zugleich aus.

»Und wann?«

»Tja, das ist das Schwierige. Ich brauche einen Vorwand, um wegzukommen.« Sie unterbricht sich und stupst mich an. »Fliiiisss …«, bettelt sie.

»Ich soll dir einen Gefallen tun, was?«

»H-hm.« Sie nickt. »Kannst du mein Alibi sein?«

Ich zögere. Ich mag Niall wirklich, doch Sash ist eine meiner engsten Freundinnen.

»Bitte! Kann ich Niall sagen, dass wir zusammen was trinken gehen oder so? Ich meine, ich habe noch nicht wirklich entschieden, ob ich das Ganze durchziehe oder nicht, aber wenn ja, deckst du mich dann … Ich weiß, dass ich viel von dir verlange, schließlich verstehst du dich sehr gut mit Niall, aber du könntest es auch so sehen, dass du unserer Beziehung hilfst …«

»Ach ja, und wie willst du das begründen?«

Sie grinst.

»Na ja, wenn ich nicht bald Sex habe, bringe ich ihn wahrscheinlich um.«

Meine Rückkehr in die Schule lenkt mich ein wenig ab. Hier habe ich alles unter Kontrolle, ein seltenes Gefühl in letzter Zeit. Ein wenig deshalb, weil ich jetzt der Wahrheit ins Gesicht sehen muss, zumindest was meine Schülerinnen betrifft.

Wie heißt es so schön bei uns? Neugier ist der Katze Tod.

Hastings ist der lebende Beweis für diese Theorie. Sie hat bereits einige ihrer neun Katzenleben dafür vergeudet, ihren pelzigen Hintern an Orten auszubreiten, die sie tunlichst meiden sollte: so hat sie zum Beispiel am Waschtag in der Waschmaschine ein Nickerchen gehalten.

Doch Neugier ist durchaus nicht der Tod Fünfzehnjähriger. Sie heizt ihrer übereifrigen Vorstellungskraft ein wie vertrocknetes Moos einem Lagerfeuer. Es dauert nicht lange, bis die Neuigkeit vom spektakulären Fehlen des Eherings durchsickert. Ganz abgesehen von der ziemlich eindeutigen Tatsache, dass ich noch immer denselben Nachnamen trage wie letztes Schuljahr.

Ich sage mir wieder und wieder, dass mein zweifelhafter Ruhm von kurzer Dauer sein wird, und versuche, mich darauf zu freuen, die Sensation von gestern gewesen zu sein. Die bevorstehende Ankunft eines neuen, jungen, attraktiven, *männlichen* Sportlehrers lässt mich hoffen, dass dieser Tag eher früher als später kommen wird, da die Aufmerksamkeit der Mädchen sich von meinem gescheiterten Liebesleben auf sein potenzielles Liebesleben verlagert. Leider bin ich noch mit etwas anderem gescheitert. Eine weitere Konfrontation erwartet mich, ein weiteres Problem auf meiner langen Liste.

Caroline.

Ich kann nicht leugnen, dass ich sie wirklich vermisst habe. Ich habe sie beide vermisst: Davids ruhige Art und Caros durchtriebenen Sinn für Humor sowie ihre unerschütterliche Treue. Sie war immer für mich da, wenn ich sie gebraucht habe, und ich komme mir ziemlich mies vor, weil ich ihr in den letzten vier Wochen so konsequent aus dem Weg gegangen bin. Hätten sie doch nur nicht versucht, mich in ihr Sexleben mit einzubeziehen.

Ich halte mich nicht für prüde, nicht wirklich, aber Orgien sind entschieden nicht mein Fall. Es ist ja in Ordnung, seine Weichteile auf einer Basis von eins zu eins zu entblößen, aber nicht vor seinen Freunden. Soweit es mich betrifft, ist Sex kein Zuschauersport. Die Geheimnisse und Verlockungen eines bekleideten Körpers sind viel faszinierender als die Realität eines nackten Körpers. Kleider sind eine wunderbare Tarnung. Man kann seine drallen Hüften gekonnt mit einem A-förmigen Rock kaschieren, aber kaum zieht man ihn aus, sind sie für alle Welt sichtbar.

Ich kann es mir lebhaft vorstellen …

He, sieh doch nur, findest du nicht, Anna Harrington hat zugenommen? Ich bin mir sicher, ihr Hintern war bei der letzten

Orgie noch nicht so breit… Und hast du bemerkt, wie Jontys Beine aussehen? Ich dachte immer, was für ein toller Typ er ist – aber diese spindeldürren Beinchen wären ja für ein unterernährtes Huhn noch eine Beleidigung. Kein Wunder, dass er immer so ausgebeulte Jeans trägt… Ach, und sieh nur, Fliss Blakeneys Bauch! Der schwabbelt ja wie Wackelpeter…«

Sich auf seine erste Orgie vorzubereiten, muss genauso hart sein wie ein Training für die Olympischen Spiele. Einen Monat vorher darf man nichts essen und muss jede freie Minute mit Joggen, Rad fahren oder Krafttraining verbringen.

Nein, Orgien sind wirklich nicht mein Ding, und nicht nur, weil ich etwas schüchtern bin. Ich war immer eine sehr freigiebige Person, doch auch ich teile nicht alles.

Ich habe mich immer für ziemlich aufgeschlossen gehalten. Ich verdamme Caro und David ja gar nicht – soll der, der ohne Sünde ist und so weiter. Aber was soll ich zu ihnen sagen? Ich kann nicht so tun, als wäre das Ganze nicht geschehen. Wie also können wir zu der wunderbaren, entspannten Freundschaft zurückkehren, die wir vorher hatten?

Können die Dinge jemals so werden wie früher? Ich weiß es nicht.

Ich denke an die Pornoszene im Wohnzimmer von Angels Court zurück, und ein Lachen steigt in mir auf. Vermutlich ist das der erste Schritt in die richtige Richtung.

Zuerst gelingt es mir, Caroline aus dem Weg zu gehen, indem ich meine Besuche im Lehrerzimmer mit militärischer Präzision kalkuliere, um ihr nicht in die Arme zu laufen. Ehrlich gesagt habe ich mir eine Kopie ihres Stundenplans besorgt und schleiche durch die Gänge des alten Gebäudes wie ein zweiter James Bond. Einmal tauche ich sogar auf der Herrentoilette ab, um ihr zu entgehen. Bei der Männerknappheit, die eine Mädchenschule mit sich bringt, sollte man meinen, ich hätte das Glück, sie leer anzutreffen.

Weit gefehlt.

Mr. Carver, unser runzliger, alter Lateinlehrer, lehnt an einem der Pissoirs und hält seinen ebenso runzligen, alten kleinen Freund in Richtung Becken. Er sieht zu mir auf und seufzt.

»Nil bastardo carborandum«, murmelt er.

Keine Ahnung, ob er mit mir oder mit sich selbst spricht.

Doch meine Ausweichmanöver können nicht ewig so weitergehen.

Irgendwann passt sie mich im verlassenen Lehrerzimmer ab.

»Sollten wir nicht mal miteinander reden, Fliss?« Unsicher lächelt sie mich an.

»Keine Zeit, hab 'ne Doppelstunde Englisch. Bin in Eile«, flöte ich und grinse verkrampft.

Ich weiß, ich bin eine totale Memme, weil ich mich immer vor den unangenehmen Seiten des Lebens drücke.

»Biiitte, Fliss. Wir müssen das klären.«

»Es gibt nichts zu klären, wirklich.« Dümmlich grinse ich sie an, und plötzlich wird mir klar, warum mir jener Abend so im Magen liegt.

Ich bin zutiefst verlegen.

Ich weiß, dass ich eigentlich souverän genug sein sollte, um eine kleine Orgie wegzustecken, aber ich bin es nicht. Als ich meine beste Freundin auf dem Boden und in den Armen einer anderen Frau sah, war ich, na ja, um ehrlich zu sein, ich war einfach schockiert. Und, wie ich bereits sagte, anschließend war ich einfach verlegen.

Ich weiß nicht, wie ich mit der Situation umgehen soll. Ich weiß nicht, ob ich das *kann*. Ich meine, was soll man auch zu jemandem sagen, den man zuletzt nackt auf einer Orgie gesehen hat?

»Äh, hattest du schöne Ferien?« Das dürfte ein Anfang sein.

»Also willst du so tun, als wäre nichts geschehen?«, fragt sie unverblümt.

Das hört sich für mich nach einer guten Idee an. Absichtlich lasse ich meine Unterlagen fallen, sodass ich ihr nicht ins Gesicht sehen muss, und fummele dann auf dem Boden herum, um sie wieder einzusammeln.

»Fliss!«, sagt sie verzweifelt. »So antworte doch.« Ich krieche noch immer auf Knien herum. »Ich brauche deine Freundschaft, Fliss, bitte tu mir das nicht an.«

Ich dachte immer, ich sei diejenige, die sie braucht. Caro, meine Freundin, mein Fels in der Brandung, meine zweite Schwester. Ich wusste immer, dass sie mich mag, mich sogar liebt, aber dass sie mich braucht? Das ist neu.

»Hannah ist schwanger.«

Das lässt mich aufhorchen.

»Du machst Witze!«

»Ich fürchte, nein. Wir haben es gerade erst erfahren.«

»Wie?«

»Wie wohl?« Sie lächelt trocken.

Nein, Lächeln trifft es nicht richtig, es erinnert eher an eine schmerzliche Grimasse.

»Ich bin zwar Englisch- und nicht Biologielehrerin, aber ich glaube, die Grundlagen kenne ich inzwischen. Ich wollte wohl eher fragen, wer?«

»Wer wohl? Jake.«

Jake?

Lieber Gott.

Schuldbewusst – wie üblich – komme ich mühsam auf die Beine und presse die Unterlagen an mich.

»Ach Caro«, flüstere ich, »es tut mir so Leid. Das ist alles meine Schuld. Ich habe sie ermutigt, sich mit ihm zu treffen.«

Sie schüttelt den Kopf.

»Hannah macht doch nur, was sie will … Es ist nicht deine Schuld.«

»Wie geht es ihr?«

»Bemerkenswert gut, nachdem sie erst mal den ersten Schreck überwunden hat. Es ist ja noch sehr frisch, aber sie scheint dem Ganzen erstaunlich gelassen gegenüber zu stehen.«

»Maura, der Freigeist, ist vermutlich überglücklich, wie? Eine weitere Seele, die die wundersame Reise durchs Universum antritt.«

Caroline schüttelt den Kopf.

»Ehrlich gesagt ist sie stinksauer.«

»Na, wenn das keine Kehrtwendung ist.«

»Sie hat Hannah rausgeworfen.«

»Das ist nicht dein Ernst!« Ich bin entrüstet. »Oh, diese scheinheilige ...«

»Keine Sorge, wir kümmern uns um sie.«

»Was wird sie machen?«

»Sie ist wild entschlossen, es zu behalten. Eine Abtreibung kommt nicht in Frage. Aber sie ist noch so jung. Man weiß nie, was kommt ... Aber mal angenommen, sie kriegt das Baby, dann haben David und ich ... na ja, wir haben angeboten, uns darum zu kümmern.« Errötend sieht Caroline zu Boden. »Wir werden sie oder ihn aufziehen. Hannah gefällt diese Idee sehr gut. Sie will es nicht abtreiben, aber sie will auch nicht die Verantwortung tragen ... Sie will etwas aus ihrem Leben machen, die Schule abschließen, studieren ...«

Ungläubig sehe ich meine Freundin an.

»Aber du magst doch keine Kinder.«

»Das habe ich mir immer versucht einzureden, Fliss. Aber nur, weil ich wusste, dass ich nie eigene würde haben können.«

»Du hast mir nie gesagt, dass ...«

»Ich weiß es selber noch nicht sehr lange. Vermutlich war es noch zu frisch für mich, um darüber reden zu können.«

»Also deshalb hat David so gereizt reagiert, als die Kinder dich wegen eines Babys aufgezogen haben?«

Sie nickt.

»Und jetzt, da ein neues Kind kommt ... na ja, da habe ich erst erkannt, wie sehr ich mich nach einem gesehnt habe. Nicht, dass ich vorhabe, es Hannah wegzunehmen«, fügt sie hastig hinzu. »Obwohl David und ich das Kind großziehen wollen, wird es doch immer ihre Tochter oder ihr Sohn bleiben. Und wenn ich erst einmal Ersatzmutter bin, werde ich mich auch benehmen ...«, sie bricht ab und wirft mir einen bedeutungsvollen Blick zu, »... und mehr Verantwortung tragen müssen.«

Ich bin sprachlos.

»Und dir, Fliss, wie geht es dir?«, fragt sie ruhig. »Ich habe von Sally-Anne und Richard gehört. Es war ein Schock für mich. Der Himmel weiß, was das für dich bedeutet haben muss. Ich habe versucht anzurufen ...«

»Ich weiß«, erwidere ich und senke den Kopf, »es tut mir Leid.«

»Schon gut, ich verstehe das. Wie fühlst du dich?«

»Verwirrt«, erwidere ich. »Ich hoffe nur, er macht sie glücklich.«

Die Klingel ruft zur nächsten Stunde.

»Hannah würde sich freuen, dich zu sehen ... Das würden wir alle. Wir vermissen dich. Ich vermisse dich.«

»Ich habe dich auch vermisst, Caro«, murmele ich.

»Dann komm doch mal wieder vorbei ... ja?«

Ich nicke langsam.

Sally und Richard kommen aus den Flitterwochen zurück. Sie sind braun und entspannt und wirken sehr glücklich. Ich werde aus Anlass der »Rückkehr aus den Flitterwochen« zu einem Sherry und einer Fotosession bei Mutter vorgeladen. Richard ist Sally gegenüber in einer Weise aufmerksam und liebevoll, die selbst ich gutheißen muss.

Das übliche selbstgefällige Lächeln taucht nicht ein einziges Mal auf.

Und zum ersten Mal seit Ewigkeiten kann ich auf Richard zugehen, als wäre er ein normaler Mensch. Er ist wie ausgewechselt. Aber vielleicht sehe ich ihn auch in einem neuen Licht. Das ist es wohl, was ich tun muss – ihm dieselbe Chance geben wie jemandem, dem ich zum ersten Mal gegenüberstehe, und in ihm nicht meinen Exverlobten, sondern Sallys Ehemann sehen.

Ich sollte versuchen, die Vergangenheit ruhen zu lassen und Richard als meinen Schwager willkommen zu heißen. Er behandelt mich ganz anders als früher und versucht nicht den ganzen Abend über, mich aufzuziehen. Stattdessen konzentriert er sich ganz auf Sally-Anne und ist, mangels eines besseren Wortes, *höflich* zu mir. Ich hatte mit der üblichen arroganten, streitlustigen Haltung gerechnet, aber meine Bedenken sind unberechtigt. Oder wenn schon nicht unberechtigt, so doch nebensächlich, denn im Moment stehen andere Dinge im Vordergrund.

Dad wartet noch über eine Woche, nachdem Sally ihren letzten Koffer in Richards Wohnung gebracht hat, ehe er beschließt, dass er es nicht länger aushält. Er gesteht mir, dass sein Leben noch unerträglicher geworden ist, seit er allein mit Mutter zu Hause ist und keine Sally-Anne als erfahrene Diplomatin mehr Frieden stiften kann. Schließlich sagt er Mutter, dass er sie verlässt.

Seine Entscheidung scheint sie seltsam unberührt zu lassen. Nicht, dass sie sich mir anvertrauen würde, wenn sie in dieser Sache etwas anderes außer verbitterter, unbeugsamer Resignation empfände – ihrem gegenwärtigen Geisteszustand.

Ich erinnere mich daran, dass ich als kleines Mädchen meinen Vater gefragt habe, warum er sie geheiratet hat. »Weil andere es erwartet haben« schien auf seiner ziemlich bescheidenen Liste ganz oben zu stehen. Ich habe nie gewagt, meiner Mutter dieselbe Frage zu stellen, doch wenn ich es getan hätte, hätte ich vermutlich eine überraschend ähnliche Antwort erhalten.

Meine Mutter ist jemand, der stets korrekt handelt. Ich sage nicht richtig, denn das ist es nicht immer. Ich spreche vom gesellschaftlich akzeptierten Weg. Ich glaube, sie hat gehorsam die Richtung eingeschlagen, die man von ihr erwartete. Doch ihr Leben wurde von den unausweichlichen Enttäuschungen vergiftet, die daraus resultierten, dass sie nie das bekommen hat, was sie eigentlich wollte.

Sie hat geheiratet, weil das von jungen Frauen erwartet wurde. Stellte sich die Ehe als Erfolg heraus, hatte man Glück gehabt, zumindest glaubte man das damals. Falls nicht, blieb man trotzdem zusammen.

Ich glaube nicht, dass Sally-Anne von Dads Entscheidung überrascht war. Wie ich ist sie in einer Familie groß geworden, in der es nur einem Idioten entgehen konnte, dass die elterliche Einheit alles andere als einheitlich und alles andere als glücklich war. Dennoch ist sie sehr erschüttert. Am Anfang ihrer Ehe steht das Ende der Ehe ihrer Eltern. Sie kommt nicht umhin, die beiden Vorkommnisse zu verknüpfen und sich zu fragen, ob es eine Art böses Omen ist.

Sally und ich helfen Dad beim Packen. Es ist schon bedenklich, wie wenig Sachen in diesem Haus ihm gehören. Eine kleine Kiste, in der sich hauptsächlich Krimskrams aus dem Schuppen befindet, ein kleiner Koffer und der fette Roger. Nach all den Jahren sollte man meinen, sie hätten eine gemeinsame Geschichte, gemeinsame Erinnerungen.

Das Traurige daran ist, dass sie so lange in einem Gefühlsvakuum gelebt haben. Jetzt weiß ich, dass es die richtige Entscheidung war, Richard nicht zu heiraten. Er und ich hätten in dreißig Jahren genauso dagestanden.

Ich hoffe nur, es ist nicht das Schicksal, das Sally und Richard erwartet. Doch allmählich glaube ich, ich könnte mit meiner Befürchtung falsch liegen.

Es ist Montagabend, und Richard macht Überstunden. Doch er scheint Sally jede halbe Stunde anzurufen, um sicherzugehen, dass alles in Ordnung ist.

Mutter spielt die heilige Johanna auf dem Scheiterhaufen. Sie sitzt auf dem Sofa, blickt finster drein wie eine böse alte Krähe und beobachtet aus scharfen kleinen Augen genau, ob Dad auch ja nichts mitnimmt, was ihrer Meinung nach ihr gehört.

Glenys ist als Vermittlerin herbeizitiert worden.

Ohne Unterlass säuselt sie, wie stark Miriam doch sei.

Sie ist nicht stark, was Dads Weggehen betrifft.

Es ist ihr einfach egal.

Sie genießt es, die Märtyrerin zu spielen, eine Rolle, die sie über die Jahre perfekt einstudiert hat. Jede Gelegenheit, ihr Talent unter Beweis zu stellen, wird dankbar angenommen. Was meine Mutter betrifft, ist Dad ein unnützer Teil ihres Lebens. Für sie ist das so, als entferne man eine Warze. Man hat sich vielleicht daran gewöhnt, dass sie da ist, aber man wird sicher nicht behaupten, sie fehle einem, nachdem sie erst mal weg ist. Nur als Dad ein ziemlich wertvolles Gemälde einpacken will, ein Hochzeitsgeschenk seiner Familie, zeigt sie eine Reaktion – traurigerweise einen Ausdruck reiner Gier.

»Stell das zurück, Drew!«, kreischt sie. »Es war ein Geschenk an uns beide. Du musst mir die Hälfte des Wertes ersetzen, wenn du es mitnehmen willst.«

Wir winken zum Abschied, als Dad und Roger die Straße hinabfahren. Als sie am Ende ankommen, bleibt Dad stehen und wirft uns eine Kusshand zu. Erleichtert sehe ich, dass sowohl er als auch Roger lächeln.

Sally weint still vor sich hin.

»Es ist für alle das Beste«, versuche ich, sie zu trösten. »Sie waren nicht glücklich, Sal. So haben sie wenigstens die Möglichkeit, noch etwas Freude zu erleben.«

»Ich weiß, dass sie nicht glücklich waren, und ich weiß, dass es für beide das Beste ist. Und ich weiß, dass es egoistisch ist, aber für uns wird es nie mehr so sein wie früher, Fliss. Unser Elternhaus wird mir nicht mehr wie unser Elternhaus vorkommen.«

In diesem Elternhaus habe ich mich nie besonders wohl gefühlt, doch ich verstehe Sals Reaktion. Sie hakt sich bei mir unter, als wir langsam ins Haus zurückkehren. Schweigend betreten wir das Wohnzimmer, wo Mutter die verbleibenden Ziergegenstände mit seltsam befriedigter Miene neu arrangiert.

»Gott sei Dank ist es vorüber«, sagt sie, als spräche sie von einem langweiligen Fernsehprogramm.

»Meinst du den Auszug oder eure Ehe?«, kann ich nicht umhin, sie anzufahren. »Wie kannst du ihn einfach so gehen lassen?«

Ich weiß, die Frage klingt merkwürdig, wo ich doch ihre Trennung befürwortet habe, aber ich habe nie verstanden, warum meine Mutter den Gefühlen meines Vaters so gleichgültig gegenüberstand, obwohl er ein so herzensguter Mensch ist.

»Ich flehe ihn doch nicht an zu bleiben«, entgegnet sie und starrt mich eisig an.

»Aus Stolz oder weil er dir einfach schnuppe ist?«

Sie antwortet nicht. Stattdessen starrt sie mich weiter wütend an. Ihre Augen sind so kalt wie ihr anscheinend tiefgefrorenes Herz.

»Hast du ihn je geliebt?«, beharre ich. »Los, sag es mir, warum hast du ihn geheiratet?«

»Weil er mich gefragt hat.«

»Und das ist alles? Willst du damit sagen, du hast ihn nie geliebt?«

»Ich will damit sagen, was ich dir schon tausendmal gesagt habe, obwohl du nie auf mich gehört hast. Zu einer Ehe gehört mehr als das einfältige Ideal von Liebe und Romantik.«

»Ja, Vertrauen und Respekt zum Beispiel, aber die hattest du ja nie, oder?«

»Ich glaube es einfach nicht«, zischt sie. »Die ganze Zeit erzählst du mir, was für eine Farce meine Ehe war, und dann fragst du auch noch, warum ich deinen Vater nicht gebeten habe zu bleiben! Du glaubst vielleicht, du wüsstest alles, was es über die Liebe und das Leben zu wissen gibt, Felicity, aber du hast noch eine ganze Menge zu lernen. Aber auf mich hörst du ja nicht. Du kannst einfach nicht verstehen, was Sicherheit und Stabilität wirklich wert sind. Die Liebe ist ein unbeständiges Gefühl ohne Dauer, darauf kann man kein gutes Leben aufbauen.«

»Nennst du dein Leben etwa ein gutes Leben? Es ist dir total egal, dass dein Mann, mit dem du dreißig Jahre verheiratet warst, dich gerade verlassen hat. Stattdessen verlangst du, ich soll mir für mein künftiges Glück an dir ein Beispiel nehmen! Du hast mir ein Beispiel gegeben, das ich nie vergessen werde! Du hast mich davon überzeugt, dass ich nie ein so elendes Leben wie du führen will!«

Zitternd vor Wut stürze ich aus der Tür. Sally folgt mir nach draußen und schlingt die Arme um mich.

»Das ist für uns alle schwierig«, murmelt sie und legt kurz die Stirn an meine Schulter, bevor sie mich loslässt und mit einem resignierten Lächeln aufzumuntern versucht.

»Ich weiß, ich weiß. Aber Dad scheint ihr einfach egal zu sein.«

»Sie ist nicht wie du, Fliss, sie hat ganz andere Wertvorstellungen. Dafür solltest du sie nicht hassen.«

»Sie hassen?« Mit Tränen in den Augen drehe ich mich zu Sally um. »Das ist das Seltsame daran, ich hasse sie nicht. Ehrlich gesagt tut sie mir Leid.«

Kapitel 9

Das einzig Gute an dieser ganzen vertrackten Angelegenheit ist, dass Sally-Anne und ich uns jetzt viel näher stehen. Obwohl wir immer gut miteinander klargekommen sind, haben wir uns gegenseitig als selbstverständlich betrachtet. Seit Dad weg ist, brauchen und schätzen wir uns noch ein wenig mehr.

Mutter macht Sally wahnsinnig. Nachdem Sally zu Richard gezogen ist, sieht es aus, als wolle Mutter es ihr gleichtun und hat sich quasi bei ihnen breitgemacht. Das Gästezimmer ist nicht länger Gästezimmer, sondern Mutters Zimmer. Jedes Mal, wenn sie zu Besuch kommt, was in den drei Wochen, seit sie aus den Flitterwochen zurück sind und Vater ausgezogen ist, etwa neunzig Prozent der Zeit der Fall war, deponiert sie etwas anderes dort.

Sie ist wie eine umgekehrte Kleptomanin, die Besitztümer in der Reisetasche mitbringt. Es ist schon so weit, dass Sally sie am liebsten jedes Mal filzen würde, wenn sie zur Tür hereinkommt, um sicherzugehen, dass sie nicht wieder versucht, etwas hereinzuschmuggeln. Eine ganz hinterhältige Methode, sich irgendwo einzuschleichen.

Sally hat ihrerseits begonnen, sich in meine Wohnung zurückzuziehen, nur um ihr zu entkommen.

»Richard denkt wahrscheinlich, er hätte uns beide geheiratet«, seufzt sie häufig. »Ich weiß ja, dass Mutter sich einsam fühlt, aber wir sind erst seit fünf Wochen verheiratet. Ich kann mir nicht vorstellen, dass ihm die Idee gefällt, unser Gästezimmer bereits jetzt in eine Einliegerwohnung für die Großmutter zu verwandeln.«

Ich habe ein schlechtes Gewissen, weil ich mich nicht gut genug mit Mutter vestehe, um einen Teil der Last von Sallys

Schultern zu nehmen. Doch selbst wenn ich sie einladen würde, das Wochenende bei mir zu verbringen, würde sie mich wahrscheinlich nur auslachen. In unserer Beziehung ist es nicht vorgesehen, etwas zusammen zu unternehmen. Zumindest nicht freiwillig.

Wir haben in etwa so viel gemeinsam wie ein Schokoriegel und eine Selleriestange. Beide sind essbar, aber einer davon ist schwer genießbar.

Es ist schon traurig, wirklich.

Andererseits habe ich Dad immer so nahe gestanden, dass ich nie wirklich das Gefühl hatte, etwas zu vermissen.

Er ist jetzt seit drei Wochen weg, obwohl es mir vorkommt wie eine Ewigkeit. Wir telefonieren häufig, aber das ist etwas anderes, als ihn in fünfzehn Minuten Entfernung zu wissen. Die mysteriöse Florrie lebt in Kent, was erklärt, warum Dad dort in den letzten Jahren so viel Zeit beim »Fischen« verbracht hat. Ich weiß, dass es eigentlich nicht weit entfernt liegt, doch im Moment kommt es mir vor wie das andere Ende der Welt.

Auch von Alex habe ich nichts mehr gehört. Nicht dass ich es erwartet hätte. Ich hatte meine Chance, und ich habe sie vertan. Ich weiß, dass ich es tun musste, mir war nur nicht klar, wie schlecht ich mich dadurch fühlen würde. Was hat Sash gesagt? Ist es besser, etwas zu tun, was man vielleicht bedauert, als etwas zu bedauern, das man nicht getan hat? Wir sind immer noch nicht einig in dieser Frage.

Anscheinend stellt ihr der tolle Zweiundzwanzigjährige immer noch nach. Sie ist ihm noch nicht erlegen, aber das Ganze tut ihrem Ego enorm gut.

Vielleicht ist es das, was ich brauche: Mich hemmungslos von einem unglaublich durchtrainierten, sexy Zweiundzwanzigjährigen umgarnen zu lassen. Leider ist der Einzige, von dem ich zur Zeit verfolgt werden möchte, ein unglaublich durchtrainierter, zum Verrücktwerden verheirateter Fünfunddreißigjähriger.

Sechs Wochen nach den Flitterwochen ruft Sally an, um mich einzuladen. Ich lehne so liebenswürdig wie möglich ab. Obwohl ich anscheinend immer noch nicht klar sehe, wohin mich mein Weg führt, scheine ich über die selbstzerstörerische Phase hinweg zu sein. Ich verstecke mich abends nicht mehr unter meiner Bettdecke und zappe, und auch im Kühlschrank finden sich erstaunlicherweise seit zwei Wochen keine Marsriegel mehr.

Doch zur Zeit will ich noch nicht einmal zum Supermarkt gehen, geschweige denn zu einer Party, bei der, obwohl von meiner entzückenden Schwester veranstaltet, zweifelsohne ihr grässlicher Ehemann und diverse seiner genauso grässlichen Freunde anwesend sein werden.

Abgesehen davon, dass ich Sie-wissen-schon-wen vermisse, ist die Arbeit schrecklich – oder sollte es meine neue Schulklasse sein, die schrecklich ist? Die Mädchen haben sich meine gegenwärtige, wie soll ich sagen, mehr als laxe Haltung zunutze gemacht und führen sich auf, als hießen sie alle Damien und hätten 666 auf der Stirn eintätowiert. Ich weiß, es ist meine Schuld. Normalerweise kann ich einen Haufen hormongestörter Halbwüchsiger mit Zuckerbrot und Peitsche ganz gut im Zaum halten, doch die Erkenntnis, dass es meine Schuld ist, wenn ich zur Zeit ein Waschlappen bin, verschlechtert meine Stimmung nur noch.

Am liebsten würde ich den ganzen Kram hinschmeißen.

Der Gedanke, mich zu Wigs zu gesellen, die im Moment an einem Ort herumhängt, den sie als »beängstigend schön« beschreibt, einer kleinen Insel vor der Küste Sri Lankas, wird immer verlockender. Unglücklicherweise reicht meine Waschlappigkeit so weit, dass ich unfähig bin, mich zu solch einer bedeutsamen Entscheidung durchzuringen.

Leider ist auch Sally nicht abzuschütteln, da sie zur Zeit über viel mehr Willenskraft verfügt als ich, was nicht schwer ist, wenn man bedenkt, dass sogar ein Pommes frites aus dem Backofen über mehr Willenskraft als ich verfügt. Deshalb bröckelt mein Widerstand bald.

»Natürlich kommst du, Fliss. Das ist meine erste Dinnerparty und du musst dabei sein.« Sie schlägt einen bittenden Tonfall an.

»Ehrlich, Sal«, stöhne ich. »Lieber nicht, ich würde mir nur wie das fünfte Rad am Wagen vorkommen.«

»Keine Sorge, wir finden einen netten Begleiter für dich.«

»In diesem Fall komme ich erst recht nicht«, entgegne ich angriffslustig.

»Biiiitte, Fliss!«, bettelt Sally-Anne. »Ich brauche dich doch, wirklich.«

Sie hört sich seltsam an.

»Alles in Ordnung, Sally?«

Sie schweigt einen Augenblick.

»Natürlich. Ich brauche nur ein bisschen moralische Unterstützung, das ist alles.«

»Moralische Unterstützung? Gibt's dafür einen Grund?«

»Nein.« Sie hört sich nicht besonders überzeugend an. »Ist wohl nur die Aufregung. Jetzt sag schon ja, Fliss, bitte.«

Ich gebe nach.

»Also gut, aber versprich mir, dass du nicht versuchst, mich mit einem von Richards Freunden zu verkuppeln, okay? Das wäre einfach zu erniedrigend.«

»Aber du solltest wirklich einen Tischnachbarn haben, damit die Zahl gerade ist.«

»Kannst du diesen Brauch nicht für einen Abend vergessen? Muss unbedingt ein Männlein auf ein Weiblein kommen?«

»Du hast doch gesagt, dass du dir sonst wie das fünfte Rad am Wagen vorkommst. Vertrau mir, Fliss.«

Woran mag es nur liegen, dass man instinktiv das Gegenteil tun will, wenn andere »Vertrau mir« sagen?

»Na gut, aber keinen von Richards dämlichen Freunden, versprochen?«

»Richards Freunde sind nicht alle furchtbar. James magst du doch, oder?«

»Jeder mag James.«

»Ich weiß, er ist hinreißend, nicht wahr?«

»Stimmt, aber das bedeutet noch lange nicht, dass ich mit ihm verkuppelt werden will.«

»Keine Sorge«, Sally lacht, »ich habe ihn bereits für jemand anderen vorgesehen.«

»Das wird ihn freuen«, antworte ich trocken und denke an die Hochzeit zurück, bei der Erica ihm wie ein Hündchen gefolgt ist. »Versprich mir, Sal, dass du nicht versuchst zu kuppeln, ja? Es macht mir nichts aus, neben jemandem zu sitzen und höflich zu plaudern, aber bitte keine Kuppelei.«

»Na gut«, seufzt sie. »Wer käme denn dann in Frage? Um neben dir zu sitzen?«

»Wie wäre es mit Roger? Damit wäre das höfliche Gelaber überflüssig, das vorgibt, ein Gespräch zu sein. Er würde sich auch nicht betrinken und zudringlich werden, und das Einzige, worüber er am Ende des Abends sein Bein heben würde, wäre ein Laternenpfahl.«

»Ich kann mir nicht vorstellen, dass seine Tischmanieren den Gepflogenheiten entsprechen«, Sally lacht, »aber ich verstehe, worauf du hinauswillst. Du willst jemanden, der gehorsam und zärtlich ist, der bei deinem Anblick ins Sabbern gerät und sich riesig freut.«

»Hört sich nach dem perfekten Mann an, solange ich ihm nicht den Bauch kraulen und den ganzen Abend Fangen mit ihm spielen muss. Soll ich etwas mitbringen?«

»Nur dich selbst«, erwidert sie spitz.

»Keine Sorge, ich werde da sein. Um wie viel Uhr?«

»Na ja, Essen gibt es um halb neun, aber wenn du etwas früher kommen könntest, wäre ich dir ewig dankbar«, fleht sie.

»Schon klar, ich soll die Tür aufmachen und die Mäntel in Empfang nehmen, während du die reizende Gastgeberin spielst, was?«

»Es wäre einfach gut zu wissen, dass du da bist, falls ich in Panik gerate, weil es klingelt, während ich gerade versuche, etwas zu flambieren.«

»Damit ich die Feuerwehr rufe?«

»So in der Art. Sagen wir halb acht?«

Samstagabend. Punkt halb acht stehe ich vor Richards Tür – Entschuldigung, vor Sallys und Richards Tür. Ich habe mich in Schale geworfen und das obligatorische kleine Schwarze angezogen, zu dem ich eine bezaubernde, blau-weiß gestreifte Küchenschürze trage. Seit der Hochzeit habe ich Richards Wohnung nicht mehr betreten. Genau genommen war ich seit jener schicksalhaften Nacht im Juli nicht mehr hier, die eher drei Jahre als drei Monate zurückzuliegen scheint.

Als Sally die Tür aufmacht, würde ich am liebsten fragen: »Was machst du denn hier?« Sie wirkt in dieser Umgebung seltsam fehl am Platz, als hätten wir die Rollen getauscht.

Sally ist ähnlich angezogen wie ich, nur das Kleid scheint sie vergessen zu haben. Sie trägt blassrosa Seidendessous unter einer rosa geblümten Schürze. Sonst nichts. Ihr Gesicht glüht und ihr dunkles, hochgestecktes Haar beginnt, sich zu lösen, während sie einen verkohlten Kochlöffel schwingt, als wolle sie mir damit eins überziehen.

»Fliss«, stammelt sie atemlos, »Gott sei Dank bist du da. Alles läuft schief. Ein einziges Desaster… Ich habe mein neues Kleid mit der Meeresfrüchtesoße bekleckert, die Küchengardinen in Brand gesetzt, die Kartoffeln verkocht und eine ganze Schachtel mit silbernen Serviettenhaltern in den Müllschlucker gekippt. Und das Schlimmste – o Fliss, es ist grauenhaft – die Vorspeise lebt noch!«

»Wie bitte?«

»Die Vorspeise«, jault sie, »lebt noch und läuft durch die Küche! Du musst etwas tun, Fliss!«

Im Geiste sehe ich mich eine irrsinnige Kuh muhend durch die Küche jagen. Ich blinzele. Das Bild verschwindet.

»Äh, was genau essen wir denn?«

»O Fliss!«, schluchzt sie. »Es war alles Richards Idee, und natürlich musste er heute arbeiten und kommt spät nach Hause. Und ich muss jetzt dieses kleine Biest massakrieren. Dabei ist es gar nicht so klein, sondern sogar ziemlich groß. Ich hab noch nie ein größeres Exemplar gesehen!«

Nun, damit meint sie ganz sicher nicht das, was Richard in der Hose hat.

»Wovon redest du, Sally?«

Wenn sie noch hysterischer wird, werde ich ihr eine Ohrfeige verpassen müssen.

»Es ist furchtbar! Richtig gruselig und bösartig, und dann diese fiesen kleinen Augen ...«

»Mutter ist aber nicht hier, oder?« Die Ironie erreicht Sally nicht.

»Nein«, antwortet sie mit aufgerissenen Augen.

»Na, vermutlich sollte ich dankbar sein für dieses kleine Glück. Dann lass mal sehen.«

Sally schiebt mich vor sich her in Richtung Küche. Welch schreckliches, teuflisches Ding sich wohl hinter den Schwingtüren verbirgt? Ich kann es nirgends sehen. Dann entdeckt Sally es und springt kreischend auf einen Stuhl.

»Da unten, Fliss, da unten!«

Ich gehe in die Hocke und blicke unter den Küchentisch.

Zwei schwarze Knopfaugen in einem harten braunen Gesicht erwidern meinen Blick. Unter Sallys Küchentisch hockt der größte Hummer des Universums und wedelt bedrohlich mit einer seiner Kneifzangen. Ich könnte schwören, er runzelt finster die Stirn.

»Er ist unsere Garnitur. Es gibt Pfannkuchen mit Meeresfrüchten. Aber als ich die Schachtel aufmachte, habe ich mich total erschrocken. Ich dachte, das Ding wäre bereits ..., na ja, du weißt schon ...«, sie fährt sich mit dem Finger quer über die Kehle, »... tot.«

Was für eine Art, sein Leben zu beenden – als Garnitur für ein Abendessen! Kein Wunder, dass er ziemlich übellaunig aussieht.

»Er erinnert mich ein bisschen an Richard«, sage ich nachdenklich und betrachte das kleine, harte braune Gesicht mit den fiesen kleinen Augen. »Es wird mir ein Vergnügen sein, ihn lebendig ins kochende Wasser zu werfen!«

Natürlich meine ich das nicht ernst. Ich bin nicht gerade zart besaitet, doch selbst ich finde den Gedanken nicht verlockend, etwas zu kochen, das sich noch bewegt.

»Es tut mir Leid, Sally.« Ich gebe mich geschlagen. Nachdem es mir endlich gelungen ist, das verdammte Biest mittels eines Salatbestecks und eines Kehrblechs samt Besen wieder einzufangen, kneife ich, als es daran geht, es in das kochende Wasser auf dem Herd zu werfen. Wir werden uns etwas anderes einfallen lassen müssen.

»Wir könnten ihn in der Badewanne ertränken«, schlägt sie zögernd vor.

»Ertränken? Also ehrlich, Sally, wo hat dieses Ding denn deiner Meinung nach wer weiß wie viele Jahre gelebt?«

»Keine Ahnung«, jammert sie. »Auf der Schachtel stand Portsmouth.«

»Ich finde, wir brauchen einen Drink.« Ich werfe den Hummer zurück in seinen Holzsarg und mixe uns beiden einen großen Gin-Tonic.

Drei weitere, sehr große Gin-Tonics später sind wir wesentlich entspannter, der Hummer hört inzwischen auf den Namen Ethelred, der Ungekochte, und wir sind der Lösung, wie man das verdammte Ding auf humane Weise um die Ecke bringt, keinen Schritt näher. Sally schlägt vor, es mit der Pistole zu erschießen, die Richard in der obersten Schublade seines Schreibtischs aufbewahrt, doch eine Vorspeise mit einem frischen Einschussloch im Schädel zu servieren, erscheint uns auch nicht als die feine Art.

Bei meinem Glück würde die Kugel sowieso an seinem panzerartigen Körper abprallen und stattdessen mich treffen. Nach einem weiteren großen Gin kommen wir auf die glorreiche Idee, zu versuchen, ihn zu ersticken, doch die Vorstellung von einer Plastiktüte, die einsam durch die Küche läuft, ist nach so viel Alkohol eher abschreckend. Schließlich tauchen wir ihn in einen Eimer voller Whisky und Wasser, schieben das Ganze in den Ofen und drehen das Gas auf, was erstaunlicherweise zu funktionieren scheint.

»Wenigstens hatte er einen schönen Tod«, erklärt Sally und schwenkt ihr Glas. »*Salute*, Vorspeise.«

»Prost«, stimme ich zu und nehme mir insgeheim vor, Vegetarier zu werden – falls ich den Heißhunger auf Schinkenbrote unter Kontrolle kriege.

Ich schicke Sally-Anne ins Schlafzimmer, um sich anzuziehen, während ich die Vorbereitungen wieder aufnehme. Gegen zehn vor neun werde ich allmählich wieder nüchtern, Richard, dieser Drecksack, ist immer noch nicht aufgetaucht, dafür ist der Tisch schön gedeckt, muss ich mich selbst loben, und alles ist bereit. Der Hummer thront auf einem silbernen Tablett, umgeben von einer Garnitur aus grünem Salat, Lollo Rosso und Zitronen.

Die Knopfaugen sind während des Kochens herausgefallen. Das freut mich, denn sein Blick schien einem unablässig zu folgen, genauso wie bei Mona Lisa. Gelächelt hat er dabei allerdings nicht, ob nun geheimnisvoll oder sonstwie. Doch nun ist der böse Blick verschwunden. Ich bin mir sicher, jetzt lächelt er – das sollte er auch, wenn man bedenkt, dass er soeben in fast einer ganzen Flasche Jack Daniels plantschen durfte.

Es klingelt. Es überrascht mich, dass Richard keine Melodie installiert hat, die zu den anderen elektronischen Mätzchen gepasst hätte, mit denen er sein Heim ausstaffiert hat. »Mr. Vain« wäre durchaus angebracht gewesen oder auch Hot Chocolate, die ihm jedes Mal »You Sexy Thing« vorsingen, wenn er zur Tür hereinkommt.

»Fliss!«, jammert Sally-Anne im Schlafzimmer.

»Nur die Ruhe. Ich mache schon auf.«

Typisch Richard. Kommt zu seiner eigenen Party zu spät.

Der erste Gast ist Sals beste Freundin Erica, die ich seit der Hochzeit nicht mehr gesehen habe. Ganz offensichtlich hat sie sich große Mühe mit ihrem Outfit gegeben. Auch wenn das jetzt vielleicht gemein klingt: Wie schade, dass es nicht funktioniert hat.

Ihr übermäßig geschminktes Gesicht kann nur das Werk einer der übereifrigen ortsansässigen Kosmetikerinnen sein. Der Kajalstrich um ihre Augen ist so akkurat, als wäre er mit dem Kompass gezogen worden, die Grundierung gleicht einem Pudding, und das Rouge besteht aus zwei roten Streifen auf ihren nicht vorhandenen Wangenknochen. Das dunkle Haar hat sie *à la* Jennifer Lopez zurückgegelt, was sie aussehen lässt wie eine dicke, lachende Matroschka mit Julia-Roberts-Grinsen.

Sie hat eine Flasche Pouilly Fumé mitgebracht und lächelt aufgeregt. Als ich die Tür öffne, haut mich das Parfüm, das sie großzügig auf ihrem Dekolleté verteilt hat, fast um.

Sie trägt ein Killerkleid, ein kleines rotes Nichts, das vorne und hinten ungeahnt tiefe Einblicke gestattet. Ihr knallroter Lippenstift passt exakt dazu. Deshalb überrascht es mich nicht, als es fünf Minuten später erneut klingelt und James mit einer einzelnen roten Rose vor der Tür steht.

»Für Erica?«, frage ich ihn. »Wie passend.«

»Äh, nein.« Sein Lächeln verschwindet. »Eigentlich war sie für Sally.« Nervös späht er an mir vorbei ins Wohnzimmer. »Erica ist doch nicht etwa schon da, oder?«

Ich nicke.

Er legt einen Finger an die Lippen, winkt mir schweigend zu und beginnt den strategischen Rückzug. Doch es ist zu spät. Sally-Anne taucht aus dem Schlafzimmer auf.

»James, wie schön, dass du kommen konntest!« Sie ergreift seine Hand und küsst ihn auf die Wange.

»Finde ich nicht!«, flüstert er mir zu, als Sally ihn ins Wohnzimmer führt wie ein Lamm zur Schlachtbank.

Wenn der gute, alte James Erica aufgehalst bekommen hat, wen kriege dann ich ab? Vielleicht sollte ich mich eiligst zurückziehen, solange noch Zeit dazu ist.

Sally hat James neben Erica aufs Sofa gedrückt. Es ist ein langes schwarzes Ledersofa, das ich quietschen hören kann, als er sich verstohlen bemüht, so weit wie möglich von ihr fortzurobben.

Ich folge Sally zum Schrank mit den Getränken, wo sie James einen extragroßen Whisky eingießt.

»Äh, Sally, erinnerst du dich daran, dass du mir versprochen hast, einen netten Tischpartner für mich zu finden? Das war ein Scherz, oder?«

»Na ja, wir mussten jemanden finden, damit es eine gerade Zahl ergibt, Fliss«, murmelt sie ausweichend.

»Und wer genau sorgt für diese gerade Zahl?«, hake ich nach.

Sally reicht James sein Glas und lächelt nervös.

»Äh, ich seh nur mal nach, ob der Hummer auch wirklich tot ist...« Sie will sich verdrücken, doch ich packe sie am Arm.

»Ihm sind die Augen ausgefallen, Sally«, zische ich mit zusammengepressten Lippen, »und er hat sich seit zehn Minuten nicht mehr bewegt. Wahrscheinlich hat schon die Leichenstarre eingesetzt. Wenn der nicht tot ist, fresse ich einen Besen. Apropos tot, auch du wirst es sein, wenn du nicht sofort meine Frage beantwortest.«

Wieder geht die Türklingel.

»Gerettet«, murmelt Sal. »Wahrscheinlich ist er es sowieso. Warum siehst du nicht selber nach?« Hastig entwindet sie sich meinem Griff.

Zögernd nähere ich mich der Tür. Als ich sie öffne, überkommt mich plötzlich das Verlangen, mir die Augen zuzuhalten.

»Feliiiicity...«, grollt eine tiefe Stimme, und die Zunge gleitet lüstern über die Konsonanten in meinem Namen, wie bei einem Kind, das ein Eis leckt.

Ich bin tot und in der Hölle. Das muss die Strafe für meinen

Anteil am Mord eines unschuldigen, obgleich übellaunigen Hummers sein. Im Türrahmen lehnt Ollie Barton-Davis.

Ollie, die Krake. Ein Mitglied des Meeresdezernats, gekommen, um Rache zu nehmen für Ethelred, den Ungekochten.

Glatzköpfig, fett und fünfzig, das ist Ollie, Richards Kanzleichef.

Er hält sich für Gottes Geschenk an die Frauen.

Ich halte ihn für Gottes Mahnung an die Frauen, anständige Männer zu würdigen.

Ollie ist nicht anständig. Er ist ein geiler, alter Sack – die Art, die schon als Kind den Mädchen die Röcke hochgerissen und am Gummibund ihrer Höschen gezupft hat, um sich aufzugeilen. Apropos: Er ist einer von denen, die als Mann den Frauen die Röcke hochreißen und am Gummibund ihrer Höschen zupfen, um sich aufzugeilen.

Ich kann nicht den ganzen Abend neben ihm sitzen. Das ist nicht nett, und ganz bestimmt nicht sicher. Es sei denn, ich verstecke eine Mausefalle in meinem Slip.

»Du siehst mal wieder au-ßer-ge-wöhn-lich gut aus, meine Liebe. Als Richard mir erzählt hat, du bräuchtest für das heutige Essen noch einen Begleiter, habe ich mich sofort aufs Ross geschwungen und bin hergaloppiert. Ha, ha, ha! Na ja, genau genommen habe ich mich in Richards BMW geschwungen, er parkt gerade. Er hat mich vor der Tür abgesetzt, weil ich es nicht *erwarten* konnte, dich zu sehen… Jetzt, wo wir beide jung, frei und Single sind, wie?« Er zwinkert mir zu.

Vergessen Sie den Hummer, in Wirklichkeit werde ich auf einem Tablett serviert. Typisch Richard, sich beim Chef einzuschleimen, indem er mich als Bonus anbietet. Sein Kopf steckt so tief in Ollies Hintern, dass er vielleicht nie mehr das Tageslicht erblickt, sondern nur noch die Rückseite zweier Reihen perfekter Jacketkronen.

Ollie beugt sich vor und ergreift meine Hand. Mein Arm ist so steif wie der eines einarmigen Banditen, als er meine Hand an seinen Mund zieht und sie küsst. Ich unterdrücke ein Schaudern, wenn auch mit Mühe. Als er sich vorbeugt, kann ich sehen, dass seine Glatze schweißbedeckt ist.

Ich habe nichts gegen Glatzköpfe im Allgemeinen, nur gegen diesen Glatzkopf im Besonderen.

Außerdem hat er Schlabberlippen. Nicht wie ein Mick Jagger, eher im Stil von *Planet der Affen* – blass und welk und schwabbelig. Das Gefühl, wie sie meine Hand berühren und sich dann langsam über meinen Arm tasten, erinnert mich spontan an Nacktschnecken, die eine Schleimspur auf der Haut ziehen.

Seine Lippen von mir zu lösen, ist so, als würde man einen übereifrigen Blutegel losschweißen. Doch es gelingt mir, und ich bugsiere ihn widerstrebend ins Wohnzimmer, wo ich ihn auf den freien Platz drücke, den James irgendwie zwischen sich und der verstimmten Erica hat entstehen lassen.

Fünf Minuten nach Ollies unwillkommenem Auftauchen erscheint Richard. Er lächelt glücklich und reibt sich in gieriger Vorfreude auf den Abend die Hände. Ich werfe ihm einen Blick zu, der wahrhaftig töten könnte, und folge ihm auf dem Fuße, als er sich hastig in die Küche verdrückt. Neben dem Herd, auf dem noch immer das Rindfleisch für den Hauptgang vor sich hin köchelt, treibe ich ihn in die Enge.

»Du widerlicher Kerl!«, zische ich giftig. »Wie kannst du mir nur diesen Schleimscheißer aufhalsen!«

Richard weicht zurück, holt Eis aus dem Gefrierfach und dreht sich mit einem aufreizenden Grinsen zu mir um.

»So, so, das Blatt hat sich gewendet«, spottet er. »Du warst doch sonst immer so ein gefälliges Mädchen, Felicity.«

Er holt eine Flasche zwölf Jahre alten Whisky aus dem Hängeschrank, während James mit einem anderen vorlieb nehmen musste. Er schenkt die goldene Flüssigkeit großzügig in einen Whiskyschwenker aus Kristall und fügt eine Hand voll Eis hinzu.

»Sei so lieb und bring das Ollie.«

Herausfordernd hält er mir das Glas hin.

Es klingelt.

»Tut mir Leid.« Ich lächele süßlich. »Muss zur Tür. Bring's ihm doch selbst.«

Und weg bin ich.

Obwohl sie eiserner als ein Mönch darüber geschwiegen hat, wer heute Abend eingeladen ist, was ich im Nachhinein nur zu gut verstehe, hat Sally schließlich doch zugegeben, dass wir zu acht sein würden. Das Szenario erinnert ein bisschen an Agatha Christie.

Wer kommt als Nächster?

Wer es auch immer ist, nach Ollie Barton-Davis kann eigentlich nichts Schlimmeres kommen. Ich zwinge mich, freundlich zu lächeln und greife nach dem Türknauf.

Plötzlich stehe ich Katherine Christian gegenüber, die ungeduldig mit ihren pink lackierten Nägeln gegen den Türrahmen trommelt und ein tadellos sitzendes, knallrosa Escada-Kostüm trägt. Hinter ihr steht Alex.

Der Augenblick, den ich abwechselnd gefürchtet und herbeigesehnt habe. Ich wusste, dass wir uns irgendwann wieder begegnen würden. Es war unvermeidlich, denn unsere Leben scheinen unauflösbar miteinander verwoben zu sein. Ich hatte die verschiedenen Möglichkeiten unzählige Male im Kopf durchgespielt. Wo wir uns über den Weg laufen würden, und wann. Üblicherweise war ich am Anfang jedes Mal spröde und heroisch, schien aber stets unausweichlich nackt und im Bett zu enden.

Kat allerdings kam in keiner dieser Szenen vor. Doch hier ist sie, so egozentrisch und unausstehlich wie immer.

»Der Ehrengast ist da«, verkündet sie ohne den freundschaftlichen Unterton, der daraus einen Scherz gemacht hätte.

Sie marschiert geradewegs an mir vorbei auf Richard zu, der aus der Küche gekommen ist und jetzt herbeischlendert, um sie viel zu beiläufig auf beide Wangen zu küssen.

»Kat, meine Liebe, wie schön, dass du kommen konntest.«

Er zieht sie durch den Gang ins Wohnzimmer. Ich bleibe mit

dem Türknauf in der Hand zurück, während Alex unbehaglich im Rahmen steht. Wir versuchen verzweifelt, uns nicht anzusehen, wir begrüßen uns noch nicht einmal. Ein viel versprechender Anfang.

Richards Wohnung ist genauso wie früher. Sally muss den Räumen erst noch ihren Stempel aufdrücken, mit Ausnahme des Badezimmers, wo jetzt ihr Dune fein säuberlich neben Richards Safari steht, und der Küche, die in Richards Augen sowieso das Reich der Frau ist. Alle anderen Zimmer zeugen eindeutig von Richards Geschmack, und nur von seinem, obwohl die Verbindung zwischen Richard und wirklichem Geschmack eine zweifelhafte ist, da er eisern an Bang & Olufsen und schwarzem Junggesellenleder festhält.

Abgesehen von den zwei langen schwarzen Ledersofas, die das Wohnzimmer dominieren, gibt es wenig andere Möbel: keine Bilder, keine Pflanzen, nicht einmal die Fotografie des glücklichen Hochzeitspaares.

Ein ausladendes Fenster nimmt die gegenüber liegende Wand ein und gibt den Blick auf die Schönheiten der Stadt frei. Ich fand schon immer, dass dieser Blick auf Oxfords Turmspitzen das Beste an der Wohnung ist, der in scharfem Kontrast zu der Konstruktion in Schwarz und Chrom steht, die Richards Sammlung elektronischer Spielereien beherbergt – Hifi-Anlage, Lautsprecher, Fernseher und einen CD-Turm. Die Fernbedienungen allein nehmen ein ganzes Regalbrett ein. Es gibt nicht nur für jedes Gerät eine, sondern auch eine für die Jalousien, die nachts lautlos die Fenster verschließen.

Von diesem Raum führt ein Torbogen ins Speisezimmer mit einem langen Tisch in der Mitte, der von acht schmiedeeisernen Stühlen von irgendeinem Hufschmied umgeben ist, der offensichtlich fand, dass Pferde beschlagen nicht der ultimative Weg sei, um im einundzwanzigsten Jahrhundert zu Reichtum zu gelangen.

Sie sind verschnörkelt, aber nicht zierlich, sehr schön und sehr teuer und würden hervorragend in einen SM-Kerker mitten in Soho passen.

Die dicke Tischplatte besteht aus fast schwarzem Rauchglas, wahrscheinlich deshalb, damit man nicht sehen kann, welche Füße mit welchen anbandeln und welche Knie von wem befummelt werden. Die Wände sind, wie in der ganzen Wohnung, in cremigem Weiß gehalten.

Im Wohnzimmer lehnt Richard am Kamin aus schwarzem Marmor und spielt den Hausherrn. Beiläufig hat er einen Arm um Sallys Schultern gelegt und krault mit dem Daumen ihren Nacken. Wahrscheinlich macht er das nur, um Kat zu provozieren.

Falls es bei Kat nicht funktioniert, bei mir tut es das jedenfalls.

Für meine Begriffe ist dieses für Richard vollkommen untypische Verhalten der Beweis, dass Sally nur als Schachfigur in einem Spiel benutzt wird, das viel komplizierter als Schach ist. Es kommt noch schlimmer: Als sie in die Küche zurückgeht, versucht Richard, mich Alex vorzustellen. Erica und Ollie sitzen plaudernd auf dem Sofa, also tut er es wahrscheinlich, um sich ungestört an Kat ranmachen zu können.

»Das ist meine *Schwägerin.*« Er lacht und weidet sich an meinem Unbehagen.

»Wir kennen uns bereits«, sage ich hastig. »Wie du sehr wohl weißt«, würde ich ihm gerne nachrufen, als er und Kat sich unter dem Vorwand entfernen, einen Blick auf seine Hifi-Anlage zu werfen.

Alex und ich unterhalten uns völlig gestelzt.

»Es tut gut, dich wiederzusehen«, sage ich ruhig.

Im Grunde bedeutet das, »Ich habe dich wahnsinnig vermisst«, aber ich bin mir sicher, dass es nicht so rüberkommt.

»Wie geht es dir?«, fragt er und weicht meinem Blick aus.

Wir prallen aneinander ab wie zwei Magneten mit derselben Polarität.

James kommt wieder ins Zimmer, umrundet Erica, als hätte sie eine ansteckende Krankheit, und gesellt sich zu mir.

»Du siehst nicht gerade glücklich aus«, sagt er nach einem Blick auf mein verdrießliches Gesicht.

»Na ja, das hier ist nicht gerade das, was ich unter einem netten Abend verstehe.«

»Warum bist du dann da?«

»Weil ich es Sally versprochen habe.«

»Ich auch.« Er spielt mit seinem Glas und reibt einen nicht vorhandenen Fleck vom Rand ab. »Dabei verdient sie so eine Loyalität gar nicht«, fügt er düster hinzu und wirft einen ängstlichen Blick in Ericas Richtung.

»Stimmt.« Ich folge seinem Blick. »Aber ich finde, dein Date ist immer noch besser als meins, oder?«

Er nickt.

»Aber nicht viel.«

Er zieht sich zurück, als Erica sich vom Sofa erhebt und versucht, auf ungewohnt hohen Absätzen zu uns herüber zu stelzen.

»Muss mal wohin«, murmelt er.

»Schon wieder?«, spotte ich. »Kleine Blasenschwäche, was?«

Richard legt eine CD ein.

Er steht auf Phil Collins.

»Das ist unser Lied«, seufzen Sally und Kat einstimmig, als »A Groovy Kind of Love« aus den Lautsprechern erklingt. Obwohl ich beide hören kann, hört glücklicherweise keine von beiden die andere.

Das ist Richards Lied, würde ich am liebsten sagen.

Diejenige, die ihn am wenigsten liebt, ist diejenige, die ihn am besten kennt.

Meine Scheuklappen sind mit den letzten Resten meiner Zuneigung verschwunden. Er hört diese CD schlicht und ergreifend mit dem Menschen, der zufällig gerade zur Verfügung steht. Das macht es für seine wenigen grauen Zellen leichter, denke ich gehässig.

Er hat sie endlos rauf- und runtergespielt, als wir uns kennen lernten. Ich hasse diese CD von ganzem Herzen.

Während James noch immer auf Tauchstation ist, scheint Erica von anderer Seite Interesse entgegengebracht zu werden. Ollie wirft ihr feurige Blicke zu. Kein schöner Anblick.

»Ich glaube, du hast einen Bewunderer«, sage ich zu ihr und deute mit einer Kopfbewegung auf seinen Schmollmund und die auffordernd blickenden Augen.

»Ja?« Sie wirkt überrascht, aber erfreut.

»Ist doch nicht zu übersehen, oder? Sieh nur, wie er dich anstarrt. Er sabbert ja förmlich.«

»Du machst dich über mich lustig, oder?«

»Überhaupt nicht! Ich meine es todernst, sieh doch selbst.«

Erica wagt einen schüchternen Blick in Ollies Richtung und wird mit einem für seine Verhältnisse ziemlich netten Lächeln belohnt.

»Na, was habe ich dir gesagt?«

Erica läuft rot an. Offensichtlich gefällt es ihr, bewundert zu werden.

»Ollie ist eigentlich ganz süß, findest du nicht?«, murmelt sie und spielt nervös mit einem ihrer Ohrringe.

Süß ist nicht gerade das Wort, das sich mir in Verbindung mit Ollie Barton-Davis aufdrängt.

»Nur schade, dass er nicht der Richtige ist«, seufzt sie.

»Oh, ja. James«, sage ich.

»Ja, James«, wiederholt sie und reckt den Hals hoffnungsvoll Richtung Flur.

»Bist du sicher, dass er der Richtige für dich ist?«, frage ich taktvoll.

»Oh, aber ja doch. Nur *er* weiß es noch nicht. Aber die Wege wahrer Liebe sind eben unergründlich«, fügt sie philosophisch hinzu.

»Ich habe es immer als Zeit- und Energieverschwendung empfunden, jemandem nachzulaufen, der einen nicht will.«

Dies ist der taktvollste Weg, der mir einfällt, um ihr zu vermitteln, dass James definitiv nicht interessiert ist, ohne direkt werden zu müssen.

»Wahre Liebe hat eine größere Chance, wenn beide Seiten sie empfinden. Glaub mir, ich spreche aus Erfahrung.«

Erica folgt meinem Blick.

Richard führt Alex seine »Spielsachen« vor und schickt Phil Collins in die Endlosschleife auf seiner Hifi-Anlage, die stromlinienförmiger aussieht als ein Rennwagen.

»Ja, ähm, ich habe dir nie gesagt ... das heißt ... es tut mir Leid, was zwischen dir und Richard vorgefallen ist. Das muss dich sehr mitgenommen haben«, poltert sie.

»Hat es auch«, entgegne ich, obwohl ich dabei nicht an Richard denke.

Ich wünsche mir sehnlichst, Alex möge Notiz von mir nehmen, doch er tut es nicht. Das macht mich so wütend, dass ich am liebsten brüllen würde, »Sieh mich an! Sprich mit mir!«, aber natürlich kann ich nichts Derartiges tun. Wie frustrierend. Wir können vielleicht keine Beziehung haben, aber ich kann ihm schließlich immer noch meine Freundschaft anbieten, oder?

Ich muss mich davon überzeugen – wie ich hoffentlich ihn davon überzeugt habe –, dass das alles ist, was ich anbieten will.

Sally bemerkt mein Stirnrunzeln und glaubt, ich sei sauer wegen Ollie, was zum Teil tatsächlich stimmt. Sie versucht, mich zu beschwichtigen.

»Das Essen ist fertig, wenn ihr also ins Speisezimmer gehen wollt ... Du gehst und setzt dich.« Sie berührt mich am Arm. »Du hast mir bereits genug geholfen. Ich möchte, dass du den Rest des Abends genießt und dich entspannst.«

Wie zum Teufel soll ich den Rest des Abends genießen, wenn ich Alex und der entzückenden Katherine gegenübersitzen muss?

Kat sitzt natürlich im rechten Winkel neben Richard.

Ich hätte nicht übel Lust, meine Serviette fallen zu lassen und mich hinunterzubeugen, um zu sehen, ob sie miteinander füßeln.

Ich gleite auf meinen Stuhl. James, der sich die letzten zehn Minuten im Bad verschanzt hatte, eilt herbei, dicht gefolgt von Erica.

»Stört es dich, wenn ich neben dir sitze?«, tuschelt er. »Sally mag entschlossen sein, mich mit Erica zu verkuppeln, ich bin entschlossen, dass das nicht passieren wird.«

Arme Erica. Ich weiß nichts über angebliche Dreiecksgeschichten, dieser Tisch dagegen beherbergt eher eine Achteckgeschichte, in der jeder die falsche Person will.

Erica zuliebe sollte ich wirklich ablehnen, dass James sich neben mich setzt.

Wie hat sie es so schön ausgedrückt? Die Wege wahrer Liebe sind unergründlich, und wenn sie ein klein wenig Starthilfe braucht, sollte ich mein Möglichstes tun, um ihr behilflich zu sein.

Beschämt gestehe ich jedoch, dass mein Egoismus siegt. Ich kann einfach die Vorstellung nicht ertragen, den ganzen Abend neben Ollie bleiben zu müssen, insbesondere, wenn mir gegenüber auch noch Kat und Alex sitzen. Ich kann Kats Kommentar schon hören.

»Wie schön, dass du endlich jemanden gefunden hast, der eher dein Typ ist, meine Liebe.«

Man weiß ja nie, sage ich mir, entschlossen, mein schlechtes Gewissen zu beruhigen. Oliver und Erica könnten ja durchaus ein Traumpaar werden. Es ist nicht zu übersehen, dass er bereits richtig in sie verschossen ist. Ich beobachte, wie er gerade ihr üppiges Dekolleté bewundert, während sie mir bitterböse Blicke zuwirft, weil ich James mit Beschlag belege.

»James!«, zischt Sally und deutet mit dem Kopf auf den leeren Stuhl am Kopfende des Tisches, der rein zufällig neben Erica steht. »Dein Platz ist eigentlich dort.«

»Ich will neben der schönen Fliss sitzen«, verkündet er und platziert seinen Hintern auf den Stuhl neben meinem. Die Tatsache, dass er auch neben mir sitzen würde, wenn er den Stuhl am Kopfende gewählt hätte, ist unübersehbar.

Alle starren James an, bis auf Ollie, der anscheinend höchst entzückt von dieser Ankündigung ist und sich mit einem breiten Grinsen auf dem freien Platz neben Erica niederlässt. James jedoch ignoriert die bitterbösen Blicke, lässt den Kopf dreist an meine Schulter sinken und blickt herausfordernd in die Runde.

Kat, die bereits eine Nacktschneckenbehandlung von Ollie über sich ergehen lassen musste – »ein ganz alter Freund, meine Liebe« –, hat offensichtlich erwartet, dass James ihr als Königin des Abends die Ehre erweist. Endlich wird ihr klar, dass sie den ersten Schritt machen muss. Also wirft sie ihr langes, dunkles und viel zu glänzendes Haar zurück und lächelt ihn verführerisch an.

»James, mein Guter, wie geht es dir?«

»Kat.« Er nickt ihr knapp zu.

»Es scheint dich zu überraschen, mich hier zu sehen?«

»Ganz im Gegenteil, du kommst immer zurück, Katherine. Wie die sprichwörtlichen bösen Geister, die man rief.«

Er wendet sich wieder mir zu und unterbindet so jede weitere Unterhaltung.

»Das war aber ganz schön fies«, flüstere ich bewundernd.

»Das ist Flüstern auch«, knurrt er und starrt Katherine wütend an. »Ich kann sie nicht ausstehen. Sie hat einen schlechten Einfluss auf Richard.«

»Ich dachte immer, du hättest einen schlechten Einfluss auf Richard«, necke ich ihn.

»Ich ermutige ihn vielleicht, auszugehen und einen draufzumachen, aber nicht zu lügen und zu betrügen, insbesondere, wenn es um Sal geht.«

Der sonst so gelassene James sieht ziemlich sauer aus. Meine Alarmglocken schrillen erneut.

»Ach ja? Weißt du mehr als ich?« Ich versuche, ihm in die Augen zu sehen, doch er weicht meinem Blick aus.

»Vergiss es«, murmelt er verdrießlich und blickt stattdessen in sein leeres Glas. »Ich hätte nichts sagen sollen.«

»Hör zu, James«, ich umklammere sein Handgelenk und

zwinge ihn, mich anzusehen, »ich kenne ihre Geschichte. Wenn da etwas ist, will ich es wissen. Das ist Sally-Anne gegenüber nicht fair.«

Er sieht mich an. Ganz offensichtlich sollte ich nicht wissen, dass sich zwischen Richard und Kat etwas abgespielt hat. Ich sehe ihm deutlich an, dass er sich fragt, woher ich es weiß, ehe er sich entschließt, es mir trotzdem zu erzählen.

»Ich weiß nicht, ob etwas läuft... noch nicht. Ich weiß nur von früher«, flüstert er, während er seinen Blick hastig über den Tisch schweifen lässt, um sicherzugehen, dass uns auch niemand zuhört.

»Früher?«

»Sie sind ständig aufeinandergeprallt wie zwei verdammte Gummibälle. Und ich befürchte, dass sie wieder aneinandergeraten.« Er wirft Kat einen finsteren Blick zu.

Ich denke an ihre Tirade bei der Hochzeit– »er liebt mich und nur mich« –, und plötzlich schießt mir ein Gedanke durch den Kopf, auf den ich zuvor nie gekommen bin.

»Er hat mich betrogen, richtig?«

James antwortet nicht.

»Richtig?«, frage ich mit rauer Stimme.

Er weicht meinem Blick aus. Das ist Antwort genug. Wie konnte ich nur so blind sein? Ich bin zu erleichtert, Richard los zu sein, um mich verletzt zu fühlen, doch gleichzeitig komme ich mir unendlich dumm vor. Er erhält einen Extrapunkt auf meiner Liste der größten Dreckskerle.

»Das ist mir egal. Ich habe Richard seit langem durchschaut. Nichts, was er tut, kann mich verletzen. Aber um Sally mache ich mir Gedanken.«

»Keine Sorge, Fliss. Ich habe immer ein Auge auf Sal«, sagt er zärtlich, und als sein Blick auf sie fällt, ist er nicht mehr wütend, sondern voller Zuneigung.

»Dieser Hummer hat einen sehr ungewöhnlichen Geschmack«, lässt sich Ollie vernehmen.

Sally verschluckt sich an ihrem Wein. Wir wechseln einen Blick. Ihre Mundwinkel zucken, als sie mühsam ein Lachen unterdrückt.

»Du musst mir unbedingt das Rezept geben. Hoffentlich ist es nicht zu kompliziert, ich bin so ein schlechter Koch. Was ich eigentlich bräuchte, ist jemand, der mich an der Hand nimmt.« Er wirft Erica einen bedeutungsvollen Blick zu.

Bilde ich es mir nur ein, oder klimpert sie tatsächlich mit den Wimpern?

»Ich glaube fast, da haben sich zwei gefunden«, flüstere ich James zu.

»Dem Himmel sei Dank«, entgegnet er. »Wenn sie mit Ollie was anfängt, lässt sie mich vielleicht in Ruhe.«

»Sie würden ein sehr seltsames Paar abgeben.«

»Es sind schon ganz andere Dinge passiert. Oft finden doch genau die zusammen, bei denen man es nie für möglich gehalten hätte. Die Liebe geht verschlungene Pfade.«

»Wem sagst du das«, seufze ich und sehe zu Alex hinüber, der sofort den Blick abwendet.

»Weißt du, ich hatte immer gehofft, Sally und ich … du weißt schon.« James blickt auf den Boden seines Glases und seufzt. Dann grinst er mich an. »Aber *que sera, sera* und so weiter.«

»Sally?« Aha, also gab es außer der Tatsache, dass er nicht neben Erica sitzen wollte, noch andere Gründe für die Änderung der Tischordnung. Nach seinem Versprechen, sie zu verteidigen und zu respektieren, hätte ich mir das eigentlich denken können.

»Wirklich?«

Er nickt.

»Tut mir Leid, das wusste ich nicht.«

»Ich habe meine Gefühle sorgfältig verborgen.« Er lacht trocken. »Zu sorgfältig. Ich hatte mir alles so schön für eure Hochzeit ausgemalt: Trauzeuge mit Brautjungfer und all das. Doch am Ende hat es nicht so ganz gepasst, nach diesem plötzlichen Rollenwechsel.«

»Dabei wärest du sicher besser für sie als der da!« Ich werfe einen giftigen Blick in Richards Richtung.

Einer der Gründe, warum ich gerade so sauer auf Richard bin, ist der, dass ich ihm fast auf den Leim gegangen wäre. Ich hatte wirklich geglaubt, er und Sally könnten glücklich miteinander werden. Die Tatsache, wie gut sie sich seit der Verlobungsfeier verstanden hatten und wie nett Richard seitdem zu ihr war, hatte ihn mir beinahe wieder sympathisch gemacht.

Von diesem netten Verhalten ist heute Abend nichts zu sehen.

Er plaudert mit Kat, oder sollte ich eher sagen, er baggert sie an, indem er sich zu ihr hinüberlehnt, sodass niemand hören kann, was er sagt. Mit der linken Hand schaufelt er Meeresfrüchte in sich rein. Die Rechte ist unter dem Tisch.

James folgt meinem Blick.

»Ich frage mich, was er mit der anderen Hand macht«, wispert er mir ins Ohr, sodass Sally, die auf der anderen Seite neben ihm sitzt, es nicht hören kann.

Ich verschlucke mich an einem Stück Tintenfisch und laufe tiefrot an.

»James!«, zische ich, als ich endlich die Fassung wiedererlangt habe. »Reiß dich zusammen.«

»Ach, Liebling, muss ich wirklich?«, säuselt er affektiert und lässt seine Finger sanft über meinen Arm gleiten.

Alex wirft uns einen finsteren Blick zu.

James wirft Richard einen finsteren Blick zu.

»Er ist vielleicht mein bester Freund, aber manchmal ist er echt ein Arschloch!«, grollt James und schenkt uns Wein nach.

Neben mir am Kopfende lungert Ollie herum und leckt sich die wulstigen Schleimschneckenlippen wie eine erregte Echse. Als Mann der Tat hat er seinen schwarzen Gucci-Schuh aus Glanzleder ausgezogen und drückt seinen Quadratlatschen gegen ihren Knöchel.

»Erzähl doch mal ein bisschen von dir.« Er schenkt ihr ein

Zahnpastalächeln. »Was machst du denn so den ganzen Tag, außer hübsch sein?«

»Ich bin PA«, sagt Erica kichernd.

»Ich wette, das steht für perfekt und anbetungswürdig?«

Mich schüttelt es, doch Erica ist derart hemmungslose, abstoßende Komplimente anscheinend nicht gewöhnt. Sie wird rot und lächelt schüchtern.

»Ich könnte eine neue PA, eine persönliche Assistentin, brauchen«, fährt er fort und beugt sich zu ihr hinüber. »Warum arbeitest du nicht für mich? Ich könnte mir vorstellen, dass wir zwei ein tolles Team wären, solange du nichts gegen FICKtate einzuwenden hast.«

Er lacht. Es hört sich an wie ein kleiner Esel mit zu großen Lungen. I-aa, i-aa.

Richard lacht, weil Ollie lacht. Alex und ich sehen uns an. Er schüttelt halb amüsiert, halb konsterniert den Kopf, und ich entspanne mich ein bisschen. Wenigstens weichen wir unseren Blicken nicht mehr aus wie zwei verknallte Teenager.

Ollie baggert Erica immer noch an.

»Du könntest bei mir ganz neue Einblicke gewinnen über flotte Nummern.«

Erica kichert. Wie gut, dass sie so etwas komisch findet, ich hätte diesem Schleimer längst eine Ohrfeige verpasst.

»Er ist so ein Schwachkopf«, teilt James mir nicht gerade leise mit.

Sally sieht James streng an, trotzdem entgeht mir nicht, dass sie sich selbst ein Lachen verkneifen muss. Ollie fummelt sich mit dem überraschend langen Nagel seines linken kleinen Fingers Meeresfrüchte aus den Zähnen.

»Mal im Ernst«, haucht er und lächelt Erica mit seinem gereinigten Gebiss an, »ich brauche wirklich eine anständige persönliche Assistentin.«

»Ich dachte, das wäre Richard schon für ihn«, murmele ich vor mich hin. »PA wie popeliges Arschloch.«

»Und, wie ist es, nach so schönen langen Sommerferien wieder zu arbeiten, Fliss?« Richard lehnt sich auf seinem Stuhl am Kopfende der Tafel zurück und sieht mich an. »Wie lange unterrichtest du schon wieder? Endlose sechs Wochen? Ich weiß wirklich nicht, warum unsere Lehrer sich immer über ihr Gehalt beschweren, wo sie doch nur acht Monate im Jahr arbeiten. Mal sehen, wann hast du denn das nächste Mal Ferien? Ich glaube fast, nächste Woche sind schon Herbstferien. Was für ein Glück, hm? Du musst völlig erschöpft sein, nachdem du so lange ohne Unterbrechung gearbeitet hast…«

Ich ignoriere ihn. Ich weiß, das ist unhöflich, aber er will mich nur provozieren, und ich werde ihm nicht die Genugtuung verschaffen, mich auf seine lächerlichen Sticheleien einzulassen.

»Ich habe mir immer eingebildet, es wäre unglaublich bereichernd, aufgeweckten jungen Menschen Wissen zu vermitteln«, seufzt Erica, deren glücklichste Zeit die als Schulsprecherin an der Mädchenschule war, die auch Sally und ich besucht haben. »Was unterrichtest du denn gerade?«

»Ich helfe achtundneunzig von der Pubertät befallenen Teenagern, Shakespeare zu meucheln«, antworte ich alles andere als begeistert. Nicht Shakespeare ist mir verhasst, ganz im Gegenteil, sondern die Pubertät. Es war schlimm genug, sie selbst durchstehen zu müssen, ganz zu schweigen davon, diesen Horror mit Fünfzehnjährigen noch einmal zu erleben.

»Oh, ich liebe Shakespeare!« Erica klatscht in die Hände wie ein Kleinkind – eine Bewegung, die ihre Brüste aneinanderprallen lässt wie zwei Basketbälle, die zur selben Zeit im Korb landen. Ollie fallen fast die Augen aus seinem Billardkugelkopf. »Welches Stück nehmt ihr gerade durch?«

»*Ein Sommernachtstraum*, aber es erinnert mich mehr an einen Albtraum. Ständig brechen sie in Gekicher aus.«

Alex sieht auch nicht gerade glücklich aus. Er ist eingekeilt zwischen Kat, die Richard mit Beschlag belegt oder von ihm mit Beschlag belegt wird, da bin ich mir noch nicht ganz sicher, und

Erica, die tatsächlich hin und weg ist von diesem grauenhaften Ollie.

Ich lächele ihm zu.

Er verdreht die Augen und lächelt zurück.

Das Eis ist endlich gebrochen, doch jetzt kann ich den Blick nicht mehr abwenden. Alex hat, was Sally und ich immer als Atomaugen bezeichnen. Sie lösen eine sofortige Reaktion aus, die das vollständige Dahinschmelzen des Körpers und jeder einzelnen grauen Zelle zur Folge hat.

»Es ist unhöflich, so zu gaffen«, sagt James laut, sieht Alex an, wirft mir einen Seitenblick zu und lenkt seinen Blick wieder auf Alex.

Errötend wende ich mich ab. Alex interessiert sich plötzlich auffällig für die Tischdecke.

»Wie läuft es denn so im Verlagswesen, Alexander?«, erkundigt Richard sich und lässt kurz von Kat ab, um ihren Ehemann bei Laune zu halten.

»Ich persönlich finde ja, das Niveau der Literatur hat in den letzten zehn Jahren gewaltig nachgelassen …«, setzt Richard zu einer langen Schmährede über die neuesten Bücher an, die bis weit in den Hauptgang hinein andauert.

Alex heuchelt höfliches Interesse, während er jedoch immer häufiger zu mir herübersieht.

»Ein Blick sagt mehr als tausend Worte …«, nickt James, der sich vertraulich herübergebeugt hat. »Ich habe dich beobachtet, Fliss Blakeney, wie du Mr. Christian da drüben schöne Augen gemacht hast. Ich glaube, ich sollte Kat warnen. Meuterei liegt in der Luft.«

»Mach dich nicht lächerlich!«, fauche ich. »Das bildest du dir ein.«

»›Die Dame, wie mich dünkt, gelobt zu viel‹«, zitiert er. »Na, aus welchem von Shakespeares Stücken war das? *Romeo und Julia* vielleicht?«

»Du weißt genau, dass es aus *Hamlet* ist.«

»Stimmt.« Er grinst. »Aber Hamlet passt hier nicht so gut, wie? Also, was läuft hier, Fliss? Fußelst du etwa auch ein bisschen unter dem Tisch?«

»Natürlich nicht. Und hier ›läuft‹ überhaupt nichts, wie du es so nett formulierst.« Ich ringe mir ein Lächeln ab und versuche, so beiläufig wie möglich zu klingen.

»Ehrlich?«

»Ehrlich.«

Stimmt doch, oder etwa nicht? Alex ist verheiratet, also kann nichts »laufen«, richtig?

»Gut, denn das bedeutet, dass ich freie Hand habe, dich anzubaggern.«

Während des Hauptgangs macht er sich laut und hemmungslos an die Verwirklichung dieses Vorhabens. James hat immer schon gern ein bisschen viel getrunken. Alkohol facht ihn anscheinend an. Je mehr Wein er trinkt, desto weiter tasten seine Hände sich vor.

Richard, der bereits vor einer Viertelstunde den Rinderbraten vollends zerstückelt hat, fuchtelt noch immer mit dem Tranchiermesser, während er angeregt mit Kat und Sally plaudert, die zu seiner Linken sitzt. Ich bin schockiert, aber nicht überrascht, weil ich mir in Gedanken ausmale, wie ihm die Klinge ausrutscht. Das Besteck ist schuld, Euer Ehren. Ich bin doch nicht bitter, oder?

Erica hat sich von Ollie abgewandt und ist stattdessen in ein Gespräch mit Alex vertieft. Ollie sieht ziemlich verärgert aus. Alex sieht noch verärgerter aus, als James seine Hand unter den Tisch und reichlich auffällig über meinen Oberschenkel gleiten lässt. Er lächelt lüstern, als sie die Seide verlässt und auf nackte Haut stößt.

»Seidenstrümpfe«, murmelt er glücklich, »mag ich am liebsten. Uhhhhh!«

Der Ausruf des Entzückens verwandelt sich in einen Schmerzensschrei, als ich meine Gabel in seine Hand ramme.

»Äh, schön, sind alle fertig?« Sally versucht, wieder etwas Ordnung herzustellen, indem sie anfängt, die leeren Teller abzuräumen.

»Warum hast du das getan?«, knurrt James und reibt seine aufgespießte Hand.

»Steht auf meiner Stirn etwa ›Zutritt für jedermann‹?« Hochmütig sehe ich ihn an.

»Nein.« Angestrengt starrt er auf mein Gesicht. »Nichts, gar nichts. Vielleicht steht es ja auf deinem Höschen!« Er tut so, als wolle er unter den Tisch kriechen.

Sally kommt mit dem Dessert zurück: Passionsfruchtsorbet mit einem geradezu widerwärtig lecker aussehenden Coulis aus Himbeeren und Orangen.

»Nehmen alle Nachtisch?«

Kat übt sich in tugendhafter Enthaltsamkeit.

»Oh, nein. Es sieht wundervoll aus, aber ich sollte lieber verzichten. Das ist sicher eine echte Kalorienbombe, und ich muss wirklich auf meine Figur achten ...«

»Du brauchst dir keine Gedanken zu machen«, schnurrt Richard. »Du hattest immer eine Traumfigur.«

Sie grinst zufrieden. »Dann will ich mich nicht kasteien.«

»Kastrieren? Wen?«, sagt James, der sie absichtlich missversteht, und bricht in schallendes Gelächter aus.

»Trink noch was.« Er schüttet mehr Wein in mein Glas. »Hat dir schon mal jemand gesagt, wie attraktiv du bist?« Er stellt die Flasche ab und versucht, sein Kinn auf die Hand zu stützen, rutscht jedoch ab, sodass sein Kopf auf meiner Schulter landet. »Ich glaube, ich brauche einen Kaffee. Wie wär's, wenn du und ich uns davonmachen und zu mir fahren?«

Ich sehe zu Alex hinüber.

Seine Miene ist so eisig wie das Sorbet.

Ich drücke James zurück auf seinen Stuhl.

»Sieht das nicht lecker aus?«, frage ich strahlend und lasse mir eine viel zu große Portion von dem Dessert geben.

»Nicht ausweichen.« Er wirft mir einen Seitenblick zu und grinst hinterhältig. »Hättest du nicht Lust, mich über den Verlust dessen, was eine wunderbare Beziehung hätte werden können, hinwegzutrösten, jetzt, wo Sally nicht länger zur Verfügung steht?«

»Soll das ein Angebot sein?«

»Was sonst.«

Ich könnte schwach werden. Obwohl er im Augenblick den Lüstling gibt, *ist* James sehr attraktiv. Aber ich will kein Trostpreis sein.

Selbst ich, die ich normalerweise viel zu sehr in meiner Fliss-Welt lebe, um das Unglück anderer wahrzunehmen, kann erkennen, dass er sich volllaufen lässt und sich an mich ranwirft, weil er wegen Sally-Anne unglücklich ist. Ich will gar nicht erst versuchen, den Platz meiner Schwester bei ihm einzunehmen. Ich will erste Wahl eines Mannes sein. James sieht gut aus, er ist Single, hat Geld, ist unterhaltsam und findet mich attraktiv – mithilfe von zwei Flaschen Wein. Was kann ich mehr wollen?

Leider weiß ich sehr wohl, was ich will.

Alex.

Er ist so süß, dass mir bei seinem Anblick das Wasser noch mehr im Mund zusammenläuft als bei dem Sorbet. Doch Alex ist eine verbotene Frucht wie jener reife, saftige, leckere Pfirsich, der am Baum in Nachbars Garten hängt.

James ist ein Freund, ein guter Freund, aber ihm fehlt dieses gewisse Etwas, das aus einem Freund ein Objekt der Begierde macht. Alex dagegen hat dieses gewisse Etwas im Übermaß.

Das ist nicht fair.

Ich versuche, mich an unseren ersten Kuss zu erinnern, doch es will mir nicht gelingen, ich war zu betrunken. Ich meine, ich weiß sehr wohl, dass er stattgefunden hat, aber ich weiß nicht mehr, wie er sich angefühlt hat. Ich fühle mich betrogen. Ich habe das Risiko auf mich genommen, mit dem Mann einer anderen »anzubandeln«, und jetzt kann ich mich nicht einmal mehr an die schönen Seiten erinnern.

In Gedanken gehe ich weiter zu dem zweiten Kuss, bei dem ich völlig nüchtern in meiner Küche stand. Mein Magen und andere Körperteile ziehen sich vor Verlangen zusammen. (Entweder ist es das Verlangen oder der Hummer *au* Jack Daniels, was diese seltsame Wirkung auf meine Eingeweide ausübt.)

Ich weiß, dass ich das Richtige getan habe, aber ich könnte mir eine dafür runterhauen, dass ich ihn abgewiesen habe. Ich spüre, wie sich ein Fuß an meinem Bein reibt. Unter diesem Tisch findet so viel unerlaubtes Fußgereibe statt, dass es jeder sein könnte. Ich überschlage die Beinlängen und tippe auf James.

Ollie ist nahe genug, doch er ist viel zu sehr damit beschäftigt, die albern lächelnde Erica mit Sorbet zu füttern.

Seit wann kann Erica albern lächeln?

Als ich aufstehe, um zur Toilette zu gehen, wird mir erst bewusst, wie viel Wein ich im Verlauf der letzten zwei Stunden getrunken habe. Das ist nicht meine Schuld. Jedes Mal, wenn ich mein Glas zurück auf den Tisch gestellt habe, hat James mir nachgeschenkt. Unsicher tappe ich zum Badezimmer, als Kat mir entgegenkommt, die gerade zehn Minuten lang ihr Make-up runderneuert hat.

»Ach, du bist es«, sagt sie enttäuscht, als sie in dem engen, dunklen Korridor gegen mich stößt. Sie hat todsicher gehofft, ich sei Richard, der ihr hinausgefolgt ist, doch sein Spiel ist viel zu eindeutig, um in dieser Hinsicht eindeutig zu sein.

»Hast du einen schönen Abend?« Ich kann der Versuchung nicht widerstehen, mich von ihr in den Schmutz ziehen zu lassen, und Kat ist normalerweise nur zu gern bereit dazu.

»Oh, es ist nett, alte Freunde wiederzusehen, findest du nicht?« Sie setzt ihr falsches Lächeln auf. »Und die alte Wohnung. Sie hat sich nicht sehr verändert, seit ich das letzte Mal hier war.«

Wenn das keine Spitze war. Richard ist zwei Monate, nachdem wir uns kennen gelernt haben, hier eingezogen. Wieder sage ich mir, ich müsse über den Dingen stehen, was mir angesichts der Alkoholmenge, die ich intus habe, glücklicherweise nicht schwerfällt.

»Ich genieße den Abend, weil ich in Erinnerungen schwelge«, fügt sie hinzu, »nur mit Alex scheint etwas nicht zu stimmen, er ist richtig schlechter Laune.« Sie lächelt selbstgefällig. »Aber es ist wohl auch ziemlich grausam von mir, ihn hierher zu bringen, wo er doch über meine und Richards Vergangenheit Bescheid weiß.«

Und eure Gegenwart, möchte ich am liebsten hinzufügen, tue es aber nicht.

»Alex kennt sich sowohl in Geschichte als auch in *aktuellen* Fragen aus«, sage ich beiläufig, aber sie hat sich bereits umgedreht und geht den Gang hinab, während sie sich erneut mit Parfüm besprüht.

Ich wanke ins Bad und schließe hinter mir ab. Dann erneuere ich vor dem Spiegel meinen Lippenstift. Meine Augen glänzen, und meine Wangen sind gerötet. James mag ja ein Ersatz sein, aber es ist trotzdem nett, mal wieder angemacht zu werden.

Balsam für mein Ego und meine Libido.

Doch was soll ich wegen Kat und Richard unternehmen? Ich kann nicht einfach zusehen, wie Sal alles abbekommt. Nachdem ich mich an ihrem Parfüm vergriffen habe, verlasse ich das Bad und kreische auf, als jemand mir im dunklen Korridor den Weg versperrt. Als meine Augen sich an das Zwielicht gewöhnt haben, erkenne ich, dass es Alex ist.

»Mach das nicht noch einmal!«, keuche ich. »Du hast mir wirklich Angst eingejagt …«

Er lehnt an der Wand, die Hände in den Hosentaschen vergraben. Seine Augen funkeln gefährlich im schwachen Licht.

»Was zum Teufel sollen diese Spielchen, Fliss?«, zischt er.

»Wie bitte?«

Ein Überraschungsangriff?

»Was für ein Spiel spielst du – mit James?«

»Ich versuche, mich zu amüsieren.«

»Ach ja, und darunter verstehst du, dich von einem Betrunkenen begrabschen zu lassen?«

»Das solltest du eigentlich wissen«, gifte ich. »Denk mal an die Hochzeit zurück!«

Er sieht niedergeschmettert aus. Entsetzt schlage ich die Hand vor den Mund.

»Oh, nein, Alex, das habe ich nicht so gemeint. Es tut mir Leid, du weißt, dass ich es nicht so gemeint habe. Vor allem, weil ja hauptsächlich ich gegrabscht habe und viel mehr getrunken hatte als du …« Verzagt breche ich ab, da mir bewusst ist, dass ich mich mit jedem weiteren Wort nur noch mehr reinreite.

Er lehnt sich gegen die Wand und reibt sich aufgewühlt die Stirn.

»Du treibst mich zum Wahnsinn, Fliss. Glaubst du wirklich, ich will dasitzen und zusehen, wie du vor allen Leuten mit einem anderen rummachst?«

»Ich würde mir eher über deine Frau den Kopf zerbrechen. Denn genau das macht *sie*!«

Oje, ich muss wirklich lernen, meine Zunge im Zaum zu halten. Ich atme tief durch und mache einen neuen Versuch.

»Sieh mal, James ist doch nur ein Freund. Das ist alles. Wir haben uns immer gut verstanden.«

»Zu gut, wenn du mich fragst!«

»Wenn du es unbedingt wissen willst, er hat ein Auge auf Sally-Anne geworfen, nicht auf mich. Und außerdem, wer bist du, dass du mir Vorträge hältst? Du bist verheiratet, ich nicht, also kann ich ja wohl machen, was ich will.«

»Ich weiß, ich weiß.« Seine Stimme klingt angespannt, und seine Augen sind zu Schlitzen verengt. »Ich kann nichts dafür, Fliss, aber was du mit mir machst … Ich kann nicht aufhören, an dich zu denken.«

Warum musste er das sagen? Das alles ist so schwierig. Nur mit Mühe widerstehe ich der Versuchung, mich in seine Arme zu werfen.

»Was willst du von mir, Alex?«, frage ich und weiche vor ihm zurück, falls mich die Selbstbeherrschung verlässt und ich mich auf seine Unterhosen stürze.

Er scheint seine Fassung teilweise wiederzuerlangen.

»Mehr, als ich sollte«, erwidert er. »Entschuldige, ich hätte dir nicht hierher folgen sollen, und ich hätte dich nicht runterputzen sollen. Es stimmt schon, ich habe kein Recht auf dich.«

»Nein, aber ich stehe in deinem Bann, nicht wahr?«

Hört sich meine Stimme bitter an? Kann schon sein, aber ich habe das hier auch nicht gewollt.

»Bist du das, Fliss?«

»Das muss ich ja wohl nicht extra betonen, oder? Du weißt doch sicher, wie es um mich steht«, murmele ich widerstrebend und in dem Bewusstsein, dass ich mich vielleicht nicht mehr zurückhalten kann, wenn ich einmal anfange, mich ihm anzuvertrauen.

»Nein, ich weiß nicht, wie es um dich steht! Das ist ja das verdammte Problem. In der einen Sekunde kriegst du nicht genug von mir, in der nächsten stößt du mich weg.«

»Willst du wissen, was ich fühle? Willst du das wirklich? Ich denke jeden Tag an dich. Du gehst mir nicht mehr aus dem Kopf. Das treibt mich zum Wahnsinn. Ich glaube, ich werde noch verrückt. Kaum eine Minute vergeht, in der ich mich nicht frage, wo du gerade bist, was du tust, ob du an mich denkst oder ob ich dich wiedersehe. Es kommt mir vor, als hätte ich dich seit Ewigkeiten nicht gesehen, jeder Augenblick kommt mir endlos vor. Und die ganze Zeit über weiß ich, dass es total falsch ist, so zu fühlen …«

Mir fällt auf, dass meine Stimme immer schriller wird. Reiß dich zusammen! Selbstbeherrschung ist meine einzige Rettung. Ich halte inne und atme tief durch.

»Entschuldige«, murmele ich und schüttele den Kopf, kaum in der Lage, ihn anzusehen.

Auch Alex schüttelt den Kopf, ein Lächeln auf den Lippen.

»Wie kommt es nur, dass du jedes Mal, wenn ich dich sehe, betrunken bist oder dich entschuldigst?«

»Oder beides.« Ich lache beschämt. »Tut mir Leid, ich sollte lieber nichts mehr trinken.«

»Nein, ich sollte mich entschuldigen.«

»Wofür?«

»Dafür …«

Er legt zwei Finger unter mein Kinn, hebt sanft mein Gesicht und küsst mich. Mit offenen Augen beobachtet er mich und wartet auf eine Reaktion.

»Das hättest du nicht tun sollen«, murmele ich.

»Ich weiß, darum habe ich mich ja auch entschuldigt.«

Ich lasse meine Fingerkuppen vorsichtig über seine Wange und die Wölbung seiner vollen Lippen gleiten.

»Ich glaube, du musst dich noch mal entschuldigen.«

Wir stehlen uns aus dem Korridor und laufen prompt Sally-Anne über den Weg, die einen Stapel leerer Teller zur Küche trägt und zuerst mein gerötetes und zerknirschtes Gesicht und dann Alex betrachtet.

»Wusstest du, dass du mehr von ihrem Lippenstift im Gesicht hast als Fliss selbst?«, murmelt sie.

Ich grinse verlegen. Alex wirft mir einen Seitenblick zu und fängt an, sich wie wild den Mund abzuwischen. Beide sehen wir Sally an. Sie ist am Zug.

Sal zwinkert uns fast unmerklich zu und verschwindet in der Küche.

Fragend sehe ich Alex an. Offensichtlich weiß Sally etwas über Richard und Kat, sonst hätte sie uns das nicht einfach durchgehen lassen. Ich gehe ihr nach.

»Sally?«

Sie ist über die offene Spülmaschine gebeugt und räumt die Teller hinein. Als sie mich hört, blickt sie auf und streicht sich die Haare aus den Augen. Sie sieht müde aus.

»Sal?«

»Frag lieber nicht«, seufzt sie niedergeschlagen.

»Was weißt du?«

»Man muss blind und naiv sein, um zu übersehen, wie mein Mann und Kat heute Abend übereinander herfallen, und ich bin sicher nicht blind.«

»Und naiv bist du auch nicht.«

»Glaubst du? Mir kommen nämlich allmählich Zweifel. Ich weiß nicht, ob schon etwas zwischen ihnen läuft«, zitiert sie James, »aber sie spielen ihre Spielchen auf meine Kosten, und das gefällt mir nicht.« Sie knallt die Lade der Spülmaschine zu und dreht sich zu mir um. »Du hast mich gewarnt, Fliss, aber ich wollte ja nicht auf dich hören.«

»Na ja, wir wissen ja nicht, ob zwischen den beiden tatsächlich etwas läuft, nicht wahr? Sie haben immer gern miteinander geschäkert. Und dass sie es vor deinen Augen machen ...«

»Bedeutet, dass sie es nicht hinter meinem Rücken tun?« Sie zieht die Augenbrauen hoch.

»Solange es dich nicht verletzt, Sal. Das ist alles, was mich interessiert.«

»Ach, ich bin sicher, alles kommt wieder in Ordnung«, seufzt sie, greift nach der Kaffeekanne und lächelt ironisch. »Er wird meiner schließlich nicht so kurz nach der Hochzeit überdrüssig sein. Außerdem war er noch nie ohne mich weg, abgesehen von der Arbeit. Er hatte also keine Gelegenheit, etwas anzustellen. Wahrscheinlich braucht sein Ego das.«

»Na ja, ein so riesiges Ego wie das von Richard braucht eine ganze Menge«, bemerke ich in dem Versuch, unbekümmert zu klingen.

Sally lacht leise, doch sie ist immer noch nicht wirklich glücklich.

»Und was ist mit dir, Fliss?« Sie legt eine Hand auf meinen Arm. »Was, wenn du verletzt wirst?«

»Ich?«

»Tu nicht so unschuldig, ich weiß, was ich gerade gesehen habe. Was geht da vor?«

»Ich will verflucht sein, wenn ich es weiß.«

Ich helfe ihr, den Kaffee ins Wohnzimmer zu tragen, wo sich inzwischen alle versammelt haben. Das Licht ist gedämpft, und Ollie hat den ewigen Phil Collins durch etwas noch Schmalzigeres ersetzt. Er sitzt Knie an Knie neben Erica auf dem Sofa. Alex und Richard unterhalten sich. Kat schmollt, weil Richard sich nicht ihr widmet, während sie die Locken ihres unglaublich seidigen Haares mit den Fingern zwirbelt.

Unglaublich seidiges Haar, unglaublich schmollendes Gesicht.

James schenkt sich mit alles andere als ruhigen Händen noch einen Whisky ein. Er versucht, das Glas an seinen Mund zu führen, scheitert jedoch. Der Schwenker aus Kristall entgleitet ihm und fällt mit einem dumpfen Laut zu Boden, während sich der Inhalt in einem Bogen über den Wohnzimmerteppich ergießt, der unglaublich dick und wie die Wände unwirklich cremig ist und goldene Flüssigkeit aufsaugt wie Wasser von einem Schwamm.

James hebt das leere Glas auf und sieht niedergeschlagen dem teuren Whisky nach, wie er versickert.

»Hat jemand einen Strohhalm?« Er lacht. »Fliss, mein Engel, wo warst du denn?«

Er vergisst den verschütteten Alkohol und läuft quer durchs Zimmer auf mich zu, schwankend wie ein erfahrender Trinker.

»Komm, meine Süße, ich bringe dich nach Hause. Auf einen Kaffee und Leck-kör. Welches Auto nehmen wir, deins oder meins?«

»Lass den verdammten Unsinn.« Alex starrt ihn wütend an. »Du bist nicht in der Lage zu fahren, und Fliss auch nicht.«

»Umso besser, dann teilen wir uns eben den Rücksitz eines Taxis.« Lüstern sieht James mich an und schlingt einen Arm um meine Taille.

»Ich bringe Fliss nach Hause«, sagt Alex entschlossen, packt meinen Arm und blickt James eisig an, der mich eilig loslässt.

»Ich will aber noch nicht gehen«, sagt Kat bockig. »Ich will mir mit Richard ein paar alte Fotos ansehen.«

»Von wegen«, murmele ich im Hintergrund, verärgert darüber, dass niemand sich die Mühe macht zu fragen, ob *ich* schon aufbrechen will.

Alex' Griff wird noch fester.

»Warum nimmst du nicht Fliss mit, und ich bringe Kat später nach Hause?« Richard lächelt Kat zu, die prompt aufhört zu schmollen und ihm glühende Blicke zuwirft.

Ich sehe zu Sally hinüber, die bleich und mitgenommen aussieht. James, der sie ebenfalls ansieht, dreht sich zu mir um, blickt auf Alex' Hand auf meinem Arm hinab, mustert mein gerötetes Gesicht und zwinkert uns vertraulich zu.

»Wenn das so ist, bleibe ich und helfe Sal beim Abwasch«, verkündet er. »Auf geht's, Kleine, wollen doch mal sehen, wie viele Teller wir zerdeppern können.«

»Aber wir haben eine Spülmaschine!«, protestiert sie schwach, als er sie zur Küche schleppt.

Richard schiebt Kat Richtung Arbeitszimmer, während Alex mich zur Tür dirigiert. Als wir aufbrechen, kommen wir an Erica und Ollie vorbei, die begeistert auf dem Sofa schmusen. Endlich haben Amors Pfeile das richtige Ziel getroffen. Beide sind Single, und somit steht es ihnen frei, eine unkomplizierte und wundervolle Liebesaffäre zu erleben. Ich unterdrücke den Drang zu applaudieren.

Schweigend stehen Alex und ich nebeneinander. Seine Hand liegt noch immer auf meinem Arm, als hätte er Angst, ich könne Reißaus nehmen, während der Aufzug uns ins Erdgeschoss bringt. Fast rechne ich damit, dass unter dem K für Keller ein kleines rotes Licht aufleuchtet – mit einem großen H für Hölle, denn genau dorthin begebe ich mich gerade.

»Eigentlich sollte ich Sally moralisch den Rücken stärken«, murmele ich, als er mich aus dem Haus und über die Straße zu seinem Auto führt. »Aber wie kann ich jemanden moralisch den Rücken stärken, wenn ich selber unmoralisch bin?«

Schweigend fahren wir zu meiner Wohnung.

Trotz meiner Einwände genieße ich jeden Augenblick und vertiefe mich in den Anblick seines Profils, während er lässig den großen Wagen durch die dunklen, leeren Straßen steuert. Durch das schwache Licht werden die anderen Sinne geschärft. Ich registriere das Surren des Motors, das monotone Klicken des Blinkers, als er ohne Anweisung in die richtige Straße einbiegt. Allein sein Geruch ist erotisch. Ist es nicht sonderbar, dass der Geruchssinn mehr Erinnerungen weckt als alle anderen Sinne? Nicht das Gesehene oder das Gehörte, sondern der Geruch.

Als wir bei mir ankommen, hält er an und stellt den Motor ab. Seine Hände umklammern noch immer das Steuer, und er starrt geradeaus. Das Schweigen scheint eine Ewigkeit zu dauern, bevor er etwas sagt.

»Weißt du eigentlich, wie sehr ich mich beherrschen musste, um dich nicht anzurufen?«

Er sieht mich mit diesen umwerfenden, glitzernden, intelligenten Augen an, die vor Wärme sprühen.

»Ich habe mich so sehr beherrscht, dass ich mich, glaube ich, nicht länger beherrschen kann.«

Sein angespannter Ausdruck weicht einem Lächeln, als er mich an sich zieht.

Vermutlich musste es so kommen.

Die Vorhänge im Schlafzimmer sind offen, so dass der Raum vom Mondlicht beschienen ist. Langsam zieht er den Reißverschluss an meinem Kleid auf und streift es von meinen Schultern.

Schweigend öffne ich sein Hemd, Knopf für Knopf, bis es ebenfalls zu Boden fällt und neben meinem weggeworfenen Kleid liegen bleibt. Offensichtlich ist er kein erfahrener Ehebrecher, denn sonst hätte doch sicher einen Kleiderbügel zur Hand, um dafür zu sorgen, dass die Kleider falten- und beweisfrei bleiben.

Als nächstes die Unterwäsche. Ich bin überrascht, wie unbefangen er sich ihrer entledigt, und wie schüchtern ich plötzlich bin, doch mit ein wenig Nachhilfe von Alex sinken wir schließlich nackt aufs Bett.

Wir lachen, streicheln und küssen uns zärtlich.

Er ist schlank, sehnig, braun, gut gebaut und gut bestückt. Seine Haut ist wunderbar glatt, ein Magnet, der meine Hände und meinen Mund unwiderstehlich anzieht.

Ich wollte ihn schon so lange und so sehr.

Seine Hände gleiten über meine Brüste und meinen Bauch, und ich werde von einem Verlangen erfasst, das stärker ist als alles, was ich vorher erlebt habe.

»Normalerweise gehe ich nicht gleich bei der ersten Verabredung mit dem Mann ins Bett«, flüstere ich, als seine Zunge den gleichen Weg nimmt wie kurz zuvor seine Hände.

»Wir hatten ja nicht einmal ein erstes Date«, murmelt er, während sein Mund und seine Wimpern über meine Haut streifen.

»Oh. Stimmt, hatten wir nicht, oder? Vermutlich ist es so viel besser. Lieber gleich zum Sex übergehen, und wenn sich herausstellt, dass er nichts taugt, haben wir keine Zeit und keine Kraft darauf verschwendet, miteinander auszugehen.«

Er hält inne, schiebt sich wieder auf eine Höhe mit mir und lächelt amüsiert. Mit der Fingerspitze fährt er zwischen meinen Brüsten entlang über meinen Hals und meinen Mund. Er streichelt meine Wange, nimmt mein Gesicht in beide Hände und sieht mich aus funkelnden Augen an.

»Fliss.«

»Hm?«

»Halt die Klappe.«

Er bringt mich mit einem Kuss zum Schweigen.

Kapitel 10

Ich erwache, eingehüllt in einen Schleier des Wohlbehagens. Auf dem Kissen zeichnet sich noch der Abdruck seines Kopfes ab. Ich kann ihn auf den Laken und auf meinem Körper riechen. Wenn ich die Augen schließe, kann ich noch immer den brennenden Abdruck seiner Finger und die zarte Berührung seiner Lippen spüren.

Träge werfe ich einen Blick auf den Wecker und stelle überrascht fest, dass es bereits zehn ist. Wenn man bedenkt, dass er vor neun Stunden noch neben mir gelegen hat. Genüsslich räkele ich mich und fahre mit der Hand über meinen Körper, die Schwellung meiner Brüste und die Wölbung meines Bauches, um seine Berührungen noch einmal zu erleben. Benommen vor Freude komme ich mir fast ätherisch vor, als würde ich träumen, obwohl ich wach bin.

Diese erfreulichen Gedanken werden auf unerfreuliche Art gestört.

Es klingelt wie wild. Seufzend, doch immer noch dümmlich grinsend, schlüpfe ich in mein Kleid und tappe barfuß hinaus in die Diele. Der gebohnerte Holzboden fühlt sich unter meinen Fußsohlen kalt an, doch ich werde immer noch von der brennenden, feurigen Wärme geschützt, die durch meinen Körper pulsiert wie ein Stromschlag.

Ohne nachzufragen, wer da ist, drücke ich auf den Türöffner, und als ich Fußtritte oben auf dem Treppenabsatz höre, öffne ich meine Wohnungstür. Davor steht eine kleine, zitternde Gestalt mit weißem Gesicht und tränenverquollenen Augen, deren Haar klatschnass ist vom Regen.

»O Fliss«, schluchzt Sally, taumelt herein und vergräbt ihr

schmerzverzerrtes Gesicht an meiner Schulter, »er wird mich verlassen. Das ertrage ich nicht.«

Ich setze die zitternde, schluchzende Sally-Anne auf das Sofa und hole erst einmal den Brandy.

»Was ist passiert?«, forsche ich sanft, schenke mir zwei Finger breit ein, für Sally jedoch eine ganze Hand breit.

Sally nimmt einen Schluck, verzieht das Gesicht, putzt sich die Nase mit einem Kleenex von mir und unterbricht ihr Schniefen lange genug, um etwas sagen zu können.

»Nachdem du gestern Abend gegangen bist, Fliss, war es furchtbar, einfach furchtbar. Kurz nachdem Alex und du aufgebrochen wart, haben sich Ollie und Erica zusammen ein Taxi genommen. Richard hat nicht einmal auf Wiedersehen gesagt, er hat Nase an Nase mit *ihr* auf dem Sofa gesessen. Als James um zwei gegangen ist, haben sie immer noch in Erinnerungen geschwelgt, gelacht und sich ständig betatscht. Sie haben sogar aus demselben Weinglas getrunken. Stell dir vor, ich kam mir wie das fünfte Rad am Wagen vor. *Ich* kam mir so vor, *seine* Frau!« Ungläubig schüttelt sie den Kopf. »Sie ist noch ewig geblieben, nachdem du weg warst. Stundenlang!«

»Stundenlang?«, hake ich nach und schäme mich gleichzeitig, weil mich die Erkenntnis erleichtert, dass Alex vor Kat nach Hause gekommen sein muss, da er meine Wohnung kurz nach eins verlassen hat.

»Und natürlich musste Richard sie nach Hause bringen«, faucht Sally. »Obwohl er viel zu viel getrunken hatte. Er wollte nicht, dass ich ein Taxi rufe. Es war vier, als er endlich ins Bett kam. Man braucht doch keine ganze Stunde, um einmal durch die Stadt zu fahren, oder? Und heute Morgen hat er sich mit einer lahmen Ausrede verdrückt.«

»Hat er gesagt, wohin er wollte?«

»Er hat behauptet, er müsse wegen irgendeiner Angelegenheit ins Büro. Er arbeitet Sonntags nie, Fliss, nie, aber als ich ihm das vorgehalten habe, ist er echt wütend geworden. Er hat gesagt, er hätte einen wichtigen Fall und müsste ein paar Recherchen anstellen, solange es im Büro ruhig sei, und wenn ich ihm nicht glaubte, sollte ich Ollie anrufen.«

»Und hast du Ollie angerufen?«

»Wozu?« Sally dreht mit zitternden Händen ihr Glas. »Ollie würde Richard immer decken, und ich würde dastehen wie die dämliche, eifersüchtige Ehefrau. Andererseits, was macht das schon, denn genau das bin ich ja, oder? Die dumme, eifersüchtige Ehefrau.« Ihre Nasenflügel blähen sich vor Entrüstung, während sie spricht. Sie fährt sich mit der Hand über die Augen und kneift sie gequält zusammen.

»Ich weiß, er liebt mich, Fliss, wir brauchen einfach mehr Zeit. Wenn uns die anderen doch nur in Ruhe lassen würden!«

Sie kippt den Brandy hinunter, stellt das Glas auf den Couchtisch und fängt an, aufgebracht an ihrem Ehering zu drehen. Sie sind erst seit acht Wochen verheiratet, doch er ist ihr bereits viel zu groß.

»Diese verfluchte Katherine Christian! Noch nie habe ich jemanden gehasst, Fliss, aber sie hasse ich. Du ahnst gar nicht, wie sehr ich diese Frau verabscheue. Es ging uns gut, bis sie aufgetaucht ist. Wir waren glücklich, wirklich glücklich. Aber jetzt warte ich nur darauf, dass er geht, und nur wegen *ihr*. Ihm wäre jede Ausrede recht, um zu ihr zu laufen, Fliss, ich weiß es. Wäre sie frei, schwups, weg wäre er.« Sie schnippt mit den Fingern. »Wenn Alex eine andere findet …« Sie bricht ab und sieht mich an.

Sie muss nicht weitersprechen. Ich verstehe, worauf sie hinaus will.

Als Sally geht, klingelt das Telefon. Alex. Ich schäme mich dafür, dass ich so glücklich bin, seine Stimme zu hören, denn mein Glück steht in scharfem Kontrast zu Sallys Elend.

»Ich muss dich sprechen. In einer halben Stunde hole ich dich ab.«

Allein der Klang seiner Stimme lässt meinen Magen vor Verlangen Purzelbäume schlagen.

Eine verbotene Frucht. Man verschlingt das weiche, süße Fruchtfleisch eines reifen Pfirsichs, spürt, wie der Saft einem über Lippen und Zunge rinnt, genießt den Geschmack und die Berührung – doch man sollte darauf achten, sich nicht an dem scharfen Kern zu verletzen, denn wenn das Fruchtfleisch weg ist, bleibt nur er übrig.

Er kommt, als ich noch unter der Dusche bin. Er zieht mich an sich und küsst mich zärtlich. Seine Hände stehlen sich in meinen Bademantel, umfassen meine feuchten Pobacken und ziehen mich näher heran.

Hungrig erwidere ich seine Liebkosungen, doch Alex weicht zurück.

»Zieh dich an«, sagt er lachend. »Ich führe dich zum Mittagessen aus.«

»Ich würde lieber hier bleiben«, murmele ich enttäuscht.

»Und was ist mit besagtem ersten Date?« Er lächelt. »Ich möchte doch nicht, dass du dich darum betrogen fühlst.«

Trotz des starken Verlangens, ihn gleich wieder ins Bett zu ziehen, lächele ich, da mich seine Worte rühren.

»Wohin gehen wir? Irgendwohin, wo es dunkel ist und uns niemand erkennt?«, scherze ich und wühle in meinem Kleiderschrank. »Wo wir uns in einer Nische verstecken oder durch die Hintertür flüchten können, falls jemand hereinkommt, den wir kennen?«

Wir fahren zu einem alten Hotel am anderen Ende der Stadt, das »Zu den drei Schwänen« heißt. Die alte Herberge liegt am Stadtrand und hat noch immer einen hohen Torbogen, der zu den früheren Ställen führt, die inzwischen allerdings zu einem sehr guten, sehr exklusiven und sehr intimen Restaurant umgebaut worden sind. Es besteht aus einem Mittelteil, der Platz für ungefähr zwölf kleine runde Tische und einen Dschungel exotischer

Pflanzen bietet. Außerdem sind die Holzboxen mit Eisengittern entlang der Wände, in denen einst die Pferde standen, inzwischen in diskrete Nischen umfunktioniert worden.

Wir werden über den federnden, gebohnerten Holzboden zu einer dieser Nischen geführt. Vor dem Tisch stehen zwei Rattanstühle, während an der Wand entlang eine Holzbank verläuft. Es ist für zwei Personen gedeckt.

»Das ist aber sehr zurückgezogen für jemanden, der mich nicht verstecken wollte«, ziehe ich Alex auf.

Er lächelt und streicht mit dem Daumen über meine Hand, die er zugegebenermaßen ganz offen gehalten hat.

»Ich will dich nicht verstecken. Ich will mit dir allein sein«, antwortet er. »Außerdem gefällt mir die Ecke, und ich wollte sie mit dir teilen.«

Ich setze mich auf die Bank hinten in der Nische. Alex nimmt mir gegenüber mit dem Rücken zum Restaurant Platz. Die größte Zimmerpalme, die je aus dem Boden geschossen ist, schirmt ihn teilweise vor neugierigen Blicken ab. Der lächelnde Ober reicht uns die riesigen Speisekarten aus blauem Leder, wobei mir auffällt, dass auf meiner keine Preise stehen. Alex bestellt eine Flasche Pouilly Fuissé.

Der Ober verschwindet. Ich beobachte, wie er unterwürfig rückwärts geht, als würde er eine Audienz der Königin verlassen. Mein Blick wandert zu Alex, den ich gierig mit den Augen verschlinge. Ich sehne mich danach, ihn zu berühren. Er erwidert meinen Blick. Die Intensität meines Verlangens muss geradezu lächerlich deutlich sein. Peinlich berührt sehe ich weg und betrachte die Umgebung. Alles ist besser als dieser durchdringende Blick.

Unser Ober kehrt mit einem silbernen Kübel und zwei Gläsern zurück. Als er an einer der anderen Nischen vorbeikommt, ruft ein Gast nach ihm, der dort sitzt. Er bleibt stehen, legt die zwei Gläser auf das Eis im Kübel und zieht ein Päckchen Streichhölzer aus der Tasche. Als eines davon aufflammt, greift die junge

Frau nach seinem Handgelenk, um es still zu halten, während sie ihre Zigarette anzündet. Das orange Glühen erhellt ihr Gesicht.

»Ich fasse es nicht!« Meine Kinnlade fällt herunter. Ein Gefühl der Panik steigt von meinem Magen in meine Kehle auf, die reagiert, indem sie den Kontakt zu meinen Stimmbändern abbricht.

»Was ist los?«, fragt Alex besorgt und lässt die Karte sinken. »Du siehst aus, als hättest du ein Gespenst gesehen.«

Meine Antwort besteht darin, dass ich mich auf meinem Sitz tiefer gleiten lasse, mit einer Hand mein Gesicht abschirme und mit der anderen zu dem Tisch in der anderen Nische deute.

»Was denn, Fliss?«, bedrängt Alex mich, nun ehrlich beunruhigt.

Ich bedeute ihm, leiser zu sprechen und lenke seinen Blick auf das Objekt meiner Besorgnis.

Alex dreht sich um. Es ist schummrig im Restaurant, doch die lange, glänzende Mähne und der schmale Rücken von Kat Christian sind unverwechselbar. Sie trägt einen kirschroten Blazer mit Gürtel und einen kurzen Rock, der nur bis zur Hälfte ihrer Oberschenkel reicht und ein Übermaß an langen, gebräunten Beinen enthüllt, an deren Ende sich Bally-Pumps befinden, mit denen sie gereizt auf den Boden trommelt.

Sie sitzt mit dem Rücken zu uns in der gleichen Position wie Alex da, doch jedes Mal, wenn die Tür aufgeht, dreht sie sich um. Offensichtlich wartet sie auf jemanden.

Meine Stimme kehrt zurück, hört sich jedoch dünn und erstickt an.

»Glaubst du, sie hat uns hereinkommen sehen?«, flüstere ich.

Alex schüttelt den Kopf.

»Würde sie noch dasitzen, wenn es so wäre? Sie muss kurz nach uns gekommen sein.«

»Was machen wir jetzt?«

Er schiebt sich von seinem Platz neben mich auf die Bank, so dass ich die beruhigende Wärme seines Oberschenkels an meinem spüren kann. Sofort überkommt mich der Drang, meine Hand an seiner Innenseite entlanggleiten zu lassen. Begierde kennt kein Anstandsgefühl.

»Nicht zu fassen, von allen Kaschemmen der Welt…«, hebt Alex in Humphrey-Bogart-Manier an und grinst mich trocken an. Doch mir ist nicht nach Lachen zumute. Ebenso wie Kat starre ich zur Tür und auf die Person, die hereinkommt. Sie drückt ihre Zigarette aus und steht auf, als er neben ihr stehen bleibt. Er ergreift ihre Hand und küsst sie flüchtig auf die Wange, hält dann inne, sieht ihr tief in die Augen und beugt sich vor, um sie auf die Lippen zu küssen.

Sie schlingt einen Arm um seinen Nacken und zieht ihn enger an sich. Verlegen lassen sie voneinander ab, und gemeinsam gleiten Richard und Kat in den Schatten ihrer Nische.

Auch Alex hat Richards Auftritt beobachtet. Seine Augen verengen sich wie die einer Kobra vor dem Angriff.

»Was zum Teufel macht *der* hier!«, knurrt er und schüttelt den Kopf. »Das hätte ich mir denken können.« Der Ober, der unsere Flasche Wein geöffnet hat, schenkt Alex einen Schluck ein und wartet auf seine Zustimmung. Er wirkt reichlich verdutzt, als ich mir das Glas packe und den Inhalt in einem Schluck hinunterstürze, als handele es sich um Wasser.

»In Ordnung, danke«, entlässt Alex ihn und sieht wieder zu seiner Frau und ihrem Liebhaber hinüber, die eng umschlungen im Halbdunkel sitzen. Richard und Kat schmusen jetzt ganz unverhohlen. Entsetzt und fasziniert zugleich beobachte ich, wie seine Hand in ihre Bluse gleitet und anfängt, ihre vollen Brüste wie Teig zu kneten.

Ich kann nicht fassen, was ich da sehe. Es mag ja dämmrig und abgeschirmt sein, doch es ist immer noch geradezu lächerlich eindeutig, was sie da treiben. Vermutlich haben sie nicht damit gerechnet, so genau beobachtet zu werden. Ich komme mir wie ein schäbiger kleiner Voyeur vor, der Zeuge einer Live-Peepshow wird.

»Glauben sie denn wirklich, dass keiner sie sehen kann?«, hauche ich ungläubig, als Richards Hand zwischen Kats Beinen verschwindet.

»Das kümmert sie vermutlich wenig.«

»Hätte ich gewusst, dass er so ein Draufgänger ist, hätte ich ihn vielleicht aufregender gefunden.« Ich lache verlegen.

Alex bedenkt mich mit einem finsteren Blick.

»Komm, wir gehen.« Er springt auf und wirft ein Bündel Geldscheine auf den Tisch, ohne sie zu zählen.

»Das geht nicht! Was ist, wenn sie uns entdecken?«, stoße ich panisch hervor.

»Glaubst du wirklich, die nehmen irgendetwas um sich herum wahr?«, grollt er.

Er packt meine Hand und zieht mich hastig hinter sich her zum Notausgang, der näher liegt als der Haupteingang und von einer weiteren gigantischen Palme sowie einem zwei Meter hohen Blumengitter verdeckt wird, über das sich üppige, blassrote Passionsblumen ranken. Wie im Treibhaus. Als wir gehen, erhitzen sich hinter uns erst recht die Gemüter.

Die schwere Tür fällt leise ins Schloss. Wir befinden uns in einer schmalen Gasse an der Seite des Restaurants, und ich kann hören, wie am einen Ende mit Töpfen hantiert und laut gesprochen wird, während am anderen Ende der Verkehr rauscht.

Es regnet stark. Das Stück Himmel über uns, das durch eine zwei Meter breite Lücke zwischen den Gebäuden zu sehen ist, ist schmutziggrau. Alex umklammert noch immer meine Hand. Sein Griff ist so fest, dass es fast schmerzt.

Es ist schwer, die Gefühle zu deuten, die sich in seinen Augen und auf seinem Gesicht widerspiegeln, doch plötzlich fühle ich mich zutiefst verunsichert. Er streicht mir mein bereits durchweichtes Haar aus dem Gesicht. Ich kann die feinen Tropfen erkennen, die auf seinen Wimpern sitzen.

Zögernd ziehe ich ihn an mich und presse meinen Mund auf seinen. Sanft und zärtlich erwidert er den Kuss, während er mir unablässig in die Augen blickt, als suche er nach etwas. Plötzlich wird sein Kuss intensiver. Er drängt mich gegen die Mauer, schiebt die Daumen unter meinen Rocksaum und zieht ihn bis über die Hüften hoch. Ich kann den harten Druck seines Oberschenkels zwischen meinen Beinen spüren.

Die Mauer hinter mir ist rau und drückt sich durch meine dünne Bluse, die vom Regen bereits völlig durchweicht und durchsichtig ist. Er küsst mich so heftig, dass ich keine Luft mehr bekomme, und seine Finger krallen sich in die nackte, weiche Haut meiner Oberschenkel.

Ich reagiere gegen meinen Willen. Mein Mund öffnet sich unter seinem, meine Finger streicheln seinen Nacken. Ebenso plötzlich werden seine Berührungen wieder zärtlicher, seine Küsse weniger fordernd. Vor Verlangen werde ich ganz schwach, meine Beine zittern, und trotz des kalten Windes, der über uns hinwegstreicht, und des Regens, der wie ein Wasserfall herabströmt, spüre ich, wie sich eine glühende Hitze in mir ausbreitet … Doch mit einem Mal muss ich an Sally-Anne denken, die mich stumm aus großen, traurigen Augen anfleht. Ich sehe Alex' Gesicht bei Richards und Kats Anblick vor mir, glühend vor Wut … oder war es Eifersucht?

Ich weiche zurück.

»War das für mich oder für Kat?«, flüstere ich.

»Was?«

Ich muss es wissen.

»Willst du mich wirklich oder willst du es nur deiner Frau heimzahlen?«

Er macht einen Schritt zurück und schüttelt ungläubig den Kopf, während er mich enttäuscht ansieht.

»Werd endlich erwachsen, Fliss.«

»Ich will nur, dass du ehrlich zu mir bist«, bettele ich, plötzlich völlig verunsichert.

Ist es etwa das? Ist das alles nur ein einziges Spiel für die beiden? Bin ich Alex' Rache für Katherines Verhalten? Geht es immer nur Auge um Auge? Sie treibt sich in geschmacklos eindeutiger Weise mit Richard herum, also kontert er? Egal, ich will zumindest kein weiteres Opfer in einem Spiel sein, das Leben zerstören könnte.

»Hast du Veranlassung zu glauben, ich wäre es nicht?«, fragt er mich kopfschüttelnd.

»Ich will die Wahrheit wissen. Ich will wissen, ob dir wirklich etwas an mir liegt oder ob du nur irgendwelche Spielchen spielst wie Katherine? Bin ich das für dich, Alex, deine kleine Rache? Ich habe gesehen, wie wütend du warst, als du die beiden eben da drin entdeckt hast.«

»Was zum Teufel erwartest du denn – Freude? Soll ich mich etwa darüber freuen, was ich gerade gesehen habe?« Er fährt sich mit der Hand durchs Haar. Warum ist er nur so verdammt unwiderstehlich?

»Viele Männer macht es an, ihre Frauen dabei zu beobachten, wie sie mit einem anderen zusammen sind«, flüstere ich.

»Aber nicht in einem überfüllten Restaurant und mit einem heimlichen Liebhaber, o nein!«

»Wem wollen wir denn etwas vormachen? Wir sind doch genauso schlecht wie sie, wir haben genau dasselbe getan«, fahre ich ihn an.

»Siehst du uns etwa als schmutzige kleine Affäre, Fliss? Glaubst du, ich bin wie Kat oder Richard und benutze dich nur? Um dämliche Spielchen zu spielen?«

»Ich weiß es nicht«, schluchze ich.

»Du bist doch diejenige, die mit mir spielt, Fliss. Du kannst mich nicht ständig anziehen, um mich dann wieder von dir zu stoßen, du musst dich endlich entscheiden.«

»Ich weiß, aber … aber …«

»Aber was? Was willst du tun?«

»Das Richtige.«

Wie abgedroschen es sich anhört, wenn ich das sage.

»Und was zum Teufel ist das Richtige?«, murmelt er verärgert.

»Ich weiß nicht. Ich weiß nur, dass du verheiratet bist, also ist das hier falsch.«

»Verheiratet!« Er spuckt das Wort beinahe aus. »Glaubst du nach dem, was wir gerade erleben durften, immer noch, dass meine Ehe irgendetwas bedeutet? Komm schon, Fliss, wenn du mich nicht mehr sehen willst, sag es mir wenigstens. Sei ehrlich zu mir, das ist das Mindeste, was ich verlangen kann.«

»Ich bin ehrlich zu dir.«

»Zu mir? Ich bin mir nicht einmal sicher, ob du ehrlich zu dir bist.«

Er wendet sich ab und geht. Ich stehe wie angewurzelt da und blicke ihm nach, durchgeweicht bis auf die Haut und vollkommen aufgewühlt. Er hat Recht. Wie lange hat es gedauert, bis ich mir eingestanden habe, was ich für ihn empfinde? Und jetzt lasse ich ihn wieder einfach so gehen. Ich zittere – vor Kälte, Frust, Hilflosigkeit und vor Angst.

Nach wenigen Schritten dreht er sich um.

»Komm, ich bringe dich nach Hause.«

Schweigend fahren wir zu meiner Wohnung.

Als er am Straßenrand hält, greife ich hastig nach dem Türgriff, doch er beugt sich über mich und hält meine Hand fest.

»Nein, geh nicht.«

Ich halte inne.

»Ich muss wissen, was du für mich empfindest, Fliss. Was erwartest du von mir? Was erwartest du von *uns*?«

Ich werfe ihm einen Seitenblick zu, während ich verzweifelt mit meinem Verlangen nach ihm ringe.

»Ich weiß nur eins, so etwas habe ich noch nie für jemanden empfunden, aber es ist alles so furchtbar kompliziert.« Ich spüre, wie die Tränen mir über die Wangen strömen, so wie der Regen, der gleichmäßig über die Windschutzscheibe rinnt. Beschämt wende ich mich ab.

»Bitte hör auf zu weinen.« Seine Stimme klingt sanft und bekümmert. Er zieht mich an sich und streichelt mir übers Haar, wie bei einem Kind, das man tröstet.

»Du warst so wütend, also dachte ich, du bist vielleicht eifersüchtig auf Kat und Richard«, schluchze ich.

»Nein.« Er schüttelt den Kopf. »Ich war nicht glücklich, aber ich war auch nicht eifersüchtig. Ich habe nur plötzlich klar gesehen, das ist alles. Du hattest Recht, Fliss, als du sagtest, wir seien genauso schlecht wie sie. Dadurch wirkte alles so armselig – *wir* wirkten so armselig. Ich will nicht, dass es so läuft, Fliss. Ich will keine heimlichen Treffen in entlegenen Restaurants oder seelenlosen Hotelzimmern. Für mich ist das nichts Falsches oder Verwerfliches. Was ich für dich empfinde, ist nicht schäbig oder schmutzig, sodass man es verbergen müsste wie ein dunkles und abstoßendes Geheimnis.«

Der Ausdruck in seinen Augen ist unsicher, als er mich ansieht.

»Ich weiß, was ich will. Ich werde Kat verlassen, Fliss.« Er küsst mich unendlich zärtlich. Mein Magen löst sich auf wie ein Aspirin in einem Glas Wasser. Das Verlangen steigt in Perlen aus meiner Lendengegend in die Kehle auf und macht sich in einem unfreiwilligen, lustvollen Stöhnen Luft.

»Weißt auch du, was du willst, Fliss?«

Ich weiß, was ich will. Ich will, dass dieser Augenblick eingefroren wird, sodass ich für immer hier bleiben kann, in seinen Armen, ganz nahe bei ihm.

Doch plötzlich muss ich an Sally-Anne denken, die tränenüberströmt vor meiner Tür steht und mich stumm anfleht, Kat nicht den Anstoß zu geben, den sie braucht, um sich Richard endgültig zu angeln.

Ich entwinde mich Alex' Griff, als würde mir der körperliche Abstand helfen, mich auch gefühlsmäßig von ihm zu distanzieren.

»Ich will, dass du nach Hause fährst, Alex, zurück zu Katherine, und die Sache in Ordnung bringst.« Ich ersticke fast an diesen Worten, und ein beinahe unerträglicher Schmerz überkommt mich, als ich sehe, wie überrascht und verletzt er aussieht.

»Was? Aber ich dachte ...«

Ich lege zwei Finger auf seine Lippen, um ihn zum Schweigen zu bringen.

»So ist es für alle Beteiligten besser.«

»Wie kannst du das behaupten?«

»Ich weiß, dass Kat dich lieben muss, Alex.« Ich ringe mir ein Lächeln ab. »Wie könnte es anders sein?« Ich zögere kurz. »Und Sally-Anne liebt Richard ...«

Bei den letzten Worten nickt er langsam und atmet tief und hörbar aus, ein langer, ergebener Seufzer.

»Ich denke, ich habe verstanden.«

»Wirklich, Alex? Ich muss es wissen.«

»Sicher.« Zögernd streichelt er mir über die Wange. Ich spüre, wie seine Hand zittert.

Der Rest des Tages kommt mir wie eine Ewigkeit vor, die sich jenseits des Erträglichen erstreckt. Ich würde am liebsten schlafen, kann aber nicht. Ich bin seltsam ruhig, völlig leer geweint, doch innerlich aufgewühlt. Meine Gefühle liegen mir wie ein Stein in meinem Magen und bereiten mir fast körperliche Schmerzen. Können Sie sich vorstellen, wie es sich anfühlt, wenn man jemanden so schrecklich will und so sehr braucht, dass jede Sekunde, die man ohne ihn auskommen muss, sich wie eine Ewigkeit anfühlt?

Draußen hat sich der Himmel über und über rosa gefärbt. Er taucht die Häuser in einen rosigen Schimmer und breitet sein riesiges, weiches Tuch am Horizont aus. Es ist wunderschön, doch noch während ich das Schauspiel ehrfürchtig betrachte, verblasst das Rosa allmählich und wird grau, bis es schließlich zu einem bedrohlichen Schwarz übergeht.

Gefährlich und Unheil verkündend.

Doch immer noch schön.

Erst jetzt, da es zu spät ist, wird mir klar, was genau ich fühle.

»Ich liebe dich, Alex«, flüstere ich gen Himmel, und wie zur Antwort beginnt er für mich zu weinen, und der Regen klatscht auf den Boden wie Tausende von Peitschenhieben.

Am nächsten Tag fühle ich mich beim Aufwachen furchtbar leer. Der Regen hat aufgehört, und eine blassgelbe Sonne lächelt schwach von einem azurblauen Himmel, wie ein Patient auf dem Wege der Besserung. Ich bedenke die Sonne mit einer obszönen Geste, weil sie so glücklich aussieht. Ich will die düsteren Wolken zurückhaben, sie passen zu meiner Stimmung. Ich will, dass der Regen gegen meine Fenster prasselt.

Als das Telefon klingelt, stürze ich mich darauf wie ein Verhungernder auf eine Brotkruste.

Es ist Dad.

Er ist glücklich, entspannt und genießt das Leben. Er will mich daran teilhaben lassen, umso mehr, als er merkt, dass ich mich im Augenblick genau in der gegenteiligen Geisteshaltung befinde.

»Diese Woche sind doch Herbstferien, oder? Warum kommst du uns nicht besuchen, Fliss? Du fehlst mir, und es würde dir gut tun, für ein paar Tage rauszukommen. Außerdem fände ich es schön, wenn du Florrie kennen lernst.«

Sicher, aber will auch Florrie mich kennen lernen? Schließlich gebe ich nach und verspreche, sie zu besuchen. Wie üblich laufe ich weg. Ich fahre in die Stadt, um mir einen Koffer zu kaufen – mein einziger anständiger ist noch immer bei Caroline, zusammen mit der Hälfte meiner Klamotten. Wahrscheinlich behält sie ihn, um mich zu einem Besuch zu zwingen.

Als ich zurückkomme, blinkt das Lämpchen an meinem Anrufbeantworter wie verrückt. Ein Hoffnungsschimmer, doch es ist nur Wiggy, die sich aus irgendeiner Strandbar meldet, um Hallo zu sagen. Im Hintergrund kann ich Musik und Gelächter hören. Sie klingt glücklich, entspannt und reichlich betrunken. Einen Moment lang wünsche ich, ich hätte meinen Plan in die Tat umgesetzt und wäre ihr gefolgt.

Als ich halb mit dem Packen fertig bin, klingelt das Telefon erneut. Ich stürze mich darauf wie ein aufgeregter Hund, der darauf wartet, den Schlüssel seines Herrchens im Schloss zu hören. Werde ich jetzt immer so nervös sein, wenn das Telefon klingelt?

Doch wieder ist es nicht Alex.

Aber warum sollte er mich auch anrufen, wo doch ich diejenige war, die ihn in die Wüste geschickt hat? Ich habe ihn ab- und aufgespult wie ein Jo-Jo, das man um den Finger wickelt, habe ihn auf – und abtanzen lassen wie die Pferdchen in einem Kinderkarussell.

Dieses Mal ist es Sash.

»Hi!« Ihre fröhliche Stimme dröhnt schmerzhaft in meinem unglücklichen Ohr. »Was treibst du so, du alte Nuss?«

Natürlich strömt alles aus mir heraus, klar, oder? Fragen Sie nie einen unglücklichen Menschen, wie es ihm geht, es sei denn, Sie wollen einen detaillierten Bericht über den Kummer, der ihn gerade zufällig befallen hat.

Natürlich wusste Sash nicht, dass ich unglücklich bin, als sie anrief. Also war sie nicht vorgewarnt und darf nun ihre ganze Kaffeepause, die eine Viertelstunde dauert, einer Heulsuse zuhören, obwohl sie eigentlich nur ein bisschen quatschen wollte. Doch als verdammt gute Freundin hört sie geduldig zu, bis ich ihr mein Herz ausgeschüttet habe, und verkündet dann, dass sie vorbeikommt.

»Aber du musst doch arbeiten«, schniefe ich.

»Nun, ich leide ganz plötzlich ernsthaft an PMS. Mein Chef hat furchtbare Angst vor PMS, der schickt mich bestimmt sofort nach Hause.«

Eine halbe Stunde später steht Sash vor meiner Tür, eine Flasche Brandy und eine Schachtel Pralinen im Arm.

»Die blutigen Details will ich zuerst«, verlangt sie, während sie Kaffee für uns macht und in jede Tasse einen großzügigen Schluck von Napoleons Bestem gibt. Meinen Einwand, dass es erst drei Uhr nachmittags ist, ignoriert sie.

»Du meinst den Sex, oder?«

»Na klar. Komm schon, Fliss, wir hatten beide so lange keinen, dass darüber zu reden beinahe so gut ist wie ihn zu haben.«

Ich schüttele den Kopf.

Ich kann nicht verhindern, dass sich ein etwas selbstgefälliges Lächeln langsam auf meinem Gesicht ausbreitet.

»Na ja, sagen wir mal, bis Samstagnacht… Sonntagmorgen, um genau zu sein… hätte ich dir vielleicht zugestimmt. Ich wäre vielleicht sogar soweit gewesen zu behaupten, darüber zu reden wäre *besser* als ihn zu haben…«

»Aber jetzt nicht mehr?«, hakt sie nach.

»Ganz sicher nicht.«

»So gut war es?«

»Noch besser. In gewisser Weise wäre es besser gewesen, wenn es nicht so gut gewesen wäre, dann würde es mir leichter fallen, jetzt darauf zu verzichten. Ach, Sash, es ist ja alles so furchtbar.«

»Du könntest versuchen, es von der positiven Seite zu sehen…«

»Gibt es die deiner Meinung nach?«

»Na ja, ich reite ja nur ungern darauf herum, aber jetzt weißt du wenigstens, wie es ist, tollen Sex zu haben.«

»Stimmt, aber das macht es eindeutig schlimmer. Ich habe vielleicht nie wieder umwerfenden, alles andere vergessen machenden, hinreißend tollen Sex.«

»Das kann ich gut nachvollziehen.« Sie prostet mir mit der Tasse zu.

»Ach, Sash, es tut mir Leid. Ich habe wirklich ein schlechtes Gewissen, weil ich die ganze Zeit nur über mein trauriges Leben jammere, und dabei hast du selbst genug Probleme. Ich habe dich noch nicht mal gefragt, wie es dir geht.«

Sie schüttelt den Kopf.

»Zerbrich dir nicht den Kopf. Eigentlich müsste ich dir sogar dankbar sein.«

»Wofür?«

»Na ja, einer der Gründe, warum ich dich heute angerufen habe, ist der Gefallen, um den ich dich gebeten hatte.«

Ich beiße mir auf die Lippe.

»Verstehe. Du wolltest, dass ich dir ein Alibi verschaffe, stimmt's?«

»Stimmt, aber ich habe meine Meinung geändert.«

»Ich kann nicht behaupten, ich sei enttäuscht. Ich hätte Niall nur ungern angelogen. Aber warum? Was ist in der letzten halben Stunde vorgefallen, das dich zu dem Entschluss gebracht hat, es nicht durchzuziehen?«

»Du bist vorgefallen.« Sash lacht. »Oder sollte ich sagen, dein Liebesleben? Ich sollte dir wirklich dankbar sein, weil du mir bewusst gemacht hast, was für ein Glück ich habe. Mein Leben ist mir in letzter Zeit so banal vorgekommen. Immer nur Kinder, Arbeit, Hypotheken und Rechnungen, und dazu ein Mann, den ich zwar liebe, aber im Augenblick ein bisschen satt habe. Ich habe mich nach Abwechslung gesehnt wie jemand, der ständig auf Diät ist, sich nach einem Stück Torte sehnt.«

»Und jetzt?«

»Na ja, du hast mir bewusst gemacht, dass man manchmal auch zu viel Abwechslung haben kann. Was die Sache verkompliziert. Und ich will nicht verlieren, was ich habe. Wenn ich aber anfange herumzuspinnen, ist das Risiko groß, dass genau das passiert, am Ende bin ich unglücklich statt frustriert oder sogar beides. Mein Gott, stell dir das nur mal vor! Nein, wenn ich mein eigenes Leben ein bisschen aufpeppe, kann ich, glaube ich, sehr glücklich werden.«

»Dann kannst du ja von Glück sagen, dass du es nicht getan hast.«

»Eigentlich schon, ja. Vergiss den Zweiundzwanzigjährigen, ich glaube, ein Ausflug in den Sexshop und eine Gehaltserhöhung für die Babysitterin sind gar kein schlechter Anfang.«

»Statt einer heißen Affäre mit einem jungen Draufgänger?«

»Du hast den Nagel auf den Kopf getroffen.«

»Es freut mich, wenn ich dir geholfen habe.«

»Ist es nicht schön zu wissen, dass die eigenen schrecklichen Fehler etwas Gutes für jemand anderen haben können?«

»Du machst dich über mich lustig, oder?«

»Wer, ich?«

»Ja, gib's zu.«

»Ein klitzekleines bisschen. Aber dafür sind Freunde schließlich da, oder?«

Am nächsten Morgen mache ich mich auf den Weg nach Kent zu meinem Vater. Für Notfälle hinterlasse ich zur Sicherheit eine Nachricht auf meinem Anrufbeantworter, sodass der Rest der Welt meine Handynummer hat.

Als ich die Katze über die schmale Treppe zu meiner Nachbarin trage, beginnt sie zum ersten Mal seit Wochen wieder zu schnurren. Als ich sie ihr überreiche, wird das Schnurren noch lauter.

»Am besten behältst du sie, ihr seid anscheinend füreinander geschaffen«, sage ich reumütig.

Beide sehen hocherfreut aus.

»Ich konnte Katzen sowieso noch nie leiden«, murmele ich, als ich, zwei Stufen auf einmal nehmend, die Treppe in einem Anfall von Leichtsinn hinunterhopse. »Ich glaube, es wird Zeit, dass ich mir einen Hund zulege – einen dummen, liebenswerten, putzigen Köter.«

Eine halbe Stunde später kann ich zwar immer noch nicht glauben, dass ich es wirklich tue, bemühe mich aber zu ignorieren, dass ich eine Etagenwohnung habe und Vollzeit arbeite, was dem Thema Hundehaltung eher widerspricht, und durchstreife den Block H des örtlichen Tierheimes, in dem Zwinger an Zwinger ungewollte, ungeliebte, traurige, aufgeregte Hunde untergebracht sind.

»Kann ich sie alle haben?«, frage ich die Pflegerin, die mich herumführt. Ich habe Tränen in den Augen.

Sie lächelt nachsichtig. Offensichtlich ist sie an durchgeknallte, einsame Weibsbilder gewöhnt, die nach einem Männerersatz suchen.

Ich gehe im Gang auf und ab wie ein werdender Vater, der auf die Geburt seines Kindes wartet, unentschieden und voller Mitleid.

Und dann sehe ich ihn.

Eine braune, fette und völlig undefinierbare Promenadenmischung. Er sitzt allein im hintersten Winkel eines Zwingers, während der Rest der Bewohner am Gitter herumtobt, um mich auf sich aufmerksam zu machen. Und er sieht unglücklich aus.

Ich sehe ihn an. Er sieht mich an.

»Das ist er.« Ich deute nicht auf ihn, das wäre unhöflich.

»Sind Sie sicher?« Die Pflegerin sieht mich an, als wäre ich durchgedreht.

Ich nicke begeistert. »Der oder keiner.«

»Er ist ein Welpe und wird noch größer.«

»Noch größer als jetzt?«, frage ich ungläubig. »Ist das ein Hund oder ein Packesel?«

»Ich dachte, Sie wollten einen kleinen Hund, Madam, weil Sie nicht so viel Platz haben?«

»Ich ziehe um«, sage ich entschlossen.

Ich erkenne etwas in diesen tieftraurigen, hoffnungsvollen braunen Augen. Mich selbst.

Ich gehe in die Knie, sodass ich auf einer Höhe mit ihm bin, gebe ermutigende Geräusche von mir und rüttele mit den Fingern am Maschendraht. Er blickt zu mir, bevor er sich umsieht, als wolle er sagen, »Sicher meint sie nicht mich, sondern einen anderen«. Schließlich kommt er zögernd angetrottet, wobei er versucht, nicht zu hoffnungsvoll auszusehen. Er schnüffelt vorsichtig an meinen Fingern, dann sieht er mich aus seinen braunen Samtaugen an und grinst.

Ich verliebe mich auf den ersten Blick in ihn.

Schmachtend erwidere ich sein Lächeln.

Er leckt meine Hand.

»Kann ich ihn gleich mitnehmen?«, frage ich die Pflegerin.

»Ich fürchte, das geht nicht so schnell …«

»Biiiitte«, bettele ich. »Ich bin doch Lehrerin – und das bedeutet, dass ich zuverlässig bin.«

Auf dem Weg aus der Stadt – Reisetasche im Kofferraum und Hund Eric auf einer Decke auf dem Rücksitz – wird mir bewusst, dass ich den Weg vorbei an Alex' Büro gewählt habe. Ich kann sein Auto auf dem Parkplatz sehen. Welches der Fenster, die im morgendlichen Sonnenlicht blitzen, gehört wohl zu seinem Büro? Wo er wohl gerade ist, was er wohl gerade tut, woran er wohl gerade denkt? Denkt er genauso oft an mich wie ich an ihn? Spürt er den gleichen dumpfen Schmerz, weil es so sinnlos ist, jemanden zu begehren, den man nicht haben kann, die unaufhörliche Angst, ihn vielleicht nie wiederzusehen, die Sehnsucht, diese endlose, unversöhnliche, zerstörerische Sehnsucht?

Ich zittere, obwohl es alles andere als kalt ist, und wische ungeduldig eine Träne fort, die es gewagt hat, aus meinem rechten Auge zu kullern. Ich bin entschlossen, nicht länger Fliss, der Waschlappen zu sein, sondern Fliss, die Furchtlose, die allem entgegentritt und mit allem fertig wird, was das Leben ihr bietet.

Eric, der so tut, als schlafe er, hört mich schniefen und öffnet ein Auge. Er quetscht sich zwischen den Vordersitzen durch und klettert auf meinen Schoß, wo er es sich mit einem tiefen, zufriedenen Seufzer bequem macht. Er muss an die zwanzig Kilo wiegen, und jedes Mal, wenn ich den Gang wechsele, rutscht er fast von meinen Beinen und knallt gegen das Gaspedal, doch er fühlt sich warm, solide und beruhigend an.

Es muss für ihn höchst unbequem sein, mit dem Kopf an der Tür und dem fetten Hinterteil auf der Handbremse zu liegen, doch er macht keinerlei Anstalten, sich zu bewegen, und ich verspüre nicht die geringste Absicht, ihn zu vertreiben. Es ist nett, zur Abwechslung einmal so bedingungslos angebetet zu werden.

Kapitel 11

Der Weg zu Florences Cottage führt mich durch die hügelige Landschaft der Chilterns, fast direkt an Angels Court vorbei. Ich fahre noch eine Meile weiter, bevor mir die Argumente ausgehen und ich kehrt mache. Als ich vor dem Tor stehe, zögere ich. Ich kann das Dach des alten Gebäudes über den Bäumen sehen, die das Grundstück säumen. Auf dem Giebel sitzt eine Schar leise gurrender Ringeltauben.

Es ist halb zehn. David wird bereits vor vier oder fünf Stunden aufgebrochen sein, um auf seinem geliebten Bauernhof zu arbeiten. So muss ich wenigstens nicht ihm und Caro gemeinsam gegenübertreten, was das Ganze etwas erleichtert.

Langsam fahre ich die geschotterte Auffahrt entlang und halte neben Caros makellos sauberem Golf GTI, neben dem mein schlammbedeckter Wagen keine besonders gute Figur macht. Ich habe mich immer gefragt, wie sie es schafft, ihr Auto so sauber zu halten, obwohl sie auf dem Land lebt. Aber sie hatte auch immer mehr von einer Gutsbesitzerin als von einer Bäuerin.

Oder sollte sie eine zweite Lady Chatterley sein? Doch Lady Chatterley beschränkte ihre außerehelichen Aktivitäten immer auf den Jagdaufseher, nicht wahr? Vermutlich sollten sie auch Angus Macready umbenennen. Sexverwalter wäre wesentlich passender als Hofverwalter.

Als ich einen Blick in den Rückspiegel werfe, stelle ich überrascht fest, dass ich grinse.

Der frühe Morgen, der erstaunlicherweise nach Sonnenschein aussah, hat sein Versprechen mehr als gehalten. Als ich aussteige, brennt mir die Sonne auf den Kopf. Eine einsame Biene summt in den dichten Gruppen von Buddleia und Rosen auf dem vorderen Rasen, und zwei Blaumeisen sausen vorbei, um sich im kühlen, grünen Schatten einer Stechpalme niederzulassen. Der Altweibersommer ist eingekehrt und lässt das feuchte Gras so schnell trocknen wie Löschpapier verschüttete Tinte aufsaugt.

Ich zögere, bevor ich auf die Klingel drücke, die wie eine Brustwarze aus Messing in der Wand sitzt. Warum kommt sie mir nur plötzlich so verdammt phallisch vor? Ich reiße mich zusammen, und schließlich gelingt es mir, sie zu betätigen.

Die alte Klingel hallt melodiös im ganzen Haus wider. Ich höre das Tappen von Füßen auf der Holztreppe und das Schleifen von Metall gegen Metall, als die dicken Bolzen zurückgeschoben werden. Caro reißt die Tür auf. Sie trägt ein altes Hemd von David, das mit gelber Farbe bekleckert ist, abgeschnittene Jeans und verblichene Espadrillos. Ihr goldenes Haar ist locker mit einem alten Hermès-Schal im Nacken zusammengebunden, und ihr Gesicht ist ungeschminkt. Wie üblich sieht sie einfach umwerfend aus.

»Hi.« Ich lächele unsicher.

Die Überraschung auf ihrem Gesicht weicht augenblicklich Entzücken.

»Fliss! Wie schön!«

Sie will mich umarmen, zögert aber und ergreift stattdessen meine Hand, um mich ins Haus zu ziehen.

»Hannah ist unterwegs. Sie wird traurig sein, dass sie dich verpasst hat.«

»Ich kann nicht lange bleiben.« Ich deute auf Eric, der hechelnd aus dem Rückfenster meines Autos sieht. »Bei diesem Wetter kann ich ihn nicht da drin lassen. Ich bin auf dem Weg, um Dad zu besuchen. Da habe ich mir gedacht, ich halte kurz an, um zu sehen, wie es euch geht.«

Eric erweist sich bereits als nützlich für Ausreden.

»Du hast einen Hund? Seit wann denn das?«, fragt Caroline.

»Seit etwa einer Stunde.«

»Aber warum hast du einen Hund? Was hast du denn mit ihm vor?«

»Nun … das Übliche, Gassi gehen und so was.«

»Du weißt genau, dass ich das nicht meine. Du hast nicht mal einen Garten, Fliss.«

»Ich weiß. Keine Sorge, es wird sich schon eine Möglichkeit finden. Außerdem würde ich sowieso gerne irgendwo hinziehen, wo ich etwas mehr Platz habe. Und Edwin, der Hausmeister an unserer Schule, nimmt seinen Hund jeden Tag mit. So könnte ich es doch auch machen.«

»Schon, aber das ist etwas anderes. Er verbringt viel Zeit im Freien, aber du bist ständig in einem Klassenzimmer.«

»Na ja, Eric gelingt es sehr gut, aufmerksam auszusehen. Ich könnte ihn der Klasse als gutes Beispiel vorführen und ihm Shakespeare beibringen. Wahrscheinlich würde er mehr verstehen als die meisten meiner Schüler.«

»Was ist mit der Katze?«

»Wir haben uns in aller Freundschaft getrennt«, antworte ich.

Caro lacht laut auf und schlägt sich die Hand vor den Mund, während sich ihre blassen Wangen vor Vergnügen röten.

»Du bist verrückt, Fliss.«

»Ich weiß«, murmele ich. Doch ich denke dabei nicht an Eric oder Hastings, die sich mit dem größten Vergnügen aus meinem Leben verabschiedet hat, sondern an Alex, Sally, Richard, Kat und all die anderen, die in dieses ganze Fiasko verwickelt sind.

»Komm, sieh dir das Kinderzimmer an. Ich habe mich so danach gesehnt, es endlich jemandem zu zeigen.«

Sie führt mich nach oben zu dem Zimmer neben ihrem.

»Ich weiß ja, dass ich ein bisschen früh dran bin, es sind ja erst wenige Monate, und man kann noch nicht einmal sehen, dass Hannah schwanger ist, worüber sie höchst erfreut ist, das darfst du mir glauben. Trotzdem dachte ich, ich fange schon einmal an.«

»Von wegen anfangen, es sieht aus, als wärest du fast fertig.«

Das freie Zimmer ist in eine Kinderstube verwandelt worden, mit zitronengelben Wänden, genug Spielzeug, um eine Krippe zu eröffnen, Mobiles aus seltsamen, mythischen Figuren, die in der

Brise tanzen, die durch das offene Fenster hereinweht, und einem pastellgelben Gitterbettchen und einem passenden Schrank.

»Du kennst mich doch. Sobald ich mir etwas in den Kopf gesetzt habe… Mir ist klar, dass Hannahs Schwangerschaft noch nicht weit fortgeschritten ist und dass alles Mögliche passieren könnte.«

Abergläubisch pocht sie auf die hölzerne Ecke des Bettchens, wobei noch ein wenig von der gelben Farbe, die noch nicht ganz trocken ist, an ihren Händen kleben bleibt.

»Aber David und ich haben beschlossen, dass wir versuchen wollen, selber ein Baby zu bekommen, falls es mit diesem nichts wird.«

»Aber ich dachte…«

»Künstliche Befruchtung, Adoption, egal was. Bis jetzt war mir gar nicht bewusst, wie sehr ich mir ein Kind gewünscht habe«, sagt sie wehmütig, ehe sie sich ein Lächeln abringt und sich stolz umsieht.

»Das habe ich alles ganz allein gemacht. Ich glaube, für so etwas habe ich eine Ader.«

»Toll«, stimme ich zu, »es sieht echt professionell aus.«

»Könnte zu einem guten Nebenverdienst werden, wenn ich mal nicht gerade Windeln wechsle, was meinst du? Caroline Hunter Interieurs hört sich doch gut an, oder?«

»Und was ist mit der Schule?«

»Darüber wollte ich eigentlich längst mit dir reden, aber du hast mir ja keine Gelegenheit gegeben.«

Zerknirscht schüttele ich den Kopf.

»Ich habe mehr als dreißig Jahre meines Lebens in der Schule verbracht, deshalb ist es, finde ich, an der Zeit, etwas anderes zu tun«, erklärt Caro. »Also habe ich beschlossen aufzuhören.«

»Das habe ich mir fast gedacht«, entgegne ich. »Ich werde dich vermissen.«

»Ja?« Sie sieht mich von der Seite an.

»Natürlich.«

»Gut«, sagt Caro. »Aber du kommst uns doch oft besuchen, oder?«

Sie neigt den Kopf und sieht mich fragend an.

»Natürlich«, willige ich ein, worauf sie erleichtert lächelt.

Wie es aussieht, leidet Hannah an all den unangenehmen Begleiterscheinungen der Schwangerschaft wie morgendlicher Übelkeit, während die strahlende Caroline sich über die Ausstrahlung und wunderschönes, schimmerndes Haar freuen kann, die sonst mit einer Schwangerschaft einhergehen. Sie kommt mir so aufgeregt vor und weit entfernt von der Caro, die immer geschworen hat, sie wolle nie im Leben Kinder.

»Warum hast du mir nie erzählt, dass du keine Kinder bekommen kannst?«, frage ich neugierig und lehne mich gegen die Fensterbank, um hinaus in den Garten zu sehen, ehe ich feststelle, dass auch dort die Farbe noch feucht ist.

»Wahrscheinlich, weil ich es mir selbst nicht eingestehen wollte, ganz zu schweigen von anderen.« Lächelnd reicht sie mir einen Lappen für die Hände. »Aber schließlich gibt es so einiges über mich, was du nicht weißt«, neckt sie.

»Ich dachte, inzwischen wüsste ich alles«, erwidere ich in gespieltem Entsetzen. »Was für schreckliche Geheimnisse lauern denn noch in deinen pastellgelben Wandschränken?«

Sie grinst.

»Keine Sorge, da ist weiter nichts. Du weißt und kennst alles, bis hin zur kleinsten Falte.«

Einen Moment lang herrscht Schweigen.

»Du siehst großartig aus«, sage ich schließlich. »Hannahs Schwangerschaft steht dir.«

»Ich kann es selbst kaum glauben, wie aufgeregt ich deswegen bin.« Sie lächelt, ehe sie mit besorgter Miene die dunklen Ringe unter meinen Augen betrachtet.

»Und du, Fliss? Ich muss sagen, du siehst müde aus.«

In der Schule hängt ein Aushang. »Kennen Sie die folgenden Symptome?«, heißt es da. Ich habe sie der Reihe nach abgehakt.

Antriebslosigkeit? Ja

Weinkrämpfe? Ja.

Schuldbewusstsein? Ja.

»Sie könnten depressiv sein«, lautet die zufriedene Schlussfolgerung.

»Mein Leben ist im Moment ziemlich durcheinander«, sage ich ausweichend. Ich bin nicht in der Stimmung, ihr mein Herz auszuschütten, und Caro ist viel zu einfühlsam, um im falschen Moment etwas aus mir herauszukitzeln. Doch ich fühle mich wohl genug hier, um die Ausrede zu vergessen, ich hätte es eilig. Also geben wir einen Schuss Pimm's in einen Krug voll Saft, gehen nach draußen und setzen uns auf die verschnörkelten Eisenstühle mit den blassgelben Kissen unter den knorrigen, alten Apfelbäumen, wie zu Beginn des Sommers.

Wie lange das her ist.

Eric, befreit und mit Wasser versorgt, streift über den Rasen und schnüffelt ungläubig herum, als hätte er nie zuvor so aufregende Dinge wie Bäume oder Gras gesehen. Schwankend hebt er das Beinchen an allem, was aufrecht steht, und pinkelt, als bekäme er nie wieder Gelegenheit dazu.

»Er ist gerade erst aus dem Hundegefängnis entlassen worden«, erkläre ich Caroline, die nachsichtig lächelt – ob über mich oder Eric, ist mir nicht ganz klar.

»Wer hätte gedacht, dass wir Ende Oktober noch mal so ein Wetter bekommen?«, murmelt sie zufrieden. »Vor allem, weil ich gestern noch in meinem dicksten Wollpulli vor dem Ofen gesessen habe, um mir die Zehen zu rösten.«

Sie sieht mich an und legt eine Hand auf meine. Aus ihren blauen Augen sprechen Offenheit und Zuneigung.

»Ich bin so froh, dass du gekommen bist, Fliss. Ehrlich.«

»Ich auch«, erwidere ich und drücke ihre Hand. »Ich musste wohl erst das eine oder andere Schreckgespenst vertreiben.«

»Besser, als es mit den Nachbarn zu treiben«, antwortet sie kichernd.

Kurz vor Mittag fahre ich schließlich weiter, komme halbwegs glatt über die M 40, bevor ich mühsam die grässlich volle M 25 entlangkrieche, auf der sich wegen der Herbstferien Stoßstange an Stoßstange reiht. Kurz nach drei erreiche ich endlich die kultivierte Schönheit von Royal Tunbridge Wells. Ich bin völlig verschwitzt und habe das Gefühl, dass ich im nächsten Augenblick entweder einen Autokoller kriege oder einen riesigen Drink brauche. Beides ist im Moment keine sehr gute Idee.

Zehn Meilen weiter wird es reichlich ländlich. Die Straße, der ich folge, ist kaum mehr als ein Feldweg; alle fünf Minuten halte ich an, um ein Gatter zu öffnen oder zu schließen, wenn ich nicht gerade über einen Viehrost rattere. Eric hält es für ein tolles Spiel, jedes Mal, wenn ich aussteige, ebenfalls aus dem Auto zu springen und sich von mir mehrere Runden über die Felder jagen zu lassen, bevor er wieder einsteigt.

Dieser Köter hat anscheinend einen perfiden Sinn für Humor.

Das gefällt mir.

Ich erreiche mein Ziel, als die Kirchturmuhr fünf schlägt. Bishops Cross ist ein kleiner Weiler, der versteckt in etwas liegt, das mehr einer Salatschüssel denn einem Tal gleicht und von dichten Wäldern umgeben ist.

Neben der Kirche, die auf dem Grund des Landguts Wakeley Hall steht, gibt es einige verstreut stehende Cottages, die sich um einen Dorfpark in Taschentuchgröße gruppieren, der sogar über einen Teich und die obligatorischen Enten verfügt.

Außerdem gibt es einen Pub wie aus dem Bilderbuch – Dad würde nie hier leben, wenn es nicht mindestens einen davon gäbe – sowie eine kleine Poststelle, in der alles von Briefmarken bis hin zu exotischen Gewürzen verkauft wird und die über und über mit knallbunten Blumenampeln geschmückt ist.

Beim Anblick eines solchen Fleckchens Erde fühlt man sich sofort besser. Wenn es etwas so Hinreißendes auf der Welt gibt, kann sie doch nicht ganz so schlecht sein, oder?

Florences Haus hat früher zu Gut Wakeley gehört. Es liegt am

Ende einer kleinen Straße, die sich anscheinend endlos unter einem Baldachin aus goldgelb verfärbten Buchen dahinschlängelt. Dads Wegbeschreibung war nicht leicht zu entziffern, doch schließlich halte ich vor Bluebell Cottage – nur um festzustellen, dass ich nicht aussteigen kann.

Ich bin müde, erhitzt und durstig, und höchst erleichtert, endlich da zu sein, doch plötzlich entsetzlich nervös.

So viele Gefühle in so kurzer Zeit.

Plötzlich bin ich wieder die Sechsjährige, die vor Schüchternheit wie gelähmt ist.

Als ich es endlich über mich bringe auszusteigen, sitze ich weitere zehn Minuten auf der Motorhaube und versuche, den Mut aufzubringen zu klingeln.

Was, wenn ich die große Liebe meines Vaters nicht mag?

Schlimmer noch: Was, wenn sie mich nicht mag?

Bluebell Cottage ist ein langes flaches Gebäude mit Mauern aus bröckelndem Sandstein, an denen sich Efeu emporrankt und mit gekrümmten Fingern an die Fenster der Schlafzimmer klopft. Ein einzelner Mauersegler, zweifellos beschwingt von der Sonne, macht Jagd auf die Fliegen, die in einer Wolke über meinem Kopf stehen. Im Sturzflug schnappt er zu, verschwindet unter der Dachrinne und kehrt einen Augenblick später mit einem seiner dunklen, geschmeidigen Artgenossen zurück, um erneut auf die Jagd zu gehen.

Ich sehe genauer hin. Unter der Dachrinne hängen kopfüber mehrere lehmverkrustete Iglus.

»Wie ich sehe, bewunderst du meine Mauersegler. Sind sie nicht anmutig? Jahr für Jahr kehren sie zu mir zurück, meine kleinen Freunde. Ohne sie wäre ich ganz verloren.«

Florence kommt über den tadellosen Rasen auf mich zu.

Das muss Florence sein. Dad hat mir voller Stolz erzählt, wie schön sie sei. Wie es aussieht, hat er nicht übertrieben, wie Verliebte das normalerweise tun, wenn sie alles am anderen in den Himmel loben, angefangen von den blitzenden Augen bis hin zu der Art, wie der geliebte Mensch an der Nagelhaut seiner Zehen knabbert.

Die Sonne scheint Florrie quer durch den Garten zu folgen und lässt ihr weißblondes Haar wie einen Heiligenschein leuchten. Sie bewegt sich etwas steif, doch sehr anmutig. Als sie näher kommt, kann ich erkennen, dass sie etwas jünger als mein Vater sein muss, dass ihr Gesicht faltig, ihr Lächeln herzlich und das Blau ihrer Augen so strahlend ist wie der frühe Abendhimmel.

»Normalerweise haben sie mich um diese Jahreszeit bereits verlassen, aber vielleicht wussten sie, dass dieses herrliche Wetter kommt. Du musst Fliss sein. Ich darf doch du sagen, oder? Dein Vater spricht so oft von dir, dass ich das Gefühl habe, dich bereits zu kennen.«

Sie streckt mir eine schlanke Hand entgegen. Sie hat lange Finger, die bar jeden Schmucks sind. Ihre Nägel sind sorgfältig manikürt, und obwohl ihre Haut sich weich anfühlt, als ich höflich ihre Hand ergreife, kann ich die Schwielen einer passionierten Gärtnerin fühlen.

»Du musst mich Florrie nennen. Wir sitzen hinten im Garten, dein Vater und ich, und genießen dieses wunderbare Wetter.«

Sie führt mich über den Rasen zu einem Weg, der seitlich am Cottage vorbeiführt. Der Garten gleicht einem Meer aus Herbstblumen, die zwar von den letzten Stürmen reichlich mitgenommen sind, sich nun aber in der freundlichen Sonne des Altweibersommers erholen.

Dad sitzt an einem weißen, verschnörkelten Tisch aus Eisen und liest einen Roman von Dick Francis. Roger liegt hechelnd zu seinen Füßen. Dad sieht stark und braun aus. Wie eine Schlange ihre Haut abstreift, scheint er die Jahre hinter sich gelassen zu haben. Er erinnert mich ein bisschen an die Blumen – er musste unter einem Leben mit der stürmischen, frostigen Miriam leiden, doch nun wird er von der sonnigen, spätsommerlichen Florrie gesundgepflegt.

Er steht auf, als er uns kommen sieht. Auf seinem kantigen

Gesicht erscheint ein Grinsen, das von einem Ohr zum anderen reicht. Er schlingt die langen Arme um mich und drückt mich vor Freude so fest an sich, dass ich beinahe keine Luft bekomme.

»Meine Süße! Wie schön, dich zu sehen.«

Er riecht beruhigend nach Kindheit, nach Pfeifentabak, würzigem Aftershave und dem unverkennbaren Geruch von Wollpullovern. Als er mich küsst, kitzelt sein Bart mich im Gesicht.

»Und, was sagst du zu meiner Tochter, Florrie?«, verkündet er stolz, als er mich loslässt und zu ihr herumdreht. »Habe ich dir nicht gesagt, wie schön sie ist?«

»Über dich hat er dasselbe gesagt«, bemerke ich schüchtern.

Florrie lacht. Ihre Augen blicken kokett, wie bei einem jungen Mädchen, das zum ersten Mal verliebt ist.

»Er ist ein unverbesserlicher Schmeichler«, tadelt sie ihn, doch ihre Stimme ist sanft und voller Zuneigung. Als sie lächelt, vertiefen sich die ungezählten Lachfältchen um ihre Augen. Es sieht so aus, als würde sie häufig lachen.

»Ich hoffe, es stört euch nicht, dass ich einen weiteren Gast mitgebracht habe«, sage ich zögernd.

»Ach ja?« Dad hört sich neugierig, aber nicht unangenehm überrascht an. »Etwa einen männlichen Gast?«, hakt er süffisant nach.

»Offen gesagt, ja«, spotte ich. »Er wartet im Wagen. Er ist ein bisschen nervös, weil er nicht oft rauskommt. Ist noch nicht so sicher im Umgang mit anderen …«, gestehe ich flüsternd.

Dad nickt verständnisvoll und reibt sich erwartungsvoll die Hände.

»Na, dann wollen wir den armen Kerl mal aus seiner misslichen Lage befreien, hm? Je eher wir uns vorgestellt haben, desto besser.«

Wir gehen ums Haus zurück zum Wagen. Dad legt mir eine Hand auf die Schulter.

»Ich muss sagen«, er lächelt glücklich, »es freut mich, dass du einen anderen Freund gefunden hast …« Er bricht ab, als wir das Auto erreichen.

Freundlich lehnt Eric sich aus dem Fenster.

»Es tut mir Leid, wenn ich euch so überrumpele, aber es war wirklich eine spontane Entscheidung.«

Dad fängt an zu lachen.

»Bleibt zu hoffen, dass er leichter erziehbar ist als ein neuer Mann.«

»Und treuer«, füge ich hinzu.

Florrie kommt den Weg entlang und gesellt sich zu uns.

»Was für ein süßer kleiner Kerl«, murmelt sie und streichelt seinen Kopf.

Eric schließt die Augen und grunzt zufrieden.

»Ich würde ihn wohl kaum als klein bezeichnen.« Dad trocknet sich mit dem Taschentuch die Augen. »Was ist das, Fliss?«

»Ein Hund«, verteidige ich ihn.

»Bist du sicher? Er sieht mir mehr nach einem Hängebauchschwein aus.« Er lacht schallend, ehe er mir einen entschuldigenden Blick zuwirft, als er meine verkniffene Miene sieht.

»Ich finde ihn wundervoll«, sagt Florrie und lächelt mir aufmunternd zu. »Offensichtlich ein guter Charakter.«

Auch Florrie hat meiner Meinung nach einen guten Charakter. Eric belohnt sie mit einem schlabberigen Kuss auf die Innenseite des Handgelenks.

»Es macht euch doch nichts, dass ich ihn mitgebracht habe, oder?«, frage ich unsicher.

»Überhaupt nicht, nicht wahr, Liebling?« Dad drückt Florries Arm. »Was aber Roger zu ihm sagt, weiß ich noch nicht!«

Wir kehren in den Garten zurück. Erics Nase sucht sofort die Bekanntschaft mit Rogers Hinterteil.

Würdevoll entzieht Roger sich Erics nasaler Aufdringlichkeit und umkreist ihn wie ein fetter schwarzer Geier, wobei er langsam und abwartend mit dem Schwanz wedelt.

»Wir machen zusammen mit ihnen einen Spaziergang«, schlägt Dad vor. »Mal sehen, wie sie miteinander klarkommen. Dann kann ich dir auch gleich ein bisschen die Umgebung zeigen. Kommst du mit?« Er sieht Florrie an, die den Kopf schüttelt.

»Geht ihr nur, ich kümmere mich um das Abendessen.«

Dad und ich betreten durch ein Tor weiter hinten den Wald, der an den Garten grenzt. Wir folgen einem gewundenen, mit Blättern übersäten Pfad, die in der ungewohnten Wärme trocken und brüchig geworden sind. Dann durchqueren wir die wunderschöne Parklandschaft des Gutssitzes.

Stattliche Rasenflächen, riesige Eichen, weite Ausblicke. Wie schön das alles ist. Stolz zeigt Dad mir die Besonderheiten der Gegend.

Er bedrängt mich nicht, das Neueste von zu Hause zu berichten, sondern plaudert einfach über die Umgebung, über seinen neuen Garten und darüber, wie glücklich Roger ist, auf dem Land zu leben. Wir werden uns aussprechen müssen, aber im Augenblick bin ich ihm dankbar für seine Zurückhaltung.

Arm in Arm schlendern wir zum Haus zurück, während die Sonne langsam hinter den Bäumen untergeht, wobei sie den Rasen und die verfärbten Blätter in ein warmes Licht taucht. Florries pfeilschnelle Mauersegler haben den Fledermäusen Platz gemacht, die blind über uns hinwegschießen wie kleine schwarze Schatten. Allmählich wird es kühl. Als wir uns dem Haus nähern, schimmern die erleuchteten Fenster von Bluebell Cottage hinter den Bäumen auf wie die willkommenen Lichter eines Hafens am Meer.

Vor dem Haus bleibt Dad stehen und ergreift meine Hand.

»Dieser Ort ist für mich viel mehr ein Heim, als es The Beeches jemals war«, erklärt er. »Vergiss nie, dass es nicht die Steine und der Mörtel sind, sondern die Menschen, die einem Ort eine Seele verleihen. Florrie und ich wollen, dass du das Cottage als deine zweite Heimat betrachtest, Fliss.«

Sie erwartet uns mit einem einladenden Lächeln. Ich bin ihr gegenüber immer noch befangen. Wir umkreisen uns, lächelnd, höflich, unsicher.

Nach dem Essen trinken wir Kaffee am offenen Feuer, das tanzende Schatten an die Wände wirft. Aus dem alten Grammophon ertönt Mozart. Dad und Florrie versuchen, mich ins Gespräch zu ziehen, doch mein Gehirn und mein Mund harmonieren einmal mehr alles andere als gut miteinander. Dabei habe ich nicht einmal getrunken!

Roger hat sich auf dem Teppich vor dem Kamin ausgestreckt. Ich sitze auf dem Boden, den Rücken gegen das blumige Chintzsofa gelehnt. Eric ruht schwer auf meinen Beinen und schnarcht friedlich. Dad und Florrie sitzen nebeneinander und halten diskret Händchen. Sie lehnen aneinander wie Buchstützen ohne Bücher dazwischen. Als die Kaminuhr schließlich Mitternacht schlägt, wird mir plötzlich bewusst, wie erschöpft ich bin.

Ich denke daran, wo ich vor vier Tagen um diese Zeit war, und seufze schwer. Könnte ich nach Belieben durch die Zeit reisen, so würde ich ständig zu eben diesem Augenblick zurückkehren, als ich nackt in den Armen eines ebenso nackten Alexander Christian lag.

Aus irgendeinem Grund denke ich an Sashs »Wow«, als sie ihn zum ersten Mal gesehen hat. Ich frage mich, wo sie im Moment gerade alle sind? Was machen sie? Ist es ihr gelungen, Niall aus seiner selbstgewählten Enthaltsamkeit zu locken? Vielleicht mit Hilfe eines essbaren Massageöls und eines scharfen Schulschwesternoutfits? Ist Richard zu Hause bei Sally-Anne oder lässt er es mit Shitty-Kitty-Kat krachen?

Ich nehme mir vor, sie beide morgen früh anzurufen, vor allem aber Sal, um sicherzugehen, dass alles in Ordnung ist. Doch ich weiß, dass ich es nicht tun werde, weil ich zu große Angst vor der Wahrheit habe.

Dad sieht mich aufmerksam an.

»Alles in Ordnung, Fliss? Da ist doch etwas im Busch, oder?«, drängt er sanft.

»Aber nein, überhaupt nicht«, lüge ich und kraule Eric hinter den Ohren. »Mir geht's gut, bin nur etwas müde, das ist alles.«

Dad schüttelt den Kopf; er glaubt mir kein Wort.

»Mir kannst du nichts vormachen. Ich bin immer noch dein Vater, vergiss das nicht. Ich kenne dich viel zu lange und viel zu gut, um nicht zu merken, wenn etwas dich beschäftigt. Du warst den ganzen Abend über so ruhig.«

»Es geht um einen Mann, stimmt's?«, sagt Florrie intuitiv. »Es muss um einen Mann gehen, die sind nämlich die Quelle allen Elends.«

Dad sieht sie mit hochgezogenen Brauen an.

»Ach ja? So denkst du also?«

»Und natürlich die Quelle allen Glücks.« Sie lacht. »Wenn man Glück hat. Wie in meinem Fall.«

Sie drückt die Hand meines Vaters. Beide lächeln nachsichtig.

»Also, Fliss?«, fragt er besorgt.

»Kein Grund zur Sorge, wirklich. Ich bin nur etwas müde, wie ich schon sagte. Es war ein langer Tag.« Als Beweis gähne ich laut. »Ich glaube, ich gehe lieber ins Bett.«

»Natürlich.« Eilfertig erhebt Florrie sich. »Ich helfe dir, deine Sachen nach oben zu bringen.«

Ich habe ein hübsches kleines Zimmer unter dem Dach. Die schräge Decke ist so niedrig, dass Dad nicht aufrecht stehen kann, nicht einmal am höchsten Punkt. Die Wände sind in zartem Rosa gehalten, und der Bettüberwurf sowie die Gardinen vor dem kleinen Sprossenfenster, das unter dem wuchernden Efeu schwarz hervorblitzt, haben ein zartes Rosenmuster.

Ein großer beiger Töpferkrug voller Wiesenblumen steht auf der Kommode und verbreitet einen zarten Duft im Zimmer. Auf den nackten Dielen liegt ein Bastteppich in zartem Pistaziengrün.

»Ich hoffe, es gefällt dir«, sagt Florrie besorgt. »Das ist Elliott.« Sie deutet auf einen großen, schäbigen braunen Teddy, der auf einem Korbstuhl in der Ecke sitzt. »Drew fand es blöd, aber ich dachte, du würdest dich über Gesellschaft freuen.«

»Na dann, gute Nacht, mein Liebes.« Dad gibt mir einen Kuss

auf die Wange und zerzaust mein Haar, als wäre ich wieder zehn Jahre alt. »Schlaf gut.«

Eine Tür am anderen Ende führt in ein kleines Gästebad, in dem gerade genug Platz für eine Dusche, eine Toilette und ein Eckwaschbecken ist.

Eigentlich will ich nur noch ins Bett und schlafen, doch ich fühle mich verschwitzt und schmutzig und scheußlich, also schleppe ich mich unter die Dusche. Ich wünschte, ich hätte mich in den letzten vier Tagen nicht waschen müssen. Nicht, weil ich ein widerlicher Penner bin, der gerne stinkt, sondern weil ich den Geruch und die Berührungen von Alex nicht von meinem Körper spülen wollte.

Deshalb habe ich auch den Kissenbezug nicht gewechselt, auf dem sein Kopf lag.

Der Geruch ist zwar schwächer geworden, doch ich kann ihn immer noch wahrnehmen.

Ich muss ein trauriges Geständnis machen.

Ich ignoriere meinen neuen Koffer, nehme stattdessen die Reisetasche und öffne den Reißverschluss. Anstelle der üblichen Kleidung liegt darin besagtes Kopfkissen. Vorsichtig ziehe ich es heraus, vergrabe das Gesicht in der weichen Baumwolle und atme tief ein. Ich fühle mich wie eine Perverse, die an benutzten Unterhosen schnüffelt. Ja, stimmt, wenn ich gekonnt hätte, hätte ich *seine* auch behalten.

Doch es hätte wohl etwas seltsam ausgesehen, wenn er ohne nach Hause gekommen wäre, und ein »Hm, seltsam, der Rest deiner Klamotten liegt doch noch da, wo wir sie haben fallen lassen, nur deine Unterhose habe ich anscheinend verschlampt« hätte Alex wohl nicht überzeugt.

Zu meinem Kummer fängt das schwache Lächeln, das bei diesem Gedanken aufkeimt, erbärmlich an zu wanken, und prompt kommen mir wieder die Tränen.

Fliss, der Waschlappen, ist wieder da.

Am nächsten Morgen beim Aufwachen umklammere ich noch immer das Kopfkissen, als hinge mein Leben davon ab. Ich muss mich in den Schlaf geweint haben. Ich komme mir dumm und jämmerlich vor, fühle mich aber entschieden besser, eben weil ich so dumm und jämmerlich bin.

Ich dusche wieder, doch diesmal genieße ich die scharfen Nadeln des Wassers, die meine Lebensgeister wecken. Dann ziehe ich mich an und gehe nach unten. Ich kann Dad im Garten arthritisch vor einem Beet knien sehen, wo er den Rittersporn mit einer professionellen Routine kappt, die selbst Tante Vera in Erstaunen versetzen würde. Noch nie habe ich ihn so zufrieden und glücklich erlebt, insbesondere nicht bei der Gartenarbeit. Zu Hause hat er den Garten immer als Fluchtmöglichkeit vor Mutter genutzt, hier dient er dem Vergnügen.

Erleichtert stelle ich fest, dass es in diesem Garten keinen Schuppen gibt.

Ergeben und faul liegt Roger an Dads Seite. Eric jagt Rogers Schwanz, der träge ausschlägt wie ein Pendel. Er springt unermüdlich hin und zurück, und es sieht aus, als würde er dieser fruchtlosen, monotonen Jagd niemals überdrüssig werden. Hätte ich doch ebenso viel Energie.

Und wieder ist es ein schöner Tag. Die Sonne scheint durch die hauchdünnen Vorhänge auf die alten, dunklen Eichenmöbel, die nach Jahren liebevollen Polierens warm schimmern. Oben auf dem Klavier, das den Blickfang am anderen Ende des Zimmers bildet und so majestätisch aussieht wie eine Königin, die Hof hält, stehen mehrere gerahmte Fotografien.

Ich schlendere hinüber und greife nach einem alten, sepiafarbenen Bild, das einen gut aussehenden, lachenden jungen Mann zeigt, der an der Motorhaube eines Morgan aus der Vorkriegszeit lehnt.

»Das ist mein Mann Alan. Er ist vor langer Zeit gestorben.«

Ich drehe mich um. Florrie steht hinter mir und blickt über meine Schulter auf das Foto in meiner Hand.

»Ein gut aussehender Mann«, sage ich und blicke erneut auf die lachenden Augen und das charmante Lächeln.

»Oh, sehr sogar.« Sie lächelt.

Sie greift nach einem anderen Bild.

»Das ist meine Tochter Helen. Meine entzückende, erwachsene Tochter. Findest du nicht, dass sie ganz nach ihrem Vater kommt? Es stammt von ihrem dreißigsten Geburtstag letztes Jahr. Ihr Mann Peter, der schlaksige, dunkelhaarige Bursche hinter ihr, ist Amerikaner. Sie leben in Florida, also sehe ich sie nicht besonders häufig.« Ihre Stimme klingt wehmütig, doch gleichzeitig sehr stolz, als sie mir das nächste Foto von einem ausgesprochen hübschen Kind zeigt.

»Und diese zauberhafte kleine Dame ist meine Enkelin, Abbie. Sie ist jetzt vier.«

»Sie müssen dir fehlen.«

»O ja, und wie. Ich habe sie nicht mehr gesehen, seit dieses Bild entstanden ist. Aber Helen schreibt mir häufig. Wir haben einen ziemlich lebhaften Briefwechsel! Ich sollte Anteile an der Post haben, so viele Briefmarken kaufe ich jeden Monat …«

Ich nehme ein Foto von einem braunäugigen kleinen Mädchen mit goldener Haut und goldenem Haar in die Hand. Ich brauche einen Moment, um zu erkennen, dass ich ein Bild von mir selbst betrachte. Daneben steht in einem schweren Silberrahmen ein Bild von Dad, Sally-Anne und mir. Ich glaube, es stammt aus einem Sommerurlaub in Frankreich. Ich war siebzehn, braun gebrannt, hatte eine Löwenmähne und lange, schlaksige Beine, die in abgeschnittenen Jeans steckten. Wow, wie schlank ich damals war! Sally war gerade mal zehn, klein und dünn, mit großen, dunklen Augen in dem blassen Gesichtchen, aber dennoch reizend und hübsch. Dad steht zwischen uns. Er hat die Arme um unsere Schultern gelegt und grinst breit. Sein bereits damals ergrauendes blondes Haar fällt ihm ins Gesicht, er sieht jung, braun gebrannt und sehr gut aus.

Dahinter finden sich ein Foto von mir beim Schulabschluss

und eines von Sally als Kind, wie sie einen Engel im Weihnachtsmärchen spielt. Dann Dad, wie er am Flussufer in der Umgebung stolz einen preisgekrönten Karpfen in die Kamera hält, und schließlich eines mit uns dreien, wie wir auf einem Löwen zu Füßen der Nelson-Säule in London hocken.

Das alles sind vertraute Szenen, doch keine vertrauten Bilder. Das einzige Foto, das jemals zu Hause aufgestellt wurde, ist das Hochzeitsfoto von Sally und Richard, das inzwischen in einem neuen und sehr teuren Rahmen über dem Kaminsims thront. Richard in seinem Smoking ist sehr gut getroffen, Sally hingegen weniger, da ihr hübsches Gesicht zum Teil von ihrem Schleier verdeckt wird. Mutter entstaubt es jeden Tag. Sie wird die Vergoldung des Rahmens in Rekordzeit abgerieben haben.

»Wie du siehst, kenne ich euch indirekt alle.«

Florrie beobachtet mich ängstlich, als ich mich ungläubig durch eine Familiengeschichte in Bildern arbeite. Sie lächelt sanft und unsicher, und plötzlich wird mir klar, dass sie genauso ängstlich darauf hofft, von mir gemocht zu werden, wie ich von ihr.

»Ihr wart fast so etwas wie eine zweite Familie für mich«, erklärt sie entschuldigend.

Florrie hat sogar Bilder von Sallys Hochzeit. Auch von mir ist eines dabei, auf dem praktisch nur Hut, Mund und Beine zu sehen sind, doch Gott sei Dank kein Gesicht, wie vorhergesagt.

»Dein Vater hat sie für mich gemacht«, sagt sie wehmütig. »Ich wäre wirklich gern gekommen.«

»Das wäre schön gewesen.« Ich schenke ihr ein strahlendes Lächeln. »Ich hätte eine Freundin gebrauchen können.«

»Die Sonne ist an der Umzäunung vorbei«, verkündet Dad und hievt seinen hochgewachsenen Körper von dem niedrigen Chintzsofa. »Hat jemand Lust auf ein Bierchen?«

»Himmel!« Florrie wirft einen Blick auf die hübsche Standuhr, die still in einer Ecke vor sich hin tickt. »Ist es etwa schon so spät? Geht ihr zwei ruhig, ich muss mich um das Mittagessen kümmern.«

»Bist du sicher?«, frage ich. Mir ist bewusst, dass sie sich den ganzen Morgen im Hintergrund gehalten hat, sodass ich allein mit meinem Vater sein kann. »Ich fände es schön, wenn du mitkommst.«

Sie sieht erfreut aus, lehnt aber dennoch ab.

»Aber natürlich. Ihr zwei habt eine Menge nachzuholen.« Sie wechselt einen Blick mit Dad. Mit anderen Worten: Er soll ein bisschen Zeit mit mir allein verbringen, um zu versuchen, das schreckliche Geheimnis aus mir herauszukitzeln, das seiner älteren Tochter so zusetzt.

»Wir sollten hier bleiben und dir mit dem Essen helfen«, sage ich, da ich mir nicht sicher bin, ob ich so in die Zange genommen werden will.

»Unsinn, du bist zu Gast hier. Außerdem hält es meine Finger geschmeidig, Erbsen zu pulen. Das ist gut gegen Rheuma.«

»Warum kommst du nicht einfach nach, wenn du fertig bist?« Ich drücke ihre Hand. »Das würde mich wirklich freuen.«

Das White Horse ist ein schmales, flaches Gebäude aus bröckelndem weißen Kalk, der von schwarzen Balken zusammengehalten wird, ähnlich wie die Walknochen des Korsetts einer vornehmen alten Dame. Als wir unter dem niedrigen Türbalken hindurchtauchen und den gemütlichen, verrauchten Schankraum betreten, wird Dad von allen Seiten begrüßt. Offensichtlich ist er Stammgast. Es ist schon seltsam, sich vorzustellen, dass diese Menschen meinen Vater seit mehr als sechs Jahren kennen. Er ist ein alter Freund von ihnen, obwohl dieser Teil seines Lebens für mich völlig neu ist.

»Hallo, Evan«, ruft Dad dem stämmigen, dunkelhaarigen Mann mit Schnauzer hinter dem Tresen zu. Der Wirt grinst breit und entblößt dabei eine Reihe schöner weißer Zähne, die wie Perlen in dem rosa Zahnfleisch sitzen.

»Tag, Drew. Das übliche?« Obwohl er aussieht, als sei er aus den *Glorreichen Sieben* entsprungen, spricht er mit tiefer Stimme und ausgeprägtem Akzent. Er holt eine Flasche Whisky vom Regal über seinem Kopf.

»So ganz ohne Roger?«, erkundigt er sich.

»Heute habe ich bessere Gesellschaft.« Lächelnd drückt Dad meine Hand.

»Das sehe ich.« Evans breites, strahlend weißes Grinsen gilt nun mir. »Willst du uns nicht bekannt machen?«

»Das ist meine ältere Tochter, Fliss.«

»Deine Tochter? Nein! Das glaube ich nicht. Wie konnte so ein alter Knabe wie du denn ein so hübsches junges Mädchen zustande bringen?«

Wir nehmen unsere Gläser mit nach draußen und setzen uns auf eine der mit Bierflecken übersäten Bänke, von denen aus man die Dorfwiese überblicken kann.

»Prost.« Dad hebt sein Glas. »Und, was sagst du zu meiner Florrie?«

In seiner Stimme und diesem »meiner« schwingt Stolz mit.

»Sie ist toll«, erwidere ich und bin froh darüber, wahrheitsgemäß antworten zu können.

»Ich wusste, dass du sie mögen würdest.« Er lächelt erleichtert. »Sie mag dich auch, sehr sogar, das sehe ich. Seit ich hierher gezogen bin, war ich so glücklich, dass ich mich frage, wie ich es so lange mit deiner Mutter aushalten konnte.«

Das habe ich mich auch oft gefragt.

Ich picke die Zitronenscheibe aus meinem Gin-Tonic und sauge genussvoll das saure Fruchtfleisch aus. Es passt zu meiner säuerlichen Stimmung. In letzter Zeit habe ich mich auch gefragt, warum Dad nie das Gefühl hatte, er könne mir das mit Florrie anvertrauen. Um ehrlich zu sein, verletzt mich das ein bisschen.

»Warum hast du mir nie von ihr erzählt, Dad?«, frage ich zögernd.

»Was ist los, Fliss?« Mein angespannter Tonfall ist ihm nicht entgangen.

»Nichts. Ich freue mich für dich, wirklich, aber…«

Es ist schwer, meine Gefühle in Worte zu fassen. Angesichts von Dads zweiter Existenz kommt alles wieder hoch. Gefühle, die ich verdrängt hatte, weil ich glaubte, sie nicht haben zu dürfen, weil ich weiß, was für ein grässliches Leben ohne Zuwendung er ertragen musste.

»Ich dachte, wir hätten das hinter uns. Du hast behauptet, du würdest mich verstehen, Fliss.« Dad sieht verletzt aus.

»Ich verstehe dich ja auch. Ich verstehe, warum du dieses unglückliche Dasein an *ihrer* Seite beenden…« Die Begeisterung, mit der ich auf meine Mutter anspiele, ist genauso groß wie die einer Kuh für Ronald McDonald, »… und mit jemandem glücklich werden wolltest, der dich liebt. Aber ich verstehe nicht, warum du mir nie erzählt hast, was los war. Es ist vielleicht nicht fair, aber ich habe das Gefühl, du hast mich getäuscht. Ich dachte, wir stehen uns nahe und du könntest mir alles sagen. Warum also hast du mir nicht früher von Florrie erzählt?«

Er starrt versonnen nickend in sein Glas.

»Du hast ja Recht. Ich hätte es dir erzählen sollen, aber ich habe mich geschämt, Fliss. Sieh mal, völlig unabhängig von den Umständen ist es doch immer noch falsch, eine Affäre zu haben, oder? Ganz egal, wie schlecht ich mich mit deiner Mutter verstanden habe, sie war… ist… doch immer noch meine Frau. Das zieht eine Menge Schuldgefühle nach sich.«

Das sagt *er* mir! Dabei kreisen die Schuldgefühle immer tiefer über meinem Kopf, wie ein ewig gegenwärtiger Geier auf der Lauer.

»Es tut so gut, sich nicht mehr verstecken zu müssen«, fährt Dad fort. »Ich habe immer noch ein schlechtes Gewissen, aber wenigstens schleiche ich nicht mehr herum, entschuldige mich und erzähle Lügen darüber, wo ich war und wohin ich will.«

Ich schweige.

Er nippt an seinem Whisky, reißt eine Tüte Chips auf und beginnt, die Enten damit zu füttern, die auf der Suche nach Futter vom Teich herübergewatschelt sind.

»Wie geht es deiner Mutter?«, fragt er und streut die Chips auf den Boden, ohne mich anzusehen.

»Oh, sie ist vollauf damit beschäftigt, Sally das Leben schwer zu machen, wie üblich.«

»Oje«, seufzt Dad.

»Sie lässt die beiden einfach nicht in Ruhe. Richard denkt wahrscheinlich, er hat Sal und Mutter geheiratet, nicht nur Sal. Liebst du mich, liebst du auch meine Mutter.«

»Oje«, wiederholt Dad und nimmt einen weiteren Schluck Whisky.

»So wie die Dinge liegen, haben sie keine Chance. Ihre Situation ist schon verfahren genug wegen dieser anderen Geschichte, also braucht Mutter ihnen nicht auch noch die ganze Zeit im Nacken oder vielmehr im Gästezimmer zu sitzen.«

»Eine andere Geschichte? Was für eine andere Geschichte?« Er wendet den Blick von der hübschen kleinen Stockente ab, die hoffnungsvoll mit ihrem schuhlöffelförmigen Schnabel um seine Füße herumpickt.

Ich schlage die Hand vor den Mund, wie ein Schulmädchen, dem gerade ein Geheimnis entschlüpft ist.

»Fliss?« Er sieht besorgt aus.

»Ich hätte nichts sagen sollen«, murmele ich errötend.

»Wenn es ein Problem gibt, habe ich wohl ein Recht, es zu erfahren, oder?«

Verzagt nicke ich mit dem Kopf.

»Wer weiß, vielleicht kann ich dir helfen.«

»Na gut«, sage ich widerstrebend. »Ich erzähle es dir. Das Problem ist nur, wo soll ich anfangen?«

Kapitel 12

»Versteht ihr, wenn Alex und ich... wenn er Kat verließe, würde sie nichts mehr daran hindern, sich Richard geradewegs in die Arme zu werfen«, ende ich verzagt und blicke von Dad zu Florrie, die ihren Braten in den Ofen geschoben und sich zu uns gesellt hat.

Sie tauschen einen Blick. Dad schüttelt den Kopf.

»Oh Fliss«, seufzt er, »was für ein Durcheinander. Wäre ich nur nicht so selbstsüchtig gewesen... ich hätte bleiben und dafür sorgen müssen, dass es euch allen gut geht.«

»Sei nicht albern, Dad, all das hat doch nichts mit dir zu tun. Was hättest du denn tun können, wenn du da gewesen wärst?«

»Ich hätte zum Beispiel deine bornierte Mutter daran hindern können, sich in Sallys und Richards Ehe zu mischen«, erklärt er wütend. »Ich hätte wissen müssen, dass sie sie nicht in Ruhe lassen wird. Ich mache mir solche Vorwürfe.«

»Wem sagst du das«, grolle ich. »Ich fühle mich hundsmiserabel wegen Sal. Falls überhaupt jemand Schuld hat, dann ich. Als ich Richard verlassen habe, hätte ich nicht im Traum daran gedacht, dass die Konsequenzen so verheerend sein würden.«

»Du konntest doch nicht wissen, was passieren würde«, ergreift Dad eilig für mich Partei.

»Schon, aber ich wusste von Kats und Richards Beziehung, bevor ich... also, bevor Alex und ich...«

Ich verstumme und versuche es dann erneut.

»Ich will damit sagen, es ist schlimm genug, dass Alex verheiratet ist, ganz zu schweigen davon, mit wem!« ›Du sollst nicht begehren deines Nächsten Weib‹ und so weiter. Ich könnte es ja wortwörtlich nehmen und behaupten, dass nirgends geschrieben steht, nicht seiner Nächsten Mann zu begehren, aber wir wissen doch alle, worum es in Wahrheit geht, nicht wahr?« Seufzend stütze ich das Kinn auf die Hand.

Florries Blick wandert kurz zu Dad hinüber und dann zurück zu mir. Sie sieht verlegen aus.

»Entschuldige«, stammele ich, als mir die Bedeutung dieser Anspielung aufgeht. »Das ging nicht gegen dich, ehrlich nicht. Habe ich dich beleidigt? Das wollte ich bestimmt nicht.«

»Natürlich nicht, Fliss«, versichert sie mir, »ich weiß doch, dass du es nicht so gemeint hast. Erzähl mir mehr von Alex. Was empfindest du für ihn? Liebst du ihn?«

»Ja … nein … ich weiß es nicht. Doch, ja. Ich glaube wirklich, dass ich ihn liebe, aber vielleicht wäre es besser, im Augenblick nicht darüber nachzudenken.«

Ich reibe mir die Augen. Sie schmerzen. Mein Kopf schmerzt. Mein Gehirn schmerzt, obwohl das nicht an der Überbeanspruchung liegen dürfte, wenn man auf die letzten Tage zurückblickt.

»Ich bin so durcheinander! Ich weiß nur, dass ich mit ihm zusammen sein will, aber das geht nicht. Ich kann nicht aufhören, an ihn zu denken. Ich würde ihn so gerne berühren, ihn spüren, und zwar nicht nur in Gedanken, sondern in meinen Armen …«

Verlegen breche ich ab.

»Ich klinge schon wie ein wandelnder Kitschroman, was?«

Florrie lacht. »Es ist die Aufrichtigkeit, die zählt. Also hast du den Mann, den du liebst, um Sally-Annes und Richards Beziehung willen geopfert?«, stellt sie ruhig fest. »Wie schade, dass Richard solch einen Großmut gar nicht wert ist.«

»Oh, ich habe es nicht für ihn getan«, sage ich hastig. »Keinesfalls! Wenn ihr mich fragt, geben er und Kat ein verdammt gutes Paar ab. Sie haben sich gegenseitig verdient. Ich habe es für Sally getan, weil sie ihn liebt und ich nicht will, dass sie verletzt wird.«

Zumindest hoffe ich, dass Sally ihn liebt. Sie behauptet es schließlich, obwohl es mir immer schwer fiel zu glauben, dass jemand, der so unendlich einfühlsam ist wie sie, einen Menschen wie ihn lieben könnte.

»Glaubst du an Liebe auf den ersten Blick?«, frage ich Florrie, als mir Sallys Worte wieder einfallen.

»Oh, ich glaube an Liebe auf den ersten Blick. Dein Vater behauptet immer, ich sei eine unverbesserliche Romantikerin. Aber ich muss an ein gutes Ende glauben können. Es war dieser Glauben, der mir geholfen hat, all die Jahre auf Drew zu warten.«

»Warum hast du denn auf ihn gewartet, wenn ich fragen darf? Ich meine, du weißt doch, dass er… entschuldige, aber es würde mir wirklich helfen, es zu wissen, es wirklich zu verstehen.«

Florries warme Hand umschließt meine kalte Hand und drückt sie. Es ist eine vertrauliche Geste, die von echter Zuneigung zeugt, und ich weiß sie zu würdigen.

»Ich wusste, dass deine Mutter ihn nicht liebt. Hätte ich geglaubt, dass sie es täte, hätte ich ihn ihr nie wegnehmen können. Es war keine Rolle, auf die ich versessen war, Fliss, die der ›Anderen‹. Es ist einfach passiert, fürchte ich. Ich habe mich in Drew verliebt. Es ist sehr schwer, gegen starke Gefühle anzukämpfen. Ich wusste einfach, dass ich mit ihm zusammen sein muss, ganz egal wie.«

»Aber Dad war so unglücklich, und du hast ihn geliebt… warum dann so lange warten?« Ich sehe ihn an. »Genau das habe ich doch zu dir gesagt, als du mir von Florrie erzählt hast. Ich verstehe nicht, warum du so lange bei Mutter geblieben bist.«

»Pflichtgefühl, falsch verstandene Treue, blanke Dummheit…« Dad zuckt die Achseln und lächelt reumütig.

»Und er hatte dich und Sally«, fügt Florrie sanft hinzu. »Ich weiß, du warst bereits erwachsen und hast nicht mehr zu Hause gewohnt, doch als ich deinen Vater kennen lernte, war Sally-Anne erst sechzehn. In dem Alter kommt man sich zwar furchtbar erwachsen vor, aber im Grunde ist man immer noch ein Kind. Wäre Drew damals gegangen, hätte sie das völlig aus dem Gleichgewicht gebracht.«

»Florrie war meine Rettung«, sagt Dad und sieht sie liebevoll an. »Mein Licht am Ende eines sehr dunklen Tunnels.«

Er legt den Arm um ihre Taille und drückt sie an sich.

»Ich weiß nicht, was ich ohne sie gemacht hätte.«

Florrie legt ihre andere Hand auf sein Knie und sieht lächelnd zu ihm auf.

»Ich bin deiner Mutter zwar nie begegnet, Fliss«, sagt sie, »aber ich glaube, ich verstehe sie. Das hört sich vielleicht furchtbar blasiert an, aber ich kenne Drew in- und auswendig, und durch ihn kenne ich deine Mutter. Ich weiß, was sie ihm angetan hat, Fliss, indem sie ihm ein liebloses, freudloses Dasein beschert hat, und ich weiß, was sie dir angetan hat. Sie hat euch allen so viel Unglück bereitet, trotzdem glaube ich, dass das nur eine Folge ihrer eigenen Unzufriedenheit war. Ich will mich nicht herablassend anhören, aber im Grunde tut sie mir ehrlich Leid.«

Ich nicke zustimmend. »Mir geht es genauso. Und ihr Beispiel ist mir eine Lehre. Die Fehler, die sie gemacht hat, will ich nicht auch begehen.«

»Also, was hast du vor, Fliss?«

»Wisst ihr, das werde ich ständig gefragt. Dabei habe ich nicht die leiseste Ahnung. Ich weiß nur, dass ich versuche, das Richtige zu tun. Wenn ich einfach allen aus dem Weg gehe, Sally und Richard, Alex und Kat, dann gelingt es ihnen vielleicht, alles in Ordnung zu bringen. Ich bin doch nur ein zusätzliches Ärgernis in einer Situation, die bereits eine Katastrophe ist.«

»Hat Alex Kinder?«, fragt Florrie.

»Nein. Ich kann mir seine Frau kaum als Mutter vorstellen, es sei denn, es ist plötzlich der letzte Schrei, ein Kind zu haben.«

»Du magst sie nicht besonders, wie?«

»Ist das so deutlich? Nein, ich mag sie nicht. Ich weiß, dass meine eigene Weste nicht gerade weiß ist, aber wie ich es sehe, spielt sie ein überaus gefährliches Spiel, das die Leben einer Menge Menschen zerstören könnte. Aber wer bin ich, so etwas zu sagen? Schließlich ist niemand perfekt, nicht wahr?«

Dad und Florrie wechseln einen Blick.

»Ich glaube, es würde mir helfen zu wissen, was sie will – Kat meine ich. Will sie nur ihr Ego hätscheln oder liebt sie Richard tatsächlich. Ich glaube, ich mache einen kleinen Spaziergang. Um den Kopf frei zu bekommen.« Ich stehe auf.

»Bist du sicher?«, fragt Dad besorgt.

»Doch, ich darf schon allein über die Straße gehen. Alles in Ordnung, wirklich, Dad. Ich muss nur ein bisschen allein sein, um nachzudenken …«

»Gut, Liebes.« Er nickt. »Dann bis später zu Hause. Aber vergiss eines nicht, Fliss. Wenn man älter wird, verändert sich die Perspektive. Man erkennt, dass der Versuch, das Richtige aus den richtigen Gründen zu tun, manchmal bedeutet, dass man das tut, was für alle anderen falsch ist …«

Gut Wakeley ist der ideale Ort, um seinem Liebeskummer zu frönen. Eine Stunde später – eine Stunde, in der ich selbstvergessen durch einsame Haine gewandelt bin, die Stirn gegen Baumstämme gepresst und theatralisch schluchzend an Statuen gelehnt habe, die hier und da im Park stehen wie mythologische Kreaturen, die sich vor der Außenwelt verstecken – fällt mir auf, dass ich mich verlaufen habe.

Typisch.

Gerade, als ich dachte, mein Selbstwertgefühl könne nicht noch weiter sinken, muss ich mich verlaufen.

Das Bermudadreieck von Bishops Cross.

Meinem Vater ist es gelungen, über Jahre hier abzutauchen, ohne je entdeckt zu werden. Vielleicht sollte ich Kat hierher locken und sie im Gebüsch aussetzen, auf dass sie nie wieder gesehen werde. Dann hätten Sally und Richard die nötige Ruhe, um ihre Ehe ins Reine zu bringen, was zudem den Vorteil hätte, dass eine bestimmte Person plötzlich frei wäre.

Könnte es die Lösung sein, Kat Christian um die Ecke zu bringen?

Vielleicht könnte ich Eric abrichten – frei nach dem Motto, bei Anblick Zubiss. Allerdings habe ich so meine Zweifel. Das Einzige, in das der gutmütige Eric seine Baby-Zähne haut, ist Futter.

Ich wünschte, er wäre jetzt bei mir. Wahrscheinlich könnte er den Weg nach Hause allein am Duft des Mittagessens erschnüffeln, der langsam durch die Luft wabert.

Wo zum Teufel bin ich?

Ich versuche krampfhaft, nicht wieder loszuheulen, was ich in letzter Zeit sowieso viel zu häufig getan habe. Wenn ich so weitermache, werden meine Wangen noch rosten von all dem Salzwasser, das darüber läuft.

Ich drehe mich um mich selbst wie ein Satellit, der versucht, Funkwellen einzufangen, und seufze erleichtert, als ich endlich etwas wiedererkenne. Hinter den goldenen Baumkronen ist der Kirchturm zu sehen, der mir den Weg weist wie ein Leuchtfeuer.

Im Innern der Kirche ist es kühl und schattig. Es riecht intensiv nach Weihrauch und Möbelpolitur, nach alten, modrigen Gesangbüchern und muffigen Kniekissen. Ich werde magnetisch von einer höheren, vollkommenen Macht angezogen, die zu vergeben vermag, wo wir uns nicht mehr vergeben, die liebt, wo wir uns nicht mehr lieben.

Ich durchquere den Mittelgang und streiche mit einer kalten Hand über die glatten Enden jeder Kirchenbank.

Das letzte Mal, als ich in einer Kirche war, hat Sally Richard geheiratet. Ich hätte nie geglaubt, ich könne noch unglücklicher werden, doch hier bin ich, das Elend in Person.

Im Moment mag ich mich selbst nicht, und ebenso wenig will ich von unglücklichen Menschen umgeben sein.

Lieber Gott, bete ich, gib mir die Kraft, das Richtige zu tun und der Versuchung zu widerstehen. P.S. Könnte ich bitte eine Menge Kraft bekommen, da die Versuchung in meinem Fall verdammt unwiderstehlich ist?

Ich dachte immer, Liebe sei etwas Gottgegebenes, aber mir ist klar, dass es falsch ist, einen verheirateten Mann zu lieben. Wie verwirrend. Wahrscheinlich sollte ich versuchen, meine Gefühle für Alex auf eine höhere, spirituellere Ebene zu verlagern, doch es ist sehr schwer, das Geistige vom Körperlichen zu trennen, zumindest was ihn betrifft.

Mein einziger Trost ist, das Richtige getan zu haben.

Das Richtige für wen?, winselt mein Herz niedergeschlagen.

Ich fahre vor Schreck fast aus der Haut, als die düstere Stille der alten Kirche durch das Klingeln meines Handys durchbrochen wird, das endlich wieder Empfang hat und verkündet, dass ich Nachrichten auf der Mailbox habe. Ich entspanne mich ein wenig, als ich höre, dass die erste Anruferin eine fröhlich klingende Sash ist.

»Hallo, Süße. Heute ist Dienstag. Es ist Mitternacht, und ich wollte dich nur wissen lassen, dass ich in einem schrillen, scharfen Schulschwesternoutfit im Bett sitze, von oben bis unten mit essbarem Massageöl beschmiert bin und die erste Zigarette meines Lebens rauche. Und was noch viel besser ist, die Kinder sind bei meiner Mutter. Sobald Niall aus dem schönsten Schlaf erwacht, den er je genossen hat, fangen wir gleich wieder von vorne an! Einen dicken Kuss für dich. Hoffe, dir geht's gut. Ciao!«

Die gute alte Sash.

Wie schön, dass sie glücklich ist. Hoffen wir, dass Niall das Ganze aufrecht erhalten kann, im wahrsten Sinne des Wortes!

Ich kichere noch immer, als die nächste Nachricht kommt, und plötzlich ist mein Lächeln wie weggewischt.

Es ist Sally-Anne.

Sie sagt nicht viel, eigentlich nur hallo, fragt, ob es mir gut geht und ob ich sie so bald wie möglich zurückrufen kann. Es geht nicht darum, was sie sagt, sondern, wie sie es sagt.

Sie ist so ein fröhlicher Mensch, von der Sorte, die man normalerweise beneidet oder liebend gern schlagen würde, weil sie immer mit einem Lächeln aufwachen, und das selbst an dunklen, verregneten Montagmorgen im tiefsten Winter.

Heute hört sie sich an, als hätte sie soeben ihr erstes graues Haar, ihre erste Zellulitisdelle und ihre erste wirkliche Falte entdeckt, und zwar alles zur gleichen Zeit.

Besorgt rufe ich sie im Büro an, erfahre aber nur, dass sie krank ist.

Sal ist *nie* krank. Dafür ist sie viel zu gesund.

Ich kann hier nicht einfach rumsitzen, mich vor allen verstecken und hoffen, dass der Sturm vorbeiziehen wird und anschließend alle bis an ihr Lebensende glücklich sind. So funktioniert das nicht. Das kann es gar nicht in einer Situation wie dieser. Einer wird das Opfer sein.

Ich hatte angenommen, ich könne das einzige Opfer sein, wenn ich mich so verhalte, wie ich es getan habe. Jetzt aber sehe ich, dass dem nicht so ist. Ich habe Sally-Anne einfach mit ihren Problemen allein gelassen.

Ich muss zurück.

Als ich endlich wieder in Bluebell Cottage eintreffe, wollen Dad, Roger und Eric sich gerade auf die Suche nach mir machen. Niedergeschlagen sitzen sie alle am Gartentor und erwarten meine Rückkehr. Dad sieht bekümmert und mit gerunzelter Stirn auf die Uhr. Roger spitzt wachsam die Ohren, um auf meine Schritte zu lauschen. Eric ist damit beschäftigt, seinen Bauch zu lecken, doch sobald er mich entdeckt, versucht er, stattdessen mit seiner Zunge mein Gesicht zu bearbeiten – eine zärtliche Geste, die ich zwar durchaus zu würdigen weiß, obwohl ich sie ihm natürlich nicht durchgehen lassen darf.

Das Mittagessen verläuft sehr still.

Ich erzähle von meiner Absicht, nach Hause zurückzufahren. Dad und Florrie versuchen, mich zum Bleiben zu überreden. Sie bemühen sich so sehr, dass ich schließlich einwillige, bis zum nächsten Morgen zu warten, statt noch am selben Nachmittag zu fahren.

Nach dem Essen erbiete ich mich, den Abwasch zu erledigen, während Eric und Roger, die Zwillingsmülleimer, zu meinen Füßen sitzen und den Abfall entsorgen.

In weniger als vierundzwanzig Stunden sind sie die besten Freunde geworden. Wie einfach doch das Leben für einen Hund ist. Fressen, schlafen, Gassi gehen, schnüffeln, kratzen, das sind ihre fünf Sinne, überaus vernünftig und bei weitem nicht so kompliziert wie das menschliche Gefühlsleben.

Nachdem ich den letzten Teller abgetrocknet und weggeräumt habe, gehe ich in den Garten. Der Altweibersommer war vielleicht doch nur ein Altweibersommertag, denn der strahlende Sonnenschein verblasst wie ein falsches Versprechen. Es ist vier Uhr nachmittags. Die letzten Strahlen der Sonne wärmen nur noch schwach, und der Himmel bedeckt sich bereits mit einem blassen Taubengrau.

Aus Norden weht eine schwache Brise, doch im Windschutz des Hauses ist es im Garten, der nach Süden geht, noch relativ warm. Ich setze mich an seinem Ende auf eine Bank. Durch die Flügeltüren kann ich Dad und Florrie sehen, die engumschlungen im Wohnzimmer auf dem Sofa sitzen. Ihr Glück gleicht einer Idylle, und obwohl mich ihr Anblick unglaublich glücklich macht, kann ich doch einen leisen Seufzer der Eifersucht nicht unterdrücken.

Dabei hat Florrie fast sechs Jahre auf diesen Mann warten müssen. Sie verdient es, glücklich zu sein. Es ist mir unbegreiflich, wie sie das durchgestanden hat. Es ist gerade einmal vier *Tage* her, dass ich Alex zum letzen Mal gesehen habe, und nun sehen Sie selbst, in was für einem jämmerlichen Zustand ich bin.

In einem Lavendelstrauch neben mir summt schläfrig eine Biene, ein stilles, gleichmäßiges Brummen wie von einer Mutter, die jeden Samstagmorgen wie besessen Staub saugt. Ich werde von der sanften Wärme eingehüllt, und die zarte Brise streicht wie ein Flüstern über mein Gesicht. Vogelgezwitscher lullt meine müden Gedanken ein.

Ich schließe die Augen, und die zwei Flaschen Wein, die wir zum Mittagessen getrunken haben, tun ein Übriges, um mich müde zu machen. Ich spüre, wie ich in den Schlaf sinke. Flüchtige, verschwommene Bilder sausen vor meinem inneren Auge vorbei wie die Mauersegler.

Ein Schatten fällt auf mein Gesicht. Ich sehe auf und lächele Alex schläfrig zu, der mein Lächeln liebevoll erwidert, während seine blauen Augen funkeln wie die Sonne über dem Meer. Was für ein schöner Traum. Er ist so lebhaft, dass ich sogar den intensiven, berauschenden Duft seines Aftershaves wahrnehmen kann.

»Hallo, Fliss.« Seine Stimme klingt zärtlich.

»Hallo, Süßer«, murmele ich.

»Fliss?«

Er beugt sich herunter und berührt mein Gesicht, streicht mir die Haare aus den Augen. Seine Hände fühlen sich warm und fest an. Verschlafen blinzelnd greife ich nach dem überaus wirklichen Stoff seines Sakkos und begreife erschrocken, dass ich nicht träume.

»Alex?« Ich schieße in die Höhe, sodass Eric, der wieder einmal auf meinen Knien gelegen hat, ins Gras zu meinen Füßen purzelt.

»Ich glaube, Süßer gefällt mir besser.«

Ich fahre mir mit dem Handrücken über die Augen.

»Was machst du denn hier?«

»Na, das ist ja eine nette Begrüßung. Freust du dich denn nicht, mich zu sehen?«

Ein Verdurstender freut sich, eine Oase zu sehen, bis er erkennt, dass es sich um eine Fata Morgana handelt.

Alex setzt sich neben mir ins Gras und fängt an, den etwas verstimmten Eric zu streicheln, der mir einen verächtlichen Blick zuwirft, während er sein gesamtes Gewicht auf Alex' Schoß verlagert und es sich dort mit einem zufriedenen Seufzer bequem macht.

Alex sieht müde aus. Unter seinen schönen Augen sind tiefe Schatten, und sein Haar ist zerzaust, doch ich finde ihn immer noch Atem beraubend begehrenswert.

Ich rücke von ihm ab und atme so heftig ein, dass mir schwindelig wird. Ich kann ihn auf keinen Fall berühren, denn ich weiß genau, was dann passiert: meine Selbstbeherrschung verabschiedet sich. Sie verabschiedet sich selbstzufrieden in dieses kleine, graue Bermudadreieck in meinem Kopf, in dem der Anstand jedes Mal verschwindet, wenn ich betrunken bin.

Schweigend sieht Alex mich prüfend an.

»Und, willst du mich nicht fragen, was ich hier mache?«

»Was machst du hier?«, frage ich verständnislos.

Abwesend krault er das borstige Fell auf Erics Kopf.

»Ich habe es ihr gesagt«, erklärt er schließlich.

»Was hast du ihr gesagt?« Meine Stimme ist nicht einmal ein Flüstern.

»Dass unsere Ehe eine Farce ist. Dass ich mich in eine andere Frau verliebt habe …«

Er liebt mich.

Eine Woge der Hoffnung, eine neue Welle der Schuld.

Freude und Schmerz, was für eine wunderbare Mischung.

»Doch dass ich bereit wäre, es noch einmal zu versuchen, falls sie es auch ist.«

Die Freude verschwindet, der Schmerz bleibt und verdoppelt sich, quantitativ und qualitativ.

Er ist gekommen, um mir zu sagen, dass er und Kat an ihrer Beziehung arbeiten wollen, dass ich ihn vergessen soll. Ich habe mir immer wieder gesagt, dass es richtig so ist. Die heilige Felicity hatte sich eingeredet, dass sie genau das wollte. Warum also schmerzt es dann so?

»Oh.« Ich seufze tief, und die Luft entweicht aus meinen Lungen wie aus einem angestochenen Luftballon.

»Es freut mich aufrichtig, dass ihr euch zusammengerauft habt.«

»Wirklich?«

»Wirklich. Ich will doch nur, dass du glücklich bist, Alex.«

Das stimmt. Obwohl es ganz nett wäre, wenn auch ich glücklich sein könnte. Leider hat genau das mir in den vergangenen Wochen solche Sorgen bereitet – ich weiß nicht, ob ich ohne ihn leben kann.

Doch wie heißt es so schön? »If you love somebody, set them free.« Wenn man jemanden liebt, soll man ihn freigeben. Ich fand diesen Text immer blöd, doch leider hatte Sting nur allzu Recht. Das Beste, was ich tun kann, ist, gute Miene zum bösen Spiel zu machen und ihm alles Gute zu wünschen. Das richtige Verhalten ist oft aber auch das schwierigste Verhalten. Die gute Miene fällt daher etwas dürftig aus.

»Du *bist* doch glücklich?«, kann ich mir nicht verkneifen zu fragen.

»Oh, ich denke, das werde ich sein, und wie.«

»Das freut mich für dich«, nuschele ich und kreuze die Finger der Hand, die am weitesten von ihm entfernt ist. Ich zwinge mich, zu ihm aufzusehen. In diese lachenden Augen zu blicken, in das Gesicht des Mannes, den ich so sehr liebe, dass sich mein Magen jedes Mal vor Sehnsucht zusammenkrampft, wenn ich auch nur an ihn denke.

Er sieht wahrhaftig glücklich aus.

Seine Augen funkeln und blitzen so sehr, dass er damit für Augentropfen werben könnte. Ein Lächeln spielt um seine Lippen, als wolle er jeden Moment in schallendes Gelächter ausbrechen.

»Das sieht aber nicht gerade so aus, Fliss«, sagt er spöttisch.

Was erwartet er denn?

Ein Feuerwerk?

Einen Purzelbaum?

Für ihn mag es ja durchaus löblich sein, seiner Ehe noch eine Chance zu geben, doch für mich ist das kein Grund zum Feiern. Ich habe jemanden verloren, den ich liebe. Das ist zu viel. Ich wollte stark sein, ich wollte mich freuen, und ich freue mich auch, aber …

Es gelingt mir nicht, die Tränen zurückzuhalten.

Das Lächeln verschwindet von seinem Gesicht.

»Fliss.« Seine Stimme klingt leise und unsicher.

Er berührt mein Gesicht und wischt mit dem Daumen sanft eine Träne fort.

»Liebst du mich?«

Ich schließe die Augen. »Du sollst nicht begehren« kämpft einen verzweifelten Kampf mit »Du sollst nicht lügen«.

»Nun?«

Das Begehren zieht den Kürzeren.

»Das weißt du doch«, hauche ich.

»Oh, Fliss, es tut mir so Leid.«

»Schon gut, ich werde drüber hinwegkommen.«

Das Begehren rächt sich. Jetzt lüge ich auch noch.

»Sieh mich an, Fliss.«

Das tue ich. Er lächelt erneut, ja, er grinst geradezu, stelle ich verwirrt fest. Es passt nicht zu ihm, andere absichtlich zu verletzen.

»Ich will nicht, dass du darüber hinwegkommst. Ich liebe dich, Fliss.«

»Aber ich dachte … was ist mit dir und Kat?«

»Das mit Kat und mir ist vorbei. Entschuldige, ich hätte dich nicht aufziehen sollen. Ich habe ihr angeboten, es noch einmal zu versuchen, aber nur, weil du es von mir verlangt hast. Ich wäre bereitwillig durch die Hölle gegangen, um dich glücklich zu sehen, doch so weit kam es Gott sei Dank gar nicht erst. Kat hat schließlich den Rat ihres Anwalts befolgt und mich verlassen.«

»Ihres Anwalts?«

Er nickt langsam.

»Kennst du irgendwelche guten Anwälte?«

»Nein«, antworte ich beunruhigt, »aber ich kenne einen schlechten. Was ist passiert, Alex?«

Ich zittere.

»Richard hat schließlich doch bekommen, was er wollte: Kat hat sich entschieden. Wie es scheint, war seine Heirat mit deiner Schwester der richtige Schachzug in ihrem endlosen Spiel.«

»O nein.« Ich schlage die Hand vor den Mund. »Arme Sally-Anne!«

»Keine Sorge, Fliss, Sally geht es gut. Natürlich ist sie aufgewühlt, aber es geht ihr gut.«

»Hast du sie etwa gesehen?«

»Nein.« Er schüttelt den Kopf. »Du wirst es nicht glauben, wer heute Morgen bei mir war – deine Mutter.«

»Meine Mutter?«, wiederhole ich ungläubig.

Er nickt. »Ja. Stell dir vor, sie wollte sich entschuldigen. Sie glaubt, alles sei ihre Schuld. Sie hat mir auch gesagt, wo ich dich finden kann. Anscheinend hat dein Vater sie angerufen, um ihr zu sagen, dass du hier bist, und um sicherzugehen, dass bei Sally und Richard alles in Ordnung ist, was es natürlich nicht war.«

»Aber sie hat ihm doch sicher erzählt, was passiert ist! Warum hat er mir nichts verraten? Kein Wort hat er gesagt.«

»Weil er wusste, dass ich auf dem Weg hierher bin. Miriam hat ihn gebeten, dich hier festzuhalten, bis ich komme. Sie dachte, es sei das Beste, wenn du alles von mir erfährst. Sie hat mir das hier für dich mitgegeben.«

Er reicht mir einen Umschlag. Einen Moment lang starre ich ihn hilflos an. Meine Hände zittern so stark, dass ich den Brief einreiße, als ich den Umschlag öffne. Mutters enge, säuberliche Handschrift ist vertraut und seltsam beruhigend.

> Liebe Fliss,
> Was soll ich sagen? Du hattest Recht, ich dagegen habe mich geirrt. Richard hat Sally-Anne wegen einer anderen Frau verlassen. Ich kann noch gar nicht glauben, dass sie nicht einmal zwei Monate verheiratet waren und bereits die Scheidung einreichen. Die arme

Sally wirkt seltsam unberührt. Ich glaube fast, die Bedeutung dessen ist ihr noch nicht wirklich klar, schließlich ist es ja auch erst gestern passiert. Aber mach dir bitte keine Sorgen um sie. Ich passe schon auf sie auf, das verspreche ich. Das ist das Wenigste, was ich tun kann, wenn man bedenkt, dass ich den Großteil der Verantwortung für dieses ganze Durcheinander trage.

Ich bin sicher, dass Sally Richard wirklich geliebt hat. Doch ich muss auch zugeben, dass du Recht hattest. Ich hätte sie nicht dazu drängen sollen, so schnell zu heiraten. Wir wussten offensichtlich viel weniger über ihn, als wir angenommen hatten.

Viel mehr zu schaffen macht mir jedoch, dass ich sie wohl aus den völlig falschen Gründen zu dieser Heirat gedrängt habe. Es ging mir um mich, nicht um sie. Ich wollte unbedingt diese pompöse Hochzeit in Weiß, den erfolgreichen Ehemann, die schicke Wohnung, die rosige Zukunft. Nun, ich musste erkennen, dass nicht alles, was glänzt, Gold ist, und dass Richard ein… du weißt, was er ist, und ich weiß es jetzt ebenfalls. Ich hoffe nur, dass Sally mit der Zeit erkennt, dass sie ohne ihn vermutlich weit besser dran ist.

Ich verreise eine Woche mit ihr, um zu versuchen, ihr dabei zu helfen, über die letzten Monate hinwegzukommen. Wir brauchen beide etwas Abstand. Ich habe Erica unsere Adresse hinterlassen, falls du uns erreichen willst, doch du wirst noch Gelegenheit haben, mir die Meinung zu sagen, wenn wir zurück sind.

Bitte mach dir keine Vorwürfe, Fliss. Alex hat mir erzählt, wozu du bereit warst, damit sie zusammenbleiben, und ich möchte, dass du weißt, wie stolz ich auf dich bin. Ich habe wirklich kein Recht, das zu sagen,

aber Alex ist ein guter Mann. Doch ich bin überzeugt, dass du wie üblich längst von selbst darauf gekommen bist und keine weitere Einmischung meinerseits brauchst.
In Liebe
Mutter.

Alex wartet, bis ich zu Ende gelesen habe, ehe er mir einen weiteren Umschlag reicht.

»Noch etwas«, sagt er und lächelt aufmunternd, »Sally lässt fragen, ob du ihr ebenfalls einen Gefallen tun könntest. Sie meinte, du wüsstest schon, worum es geht.«

Mit zitternden Fingern öffne ich den Umschlag und kippe den Inhalt in meine Hand. Sallys Verlobungsring und ihr Trauring.

Schlagartig fällt mir der Moment ein, als ich sie bat, Richard meinen Verlobungsring zurückzugeben.

»Oh, arme, arme Sally«, flüstere ich erneut und reibe mir mit der anderen Hand über die Augen.

»Keine Sorge, ich habe so ein Gefühl, dass am Ende alles gut wird, Fliss«, sagt Alex sanft.

»Meinst du wirklich? Sie muss am Boden zerstört sein.«

»Ohne ihn ist sie garantiert besser dran, und obwohl es sicher das Letzte ist, was sie im Moment hören will, bin ich überzeugt, dass mit der Zeit… übrigens wurde James zuletzt gesichtet, als er Erica die Adresse von Sally-Annes Hotel abgerungen hat, bevor er wie der Teufel über die M 1 davon gerast ist.«

»James?«

Er nickt. »Alte Liebe rostet nicht.«

»Na ja, er hat mir geschworen, für sie da zu sein«, stimme ich zu. »Ich fand immer, dass er besser für sie wäre als Richard.«

»Er liebt sie, Fliss«, murmelt Alex. »Man sollte meinen, dass das ein guter Anfang für eine Beziehung ist.«

Er legt eine Hand unter mein Kinn und zwingt mich, zu ihm aufzusehen.

»Was meinst du, jetzt, wo es keine Hindernisse mehr gibt, kriegen wir wohl unser Happy End?«

Verbotene Früchte schmecken süß, hinterlassen aber den bitteren Nachgeschmack des schlechten Gewissens. Alex' Lippen schmecken ebenfalls süß bei diesem sehnsüchtigen, zärtlichen Kuss, der nicht mehr von meinem schlechten Gewissen verdorben wird, sondern von der Tatsache, dass ich, obwohl ich das Gefühl habe, tot und im Himmel zu sein, immer noch lebe und deshalb irgendwann wieder atmen muss.

Jeder Mensch sucht nach etwas. Das Problem ist nur, dass wir meistens gar nicht wissen, wonach. Ich habe lange gebraucht, um die richtige Spur zu finden. Ich mag zwar Umwege gemacht, zurückgegangen und schließlich beinahe zusammengebrochen sein, doch als Alex und ich atemlos, widerstrebend und lachend den Kuss beenden, weiß ich, dass ich endlich gefunden habe, wonach *ich* gesucht habe.

Es fühlt sich ausgesprochen seltsam an, als ich Richards Wohnung betrete. Alles ist still. Die Art Stille, die man fühlen kann – kalt und leer. Sogar der unbändige Eric, der nie von meiner Seite weicht, schüttelt sich und drängt seinen haarigen Körper dichter an meine Knöchel.

Sally hat eine Wärme in Richards Leben gebracht, die nur ein Dummkopf wie er aufgeben konnte. Und er muss schon verdammt viel Glück haben, um so etwas noch einmal zu finden, insbesondere mit dieser unterkühlten Katherine Christian.

Ich gehe geradewegs ins Schlafzimmer, denn ich habe vor, Sallys Ringe an denselben Platz zu legen wie meinen Zettel und die Schlüssel in jener Nacht, als *ich* Richard Trevelyan sitzen gelassen habe.

Ziemlich symbolträchtig, ich weiß, doch das alles geschieht mit großer Traurigkeit über das Vorgefallene und auch mit großer Erleichterung darüber, dass ich diesen Trottel Richard endlich aus unser beider Leben verbanne.

Die Schränke, in denen Sallys Kleider hingen, stehen offen. Wo zuvor dicht an dicht ordentlich gebügelte, perfekt zueinander passende Outfits hingen, herrscht gähnende Leere. In Richards Schrank hängen noch einige Sachen, doch mein Blick bleibt an etwas auf der anderen Seite des Bettes hängen.

Richards Seite des Bettes.

Ich umrunde das Bett und entdecke einen großen Koffer auf dem Boden, aus dem der Inhalt von Richards Schubladen quillt: seidene Unterwäsche, Socken, Taschentücher, Pullover.

Richard ist dabei, aus- und weiterzuziehen. Ein unübersehbares Schild »Zu verkaufen« im Fenster versperrt den herrlichen Panoramablick über Oxfords Altstadt, das einzig wirklich Schöne, das dieser spartanischen Wohnung nach Sallys Auszug geblieben ist.

Ich hätte nicht übel Lust zu warten, bis Richard nach Hause kommt, um den Rest seiner Sachen abzuholen.

Ich denke an das schicksalhafte Abendessen und Ethelred den Ungekochten zurück. Armer, alter Hummer. Richard hätte Ethelreds Ende weit mehr verdient als Ethelred selbst. Vor meinem inneren Auge sehe ich mich genussvoll Richards Kopf in einen Gasofen halten, bis er aufhört, mit seinen kurzen, stämmigen Beinen zu strampeln.

Ich schüttele den Kopf, und die Bilder verschwinden.

Es wäre nett, ihn leiden zu sehen. Doch nachdem ich die ganze letzte Woche mit Alex Christian verbracht habe, ist der Knast nicht länger eine verlockende Alternative, um dort den Rest meines Lebens zu verbringen. Außerdem habe ich so eine Ahnung, dass Kat Richard viel mehr leiden lassen wird, als ich es je könnte.

Ich beschließe, dass es an der Zeit ist für meinen endgültigen Abgang.

Alex wartet draußen im Wagen auf mich. Wir sind auf dem Weg zu einem Willkommensessen in The Beeches, mit Mutter, Sally … und James.

Doch während ich in Richtung Tür gehe, fällt mir auf, dass

Eric plötzlich fehlt. Er klebt mir nicht wie üblich an den Fersen und kommt auch nicht, als ich nach ihm pfeife. Also kehre ich dahin zurück, wo ich ihn zuletzt gesehen habe.

In Richards Schlafzimmer.

Von dem Moment an, als ich Eric das erste Mal gesehen habe, wusste ich, dass er der richtige Hund für mich ist.

Als ich die Tür zum Schlafzimmer aufstoße, entdecke ich ihn, wie er sich zufrieden in Richards Koffer breitgemacht hat, das Gesicht vor Konzentration ganz angespannt. Ich könnte schwören, dass er mir zuzwinkert, als er die Überreste seines Mittagessens in Form einer ordentlichen, stinkenden Wurst auf Richards Lieblingspulli aus Kaschmir platziert.

Dank

Wie immer möchte ich mich bei meiner verrückten Bande aus Familie und Freunden bedanken – ich kann von Glück sagen, dass jeder von ihnen leicht zu beiden Kategorien zählen könnte; bei Luigi, John und Amelia von Sheil Land; beim gesamten Headline-Verlag, vor allem aber Clare und Sherise für ihre Hilfe, ihre gute Laune und die Ratschläge in Sachen Sonnenbräune; Dank auch an Germ, Btart und GoGo für ihren dauerhaften schlechten Einfluss, und an Bearded Wonder und den anderen Fat Bird für die lustige Unterhaltung.